MIL RAZONES PARA QUERERTE

MIL RAZONES PARA QUERERTE

Violeta Reed

Papel certificado por el Forest Stewardship Council®

MIXTO
Papel procedente de
fuentes responsables
FSC® C117695

Penguin
Random House
Grupo Editorial

Primera edición: septiembre de 2022
Segunda reimpresión: marzo de 2023

Printed in Spain – Impreso en España

ISBN: 978-84-666-7318-1
Depósito legal: B-11.755-2022

Compuesto en Comptex & Ass., S. L.

Impreso en Rodesa
Villatuerta (Navarra)

BS 7 3 1 8 1

*Para todas las mujeres que me habéis hecho mejorar
como persona, como amiga, como compañera,
como hija y como escritora. ¡Gracias!*

La música es una constante en mi vida y ha sido una fuente de inspiración de esta historia, así que aquí os dejo la *playlist*.

Mil razones para quererte

Elena
«Spirits» — The Strumbellas
«Snowman» — Sia
«Breathe» — Taylor Swift ft. Colbie Caillat (Taylor's version)
«Cardigan» — Sing2Piano
«Drivers License» — Sing2Piano

Marcos
«Portales» — Dani Martín
«Snowman» — Tullio
«Somewhere Only We Know» — Keane
«Love You Still (abcdefu romantic version)» — Tyler Shaw
«Let It Go» — Anthem Lights

Elena y Marcos
«Talk Tonight» — Oasis
«Come on! Let's Boogey to the Elf Dance!» — Sufjan Stevens
«God Only Knows» — The Beach Boys
«Lover» — Taylor Swift ft. Shawn Mendes
«Lover» — Sing2Piano

«Medieval» — Finneas
«As It Was» — Harry Styles
«Falling» — Harry Styles
«Imagination» — Shawn Mendes
«No hay futuro» — La Casa Azul

Amanda
«Happily Ever After» — Jordan Fisher & Angie K

Lucas
«Love You Like the Movies» — Anthem Lights

Blanca
«Vivir así es morir de amor» — Nathy Peluso

Bruno
«El fin del mundo» — La La Love You

Carlota
«Perra» — Rigoberta Bandini

Otras canciones que se mencionan:
«Wannabe» — Spice Girls
«Last Christmas» — Wham!
«Should I Stay or Should I go» —The Clash

1

Algo prestado

Cuando me desperté estaba sola. Estiré el brazo en busca de Marcos y me topé con las sábanas frías. Despegué los párpados y suspiré al ver su lado vacío.

Así sería a partir de ahora.

No quería ponerme melancólica desde el primer minuto, así que recuperé el móvil de la mesita con la esperanza de tener un mensaje suyo y sonreí al comprobar que así era.

> Buenos días, preciosa.
> Voy a poner ya el modo avión 😣
> Siento que dejo en Madrid una parte de mí.
> Te quiero

Mi boca se torció hacia abajo, pero seguí leyendo:

> Ya estoy en Londres.
> Lisa no deja de preguntar por ti
> ni de reírse de mí.
> Es muy pesada

Solo imaginar su cara de enfurruñado hacía que me entrase la risa y que Lisa ganase cien puntos. Me fijé en la hora que marcaba el teléfono y me sorprendió ver que eran las once. Normalmente madrugaba, pero la noche anterior me habían dado las tantas con Marcos y necesitaba descansar. Sin perder el tiempo, giré sobre mí misma y le contesté un:

> Buenos días, letrado 😌
> Por qué se ríe Lisa de ti?
> Que tengas un buen día!
> Te quiero

Me quedé remoloneando y viendo las fotos que nos habíamos sacado en el tren el día anterior al volver de Altea, hasta que mi gata se subió a la cama en busca de atenciones. Entre Minerva y yo se había creado un vínculo especial mediante el cual ella percibía cuándo yo estaba triste y necesitaba que me dejase mimarla. Al ratito, se cansó de mis caricias y se tumbó junto a la almohada de Marcos, maulló y trató de meter la cabeza debajo.

—Se ha ido —informé mirándola. Insistió tanto que terminé levantando la almohada—. ¿Lo ves? No está ahí.

Fue entonces cuando mis ojos repararon en la camiseta que Marcos se había olvidado. No era la misma que me había quedado yo. Era mi favorita, la azul zafiro que hacía juego con sus ojos.

—Gata lista —la felicité acariciándola—. Ahora te doy una chuchería.

Le escribí otro mensaje de camino a la cocina:

> Te has dejado una camiseta

Minerva apareció al oír el sonido de la bolsa de sus golosinas gatunas. Eché un par en su comedero y me chupó el dedo con suavidad en busca de más.

—A mí no vas a comprarme con tanta facilidad como a él —aseguré guardando la bolsa—. Se acabaron las chuches por hoy.

Ella bufó y yo me reí.

Cogí un yogur y, cuando fui a sentarme en el sofá, vi la camisa blanca de Marcos estirada. Fruncí el ceño. Eso no estaba ahí la noche anterior. Doblé la prenda con cuidado y le escribí para que supiera que también se la había dejado.

Mientras limpiaba, cerca de la hora de comer, mi móvil sonó y me sentí igual que cuando era adolescente.

> Perdona que no haya contestado antes,
> llevo toda la mañana reunido.
> Lisa se ríe porque (según ella)
> pongo cara de idiota cuando hablo de ti.
> La ropa la he dejado aposta para
> que no me olvides y no tengas que robármela.
> Por si te lo estás preguntando... sí,
> la camisa es la que llevaba en la boda.
> Por suerte, los botones sobrevivieron
> a tu apetito sexual voraz 😏

Se me escapó una risa bajita y sacudí la cabeza. La mitad de mi corazón se derretía por el detalle de la ropa y la otra mitad estaba triste por no tenerlo delante. Pese a que había intentado no darle vueltas, durante la mañana no había podido evitar consultar un par de artículos con consejos para sobrellevar una relación a distancia. Había leído que la comunicación, la confianza y la actitud positiva eran muy importantes. La teoría ya me la sabía; ahora tocaba ponerla en práctica. No podía ser tan difícil, ¿no?

«¡Claro que no, campeona!», era lo que yo me repetía.

Todavía me sorprendía echar la vista atrás y ver lo que Marcos y yo habíamos pasado juntos. Desde los días infernales del colegio cuando no lo podía ni ver hasta el horror que sentí al despertarme con él después de la boda de Amanda y a todo lo que vino después, que hizo que mi vida cambiase en dos meses: el calor del verano, los helados a las tantas de la madrugada, las risas al escondernos para besarnos y el sexo increíble, pasando por la parte sentimental, donde reconocimos que nos gustábamos. Y lo más difícil para mí: enfrentarme al abismo de mis miedos y admitir que lo quería.

Al final una cosa había estado patente desde el principio: nuestra química era inevitable y tratar de ignorarla solo me había servido para que se hiciera más grande y me explotase en la cara. Marcos había pasado de ser la persona a la que me habría encantado poner un candado en la boca para no oírla al propietario de la voz que más me gustaba. Sonreí con nostalgia al recordar a aquella Elena de casi dieciséis años que había deseado que Marcos se fuese a vivir a la otra punta del mundo para no tener que verlo más y para poder olvidar su primer beso. Esa Elena no sabía que, nueve años después, solo querría reducir la distancia que la separaba de él hasta hacerla desaparecer.

Después de todo, parecía que empezaba una nueva pelea contra el tiempo. Ya no tenía que contar el que nos quedaba juntos, sino el que faltaba para reencontrarnos.

2

Qué esperar cuando estás esperando

Treinta y un grados a la sombra.

Me abaniqué con la mano, pero no sirvió de nada. El calor era tan insoportable que el vestido se me pegaba a la piel. Supuse que Blanca estaría a punto de llegar porque era igual de puntual que yo. Bueno, igual no, porque yo solía llegar siempre diez minutos antes. Como imaginé, mi amiga no tardó en doblar la esquina.

—¿Cómo estás? —Me saludó con dos besos—. ¿Hay que cometer un asesinato?

Me reí y sacudí la cabeza.

—Cuando llegue Carlota os cuento.

—Le dije que habíamos quedado a las cuatro y media porque sabía que llegaría tarde. —Se colocó, enfadada, la cintura de la falda—. Anda, vamos pasando, que me muero de sed.

Entré tras ella en el bar; dentro el ambiente no era tan fresco como necesitábamos. Pedimos en la barra y mi amiga se abalanzó sobre la mesa del fondo, que estaba cerca del ventilador. Blanca quería mandar el currículo a la misma clínica donde yo haría las prácticas, por lo que, mientras esperábamos, le conté cómo había sido mi proceso de selección y fantaseamos con la posibilidad de trabajar juntas.

—Recordadme por qué hemos quedado mientras hace este calor. —Carlota se quejó según llegó—. No debería ser legal salir de casa antes de las ocho. ¡Soy un bombón y voy a derretirme!

—Dos semanas y un día. —Escuché la voz incrédula de Blanca a la vez que Carlota me daba dos besos—. Estamos aquí para ser los refuerzos emocionales de Elena, ¿recuerdas?

—Lo siento, pequeñaja. —Carlota me miró arrepentida y me envolvió en un abrazo.

Volví a sentarme y observé divertida a Blanca admirando la ropa de Carlota, que llevaba un top blanco y una falda negra larga con rajas a ambos lados que mostraban sus piernas cuando andaba.

—¿Refrescos? ¿En serio? —Carlota se acercó indignada a la barra y pidió una jarra de cerveza para todas.

—Es lunes —amonesté.

—Y estamos de vacaciones —repuso haciendo una mueca—. Si vamos a ponernos a hablar de nuestras desgracias, es lo mínimo que necesitamos.

En ese momento recibí una llamada.

—¿Dónde estás? —preguntó Amanda desde el otro lado de la línea.

—En Tribunal, con Blanca y Carlota.

—Ah, ¡coño! Pues yo estoy en tu puerta con una tarrina de Häagen-Dazs para ver una peli romántica y superar la ausencia del ser amado.

—¿La ausencia del ser amado? —Su dramatismo me hizo reír—. ¿No habíamos quedado esta noche?

—Sí, pero quería sorprenderte. Vale, espera, subo a tu casa y lo dejo, porque voy a terminar con vainilla de Madagascar chorreándome por la mano.

Mientras Amanda abría la puerta, les pregunté a mis amigas si les importaba que se uniera.

—Claro que no.

—Qué preguntas, hija —dijo Blanca.

Les sonreí y volví a colocarme el teléfono en la oreja.

—Amy, ¿te vienes? El plan es hablar de asuntos del corazón.

—¡Mi tema de conversación favorito! —exclamó emocionada—. Dejo las cosas y lo que tarde en llegar; espera, no les importa, ¿no?

Le aseguré tres veces que era más que bienvenida y nos despedimos.

Amanda llegó cuando Carlota se giraba para pedir otra ronda; debido al calor la primera jarra había desaparecido en un visto y no visto. Se quitó las gafas de sol rosas que llevaba, a juego con su conjunto deportivo, y escaneó el bar. Me levanté para recibirla y nos fundimos en un abrazo. Después, saludó a mis amigas y se sentó a mi lado.

—Amanda, aquí somos como un pueblo vikingo; si te unes a esta mesa, tienes que beber. —Carlota hizo amago de servirle cerveza, pero ella negó con la cabeza.

—Es que luego conduzco y vivo lejos, pero me encanta la idea del pueblo vikingo. —Se rio.

Cuando el camarero dejó la botella de agua delante de Amanda y después de que Blanca le preguntara qué tal estaba para romper el hielo, se giró hacia mí.

—Dos semanas y un día —repitió Blanca extendiendo las manos en mi dirección—. ¡Cuéntanoslo todo!

Le di un sorbo a mi cerveza bajo el peso de sus miradas atentas.

Empecé relatándoles cómo había sido el cumpleaños de Lucas y cómo nos habían descubierto con las fotografías de la boda. Amanda me ayudó a contar algunas partes y buscó las fotos en su galería para añadirle emoción a la historia.

—¡Hostia, Elena! —Blanca se tapó la boca—. Pero ¿cómo podéis miraros así?

Giró la pantalla y vi la foto en la que Marcos y yo nos sonreíamos como si no existiese nada más en el universo.

Me encantaba esa foto.

—Creo que el tío alto está enamorado de ti. —Carlota me observó con aprensión—. Se ha ido ya, ¿no?

Asentí y me retorcí la trenza con cariño.

—¿Cómo estás? —se interesó Blanca.

Suspiré sonoramente.

Estaba un poco triste, pero también estaba contenta y sobre todo estaba...

—Enamorada —respondí—. Estoy enamorada.

—Entonces ¿el *affaire* —pronunció Blanca en acento francés— se ha convertido en relación a distancia?

Amanda se rio y yo asentí para confirmarlo.

—¿Y cómo lo llevas?

—Pues preferiría que él estuviese aquí, pero cualquier cosa es mejor que no estar juntos —admití.

—¿Lo ves? —Blanca le dio un golpecito a Carlota en el brazo—. ¿Ves cómo, si quieres, puedes tener una relación a distancia?

Carlota se limitó a darle un trago a su cerveza, dejó el vaso vacío en mitad de la mesa y, mientras lo rellenaba, dijo:

—Bueno, ¿vas a contarnos el resto de la historia o qué?

Procedí a relatarles lo que Amanda ya sabía, que después de habérselo contado a ella Marcos y yo no nos habíamos escondido más. Ella hizo su aporte y narró, desde su perspectiva de romántica empedernida, cómo se había visto el beso que Marcos y yo habíamos compartido delante de todos, y yo volví a sentir las mariposillas campando a sus anchas por mi tripa. Seguí contándoles que el fin de semana habíamos ido a la playa, cosa que ya sabían. Lo que no sabían era que Marcos se había declarado y que yo había huido como una criminal y había llamado a Amanda. Al llegar a esa parte de la historia las miradas se centraron en mi amiga, que me miraba con expresión soñadora.

—¿Y qué pasó? —Blanca no pudo contener la impaciencia en su voz—. Esto es más emocionante que las telenovelas.

—¿Las turcas o las coreanas? —Amanda giró el cuello en su dirección.

—Yo soy más de las coreanas —respondió Blanca con una sonrisilla—. Pero los tíos buenos de las turcas... ¡Madre mía!

—Coincido. —Amanda dio un saltito en su silla—. ¿Cuál estás viendo?

—¿Hola? —Carlota carraspeó y reclamó la atención de mis amigas—. ¿Podemos dejar a Elena terminar su historia antes de que os metáis en una conversación sobre series que solo veis vosotras? —preguntó con ironía.

Blanca se puso seria y la fulminó con la mirada.

—Carlota, solo porque seas una escéptica en el amor no quiere decir que todas tengamos que serlo.

—Soy escéptica con la clase de contenido que consumís. Nada más.

Amanda las miraba entretenida. Las conocía de un par de ocasiones, pero era la primera vez que las veía sumidas en una conversación sobre amoríos, donde sus opiniones, por lo general, eran opuestas.

—Después de colgar con Amanda —continué— fui a buscarlo

muerta de miedo y me disculpé por todas las cosas horribles que había dicho.

—¿Le dijiste que lo querías? —Blanca se inclinó sobre la mesa. Asentí y sonreí con cariño al recordarlo—. ¿Qué dijo él?

—Pues... —Me froté la cara ligeramente abochornada—. Me dijo que podría pasarse toda la noche escuchándome decir eso.

—¡Ay, por favor! —aplaudió Amanda—. Es que me imagino a Marcos tan cuqui... —terminó llevándose la mano al pecho.

Blanca y Amanda estaban ansiosas por saber más, así que les conté cómo había ido la cita y cómo pasamos el día siguiente. Me hizo gracia escuchar sus suspiros de amor cuando se enteraron de que Marcos había cambiado el vuelo para dormir una noche más conmigo. Carlota permaneció en silencio la mayor parte del tiempo; parecía que lo que más le preocupaba era que nos quedásemos sin cerveza.

—Resumiendo, que sigues formando parte del club de las desgraciadas. Y más jodida que antes —apuntó Carlota cuando terminé.

—¿El club de las desgraciadas? —Amanda alzó las cejas—. ¿Qué es eso?

—Algo que tú nunca entenderás —aseguró Blanca. Amanda apoyó la mejilla en la palma de la mano y la miró interesada—. ¿Me enseñas una foto de tu boda donde salgas con tu marido? Necesito una imagen para ilustrarlo.

Ella buscó una foto y nos la enseñó. Era un primer plano del beso que se habían dado Lucas y ella después del «Sí, quiero».

—Esto es lo que te deniega la entrada en nuestro club. —Blanca le colocó la pantalla delante—. Esto es lo opuesto a lo que tenemos nosotras. Tu amiga —me señaló con el dedo índice— se ha enamorado de un tío que no le caía bien y ahora va a sufrir la distancia. Esa que ves ahí —se giró hacia Carlota— durante su Erasmus se ha pillado de una italiana que tiene novio. Y yo... —Blanca le devolvió el móvil a Amanda— me he liado con mi amigo Bruno y he roto nuestra amistad. Tú acabas de casarte y estás en lo más alto de la noria del amor. Por desgracia, no puedes pertenecer al club.

—Una pena —Carlota levantó el vaso en su honor y le dio un trago—; nos habría encantado tenerte entre nuestras filas. ¡Estás buenísima!

—Sí —coincidió Blanca—. Es una falta de respeto que siempre estés tan guapa.

Amanda volvió a reírse y me miró de reojo. Sus uñas rosas repiqueteaban contra el mármol de la mesa.

—¿Lo ves? —Sonreí tratando de infundirle confianza—. No lo digo solo yo.

Ella asintió agradecida, pero sabía que se sentía incómoda siendo el centro de atención.

—¿No os sorprende que os diga que estoy enamorada? —pregunté volviendo a centrar las miradas en mí.

Blanca y Carlota se miraron antes de estallar en carcajadas y yo las observé interrogante.

—A ver, ese tío tardó diecisiete minutos y treinta y ocho segundos en aparecer cuando le escribí con tu teléfono. —Carlota se rio—. ¿Cómo esperas que nos sorprenda?

—Ya, pero eso habla de él. Yo...

—Elenita, que os vimos juntos —cortó Blanca—. Que entró, te dio un besazo y fue simpatiquísimo con nosotras.

—Sí, pasó con nota el test de las Spice Girls —agregó Carlota.

—¿Qué test es ese? —Amanda parecía cautivada por el tema.

Negué con la cabeza divertida y emocionada por las palabras de mis amigas.

—Ya sabes, la letra de «Wannabe» dice algo así como: «Si quieres ser mi amante, tendrás que llevarte bien con mis amigas» —contestó Blanca mientras limpiaba los cristales de sus gafas de ver.

Amanda soltó una risotada. No me hacía falta estar dentro de su cabeza para saber que la idea le encantaba.

—Pues conmigo se lleva genial —informó—. Nos conocemos desde los cinco años.

Consulté el móvil y fui incapaz de ocultar la decepción al no tener ningún mensaje suyo. Mis amigas se quedaron serias y me miraron compasivas.

—¿Cuándo vas a volver a verlo? —preguntó Amanda.

—No lo sé. —Me encogí de hombros y sacudí la cabeza—. Supongo que a lo largo de esta semana veremos fechas. Yo trabajo todos los findes de aquí a septiembre, así que no podré ir —musité en tono triste.

—Bueno, no nos vengamos abajo, que estamos empezando a estar un poco borrachas y Marcos acaba de irse —dijo Carlota.

Sonreí porque era verdad. De momento estaba más contenta por estar con él que apenada porque estuviera a unos cuantos kilómetros de distancia.

—Pensemos en positivo —pidió Blanca—: dentro de unas semanas vas a verlo seguro. Luego irás tú a Londres y en el futuro hasta podríamos hacer un viaje las cuatro.

—¡Fan máxima de esa idea! —exclamó Carlota—. Turismo de cerveza y pubs, por favor. Lo necesito.

—Yo ya he ido. Os podría hacer un *tour* —sugirió Amanda emocionada ante la perspectiva de un nuevo viaje— y llevaros a las localizaciones donde se rodó *Harry Potter*. ¡Y a comer *fish and chips*!

Brindamos por el futuro viaje y porque Blanca encontrase un novio inglés que la ayudase a ser bilingüe.

—No te preocupes. —Carlota le pasó un brazo a Blanca por encima del hombro—. No hubo *baguette* francesa, pero por mis ovarios que pruebas la salchicha británica.

A Amanda casi se le salió el agua por la nariz y yo me apreté la tripa porque no podía parar de reírme.

—La salchicha creo que es más famosa en Alemania —contesté cuando fui capaz de hablar.

—El desayuno inglés trae salchicha —aseguró Amanda—. Pero, si no, siempre podemos ir a Berlín después y buscamos la auténtica alemana.

—La mitad de Alemania tiene casa en Mallorca, pero Berlín suena bien. —Blanca subió las cejas en un movimiento sugerente.

—¡Exacto! —Carlota dio una palmada—. Entonces, tenemos el viaje planeado. De día, turismo y, por las noches, nosotras nos vamos a los pubs mientras Elena se queda con Marcos y su torre... —Chasqueó los dedos un par de veces y nos miró interrogante—. ¿Cómo se llamaba...?

—¿De qué hablas? —pregunté sin comprender.

—¡Joder, pues de la torre con forma de polla! —repuso como si fuera lo más evidente del mundo.

Nuestras carcajadas se oyeron hasta en la luna, aunque yo seguía sin entender a qué se refería.

—¿El edificio Gherkin? —Amanda buscó en internet y le mostró una foto.

—¡Sí! —exclamó Carlota—. Elena puede quedarse con Marcos y su Gherkin. —Con la mano y con la lengua gesticuló una obscenidad que hizo reír a mis amigas y que a mí me dio vergüenza—. Y nosotras nos vamos de libertad y libertinaje.

Observé la foto del rascacielos y meneé la cabeza.

—Podrías haber dicho que tiene forma de bala. —Entrecerré los ojos y le hice una mueca—. No es necesario decir siempre groserías.

—No sería Carlota si no hiciera estas comparaciones. Y, además, ha tenido gracia —corroboró Blanca limpiándose una lágrima.

Amanda le dio la razón y decidió que era un buen momento para que nos sacáramos una foto para subirla a su Instagram.

—Por cierto, Elena. ¿Puedes pedirle a tu novio una foto de sus amigos? —preguntó Blanca esperanzada—. Quizá con los ingleses tenga más suerte.

—No es mi novio —aseguré, y todas me miraron con escepticismo—. No hemos hablado de eso aún.

Con toda la vorágine de emociones del fin de semana, Marcos y yo ni siquiera habíamos hablado de eso. Como si hubiese sido invocado, su nombre iluminó mi móvil. El corazón me dio un saltito y lo cogí en el acto.

—Hola —respondí risueña.

—Hola, preciosa. Lo siento, no he podido hacer mucho caso del móvil.

—No pasa nada. ¿Qué tal tu día?

Amanda tiró de mí en su dirección.

—¡Hola, Romeo! —gritó cerca de mi oreja, y casi me dejó sorda.

—¡Romeo, mándanos fotos de tus amigos! —chilló Blanca.

Me levanté mientras Marcos se reía.

—Espera que salgo, que no te oigo bien —dije elevando la voz.

Carlota, que había permanecido callada, hizo su aportación:

—Sale porque va a decirle guarradas y no quiere que las oigamos.

Suspiré hondo y salí a la calle.

—Ya estoy. —Me coloqué en el único hueco que había a la sombra.

—Si vas a decirme guarradas, vuelvo al despacho, que tendré más intimidad que por la calle —bromeó él.

—Tú también no, por favor —supliqué frotándome la frente.

Marcos se rio y se me retorcieron las tripas. Guardé silencio y oí de fondo el ruido de los coches y la multitud de Londres.

—Si quieres, te llamo luego y así ahora sigues con tus amigas.

—Vale, pero cuéntame qué tal tu día rápidamente, que te echo de menos.

—Eso lo dices porque estás borrachilla y te pones sentimental.

Volvió a reírse y quise tenerlo delante para besarlo.

—Pues no, te lo digo porque me interesa tu vida.

—El día, ajetreado; todavía no he terminado de ponerme al día en el trabajo —dijo en tono cansado—. Y yo también te echo de menos. —Hizo una pausa y respiró hondo—. ¿Qué tal el tuyo?

—Nada emocionante. He limpiado, he ido a la compra y ahora estoy con las chicas en el mismo bar al que viniste a buscarme, ¿te acuerdas?

—Sí. Por cierto, nunca te lo dije, pero me cayeron genial.

Sonreí porque él, sin saberlo, había superado el test de las Spice.

—Tú también les caíste bien. Han sugerido que podríamos ir las cuatro a Londres.

—Me gusta esa idea. No sé cómo podríamos hacerlo con el espacio de mi casa, pero algo se me ocurrirá.

Solté un suspiro largo. Tenía ganas de conocer Londres y de estar con él.

—Carlota dice que mientras ellas salen por la noche, yo podría quedarme contigo y con tu torre en forma de... —Dejé la frase inacabada al darme cuenta de lo que iba a decir.

—¿Qué?

—Ya sabes... —Traté de que adivinase a lo que me refería, sin éxito, y al final añadí—: La torre Gherkin.

Se le escapó la risa y yo me mantuve a la espera con el estómago encogido, deseando escuchar uno de sus comentarios que hacían que me temblaran las piernas. Por suerte, no se hizo esperar:

—Con mi torre puedes hacer lo que quieras —expuso con voz grave—. Puedes subir, puedes bajar, puedes chuparla...

—Uf. —La cara me ardía tanto que quemaba—. No digas esas cosas cuando estás tan lejos. Eres un bocazas.

—Y a ti te encanta —aseguró presumido—. ¿Sabes que ese edificio tiene un restaurante arriba? Podemos ir cuando vengas.

—Ya veremos.

Volvió a reírse y mi lengua desinhibida no pudo quedarse quieta:

—Marcos, tú y yo... ¿somos novios?

—¿Me estás pidiendo salir?

Cerré los ojos ante su tono emocionado y apreté el móvil. Me moría por besarlo.

—No.

—Venga ya, claro que me estás pidiendo salir.

Vi su sonrisa bobalicona y mis labios se curvaron hacia arriba.

—¿Me vas a hacer pedírtelo? —pregunté.

—No hace falta. La respuesta es obvia: sí, quiero.

Me reí.

—Quiero besarte.

—Y yo que lo hagas —me dijo.

Suspiró por encima del ajetreo de la ciudad en hora punta.

—Bueno, luego te llamo, ¿vale?

—Vale. Hasta luego, preciosa... novia.

—Adiós, idiota.

Entré y aguanté el jaleo que estaban armando mis amigas gritando estupideces sobre Marcos, sobre mí y sobre nuestra vida sexual. Cuando se aburrieron de meterse conmigo y de que no contestase, se callaron y me miraron expectantes.

—Marcos y yo somos novios —solté a bocajarro, y ellas volvieron a jalear como adolescentes—. Bueno, ya vale —reprendí molesta—. Carlota, tu turno.

Ella apuró de un trago su vaso y volvió a rellenárselo.

—Me he desinstalado Tinder —informó sin mirar a nadie.

—¿Hemos encontrado lo que buscábamos? ¿O estamos cansadas de buscar? —preguntó Blanca.

—Ni lo uno ni lo otro. —Carlota hizo una pausa para echarse el pelo hacia atrás y colocarse el pañuelo encima de los rizos a modo de diadema—. Greta quiere hacer su Erasmus aquí.

—Pues muy bien. —Blanca se cruzó de brazos y frunció el ceño—. Ya le has comentado que en Madrid no es bien recibida, ¿no?

Carlota le dio vueltas a su vaso y no contestó.

—¿Cuándo te lo ha dicho? —pregunté con suavidad.

—La semana pasada. Está mirando piso para que vivamos juntas.

Antes de que pudiera decir algo, Blanca y sus comentarios directos se me adelantaron:

—Esa chica tiene muchos pájaros en la cabeza. Pensar que vas a irte con ella... Ridículo.

El silencio reinó en la mesa durante unos segundos.

—No sé qué voy a hacer. —Carlota se encogió de hombros—. Estoy hecha un lío. Viene porque quiere que le dé una segunda oportunidad.

Blanca agitó una mano y dijo:

—Muy bonito, pero ¿ha dejado ya a su novio?

Carlota sacudió la cabeza.

—¿Y a qué espera? —continuó Blanca enfadada—. Es lo primero que debería hacer.

—Ya... si eso pienso yo también, pero no sé... ¿Qué piensas tú? —preguntó mirándome.

—No lo sé. —Negué y apreté los labios—. No me parece bien que no haya dejado a su novio, pero entiendo que debe ser difícil pasar por lo que ella ha pasado.

Carlota asintió y sus ojos perdieron el brillo que los definía hasta quedar opacos.

—Vamos, que Greta no supera la prueba de las Spice Girls —aseguró Blanca inclinándose hacia ella—. Ni a Elena ni a mí nos gusta.

—Sé que no te conozco mucho y probablemente me haya perdido gran parte de la historia, pero voy a decirte lo que le dije a Els el otro día —intervino Amanda—. Mejor arrepentirse de hacer algo que de no hacerlo. Y si esa chica está dispuesta a venir a España por ti, es algo a tener en cuenta.

—Ya, pero ni siquiera tiene clara su sexualidad. Y yo tampoco. —Carlota se masajeó las sienes agobiada—. Es decir, ¿me gustan solo las chicas? ¿Siguen gustándome los chicos?

Intenté ponerme en su lugar, pero, como siempre, Amanda y su empatía interminable lo consiguieron antes:

—No creo que tengas que ser tan dura contigo misma. Y no pasa nada porque no sepas responder a esa pregunta aún. Déjate llevar y ya lo descubrirás.

Carlota se apoyó contra el respaldo y concentró la vista en la servilleta mientras la hacía jirones.

—Me da miedo que este sea su año universitario de experimentar y luego se dé cuenta de que prefiere un rabo antes que a mí —confesó con agonía.

—Si eso pasa, es que es más tonta de lo que ya pienso que es... —opinó Blanca—. Te mereces estar con alguien que te trate como la diosa que eres.

Carlota se rio.

—Eso es verdad —apunté.

—En fin, ya os contaré.

—Todo irá bien —aseguró Amanda convencida.

Ver a Carlota triste, con lo alegre que era, resultaba chocante. Cuando Blanca me miró supe que estaba pensando lo mismo que yo.

—Y si no va bien, aquí nos tienes —le dijo Blanca—. Yo le pego si hace falta; total, voy a ir a la cárcel o por deshacerme de mi compañera de piso o por Greta, así que... da igual. —Cerró los ojos y sacudió la cabeza—. Luego me saca Marquitos y ya está.

Abrazó a Carlota y le susurró al oído algo que la hizo reír.

—Me lo estoy pasando genial, pero debería irme ya. —Amanda se levantó—. Dentro de una hora tengo yoga.

—¿Vas a yoga? —Blanca soltó a Carlota y se mostró interesada—. Necesito hacer algo para relajar el estrés o me van a salir canas antes de tiempo.

—Pues para el estrés funciona fenomenal. —Mi amiga volvió a sentarse y supe que se disponía a vendernos las maravillas de esa actividad—. Yo me apunté por lo mismo. En mi clase primero hacemos una hora de ejercicios y la última media de vaciar la mente y meditar.

—Meditar... eso necesito —suspiró Blanca—. Paz interior para no asesinar a nadie.

—Oye, pues a mi gimnasio se puede venir a probar gratis, ¿quieres que pregunte?

—¡Ay, sí! Por favor. Haces lo del saludo al sol y todo eso, ¿verdad?

—Sí, eso y el perro, la cobra, la silla, el guerrero...

—Chicas, ¿estamos hablando de posturas de yoga o del *Kamasutra*? —Carlota recuperó un poco el entusiasmo.

Las cuatro nos reímos.

—Si me dices que esas posturas te han servido en tus relaciones sexuales, voy a esa clase de prueba hoy mismo —anunció Blanca—. Y a vosotras dos —nos señaló a Carlota y a mí— también os vendría bien un poquito de meditación. Hay que estar sana de la cabeza para estar sana del corazón.

—Esta no ha ido a yoga en su vida y ya viene de gurú a dar lecciones —se mofó Carlota.

Me uní a sus risas y Blanca puso los ojos en blanco, lo que provocó que nos riésemos más fuerte.

—Blanca es muy sabia —aseguré conteniendo las carcajadas.

—No tanto como tú —repuso ella subiéndose las gafas con ímpetu—. Supongo que, como vives pegada a un libro, te sabrás el *Kamasutra* de memoria.

En esa ocasión fueron ellas las que se rieron de mí.

—Pues no me lo he leído, listillas.

—¡Atención! —Carlota elevó la voz—. Hemos encontrado un libro que Elena Aguirre no ha leído. ¡Repito! Un libro que Elena Aguirre no ha leído.

—Puedo decirle a Marcos que te lo regale por Navidad —sugirió Amanda con picardía.

—Como le digas eso, me enfado.

—Pues entonces tendrás que venir a la clase de prueba con nosotras.

Echamos un pulso con la mirada y perdí. Acepté a regañadientes y Blanca y Amanda chocaron los cinco. Después, se giraron hacia Carlota, que las miró horrorizada.

—No contéis conmigo —negó.

Estiré la mano sobre la mesa y cogí la suya.

—No me dejes sola con ellas, por favor —pedí de manera teatral—. Querrán lavarme el cerebro para que vea alguna telenovela.

Mi amiga sopesó la propuesta unos segundos.

—Bueno, vale. —Cedió resignada—. Iré si Amanda se salta hoy su clase y se queda con nosotras.

Amanda me miró indecisa y yo le puse cara de corderito degollado.

—La verdad es que me lo estoy pasando genial —reconoció quitándose el bolso del hombro.

—Decidido. —Carlota dejó el vaso sobre la mesa—. Amanda se queda. Yo voy a yoga con vosotras y Blanca empieza su turno de contarnos si sigue perteneciendo al club de las desgraciadas. —Carlota alzó el vaso en dirección a Blanca—. Te toca, princesita.

—No me llames así.

Ella escondió la cara entre las palmas y suspiró.

—Es que Blanca es de alta cuna —le explicó Carlota a Amanda.

La familia de Blanca tenía dinero, pero ella no alardeaba de ello. Y aunque nunca nos lo había dicho a las claras, saltaba a la vista sin que ella tuviera intención de mostrarlo.

Cuando su rostro volvió a quedar a la vista, estaba seria. Se revolvió inquieta el pelo de un lado hacia otro y al final volvió a colocarse desesperada la raya al medio.

—Estoy harta de los hombres. Es que no sé por qué es todo tan complicado —se quejó—. Yo solo quiero liarme con un chef que cocine bien y ya está. Si está bueno es un plus. No pido tanto, ¿no?

Todas negamos y ella siguió expresándose:

—Chicas, sabéis que soy muy simple, que no me rayo, pero es que le estoy dando tantas vueltas a la cabeza que parezco la niña de *El exorcista* —se lamentó.

No sabía a qué le estaba dando vueltas Blanca ni por qué estaba tan rara, pero imaginaba que Bruno tenía algo que ver.

—¿Sabes algo de Bruno? —me aventuré a preguntar.

Blanca resopló con fuerza. Y de pronto habló enfadadísima:

—Bruno... Bruno es... —Cogió aire—. ¡Bruno es gilipollas!

—Pero ¿qué coño ha pasado? —Carlota parecía igual de sorprendida que yo.

Ella ignoró su pregunta y en su lugar dijo:

—Elena, ¿tu novio no puede meterme en un programa de protección de testigos? —Se recogió el pelo en una coleta y suspiró—. Me tiño de rubia y que me saque del país.

—Es abogado, no agente del FBI —contesté divertida.

Blanca se rio y relajó los hombros.

—Bruno ha intentado contactar conmigo un par de veces, pero yo he estado evitándolo desde que nos liamos en el cumpleaños de Elena —le contó a Amanda—. La cosa es que ayer discutí con mi compañera de piso. Otra vez. Ya sé que debería tener paciencia y aguantar porque en unos días se me acaba el contrato, pero me puede verlo todo tirado.

—Claro —coincidí—. El orden es importante.

—Después de la discusión épica, preparé una maleta y en un arrebato me fui. Sabía que Elena estaba en la playa y te llamé a ti —miró a Carlota—, y me dijiste que estabas en El Escorial de casa rural... No sabía a quién más acudir, así que llamé a Bruno.

—¡Ostras!

—Joder.

—Total, que terminé en su casa. La verdad es que me vio tan agobiada que no sacó el tema de por qué nos habíamos liado ni de por qué lo evitaba. Por la noche tocaba en un bar con su grupo y me invitó a ir. —Agitó la cabeza nerviosa—. Fui con él y me quedé con la novia de uno de sus amigos durante el concierto. El camarero, que es amigo suyo, nos invitó a varias copas y conseguí olvidarme de todo durante un rato y pasármelo bien.

Hizo una pausa para beber y Carlota la apremió con las manos.

—Cuando terminaron de tocar, Bruno vino a hablar conmigo —continuó ella—. Me sacó el tema del beso y yo le dije que no quería hablar de eso, que nos habíamos emborrachado y que yo quería que fuéramos amigos.

Se rellenó el vaso de cerveza con el ceño fruncido. Nosotras la mirábamos expectantes.

—¿Y qué dijo él? —preguntó Carlota al fin.

—No insistió. Me dijo que podía quedarme en su casa el tiempo que quisiera, que no iba a decirle nada al casero. —Suspiró sonoramente—. Y nada, chicas, mientras hablábamos se le acercó una tía rubia y alta; estaba buena, la verdad. —Sacudió la cabeza con brusquedad y bufó otra vez—. Total, que la chica se lo llevó a un rincón. Supongo que ya lo conocía. Y yo no sé por qué me cabreé un montón mientras ellos hablaban.

—¿Te cabreaste?

—Sí... no sé, estaba enfadadísima. Y... ahora es cuando viene la parte graciosa —aseguró apenada—. Me lie con uno de sus amigos, creo que con el que tocaba la batería.

Puse los ojos como platos. Eso sí que no me lo esperaba. Y por la cara de Carlota supe que ella tampoco.

—¿Qué dices? —Amanda se sujetó la cara entre las manos y la miró sorprendida.

—Solo le di un morreo, pero cuando terminé de besarlo... no sé por qué busqué a Bruno con la mirada. Lo vi marcharse y lo seguí. Lo alcancé en la calle y le pregunté adónde iba y qué le pasaba.

—Pues ya te digo yo lo que le pasaba... que estaba jodido —apuntó Carlota.

Blanca asintió mortificada. Yo seguía demasiado asombrada como para articular palabra.

—¿Qué te respondió? —preguntó Amanda.

—¿En serio? ¿Me apuñalas y me preguntas qué me pasa? —dijo Blanca tratando de imitar el acento vasco de Bruno.

—¿Y...?

—Y le dije que no entendía por qué decía eso, que éramos amigos. —Blanca hizo una pausa y se le escapó una risa amarga—. Y él me respondió que no éramos amigos, que él no quería acostarse ni con Carlota ni con Elena porque a ellas sí las veía como amigas.

—¡A tomar por culo! —Carlota se llevó las manos a la cabeza.

—¡Ostras! —exclamé a la vez que mi amiga—. ¿Y luego?

—Me dijo que hiciese lo que quisiese, que él se iba, que eso no cambiaba nada y que podía quedarme en su casa de todos modos. Y mientras lo veía irse, me enfadé muchísimo más y me entraron ganas de llorar.

Amanda le frotó el hombro con suavidad y Carlota le agarró la mano.

—Volví a alcanzarlo y le eché en cara que se hubiera ido con la rubia. También le dije que quién se creía que era, que yo hacía lo que me daba la gana.

—Bien dicho —felicité.

Ella me sonrió y continuó.

—Y nada, me dijo que le parecía correcto y que él no había dicho eso. También me preguntó si era necesario que me liase con uno de sus amigos en su cara.

Torció el gesto y nos miró preocupada.

—Y de verdad que no sé por qué besé a ese chico si ni siquiera me gustaba. Pensáis que soy como el perro del hortelano, ¿verdad? —Blanca apretó los labios y cuadró los hombros—. Que ni come ni deja comer.

—No. —Negué enérgicamente con la cabeza—. Pero sí que estás confundida.

—¿Qué pasó después? —quiso saber Carlota.

—Me preguntó si estaba celosa y le dije que eso era ridículo, que éramos amigos. Y él se rio y me dijo —Blanca hizo una mueca y volvió a imitar a Bruno—: «Si quieres fingir que somos solo amigos, allá tú, pero los dos sabemos que esto no funciona así».

—¿Que esto no funciona así? —Carlota gesticuló efusivamente—. ¿Qué es lo que no funciona así?

Blanca asintió y giró la palma de la mano hacia ella.

—Pues eso pregunté yo —corroboró—. Y ojalá no lo hubiera hecho, porque... Me confesó que está enamorado de mí y todo se fue a la mierda porque literalmente le grité: «Que te follen!».

—¿Y él dijo...? —Amanda la instó a seguir.

Blanca cogió aire y por su cara supe que se avecinaba una respuesta fuerte:

—Fóllame tú.

Carlota y yo contestamos a la vez:

—¡Me cago en mi puta madre!

—¡Ay, madre mía!

Guardamos silencio unos segundos y el nubarrón gris de Blanca se apropió de la mesa.

—Me puse muy nerviosa y busqué un hotel en el móvil —continuó ella—. Después de discutir no quería quedarme en su casa.

—¿Por qué no me llamaste? —pregunté sintiéndome culpable.

—Porque estabas con Marcos y era la una de la mañana de un domingo.

—¿Y dónde has dormido?

—En casa de Bruno. Se serenó cuando vio cómo me había alterado yo. Se disculpó y me dijo que entendía que no sintiese lo mismo que él y que no pasaba nada, pero que no podíamos ser amigos. Que me trataría con cordialidad y que me quedase en su casa hasta que encontrase otra.

Ella apartó la mirada y resopló antes de continuar:

—Así que nos fuimos a su casa en medio del silencio más incómodo de mi vida. Esta mañana me he ido temprano a ver mil pisos y... hasta ahora que estoy con vosotras. Y, por supuesto, mis cosas siguen en su casa.

—¿Quieres dormir hoy conmigo? —ofrecí con rapidez. Ella asintió agradecida un par de veces—. Y tú, ¿tienes claro que no te gusta? —pregunté—. Porque la parte de los celos no cuadra.

Blanca podría reconocerlo o no, pero lo que contaba parecía un ataque de celos en toda regla.

—No lo sé. No me lo había planteado hasta tu cumpleaños.

—Vale, pues listo. No te gusta. Punto final. —Carlota le rellenó el vaso mientras negaba con la cabeza—. Él se ha pillado, te lo ha dicho y no hay nada más que hacer. Yo no quiero que sufráis ninguno de los dos, así que no te líes y repite conmigo: «No quiero liarme con Bruno».

Blanca abrió la boca y volvió a cerrarla.

—Vamos, Blanca, es sencillo: «No quiero liarme con Bruno» —insistió Carlota.

—Pero es que... no estoy segura —contestó con la boca pequeña.

—A tomar por culo, así no puedo trabajar. —Carlota se dejó caer en el respaldo y se cruzó de brazos.

—Entonces, ¿Bruno te gusta? —preguntó Amanda con delicadeza.

Blanca se subió las gafas y se encogió de hombros.

En ese momento apareció el camarero y aprovechamos para pedir comida. Después de la noticia de Bruno, sabía que íbamos a quedarnos un rato más.

—¿Qué vas a hacer?

—Ni idea... —Blanca miró al infinito y sacudió la cabeza—. Os prometo que cuando gritó lo de «Fóllame tú» me quedé de piedra. No tenía un trauma así desde el asesinato de la madre de Bambi. Joder, que somos amigos, que le he contado mis cosas, que le he hablado de otros tíos... y encima me he enrollado con un amigo suyo... Es que no hay futuro.

—Yo conocía a Lucas de toda la vida y no me fijé en él hasta la universidad —explicó Amanda—. Y cuando nos reencontramos en Cancún, los dos teníamos pareja... y míranos ahora. No creo que nadie haya sufrido más que lo que sufrimos nosotros antes de estar juntos. Sobre todo él, que se las hice pasar putísimas. Todas las historias tienen algo al principio y lo vuestro no es nada que no pueda superarse.

Los labios de Blanca permanecieron curvados hacia abajo. Amanda lo había intentado, pero no había conseguido animarla con su mensaje de esperanza.

—Ni siquiera sé pronunciar su apellido —reconoció Blanca pasados unos segundos.

—Pero si se apellida Urrutia... —Carlota la miró extrañada.

—Ese no, el segundo.

—¿Bengoetxea? —pregunté yo.

Blanca asintió.

—¿Lo ves? Yo no lo digo así. A mí me patina la «x» muchísimo —refunfuñó ella—. Lo dicho, podéis ponerme la corona de la desgraciada mayor. Es que, jo..., me parece fatal que le dé igual que nos liemos, que salga mal y que tiremos nuestra amistad por la borda. ¿Tan poco le importo?

—Sí que le importas —aseguró Carlota.

—Dios, qué asco da todo —repuso ella con amargura—. ¿Veis como necesito ir a yoga?

Asentí porque estaba de acuerdo.

Nos callamos mientras el camarero dejaba la comida y la devoramos en un santiamén. A partir de ese momento tratamos de hablar de otras cosas para distraer a Blanca y, antes de que me diese cuenta, ya estábamos por los postres.

—Se me ha ocurrido un chiste buenísimo —anunció Amanda. Clavó la cuchara en la tarta de chocolate y me miró con malicia—. ¿Cuál es la tarta favorita de Elena?

La observé con desconfianza. No tenía una tarta favorita y ella lo sabía.

—¿La San Marcos? —preguntó Blanca conteniendo la risa.

Amanda aplaudió y yo negué con la cabeza.

—Muy creativa —ironicé.

—Vale, Amanda, tu turno. —Carlota giró la jarra para que el asa la apuntase a ella—. Ya sabemos que estás felizmente casada y que eres un bomboncito, pero algo podrás contarnos. Aunque sea el color de las bragas que llevas hoy.

—A ver, yo, ¿qué os puedo contar? —Amanda se quedó pensativa unos instantes—. No sé qué hacer con mi vida, por ejemplo. No me gusta mi trabajo.

—Eso no cuenta, tiene que ser algo relacionado con el corazón —recordó Blanca—. Puedes hablarnos de ese novio que tenías y de cómo acabaste con Lucas. A lo mejor puedes entrar en nuestro club en la categoría de «glorias pasadas».

—O puedes contarnos algo que hayas hecho en tu juventud y de lo que te arrepientas —apuntó Carlota—. Algún secreto sucio.

Ella se colocó la melena detrás de las orejas y suspiró. Parecía indecisa sobre qué contar. Yo, que sabía su vida al dedillo, me pregunté qué anécdota compartiría.

—Vale... Sí que puedo contaros algo... —Amanda hizo una pausa y se mordió la uña con nerviosismo antes de soltar dos palabras que me dejaron impresionada—. Estoy embarazada.

3

¡Qué guapa soy!

Hacía tiempo que no recibía una noticia tan impactante. Por eso, después de que mis amigas le dieran la enhorabuena a Amanda y de que ella la aceptara con una débil sonrisa, propuse un plan que nadie pudo rechazar: Amanda y yo caminaríamos hasta mi casa, lo que nos dejaría más de media hora para ir hablando con calma, mientras Carlota y Blanca, que tenía las llaves del piso de Bruno, irían a recuperar las cosas de esta última.

Los primeros minutos anduvimos con los brazos entrelazados y en silencio; conocía a Amanda lo suficiente como para saber que hablaría cuando estuviese preparada. Callejeamos por Malasaña para evitar Gran Vía, que estaría atestada de coches y gente.

—Mira, el Ojalá —dijo con voz triste—. Vine a desayunar con Lucas la semana antes de la boda. La planta de abajo simula una playa. —Sonrió al recordarlo.

Mis ojos vagaron hacia donde señalaba y me encontré con un local pequeño y abarrotado de clientes.

—El suelo está cubierto de arena y el café está bueno. Deberías venir con Marcos.

—Vale —asentí—. Aunque también puedo venir contigo.

—Claro. Tengo que repasar la carta, pero supongo que podré comer ahí, sí... —Dejó la frase inacabada. Eso no era una buena señal, porque a ella le encantaba hablar. Le di una palmadita en el brazo para hacerle saber que estaba ahí.

—Siento haberos cortado el rollo...

—Amanda, tienes que dejar de pensar así. Eres mi amiga, no me cortas el rollo ni eres una pesada. Estoy aquí para escucharte.

Ella forzó la sonrisa y señaló con la cabeza la calle para que reanudásemos la marcha. En ese momento atravesábamos Conde Duque. Había caído el sol y corría una leve brisa, y las calles de Madrid invitaban a disfrutar de una de sus múltiples terrazas, que estaban llenas de vida.

—Vomité —anunció cortando el hilo de mis pensamientos—. Una noche Lucas y yo nos emborrachamos... Habíamos pasado la tarde en la playa y cuando subimos a la habitación a arreglarnos, pues... hicimos nuestras cosas de pareja. —Se sonrojó visiblemente—. Ya sé que nos hemos propuesto hablar con normalidad del tema, pero todavía no llego al nivel de atrevimiento de Carlota —se justificó.

—No pasa nada, cuéntame lo que quieras.

—Pues eso, que lo hicimos unas cuantas veces... y bueno... Siempre que estoy de vacaciones me pongo un recordatorio en el móvil para tomarme la píldora. Esa noche bebí y cené muy pesado... y terminé vomitando de madrugada.

Ella suspiró y yo guardé silencio.

—Tendría que haberme tomado otra píldora, pero se me olvidó. Y, además, era de la última semana y tampoco tenía de sobra. Resumiendo: seguí acostándome con Lucas como si nada... y días más tarde no me vino la regla. Al principio lo achaqué a los nervios de la vuelta de la luna de miel, el *jet lag* y la organización del cumple de Lucas y eso, pero tampoco terminaba de quedarme tranquila. Así que me compré unos test de embarazo y cuando el quinto salió positivo empecé a asumir que estaba embarazada. —Se paró y se tocó la tripa—. El miércoles tengo la primera cita con la doctora, así que ya te contaré... Ahora mismo... el... la... bueno, la cosita que hay aquí dentro es del tamaño de la cabeza de un alfiler...

Los ojos se le llenaron de lágrimas; apretó los labios tratando de contenerlas, pero no pudo.

—Amanda... —Me coloqué delante de ella y la abracé con cariño. Ella se agachó para corresponderme.

—Quería esperar a ir al hospital para contártelo, pero uf, no sé, me ha salido solo —sollozó.

—No pasa nada.

Nos mantuvimos así hasta que el sentido de la vergüenza regresó al cuerpo de mi amiga. Y, entonces, Amanda se apartó, se limpió las lágrimas y me agarró la mano para seguir andando.

—No se lo hemos contado a nadie. Ni siquiera hemos decidido si vamos a esperar hasta que esté de tres meses o no..., pero bueno, a ti te lo iba a contar igualmente porque, si pasa algo malo, quiero contar con tu apoyo.

Eso me conmovió.

—Entiendo.

—En realidad, no sé por qué lloro. —Se encogió de hombros y cuando sonrió un par de lágrimas descendieron por sus mejillas—. Es cierto que no ha sido buscado, pero creo que lo vamos a tener. A ver, que no sé por qué digo «creo» si ya lo hemos hablado, pero no me felicites todavía... porque... por si acaso no quiero pensarlo.

—Vale.

Se sentó en un banco y me acomodé a su lado.

—Lucas siempre ha tenido más claro que yo el tema de la paternidad. —Volvió a encogerse de hombros y negó con la cabeza—. Y yo ahora mismo no sé qué quiero hacer con mi vida. No sé si buscar otro trabajo, si ponerme a estudiar otra cosa a estas alturas... —Su mirada se perdió en el infinito—. Tengo claro que quiero cambiar de trabajo, pero no es fácil. Y no me planteaba ser madre hasta estar en un trabajo que me hiciera feliz. Y ya sé que no es lo más importante de la vida, pero trabajar, ser madre y estudiar... no sé si podré con todo. No sé, Els... Da igual.

—No da igual.

—No quiero darle vueltas hasta que me lo confirmen en el hospital, pero no puedo dejar de pensarlo. Es la pescadilla que se muerde la cola.

Se limpió las lágrimas con el dorso de la mano y emitió un suspiro sonoro.

Poco había que pudiera decirle porque la entendía. Saqué un pañuelo del bolso y lo aceptó agradecida. Se lo pasó por debajo de los ojos con delicadeza y volvió a mirarme.

—Que llore no quiere decir que no quiera a esto que tengo dentro. —Volvió a tocarse la tripa con cariño—. Que a lo mejor esto es solo mi tripa de haberme atiborrado cenando, pero creo que lo quiero ya, ¿sabes? Y a su vez pienso: «Embarazada en la luna de miel, ni que estuviésemos en los años cincuenta». —Hizo una pausa y cogió aire—. ¿Soy egoísta por pensar en mi vida y en lo que quiero aparte de esto? —Se señaló la tripa otra vez.

—No —negué—. No eres egoísta. Es normal que pienses en ti y en cómo van a cambiar tu vida, tu cuerpo, tus expectativas... porque todo va a cambiar y es comprensible que te asuste. Pero decidas lo que decidas con Lucas, todo irá bien. Estáis juntos en esto. —Busqué su mano y la apreté—. Y, por favor, deja de ser tan dura contigo misma.

—Vas a pensar que soy una estúpida, pero cuando pienso que voy a engordar... —Levantó la mano y negó cuando vio que iba a interrumpirla—. Ya sé que no es lo más importante, pero justo ahora estaba consiguiendo verme bien en el espejo... Sigo en mi lucha diaria de quererme, de aceptarme y transformar mis complejos y... No sé, supongo que las cosas vienen cuando menos te las esperas.

Amanda nunca había estado contenta con su cuerpo, había tenido rachas buenas y rachas malas, y llevaba mucho tiempo dentro de una de las buenas. Era preciosa. Todos lo veíamos, pero a ella le costaba más.

—Vas a estar ideal y lo sabes. Y vas a comprarte un montón de modelitos con los que estarás adorable—. Le sonreí y ella asintió—. Sé que da igual lo que diga porque importa lo que está dentro de tu mente, pero quiero que sepas que estoy superorgullosa de cómo estás luchando día tras día contra esa imagen tan distorsionada que tienes de ti misma. Ojalá la sociedad no te hubiera metido en la cabeza unos estándares de belleza tan exigentes y tan imposibles de cumplir.

Era triste, pero conocía a muy pocas chicas que no criticasen alguna parte de su cuerpo. Aunque, por suerte, parecía que algunas cosas iban cambiando.

—Estoy intentando darles la vuelta a los pensamientos negativos. No quiero pensar que tengo las piernas gordas, sino que gracias a mis piernas camino. Y ahora me atrevo a hacerme coleta.

—¿Por qué dices lo de la coleta?

—Siempre he pensado que tenía las orejas grandes.

—Amanda... —amonesté.

—Pero ahora digo: orejas de elfa buenorra, como las de Arwen o Galadriel.

—¿Esas son...?

—Joder, Els, pues las de *El señor de los anillos* —dijo incrédula al cruzarse de piernas—. En fin, son muchas cosas. Pero bueno, ya te lo he contado y de momento no podemos hacer nada, así que prefiero cambiar de tema... Me ha venido bien distraerme con vosotras porque no pienso en otra cosa. Y creo que Lucas tampoco piensa en nada más.

Asentí y volví a abrazarla.

—Gracias por escucharme.

—No me las des. Más te las doy yo a ti, que el otro día me escuchaste mientras lloraba por mis sentimientos cuando ya debías de tener la cabeza como un bombo.

Ella sonrió y volvimos a ponernos en marcha. Cuando nos despedimos con un abrazo en mi portal, me pidió que no le contase nada a Marcos y yo le repetí mil veces que me llamase si necesitaba algo.

Me dejé caer en el sofá con el móvil en la mano y al recostarme contra el asiento mullido me sentí un poco abatida. Ver a mis amigas tristes me encogía el corazón.

Por suerte, Marcos seguía despierto y hablar con él mejoró mi humor de forma considerable. Si no me llamó «novia» un millón de veces, no lo hizo ninguna. Al oír su voz, Minerva saltó a mi regazo y se empeñó en ser la protagonista de la videollamada, cosa que también consiguió sacarnos unas risas. Escuché con atención cómo había sido su día y me reí cuando me pidió que nunca más le dejase ponerse el traje en los baños del aeropuerto; según él, eran tan pequeños que se había golpeado contra las paredes un centenar de veces y su corbata casi había terminado dentro del retrete. Volvía de casa de su madre. Se desanudó la corbata al entrar en su apartamento y deseé con todas mis fuerzas que esa puerta que oía cerrarse fuese la de mi piso. Después de que me enseñase su casa, pasé a relatarle mi día. Sonrió como un idiota cuando hablamos de organizar el viaje para ir todas a Londres y me despedí cuando trató de contener un bostezo que le empañó los ojos.

Enseguida apareció Blanca arrastrando una maleta enorme y más enfadada aún que en el bar. Detrás, Carlota intentaba tranquilizarla. Entre las dos me contaron que Blanca había subido a casa de Bruno sin avisar, con la esperanza de que él no estuviese, mientras Carlota la esperaba en el portal.

—Pues abro la puerta con los nervios a flor de piel, ¿y a quién me encuentro? —preguntó Blanca cabreada—. A la misma rubia que ayer lo enganchó del brazo en el bar. Encima me dice: «¡Ay! Tú eres la amiga de Bruno, ¿no?». —Blanca puso voz aguda para imitar pobremente a la chica—. Ahora se está duchando, pero, si esperas cinco minutos, seguro que sale. —Hizo una mueca de disgusto antes de seguir hablando con su tono de voz normal—. ¿Qué te parece? —Hizo aspavientos con las manos—. Me he enfadado tanto que he cogido mis cosas y le he dado las llaves a la rubita. Le he dicho que le diga a Bruno de mi parte que le den. Y puede ser que haya cerrado la puerta con más fuerza de la necesaria al salir... —Blanca se dejó caer en el sofá y me miró esperando una respuesta milagrosa que evaporase su problema.

—Yo le he dicho que se olvide ya del tema —concluyó Carlota sentándose a su lado.

Asentí y solté el aire que estaba reteniendo por la nariz. Parecía que se arreglaba la situación de una y empeoraba la de otra.

—Ahora deberías centrarte en preparar el currículo para las prácticas —contesté.

Era cierto que los comentarios directos de Blanca, a veces, eran como dardos de sinceridad. Ella veía la vida de una manera que yo admiraba, sin darles vueltas a las cosas. Si algo le daba un mínimo quebradero de cabeza, pasaba del tema. Sus consejos siempre iban en el mismo tono, tanto para nosotras como para ella misma, pero nunca la había visto tan molesta por algo. Ni siquiera con su compañera de piso.

—Es verdad —dijo ella—. Mi futuro es lo más importante. Por mi parte, basta de hablar de amor. Por cierto, ¿puedes preguntarle a Marcos si lo que he hecho se considera allanamiento de morada? Si voy a ir a la cárcel quiero que sea por algo interesante.

Se me escapó la risa y asentí.

—Claro, si vas a la cárcel que sea porque te has colado en la mansión de algún famoso de Hollywood y le has robado el coche —bromeó Carlota.

—Sí, por lo menos que sea por eso, por robar un coche caro y darme a la fuga. Aunque, ya puesta, trataría de robar algún vestido de Chanel o al marido de la Pataky.

—Creo que eso se considera secuestro. —Me uní a sus bromas—. Y quizá te caigan un par de años más.

—Vendréis a visitarme a prisión, ¿verdad?

—Claro.

—Te llevaremos tabaco para que puedas intercambiarlo allí dentro.

Blanca se rio y su ceño fruncido se relajó un poquito. Permanecimos en silencio unos segundos, en los que Carlota me miró y se encogió de hombros, y Blanca consultó su teléfono.

—Dios, qué asco...

—¿Qué pasa? —pregunté sentándome a su lado.

—Pues que ya me ha escrito Bruno... Es que, de verdad... ¿En qué hora pensé que era buena idea liarme con él? Y, encima, es vuestro amigo también.

—Blanca, ya está. —Carlota le echó el brazo al hombro—. No tienes que contestarle si no te apetece y de nosotras ni te preocupes.

—Eso, nosotras a centrarnos en preparar tu currículo y los trabajos de fin de grado. Esas son nuestras tareas esta semana —aseguré—. Por cierto, es tarde, ¿quieres dormir aquí? —le pregunté a Carlota.

Ella asintió y me tiró un beso de aire. Y así fue como nos dieron las tantas hablando en el sofá, riéndonos mientras comíamos helado y tratábamos de resolver problemas de la vida para los que no teníamos respuesta. Y es que las mejores conversaciones surgían siempre de madrugada, cuando una de tus amigas se envolvía en una sábana, enterraba la cara en un cojín y aseguraba que nunca más saldría de casa, y mientras la otra no paraba de sacarle fotos para el recuerdo o para venderlas cuando hicieran una película sobre su vida.

4

Amigos de más

Convivir con Blanca estaba bien. Era igual de limpia y organizada que yo. En lo que no coincidíamos era en la hora de centrarnos; mientras que a mí no me costaba mucho, a ella la pillaba cada dos por tres metida en sus redes sociales o viendo telenovelas a escondidas en su portátil. Tampoco nos parecíamos en lo de madrugar; a ella se le pegaban las sábanas y yo me levantaba de un salto. Otro punto a su favor era que cocinaba estupendamente y, además, le gustaba hacerlo.

No volvimos a mencionar a Greta ni a Bruno, pero no pasó lo mismo con Marcos, ya que cada vez que colgaba el teléfono y regresaba al salón, donde Blanca y mi gata estaban concentradas en una de sus novelas, ella la pausaba, me miraba con ojitos tiernos y me decía: «Ya tienes esa sonrisilla otra vez». Yo siempre meneaba la cabeza y me sentaba a su lado para leer mis manuales mientras escuchaba sus suspiros amorosos por un tal Ri, que, según me contó, era un oficial norcoreano guapísimo.

Aparte de centrarnos en las cosas de la universidad, fuimos a la clase de prueba de yoga. Carlota, Blanca y yo nos colocamos atrás para que nos viera hacer el ridículo el menor número posible de personas, y Diana y Amanda ocuparon sus puestos en primera fila. Confieso que se me dio mejor de lo que esperaba. Hicimos todas las posturas de las que Amanda nos había hablado y le eché una mirada reprobatoria a Carlota cuando fue tan infantil como para reírse de la postura del perro. Al salir tomamos algo en el bar de enfrente y todas coincidimos en que lo habíamos pasado genial. Carlota y yo no íbamos a repetir, pero Blanca se lo estaba pensando. Al final, nos liamos y acabó siendo una de esas noches improvisadas en las que cenas y te ríes con tus amigas, y, cuando te das cuenta, la única mesa que queda ocupada en el local es la vuestra.

El sábado dejé a Blanca durmiendo y me fui andando al trabajo. Sabía que era temprano en Londres y que probablemente Marcos estaría durmiendo, pero le escribí de todos modos. La noche anterior no habíamos conseguido cuadrarnos para hablar y tenía ganas de darle los buenos días y recordarle que lo echaba de menos. Lo sé, a mí también me sorprendía cómo podía extrañarlo tanto cuando dos meses atrás no lo podía ni ver. Menos de un minuto después, su cara iluminó mi móvil.

—Buenos días —respondí sonriente—. Pensaba que estarías dormido.

—Llevo despierto desde las seis.

Abrí los ojos sorprendida.

—¿Y eso?

—Lisa me ha arrastrado a Portobello. Mira. —Marcos cambió la vista del móvil a la cámara trasera y vi los puestos del mercadillo abarrotados—. ¿Ya estás yendo al trabajo? —preguntó cuando volvió a aparecer en la pantalla.

Asentí y sonreí.

—¿Está nublado?

—Sí. Estamos a trece grados con máximas de veintitrés.

—Aquí estamos a veintiocho y no son ni las diez de la mañana —me quejé.

—Lo prefiero. Prefiero estar asado y besándote.

—No sabes lo que dices... —Negué mientras esquivaba una farola—. Cuando salga estaremos a treinta y cinco, y querré arrancarme la ropa.

La sonrisa de medio lado de Marcos hizo acto de presencia.

—Y precisamente por eso me encantaría estar ahí cuando eso pase. —Me guiñó un ojo y mi corazón dio un saltito—. Un segundo, Ele.

Oí el murmullo de una voz femenina a su lado, a la que Marcos contestó en inglés:

—No. No seas insistente.

Resopló y negó con la cabeza antes de volver a mirarme.

—Mi hermana quiere saludarte —informó en tono de derrota—. Cosa que no tienes por qué hacer, ya le he dicho que es una pesada.

—Vale.

—¿En serio?

Me encogí de hombros y sonreí. Él me devolvió la sonrisa con la mirada y yo me puse un poco nerviosa cuando se giró hacia su hermana.

—Habla en español —le pidió.

—Vale, pesado. —Oí la misma voz antes de que la cara de una chica apareciera al lado de la de mi novio—. ¡Hola!

Lisa parecía más joven que Marcos y tenía los mismos rasgos traviesos que él. Su pelo era negro y los ojos grandes y azules. Su piel era más pálida que la de Marcos; supuse que a ella no le había dado tanto el sol en Londres como a él en España, y era más bajita. Nadie que los viese juntos podría decir que no eran hermanos. Llevaba una chaqueta negra con manchas de todos los colores. Parecía una persona emocionada y encantada de saludarme.

—Hola. —Le devolví la sonrisa—. ¿Qué tal?

—Bien. —Miró a Marcos de reojo—. Mi hermano dice que te encanta leer. —Asentí—. No sé si has visto *Notting Hill*, la peli romántica... —Marcos intentó taparle la boca con la mano libre, pero no lo consiguió.

—Lisa...

Ella lo ignoró y siguió hablando:

—La librería que sale en la peli está aquí al lado. Si quieres, te llevo cuando vengas —concluyó.

—Eh, vale —respondí cortada.

—¿Lo ves? —preguntó Marcos—. Ya la has asustado.

—¿Qué dices? —Lisa arrugó las cejas y me miró como si su hermano estuviese loco—. ¿Te he asustado?

«Un poco».

—No. Me encantaría ir a esa librería, claro.

—Cariño. —Marcos recuperó el móvil y sacó a su hermana de plano—. Ni caso, no tienes por qué ir con ella.

—¡Pero que no me la voy a comer! —oí que decía Lisa.

—¿Te das cuenta de que no te conoce y ni siquiera ha venido todavía?

—Ha dicho que le parece bien. —La muchacha reapareció en la pantalla. Parecía que, pese a que se hacían de rabiar, se querían mucho—. ¿A que sí? —Centró sus ojos en mí y entendí por qué Marcos decía que era imposible negarle algo.

—Sí —respondí.

—Mi novia es demasiado educada como para decirte que no —informó él dándole un pequeño empujón—. Además, le has ofrecido lo que más le gusta, eso no cuenta.

—¡Shhh! ¡Calla, pesado! —reprendió ella, y yo me reí—. No veas qué gruñón está desde que ha vuelto, y todo porque te echa de menos.

«Yo también a él».

—¿Por qué no te vas a ver el puesto de los cuadros y ahora te alcanzo? —le propuso Marcos.

Ella me sonrió.

—No sé cómo lo aguantas —dijo antes de desaparecer.

Marcos buscó un banco para sentarse y yo me apoyé contra una pared. Era incómodo caminar, sujetar el móvil y tratar de no chocarme a la vez.

—Es muy insistente. Lo siento —se disculpó.

—Me cae bien y me encanta visitar librerías.

—Ha encontrado rápido tu punto débil.

—No era difícil.

—Ya, el mío también lo ha adivinado.

—¿Y cuál es?

Él alzó una ceja y me observó como si la respuesta fuera una obviedad.

—Pues tú —aseguró—. Te echo de menos.

Suspiré y volví a asentir.

—Y yo a ti.

Diez minutos antes de que terminase mi turno, Blanca y Carlota, que llevaban todo el día visitando pisos, aparecieron en la floristería.

—¿Has mirado el móvil? —Blanca parecía nerviosa.

—Hola, chicas —saludé—. Necesito unos minutos para recoger. Y no, ¿qué pasa?

—Bruno nos ha invitado a un concierto suyo esta noche... Nos ha escrito por el grupo.

—¿Y qué habéis dicho? —pregunté.

—Nada, estábamos esperando a saber tu opinión.

—A mí me da igual, pero, si no te vas a sentir cómoda, no vamos.

—Carlota cree que debemos ir —añadió Blanca rápidamente.

—Pues sí... —Carlota cabeceó—. Hay que limar asperezas o será superincómodo cuando volvamos a clase.

—Es que encima las pocas asignaturas que me quedan para acabar son con él —se lamentó Blanca.

Me quité el delantal y suspiré. Cogí un par de rosas y le di una a cada una. Cinco días habían sido los que habíamos aguantado sin tocar los dramas amorosos, todo un récord.

Terminamos cenando en mi casa una tortilla de patata que preparó Carlota mientras Blanca y yo nos turnábamos para ducharnos y arreglarnos. Hacía calor y el concierto era en una sala cerrada, por lo que opté por *shorts* y camiseta.

—Pero ¿vamos a un concierto o a la ópera? —preguntó Carlota cuando Blanca apareció en el salón.

Mi amiga había elegido un vestido corto rosa que tenía un escote pronunciado y que estaba recubierto por una segunda capa de tela transparente. Al lado de mi conjunto básico y de Carlota que llevaba un top, falda y deportivas, parecía que Blanca iba a pisar la alfombra roja.

—No exageres. Siempre me arreglo cuando salgo. —Ella agitó la mano quitándole importancia.

—Yo solo digo que, como te agaches, te voy a ver todo —añadió Carlota.

—Pues disfruta de las vistas.

Llegamos al local a las doce y ya estaba lleno de gente. El sitio no era muy grande y no estaba muy bien iluminado. Blanca se fue directa a la barra. Pidió una copa de vodka y se bebió la mitad de un trago ante la atónita mirada de Carlota, que pidió cervezas para nosotras.

—Al final habéis venido. —Bruno nos saludó con gesto ausente. Sus ojos se detuvieron unos segundos más de lo necesario en el vestido de Blanca. Quizá siempre había sido así y nunca me había dado cuenta, pero en aquel momento se me hizo muy evidente.

Carlota y yo lo recibimos con dos besos, y Blanca se limitó a hacerle un gesto con la cabeza, sin mirarlo, y a sorber de su pajita. Bruno hizo como si nada y nos presentó a sus amigos, a los que Blanca sí honró con dos besos. Mi amigo asintió casi imperceptiblemente al verlo. Parecía dolido.

—¿Con ese es con el que te liaste? —preguntó Carlota cuando se fueron.

—Eh, sí... —respondió Blanca avergonzada.

Yo me mantuve al margen.

—Pues no es tu tipo y, por cierto, cero tenso que no hayas saludado a Bruno —ironizó.

Blanca se encogió de hombros y le dio otro sorbo a su bebida.

Cuando el grupo que estaba tocando terminó, Bruno y sus amigos salieron a escena. Hasta donde sabía versionaban a otros grupos que les gustaban porque no tenían canciones propias. Yo no era dada a escuchar rock, bueno, no era dada a escuchar música en general, pero tenía que reconocer que tocaban bien. El concierto se pasó rápido, Carlota y yo lo disfrutamos, pero Blanca no tanto. No había que ser un genio para imaginarse que miraba por encima del hombro buscando a la rubia que había visto en casa de Bruno. Cuando los acordes de la canción que estaban tocando se extinguieron, Bruno carraspeó en el micrófono reclamando la atención del público:

—La última canción que vamos a tocar esta noche quiero dedicársela a la amistad y especialmente a mi «amiga» Blanca. —Hizo demasiado énfasis en la palabra amiga como para que lo pasáramos por alto.

Carlota y yo abrimos los ojos asombradas. Blanca estaba pálida como la nieve y apretaba con fuerza el vaso, sin apartar los ojos de Bruno, que había comenzado a cantar.

—¿Qué maldita canción es esa? —preguntó—. ¿Y por qué coño me la dedica?

La melodía me sonaba, pero no sabía cuál era.

—Pues, bonita mía, si te la dedica es porque la letra es para ti —contestó Carlota—. Es la canción de *Stranger Things*. «Should I Stay or Should I Go», de The Clash.

—¿Me podéis decir qué dice la letra? —Blanca parecía enfadada y nerviosa.

Sin perder el tiempo, busqué la letra en español y supe que esa canción enredaría más las cosas entre ellos.

—¿Segura? —pregunté extendiendo el móvil en su dirección.

Blanca cogió el teléfono y conforme leía fue arrugando el ceño.

—Cariño, tienes que decírmelo, ¿debería quedarme o debería irme? —Nos leyó la letra en alto—. Si dices que eres mía, estaré aquí hasta el fin de los tiempos. —Paró de leer para mirarnos con cara de: «¿Os parece normal?».

Carlota y yo no supimos qué decir. Esa jugada sobrepasaba la línea de la amistad. Blanca sacudió la cabeza y apretó los labios.

—No quiero leer más. —Me devolvió el teléfono—. Y por mi parte se puede ir a la mierda.

—¿Estás bien? —pregunté.

Blanca no respondió y se miró las uñas con interés.

—Creo que está alucinando —opinó Carlota.

—Joder, pero ¿cómo hemos llegado a esta situación? —Blanca suspiró.

No había respuesta que pudiéramos darle a eso. Su cara fue cambiando de la incredulidad al enfado y se puso roja de rabia. Antes de que la canción finalizase, el público empezó a aplaudir, incluida Carlota. Blanca la fulminó con la mirada y ella se encogió de hombros.

—¿Qué? Me gusta mucho esa canción —se justificó.

—Esperadme aquí. —Fue lo único que dijo Blanca antes de perderse entre la gente, en dirección a los escenarios.

Carlota y yo nos quedamos observando el lugar por donde ella había desaparecido.

—Se va a liar.

—Sí, esa canción ha sido una declaración de intenciones. —Asentí—. No entiendo por qué le dice que respeta su decisión y luego le canta esto.

—Ya... y yo que pensaba que estas mierdas solo pasaban en las películas cutres de los noventa.

Nos entretuvimos bailando y tratando de adivinar qué estaría pasando entre Blanca y Bruno, hasta que nuestra amiga regresó con las mejillas sonrosadas y hecha una furia.

—Chicas, nos vamos —dijo visiblemente agitada—. Por favor.

Recogió su bolso del hombro de Carlota y salió del local sin esperarnos. Antes de girar sobre los talones para seguirla, vi a Bruno aparecer por el mismo sitio que había llegado ella; tenía el pelo revuelto y los labios enrojecidos.

Sin darme tiempo a despedirme de él, Carlota tiró de mí hacia la calle.

—¿Te quieres esperar? —le gritó Carlota.

Blanca se paró y nos apremió con las manos para que acelerásemos el paso. Al llegar a su altura me di cuenta de que tenía la boca igual de roja que Bruno. Antes de que pudiera preguntarle qué había pasado, se oyó la voz de nuestro amigo, que la llamó en un grito:

—¡Blanca!

—Joder —maldijo ella y cerró los ojos—. Por eso quería darme prisa. Esperadme aquí, por favor.

Atónita, vi cómo nos rebasaba calle abajo y acudía a su encuentro. Él hizo ademán de tocarla y ella se apartó con brusquedad. Bruno extendió la mano y Blanca cogió lo que él le entregaba de un tirón. Intercambiaron un par de palabras y ella regresó con nosotras. Bruno se quedó plantado mirándonos, Carlota y yo nos despedimos de él con la mano, y él nos imitó. Blanca pasó por nuestro lado sin detenerse. No hablamos hasta habernos alejado lo suficiente.

—Blanca, eso que llevas en la mano... —comenzó Carlota indecisa.

—Sí. Son mis bragas —confirmó ella pisando el suelo con fuerza.

«¡Ostras!».

Carlota y yo le lanzamos unas cuantas preguntas seguidas:

—¿Vas sin bragas?

—¿Por qué las tenía Bruno?

—¿Qué ha pasado?

Blanca resopló y cuando habló no pudo contener los nervios:

—Lo que ha pasado es que quería tirármelo en el baño de tíos y él ha dicho que no pensaba hacérmelo en un sitio tan asqueroso. Parece ser que, igual que vosotras, él también cree que soy una princesita que necesita una cama con sábanas de seda para echar un polvo —terminó rabiosa.

—A mí me parece razonable —contesté.

—Eso no explica por qué tenía tus bragas —recordó Carlota.

—Las tenía porque me las ha quitado. —Hizo un aspaviento y alzó la voz—. Es evidente.

Carlota y yo volvimos a intervenir a la vez:

—Ostras... Entonces, ¿lo habéis hecho?

—Con lo fina que eres me cuesta creer que te lo hayas follado en un baño.

—¡Que no! —respondió disgustada—. Que yo quería y él me ha dicho que ni de coña íbamos a follar ahí. Así que le he dicho que, si no me lo hacía él, me iría con cualquiera de sus amigos.

«Madre mía».

—Pero, entonces, ¿por qué narices tenía tus bragas? —siguió pinchando Carlota.

—¡Pues porque me ha comido el coño! —soltó de golpe.

Me quedé totalmente sorprendida porque no esperaba una respuesta tan sincera.

—Joder, Blancanieves, veo que te has tomado muy en serio lo de que sea tu amigo del alma —bromeó Carlota.

Ella la taladró con la mirada. Se paró para ponerse las bragas y, cuando se incorporó, sacudió la cabeza.

—No digáis nada, por favor —suplicó—. No quiero oír ni una palabra más.

5

Amor en obras

Carlota y yo intentamos distraer a Blanca con tonterías, pero ella no despegó la vista de su teléfono. El metro ya había cerrado, así que volvimos andando a mi casa por la calle Fuencarral y luego por Gran Vía, porque, fuese la hora que fuese, siempre estaban llenas de gente. Cuando Blanca se unió a la conversación nos contó que acababa de comprarse un billete de avión y que volvía a casa de sus padres, en Mallorca, hasta que empezase el curso. Carlota y yo nos miramos sorprendidas, pero, en lugar de dar nuestra opinión, le pedimos que nos hablara de sus últimos amores platónicos. Ese tema de conversación siempre conseguía sacarnos unas risas.

Al día siguiente, Blanca se acercó a la floristería para devolverme las llaves. Mientras comíamos en una pizzería cercana me contó que le había gustado tanto el piso que había visitado esa mañana que lo había alquilado. Su nuevo hogar estaba cerca de la facultad y a dos paradas de metro de mi casa. Me enseñó un par de fotos y me dijo que era tan pequeño como una caja de zapatos y que la ventaja era que viviría sola. Al despedirnos, me recordó que, con suerte, trabajaríamos juntas, y que nos seguiríamos viendo con regularidad. Yo ya no tenía que ir a la facultad más que para presentar el proyecto, pero Blanca sí tenía algunas asignaturas en el primer cuatrimestre y a Carlota todavía le quedaba un curso entero por delante.

Cuando llegué a casa me encontré las cosas de Blanca apiladas en una esquina del salón. Encima de su maleta había dejado la llave del candado de su bicicleta para que la cambiase de sitio de vez en cuando y evitar que se la robasen. Me hizo gracia porque yo no sabía montar en bici. A Blanca le enseñó su padre cuando era pequeña, pero mi madre no sabía montar y estaba casi siempre trabajando para sacarme adelante. Suspiré y traté de que el silencio no me incomodase. Blanca siempre tenía algo que decir o algún vídeo que enseñarme y se notaba su ausencia. Sujeté la llave de su candado y le saqué una foto para mandársela. Ella fue la primera persona que me habló de los candados del amor que se habían popularizado hacía algunos años. Las parejas ponían un candado y lanzaban la llave al río para simbolizar su amor eterno. Siempre me había parecido una tontería, pero a Blanca le encantaba la idea. Por eso, junto a la foto, le escribí un mensaje:

> Deberíamos poner un candado juntas

Su respuesta no se hizo esperar:

> Eso no es ponerle los cuernos a Amanda?

> Ella me los ha puesto antes.
> Espera un bebé que no es mío

> Tienes razón 😂
> Adónde lanzaremos la llave?

> Al estanque del Retiro?

> Para que se la coman las carpas asesinas?

Me reí mientras tecleaba:

> Claro, así nunca podremos recuperarla.
> Y estaremos condenadas a ser amigas siempre 🖤

Me deshice la trenza de camino al baño y me di una ducha con el agua tan fría como mi piel fue capaz de soportar. Veinte minutos después, ya tenía el pelo desenredado y me había puesto la camiseta de Marcos a modo de pijama.

Abrí la nevera y sonreí al ver los calabacines rellenos que Blanca había preparado antes de irse. Ese gesto por su parte me conmovió. Tenía la suerte de tener una amistad preciosa con mis amigas. Nos cuidábamos, nos apoyábamos y siempre nos empujábamos hacia arriba. Y aquel amor tan verdadero no merecía un candado, merecía cientos.

Después de cenar viendo un documental sobre los colibríes, cogí un Magnum de chocolate negro y llamé a Marcos.

—Hola —saludó sonriente.

—Hola.

—¿Ya vas por el postre? —Asentí—. ¿Qué tal el día? —me preguntó.

—Bien. Blanca ya se ha ido, pero me había dejado la cena hecha. —Sonreí—. La tarde, ajetreada en la floristería. En agosto se casa muchísima gente. ¿Tú qué tal lo has pasado con tu familia?

—Bien. He vuelto a ver a mi sobrino —contestó emocionado—. Hemos ido a comer a casa de mi madre y por la tarde hemos paseado por Hyde Park. Me he venido pronto porque estoy molido de toda la semana y porque quería mirar una cosa del trabajo.

No hacía falta que lo jurase, se le veía cansado.

—Ojalá esta semana puedas descansar más.

—Sí, yo también lo espero. Eso y volver al gimnasio. No estoy haciendo nada de deporte desde que no me acuesto contigo.

Alcé la ceja derecha y lo miré incrédula.

—¿Así que por eso te acuestas conmigo? ¿Para cumplir tu objetivo de deporte semanal?

—Justamente —bromeó.

—Pues yo tengo agujetas de yoga. —Me recosté en el sofá y dibujé un círculo imaginario con el cuello para estirarlo—. Me duele todo y eso que durante la clase pensaba que no estaba haciendo nada.

—Como ya estás sola en casa, ¿puedo decirte cosas sucias?

Se me escapó la risa.

—¿Como qué?

—Como que no podría ir contigo a esa clase.

—¿Por qué?

—Me echarían porque estaría constantemente empalmado al verte en mallas haciendo posturitas.

Desvié por un momento la mirada. Si el calor aumentaba, el pelo se me secaría en cuestión de minutos.

—Eres muy básico. Como tú dices: deberías ser más original.

—Venga ya —se quejó—. Si te digo un millón de cosas sensuales y románticas. Eres tú la que dice siempre lo mismo. —Lo vi moverse y encender y apagar luces a su paso—. Que yo no me quejo, ¿eh? Que tú dices que me quieres y yo ya el resto de la frase ni la escucho.

—Mmm, déjame pensar.

Puse el cerebro a trabajar para encontrar algo cursi que decirle. No me salía de manera natural decir ese tipo de cosas. Mientras tanto, él se tumbó en la cama y se colocó de lado, con el móvil apoyado cerca de la cara.

—Vale, ya sé. ¿Preparado? —pregunté. Él asintió conteniendo la risa—. Eres... como un helado de chocolate con pepitas de *brownie* en un día muy caluroso de verano.

—Es lo más bonito que me han dicho nunca. —Sonrió.

—Mi otra opción era decirte que debería ser ilegal ser tan asquerosamente guapo.

—¿Asquerosamente guapo? —Marcos se rio—. Y luego dicen que el romanticismo ha muerto.

Giré un par de veces la muñeca con la que sujetaba el móvil, porque se me estaba durmiendo, y volví a recostarme en el sofá.

—¿Llevas puesta mi camiseta?

Asentí y le di un mordisco al helado, que amenazaba con derretirse. Marcos me dedicó una mirada penetrante, de esas que hacían que me echase a temblar de anticipación.

—¿Qué estarías haciendo ahora si estuviese ahí contigo? —preguntó en voz baja.

Sabía qué respuesta quería oír, pero tenía ganas de reírme a su costa.

—Comerme un helado —contesté despreocupada. Le di otro mordisco y el chocolate crujió entre mis dientes.

—¿En serio? —Me observó incrédulo. Asentí, pero no se dio por vencido—. Si estuviese en tu sofá, a tu lado, sin ropa, ¿qué harías?

—Saborear este helado. Está buenísimo —aseguré mientras lo colocaba delante de la pantalla para que lo viese mejor.

Lamí el helado despacio, sin dejar de mirarlo a los ojos, provocando que su sonrisa socarrona se ensanchara.

—¿No quieres chupar otra cosa?

«¡Alerta, calentón inminente!».

Sacudí la cabeza.

—Me lo apunto aquí. —Se golpeó la sien un par de veces—. Para cuando me pidas cosas de pervertida mandarte a comer helado.

Se me escapó la risa y él resopló fingiendo que estaba molesto, lo que consiguió que me riera más alto.

—Creo que hoy la cama se me va a hacer enorme. Va a ser la primera noche que duermo sola desde que te fuiste.

—Joder. —Se frotó la frente en un gesto cansado y cerró los ojos—. Sé que sueno repetitivo, pero me encantaría estar contigo.

—¿Comiéndote un Magnum como este?

—O a ti.

—Eso quizá sería más interesante que ver este documental. —Apagué la televisión y me levanté.

—¿Quizá? —preguntó ofendido.

Me encogí de hombros divertida, tiré el palito del helado a la basura y me dirigí a mi cuarto. Una vez allí, lo imité y dejé el teléfono apoyado contra su almohada cuando me tumbé.

—Di lo que quieras, pero llevas mi camiseta porque me echas de menos.

—Bueno, tampoco te lo creas tanto.

Marcos me observó con recelo y, como estaba ocupada riéndome, no me lo vi venir.

—Tú ríete, pero los dos sabemos que estás deseando que vaya y te folle.

La risa se me cortó de golpe y el calor me subió desde la tripa hasta el pecho. Había querido vacilarle y, como siempre, él había conseguido quedar por encima y hacerme enrojecer. Estaba segura de que, cuando se me pasase el calor, me daría vergüenza recordarlo, pero eso no me impidió entrar a jugar para ganar. Yo también quería dejarlo sin palabras.

—No llevo sujetador debajo de tu camiseta. Ni pantalones.

—Joder. —Marcos se humedeció los labios despacio y tragó saliva, como si con eso pudiese engullir su calentón—. ¿Y bragas llevas?

—Sí, claro —respondí de manera obvia.

—Si yo estuviese ahí, tus bragas ya estarían en el suelo.

—¿Y tu cara entre mis piernas?

Un brillo lascivo se adueñó de sus ojos cuando asintió. Y entonces comenzó a hablarme en el tono bajo y grave que me ponía la piel de gallina y el corazón a mil.

—Cuando vaya no vas a salir de esa cama.

Lo dijo con tanta seguridad y tranquilidad que me estremecí.

—Complicado, tendré que salir para comer —contesté.

—Para eso no tienes que salir de la cama.

El estómago me dio un bote tan fuerte que me vibró hasta el corazón. Me coloqué bocarriba y giré el cuello para poder verlo.

Eso me alucinaría, pero no pensaba decírselo. Quería sentirme poderosa y ganarle en su propio juego, y para eso tenía que ponérselo un poquito difícil.

—Tendré que ir a trabajar... la floristería no se abre sola.

Marcos se dio cuenta de por dónde iba y me llevó a su terreno de vuelta diciendo:

—Vale. Pues, cuando vengas aquí, no vas a salir de mi casa. —Su mirada terminó de oscurecerse y yo de encenderme cuando añadió—: Me muero por hacértelo en mi cama, en la ducha, en la cocina y sobre la moqueta del salón. —Junté las piernas con deseo. Con ese comentario el jueguito se me olvidó y lo di por ganador—. Vamos a follar tanto que...

—¿No voy a ver Londres? —interrumpí.

—Que voy a hacer ricos a los de Durex.

De manera inconsciente la mano me voló hasta el estómago.

—Ojalá estuvieses aquí.

—¿Para...?

—Para que fueses tú el que me acariciase la tripa.

—Yo bajaría la mano y te acariciaría más abajo.

Me mordí el labio y suspiré. El calor ya había tomado mi pecho y seguía extendiéndose por mi cuerpo.

—Marcos, ¿quieres...?

—¿Qué?

—Ya sabes... —Le dediqué una mirada sugerente.

—No. Dime.

—¿Quieres que yo... haga lo que harías tú si estuvieses aquí?

—¿Qué me estás proponiendo? —Puso cara de no haber roto un plato en su vida—. Estoy espeso. ¿Quieres ver un documental?

—No te hagas el tonto. Sabes perfectamente lo que te estoy proponiendo.

—Sí, pero quiero que lo digas.

Me aguantó la mirada unos segundos y su comisura derecha lo traicionó elevándose un poco. El muy capullo no iba a ceder y yo quería verlo perder la paciencia.

—Te estoy proponiendo hacer yo con la mano lo que me harías tú, y que tú uses la tuya para hacerte lo que te haría yo.

Me humedecí el labio al mirarlo con deseo y con ese gesto él me dio por vencedora. Se pasó una mano por el pelo y me dedicó la mueca burlona que antes odiaba y ahora amaba.

—Empollona, ¿me estás pidiendo que me toque?

Con esa pregunta, el calor terminó de propagarse. Ya no había ni un centímetro de mí que no ardiese. Las mejillas y la entrepierna me quemaban tanto que parecían a punto de explotar. Cogí aire y reuní valentía para decir:

—Sí... Yo quiero hacerlo, pero, si no te apetece, cuelga.

—¿Y perderme el espectáculo? —Negó con la cabeza—. Ni hablar, preciosa. —Marcos se recostó contra el cabecero. Oí el sonido de una cremallera y vi su hombro derecho moverse de arriba abajo—. Te has confundido en una cosa. Si estuvieses aquí, no me lo harías con la mano, usarías la boca. Como hiciste en Altea, en el bordillo de la piscina, ¿recuerdas?

El corazón se me aceleró de golpe provocando que mi pecho subiese y bajase. Su voz grave me excitaba mucho y también el recuerdo de lo que habíamos hecho hacía una semana. Cerré los ojos y lo visualicé. Marcos salió de la piscina por el bordillo y se quedó sentado en la parte baja, con las piernas parcialmente sumergidas. Yo nadé hasta él, me impulsé con las manos apoyadas en sus rodillas y él se inclinó para besarme. Una cosa llevó a la otra y yo aproveché que hacía pie para darle placer con la lengua. La imagen de sus manos aferrando el bordillo, de sus antebrazos tensos y de su cabeza echada hacia atrás era muy sexy. Recordar cómo gemía fue lo que terminó de catapultar mi calentón a un punto de no retorno.

—Sí. Me acuerdo. Eso... ¿te gustó?

—Fue el mejor día de mi vida.

Por cómo movía el brazo y por sus respiraciones profundas era evidente que se estaba tocando. Su sonrisa sensual sería capaz de fundir el hielo de la Antártida.

—Uf.

—¿Uf, qué, cariño? Necesito que seas específica.

Bajé la mano y me acaricié por encima de la ropa interior.

—Me gustaría estar ahí contigo.

—¿Para hacerme lo que me hiciste en la piscina? —me preguntó.

—Sí. Me apetece. Mucho.

—Yo lo llevo pensando desde que te he visto con el helado.

—Yo pensaba que era eso lo que me estaba comiendo.

—¿Te estaba contando mi día y tú estabas pensando en chupármela?

—Sí.

—Joder.

Su jadeo mandó una descarga al lugar más caliente de mi cuerpo, que fue suficiente para que metiese la mano dentro de las bragas.

—Pervertida.

—Tú también lo has pensado.

—Yo pienso en ello constantemente... Y en hacértelo a ti.

—Eso sería genial... —Mi respiración se agitó igual que la suya—. Me muero porque lo hagas.

Cerré los ojos y me concentré en el placer que sentía.

Era la primera vez que hacía algo así de atrevido y la situación era muy estimulante. No sé cuánto tiempo tuve los ojos cerrados, pero los abrí cuando lo oí gemir.

Marcos tenía las pupilas clavadas en mí y el trozo de su brazo que quedaba a la vista se movía con energía. El calor de mi pecho era insoportable. Quería hablarle, pero no encontré palabras.

—Joder... estoy más cachondo que en mi vida. —Su voz sonaba entrecortada—. Ver tu cara tan concentrada... voy a colgar.

—¿Qué? ¿Ahora? —Lo miré horrorizada—. ¿Por qué?

—Shhh, calla, ansiosa. Voy a colgar y te voy a llamar desde el portátil. —Se sentó en la cama y se acercó el teléfono a la cara—. Coge el tuyo. Con el móvil esto es un rollo y no puedo ver todo lo que me gustaría ver.

—¿Quieres mancillar los portátiles?

—Lo que quiero es que apoyes el tuyo en la cama para verte mejor. Con el móvil solo te veo la cara. —Hizo una pausa y me preguntó dubitativo—: ¿Te parece bien? Si no te sientes cómoda, no.

Coger el portátil significaba ir un paso más lejos y vernos al completo. Nunca había hecho nada así. Me daba una vergüenza tremenda, pero estaba demasiado caliente como para que me importase.

—Si voy a pervertir mi portátil de clase, quiero verte más allá de la cara.

—Vamos, que me la quieres ver enterita.

Me sonrojé más aún.

—Bocazas.

—No pasa nada, Ele. Si yo ya la tengo fuera.

En una centésima de segundo me senté en la cama y cogí el móvil para acercármelo al rostro.

—Uf. Cuelgo. Date prisa.

—Eh, eh, calma, que lo tengo en el despacho —dijo levantándose.

—O te das prisa o sigo sin ti.

Oí su risa antes de colgar.

Por suerte, yo tenía el portátil en la mesilla. Lo coloqué a mi lado, en un ángulo en el que se me veía desde la cara hasta la mitad del muslo, un poco más abajo de donde me llegaba su camiseta. Se me hizo eterno el minuto que tardó en volver a llamarme. Cuando descolgué, no escondí la decepción al ver que llevaba vaqueros y una camisa blanca, y que no se le veía nada. Estaba tumbado, con la cabeza y los omóplatos apoyados sobre el cabecero.

—Llevas demasiada ropa —apunté.

Marcos se colocó la almohada y después movió la mano despacio y se acarició por encima del pantalón, bajo mi atenta mirada.

—¿De verdad no vas a mirarme a la cara? —preguntó al cabo de unos segundos.

—No te hagas el ofendido. Te encanta.

—Me encanta bastante que me la mires, sí, y que te fascine lo que te hago con ella.

Me mordí el labio y yo también bajé la mano despacio por mi tripa.

—Aquí jugamos en igualdad de condiciones, así que por cada prenda que me quite, tú tendrás que quitarte otra. —Su voz grave me acarició el cuerpo entero.

—No es justo, yo solo llevo dos. Seguro que podemos negociar un acuerdo beneficioso para ambas partes.

—Estás de suerte, hoy me siento generoso. De regalo, yo solito me quitaré la camisa.

Mientras se desabrochaba los primeros botones, mi mano llegó a su destino.

—Los pantalones también.

Una sonrisa socarrona llegó a su cara y movió el cuello ligeramente de izquierda a derecha en un ademán negativo.

—Si me quito los pantalones, te quitas las bragas.

—Vale.

—Vale.

—Y la camisa fuera. Ya —exigí impaciente.

—Menudos modales, preciosa.

Lo miré mal y él me guiñó un ojo con la poca vergüenza que lo caracterizaba. Estaba demasiado agitada y él se estaba soltando los botones exageradamente despacio. Lo hacía a propósito. Quería verme perder la compostura y lo consiguió:

—Mejor quítate primero los pantalones.

Marcos entrecerró los ojos al mirarme y se mordió el labio antes de deshacerse de la prenda que le había pedido. Retiré la mano y resoplé cuando volvió a recostarse y me fijé en el bulto de su ropa interior.

—¿Cómo sé que te has quitado las bragas? —preguntó con una ceja en alto.

Sin dejar de mirarlo, despegué las caderas del colchón y me las bajé con la misma lentitud con que él se había quitado los pantalones, sintiendo cómo me aumentaba la agitación del estómago.

—¿Contento? —pregunté con las mejillas al rojo vivo.

Sujeté las bragas delante de la cámara antes de lanzarlas lejos.

No dio tiempo a que nos quitásemos nada más. En cuanto volví a tumbarme vi que él ya se la había sacado del bóxer y que se tocaba despacio. El ramalazo de deseo que sentí al verlo autocomplacerse me dejó aturdida unos segundos.

Esa vez fui yo la que tragó saliva duramente.

—Avísame cuando estés cerca. No te estoy tocando... y no lo sé, la comunicación es fundamental... —Le costó un triunfo acabar la frase, y yo asentí.

—Me gustaría...

—Qué...

—Hacerte el amor... —solté en un gemido.

—¿Dónde?

—Donde quieras.

—En mi cama. —Le dio una palmadita al colchón con la mano libre.

—Vale.

—¿En qué postura? Quiero imaginármelo.

—Sentada encima de ti, con tu espalda apoyada en el cabecero.

—¿Dónde están tus manos?

Arrugué el ceño.

—Es importante saberlo... —Se humedeció los labios otra vez. Quería ser yo quien los perfilase con la lengua—. Si están en mi pecho me lo haces con cariño..., si están en el cabecero de la cama, me lo haces sin piedad.

—Están en el cabecero.

Cerré los ojos al imaginármelo yo también. Su respiración agitada me aceleraba el pulso.

—Entonces... no me estás haciendo el amor... me estás follando a muerte.

—Y te está encantando.

—Sí... —jadeó—. No puedo decírtelo porque estoy ocupado lamiéndote el pecho.

Su tono erótico e imaginarme lo que decía me llevó al límite. Eso dio paso a que dijéramos cada vez obscenidades más fuertes hasta que llegamos a un punto álgido en el que nuestras respiraciones y gemidos parecían atravesar la pantalla y aumentar el calor que ya sentíamos. Marcos aceleró el ritmo y yo me acaricié más rápido. Estaba tan cerca de estallar que era casi una necesidad agónica.

—No puedo más... —Ahogué un gemido mordiéndome el labio.

—Joder, Elena —murmuró mi nombre de la misma forma sensual que lo hacía al liberarse.

Abrí los ojos a duras penas cuando lo oí gemir entre dientes. Solo me dio tiempo a ver su mandíbula apretada mientras terminaba, antes de que me asolase uno de los orgasmos más excitantes de mi vida.

Marcos despegó los párpados y una sonrisa perezosa y sexy llegó a su cara. Se pasó la mano por el pelo y soltó un suspiro placentero.

—¿Te ha gustado? —me preguntó.

—Sí, ¿y a ti?

—Por mí todas las videollamadas pueden acabar así.

Me reí y me llevé una mano al pecho mientras recobraba la respiración. Él se incorporó, se quitó la camisa y se colocó la ropa interior en su sitio.

«Madre mía. ¿Acabo de hacer lo que creo que acabo de hacer?».

Tenía la sensación de que iba a estar sonrojada de por vida. Él, adivinando mis pensamientos, se recostó sobre el lateral izquierdo y me guiñó un ojo.

—¿Ya te está dando vergüenza?

Me encogí de hombros.

—¿Y a ti?

Me dedicó una mirada que significaba: «Por favor, Elena. ¿Con quién crees que estás hablando?». Y yo sonreí. Toda la vergüenza que me sobraba era la que le faltaba a él.

—Es raro porque estoy relajada, pero no me siento del todo satisfecha.

—Yo tampoco.

Suspiré y se acercó el portátil a la cara. Yo me tumbé de lado y me acerqué el ordenador también, como si así pudiese sentirlo más cerca.

—Ha estado bien, pero no es comparable a cuando estamos juntos. Cuando siento tu piel...

—Saltan putas chispas. —Marcos terminó la frase por mí.

—Sí.

Nos miramos unos segundos sin decir nada y yo coloqué las manos juntas debajo de la cabeza. El brillo de sus ojos me hizo sonreírle de manera tierna.

—Jo, si estuvieses aquí te podría dar un millón de besos y decirte que te quiero.

Era oficial. Me estaba volviendo una moñas.

—¿Quieres que vaya el próximo fin de semana? —preguntó de pronto.

Suspiré. Quería que viniera, quería besarlo, acariciarlo y reírme de sus caras de indignación en persona, pero...

—Es que vas a venir y me voy a tener que ir a trabajar... —me lamenté.

—Me da igual. —Se sentó y apoyó la espalda contra el cabecero de la cama—. ¿Miro los billetes?

Me mordí el labio indecisa y, mientras consideraba su idea, noté que mi fuerza de voluntad se evaporaba a una velocidad vertiginosa. No sabía si el orgasmo me había dejado más cariñosa y vulnerable de lo normal, pero solo pensaba en abrazarlo y decirle cosas bonitas.

—No sé. —Torcí el gesto—. Es que me sabe mal.

—Pues a mí no. ¿Tú quieres que vaya?

—Claro.

—Pues ya está.

El vídeo se pausó cuando Marcos abrió su navegador.

—Vale, podría llegar el viernes sobre las ocho de la tarde y volver en el mismo vuelo que la otra vez.

—No —negué y me incorporé yo también—. No, que luego no duermes y tienes que cambiarte en el aeropuerto y me pediste que no te dejase hacer eso más veces.

Su cara volvió a aparecer en la pantalla.

—Dormiré en el avión y me llevaré un traje para ir cambiado desde tu casa. Problema solucionado —dijo mientras me guiñaba un ojo.

—Pero vas a tener que pedirle a tu hermana que te recoja otra vez.

—Ya encontrará algo con lo que chantajearme y yo se lo daré encantado, así que no te preocupes. —Hizo una pausa y me miró buscando mi aprobación—. ¿Los compro?

—¿Te va a costar mucho dinero? Prefiero pagar la mitad.

—Yo me lo pago y cuando vengas a visitarme pagas tú. ¿Te parece?

Suspiré derrotada y el corazón se me aceleró ante la perspectiva de verlo.

—Vale, cómpralos.

Marcos tecleó un par de veces y me mantuve a la espera.

—¡Los tengo! —anunció satisfecho.

—¿Por qué no nos hemos liado antes? —pregunté en un lamento.

Marcos se rio y se encogió de hombros, como si para él tampoco tuviera sentido.

—Esto es un gran avance, Ele. Hace nada decías que me odiabas y mírate ahora, deseando que llegue el viernes para comerme a besos.

—Pues como tú.

Su risa se encontró con la mía y de pronto la cama parecía un poco más pequeña y cálida.

Me dormí con una sonrisa en la cara porque en mi cabeza se había activado una cuenta atrás y estaba contenta de saludar de nuevo al conejo de *Alicia en el País de las Maravillas* y su reloj.

6

Loco por ella

La semana transcurrió más rápido de lo que había imaginado. Quizá porque pasé gran parte del tiempo consultando manuales y porque hice un par de visitas a mi sitio favorito: la biblioteca. Las buenas noticias también amenizaron el tiempo. Llamaron a Blanca para hacer la entrevista en la clínica y me prometió un helado con todos los *toppings* que quisiera por haberla ayudado con su currículo. Amanda me confirmó que estaba embarazada, me dejó felicitarla y salimos a cenar después de haber hecho sesión de spa en su casa. Fue ella la que me propuso quedar el fin de semana, aprovechando que vendría Marcos, para darle la noticia.

El viernes, media hora antes de que el vuelo de Marcos aterrizase, ya estaba en el aeropuerto. Me coloqué cerca de la puerta por la que saldría y abrí el libro que había sacado de la biblioteca. Las piernas no tardaron en pedirme un descanso, así que me senté en el suelo con la espalda pegada a la pared de baldosa. Le mandé un mensaje para que supiera que ya lo esperaba y me sumergí en la lectura de *Consultas típicas de veterinaria*. Al cabo de unos días empezaría las prácticas y estaba un poco nerviosa por dar la talla. Ese acontecimiento era algo que llevaba años esperando. Me crucé de piernas, me coloqué la falda de manera estratégica para que no se me viese la ropa interior y leí mientras jugueteaba con el bolígrafo. Hice un par de anotaciones en la libreta acerca de la importancia de la primera visita veterinaria y consejos para hacer entender al cliente que, al menos, trajera a su mascota una vez al año a revisión.

Cuando terminé el capítulo, miré el reloj para ver si me daba tiempo a leer otro. Me sorprendió ver que eran las ocho y veintitrés. Marcos ya debería haber salido. Levanté la vista hacia la puerta y me la encontré casi vacía. ¿Habría salido por otro sitio? Arrugué el ceño extrañada y recogí mis cosas a toda velocidad. Me había abstraído tanto que seguro que habían anunciado el cambio de puerta y no me había enterado. Me levanté mientras rebuscaba el móvil en el bolso y entonces lo oí:

—¿Adónde vas tan rápido?

«Un momento, ¿por qué eso ha sonado tan cerca?».

Giré sobre los talones y me quedé quieta mientras mis ojos registraban la imagen que recibían. Marcos estaba sentado en el suelo cerca de donde había estado yo. Tenía la espalda apoyada en la pared y el móvil en la mano. A su lado estaba su maleta olvidada.

—Tienes un bolígrafo en la oreja —apuntó divertido. Alcé la mano y me lo quité sin dejar de mirarlo—. Joder, empollona, que ya sé que estoy bueno. —Se levantó impulsándose con las manos—. Pero ¿tanto como para dejarte sin palabras?

Le di un repaso tremendo.

Me gustaba cómo le quedaba el traje gris marengo. Estaba afeitado y peinado.

Recorté la distancia que nos separaba y, sin darle tiempo a decir nada más, me puse de puntillas y lo besé. Según nuestros labios se rozaron, el corazón se me aceleró y las mariposillas suspiraron complacidas. Le eché las manos al cuello y apoyé los talones en el suelo. Él se agachó sin dejar de besarme.

—Hola, Marcos, ¿qué tal el vuelo? —bromeó imitándome—. Bien, gracias por preguntar. ¿Tú qué tal? ¿Llevabas mucho tiempo esperándome? —Lo besé y él sonrió contra mis labios cuando dije:

—Yo no hablo así.

—Te he echado tanto de menos que me acostaría contigo sobre el mostrador de facturación —continuó en un intento pobre de simular mi voz—. Me da igual que esté el aeropuerto atestado de gente.

—Eso es parcialmente verdad —me reí.

—¿Qué parte es mentira?

—No me da igual que esté lleno de gente.

Volví a presionar los labios contra los suyos.

—Entonces, ¿sí te lo montarías conmigo en el mostrador?

—Sí. Y en el control de seguridad —contesté con sorna.

Tiré de la solapa de su americana para acercarlo más y él se dejó llevar. Cuando sentí sus manos en mi cintura, se me olvidó que estábamos en mitad de un aeropuerto y que ese ruido que se oía por encima del hilo musical eran las ruedas de las maletas.

—¿Qué tal el vuelo? —pregunté al apoyar la mejilla derecha en su pecho para abrazarlo.

—Bien. Largo. Eterno. No veía el momento de aterrizar —contestó contra mi pelo.

—¡Qué melodramático eres! —Me aparté y lo miré—. ¿Qué hacías ahí sentado?

—Verte leer —respondió con sinceridad—. Parecías muy entregada a la adquisición de conocimientos y no quería molestar.

—¿Llevabas mucho tiempo esperando?

Él negó con la cabeza y las comisuras de sus labios se elevaron lentamente.

—Un par de minutos. No te he dicho nada porque sé que no soportas dejar un capítulo a medias y no tengo ninguna prisa.

Y vale, lo reconozco: me derretí cuando dijo eso.

El calor madrileño, que se unía al humo que salía de los tubos de escape, nos recibió cuando salimos del metro en Moncloa. Mientras esperábamos para cruzar la calle, Marcos se aflojó la corbata y se la sacó por la cabeza.

—¿Qué haces?

—Me estoy asando —explicó mientras se la enrollaba en la muñeca. Se desabrochó el primer botón de la camisa y me miró interrogante—. ¿Qué pasa?

«Que soy una pervertida y ese gesto me pone muchísimo».

—Nada. ¡Vamos! —dije al ver que el semáforo cambiaba a verde.

De camino, decidimos pasar por casa a dejar su maleta y salir a cenar. Metí la llave en la cerradura del portal y Marcos se recostó contra la fachada.

—Si estás cansado podemos quedarnos —aseguré.

Empujé la puerta y la sostuve para que pasase. Él negó con la cabeza y lo seguí hasta el ascensor.

—¿Me vas a decir ya qué te ha pasado antes de cruzar la calle?

Me apretó la mano y alzó las cejas esperando una respuesta.

—Ah, eso... Me apetecía quitarte la corbata. Nada más.

Entré en el ascensor y giré la cara para que no viera que me ardía como una plancha incandescente. Los últimos días había fantaseado mucho con él y con todo lo que podíamos hacer con su corbata.

Pulsé el número de mi planta un par de veces seguidas, como si por eso fuese a subir más rápido, y me quedé con la vista clavada en el panel mientras se cerraban las puertas. Notaba sus ojos sobre mí y me ponía nerviosa que no dijese nada. Siendo como era, me extrañaba que no hubiera hecho ningún comentario al respecto.

En cuanto el ascensor se puso en marcha, me llamó y en el momento en que posé los ojos en él, alzó la corbata en el aire y se la anudó sin dejar de mirarme. Su expresión decía: «¿No querías quitármela? Pues, corre, ven aquí, preciosa». El calor me subió por las piernas y se propagó por todo el cuerpo. En una fracción de segundo la atmósfera se cargó de electricidad. Tiré de su corbata hacia abajo y Marcos tuvo que agacharse. En el instante en que nuestros labios se tocaron, se abrieron las malditas puertas metálicas y me separé a regañadientes.

Empujé la puerta de casa con el pie y me giré para volver a enganchar su corbata y besarlo con pasión.

—Ele, ¿qué van a decir los vecinos? —preguntó contra mi boca.

—¿Te importa? —susurré.

—Ni lo más mínimo.

—Pues eso.

Entramos en casa besándonos con vehemencia y enseguida Minerva se enredó en nuestros pies reclamando la atención de Marcos. Él se agachó para acariciarla y ella le lamió la mano con cariño.

—De tal palo, tal astilla, ¿eh? —Levantó la cara para mirarme con una sonrisa engreída.

—Eres idiota.

—Yo solo digo que si vais a darme estos calurosos recibimientos, tendré que venir más a menudo.

Me agaché para robarle un beso y aproveché para coger a Minerva en brazos. La dejé dentro de la cocina y cerré la puerta. Cuando me giré, ya lo tenía encima.

—Si encerramos a la gata en la cocina, significa que se avecina el contenido para adultos, ¿no? —susurró cerca de mis labios.

Marcos me sujetó la cara con las manos y volvió a besarme como si el fin del mundo estuviese a la vuelta de la esquina. La necesidad que tenía mi cuerpo del suyo se hizo más latente.

Su americana terminó en el suelo y la corbata no tardó en hacerle compañía. Ni siquiera nos dirigimos a mi habitación; estaba demasiado lejos. Intenté desabrocharle la camisa mientras avanzábamos a tientas. Me desesperé cuando solté el segundo botón; estaba muy impaciente como para soltar todos y él parecía igual de desesperado que yo. En cuanto aterrizamos en el sofá y sus manos se abrieron paso debajo de mi camiseta y acariciaron mi cintura, las llamas incendiaron el salón.

Mi espalda terminó contra los asientos y él encima de mí, besándome con avidez.

—Llevo toda la semana pensando en hacer muchas cosas contigo.

—¿Ah, sí? —Giré el cuello en busca de su boca y le di un beso—. ¿Qué vamos a hacer?

Marcos apoyó las palmas en el sofá y se separó ligeramente para mirarme desde arriba. La sonrisa de medio lado se unió al deseo de sus ojos azules y me hizo enrojecer de anticipación.

—Ahora vamos a follar —aseguró, y mi corazón subió de marcha—. Después, iremos a cenar. Y cuando volvamos aquí, haremos el amor toda la noche, y mientras tú vas a susurrarme cien veces lo mucho que me quieres y lo mucho que me has echado de menos.

Intentó besarme y yo le aparté la cara.

—Eso será si quiero.

Él me dedicó una mirada socarrona antes de decir:

—Claro que quieres, cariño. Es imposible que yo quiera esto tanto y no te sientas igual.

—Pues yo creo que vas a ser tú el que susurre mil veces que me quiere.

Marcos asintió y me hizo estremecer con su seguridad aplastante.

—Cada vez que te la meta, irá acompañado de un «te quiero» —prometió.

Algo me bailó dentro del pecho con su declaración. Se pegó a mí y, cuando sentí su erección, me adueñé de sus labios y se acabó la conversación.

Me restregué contra su cuerpo y él no tardó en apartarse y sentarse a mi lado para sacarse un preservativo del bolsillo del pantalón. Antes de que me diera tiempo a preguntarle por qué lo tenía tan a mano, me dijo con descaro: «Es que sabía que pasaría esto porque eres una ansiosa».

Sin perder el tiempo, me senté a horcajadas sobre él y le di un golpecito en el brazo. Sus manos aprisionaron mis caderas y las mías se enroscaron alrededor de su cuello. El efecto que tenía en mí volver a besarlo, tocarlo y olerlo era indescriptible, y me hizo darme cuenta de lo mucho que lo había echado de menos.

—Necesito sentirte —susurré cuando me liberó la boca para lamerme el cuello.

Nos separamos para que se bajase los pantalones y la ropa interior lo justo para poder hacerlo. Desnudarse con calma tendría que esperar porque, en aquel momento, las ansias de habernos extrañado tomaron las riendas de la situación. Todo se volvió frenético cuando me subió la falda vaquera hasta la cintura y me dejé envolver por el cúmulo de sensaciones que llevaban días arremolinándose en mi interior.

Era increíble lo que me provocaba sentir su lengua y escuchar su voz grave decir cuánto me había echado de menos. Igual de increíble que era notar el tacto de su piel y su calor cuando sus manos se colaron debajo de mi camiseta en busca del cierre de mi sujetador. Marcos me provocaba con los cinco sentidos, pero si había uno con el que me hacía enloquecer era con la vista. Verlo con el pelo revuelto, las pupilas dilatadas y los labios enrojecidos aumentaba la humedad entre mis piernas. Y sus ojos anclados en los míos, cuando se colocó la protección, hicieron que mi piel quemase y que mi pulso se acelerase. Me aparté las bragas y, al bajar para encontrarme con él, los dos gemimos con fuerza y nos detuvimos un segundo. Era como si, por fin, estuviésemos donde debíamos estar. Sentirlo, tocarlo, oírlo, verlo y olerlo era alucinante, y aunque conseguía que sintiese su calor a través de la pantalla, nada podía compararse a eso.

Me aprisionó la nuca con una mano para profundizar nuestro beso, cuando empecé a moverme sobre él, y con la otra me acarició un pecho. Y yo aproveché los dos botones abiertos de su camisa para meter las manos debajo y aferrarle los hombros. Y es que conforme la semana había ido avanzando, y después de nuestra llamada subida de tono, los mensajes sugerentes no habían cesado y nos habían llevado al límite. Supongo que, por eso, mientras lo hacíamos no hubo intercambio verbal más allá de nuestros gemidos y de las dos frases contadas que soltamos: «¿Te gusta así?» y «Dios, llevo toda la semana pensando en esto».

Sus dientes encontraron mis labios y mis uñas sus hombros. De todos los encuentros que habíamos tenido, aquel fue el más rápido, el más brusco y el más ruidoso. Nos tocábamos con ansia, como si llevásemos un milenio sin hacerlo, y en realidad solo habían pasado dos semanas. Marcos me sujetaba con fuerza y cada vez que yo bajaba, él subía la cadera para recibirme y hacía nuestro encuentro más profundo. Me costaba respirar y solo podía concentrarme en el placer que sentía y que salía de mi interior en forma de jadeos. Verlo apretar la mandíbula y escucharlo gemir de manera descontrolada fue lo que me hizo llegar al clímax.

Seguimos besándonos con ansia después de que un orgasmo brutal arrasase con nosotros. No habíamos tenido suficiente. Su lengua se enredó con la mía mientras mi corazón me pedía un respiro que yo no quería darle.

Marcos me acarició el muslo apretando los dedos contra mi piel y yo dejé su boca el tiempo justo para decir:

—Quiero hacer esto toda la noche.

—Joder. Y yo. —Se pasó una mano por el pelo y apoyó la cabeza en el sofá.

Su pecho subía y bajaba a la misma velocidad que el mío. Lo que acababa de suceder era increíble y no se le podía poner nombre. Nuestra sincronía parecía haber alcanzado otro nivel y nos dejó desarmados. Subió las manos por mis caderas y enroscó los brazos alrededor de mi cintura, y su sudor se mezcló con el mío cuando apoyé la frente sobre la suya. Nos besamos y nos acariciamos, sin cambiar de posición, hasta que milagrosamente nuestras respiraciones se sosegaron.

—Menuda escandalera has armado. Va a venir la policía seguro —dijo sin un ápice de vergüenza—. Es asombroso cómo te hago disfrutar.

—Pues como yo a ti.

Cinco intentos nos costó abandonar mi sofá. Cada vez que uno de los dos hizo amago de levantarse, el otro lo impidió besándolo con pasión. No sé cuánto tiempo tardamos en salir a la calle. Sin darnos cuenta, nos paramos a besarnos en la entrada de mi casa y contra la puerta del ascensor mientras esperábamos a que llegase. Y no habríamos dejado de besarnos en el portal si no hubiese entrado un vecino y no nos hubiese pillado con mi espalda contra la pared de baldosa y con las manos de Marcos a ambos lados de mi cabeza.

Estaba clarísimo: nos habíamos echado mucho de menos.

Un rato después, estábamos sentados en la terraza del Txirimiri. Su mano descansaba sobre la mía mientras ojeábamos la carta, aunque yo estaba distraída por su pelo revuelto y la sonrisilla de suficiencia que tenía por lo que acabábamos de hacer. Y sabía que yo debía de tener un aspecto parecido, porque tenía la trenza medio deshecha.

—Me sigue sorprendiendo esto. Que estemos juntos cenando en un restaurante —indiqué.

—Bueno, en Altea cenamos en un restaurante, y en la boda de Lucas y Amanda, y el día del aeropuerto... Todas esas veces cenamos en la misma mesa, aunque me mirabas tan mal que parecía que estabas deseando que me atragantase.

Le hice una mueca.

—Estuviste muy pesado en el banquete.

—¿Yo? —Se señaló y me miró ofendido.

Asentí y acerqué la silla a la suya para darle un beso.

—Tuve que beber para soportarte.

—La verdad es que nunca había tenido tantas ganas de llamar la atención de alguien —reconoció antes de concentrarse en la carta—.

¿Qué pensabas de mí esa noche? —preguntó cuando volvió a centrar la vista en mí.

—Que eras un impertinente, prepotente, vanidoso y un idiota despeinado que iba por la vida creyéndoselo solo porque tiene los ojos bonitos.

—Ahora sí. Esto es lo más romántico que me has dicho nunca —dijo riéndose.

Se inclinó para besarme justo cuando apareció la camarera para tomarnos la comanda.

—Me he dado cuenta de que en tu salón hay una pila de libros más grande que cuando me fui —dijo cuando volvimos a quedarnos solos.

—Sí. Estoy leyendo mucho para el trabajo de fin de grado.

—¿Y cómo lo llevas?

—Fatal. —Marcos puso los ojos en blanco como si no se lo creyera—. Encontrar información está siendo complicado. Quiero demostrar los beneficios de la terapia con cualquier animal, no solo con perros —continuó—. Por ejemplo, a mí Minerva me ha ayudado muchísimo.

—¿Cuánto tiempo lleva contigo?

—Un par de años. Amanda apareció un día con esa bolita peluda. —Alcé las manos y las junté formando un cuenco para que entendiera que era pequeñita y adorable—. Según ella, iba a quedársela, pero el casero no les permitía tener animales. Nunca me lo ha dicho, pero creo que la adoptó pensando en mí. —Me alisé la falda del vestido un poco nerviosa—. Por aquel entonces yo estaba bastante mal por... la muerte de mi madre. Y Minerva me ayudó a salir de ese pozo de oscuridad en el que estaba metida.

Marcos asintió y buscó mi mano, que retorcía la tela del mantel de manera inconsciente.

—Tendrías que haberla visto cuando llegó, era tan pequeñita... —Sonreí al recordarlo—. Quería llamarla Aleen, por Aleen Cust.

—¿Que es...?

—Pues una de las mujeres pioneras de la veterinaria —respondí como si fuera una obviedad.

Marcos se acarició la barbilla y se quedó pensativo.

—Ah, de ella era de quien ibas disfrazada en aquella fiesta de Halloween, ¿no?

—Sí.

—Me trataste como si fuera idiota cuando te pregunté de qué ibas disfrazada. Me explicaste quién era y me miraste como si fuera un crimen de sangre no saberlo, ¿te acuerdas? —Se le escapó la risa—. Y te largaste antes de que me diese tiempo a contestar.

—Porque parecía que ibas a reírte y a llamarme «empollona» o alguna idiotez de las tuyas.

—¡Qué va! —negó—. Sonreía porque me parecía una buena idea. Llevabas hasta una pancarta reivindicativa o algo así, ¿no?

—Pues sí —respondí indignada—. Porque no me parece justo que para que su familia no se avergonzase de que ella fuese a la universidad tuviese que cambiarse el nombre... Solo porque alguien decidió que la veterinaria no podía ser un oficio para mujeres.

—¡Eso! Me diste esa explicación y me dejaste sin palabras. Terminaste diciéndome que alguien con un disfraz tan básico como el mío jamás entendería el trasfondo del tuyo.

—Me parecía curioso que a eso que llevabas puesto lo llamases «disfraz».

Abrí la botella y nos serví agua.

—¡Venga, ya! Sabes que era una idea original —apuntó.

—No puedes llamar «original» a llevar una camisa abierta y debajo una camiseta con el logo de Superman —repuse negando con la cabeza—. No se entendía.

—Claro que se entendía. Iba de Clark Kent de incógnito. Estaba claro... si hasta llevaba gafas de pasta.

—Pues eso. Es el típico disfraz que se pondría alguien que no quiere disfrazarse. Lo peor es que las gafas te quedaban bien.

Marcos alzó las cejas y puso una sonrisa bobalicona.

—¿Parecía un empollón?

Asentí y percibí que se oscurecía su mirada.

—Me estás diciendo que, si me pongo gafas y cojo un libro delante de ti, tú...

—No. Yo nada —lo corté—. No sé lo que vas a decir, pero no.

Los ojos le brillaron con malicia.

—Ya veremos. —Me acarició el dorso de la mano con el pulgar—. Entonces, ¿cómo terminó llamándose Minerva?

—Amanda me convenció. Decía que era gracioso ponerle el nombre de la profesora de Harry Potter que se transforma en gata.

—Sí, tiene gracia —reconoció justo cuando la comida se materializó delante de nosotros.

Un par de horas más tarde me pesaban cada vez más los párpados mientras luchaba contra el sueño. No quería dormirme, prefería aprovechar el tiempo que tenía con él.

—¿Cada cuánto vamos a vernos? —Solté la pregunta que llevaba un rato haciéndoles cosquillas a mis cuerdas vocales.

—No lo sé, ¿cada dos o tres semanas?

—Vale. —Suspiré—. La verdad es que esta semana que no ha estado Blanca se me ha hecho más larga.

—Un puto infierno, sí —coincidió mientras sus dedos viajaban con libertad por mi espalda.

Le había estado dando vueltas a una idea. No sabía si era pronto para hacer planes a meses vista, pero aun así lo dije. Supongo que porque desde que él había traspasado mi corazón era incapaz de ocultar mis sentimientos.

—He pensado que cuando empiece a trabajar en la clínica y vea si puedo compaginar los dos trabajos, podríamos organizar los siguientes viajes con más antelación. Así los billetes saldrán más baratos, ¿no?

Su pecho subió y con él mi cara, que descansaba encima.

—Buena idea, cariño.

No podía verlo en la oscuridad, pero por su tono de voz supe que estaba tan contento como yo.

7

Como la vida misma

Al día siguiente hice algo que jamás había hecho: retrasar la alarma para quedarme en la cama un ratito más.

—Buenos días. —Oí la voz adormilada de Marcos detrás de mí.

Presionó los labios contra mi hombro y se me erizó la piel al sentir su aliento caliente. Me giré entre sus brazos, le aparté el pelo de la cara y sonreí; me encantaba lo meloso que era por las mañanas.

—Me voy a duchar —anuncié al cabo de un rato.

—¿Conmigo? —Abrió un ojo y sonrió de medio lado.

—Si nos duchamos juntos, llegaré tarde a trabajar.

—¿Tan poco autocontrol tienes? —Se arrastró sobre el colchón y se colocó encima de mí.

—Pues sí —confesé en voz baja contra su pulgar, que, en aquel momento, acariciaba mi labio inferior.

Tres besos fue el precio a pagar por salir de la cama.

Aquella tarde, cuando me quedaban treinta minutos para salir, Marcos entró en la floristería. Pululó por los pasillos mientras yo cobraba a un cliente. Se había cambiado de ropa y su camiseta había sido reemplazada por una camisa granate de manga corta. Salí de detrás del mostrador y me dirigí hacia donde estaba.

—Hola —saludé—. ¿Qué haces aquí ya?

Me devolvió el saludo con la cabeza e ignoró mi pregunta.

—Estaba pensando comprar unas plantas para mi casa, pero no sé cuáles son las que más le gustan a mi novia. ¿Alguna recomendación?

Contuve la sonrisa antes de seguirle el juego.

—Claro. ¿Las quieres para interior o exterior?

—Interior.

—Los bambúes no necesitan demasiado cuidado y duran mucho tiempo. —Los señalé mientras hablaba—. Y los cactus también.

Él asintió sin apartar los ojos de la estantería.

—¿Cuáles aguantan mejor el frío?

—¿El frío? —pregunté extrañada—. Estamos a veintiocho grados y en interior en invierno no hace frío.

—Ah, ya. Perdona. Las plantas son para mi apartamento de Londres, quiero que ella se sienta como en casa cuando venga a verme.

Me quedé callada unos instantes y él me observó expectante. Eché un vistazo rápido por encima del hombro para asegurarme de que seguíamos solos y me puse de puntillas para darle un beso tan fugaz que casi ni lo noté.

—Eh, ¿qué haces? Tengo novia. —Se apartó y me miró sorprendido—. Además, ¿no te pueden despedir por besar a los clientes?

Me encogí de hombros y me metí detrás del mostrador para desembalar un pedido que acababa de recibir. Marcos se acercó lo suficiente como para que pudiera escucharlo sin levantar la voz.

—Entonces, ¿qué planta me recomiendas? —preguntó al tiempo que acariciaba las hojas de una hiedra.

—Creo que lo mejor es que vayas con ella a comprarlas allí dentro de unas semanas.

Ipso facto sus ojos se trasladaron a mi rostro.

—¿Y por qué crees eso?

—Porque tu novia ha pedido un fin de semana libre en septiembre y se lo han concedido —solté mientras revisaba que el contenido de la caja coincidía con lo que marcaba el albarán.

Cuando terminé levanté la vista para ver cómo se había tomado la noticia. Marcos se apoyó sobre el mostrador y sonrió de esa manera que hacía que mi corazón se sintiese arropado.

—Joder, te quiero.

—¡Shh! —Me llevé el dedo a la boca para indicarle que se callara—. A tu novia no le va a gustar que vayas por la vida diciéndoles esas cosas a otras chicas. —Cogí la caja y le guiñé un ojo antes de meterme en la trastienda.

El restaurante Ojalá estaba lleno de gente. El camarero nos acompañó hasta la mesa y cotilleamos la carta mientras esperábamos a nuestros amigos. Lucas y Amanda llegaron un poco tarde porque les había costado aparcar.

—Me han dicho que sois novios. —Lucas arrastró la silla que estaba enfrente.

—Este año vendrás a mi fiesta de Halloween, ¿verdad, Marcos? —dijo Amanda al sentarse.

—Depende. —Él se giró hacia mí—. ¿Vas a ir a la fiesta de esta gente? —Señaló a nuestros amigos con el dedo.

—No me queda más remedio —bromeé.

—Entonces apunta un más uno —le contestó Marcos a Amanda. Ella entrecerró los ojos y negó con la cabeza.

—Amor, ¿por qué sigues siendo su amigo? —le preguntó a Lucas—. Mira cómo nos desprecia...

Lucas asintió y se encogió de hombros antes de decir:

—Por antigüedad, supongo.

El camarero nos tomó nota de la bebida y nos dejó unos minutos para decidir la comida. Compartimos unas cuantas raciones y la cena se me pasó volando. Cuando llegamos a los postres, Amanda me dedicó una sonrisilla cómplice. Había llegado el momento de soltar la bomba. Sacó un sobre del bolso y me lo dio. Yo, que ya sabía lo que era, lo abrí, saqué con delicadeza las postales que había dentro y las dejé sobre la mesa. Una al lado de la otra.

—¿Qué es esto? —preguntó Marcos extrañado.

—Este es Sirius Black, ¿no? —Señalé la postal que había colocado delante de él.

—Sí —contestó Amanda con la impaciencia que la caracterizaba—. ¿Y ella?

Me encogí de hombros. De la cara de la chica no tenía ni idea.

—Es May Parker —explicó Lucas—. La tía de Spiderman.

Marcos miró a su amigo sin comprender lo que estaba ocurriendo.

—A ver, Marcos, ¿qué tienes en común con Sirius? —preguntó Lucas.

—¿Que soy inglés?

—Medio inglés —corrigió su amigo—. ¿Qué más?

—¿Que tengo moto?

—¿Tienes moto? —Me giré sorprendida y él asintió.

—Por favor, no nos desviemos del tema. Aparte de eso. —Amanda hizo una floritura en el aire con la mano—. ¿Qué más tienes en común con Sirius?

—¿Un padre gilipollas?

Apreté los labios y suspiré. Lo había dicho en tono jocoso, pero imaginaba que le escocía. Amanda puso cara de pena y hundió los hombros un poco.

—Joder, Marcos, tan listo para unas cosas y tan lento para otras. —Lucas sacudió la cabeza—. A ver, ¿qué tienen la tía May y Elena en común?

Marcos observó la postal que estaba delante de mí durante unos segundos.

—¿La trenza? —adivinó.

—Bueno, ella es guapa —apunté—. Y yo también.

Amanda abrió los ojos sorprendida por mi comentario.

—Marcos, ¿te das cuenta de que eres una pésima influencia?

Él le dedicó una mueca burlona y volvió a concentrarse en las fotografías. Quizá era porque ya lo sabía, pero veía la respuesta bastante fácil y eso que yo no había visto esa última película. Eso de los superhéroes no era lo mío.

—¿Qué tienen en común los dos personajes? —apremió Lucas.

—Eh, no sé, no veo similitudes —contestó Marcos.

—Leed la tarjeta en voz alta, anda —pidió Lucas.

Marcos abrió la suya y comenzó a leer:

—Igual que James y Lily, nosotros también queremos que seas padrino, aunque sea de manera simbólica. Posdata: ni se te ocurra montarlo en tu moto. Jamás. —Miró a mis amigos boquiabierto—. Es broma, ¿no? —Ellos negaron con la cabeza a la vez—. No me lo creo. Os estáis quedando conmigo. —Cerró la tarjeta y la dejó en la mesa—. Si es broma no tiene gracia porque me estoy emocionando.

—Se giró hacia mí y yo me encogí de hombros—. ¿Qué pone en tu tarjeta?

No necesitaba saber lo ponía, pero, aun así, leí en voz alta lo que estaba escrito con la caligrafía redondeada de Amanda:

Esperamos que alucines en colores si descubres que tu sobrina o sobrino forma parte de la iniciativa Vengadores.

P.D.: Te iba a poner la foto del hada madrina de Cenicienta, pero tú eres muchísimo más guapa.

P.D. 2: Vas a ser la tía más guay del mundo.

P.D. 3: Te quiero.

—No estoy seguro de si he entendido lo que está pasando o si me estáis gastando la mejor broma del mundo. —Marcos no terminaba de creérselo.

—No es broma. Estoy embarazada —respondió Amanda tocándose la tripa.

—¿Es en serio?

—¡Que sí! —exclamó Lucas—. Tan en serio como que vamos a ser uno más y nos gustaría que fuerais los padrinos; al menos, de manera simbólica. Quería ponerte la tarjeta de la película *El Padrino*, pero la madre de la criatura se ha emperrado en que tenía que ser Sirius Black.

Marcos se levantó, incapaz de contener la emoción, y los atrapó a los dos en un abrazo. Desde mi silla lo oía reírse y hablar conmovido, pero no entendía lo que decía. Cuando los soltó, sujetó por los hombros a Amanda, que tenía los ojos empañados, y la abrazó solo a ella.

—¿Tú lo sabías? —me preguntó cuando volvió a sentarse.

Asentí y mi amiga se me adelantó:

—Se lo conté el fin de semana pasado y, bueno, hemos decidido compartirlo contigo porque no queríamos poner a Elena en un aprieto, como ahora sois pareja...

—¿Recuerdas eso que decías de que la mano del rey era más importante? —le pregunté a Marcos con sorna.

—No vamos a contárselo a nadie más hasta superar el primer trimestre —informó Lucas—. Salvo a nuestros padres.

Los dos asentimos.

—¿Ya habéis pensado algún nombre? —preguntó Marcos.

—Olivia si es niña —dijo Amanda.

—¿Y Marcos si es niño? —se aventuró mi novio.

—No queremos otro flipado en la familia —respondió Lucas—. Pero gracias por la sugerencia.

Todos nos reímos cuando Marcos resopló.

—Oye, mañana, mientras Elena trabaja, ¿te apetece tomar algo? —le preguntó Lucas a Marcos poco después.

—No sé si voy a poder. Tengo que avanzar una cosa del trabajo.

—¿En domingo? —Amanda lo miró extrañada.

Marcos asintió y se limitó a decir:

—Es importante. —Antes de que nadie pudiera preguntar más, cambió de tema—: Bueno, ¿y para cuándo se espera al bebé?

Y así fue como consiguió dejar de ser el protagonista de la conversación.

Horas más tarde, los dedos de Marcos bailaban sobre la piel de mi espalda.

—Me encanta que estés en mi cama —le dije.

Él suspiró y yo me incorporé sobre su pecho para verle la cara gracias a la luz tenue de la lamparilla.

—Lo que dijiste ayer de planear los siguientes meses juntos...

—¿Qué pasa con eso? —pregunté.

Me miró fijamente y mi corazón se detuvo un instante.

—Me hizo feliz que dijeras eso porque no sabía si querías seguir viéndome —añadió vacilante.

Esa vez fui yo la que alzó las cejas sorprendida. Después de todo, Marcos también tenía sus inseguridades.

La atmósfera de la intimidad de mi habitación me hizo sincerarme:

—Creo que tenemos un pasado y que estamos construyendo algo y conociéndonos todavía.

—Tienes razón —reflexionó.

—Me sorprende que dudes porque eres muy seguro de ti mismo. Tú siempre has ido con la boca y el corazón por delante.

—Y tú siempre has ido con pies de plomo —respondió.

Me impulsé para acercarme a su cara y le hundí los dedos en el pelo con suavidad. Él me miró con atención, como si lo que yo dijese a continuación fuese a definir nuestro destino.

—Es cierto que me ha costado más que a ti demostrar mis sentimientos y que todavía me cuesta no cerrar mi corazón, pero es que ya da igual porque te has colado dentro. No sé qué va a pasar en los siguientes meses, pero quiero esto —confirmé—. Y no sé si va a salir bien o si la distancia... —No supe continuar, pero él cogió el relevo rápido.

—Va a funcionar —aseguró volviendo a ser el chico seguro de sí mismo que tanto me gustaba.

—¿Por qué estás tan seguro?

—Porque lo siento aquí dentro. —Se llevó la mano al corazón—. Creo que tu corazón y el mío se han sincronizado.

No sabía cómo latía su corazón en aquel momento, pero el mío se estaba derritiendo como un helado en pleno verano. Me agaché y, a diferencia de hacía un rato, lo besé con la dulzura que se había apoderado de mi cuerpo. Cuando me aparté, él sonreía tanto que podía sentir la luna brillar dentro del dormitorio.

El trabajo al día siguiente se me hizo ameno porque entró bastante gente. Los ratos en los que estuve sola me descubrí recordando con una sonrisa la manera tan poco apropiada en la que Marcos me había besado esa mañana al despedirnos en la puerta del metro. Las temperaturas en Madrid seguían siendo altas, pero él era el culpable de la ola de calor que yo sufría, y era irónico, porque también era el único que podía apaciguarla.

Cuando cerré la verja de la floristería, Marcos ya me esperaba con una sonrisa encantadora.

—Hola —saludé al ponerme de puntillas.

—Hola —contestó cuando dejó de besarme—. ¿Qué tal tu tarde?

—Entretenida. ¿Has ido de compras? —Reparé en la bolsa de Zara que cargaba.

—Sí. He parado de camino a comprarme un par de cosas para dejarlas en mi casa. Así las tengo aquí para la próxima visita.

Su confesión hizo que mis mariposas aleteasen entusiasmadas. ¿Me estaba volviendo tan cursi como Amanda y Blanca?

—Te he comprado una cosa —me dijo.

Entrecerré los ojos cuando contuvo la risa y un brillo malicioso destelló en su mirada. Sacó la mano que escondía detrás de la espalda y sostuvo un Calippo de fresa en alto.

Reprimí las ganas de reírme y me hice la digna.

—Eres increíble —amonesté.

—Ya lo sé. Soy el mejor novio del mundo, me pongo guapo para ti y te traigo un helado —contestó haciéndose el inocente.

—Sé perfectamente que lo has comprado por la forma que tiene...

—¿No lo quieres? ¿Preferías el de lima limón?

Se lo arrebaté y lo abrí.

—Te lo voy a restregar por la cara.

—Bueno, si luego lo lames me parece perfecto. —Su sonrisa angelical pasó a ser diabólica. Plantó la mano en mi cintura y se acercó a mi oído—: Aunque, en ese caso, se me ocurre un sitio mejor para que me lo restriegues.

Sentí la ola de calor entre las piernas y la cara arder. Cuando se apartó para ver el efecto de sus palabras en mí, me observó con una sonrisa pícara.

Era injusto que fuese yo la única que sufriese ese calentón. Y así, mirando su expresión engreída, se me ocurrió. Di un paso atrás para salir de su magnetismo. Eché un vistazo por encima del hombro y, cuando me aseguré de que nadie me miraba, lamí el helado de manera sugerente.

Se le oscureció la mirada de forma automática. Se acercó y volvió a agarrarme la cintura con la mano libre.

—Ele...

—He pensado que ahora que ya no tenemos que escondernos... —Hice una pausa para buscar la valentía que necesitaba—. Podemos buscar otro... juego que sea igual de divertido. —Chupé el helado una vez más, y lo miré—. ¿Qué te parece?

Tardó un par de segundos en reaccionar. Estaba igual de sorprendido por mi descaro que yo.

El deseo de su mirada se trasladó a su sonrisa socarrona cuando dijo:

—¿Tu idea de juego es calentarnos el uno al otro y ver quién pierde antes?

—Sí.

—Con ese juego perdemos los dos.

—Bueno, y también ganamos... —Asentí notando que se me calentaban las mejillas. Me tragué la vergüenza y añadí—: Con todo lo que hagamos después.

—Menuda mente más sucia. —Negó con la cabeza.

—Yo antes no era así. Es culpa tuya.

—No te confundas, Ele; claro que eras así, lo que pasa es que ese lado tuyo se despierta cada vez que yo estoy cerca. —Me apartó el mechón de pelo que se me había escapado de la trenza y las mariposas se me subieron a la garganta—. Y, ahora, no te cortes y acábate el helado, que se va a derretir. —Se acercó aún más y me susurró en la oreja—: Estoy deseando verte lamerlo, preciosa.

«Madre mía».

Malditos fueran él, su descaro y su tonito sensual, que ya me había encendido.

Marcos 1, Elena 0.

—¿No te cansas de hacer todo el rato estos comentarios? —le pregunté.

—No. Me encanta que te pongas como un tomate.

Y, dicho eso, me besó.

Terminamos cenando pizza cuatro quesos en mi italiano favorito. El sol se había escondido, pero la ciudad tenía un brillo especial, o quizá así ve una la vida cuando está completamente enamorada. Bromeamos y hablamos de la semana que se avecinaba. Yo le conté que estaba emocionada por empezar las prácticas, y él que tenía que hacer un par de visitas a los tribunales.

Volvimos a casa abrazados y parándonos a besarnos casi en cada esquina. Dentro de nuestra burbuja estábamos felices de estar juntos y lo que pasase fuera daba igual. Cuando entramos en su casa, llamó a su hermana para corroborar que lo recogería a la mañana siguiente. Me hacía gracia escucharlos conversar y la agilidad con la que alternaban entre el inglés y el español casi sin darse cuenta. Cuando colgó, me contó que ella lo recogería a cambio de que él la acompañase a una galería de arte independiente.

Me senté en su cama y me abracé las piernas mientras él colocaba en el armario la ropa que se había comprado.

—Cuando vaya, dentro de unas semanas, ¿qué vamos a hacer?

Él se giró con el pantalón del traje en la mano.

—Está claro, ¿no? —Lo dobló y lo guardó en la maleta que se llevaría a mi casa—. Ir a la torre Gherkin. Ya verás qué bien te lo vas a pasar —terminó guiñándome un ojo.

Le di un golpecito en el brazo cuando se sentó a mi lado.

—Siempre pensando en lo mismo.

—¿Yo? —Se señaló con el dedo índice—. No sé qué estabas pensando con esa mente tan impura, pero me refería a cenar en el restaurante. —Recuperó el teléfono del bolsillo y me enseñó la reserva—. ¿Lo ves? Eres tú la que siempre está pensando obscenidades.

Le coloqué las piernas encima y apoyé la cabeza en su almohada. Alcé las cejas de manera sugerente al tiempo que separaba las piernas; que llevase vestido facilitaba las cosas. Él tragó saliva y me miró.

—Quiero un adelanto que demuestre que lo voy a pasar tan bien como dices.

Su mano ascendió con lentitud por el interior de mi pantorrilla y cuanto más se alejaba del tobillo, más se agitaba mi respiración. Cuando me acarició por encima de las bragas tuve que tirar del cuello de su camiseta para que su boca acallara mis gemidos.

Un par de horas más tarde estábamos de vuelta en mi salón.

—¿Me vas a presentar a tu hermana? —pregunté.

—No creo que Lisa nos deje otra opción —respondió mientras le hacía carantoñas a mi gata.

Le quité a Minerva de encima y me lo llevé al cuarto.

—Háblame de ella —pedí.

—En realidad se llama Luisa —informó—. Los tres tenemos nombres españoles, pero es más fácil así.

Me dejé caer en la cama y él se tumbó a mi lado. Nos quedamos cara a cara, sobre el costado.

—Entonces, ¿Gaby...?

—Gabriela.

—Cuéntame algo sobre ellas.

—Pues Gaby me saca siete años y es periodista. Está casada con un escocés y tienen tres hijos. Es bastante conservadora con sus sentimientos y con dejar a alguien entrar en nuestra vida. Ella es así porque se comió todo lo de mi padre... —Su voz se fue apagando hasta perderse.

Durante un rato solo se oyó su respiración. Cuando creí que se había dormido, abrió los ojos y continuó:

—Lisa es lo opuesto. No tiene problemas para relacionarse con nadie. Siempre nos ha tenido a todos protegiéndola. Es un poco caprichosa y siempre consigue lo que quiere. Es la que menos vivió lo que pasó, era más pequeña.

Lo que me contaba me hizo pensar en cómo lo que nos pasaba tenía tanto peso como para fraguar nuestras personalidades.

¿Habría sido yo diferente si hubiera tenido padre?

Probablemente.

Al igual que Gaby, Marcos y Lisa, yo también estaba marcada por algo. Yo también tenía una cicatriz invisible a la vista que me hacía ser tal como era, que me había hecho desconfiar y huir de mis propios sentimientos. Y, entonces, caí en algo que debería haber preguntado ya:

—¿La gente allí te llama de otra manera?

—La mayoría me llama Mark. Es la traducción literal de Marcos. Mark.

Era bonito, pero sonaba lejano.

—¿Mark Aguilar? —Arrugué la nariz; no me gustaba tanto.

—Eh, ya no me apellido así. Bueno, no de primer apellido. Mis hermanas y yo quisimos quitarnos el apellido paterno, pero no se puede. Solo nos permitieron cambiar el orden.

Esa revelación me sorprendió.

—Te llamé Aguilar en la piscina... —Me tapé la boca arrepentida.

—Da igual. No lo sabías y, además, me lo compensaste con creces.

Ignoré su comentario y me concentré en preguntar algo que me parecía relevante.

—¿Debería llamarte Mark?

Frunció el ceño y sacudió la cabeza horrorizado.

—No. Ese nombre es porque a la gente le resulta más fácil de pronunciar, nada más. Con lo que costó que me llamases Marcos... como para cambiarme ahora el nombre.

Quise acompañarlo en las risas, pero no pude.

—No me sé tu apellido... —reconocí en un susurro. Me sentía fatal.

—Baker.

—Baker —repetí—. Mark Baker. Marcos Baker —me corregí.

Él sonrió y asintió.

Guardamos silencio y al cabo de un rato yo revelé una parte más de mí:

—Yo tengo los apellidos de mi madre.

Apoyé la cabeza en la almohada y suspiré.

—Cariño... —Me abrazó.

—No pasa nada. Lo tengo superado —aseguré.

—Yo nunca te saco el tema porque no quiero presionarte.

—Lo sé y lo agradezco. Y no te preocupes, no hay nada que contar.

Marcos me acarició el pelo con suavidad y presionó los labios contra mi frente.

—¿Qué hora es?

Miró la hora en su reloj.

—La una.

—¿Y en Nueva York?

—Las siete de la tarde.

—¿Quieres dormir o prefieres dar un paseo por Central Park?

—El paseo suena bien —contestó.

—Sé que la gente alquila bicis para recorrer ese parque, pero yo no sé montar —confesé—. Mi madre no sabía y nadie me enseñó.

Agradecí que no hiciera un drama de ello. Cuando contaba que no sabía montar en bicicleta la gente reaccionaba diciendo cosas como: «¿En serio? ¿Cómo es posible?».

—¿Has estado en Nueva York? —pregunté.

—Sí. Hace dos años —asintió—. La firma para la que trabajo tiene una sede allí y nos llevaron a un congreso. No me dio tiempo de ver mucho, pero visité Central Park. ¿Y tú?

—Yo no he salido de Europa. ¿Subiste al Empire?

—No —negó apartándome el cabello de la cara—. Tuve que elegir porque no me daba tiempo y preferí subir al Top of the Rock.

Asentí un par de veces.

—¿Y en Hawái has estado?

—Sí —confirmó—. Contigo, hace dos semanas.

La cama se hundió cuando me moví para colocarme encima de él. Nunca había estado en América, pero Hawái ya era el lugar que más me gustaba.

8

No es tan fácil

Septiembre era mi mes favorito. Era un mes de emociones, de cambios, de empezar nuevas etapas y también de volver a la rutina: a estudiar, a trabajar y a reencontrarte con la gente. En septiembre Madrid recuperaba la vida, los coches volvían a entorpecer el tráfico y las tiendas se llenaban de clientes. En definitiva, volvía el ruido y se terminaba esa sensación de paz que reinaba en agosto.

Era una de esas personas que consideraban que el uno de septiembre era cuando de verdad empezaba el año y no el uno de enero. Aquel septiembre para mí era diferente a los anteriores; no tenía que volver a la universidad y en el ámbito laboral empezaba una etapa nueva que me producía un cosquilleo en el estómago. También significaba conocer Londres y seguir explorando esa parte de mí que llevaba tanto tiempo dormida. En septiembre se acababa el verano y empezaba el otoño, pero yo seguía sintiendo que era primavera en mi corazón.

Aquel septiembre también llegaba cargado de nuevas etapas para mis amigas. Aunque, sin duda, el cambio más notable era al que se enfrentaba Amanda con su embarazo.

—¿Qué tal? —le pregunté al abrazarla.

—Fatal. Tengo las tetas hinchadas y sueño todo el rato —contestó cuando se apartó.

—Bueno, lo del sueño no es nuevo —me reí.

—Ja, ja, ¡qué graciosa! —ironizó—. Esta mañana me han entrado náuseas en la oficina y casi vomito en el paragüero de la entrada. Imagínate el panorama. La recepcionista vomitando al darte la bienvenida. Menos mal que he conseguido llegar al baño a tiempo.

Le froté el brazo con suavidad y ella me dedicó una sonrisa afectuosa antes de señalar la calle con la cabeza y echar a andar. Amanda y yo estábamos tan unidas que, en cuanto pasábamos una semana sin vernos, sentíamos que había pasado un siglo. Teníamos esa clase de relación. Entre su boda, la luna de miel, mi idilio con Marcos y su embarazo, no habíamos pasado tanto tiempo juntas como antes. Así que me había propuesto acompañarla a andar un par de veces por semana a paso ligero. Nótese que el paseo era ligero para ella, que estaba acostumbrada a correr y que tenía las piernas largas.

—Todavía se me hace raro verte en mallas —apuntó con una nota de burla en la voz.

—Te recuerdo que me compré esto para ir a yoga contigo.

Mi nula relación con el deporte se traducía en que, hasta hacía dos tardes, no tenía ropa deportiva.

Amanda llevaba un conjunto morado; era la típica que conseguía ir monísima hasta al gimnasio. Mis mallas verdes y mi camiseta vieja contrastaban con su estilo. Podría haberme puesto otra camiseta con la que me viera más favorecida, pero no tenía ganas.

—Tía, las trenzas estas de boxeadora te quedan brutales —dijo admirando mi peinado y yo sonreí agradecida.

Llevaba un día raro y su cumplido y su compañía eran lo que necesitaba para animarme.

Nos detuvimos en el semáforo del cruce de Serrano con Goya. Esa tarde habíamos quedado en su barrio, que, como siempre, estaba bastante transitado. Las oficinas ya habían cerrado y las tiendas estaban abarrotadas. El atardecer estaba a la vuelta de la esquina, pero los veintisiete grados y el paseo a toda máquina ya nos habían puesto a sudar.

—¿Qué más me cuentas? —le pregunté.

—Pues poco más. Ahora mismo no tengo otro tema de conversación. Lucas y yo nos estamos convirtiendo en expertos en carritos de bebés, cunas y eso... Deberían impartir un máster para padres, cada vez lo tengo más claro. Son demasiadas cosas y demasiada información.

Me reí por su ocurrencia.

—A lo mejor puedes impartirlo tú en el futuro.

Ella suspiró y tiró de mí para cruzar.

—¡Qué va! Se me daría fatal ser profesora. No tengo paciencia.

Su tono taciturno me hizo preguntar:

—¿Por qué dices eso?

—Ayer discutí con Lucas. ¿Recuerdas que te conté que íbamos a ir a la tienda de bebés de Las Rozas? —Asentí cuando me miró—. Pues fuimos con nuestros padres... La tienda es enorme, no te puedes hacer una idea, y estaba petada. ¿A quién se le ocurre ir en fin de semana? —La pregunta era retórica, así que no contesté—. Pues a nosotros, obviamente... —Negó con la cabeza desilusionada—. Yo ayer no tenía el día y estaba muy cansada. Lucas insistió en que podíamos ir otro día, que no pasaba nada, que no fuese cabezona, pero ya sabes cómo soy... —Torció la boca y no acabó la frase.

—¿Y qué pasó?

—Pues que, después de un rato, se me juntó todo y me agobié. Entre que estaba cansada, que estaba lleno de gente y que tuve que soportar a nuestras madres opinando sobre todo... pues acabé harta. Que ya sé que no lo hacen a mal, pero me daban ganas de soltarles una bordería tipo «¡Nos tiene que gustar a nosotros! ¡Guardaos vuestra maldita opinión!».

—Entiendo. ¿Cómo llegamos de ahí al enfado con el príncipe encantador?

Ella suspiró sonoramente y yo tiré de su brazo para que no se chocase con el señor que se había parado delante de ella en el cruce.

—Pues me enfadé con él porque su madre estaba muy pesada, llevándonos la contraria todo el tiempo, y él no le dijo nada. Porque yo a mi madre sí se lo dije cuando se empezó a poner intensita, ¿sabes? —Me miró y resopló—. Es que una vez estaba diciéndole a Lucas que me gustaba mucho una cuna y apareció su madre diciendo: «Uy, la cuna en amarillo no, el color de la mala suerte. ¡Qué horror!». Y así con todo. Yo no quería ser una borde con mi suegra, por eso miré a Lucas a los ojos y usé nuestra telepatía para que fuera él quien le pidiera educadamente que se callase. —Amanda chasqueó la lengua molesta—. Y él no quiso entenderme... No le dijo nada, así que, cuando me cansé, me senté en un sofá como hacen los señores en el Primark de Gran Vía y pasé de todo.

Me mordí el labio consternada.

—Ya lo sé, tía, no me mires así. —Volvimos a ponernos en marcha—. Encima, Lucas se sentó a mi lado, me cogió la mano y me dijo: «¿Qué te pasa, mi amor?». —Amanda me miró como si eso fuese un crimen—. Y fui superborde con él. No puede venir a llamarme «mi amor» cuando me enfado. —Negó con la cabeza—. Porque yo quiero seguir enfadada, ¿sabes? Así que se lo dije. —Se encogió de hombros—. Eso y que decidiera con su madre las cosas que quisiesen para nuestro bebé, que a mí ya me daba igual y que le esperaba en el coche. —Hizo una pausa para suspirar y siguió de carrerilla—. La culpa es suya. Fue él quien no le dijo nada a su madre cuando ellos se acoplaron a nuestro plan. Porque yo a la mía se lo habría dicho, pero claro: ¿con qué cara le digo a mi madre que no pinta nada cuando él no va a hacer lo mismo con la suya?

Podía imaginar la escena a la perfección.

—¿Y habéis hecho las paces?

—Algo así. —Movió la mano en un gesto que decía «más o menos»—. Cuando dejamos a sus padres en casa, discutimos. Esto es algo que nos hace ilusión, ¿por qué tienen que opinar otras personas de lo que queremos para nuestra casa y nuestro bebé? Es que te lo juro que con cada cosa que nos gustaba saltaba su madre con algo. Y si no era su madre, era la mía. Que no es justo que le eche la culpa a él de todo, ya lo sé, pero me fastidia. Lo peor es que él piensa igual que yo, ¿y no dice nada? Pues genial...

Se detuvo y sacó la botella de agua de su mochila. Se bebió la mitad de un trago y me habló indignada:

—Encima, me levanto al baño en mitad de la noche y veo que me ha puesto el cepillo de dientes a cargar. Anoche se me quedó sin batería y se me olvidó conectarlo, y joé, esas tonterías me ablandan...

—Entonces, ¿habéis hecho las paces? —repetí mi pregunta.

—Yo no quería, pero cuando he llegado del trabajo hace un rato se ha puesto en plan señor romántico sexy, a disculparse y a decirme idioteces y guarrerías, y yo..., pues soy una maldita vendida. Es que ha ido a dar donde duele. Se ha puesto el *outfit* que tiene tipo Harry

Styles. Lo cual no es justo porque sabe que tengo debilidad por él vistiéndose así, y ¿qué he hecho yo? ¡Bajarme las bragas y montármelo con él en el cuartito de la lavadora!

Eso explicaba que hubiese llegado tarde, a la carrera y con la coleta deshecha.

—¿Y tú sigues enfadada?

—Un poco sí. Si estamos mosqueados, no hagas cosas bonitas por mí, no vengas a decirme ñoñerías y, sobre todo, no te quites la camisa rosa y me digas que estoy buenísima cuando sé que estoy hecha una mierda. Porque he llegado a casa sudando y asquerosa, por eso estaba quitándome la ropa y metiéndola directamente a la lavadora, tía. Y va y me dice que así es como más me desea... ¡Venga, ya! ¿Quién se cree eso?

Se me escapó la risa. Mis amigos eran adorables.

—Te encanta que haga esas cosas por ti.

Suspiró derrotada y yo me reí.

—En fin, ¿tú qué tal? ¿Qué tal está Marcos?

—Yo bien. Y, Marcos... también está bien.

Amanda se paró de golpe y una chica la esquivó de milagro.

—¿Qué ha pasado?

Me encogí de hombros y no contesté.

—¿Mal día? —se aventuró.

Cogí aire y suspiré mientras asentía.

Ella me agarró del brazo y reanudó la marcha caminando más despacio, cosa que agradecí. Era difícil hablar si te faltaba el aire.

—¿Por qué?

—Me ha venido la regla y he estado bastante desmotivada todo el día. Me habría gustado avanzar más con el trabajo y...

«Llevo quince días sin ver a Marcos y todavía faltan otros quince más para poder abrazarlo», me corté de añadir.

—Y echas de menos a Marcos y por eso estás tontorrona, ¿no? —Amanda torció el cuello para mirarme. Sus ojos verdes parecían compasivos.

—Sí —admití en voz baja.

—No pasa nada por que estés tristoncilla por eso.

—Ya. —Me frotó el hombro con cariño—. No sé, ayer estaba bien.

Estuvimos hablando un rato por la noche y fue bien, como siempre, pero hoy me he levantado de bajón y no sé...

—Te ha venido la regla, has tenido un mal día, estás mimosona y te gustaría que tu novio te diese un poco de cariño. Es normal.

Yo lo sabía, pero las piernas me pesaban, me dolían los ovarios y estaba apagada. Nuestra idea era habernos visto el fin de semana que acababa de pasar, pero había sido el cumpleaños de su hermana. Y no tenía sentido que él viniese el fin de semana siguiente, cuando yo iba a ir dos semanas después a Londres. Y aunque la situación era nueva para mí, y no la llevaba mal, estar de bajón hacía que yo...

—Siento que queda un milenio para verlo —dije decaída—. ¿Me estoy volviendo una cursi?

—¿Por querer una sesión de mimos? —Asentí—. No, Els. No pasa nada por que lo eches de menos. Es normal. Ven aquí.

Amanda se detuvo cerca de la fachada de El Corte Inglés para no molestar a los transeúntes. Me escondí dentro de su abrazo y me reí cuando bajó el tono de voz y dijo:

—Hola, preciosa. Soy tu novio el creído.

—No hueles como él —musité.

—Pero soy mucho más guapa y te quiero un montón.

—Yo también te quiero.

La estreché entre mis brazos y nos quedamos unos segundos así. Me sentía dividida entre la risa, el cansancio y las ganas de llorar. Tenía uno de esos días en los que solo quieres recibir caricias y palabras bonitas.

—Si me hubieses dicho que tenías la regla, habríamos hecho otra cosa.

—¿Ver una peli romántica mientras comemos helado? —Suspiré al apartarme—. Creo que me voy a poner una luego, ¿alguna recomendación?

—¿Tienes fiebre? —Amanda me puso la mano en la frente. Le saqué la lengua y ella se rio—. Imagínate lo que habría flipado la Elena del año pasado si le hubiesen dicho que hoy estaría echando de menos a Voldemort.

Consiguió que me riera con ella.

—Se ofende si lo llamamos así. Dice que él es más guapo.

—Bueno, ¿cuándo Marcos no cree que es más guapo que alguien?

Le di la razón. Echaba de menos hasta su chulería, pero en su ausencia había otra cosa que podía animarme:

—Oye, aquí dentro, ¿no está la heladería esa que te gusta tanto? —le pregunté.

Amanda asintió.

—Sí, Rocambolesc; está arriba. —Señaló la parte alta de El Corte Inglés.

—Un helado me haría feliz.

Amanda volvió a engancharme del brazo y tiró de mí hacia la puerta de los grandes almacenes.

—¿Y, qué, tienes ganas de empezar las prácticas?

—Sí. —Sonreí—. Me apetece mucho.

No sería mi primera vez pisando una clínica, porque ya había hecho los rotatorios clínicos el curso anterior, pero esas prácticas junto con el trabajo de fin de grado me darían los créditos necesarios para acabar la carrera y cumplir uno de mis objetivos. Así que estaba contenta.

Conseguí que mi bajón pasase a un segundo plano gracias a la compañía de mi amiga y al helado de chocolate con petazetas, galleta y cobertura de chocolate que me había pedido. Estaba casi tan bueno como el Abinao de Los Alpes.

Me despedí de Amanda con un abrazo y cogí la línea cuatro de metro en Serrano. Por suerte, conseguí sentarme; las piernas me pesaban como si fueran las de un elefante. Saqué el móvil del bolso y escribí a Marcos.

Qué tal vas, letrado?

Bien.
Y tú, preciosa?

Yo acabo de estar con Amy.
Estoy volviendo a casa

Yo sigo en el despacho.
Salgo ya. Te llamo?

Estoy en el metro.
Tardo 25 min

Ok.
Pensaba ir al gimnasio.
Te llamo cuando salga?

Vale

Qué tal con Amanda?

Bien, pero me duele todo.
Tengo cero ganas de hacerme la cena

Y eso?

Me ha venido la regla

Vaya.
Hay algo que pueda hacer?

Me mandas una foto?
Te echo de menos 😟

Claro, te vale un selfie?

Sí.
O mejor una de cuerpo entero,
cuando llegues al gimnasio

Vas a aprovecharte de que me
mata que estés triste, para pedirme
fotos de flipado de gimnasio?

Sí. Verte delante de un espejo, en chándal,
sujetando una pesa y poniendo cara de chulo,
es lo único que me levantará el ánimo

Pero yo odio a los tíos que hacen eso...

> Joooo, por favor.
> Estoy supertriste 😭

Lo que hay que hacer por amor...
Dame unos minutos, anda, que estoy
cogiendo la moto

> Vale.
> Espero impaciente

Recibí su mensaje cuando me bajaba del metro:

Me siento un gilipollas haciendo esto,
pero todo sea por darte material para
tus fantasías...

En la foto salía delante de un espejo. Con la mano derecha sujetaba el móvil, tenía el brazo izquierdo flexionado, lo cual me permitió anhelar sus bíceps, y sujetaba una pesa. Llevaba unos guantes negros, una camiseta gris oscura y pantalones de chándal negros. Su cara estaba centrada en la pantalla del móvil y su pelo perfectamente peinado. Detrás de él se veían las máquinas de correr vacías. Me reí al imaginarlo sacándose la foto.

> Gracias.
> Estás muy sexy.
> Me mandas otra luego?
> Cuando estés ya sudando

Sudando? 😰
Para qué quieres esa foto, pervertida?

> Sí. Sudando y mirando a cámara

Qué exigente!

> O puedes dejar el móvil apoyado por
> ahí y te grabas haciendo pesas

> Ni hablar. No pienso posar como un imbécil ni grabarme.
> Si te pone verme hacer pesas, tendrás que venir aquí conmigo

> Vale, rancio.
> Te perdono solo porque has hecho que mi día mejore considerablemente.
> Ojalá estuvieses aquí.
> Necesito un abrazo 😟

> Joder, Ele 😟
> Me encantaría abrazarte.
> Ojalá tú y yo

Adjunto a su último mensaje venía el *gif* de un gatito acurrucándose al lado de otro que me hizo suspirar.

¿De verdad el abogado engreído me estaba mandando esas cursiladas? ¿Y de verdad yo seguía derritiéndome de amor?

Mientras caminaba, esquivando a la gente, fui consciente de la sonrisilla que se me había puesto en la cara.

Ya en casa, me fui directa a ducha; me sentía asquerosa. Esa tarde me quedé un ratito bajo el agua y me lavé el pelo con mimo. Me vestí con el pantalón corto del pijama y con una de sus camisetas; así lo sentía más cerca. Cuando me dirigía a la cocina, cogí el móvil y vi que tenía otra foto suya. En esa, salía en una posición parecida a la primera que me había mandado, pero su camiseta estaba sudada, su pelo despeinado y sus ojos fijos en el cristal. Me mordí el labio al leer su mensaje:

> Te lo dije hace tiempo: prefiero sudar la camiseta contigo

El bajón se me olvidó en cuanto sonó el timbre. Era el repartidor de mi pizzería favorita. Esperé al lado de la puerta a que subiera. Cogí la caja y me dijo que ya estaba pagado cuando saqué la cartera.

> Has recibido algo?
> En la app esta me sale el pedido entregado

>> Me has comprado la cena?

> Afirmativo.
> No paro de darte razones para que me quieras

>> Ay, joooo, me muero contigo.
>> Muchas gracias! Te quiero 💜

> Yo también te quiero, cariño.
> Voy a ducharme.
> Te llamo cuando llegue

Ese día descubrí que echar de menos a Marcos cuando no estaba bien era muy fácil. Había notado la distancia salir de la tierra como una mala hierba y agarrarse a mi corazón. Parecía muy lejano tener que esperar otras dos semanas para disfrutar de mi sonrisa favorita, pero no todo era malo. Ese día Marcos me demostró que, pese a los kilómetros que nos separaban, podía sentirlo cerca. Y también me di cuenta de cómo había cambiado mi percepción del tiempo. Cuando vino de visita en agosto los días pasaron como una estrella fugaz. El problema era que, en días tristes como aquel, el tiempo se ralentizaba y las horas parecían arrastrarse más despacio. Y, aunque me sentía mejor gracias a él, no pude evitar que, horas más tarde, se me saltasen las lágrimas y me engullese la frialdad de las sábanas y la soledad de una cama vacía.

9

¿No es romántico?

Septiembre también llegó con cambios para Blanca. Llevaba mucho tiempo queriendo dejar atrás a su compañera de piso y por fin iba a conseguirlo. Mi amiga viviría sola por primera vez, algo a lo que no estaba acostumbrada. Ella era muy sociable y siempre había optado por compartir piso. Pero después de su mala experiencia con Loreto había preferido vivir sola en un sitio más pequeño que le asegurase estabilidad mental. El otro cambio al que no parecía estar acostumbrada todavía era a eso de rayarse, y, le gustase o no, parecía que para dejar de hacerlo tendría que ver cómo iba su nueva vida sin Bruno.

El día que volvió de Mallorca vino directa a mi casa. Se fue enfadada y regresó un poco triste.

Nos abrazamos en cuanto abrí la puerta.

—¿Qué tal, reina?

—Estás más morena, ¿no?

—Sí. He ido bastante a la playa. —Se adentró en mi piso en busca de sus cajas—. Muchas gracias por guardármelo todo.

—No es nada.

La ayudé a bajarlas al coche y las trasladamos juntas a su casa mientras charlábamos sobre nuestras expectativas para el otoño. Me sorprendió que no le pidiese ayuda para la mudanza también a Carlota, pero algo en sus ojos marrones, y en la manera en que se toqueteaba el pelo, me decía que su razón tendría. Para llevarlo todo a su casa solo tuvimos que hacer dos viajes. Si no hubiera tenido un Mini, probablemente con uno nos habría bastado. Después de eso, fuimos a IKEA, porque quería comprarse un escritorio. Salimos de allí con el escritorio y con unas cuantas tazas. Suerte que los asientos traseros de su coche eran abatibles, porque, si no, no sé qué habríamos hecho.

Horas más tarde, en cuanto terminamos de montar la mesa, me desplomé en su cama.

—¿Me das el número de Amanda? —preguntó—. Me gustó mucho la clase de yoga y creo que voy a apuntarme. Quiero preguntarle los precios, los horarios y eso.

—Claro. —Me saqué el teléfono del bolsillo y le envié el contacto—. Ya lo tienes.

—Gracias.

Abrió una de sus cajas con un cúter y apiló unos cuantos libros en el suelo. Quería preguntarle qué había pasado con Bruno, pero no había vuelto a salir el tema desde la noche del concierto. Lo que sea que se hubieran dicho había provocado que ella huyera despavorida a casa de sus padres. Yo odiaba que me presionasen para contar las cosas, por eso me limité a recordarle que estaba ahí si necesitaba algo y ella asintió con gesto ausente.

—Vi a Pau —soltó de pronto.

«¡Ostras!».

Pau era el eterno exnovio de Blanca, ese con el que se enrollaba cada vez que pisaba la isla. Habían tenido un montón de idas y venidas. Yo solo lo había visto en foto y tenía que reconocer que era guapo. El pelo le llegaba por la barbilla y, como decía Blanca, «Está mazado como todo buen monitor de surf». Esa era su excusa cada vez que se liaban. Hacía meses, Blanca se había jurado que no volvería a tener nada con él porque quería encontrar el amor verdadero. Al final, siempre acababa cayendo y liándose con él. Por eso no había querido volver ese verano a Mallorca.

—¿Piensas que soy horrible?

—¿Por qué? —pregunté extrañada.

—Pues por Bruno.

—No pienso que seas horrible.

—Me acosté con Pau. Y Bruno y yo hemos roto nuestra amistad...

—¡¿Qué?!

—Discutimos el otro día por WhatsApp y a eso llegamos. —Ella suspiró—. Supongo que no podemos ser amigos después de que me lo comiese y yo se la tocase en el baño del antro ese... Así que la vuelta a clase va a ser genial.

Abrí la boca para dedicarle unas palabras de consuelo, pero ella siguió:

—Es enorme, Elena. La polla de Bruno —matizó por si no la había entendido—. Bueno, enorme se queda corto. Creo que «colosal» es la palabra que mejor la define —se lamentó—. ¿Cómo voy a sentarme a su lado en clase y no pensar en ella? —Soltó otro suspiro—. Carlota va a estar en medio y esto es justo lo que no quería que pasase, que nuestra gilipollez afectase a otras personas. Y, ¿ahora qué hago? ¿No ir al botellón de inicio de curso de la semana que viene?

—A lo mejor deberías ir y ver el panorama.

Yo estaría en Londres, así que me quedaría sin ver qué sucedía.

—Pues sí. Iré. Que no vaya él si no quiere verme. No sé... Quizá esta despedida nos venga bien a los dos. Si es que esto ya es irreparable, nos hemos dicho cosas horribles y eso no se puede borrar. Y estoy cansada de esta vorágine que me pone el mundo del revés. ¿Yo comiéndome la cabeza? Es que, por favor... —Se subió las gafas de ver y se recogió el pelo en un moño—. No sé si voy a contárselo a Carlota. Parecen cada vez más unidos y está completamente en medio. En clase ya va a ser incómodo, quiero que le afecte lo menos posible...

Asentí y no dije nada. Esa era su decisión. Y, conociéndola, el día que quedásemos las tres se lo contaría seguro.

—Si es que yo qué sé. Yo no quiero que Bruno arrase con mi vida y lo destroce todo. Y con mi mala suerte, seguro que van a tocarme los rotatorios con él, como si lo viera. Tendría que haberlos cursado el año pasado contigo... No me apetece verlo tratar animales con uniforme en una clínica.

Su tono teatral hizo que se me escapase la risa.

—Te entiendo. Yo cuando veo a Marcos con Minerva me derrito.

—Dios, qué asco da todo... Encima me dice cosas en euskera y yo... no sé qué significan, pero me ponen un poco.

«Ay, madre».

—¿Te gusta Bruno?

—No —negó con vehemencia—. Eso me pasaba porque necesitaba desfogar. Cosa que ya he hecho con Pau. Solo estoy rayada porque, bueno, he roto la amistad con mi amigo y porque estáis en medio.

—Tu amistad con nosotras no va a verse afectada —aseguré—. Al menos conmigo. Y Carlota ya sabemos que tiene tendencia a proteger a la persona que más sufre. Empatiza mucho con el dolor ajeno.

Blanca asintió y se levantó para colocar los libros en la estantería. Me preguntó si estaba emocionada por empezar en la clínica, dando así por finalizada la conversación de los asuntos del corazón.

Esa noche estaba tan nerviosa que no me enteré de si a Marcos le había gustado la exposición a la que había ido con Lisa. Yo mentalmente ya estaba en la mañana siguiente en la clínica veterinaria.

—Y así es como han decidido darme el título de mister Inglaterra. Los expertos han demostrado que no existe un rostro tan perfecto como el mío.

—Claro —contesté abstraída.

—No me estás escuchando, ¿verdad?

Mi cerebro tardó un rato en procesar su pregunta.

—¿Qué? Eh, por supuesto que sí.

—¿Qué es lo último que he dicho? —preguntó arqueando las cejas.

Traté de hacer memoria, pero no le había prestado atención suficiente.

—¿Que... tienes ganas de verme? —adiviné.

Marcos negó.

—Te decía que me han coronado como el tipo más guapo de Gran Bretaña.

—¿En serio? ¿Y quién ha votado eso?

—Espero que tú. —Sonrió.

—No. Yo te he votado en la categoría del más idiota. Lo siento.

Se le escapó la risa y yo suspiré.

—Estoy un poco nerviosa por firmar el contrato mañana y no me he enterado de qué tal lo has pasado con tu hermana —dije arrepentida—. Llevo esperando este momento tanto tiempo que no me creo que haya llegado el día.

—¿Ya lo tenías claro desde pequeña?

—No. —Hice una pausa y sonreí al recordar lo que deseaba por aquel entonces—. De pequeña soñaba con ser bióloga marina en las islas Galápagos.

—¿Concretamente en las Galápagos? —preguntó interesado.

—Sí. No me valía otro lugar. No sé cuántos años tenía, creo que ocho o así... Mi madre tenía puesto un documental sobre las tortugas de las Galápagos para dormirse. Ella se durmió y yo me quedé de pie delante de la televisión y... me enamoré.

—No me sorprende.

—Cuando me hice mayor comprendí que lo que realmente quería era ser veterinaria y tener mi propia clínica —continué—. ¿Y tú? ¿Qué querías ser de pequeño?

—¿Quieres adivinarlo?

—¿Mister Universo? —comenté riéndome.

—¡Qué graciosa! —ironizó—. Esa era mi segunda opción.

—¿Matemático?

Él frunció el ceño y negó.

—¿Qué? Se te daban bien los números. Además, hiciste el bachillerato de ciencias, ¿no?

—Sí, pero no lo tenía claro. Iba por rachas. Durante mucho tiempo quise ser médico.

Me incorporé hasta quedarme sentada en la cama.

—¿Sorprendida?

—No mucho.

—Y durante un tiempo también quise ser policía.

—Eso sí que no te pega. —Arrugué la nariz y negué con la cabeza.

—Con dieciséis años pensaba que si tenía placa podría detener a mi padre.

Como cada vez que mencionaba a su padre, el estómago se me retorció de manera dolorosa. Marcos nunca había entrado en detalles ni descripciones gráficas de lo que había pasado, pero solo de imaginarlo me entraban náuseas.

—No pasa nada —afirmó al verme afligida.

—Me muero de ganas de abrazarte.

Volví a recostarme en la cama, con la cara pegada a la almohada.

—Siento destrozar tus fantasías sexuales de verme con bata, pero al final me decanté por la única profesión que no tenía uniforme —bromeó para desviar la atención.

—Sí que lo tiene —afirmé—. El traje y la corbata son tu uniforme. ¿Llevas maletín como los abogados de las películas? ¿Y toga?

—Tendrás que venir para descubrirlo.

—En mi imaginación sí que lo llevas.

Él sonrió de medio lado y alzó las cejas.

—Supongo que siempre podría ponerme unas gafas de pasta, que no sé si me servirían para ir de incógnito, pero sí para llamar la atención de la doctora Aguirre, ¿verdad? —Me reí y negué con la cabeza—. ¿Sigues nerviosa?

—La verdad es que has hecho que me olvide un poco.

—Lástima, iba a proponerte una cosa con la que te ibas a relajar.

El brillo malicioso de su mirada hizo que me mordiera el labio y que juntase las piernas con deseo.

—¿Tienes por ahí esas gafas? —pregunté.

Torció el gesto en un rictus divertido y las comisuras de su boca se elevaron hacia arriba formando una sonrisa lasciva.

—Coge el portátil, anda.

Sin duda, la conversación había alcanzado un punto interesante.

El jueves los nervios, que habían aumentado conforme me aproximaba a la clínica, se me pasaron en cuanto vi la sonrisa amable de Susana, la mujer que me había dado la bienvenida al equipo. Ella me recibió en la puerta y me presentó a Joaquín, que sería mi compañero y mentor. Joaquín parecía medir uno ochenta. Su cabello era fino y castaño, y sus ojos canela estaban coronados por unas cejas pobladas. Tenía la piel aceitunada y cuando sonreía se le formaban hoyuelos en las mejillas. En cuanto soltó un par de frases reconocí el acento argentino. Acababa de conocerlo, pero sabía que nos llevaríamos bien.

Él me enseñó la clínica y, mientras lo hacía, me contó que había entrado dos años atrás como asistente en prácticas y que lo habían hecho fijo al finalizar su contrato. Eso me dio esperanza. Había acabado la carrera en el tiempo que le correspondía y tenía veinticinco años, igual que yo.

La clínica, que contaba con dos plantas, era bastante grande. La parte de arriba tenía una sala de espera al lado de la recepción, una de reuniones y tres habitaciones equipadas para pasar consultas. La planta de abajo contaba con un baño, un pequeño comedor, un quirófano, una sala para los animales que tuvieran que pasar la noche y un vestuario. Las paredes de todas las estancias eran blancas, y había pósteres de animales y con información sobre enfermedades por todas partes.

Joaquín me explicó que sería el encargado de enseñármelo todo y que, de momento, empezaría siguiéndolo en su día a día. Mientras andaba me fue presentando a mis compañeros y traté de quedarme con el nombre de todos. Cuando pasamos por el vestuario me indicó cuál sería mi taquilla y me entregó un par de batas, pijamas hospitalarios y zuecos. Después me llevó al encuentro de Susana, que me informó de que empezaría al día siguiente en horario de mañana, con opción de ampliar a jornada completa en el futuro. Al estar matriculada en la universidad, aunque solo fuera para presentar el trabajo de fin de grado, tendría las mismas vacaciones que los alumnos. Eso era una buena noticia porque me permitiría planificar mis visitas a Londres con antelación. Firmé el contrato y salí de allí con una buena sensación.

De camino al metro escribí a Marcos. Estaba muy contenta y tenía muchas ganas de compartir mis novedades con él.

> Te puedo llamar?

Imposible.
Tengo una reunión en dos minutos.
Qué pasa?

> Nada.
> Solo quería contarte lo del contrato

> Perdona, cariño.
> Me alegro un montón por ti!
> Cuéntamelo y te leo luego!

Sabía que no podía ser tan inmadura como para que eso me molestase. Marcos estaba trabajando y tenía una buena razón para no atenderme. Si fuese al revés, él no se enfadaría. Y, aunque lo sabía, no pude evitar que me escociese. Por la noche me llamó entusiasmado y, aunque yo seguía contenta por mis logros, la emoción del momento se había perdido.

A las nueve y cuarto de la mañana del viernes ya estaba en la puerta de la clínica. Diez minutos después, Joaquín apareció con una sonrisa y abrió con su llave.

Cuando me vi en el espejo con el pijama verde, no supe diferenciar si tenía más ganas de ponerme a saltar o a llorar. Aproveché que estaba sola en el vestuario para sacarme una foto y mandársela a Marcos y a mis amigas; a todos les escribí más o menos el mismo mensaje, que se resumía en: «Estoy superemocionada».

Mi primer día terminó antes de que me diese cuenta. Me pegué a Joaquín como su sombra y escuché atentamente todo lo que les decía a los clientes mientras tomaba notas de lo que me explicaba. Se movía por la clínica con soltura y con la seguridad que te da la experiencia. A media mañana salimos juntos a tomar café. Ese descanso me sirvió para conocerlo un poquito más. Llevaba siete años viviendo en España, le gustaba el fútbol, le pirraban los alfajores de maicena y no podía vivir sin dulce de leche. Pasé la mañana entretenida en su compañía. Por eso, cuando llegaron las dos y me recordó que tenía que irme, me sorprendió que ya hubiese terminado mi jornada.

Aquella tarde, Blanca y yo esperamos a Carlota sentadas en un banco. Agradecí haberme puesto un vestido fino de tirantes porque el calor de las seis era terrible.

Nuestra amiga llegó con la efusividad que la caracterizaba. Alabó el bronceado de Blanca y después se giró hacia mí con una sonrisa:

—¿Qué tal el primer día de veterinaria explosiva?

—¡Muy bien! —exclamé emocionada—. ¡He aprendido un montón de Joaquín!

—¿Quién es Joaquín? ¿Está bueno? —me preguntó ella antes de sentarse a mi lado.

—Me encanta que esa haya sido nuestra primera pregunta. Nos importa si está bueno, si es gilipollas nos da igual —se rio Blanca—. Le he preguntado lo mismo, pero me he quedado sin saber la respuesta —le dijo a Carlota.

Giré el cuello de derecha a izquierda para mirarlas a ambas antes de decir:

—Es alto y tiene una sonrisa bonita.

—¿Tiene una sonrisa bonita es la manera fina de decir que está bueno? —quiso saber Blanca.

Ignoré esa pregunta y seguí:

—Ha sido superpaciente hoy conmigo. Y me hace gracia su acento argentino.

—¿Argentino? —Carlota se levantó y se colocó delante de nosotras—. ¿De los que bailan el tango con una rosa en la boca?

Blanca y yo nos reímos.

—No sé. No se lo he preguntado.

—Elenita, haces fatal los deberes —amonestó Blanca.

Carlota tiró de mi brazo y me obligó a levantarme. Colocó una mano en mi cintura y se balanceó de un lado a otro.

—¿Y ya te ha dicho que *sos un bombonaso*? —Su intento de imitar el argentino dejaba bastante que desear.

Cuando me soltó volví a sentarme. Ella siguió haciendo su bailecito unos segundos más mientras nosotras nos reíamos.

—¿Qué tal el día? —le pregunté a Carlota en cuanto tomó asiento a mi lado.

—Fatal —contestó rendida—. No ha empezado el curso y ya sé que va a ser imposible acabar este año.

Carlota en julio no se presentó a los exámenes y tenía por delante unas cuantas asignaturas.

—Yo te puedo ayudar a estudiar y dejarte mis apuntes —sugerí.

Blanca resopló, pero no dijo nada. Sabía que estaba culpando a Greta en silencio.

—Da igual. —Se concentró en los brazaletes que llevaba en la muñeca y que tintinearon al chocar unos contra otros—. No os rayéis, que, si suspendo y me echan de la uni, siempre podré dedicarme a la comedia —bromeó—. Bueno, ¿qué era eso tan importante que teníais que decirme?

—¿Te acuerdas de los candados del amor? —pregunté conteniendo la risa.

Carlota hizo una mueca y asintió.

—Cómo olvidarlo. Están por todas partes —se quejó—. Te refieres a la cursilería de ponerlo en pareja y tirar la llave al río, ¿no?

—No es una cursilería —contestó Blanca un poco a la defensiva—. Elena y yo vamos a poner uno y nos gustaría hacerlo contigo.

—¿Cómo que vais a poner uno? —Carlota se levantó y se colocó la cintura de la falda.

—Pues eso. Vamos a casarnos platónicamente. En tus manos está ser la tercera persona de esta relación o el mero testigo que da fe de esta unión.

—Hable ahora o calle para siempre —me mofé.

Blanca sacó el candado y el rotulador de su bolso y me lo tendió.

—He comprado el más grande que tenían.

—¿Vais a poner el candado aquí? —Carlota se cruzó de brazos. Parecía incrédula—. ¿En mitad de la plaza Mayor?

Asentí mientras escribía mi nombre en la parte superior.

—¿Y dónde pensáis tirar la llave?

—En el estanque del Retiro —contestó Blanca—. Vamos a dar un paseo en bote y tirarla al atardecer. ¿No es romántico?

—¡Muchísimo! —ironizó ella.

Extendí la mano en dirección a Carlota y ella atrapó el candado resignada y escribió su nombre debajo del mío. Blanca fue la última en garabatear el suyo.

—Sobra hueco, ¿qué pongo?

—¿La fecha? —sugerí.

Blanca arrugó la nariz.

—¿Amigas del alma?

—¿Y si pongo la fecha y «Esposas platónicas»?

Lo sopesamos unos segundos y las tres estuvimos de acuerdo en escribir la última opción.

—¿Quién hace los honores? —preguntó Blanca.

Carlota dejó su mano suspendida en el aire y Blanca depositó el candado sobre su palma.

—Sabéis que lo van a quitar en cuanto puedan, ¿verdad? —Bordeó el banco circular que servía de base artística a la farola hasta encontrar un hueco.

—Pues compraremos otro —aseguré.

—Exacto, que para algo vamos a trabajar. —Blanca se estiró el vestido. Acto seguido, sacó su teléfono—. Espera, necesito inmortalizar el momento.

Carlota nos echó un brazo a cada una por el hombro y sostuvo en alto el candado. Mi amiga sacó cinco fotos, en las que fuimos haciendo distintas poses. Después de revisarlas y dar el visto bueno, Carlota volvió a agacharse, pasó el aro del candado por el metal de la farola y nos miró.

—¿Lo cerramos juntas? —propuso.

Asentimos y, como pudimos, tocamos las tres una parte del candado antes de contar hasta tres en voz alta y cerrarlo.

—Pues nada, jodeos, capullas, que ahora os toca aguantarme toda la vida —dijo Carlota.

No pude evitar sonreír al oír eso.

—Primera parte hecha —contestó Blanca satisfecha—. Siguiente parada: Retiro.

Como era de esperar, el parque más famoso de Madrid estaba repleto de gente patinando, tomando el sol, jugando a las cartas, haciendo un pícnic, leyendo o dando un paseo en barca.

—¿Paramos aquí? —preguntó Blanca cuando llegamos al centro del estanque.

—¿Ya estás cansada de remar? —se burló Carlota.

Blanca le hizo una mueca y se limpió el sudor de la frente con el dorso de la mano.

—Si quieres, a la vuelta remas tú, bonita.

—No me puedo creer que vayamos a tirar la llave en el agua más sucia de Madrid —continuó Carlota.

Blanca la ignoró, recuperó la llave de su bolso y me la tendió.

—Tírala tú.

—¿Ya? —Me eché hacia delante para atrapar la llave—. ¿No queréis decir antes unas palabras para la posteridad?

Se quedaron pensativas.

—Yo solo voy a decir que no sé cómo me he dejado convencer de hacer algo tan cursi —protestó Carlota—. Si queríais que me pusiera moñas, podríais haber tenido la decencia de traer cerveza.

Blanca ladeó el rostro y la miró con severidad. Carlota cuadró los hombros y se subió las gafas de sol para mirarnos a la cara antes de continuar:

—Ahora en serio. Chicas, espero que estemos siempre juntas. Que no nos parecemos una puta mierda y por eso nos complementamos de puta madre.

—¿Puedes decir más tacos? —pregunté.

Ella se encogió de hombros y se rio.

—Lo dicho, que ojalá viva muchas aventuras con vosotras.

—Sí —coincidió Blanca.

—Yo... —titubeé— quería daros las gracias por haber aparecido en mi vida cuando más lo necesitaba. Cuando mi madre murió... —Hice una pausa porque me noté visiblemente emocionada—. Fue durísimo volver a clase después de haber perdido dos cursos y sin conocer a nadie. Y vosotras me hicisteis sentir parte de vuestro mundo desde el principio.

Ellas me miraron con cara de circunstancia; parecían dubitativas entre dedicarme unas palabras de consuelo o dejarme a mi aire.

—No quiero estropear el momento más romántico de nuestra vida, pero después de firmar el contrato y de haber empezado a trabajar, me he acordado de ella.

—Tu madre estaría orgullosa de ti. —Carlota, que estaba sentada a mi lado, me rodeó con el brazo. Me atrajo hacia ella y me besó la cabeza.

—No te puedo decir lo que necesitas oír porque no he pasado por lo mismo que tú —dijo Blanca agarrándome la mano—. Pero sí puedo decirte que para haber criado a una persona tan buena como tú, tu madre tuvo que ser la mejor.

—Totalmente de acuerdo —secundó Carlota—. Y no nos tienes que dar las gracias por haber estado ahí porque tú has estado también para nosotras.

—Eres la voz de la cordura, y tanto si decides tirar esa llave al agua como si no, nosotras vamos a estar siempre contigo.

—Y yo con vosotras —confirmé con la voz quebrada.

No quería desmoronarme, pero llevaba todo el día sintiéndome en una montaña rusa de sentimientos y las palabras de mis amigas me tocaron hondo. Le devolví el apretón de mano a Blanca y me acurruqué contra Carlota.

—Yo os voy a decir que me alegro un montón de haberos conocido y que ojalá algún día trabajemos las tres juntas porque eso puede ser lo más. —Blanca asintió mientras hablaba—. Es genial poder contar con dos amigas como vosotras.

Me aparté del cuerpo de Carlota y observé el agua.

—¿Preparadas? —pregunté enseñándoles la llave.

Ellas asintieron y yo conté en voz alta hasta tres y arrojé la llave hacia atrás. Oí sus risas y me giré para ver dónde señalaban que había caído.

Blanca volvió a coger los remos, nos miró cansada y dijo:

—Me merezco una cerveza después de la fuerza que estoy haciendo con los brazos para devolvernos a tierra firme.

Fuimos primero a cenar y después subiríamos a por el helado de Rocambolesc, el puesto de helados al que había ido con Amanda.

—Lo vi en boxeo —informó Carlota mirando a Blanca.

—¿A quién? —preguntó ella antes de darle un trago a su botellín de cerveza.

—A Bruno.

—Ah. —Blanca apartó la mirada incómoda y se concentró en la gente que paseaba por la calle—. Pues muy bien.

—Sabes que nos puedes contar lo que sea, ¿verdad? —preguntó Carlota—. Que no vamos a juzgarte.

—Lo sé, pero es que no hay nada que contar. Le pedí que me dejara en paz y es lo que ha hecho —contestó ella sin mirarnos.

—Pues estuvimos hablando de ti.

Blanca giró el cuello a la velocidad de la luz.

—¿Y qué le dijiste?

—Nada, que estabas bien y que te han llamado de la clínica para hacer una entrevista.

—¿Y qué dijo él?

—Dijo que se alegraba, pero parecía tristecillo. —Carlota arrugó el ceño.

—Pues muy bien —repitió Blanca. Apretó los labios y dejó su botella en la mesa con más fuerza de la necesaria. Esa calma mallorquina parecía que se iba a terminar de un momento a otro—. Siento comunicarte que ya no somos amigos —le dijo a Carlota.

—¿Qué ha pasado?

—Discutimos mientras estaba en Mallorca. Pero tranquila, que no vas a estar en medio en clase. Nos comportaremos como adultos. Y ahora, ¿podemos cambiar de tema?

Su tono suplicante activó los engranajes de mi cerebro y hablé antes de que Carlota pudiera intervenir.

—Le dije a Marcos lo de ir las cuatro a Londres —contesté rápidamente—. Nosotras tres y Amanda. Me dijo que encontraría la manera de que entrásemos en su piso.

Gracias al cielo, Carlota decidió no avasallar a preguntas a Blanca.

—Genial. Yo con un sofá me apaño. Vamos y si me apuras duermo en el suelo —aseguró Carlota—. Si ya he dormido al raso en un festival, puedo con cualquier cosa.

—El puente del Pilar tenemos todas el día libre, ¿no? Incluida Amanda.

—Entiendo que sí.

—¿Me estáis diciendo que en un mes y poco nos vamos a Londres? —Carlota alzó la voz y yo solté una risotada—. ¿Así a lo loco?

—Por mí sí —contestó Blanca—. ¿Elena?

La perspectiva de estar con Marcos en Londres por segunda vez, cuando todavía no había ido ni una, era demasiado tentadora como para siquiera planteármelo.

—Voy a escribir a Amanda y, si ella se apunta, se lo digo a Marcos esta noche. ¿Os parece?

—Nos parece —comunicó Carlota—. ¿Esto se puede considerar nuestra luna de miel?

—La tuya y la mía sí —informó Blanca—. Pero me parece que Elenita nos va a poner los cuernos, no sé si con Amanda o con Marcos.

Meneé la cabeza y me reí mientras tecleaba el mensaje para Amanda. Un minuto después ya me estaba destrozando el tímpano con su chillido emocionado.

—Está dentro —informé apartándome el móvil de la oreja y pausando así su audio.

Mis amigas aplaudieron fuera de sí.

Carlota se levantó para pedir más cerveza y Blanca para ir al baño mientras yo terminaba de escuchar a mi amiga.

—¿Y qué tal Marquitos? ¿Está contento por tus prácticas? —preguntó Blanca cuando regresó del baño.

—Marcos está bien.

«Lo que no está bien es verlo tan poco».

—Y sí, se alegra mucho por mí —añadí enseguida.

«Aunque todavía no me ha contestado al mensaje que le mandé al salir de la clínica».

Carlota colocó las bebidas en el centro de la mesa.

—¿Por qué tienes esa cara? —me preguntó.

—Tiene Marquitis aguda —contestó Blanca.

—¿Cuánto llevas sin verlo? —quiso saber Carlota.

—Tres semanas.

—La que viene te vas a Londres, ¿no, reina?

Asentí.

—Pues ya está. —Blanca me dio un apretón en la mano—. Ya verás como cuando estés allí con él se te olvidará la distancia. Y fijo que la siguiente vez no tardáis tanto en veros.

Había leído un montón sobre relaciones a distancia y la actitud positiva era fundamental, así que intenté quedarme ahí.

—Hablando de relaciones a distancia. Chicas, probablemente la voy a cagar —dijo Carlota—, pero he perdonado a Greta y, si finalmente viene y me pide que me vaya a vivir con ella, voy a hacerlo.

Yo permanecí en silencio y Blanca apretó los labios; se notaba que se estaba mordiendo la lengua. Después de todo, septiembre también venía con cambios para Carlota.

—No soy la más indicada para hablar de cometer errores, así que solo voy a brindar por cagarla con vosotras —dijo Blanca pasados unos segundos. Le dio un trago a su cerveza y la sujetó en el aire—. Y por contar con vuestro apoyo si vuelvo a liarme con la persona equivocada en el baño de un bar.

—Podemos brindar también por liarnos con las personas correctas —añadí elevando mi vaso de Coca-Cola.

—Por las correctas y las incorrectas —terminó Carlota.

—Pase lo que pase, estamos juntas —dije.

—Yo quiero hacer un apunte, esposas platónicas —intervino Blanca—. ¿Quién necesita pareja cuando os tiene a vosotras?

Brindamos por eso y también por mis prácticas y por nuestro futuro como veterinarias. Y mientras lo celebraba con mis amigas, comprendí que no solo echaba de menos a Marcos en los momentos malos; en los buenos, no tenerlo cerca era casi peor. Esa celebración se sentía incompleta porque él no estaba. Era un momento importante para mí y quería compartir con él las cosas buenas que me pasaban. El problema era que esa noche tampoco nos reencontraríamos para celebrar mi logro. Ni esa noche ni la siguiente. Porque, a fin de cuentas, su cama estaba en Londres y la mía en Madrid.

Por suerte, mis amigas no dejaron que el humor decayese y, mientras nos reíamos de nuestras chorradas, tuve la certeza de que, fueran risas o lágrimas, estaríamos juntas siempre. Y ese amor de amigas, que no pide nada a cambio, me hizo sentir invencible.

10

Romeo y Julieta

Faltaban veinte minutos para que el avión aterrizase en el aeropuerto de Heathrow y seguía igual de inquieta que cuando había despegado. Cerré la guía de Londres y me concentré en mirar por la ventanilla. El horizonte de nubes que se extendía hasta el infinito consiguió distraerme. La semana me había servido para generar mi nueva rutina. Por las mañanas iba a la clínica y por las tardes investigaba porque me quedaba poco más de un mes para presentar el trabajo ante un tribunal. Marcos no había querido contarme mucho de nuestros planes para el fin de semana. Lo único que supe a la hora de preparar la maleta fue que el sábado iríamos con su hermana al mercado de Portobello y que por la noche cenaríamos en la famosa torre Gherkin.

Las ruedas del avión se encontraron con el asfalto de la pista de aterrizaje y me sacaron de mis pensamientos. Retuve el aliento y lo solté cuando el azafato nos dio la bienvenida a Londres por el interfono. Al tranquilizarme, la ilusión regresó a mi cuerpo. Había visitado esa ciudad en tantos libros y películas que sentía una extraña familiaridad. Quizá también se debía a que Marcos me había enseñado algunas partes a través de su pantalla y había conseguido acercarme a ese espíritu londinense diverso y cosmopolita. Tenía muchas ganas de conocer Londres, y más aún de besar a mi novio.

Arrastré la maleta lo más deprisa que pude por el estrecho pasillo y sonreí a la tripulación cuando les di las gracias antes de bajarme del avión. Seguí los carteles de salida y busqué a Marcos con la mirada al llegar a la sala de espera. Lo encontré detrás de una pareja que se estaba dando una más que calurosa bienvenida. Él todavía no me había visto. Llevaba un traje azul marino con la corbata a juego y camisa blanca. Mi teléfono sonó en cuanto él retiró la mirada de su pantalla. Leí su mensaje y sonreí:

> Cómo vas?
> No quiero meterte prisa, pero me apetece besarte

En cuanto nuestros ojos se encontraron, señaló con el dedo a la pareja que se besaba con efusividad a su lado, abrió la boca fingiendo sorpresa y negó con la cabeza como si no tuvieran ningún tipo de vergüenza. La necesidad de tocarlo hizo que mis pies se pusieran en marcha y casi corrí para reencontrarme con él.

No me reconocía a mí misma. En el último mes me había vuelto experta en sacarme fotos frente al espejo. Y estaba mejorando otras habilidades, como esquivar a la gente mientras mensajeaba o conseguir transformar cualquier conversación en *sexting*, y me tomaba tan en serio eso de encontrar los mejores planos para las videollamadas subidas de tono que podría dedicarme al mundo del cine. Avancé hacia él hecha un barullo de sensaciones: estaba ansiosa, contenta y emocionada. Lo miré un instante a los ojos antes de olvidar la maleta y arrojarme a sus brazos. En cuanto lo sentí, solté el aire que estaba reteniendo y mis maripositas suspiraron complacidas.

Me abrazó con tanto ímpetu que mis pies se despegaron del suelo. Cuando volvió a dejarme en tierra firme, nos abrazamos tan fuerte que nos balanceamos de un lado a otro un par de veces. Su cara estaba hundida en mi hombro y la mía en su pecho. Ese abrazo apretado encerraba un millón de sentimientos que no necesitábamos expresar en alto. Sus dedos rozaron la piel de mi cuello cuando me colocó el mechón de pelo detrás de la oreja, y ese pequeño contacto bastó para que mi corazón saltase de alegría.

—Creo que deberíamos hacerles la competencia a esos dos —susurró cerca de mi oído.

Pegó los labios a los míos y todas mis células se relajaron. Era como si mi cuerpo suspirase aliviado un: «Por fin». Me gustaban todos los besos de Marcos, pero los de reencuentro eran los mejores. En esos su lengua se adentraba en mi boca con ansia y sus manos sujetaban mi rostro con delicadeza. Y ese equilibrio perfecto de intensidad y ternura me volvía loca.

Nos besamos sin pensar en que estábamos entre la gente. Estábamos tan sumergidos en el reencuentro que lo demás daba igual.

Cuando se apartó, tenía los ojos empañados por la emoción, igual que yo. Su sonrisa de niño contento me enamoró más que cualquier otra y consiguió que la distancia que había sentido los últimos días se diluyese hasta casi desaparecer. Todo era secundario. Solo importábamos él y yo.

—¿De verdad te has comprado una guía? —preguntó cuando reparó en el libro que sujetaba. Asentí y él torció el gesto—. Pensaba que tu guía era yo.

—No creo que vayas a darme tantos datos curiosos como esto —contesté alzándola en el aire.

—Llevo nueve años viviendo aquí. Seguro que puedo llevarte a rincones más interesantes que los que aparecen ahí.

—Ya lo veremos.

Él arqueó las cejas y me reí de su expresión de indignación. Las arrugas de su frente se disiparon cuando colocó las manos en mis caderas y me besó otra vez.

—¿Qué quieres hacer? —preguntó mientras caminábamos de la mano—. Estaba pensando pasar por el despacho; así conoces dónde trabajo y cojo el portátil. El domingo, cuando te vayas, quiero mirar una cosa de un pleito que tengo el lunes, pero si no te apetece puedo pasarme cuando vayamos mañana a cenar porque está al lado.

—Vale, me parece bien. Tengo ganas de conocer por dónde te mueves en tu día a día.

Ya en el parking Marcos pulsó el mando de las llaves y las luces de un BMW negro parpadearon. Abrió el maletero y guardó mi maleta.

Me encaminé hacia la puerta del copiloto y me agarró del brazo. Oí su risa antes de girar el cuello para mirarlo por encima del hombro.

—Tu puerta es la otra. A menos que te hayas sacado el carnet y no me lo hayas contado. —Sonrió.

Meneé la cabeza y me reí mientras bordeaba el coche. Había olvidado que en Inglaterra el volante estaba en el lado derecho.

Abrí la puerta para subir y, antes de que me diese cuenta, Marcos la había cerrado y me había apoyado contra ella para besarme con avidez.

Hizo tres amagos de apartarse.

En el primero dio un paso atrás, me miró y volvió a abalanzarse sobre mis labios. En el segundo, yo tiré de las solapas de su chaqueta para besarlo de nuevo, y en el tercero susurró un «Joder, te he echado mucho de menos» que hizo que me pusiera de puntillas para volver a unir mi boca con la suya.

—Es el coche de mi madre —dijo cuando se sentó—. Se lo he pedido prestado.

—¿Qué tiene de malo tu coche?

—Lo que tiene de malo mi coche es que solo tiene dos ruedas y tienes que llevar casco. Por no mencionar que no habría hueco para tu maleta.

—¿No tienes coche? —Me revolví en el asiento porque me resultaba raro estar sentada en el lado izquierdo.

—No —dijo mientras daba marcha atrás—. Coche en Londres significa «atasco», y lo último que me apetece por las mañanas es perder el tiempo.

Tenía sentido.

En cuanto salimos del parking me recibió el cielo nublado de Londres.

—Mañana va a hacer sol —informó Marcos.

Extrañada, torcí el cuello para mirarlo. Parecía menos contento y un poco más serio.

—¿Va todo bien?

—Sí, es solo que me preocupa que no te guste la ciudad o que no esté a la altura de tus expectativas.

—No creo que eso pase; lo que he leído en la guía me ha gustado —bromeé—. El único que igual no está a la altura de mis expectativas es el guía.

—Te aseguro que el guía se lo va a currar muchísimo. —Marcos sonrió de medio lado—. Y, si te defrauda, encontrará la manera de compensarte.

«Se me ocurren unas cuantas maneras, guapo».

Cuando llevábamos poco más de veinte minutos en el coche, el paisaje de carretera fue reemplazado por la ciudad. No sabía qué temperatura hacía, pero me asombró que casi todas las personas vistieran con ropa veraniega, incluso en chanclas. A esa gente no parecía importarle el cielo encapotado y que de un momento a otro fuera a empezar a llover.

—Mira, esto es South Kensington. —Marcos quitó una mano del volante e hizo un movimiento circular en el aire—. En este barrio vive mi madre. Por esa calle a la izquierda está el Museo Nacional de Historia Natural y, un poco más arriba, Hyde Park.

A partir de ese momento me fue hablando de todo lo que veíamos como si fuese el conductor de un autobús turístico. En nuestro camino a la City divisé la grandeza del palacio de Buckingham y de St. James's Park, y los leones de piedra de Trafalgar Square. Llevaba solo unos minutos en esa ciudad y ya sabía que no me dejaría indiferente. Estaba maravillada por la armonía de contrastes entre los edificios antiguos, los autobuses y las cabinas telefónicas —que resaltaban por su característico rojo vibrante—, y los pubs modernos.

—Estos son los Reales Tribunales de Justicia. —Marcos señaló hacia la izquierda—. Bienvenida a mi barrio.

El edificio de piedra gris y de estilo gótico me dejó con la boca abierta. Parecía sacado de una película.

—Es impresionante —fue lo único que dije.

Enseguida aparecieron los rascacielos del distrito financiero, que se elevaban por encima de la ciudad. Una vez más, los callejones medievales y los edificios de arquitectura antigua se encontraban en completa armonía con las cristaleras de los rascacielos modernos.

Para ser viernes por la tarde, en el parking de su trabajo aún quedaban unos cuantos coches. Nos dirigimos a los ascensores y Marcos pulsó el botón de la planta treinta y siete. Mientras subíamos me fijé en que nosotros, al igual que Londres, también contrastábamos, con él en traje y conmigo en cazadora vaquera y deportivas.

Pasamos por delante de varios despachos hasta dar con el suyo. Mientras entrábamos, observé el cartelito metálico en el que se podía leer «Mark Baker». La estancia no era muy grande, solo tenía un escritorio de madera con varias sillas y un mueble en un lateral que ocupaba la pared entera y que estaba lleno de cajones. El único elemento decorativo de la pared era un reloj. Atraída por la ciudad me acerqué al ventanal y me quedé ensimismada mientras él recogía sus cosas.

—¿En qué piensas? —Me abrazó por la espalda y apoyé la cabeza contra su pecho.

—En que, si las navidades pasadas alguien me hubiese dicho que hoy estaría contigo en un rascacielos de Londres, no me lo habría creído.

—Ya. La verdad es que yo tampoco pensé que hoy fuera a tenerte aquí, pero no me quejo.

Nos quedamos unos minutos callados, viendo el distrito financiero iluminarse artificialmente conforme el atardecer se apagaba.

—¿Qué es lo que más ilusión te hace conocer?

—El Big Ben y el London Eye —contesté de forma automática—. Sé que es de turista primeriza, pero es la verdad.

—Un poco sí, pero me lo apunto.

La cintura se me quedó hormigueando después de que me soltase. Miré la ciudad por última vez antes de girar sobre los talones, justo para verlo colgarse del hombro la mochila del portátil.

—¿Y tu maletín? —pregunté.

—¿No te vale solo con que me ponga gafas de empollón?

—Yo solo quiero saber si vas como en las películas o no. —Me defendí—. No me interesa para otra cosa.

—Seguro... —Marcos puso una mueca burlona y yo sacudí la cabeza.

Abrió la puerta del armario y sacó un maletín negro.

—¿Contenta?

Asentí y apreté los labios para no sonreír. Se me había ocurrido una broma y no quería estropearla antes de tiempo.

—¿También tienes ahí dentro un mazo? —pregunté sin controlar la risa—. Ya sabes, para decir «¡Orden en la sala!». —Terminé haciendo el gesto en el aire de dar un golpe con el mazo en la mesa.

—No soy juez. Soy abogado —contestó con dignidad.

Guardó el maletín y yo me acerqué a él riéndome.

—No se enfade, letrado.

Cuando se giró, volví a reírme y él me regaló esa sonrisa que hacía que me olvidase de todo.

—Estás muy guapo. Y te quiero mucho.

—¿Tienes alguna prueba que respalde esa afirmación? —preguntó como si estuviéramos en un juicio.

Hice un sonido afirmativo y asentí antes de tirar de las solapas de su traje para besarlo con ternura.

Cuando salimos a la calle después de cenar, me estremecí por el frío y me abroché los botones de la chaqueta tan rápido como pude. Quería volver a entrar en el restaurante japonés y pedir otra sopa miso que me ayudase a entrar en calor. Mientras paseábamos por Holborn, el barrio donde él vivía, me contó que era el distrito legal de la ciudad y que muchos bufetes de abogados estaban ahí por la cercanía a los Reales Tribunales de Justicia.

Al acercarnos a la orilla del Támesis y sin la protección de los edificios, temblé a causa de la brisa fresca y Marcos me estrechó contra él. Caminamos hasta el Millennium Bridge y cruzamos el puente de acero hasta llegar a la Tate Modern, parándonos de tanto en tanto para que yo sacase fotos y para besarnos.

—Por ahí tiene que estar el teatro de Shakespeare, ¿no? —pregunté emocionada.

Marcos sonrió y tiré de su mano en esa dirección. Era de noche, pero yo quería verlo todo.

El Shakespeare's Globe era la reconstrucción del teatro original para el que William Shakespeare escribió sus obras. Me acerqué al edificio, que era semicircular, de fachadas blancas y tabiques de madera, y me detuve para ver los carteles de las obras que se representaban en aquel momento.

—¿Te has leído alguna? —Oí su voz detrás de mí.

Tenía los ojos centrados en el cartel de Romeo y Julieta. Me di la vuelta y lo miré consternada.

—Se me olvidaba, qué pregunta más tonta. —Se dio un golpecito en la cabeza—. ¿Hay algo que no hayas leído?

Retrocedí sobre mis pasos, sin contestar, y me aproximé a la orilla del río. Había cientos de libros que no había leído, pero en aquel momento recordé la broma de Carlota sobre el *Kamasutra*. Me senté en un banco y enseguida lo tuve delante, con las manos metidas en los bolsillos y una sonrisa enorme.

—Sé lo que estás pensando —aseguró convencido.

«¿Cómo es posible que sepas que no he leído el *Kamasutra* y que quiero hacer todas las posturas contigo?».

—Quieres venir a ver *Romeo y Julieta*, ¿verdad?

—¿Qué?

—Aquí, al Globe. ¿Quieres venir a verlo por dentro?

«Tú pensando en sexo y el chico proponiendo ir a ver una obra romántica —pensé irónicamente—. Cómo cambian las cosas».

Marcos me miraba expectante.

—Podemos mirar si hay entradas —insistió—. Yo ya la he visto, pero no me importa repetir. No lo tenía en mente, pero viendo cómo te has emocionado...

No pudo continuar hablando porque me levanté y lo besé.

¿Podía estar más enamorada?

En aquel instante creía que no, que mis sentimientos ya habían tocado techo, y no podía estar más equivocada.

Cruzamos el puente de vuelta y subimos por la calle que comunicaba con la catedral de Saint Paul. Pasear de la mano me resultaba natural y era algo que había extrañado mucho. Ese pensamiento fue el desencadenante de que recordase lo mal que lo había pasado ese mes.

—Te he echado de menos —musité.

Marcos se detuvo alertado por mi tono de voz entristecido.

—Y yo a ti. Mucho.

Aparté la vista y suspiré.

—¿Qué pasa?

Cuando volví a mirarlo estaba serio.

Después de vacilar, decidí decirle cómo me sentía:

—Me habría gustado que hubieras estado en mi celebración. Me acordé mucho de ti.

—Lo sé. A mí también me habría gustado estar contigo. Por eso mañana vamos a celebrarlo juntos. Cenando en la torre. —Apretó mi mano y yo asentí.

—Mi cama es enorme sin ti —reconocí apenada.

Marcos suspiró y se pasó una mano por el pelo. Su pecho se hinchó cuando cogió aire. Vi mi tristeza reflejada en sus ojos durante el segundo que tardó en contestar:

—Yo tampoco lo he pasado bien, pero intento no centrarme en lo negativo.

—¿Es que hay algo bueno en no vernos?

Él se quedó pensativo. Sabía que estaba buscando algo con lo que animarme.

—Bueno, el cibersexo claramente es una ventaja. Y gracias a todas las fotos que me pides, he descubierto que soy muy fotogénico y que podría ser modelo.

Me reí y un destello de alegría se manifestó en su mirada. Nos contagiábamos el estado de ánimo con una facilidad asombrosa. Y, como no quería que sus ojos dejasen de brillar, dije:

—Eres un creído.

—Y tú eres preciosa. —Sonreí escuetamente, pero no fue suficiente para él—. Venga, Ele, tenemos que ser positivos, ¿recuerdas?

Asentí cuando tiró de mi chaqueta para acercarme a él.

—La actitud es fundamental, según he leído.

—Pues eso. Yo ahora estoy supercontento de que estés aquí. —Me acarició la cara despacio—. Y como quiero que estés igual de contenta que yo, voy a besarte. —Atrapó mis labios en un beso tierno—. Que conste que esto es un acto totalmente desinteresado. Besar libera las hormonas de la felicidad, empollona, así que estoy haciéndote un favor.

Su último comentario me hizo reír. Y cuando volvió a besarme, le pedí lo que necesitaba:

—En Madrid dijiste que haríamos el amor mientras yo te susurraba lo mucho que te había echado de menos... Pues eso es justo lo que necesito ahora: que me hagas el amor y me digas lo mucho que me has echado de menos.

—Las veces que tú quieras —prometió, y yo sentí el anhelo de todo mi cuerpo empujarme hacia él—. Mi casa está aquí al lado, pero hay que coger tu maleta del coche.

Tiré de sus hombros hacia abajo para susurrar en su oído: «Que sepas que no he traído pijama».

Por la sonrisa ladeada que me regaló entendí que habíamos hecho bien en ir primero a cenar, porque aún quedaba mucha noche por delante.

Y entonces me reafirmé en mi idea: superar los malos momentos de la distancia era lo que me había llevado ahí. A ese instante en el que entendí que nosotros siempre conseguiríamos encontrarnos porque éramos inevitables.

11

Notting Hill

—Despierta. —Oí una voz a lo lejos, pero estaba muy a gusto nadando en sueños como para hacerle caso—. Despierta, mentirosa.

Esa vez a la voz la acompañó un roce sutil en mi sien izquierda. Refunfuñé y la superficie dura sobre la que estaba apoyada subió y bajó un par de veces al tiempo que mis oídos registraban una risita baja.

—Venga, mentirosilla. Abre los ojos. —Reconocí la voz de Marcos, que seguía pastosa por el sueño.

Despegué los párpados ligeramente y tuve que volver a cerrarlos. La noche anterior habíamos estado demasiado ocupados como para cerrar la cortina y la luz blanquecina entraba por el ventanal de su habitación. Parpadeé un par de veces para acostumbrarme a la claridad antes de que mis ojos consiguiesen enfocar algo.

—¿Qué hora es? —conseguí decir a duras penas.

—Las ocho.

Cuando mi cerebro comprendió que habíamos quedado en hora y media, me incorporé para mirarlo y su mano, que hasta entonces acariciaba mi cabello, se desplazó a la mitad de mi espalda.

—¿En cuánto tiempo hay que salir? —Apoyé la barbilla contra su piel calentita.

—Depende. ¿Para llegar a la hora o para llegar diez minutos antes y fomentar tu trastorno obsesivo compulsivo?

—No es un trastorno. Es educado ser puntual y hay que contar con que puede haber contratiempos en el camino.

Él levantó la ceja y volví a recostarme contra su pecho.

—Lo ideal sería salir dentro de cuarenta y cinco minutos, contando con que daremos un par de vueltas para aparcar.

Respiré profundamente mientras sus dedos trazaban círculos en mi piel. Normalmente no tenía problemas para madrugar porque no me acostaba a las tantas. Pero la noche anterior, después de dar rienda suelta a nuestra pasión, Marcos y yo hablamos de mi primera semana de prácticas, de su trabajo y de Lisa. Hablamos de muchas cosas, menos de mi madre. Estuve a punto de sacar el tema y contarle lo mucho que me había acordado de ella al firmar el contrato, pero, al final, me quedé guardada bajo llave esa parte de mí una vez más. Era cierto que cada vez confiaba más en él, pero seguía sin estar preparada.

—¿Puedo saber por qué todavía no me has dado un beso de buenos días?

Su voz me trajo de vuelta al presente.

Rodé hasta colocarme a su lado en la cama y lo observé con severidad.

—Porque me has llamado «mentirosa». Dos veces.

Marcos giró sobre sí mismo y terminó recostado de lado, frente a mí.

—Esto —agarró la tela de mi pijama— es la mayor mentira que me han contado jamás.

—No exageres.

—Quizá no la más grande, pero sí ha sido la mentira que más me ha dolido —aseguró de manera dramática.

—No me gusta dormir desnuda. Es cuestión de preferencias. —Me callé cuando sentí su mano colarse debajo de la tela y agarrar mi cintura.

Le di un beso y salí de la cama para ducharme antes de que me entrasen tentaciones de quedarme bajo las sábanas todo el día.

Me pareció raro rebuscar en la maleta porque siempre que viajaba colocaba la ropa en el armario, pero sabía que era pronto como para tomarme esas confianzas. Me esperaba un día de turismo por delante, por lo que opté por vaqueros y una blusa rosa que acompañaría con deportivas.

El estilo industrial y minimalista del baño de Marcos me gustaba. La encimera del lavabo era de mármol y se veían las tuberías de metal dorado expuestas. La puerta de la ducha, que ocupaba toda la pared, se abría hacia fuera y tenía el marco negro, igual que el del espejo. Las paredes de azulejos blancos le daban un aspecto más luminoso del que en realidad tenía debido a la ausencia de luz natural.

Mientras me cepillaba los dientes frente al espejo pensé en lo extraño de la situación. Estaba realmente en Londres, en casa del chico al que hacía mil años le había tirado una guía de Escocia a la cabeza. Respiré hondo y traté de relajarme. Me asustaba poner todo mi corazón en juego y también me daba un poco de vértigo conocer a su hermana.

Un golpecito en la madera me sacó de mis pensamientos. Abrí la puerta y mi novio se coló en el baño. Me enjuagué la boca y, al enderezarme, mis ojos se encontraron con los suyos en el espejo. Aparté la mirada, para guardar el cepillo de dientes, y un preservativo aterrizó al lado de mi neceser. No me sirvió de nada respirar hondo; mi corazón ya había subido de marcha y mi estómago ya estaba temblando. Busqué sus ojos en el reflejo y su sonrisa lasciva entró en escena.

Marcos me apartó el pelo y depositó la cantidad de besos suficientes en mi cuello como para que tuviese que apoyar las palmas en el lavabo cuando mis rodillas amenazaron con doblarse. Subió la mano por mi tripa y me estremecí cuando me acarició el pecho al tiempo que susurraba muy despacio:

—El contratiempo con el que contabas es este.

Sin decir nada más, me giró y me besó con urgencia.

Él había dormido desnudo, lo cual fue una ventaja, porque cuando metió la mano dentro de los pantalones de mi pijama, la mía ya había bajado por su torso. Cerré los dedos en torno a él y su resoplido dio pie a que nuestro contratiempo fuese un encuentro ardiente y apresurado.

Al salir del baño un rato después, me encontré con Marcos, que seguía con la toalla alrededor de la cintura, tumbado en la cama. En cuanto aparecí, se sentó en el borde del colchón y se quedó pensativo. Sentía su mirada sobre mi piel mientras guardaba en la maleta el pijama y la ropa que él me había quitado la noche anterior.

—¿Solo tienes el espejo del baño? —pregunté al incorporarme—. Necesito peinarme y está empañado.

—No. En la puerta del armario hay otro. —Su voz grave provocó cosquillas en mi interior.

Se levantó y, sin previo aviso, sus labios se estrellaron contra los míos y sus manos se enredaron en mi melena. Me besó con una pasión que poco tenía que envidiar a la de las películas, y me dejé llevar. Cuando se apartó, lo miré confusa por su arrebato.

—Es que te he visto aquí, en mi habitación, y no sé...

Entendía a lo que se refería sin que me lo explicase. Ninguno de los dos había imaginado que las cosas llegarían tan lejos entre nosotros, pero lo habían hecho. Se inclinó para volver a besarme y, seguidamente, salió rumbo a la cocina para prepararse un té.

Ahora que era de día me fijé mejor en su habitación. La pasada noche habíamos entrado a trompicones y no había sido consciente de otra cosa que no fuera su cuerpo encontrándose con el mío. La estancia era sencilla y no era muy grande. Al lado del baño había un armario y en el centro estaba la cama doble de sábanas grises y almohadas negras. A cada lado del colchón había dos pequeñas mesillas de noche con sendas lámparas encima. El cabecero, también oscuro, estaba empotrado a la pared. Junté las piernas al imaginar cuánto me gustaría agarrarme a esa pieza de madera mientras él gemía debajo de mí. Acabábamos de hacerlo y yo ya estaba pensando en ello otra vez. Ya no me sorprendía que mi cuerpo nunca tuviera suficiente del suyo.

La particularidad de su habitación era la pared de ladrillo blanco. Me gustaba ese efecto medio industrial, medio moderno. Al igual que su habitación de Madrid, lo único que decoraba su cuarto era una pequeña estantería que estaba repleta de libros de derecho y en la que había una foto de él y sus hermanas que no parecía reciente.

Abrí las dos puertas del armario y me asombró que todo estuviera perfectamente dividido en compartimentos. Sonreí para mis adentros porque no había nada que me provocase más satisfacción en el mundo que un espacio bien limpio y ordenado. La mitad derecha estaba llena de trajes, y la mitad izquierda, de camisas. Debajo de esas prendas había un mueble con cajones cuya parte frontal era transparente y me permitía ver que uno estaba repleto de camisetas, otro de vaqueros y otro de ropa interior. A la altura de mis pies tenía una balda con calzado. Una de las puertas del armario tenía un espejo de cuerpo entero y la otra un colgador de corbatas y cinturones. Marcos tenía por lo menos veinte corbatas distintas que no se parecían entre sí: anchas, finas, lisas, claras, oscuras; algunas tenían puntitos o pequeños patrones, y un par eran de lana. Dejé que mis dedos vagaran por ellas acariciando la tela a su paso.

—¿Soñando despierta?

Di un respingo al escuchar su voz. Me había quedado tan ensimismada que no lo había oído regresar. Marcos estaba detrás de mí, mirándome a través del reflejo del espejo, con una sonrisilla. Sacudí la cabeza de derecha a izquierda en un ademán negativo.

—Yo creo que sí —aseguró convencido—. Creo que te estabas imaginando que me arrancabas la corbata.

Giré sobre mí misma, con cuidado de no pisarlo, y me topé con su torso desnudo. Levanté el rostro y, cuando nuestras miradas se tropezaron, tuve que reprimir el impulso de besarle la mandíbula, que pedía a gritos un poco de atención.

—Te lo tienes muy creído. Y, de todos modos, no te arranco la ropa, te la quito con delicadeza.

—Eso depende de la prisa que tengas. Hay veces que ni siquiera te desnudas. —Noté su mano en mi trasero y, antes de que sus labios rozaran los míos, me escabullí por debajo de su brazo.

—Nos tenemos que ir en diez minutos —recordé—. Por cierto, me encanta cómo tienes ordenado el armario.

—Sabía que el orden era otro de tus fetiches. —Me guiñó un ojo antes de darme la espalda para escoger qué ropa ponerse.

—¿Puedo cotillear tu casa? —pregunté después de trenzarme el pelo a su lado.

—Por favor. —Giró la palma de la mano e hizo un gesto que indicaba que podía hacer lo que quisiera.

La habitación contigua era más grande que la suya y era una réplica de su despacho. A mano izquierda había una cómoda, y cerca de la ventana, un escritorio repleto de papeles y sobres apilados. Lo único que adornaba la estancia era un reloj de pared. Me fijé en la fotografía que descansaba sobre la estantería que tenía a mi derecha. Aparecía lo que supuse que era su familia al completo. Su hermana mayor sujetaba a una niña que no tendría más de cuatro años; a su lado, un hombre con la barba ligeramente pelirroja sostenía a otra niña en brazos. En mitad de la imagen había una mujer que deduje que era la madre de Marcos, y a su derecha, un señor le rodeaba la cintura con el brazo. Al otro lado estaba Lisa y, detrás de ella, Marcos. Todos eran bastante altos y la viva estampa de lo que significa la felicidad familiar, algo que yo no conocía.

Oí el ruido de unos nudillos llamando a la puerta y me giré para ver a Marcos sonriéndome con la mano apoyada sobre la madera.

—Me gusta que te pasees por mi casa —dijo abrazándome por la espalda—. El que está al lado de mi hermana es Duncan, su marido. La niña que tiene Gaby en brazos es Rosie, mi sobrina mayor, y la que tiene él, Daisy. El pequeño Lyall no sale porque la fotografía tiene dos años —explicó con dulzura. Me volteé para mirarlo alentada por su tono de adoración. Sonreía de manera tan afectuosa que me quedó claro que se le caía la baba con sus sobrinos—. Intenté que lo llamasen Marcus, la versión escocesa de mi nombre, pero la idea no cuajó.

—¡Oh! Pobrecito.

—«Lyall» en escocés significa «lobo», así que tenía la batalla perdida antes de empezar. —Volví a centrarme en la fotografía mientras me reía y él se colocó a mi lado—. Esta es mi madre; no sé si llegaste a verla alguna vez en el colegio...

—Maggie, ¿verdad? —pregunté.

Él emitió un sonido afirmativo.

—El hombre que está a su lado es Harold, su marido.

Harold parecía un señor amigable. Su pelo castaño, al igual que el de Duncan, contrastaba con el negro de la familia Baker.

—Esta es Lisa. —Marcos puso el dedo encima de la cara de su hermana—. Y, por si te lo estás preguntando, este chico tan atractivo se llama Marcos y está disponible para lo que tú quieras. —Me guiñó un ojo y me miró expectante.

—Lo que yo quiero va a tener que esperar porque ahora tengo que conocer a Lisa —le recordé mientras me acercaba a la puerta—. Y siento informarte de que ya tengo cita para esta noche.

Su risa me siguió por el pasillo.

El salón de Marcos era el más sencillo que había visto en mi vida. En un extremo tenía un sofá gris; delante, una mesita vacía, y enfrente, un pequeño mueble con una televisión encima.

La cocina era pequeña, de muebles grises y paredes de azulejos blancos. Sobre la encimera solo tenía una cafetera. Como el resto del apartamento, y por sorprendente que pareciera, era una estancia muy luminosa y tan minimalista que me recordó a cuando Blanca decía aquello de «Menos es más». Su casa era exactamente lo que esperaba que sería.

Según vi las fachadas de colores de Notting Hill entendí por qué Amanda se había enamorado de ese barrio y por qué había una película romántica que llevaba el mismo nombre. Después de aparcar y sacar un par de fotos, caminamos hasta Portobello Road, donde se encontraba el famoso mercadillo.

El bullicio del gentío se mezclaba con las notas de los músicos callejeros. Para ser solo las nueve y media de la mañana, el ambiente estaba muy animado. Los tenderetes estaban abarrotados de antigüedades, artesanías, muebles, libros y ropa de segunda mano. Podías encontrar puestos de comida de todo el mundo y, por si eso fuera poco, también había tiendas. Nos dirigimos al punto exacto donde habíamos quedado con Lisa, y justo cuando Marcos se paró y se sacó el móvil del bolsillo para escribirle, vi que mi novio daba un paso hacia delante empujado por algo. Cuando quise darme cuenta, una chica, que estaba oculta tras una mata de pelo oscuro, se había encaramado a su espalda y le había tapado los ojos.

—¿Quién soy? —preguntó con voz cantarina.

—¿Mi peor pesadilla?

—Correcto —dijo ella al liberarlo.

Se saludaron con un abrazo y reconocí a Lisa. Llevaba una boina beis, una camisa holgada a juego y unos vaqueros de pierna ancha por donde asomaban unas botas militares. Desprendía un aire tan fresco y bohemio como el de la calle en la que nos encontrábamos. Antes de que sus ojos azules eléctricos se posaran en mí, ya me estaba abrazando con ímpetu. Hablaba tan emocionada que me costaba entenderla y solo me salió reírme bajito.

Se apartó y cuando me sonrió descubrí que esos dientes perfectamente alineados también eran un rasgo de familia.

—¡Por fin nos conocemos! —exclamó de manera trágica.

Le devolví la sonrisa y asentí.

—Lo dices como si llevaras toda la vida esperándola —se burló Marcos.

Con el segundo abrazo que me dio comprendí que, aunque se quitase las botas de plataforma, seguiría siendo más alta que yo.

—Es tu culpa por generarme curiosidad —le dijo a su hermano cuando me soltó. Después volvió a mirarme—. No para de hablar de ti —observó sin tapujos. Marcos intentó taparle la boca sin éxito—. Todo el día. ¿A que sí, hermanito?

—Eso es porque eres una cotilla que no deja de intentar sonsacar información.

Lisa le sacó la lengua y él entrecerró los ojos. Me hacía gracia que se picasen como si tuvieran trece años. Lisa atrapó mi brazo y echó a andar. Rompió el hielo preguntándome qué me parecía Londres y enseguida me di cuenta de que le encantaba hablar. En los minutos que estuvo enganchada a mi brazo me contó la historia del mercadillo y que madrugaba para venir y llevarse las gangas antes de que se las quitasen.

De pronto, detuvo su marcha y centró la mirada en unos cuadros que estaban expuestos en el lado opuesto al que nos encontrábamos. Marcos se colocó a mi lado y aprovechó la distracción de su hermana para darme un beso en la mejilla. Cuando Lisa se volteó en nuestra dirección, miró a su hermano con una sonrisilla diabólica.

—¡Cállate! —exclamó Marcos en tono cansado.

—Pero si todavía no he dicho nada —se defendió ella. La malicia que destilaba su mirada se convirtió en fascinación en cuanto posó sus ojos en mí—. Me encanta tu trenza. Es la francesa, ¿verdad? ¿Cómo has aprendido a hacértela?

—Me enseñó mi madre —respondí escuetamente.

—¡Pues me encanta! —Sonrió—. Hablando de tu madre, ¿qué opina de que te hayas echado novio en Londres? ¿Lo conocía de los torneos esos de listos a los que ibais?

—Lisa... —Marcos le dedicó una mirada seria.

—¡Perdón! No era mi intención entrometerme. —Ella se disculpó y me soltó—. ¡Relájate, hermanito; seguro que le caerás genial!

Le dio una palmada a Marcos en el hombro al pasar y se alejó para ver las pinturas más de cerca.

—¿Estás bien? —Marcos se colocó frente a mí y me observó preocupado.

—Sí. Solo me ha pillado desprevenida, pensaba que lo sabía.

Él negó y me frotó los hombros.

—Es una parte muy tuya y... —Trató de buscar las palabras adecuadas—. Sé que es doloroso para ti —dijo al fin.

—Si vuelve a preguntarte, cuéntaselo.

Marcos asintió con los ojos fijos en mí. Parecía estar librando una batalla interna entre preguntarme algo o no. Y yo traté de asegurarle con la mirada que no pasaba nada, pero no sé si lo conseguí. Lisa regresó sonriente con un cuadro bajo el brazo y puso fin a nuestro encuentro no verbal.

—¡Mirad qué cosa más bonita! —Volteó la pintura para enseñárnosla.

Era tan abstracta que no la entendí. Nunca me había llevado especialmente bien con el arte como para ser capaz de apreciar la belleza que veían otros donde yo solo percibía manchas de colores, por lo que me limité a sonreír y asentir.

—Cómo se nota que los abuelos te han soltado una propina, ¿eh?

—Pues sí —asintió ella con vehemencia.

Lisa volvió a acoplarse a mi brazo y recorrimos el mercadillo mientras me contaba que estudiaba arte, que vivía en Camden y que tenía tantos cuadros en su apartamento que no cabían más.

Cuando llegamos al final de la calle me arrastró a ver la famosa librería que salía en la película *Notting Hill* y que en realidad era una tienda de souvenirs. Me explicó que la verdadera librería que había inspirado la historia estaba en la calle de al lado, y nos dirigimos hacia allí. No recordaba bien la película porque la vi cuando era pequeña con mi madre —a ella le encantaba Julia Roberts—, pero no me hizo falta recordarla para enamorarme del lugar según puse un pie dentro de The Notting Hill Bookshop. La librería era perfecta, con el techo acristalado, por el que entraba la luz del sol, y las estanterías de madera rebosantes de libros. Salí treinta y cinco minutos más tarde con la novela de *Notting Hill*. Hacía siglos que no leía algo que no fuese de clase y quería saber por qué a mi madre le entusiasmaba tanto esa historia. También llevaba un regalo para Amanda. Había dudado mucho sobre qué escoger para ella, porque no sabía qué libro romántico no se habría leído, y entonces la magia se manifestó delante de mí. Descubrí una sección con un montón de libros envueltos en papel marrón, en los que podía leerse: «Cita a ciegas con un libro». Cogí uno romántico en el que solo ponía que era un retelling de Romeo y Julieta y recé para que no lo tuviese. Sabía que ella encontraría romanticismo en algo tan sencillo como no saber qué libro se escondía detrás del papel.

Después de eso, desayunamos en una cafetería del estilo de Lisa: moderna, con neones en las paredes y una barra en la que los camareros preparaban tanto cafés como cócteles. Me dejé guiar por ella, que parecía clienta habitual, y pedí una tostada de aguacate con huevo poché, café y zumo de naranja.

Mientras comíamos me contó una anécdota de su primer carnaval en Notting Hill. Acababan de mudarse a la ciudad y no conocían a nadie. Estaba tan emocionada que se compró sus primeros zapatos de tacón para la ocasión. A la hora, tenía tal dolor de pies que Marcos tuvo que llevarla a casa a caballito.

—Soy demasiado buen hermano.

—Eras —lo corrigió Lisa—. Ahora eres adicto al trabajo y me abandonas.

—El otro día te acompañé a la exposición de arte moderno —recordó él antes de darle un sorbo a su té humeante.

—Solo me acompañaste porque hicimos un trato.

—Me fascina que uses la palabra «trato» y no «chantaje».

No pude evitar reírme ante este último comentario.

Lisa le dio un mordisco a su tostada, colocó la palma de la mano delante de la cara de Marcos y lo ignoró.

—¿Y cuándo vas a volver de visita? —me preguntó.

—En octubre voy a venir con mis amigas.

—Una de ellas es Amanda —informó Marcos.

—¡Ay! ¡Qué bien! ¿Lucas no viene?

—No lo sé. —Marcos me miró y yo me encogí de hombros.

No tenía ni idea. En teoría era un viaje de chicas, pero Marcos estaría con nosotras, y siendo Lucas su mejor amigo, quizá tenía sentido invitarlo después de todo.

El móvil de Marcos sonó y él se levantó para contestar. Lisa se quedó mirándolo hasta que estuvo en la calle, y cuando se giró hacia mí parecía contenta.

—Mi hermano está emocionado de que estés aquí.

—Yo también. —Sonreí y clavé la vista en mi novio, que charlaba despreocupadamente por el móvil.

—¿Te puedo preguntar una cosa? —Lisa arrastró su silla para acercarse a mí. Asentí y me quedé a la espera, notando que se me encogía la garganta y los nervios me destrozaban por dentro buscando liberarse y haciendo que mis piernas se movieran inquietas—. ¿Cuántas veces ha mirado contigo mi hermano el reloj?

«¿Qué pregunta es esa?».

—No lo sé. No me he fijado —respondí con sinceridad.

Ella sonrió y me enseñó todos los dientes.

—Mi hermano es adicto al trabajo. No para de mirar el reloj. Siempre se va a trabajar, aunque sean las ocho de la tarde de un sábado. —Lisa hizo una pausa para beber zumo—. Vive a nueve minutos cronometrados andando de los Reales Tribunales de Justicia y a cuatro o cinco de su trabajo en moto. No sé si te lo ha dicho, pero la moto es para esquivar el tráfico. Mi madre se pone enferma cada vez que lo ve aparecer con el casco, dice que cualquier día va a tener un accidente. —Negó con la cabeza y suspiró—. Ha usado sus vacaciones para ayudar a la asociación que se volcó en su día con mi madre y ha montado un minidespacho en su casa. Y hoy, por primera vez en mucho tiempo, no lo he visto preocupado por la hora... Parece que contigo no mira el reloj y creo que eso es algo muy bueno.

Me quedé unos segundos procesando sus palabras. Lo que me contaba cuadraba de alguna manera y completaba un poco más la imagen que tenía de él.

—No quería incomodarte —añadió al ver que yo no respondía—. Quería decírtelo porque me ha sorprendido y estoy contenta. Me alegro de que por fin respire un poco.

Asentí en silencio.

Marcos volvió a tomar asiento y en un movimiento casi rutinario atrapó mi mano, que retorcía la tela de la servilleta que tenía sobre las piernas. Ya no me sorprendía la facilidad con la que detectaba ese tipo de cosas.

—Era James —le contó a Lisa—. Quería invitarme a comer, pero le he dicho que estoy con Elena.

—¿Ya les has hablado a tus amigos de ella? —Lisa se giró para mirarme—. ¿Lo ves? Todo el día hablando de ti.

—James es uno de mis amigos de la universidad —me explicó—. Suelo quedar con ellos los sábados.

—¿Adónde van a comer? —preguntó Lisa—. Igual me paso a saludar.

—En Covent Garden. Logan, George y él.

—¡Oh, vaya! Los cuatro mosqueteros hoy solo serán tres.

Marcos puso los ojos en blanco antes de girarse y pedirle la cuenta al camarero.

Nos despedimos de Lisa en la puerta del local y me hizo prometer que la avisaría cuando volviera de visita.

—Tu hermana me ha caído bien. —Fui la primera en romper el silencio.

—¿Sí? —Se le iluminaron los ojos—. Ya estás bajo el efecto de los Baker.

Se me escapó la risa y él me apretó la mano con suavidad. Recorrimos las calles de Londres y atravesamos Kensington, el barrio en el que vivía su madre. Minutos después, Marcos se detuvo y atrapó mis labios en un beso corto que me supo a poco.

—Igual mi plan no es tan original como pensaba, pero ya hemos llegado. —Me observó indeciso.

Di un paso hacia atrás para separarme de su cuerpo y miré de un lado a otro hasta que mis ojos repararon en un cartel en particular: «Persephone Books». Alcé una ceja y lo miré conteniendo la sonrisa.

—¿Tu hermana y tú os habéis propuesto que conozca todas las librerías de la ciudad en un día?

—Era mi idea, pero hay tantas que he tenido que seleccionar las mejores. ¿Sabes algo de este sitio?

Sacudí la cabeza y él sonrió.

—Persephone Books está especializada en literatura femenina —dijo dando un paso en mi dirección—. La primera vez que vine me trajo Gaby. Aquí rescatan libros olvidados de escritoras de mediados del siglo veinte y los reimprimen.

Asentí atraída por sus palabras y él me condujo hasta el banco más cercano. Fui a sentarme a su lado, pero me agarró las caderas y terminé encima de sus rodillas.

—Voy a buscar la historia para contártela bien. —Hizo una búsqueda en su móvil y comenzó a leer—. La escritora Nicola Beauman creó la editorial en mil novecientos noventa y ocho al recibir una pequeña herencia. Cada año añade al catálogo nuevos títulos que han dejado de editarse, sobre todo de autoras. Cree que los libros no deben juzgarse por la cubierta y por eso todos son grises. —Apartó la vista de la pantalla y la centró en mí—. ¿Qué te parece?

—Una idea brillante.

Él me dio la razón, pero la inseguridad volvió a hacer acto de presencia en sus iris azules.

—¿No es un plan repetitivo?

—¿Bromeas? —Le eché los brazos al cuello—. Es un plan ideal. No he salido corriendo y he entrado ya porque quería escuchar la historia entera.

Persephone Books y sus libros de tapas grises me atraparon. La tienda era pequeña, pero estaba llena de encanto y de libros perfectamente colocados en estanterías y mesas de madera. Terminé llevándome tres libros y no cogí más por miedo a que no me entrasen en la maleta. Y porque tampoco podía gastarme el presupuesto del viaje allí.

«Si no te hubieras gastado tanto dinero en lencería, podrías comprarte más libros», casi podía escuchar al angelito sobre mi hombro derecho.

«No la escuches. Gracias a esa ropa interior te sientes sexy y esta noche te lo tirarás como en tu vida», contestaba el demonio desde el izquierdo.

Abandoné la librería con la convicción de que me estaba enamorando de esa ciudad y me estaba enamorando más aún de la persona que me la estaba enseñando.

No sabía adónde nos dirigíamos, pero durante la media hora de trayecto en coche atravesamos medio Londres. Nos alejamos bastante de lo que me pareció la zona céntrica de la ciudad. Cuando Marcos se bajó del coche, sonreía.

—Estoy seguro de que este sitio tampoco sale en tu guía.

—Es muy triste que te cuelgues medallitas por eso —dije mientras negaba divertida con la cabeza.

—Yo solo me preocupo de hacer bien mi trabajo y de traerte a sitios que te pueden gustar.

La brisa era un poco fría y no me quedó más remedio que ponerme la chaqueta vaquera.

—¿No tienes frío? —le pregunté.

Marcos llevaba una camiseta de manga corta azul y vaqueros. Él negó y me cogió la mano. Me llevó a la puerta del Bona Garden Center, que era una tienda de plantas al aire libre. Lo seguí hasta llegar al invernadero y nos detuvimos delante del cartel de bienvenida, que indicaba dónde estaba colocada cada cosa.

—Le prometí a mi novia que compraríamos unas plantas para mi casa —anunció mirándome—. Y, además, aquí preparan uno de los mejores tés de la ciudad, por lo que estaré encantado de que me invites a uno después de comprar.

Asentí incapaz de contener la sonrisa y lo besé mientras mi corazón se fundía despacio.

—Lo dicho, ¿me aconsejas en la compra de alguna planta?

—¿Qué estás buscando?

—Algo que no requiera mucho tiempo.

Tiempo.

Ahí estaba otra vez la losa que parecía que cargaba Marcos a la espalda.

—Y que te guste —añadió.

El sitio estaba repleto de plantas, flores y árboles frutales de todo tipo. Después de dar una vuelta y de acallar esa vocecita que me decía que comprar algo para su casa juntos era un gran paso, terminamos decantándonos por dos bambúes y un cactus.

Marcos parecía contento y yo también lo estaba.

Nos sentamos en la cafetería y él disfrutó de un té con pastas; volvió a repetirme que eran de sus favoritas y hablamos de los posibles lugares para colocar las plantitas. Pagué la cuenta en la barra mientras él colocaba las plantas en el maletero y aproveché para pedirle a la chica varias cajas de galletas.

—¿Qué es eso? —preguntó él cuando salí cargando mis compras—. A ti no te gustan las pastas.

—Lo sé. —Me encogí de hombros y las dejé con cuidado en el maletero—. Una caja es para ti y el resto me las llevaré a Madrid; así tienes allí también.

Él sonrió sincero. Se inclinó para besarme y cuando nuestros labios se encontraron supe que se sentía igual que yo.

Marcos me demostró en ese jardín de ciudad que mis sentimientos podían seguir subiendo de nivel. Y lo que me había enseñado esa mañana Notting Hill y sus fachadas de colores fue la facilidad con la que te podías enamorar de un lugar. Inevitablemente ese barrio me había hecho sentirme un poco más cerca de mi madre y de la sonrisa infinita de Julia Roberts.

12

Leyendas de pasión

La imponente torre Gherkin, que sobresalía por encima del resto de los edificios, era uno de los rascacielos icónicos de Londres. Al contrario que en los edificios antiguos de la City, donde el tiempo parecía haberse detenido, la torre acristalada entraba dentro de mi categoría de «futurista». Especialmente ahora que estaba iluminado y parecía un enorme faro reclamando la atención en mitad de la oscuridad.

—No me puedo creer que estemos aquí —solté mientras sacaba una foto del edificio.

—¿Te refieres al hecho de ir a cenar a una torre con forma fálica?

Torcí el cuello para mirar a Marcos con los ojos entornados.

—No son mis palabras —recordé—. Yo siempre he dicho que tiene forma de bala.

—No serán tus palabras, pero sí has hecho alusiones sexuales al respecto.

Guardé el móvil en el bolso y reanudé la marcha ignorándolo. Mis zapatos de tacón resonaron sobre los adoquines de piedra, por encima de su risa.

—Venga, no te cortes ahora. —De una zancada se paró delante de mí forzándome a detenerme—. Si a mí me encanta que me digas cosas sucias, como has hecho esta mañana en el baño —apuntó con una mueca burlona—. Tanto como te encanta que te las diga yo a ti.

Noté la sangre bullir bajo mis mejillas y cómo las comisuras de mis labios luchaban por estirarse hacia arriba.

Casi cedí a sus ojos encantadores.

Casi.

Pero no.

Yo también quería quedar por encima.

—Te lo tienes tan creído que por un segundo he pensado que ya estábamos en lo alto de la torre. —Señalé con el dedo la parte más alta del rascacielos.

Su sonrisa se ensanchó aún más y supe que, por desgracia, le había dejado algún comentario en bandeja de plata.

—A lo alto de mi torre puedes subir luego si quieres... —Me agarró la cara con ambas manos—. Todo el tiempo que quieras, es una fuente de amor inagotable.

—Eres idiota.

—Y tú estás preciosa con este vestido. Cosas memorables han ocurrido cada vez que te lo has puesto.

Era la tercera vez que me lo ponía. La primera fue la noche de mi cumpleaños y la segunda la del cumpleaños de Lucas. No era una persona que necesitase ropa nueva para cada ocasión y, pese a que no estaba acostumbrada a ir de negro, me gustaba cómo me quedaba.

El olor de la colonia amaderada de Marcos me llegó a la nariz y me di cuenta de que su rostro estaba peligrosamente cerca del mío.

«No te voy a besar tan rápido, bonito».

—No puedo decir lo mismo —aseguré al retirarme.

—¿En serio? —Él se apretó un poco más el nudo de la corbata granate contra la garganta—. Y yo que me había puesto guapo para seducirte...

Marcos llevaba el traje gris antracita, mi nuevo favorito, y sabía que me lo estaba comiendo con los ojos desde que habíamos salido de su casa.

—Estás guapo... —reconocí, y su sonrisilla de suficiencia hizo acto de presencia—. El problema es que abres la bocaza y pierdes el atractivo.

La sonrisilla de creído se transformó en una de incredulidad. Sabía que estaba a punto de soltar algo del tipo «Por favor, los dos sabemos que te encanta lo que te hago con esta bocaza», así que, mientras me reía para mis adentros, lo adelanté.

El semáforo en rojo me obligó a detenerme. Marcos se paró a mi lado, se abrochó los botones de la americana sin dejar de mirarme y dijo con voz angelical:

—Los ingleses llamamos a esta torre «el pepinillo», que es lo que literalmente significa *gherkin*, pero me fascina que tú solo pienses en la otra palabra que también empieza por la «p» de «pervertida».

Le hice una mueca y asentí.

«Conque esas tenemos...».

—Te vas a reír mucho cuando luego no quiera subir a tu maldita torre. —Intenté que mi tono sonase desafiante, pero el deseo se palpaba en mi voz.

Esperaba encontrar en sus ojos la derrota, pero me topé con un brillo malicioso y una expresión engreída.

—Cambiarás de opinión en cuanto meta las manos debajo de tu vestido y recuerdes lo que esto —movió los dedos de la mano derecha en el aire— te hace... —le tapé la boca y él me chupó la palma de la mano sin ningún tipo de vergüenza— sentir. —Terminó cuando le liberé.

Una imagen muy explícita se materializó en mi mente, implicaba mi vestido remangado en la cintura, su cara entre mis piernas y su dedo corazón deslizándose en mi interior.

«Uf».

Sacudí la cabeza. Pero ¿qué me pasaba? ¿Desde cuándo me había convertido en una hormona con piernas?

Dispuesta a que no se saliese con la suya, arrastré la palma por la manga de su chaqueta para limpiarme las babas y le dije:

—No te lo creas tanto.

Marcos me apartó el pelo del hombro rozando adrede la piel donde mi cuello se encontraba con el trapecio. Me había hecho una trenza de raíz lateral en el lado izquierdo y me había dejado el resto del pelo suelto. Su aliento acarició mi lóbulo y me temblaron las piernas cuando me susurró detalladamente al oído lo que le provocaba mi vestido y lo que pensaba hacerme al llegar a casa.

«Respira, Elena —me dije cuando se apartó—. Y bórrale esa sonrisita fanfarrona de la cara».

Recompuse el rostro rápido, pero con el pulso acelerado no tuve tanta suerte. Marcos sabía a la perfección lo que me estaba haciendo. Yo también quería provocarlo a él. Supongo que eso fue lo que dio pie a que yo iniciase nuestro particular juego diciendo:

—No tengo tiempo para ti. Me está esperando mi novio y, si no me doy prisa, nos van a quitar la mesa.

Entrecerró los ojos al mirarme. La comprensión llegó a su rostro un segundo después. El brillo lascivo de su mirada indicaba que nuestro juego había empezado.

Si por fuera el edificio era bonito, por dentro no se quedaba corto. Entramos en lo que parecía una de las recepciones más minimalistas de Londres. Todo estaba iluminado y los suelos brillaban relucientes. Después de comprobar la reserva de Marcos en el vestíbulo, un chico nos explicó que, debido a la forma ovalada del edificio, tendríamos que coger dos ascensores diferentes para llegar arriba.

Marcos me soltó la mano en cuanto pulsé el botón para llamar al primer ascensor. Lo miré extrañada y él dijo con total seguridad:

—Puedes intentarlo, pero los dos sabemos que voy a ganar esta batalla antes de que empiece.

—Solo sabes alardear.

—No alardeo, simplemente te digo lo que va a pasar.

—Yo también voy a jugar para ganar.

—No, cariño. —Negó con la cabeza y me observó con compasión—. Tú vas a allanarme el terreno y yo pondré el broche final.

La lencería que se escondía debajo de mi vestido me dio la confianza que necesitaba para contestar:

—Buena suerte con eso.

—No la necesito.

—Pues, entonces, que gane el mejor —puntualicé antes de subir al ascensor.

En el primer trayecto intenté mantener la calma, pero era imposible. Marcos estaba recostado contra una de las paredes, con los brazos cruzados, la cabeza ladeada y los ojos fijos en mí.

—¿Puedes dejar de mirarme así?

—¿Así? ¿Cómo?

—Lo sabes perfectamente —concluí en el preciso instante en el que se abrían las puertas.

Se había puesto en modo tiburón y el problema era que yo temblaba con esas miradas penetrantes.

Al salir en la planta treinta y cuatro, colocó la mano en la parte baja de mi espalda, más abajo de lo que era políticamente correcto. Si seguía poniéndome los nervios a flor de piel, no iba a llegar viva al postre.

Cuando entré en el segundo ascensor me coloqué cerca de la puerta. Solo tenía que superar cinco plantas. Podía hacerlo. Antes de que se cerrasen las puertas ya lo tenía encima. Marcos se inclinó en mi dirección. Se detuvo tan cerca de mi boca que su aliento caliente se mezclaba con el mío. Recortó un centímetro y yo me acerqué otro. Rozó con sus labios los míos, tentándome y haciéndome estremecer. Y, cuando creía que iba a besarme, el muy capullo se apartó.

—Estás bloqueando los botones. —Pulsó el botón de la última planta y dejó el brazo extendido cerca de mi cabeza.

Se me había agitado la respiración lo suficiente como para que él sonriera con suficiencia antes de añadir:

—Me está esperando mi novia, no tengo tiempo para ti.

Abrí la boca sorprendida. Había repetido mis palabras y me había dejado con las ganas, y, con eso, se colocó primero en el marcador.

Marcos 1, Elena 0.

Nos bajamos en la última planta y seguimos las indicaciones del restaurante Helix. Al llegar, nos invitaron a pasar al bar para hacer tiempo mientras esperábamos nuestra mesa.

Marcos dejó delante de mí la bebida rosa que yo le había pedido al camarero y se apoyó de costado en la barra para mirarme. Empujé el vaso de vuelta en su dirección y le dije:

—Perdona. ¿Te conozco?

—Ahora sí. —Me dedicó una sonrisa ladeada antes de volver a colocarme el vaso delante.

—No te has presentado. —Negué con la cabeza.

Y, entonces, con todo el descaro del mundo, él contestó:

—Soy el tío que va a llevarte a la cama esta noche y el que va a hacer que grites su nombre.

Me dio un vuelco el estómago. Miré por encima del hombro, pero nadie estaba lo bastante cerca como para haberlo oído.

Respiré hondo y solo atiné a decir:

—Imposible, tengo novio.

«Vamos, Elena. ¡Puedes hacerlo mejor!».

Le di un sorbito a mi bebida mientras pensaba mi siguiente comentario. Dejé el vaso sobre la barra y Marcos me acarició el cuello reclamando mi atención. Me giré para mirarlo y él se acercó.

—Deberías pasar del plan con tu novio y quedarte aquí conmigo. Podríamos enrollarnos hasta que me pidas con ansias que te folle sobre la barra.

«Madre mía».

El calor me incendió las mejillas y la entrepierna. Me dio un vuelco el corazón y otro el estómago. La piel se me erizó. No hubo ni un centímetro de mí que no se viese afectado por ese comentario.

Marcos 2, Elena 0.

Me mordí el labio y resoplé derrotada. Necesitaba un respiro.

—Esto es la guerra —me recordó.

Lo era, y yo no tenía réplica porque me había quedado sin palabras.

Atrapé el vaso y me encaminé hacia una de las cristaleras. No me di la vuelta para ver si me seguía, pero supe que lo haría. Admiré la ciudad iluminada artificialmente y me distraje con la imagen que mis ojos recibían de Londres. Marcos se colocó detrás de mí. Su mano buscó la mía y sonreí sin mirarlo.

«Dios, estoy terriblemente enamorada».

Supongo que él tuvo un pensamiento similar porque cuando yo dije:

—Esto es muy bonito.

Él respondió:

—Te quiero. —Me besó la cabeza y yo me volteé para verlo.

—Yo también te quiero, en especial cuando no eres un idiota.

Marcos sonrió y me robó un beso, y otro, y después otro más. Y durante un rato nos olvidamos del juego y volvimos a ser Marcos y Elena, dos personas que se adoraban y que, por desgracia, viven a miles de kilómetros el uno del otro.

No tardaron más de un par de minutos en avisarnos de que nuestra mesa estaba lista. El restaurante estaba repleto de mesas de mármol y sillas negras. Los comensales eran igual de elegantes que el local y agradecí haberme puesto vestido y zapatos. Las vistas eran panorámicas y, por suerte, nos dieron una mesa cerca de la ventana. El camarero, ataviado de uniforme, nos entregó las cartas y nos dejó a nuestro aire. Me sorprendió el precio; para estar en un rascacielos no era tan elevado como esperaba. Cuando pedimos, las luces del horizonte londinense acapararon mi atención y me quedé un ratito observando la ciudad a través de la cristalera.

—¿Ya habías venido antes? —pregunté, y él asintió—. ¿Con alguna chica?

No sé por qué hice esa pregunta, pero ya era tarde para recogerla. Nunca habíamos hablado de sus relaciones pasadas y quizá una cena romántica en un rascacielos no fuese el momento oportuno para ello.

—Con cinco. Tú eres la sexta —dijo.

Traté de que mi cara no cambiase de expresión.

—He venido con mi madre, mis hermanas y mis sobrinas. —Algo en mi interior se relajó al escuchar esas palabras y tuvo que verse reflejado en mi mirada porque Marcos añadió—: No he venido con nadie en plan romántico.

—No tienes que darme explicaciones.

Pero, en el fondo, quería saber si Marcos había tenido novia antes que yo. Me sonaba que sí, de algún retazo de conversación que le había oído a Amanda. De hecho, ahora que lo pensaba, estaba segura de que me lo había dicho él mismo hacía años, en una de nuestras peleas. No había querido darle importancia, pero me picaba la curiosidad.

«La curiosidad mató al gato».

El camarero dejó nuestros platos en la mesa. Los dos pedimos el mismo entrante de salmón ahumado, cangrejo e hinojo con manzana, una mezcla que *a priori* sonaba extraña y que estaba buenísima.

—¿Así que los sábados quedas con tus amigos? —pregunté cambiando de tema.

—Sí. Solemos comer juntos.

—Y a las cinco de la tarde ya estáis borrachos, ¿no?

—A esa hora ya vamos tan mal que nos están rescatando del Támesis —bromeó.

—Ya me imagino los titulares: «Salvados cuatro borrachos de morir ahogados en el Támesis. Todos superaban diez veces la tasa de alcohol permitida en sangre».

—¿Solo diez?

Solté una carcajada y Marcos sonrió divertido.

—¿Cómo son tus amigos?

—Son unos frikis de la justicia.

—Me encanta la definición. —Me reí—. ¿Quieres que después de cenar vayamos a donde estén?

—No. Prefiero quedarme contigo. Además, los veo todas las semanas. De hecho, a James lo veo casi a diario porque trabajamos en el mismo edificio.

Asentí y me concentré en el entrante, que estaba increíble.

Poco después, el camarero apareció con los platos principales: ñoquis con maíz y parmesano para mí, y pollo con espárragos para él.

Mientras cenábamos, Marcos me contó cómo de ajetreada sería su siguiente semana por el trabajo, y yo le conté lo que esperaba de la mía y que se resumía en seguir aprendiendo de Joaquín y avanzando en mi trabajo. Cuando el camarero nos trajo la siguiente ronda de bebidas, brindamos por mis prácticas.

—Estoy superorgulloso de ti. Sé que vas a conseguir cualquier cosa que te propongas.

—Gracias por traerme aquí para celebrarlo.

—Gracias a ti por darme la idea. —Me guiñó un ojo y yo me quedé embobada.

Cuando llegaron los postres ya estaba llena. Marcos había pedido pudin con crema de menta y yo el único postre que llevaba helado.

—¿Te gusta? —preguntó cuando lo probé.

Sacudí la cabeza, mezclé el helado con la mantequilla de cacahuete y el sirope, y cogí aire. Estaba nerviosa por lo que iba a decir y no quería reírme antes de tiempo y estropearlo. Quería devolverle los comentarios sucios que me habían hecho temblar antes.

—¿Quieres pedir otra cosa?

—Sí. —Me incliné en su dirección y le hice un gesto para que se acercase—. De postre preferiría tu torre —dije intentando sonar lo más sensual posible.

Me lamí los labios, que me sabían a helado, y conforme sus pupilas se agrandaron al comprender a lo que me refería, sonreí pagada de satisfacción.

—Joder.

—Shh. No digas palabrotas, que estamos en un sitio muy elegante —amonesté en un susurro.

Él tragó saliva excitado.

—¿Qué pasa? ¿Te ha comido la lengua el gato? —pregunté divertida.

—La gata —me corrigió—. Me la va a comer entera.

La piel se me coloreó hasta emparejarse con el sirope de frambuesa. Me aseguré de que nadie me estaba mirando y chupé la cuchara con erotismo, aunque quizá visto desde fuera resultara ridículo.

—Mmm, buenísimo. —Volví a relamerme los labios sin apartar los ojos de los suyos.

—¿Puedes parar de hacer eso?

«Y aquí está tu oportunidad, Elena».

—¿El qué? —pregunté con inocencia—. ¿Comerme el postre?

Él se recostó sobre la silla y me miró desafiante.

—Está tan bueno que voy a repetir. —Me llevé la cuchara a la boca y la chupé.

Marcos se mordió el carrillo por dentro y asintió un par de veces. Por su expresión no sabía si quería reírse o tumbarme sobre la mesa. Yo seguí porque quería salir de dudas.

—Aunque prefiero comerme un Calippo. ¿No tendrás uno? —Me incliné en su dirección otra vez y susurré—: Me encantaría lamerlo.

Él se reclinó sobre la mesa y bajó el tono para decir:

—No te preocupes que te vas a hartar.

Junté las piernas con deseo y me revolví en la silla de manera inconsciente.

—O no. A lo mejor me apetece lamerlo toda la noche.

—Joder.

—¿Qué te pasa? Pareces tenso.

—Pues que ahora no voy a poder levantarme sin asustar a la gente con mi erección —murmuró.

Marcos 2, Elena 1.

Sonreí satisfecha.

Había jugado a su juego y había ganado. O eso creía porque, en cuanto sus pupilas se convirtieron en puro fuego, me costó tragar el helado sin atragantarme. Como si supiera lo que estaba pasando por mi mente, buscó mi rodilla por debajo de la mesa y trazó círculos con el dedo índice.

—Cuando lleguemos a casa...

—¡Shh! Guárdate los comentarios sucios para luego, por favor —rogué.

Suspiró dándose por vencido. La rodilla se me quedó hormigueando segundos después de que retirase la mano.

—Que conste que me callo por mejorar mi situación, no porque te lo merezcas.

—Lo mismo digo —apunté antes de acabarme el postre.

—¿Tregua hasta que salgamos de aquí?

«Ni en sueños, guapo».

—Si quieres tregua, hay que negociar los términos... Es decir, si te la concedo, se me debería dar un punto más por ser compasiva, ¿no? —Marcos no dijo nada y yo ataqué usando toda la munición—. Por dejarlo claro: las partes involucradas en esta negociación acuerdan que...

—Dios, cómo me pone que utilices jerga de abogacía.

Intenté mantener la compostura e ignorar su tono grave y su mirada profunda, y seguí:

—Las partes implicadas en la negociación son un abogado obstinado y engreído y una...

—Empollona a la que se va a follar el abogado sexy y obstinado en cuanto salgan de aquí —volvió a interrumpirme.

Uf.

No sabía qué me ponía más, si imaginármelo o su tono sereno y decidido.

Me mordí el labio y lo miré antes de decir:

—Vale. Tregua hasta que salgamos del restaurante.

—Te dije que ibas a pavimentarme el camino.

«Ya veremos, cariño».

La suerte jugó a mi favor. Cuando entramos en el primer ascensor estábamos solos. Para entonces, Marcos había vuelto a olvidarse del juego y yo hice lo que había imaginado durante la cena. Tiré de su corbata y lo acerqué hasta que sus labios estuvieron a milímetros de los míos.

—Me gusta esta corbata... —Él hizo amago de besarme, pero yo giré la cara—. Es una pena que tengas novia, me habría encantado besarte.

Con la mano libre le acaricié el bíceps despacio.

Tuvimos que separarnos para cambiarnos de ascensor. Al entrar en el segundo, él se recostó contra una pared y yo contra la opuesta. Marcos tenía los brazos cruzados y me observaba con intensidad. La tensión era tan grande que se palpaba en el ambiente.

—Me he comprado otro body de encaje... —susurré, y el tiburón por fin picó el cebo.

—Ah, ¿sí? —Se despegó de la pared con una sonrisa lasciva.

«Es tu última oportunidad. Aprovéchala».

Emití un sonido afirmativo y me coloqué delante de él.

—Lo llevo puesto.

Antes de darle tiempo a contestar, metí la mano entre nosotros y lo acaricié por encima del pantalón. Fue un roce fugaz que bastó para que Marcos apretase la mandíbula y para que yo sonriese victoriosa. Abrió la boca para decir algo justo cuando el interfono indicó que habíamos llegado abajo. Me alejé dejándolo con ganas de más y con la respiración tan acelerada como la suya.

Marcos 2, Elena 2.

—Eres una tramposa —lo oí decir cuando salía del ascensor—. Tocar es jugar muy sucio.

—En el amor y en la guerra todo vale —contesté por encima del hombro—. Asume la derrota.

—De eso nada, preciosa; de momento, estamos empatados.

—Bueno, te he dado tregua, así que he ganado yo.

Al salir a la calle, me abracé las costillas y me encogí por el viento. Nos paramos en el semáforo y Marcos me abrazó rodeándome los hombros con el brazo después de que hubiera rechazado tres veces su americana.

—¿Qué te apetece hacer?

—Ir a tu casa —contesté.

Consultó el reloj por detrás de mi cabeza.

—¿No es temprano? Pensé que querrías ver la zona del London Eye de noche.

—No. Es mi última noche contigo. Prefiero ir a tu casa si te parece bien.

Sus labios se apretaron contra mi frente y mis manos se aferraron a su cintura.

—Vamos a hacer una última parada. Quiero enseñarte una cosa.

—Me lo puedes enseñar mañana.

—Está al lado de casa —insistió, y tiró de mi mano para cruzar.

Me alertó su expresión tranquila y que rechazase irnos a casa cuando los dos sabíamos que nos desnudaríamos nada más entrar.

—Mi novio me prometió que no saldría de su casa, y me está proponiendo muchos planes. Creo que me voy a ir contigo y voy a pasar de él.

—Tu novio ha contratado este guía tan especial. —Se señaló—. Porque quiere enseñarte sus sitios favoritos y que sientas que eres parte de su vida.

Detrás de nuestro jueguito se encontraba la verdad. Y la verdad era que Marcos había planeado un fin de semana inolvidable para mí.

—Vale, vamos a donde quieras —musité—. Aunque tengo la sensación de que te guardas un as en la manga.

—Soy abogado. Por supuesto que tengo un as en la manga.

Cuando nos bajamos del coche cerca de su casa, anduvimos cinco minutos.

—Seguro que esto no salía en tu guía —dijo cuando entramos en una plazoleta que no reconocí. Arrugué el ceño sin entender a lo que se refería y él siguió caminando hasta colocarse delante de la estatua de un gato—. ¿Salía en tu guía?

—No.

—Genial. Espera. —Sonrió y lo observé mientras hacía una búsqueda en su móvil.

—¿Qué haces?

—Voy a seducirte con lo que más te gusta.

—¿Y eso es...?

—Información, Elena. Información —repitió en un tono que me hizo reír. Me quedé a la espera mientras él leía—. Con esto vas a caer rendida a mis pies —aseguró despegando la vista de la pantalla—. Este gato está sentado sobre un libro. —Apoyó la mano libre en la parte baja de la escultura y le dio un par de golpecitos a la base rectangular—. Tu segunda cosa favorita del mundo.

—¿Cuál es la primera?

—Yo. Por supuesto.

Sonreí.

—Tú en todo caso eres la tercera. Vas por detrás de los libros y de Minerva. Lo siento.

Marcos entrecerró los ojos.

—Bueno, sigo. —Centró la vista en su teléfono y volvió a leer—. El gato se llamaba Hodge. ¿Y sabes a quién perteneció?

Negué.

—Al doctor Samuel Johnson. Hodge fue su compañero mientras él escribía el diccionario inglés.

—¿En serio?

—Como lo oyes. Y este señor vivió en esa casa. —Marcos señaló con el dedo índice en la misma dirección en que miraba el gato—. Y sí, Hodge está mirando su antiguo hogar.

—Ay, Hodge, pobrecito. —Acaricié la cabeza metálica del felino.

—Su dueño le daba ostras de comer, por eso tiene una al lado.

—¿Cuándo fue esto?

—En el siglo dieciocho. ¿Te ha gustado la historia?

Asentí y le sonreí antes de volver a centrar la mirada en Hodge.

Nunca había visto la estatua de un gato y me enternecía que me hubiera traído a este lugar. Extendí el brazo con la palma abierta en su dirección. Él me agarró la mano y dio un pequeño tirón para abrazarme.

—Merezco otro punto por esta historia. Así que vuelvo a quedar por delante.

Marcos 3, Elena 2.

—¿Me das ya por vencedor?

Suspiré contra su pecho y me aparté para mirarlo.

—Tú ganas —concedí.

Marcos me dedicó una sonrisa triunfal.

—Sabes que ahora viene la parte del *tour* en la que el guía se despide y tú le das propina, ¿verdad?

—Verás... —Le agarré las solapas del traje y tiré hacia abajo—. No llevo ni una libra encima —musité en voz baja—. ¿Aceptas otro tipo de pago? Me encantaría contratar un *tour* privado —susurré cerca de su boca.

No terminé de decir la frase y sus manos ya estaban en mis caderas. Hacía un poco de viento y frío, pero su calor me transportaba al desierto del Sáhara.

Lo besé despacio sujetándole la cara entre las manos. Él me frotó los brazos, se colocó de espaldas al viento y yo suspiré sintiendo que mi interior se fundía como el hierro al alcanzar altas temperaturas.

Los ojos le brillaban tanto que parecía que absorbían la luz anaranjada de las farolas. El corazón me latía con fuerza contra las costillas porque era consciente de que ya no había nada protegiéndome. Nada se interponía entre él y yo. El vértigo que sentía de vez en cuando y que me ahogaba al pensar que quizá estuviéramos yendo demasiado rápido se diluyó en cuanto percibí en su mirada un amor tan profundo como el mío.

Lo besé en la calle.

Lo besé en el portal.

Lo besé en el ascensor.

Y lo besé en la puerta de su apartamento.

Nos desnudamos el uno al otro con ansia y sin despegarnos. La piel se me erizó cuando sus manos subieron por mis caderas hasta llegar a la cintura, a donde parecía que pertenecían. Sus ojos atraparon los míos de la misma manera que una planta carnívora atrapaba a un insecto, sin escapatoria. Y no me importó. Le retiré con cariño el mechón de pelo rebelde que se le había caído sobre la frente al agacharse y le sonreí con dulzura.

—Estás muy mono.

Él resopló.

—Mono, ¿eh? —Sus dedos bailaron con suavidad por el encaje que cubría mi cintura y me hicieron cosquillas.

Me aparté, pero me aferró la muñeca y tiró contra él. Cuando mi cuerpo se quedó pegado al suyo, noté la tensión creciente que había dentro de sus calzoncillos y la risa se me cortó de golpe. Y ese fue el preciso instante en que el deseo que llevaba acumulándose toda la noche, por culpa de nuestras insinuaciones y tentaciones, nos hizo perder el juicio. Marcos arrastró la mano libre por mi espalda hasta que encontró el cierre del body y me miró a los ojos mientras lo desabrochaba. Cuando la prenda se quedó holgada, él tensó la mandíbula y yo me solté de su agarre y dejé que se me cayera por los hombros. Apoyó la frente sobre la mía y nuestros alientos se entremezclaron antes de que nuestros labios se unieran en un beso pasional que ya no tenía marcha atrás. Sus manos ascendieron por mi cuerpo y gemí cuando se cerraron en torno a mis pechos. Le metí la lengua en la boca de manera salvaje y lo besé deseando fundirme con él. Cuando no pude soportarlo más retiré la mano que tenía enredada en el pelo de su nuca y la coloqué en su entrepierna. Ejercí un poco de presión, pero se retiró dejándome confusa. Y entonces los dos hablamos a la vez:

—No tan rápido, preciosa.

—¿Qué haces?

En lugar de responder, me agarró la mano y tiró de mí. Se sentó en la cama y yo terminé de pie entre sus piernas. Marcos me acarició la cadera pasando por encima del encaje celeste y haciendo que temblase como una gelatina.

—Te he dicho. —Me besó las costillas—. Que te iba a hacer sentir. —Apretó los labios contra mi piel un poco más arriba—. Muchas cosas con las manos. —Terminó antes de llevarse uno de mis pechos a la boca.

Su saliva caliente provocó que tuviera que echar la cabeza hacia atrás. Me apartó el body hacia un lado, sin dejar de lamerme el pezón, y cuando su dedo se coló en mi interior me quedé sin respiración.

Tuve que agarrarme a sus hombros y gemí cuando movió la mano con ganas. Sentí que el fuego se agolpaba dentro de mí, buscando liberarse, y terminé moviendo las caderas. Sus ojos y sus besos sobre mi piel eran demasiado. Necesitaba liberarme de la excitación que me consumía. Aumentó la fuerza que ejercía conforme mis gemidos subían de nivel y consiguió que me dejase ir poco después. Llevaba toda la noche aguantándome y supuse que él estaba igual de ansioso que yo.

Sacó el dedo despacio y me ayudó a recostarme sobre la cama. Suspiré impaciente cuando mi cabeza tocó la almohada. Marcos se tumbó sobre mí y el corazón, que parecía que había encontrado un poco de descanso, se me volvió a acelerar.

—¿Te apetece hacerlo? —pregunté en un susurro.

—¿Tú qué crees?

Se frotó contra mí y el deseo me atravesó la piel como un latigazo.

—Creo que te mueres por metérmela y que por desgracia todavía nos separa la ropa interior.

—Eres muy observadora —dijo antes de morderme el cuello.

Hizo el camino inverso besándome la tripa hacia abajo y provocando que me retorciese de placer. Casi me morí cuando me abrió los corchetes del body y despegué el trasero del colchón para que me lo subiese. Marcos estaba tan impaciente como yo, así que la prenda se quedó remangada en mi cintura. Se deshizo de su ropa interior a toda prisa y cuando volvió a tumbarse sobre mí, le di un golpecito en el pecho con el preservativo.

—¡Qué ansiosa!

—No tanto como tú.

Marcos se puso de rodillas en la cama para rasgar el envoltorio y colocarse la protección, y yo separé las piernas en una invitación muda. Se introdujo en mí, centímetro a centímetro, y comenzó a moverse con intensidad desde el principio. Las ganas que teníamos el uno del otro eran insoportables e hicieron que nos volviésemos un lío de mordiscos, lametones y palabras muy sucias.

—Llevo pensando en esto... toda la noche. —Cerré las piernas alrededor de su cintura haciendo nuestro encuentro más profundo.

—Yo también... Te has puesto a chupar esa cuchara... y yo solo pensaba en follarte.

El colchón se hundía debajo de mí cada vez que nos juntábamos; era como si la sincronía de nuestros corazones se hubiese hecho cargo de nuestros cuerpos.

—Mientras cenábamos... me he imaginado... —Escondí la cara en su cuello para gemir sonoramente.

—¿El qué? Dímelo.

—Que lo hacíamos en la ducha, de pie. Y también que... en el restaurante... me subías el vestido hasta la cintura...

—¿Y...? —Me invitó a seguir al tiempo que me penetraba con ímpetu.

—Y... yo te colocaba las piernas alrededor del cuello y tú... me lamías entera.

—Joder, Elena. —Marcos resopló y se paró en mitad de un movimiento para mirarme a los ojos—. ¿Te has imaginado que te comía el coño mientras cenábamos?

—Sí.

Me acarició los labios con el pulgar y se hundió en mí hasta el fondo arrancándome otro gemido.

—¿Estábamos en los baños o yo me había metido debajo de la mesa? —preguntó.

No contesté.

Estaba sudando, el corazón me latía a mil por hora y no era capaz de concentrarme en otra cosa que no fuese el placer que sentía. Marcos me lamió el cuello hasta llegar a la oreja, donde volvió a repetirme la pregunta.

—Yo también quiero imaginármelo —agregó.

Empujé las caderas contra las suyas para que volviera a moverse y captó el mensaje, porque se sumergió en mí con los dientes apretados y más rápido que antes.

—Estabas debajo de la mesa —contesté a duras penas—. Pero la idea del baño me gusta.

—¿Sí? —Marcos se movía sobre mí sin tregua—. Pues te puedo subir a la encimera del lavabo ahora mismo... y cumplir tus fantasías.

—No. —Lo empujé del pecho y le hice saber que quería colocarme encima—. Ahora voy a cumplir yo las tuyas —aseguré al dejarme caer contra él.

Le coloqué las manos sobre el pecho buscando apoyo y él gimió cuando estuvimos completamente pegados. Me agarró de las caderas y se movió con ganas debajo de mí para encontrarse conmigo cada vez que yo lo buscaba. Sus manos estuvieron en todas partes: sobre mis caderas, mi cintura y aprisionando mis pechos. Y las mías solo abandonaron su cuerpo para sujetarse al cabecero de la cama en busca de un apoyo más firme. Me moví con decisión sobre él y todo se convirtió en un frenesí. Perdí la cuenta de cuántas veces gimió mi nombre y de cuántas yo le repetí que me encantaba hacérselo. Y, durante un rato, lo único que se oyó fueron nuestras respiraciones agitadas, el sonido de nuestros cuerpos al juntarse y el del cabecero chocando con la pared. No pasó mucho tiempo hasta que nos dejamos arrastrar por la ola del orgasmo, que era mucho más grande que nosotros.

Cuando Marcos salió del baño, me encontró en la misma posición en que me había dejado. Se arrastró por el colchón y se tumbó de costado para mirarme. Nos quedamos un rato en silencio mientras yo recuperaba la consciencia de mi cuerpo.

—Me encanta tu sonrisa —le dije.

—De polvo reciente.

En otra ocasión le habría dado un manotazo por romper el romanticismo, pero en ese momento me hizo gracia y me pareció, a su manera, romántico.

—Eso es tu pelo revuelto.

—Seguro que en tu imaginación me estabas empujando la cabeza, ¿a que sí?

—No es de buena educación sacar a relucir lo que digo mientras lo hacemos.

Marcos me pasó un brazo alrededor de la cintura y me atrajo contra él. Sentí sus labios en mi frente y se me escapó un suspirito. Había sido todo tan intenso, rápido y fuerte que estaba completamente desarmada y exhausta.

—Mírala ella, tan decente para algunas cosas y tan pervertida para otras.

Le di un golpe con la pierna y él se rio.

—¿Te lo has pasado bien? —quiso saber.

—¿Durante el día o en la cama?

—En la cama creo que ya lo sé, pero, por favor, no te cortes. —Se apartó para mirarme—. Yo estoy encantado de aprender de mis errores y practicar para mejorarlos.

—Me lo he pasado genial —afirmé—. Londres me gusta —añadí para que supiera a lo que me refería.

—¿Qué ha sido lo que más te ha gustado?

—¿De verdad necesitas preguntarlo?

—Sí, porque dudo entre las dos librerías. —Giró sobre sí mismo y apoyó la espalda contra el colchón—. Ya tengo claro que es una de ellas.

—Pues no.

—¿En serio? —Torció el cuello para mirarme sorprendido—. No me lo creo.

—Lo que más me ha gustado ha sido pasar el día contigo y conocer tu ciudad.

Marcos se impulsó sobre los codos y se inclinó para besarme con cariño.

—¿Lo ves? —pregunté cuando liberó mi boca—. ¿Ves cómo yo también digo cosas bonitas?

Él sonrió.

—Si dices eso le quitas parte del romanticismo. Si solo lo dices para competir...

—No lo digo por eso. Lo digo porque lo siento.

Marcos volvió a recostarse y yo me acurruqué contra él apoyando la cabeza sobre su brazo izquierdo.

—Me han encantado la librería de Kensington y la torre, por supuesto.

—Por supuesto. —La luz dorada de la mesita de noche me permitía verle la cara.

—Tu hermana...

Se congeló su sonrisa.

—Sé que os he presentado muy pronto, pero ella insistió...

—Y yo acepté —lo interrumpí acariciándole el brazo—. Solo iba a decirte que me ha dicho que se alegra de que esté contigo.

Soltó aire al relajarse.

—Dos Baker conquistados. A mí también me lo ha dicho, me escribió en cuanto se fue.

Respiré hondo pensando cuál era la manera más adecuada de sacar el tema que me rondaba la cabeza.

—Me preocupaba que te agobiases y quisieras volverte a Madrid —confesó en voz baja—. La verdad es que he estado todo el día un poco acojonado.

—Marcos... —Cuando me miró le sonreí—. Ha sido un día genial —aseguré convencida.

Recuperó el brillo de los ojos y yo me relajé. Estaba descubriendo que Marcos también tenía temores e inseguridades, que tenía preocupaciones y, sobre todo, que me quería tanto como yo a él.

—Es una pena que no hayamos conseguido entradas para *Romeo y Julieta*.

—Bueno, puedo sobrevivir sin conocer el teatro más importante de Londres —bromeé—. Podemos ir la próxima vez.

—La próxima vez. Me gusta cómo suena eso.

Eché el rostro hacia delante y le besé el brazo.

—No me has enseñado tu moto —solté de sopetón.

—No pensé que quisieses verla.

«¡Vamos, díselo ya!».

—Lisa cree que conduces muy rápido. ¿Es verdad?

Marcos guardó silencio unos instantes y suspiró.

—A veces.

Mi espalda se desplomó sobre el colchón y me quedé mirando el techo.

—No quiero que conduzcas a lo loco —dije al aire.

—Te aseguro que respeto todas las normas de circulación vial. No quiero acabar en el banquillo de los acusados.

—No sé... —Volví a mirarlo ignorando su intento de broma—. Tu hermana también ha mencionado tu adicción al trabajo.

Me acarició el lateral del cuerpo con los dedos empezando en la sien y bajando por el cuello y el brazo hasta la cintura.

—No es adicción —negó al final—. Simplemente acepto unos cuantos casos más que el resto.

—¿Y por qué haces eso?

—Pues porque yo conocí al monstruo de mi padre en la adolescencia y me pone enfermo pensar que hay gente atrapada en esa situación. —Hizo una pausa y se frotó la cara con la mano que retiró de mi cintura—. Los recuerdo a todos... A todos esos tíos que la justicia no ha condenado. A todos esos tíos como mi padre.

Se me encogió el corazón y sentí como si me hubieran dado un puñetazo en el estómago. Marcos lo había superado yendo a terapia, pero siempre estaría marcado. Igual que yo.

Quise reconfortarlo. Y estaba dividida porque entendía la preocupación de su hermana, pero sabía que yo en su lugar haría lo mismo.

—Te comprendo —dije.

Él soltó aire bruscamente.

—Gracias.

—Pero ten cuidado.

—Siempre lo tengo.

Me moví para abrazarle la cintura y colocarle la cabeza sobre el pecho. Los latidos sosegados de su corazón consiguieron que me sintiese mejor.

—A veces, me pregunto si nuestras vidas serían diferentes si hubiésemos tenido otra figura paterna —solté en un susurro.

—Seguramente.

No sabía si era por la atmósfera que da la intimidad después de hacerlo o porque confiaba cada vez más en él, pero me armé de valor y le revelé algo que nadie más sabía.

—Va a sonar patético, pero siempre esperaba que «él» apareciese por la puerta.

—No es patético. —Me frotó el hombro con cariño.

—Cada cumpleaños, cada verano, cada vez que sacaba un diez, cada Navidad y cada día del Padre. Era horrible en clase cuando todos preparaban el regalo para su padre, la tarjeta, el dibujo o la manualidad que tocase... porque yo no... —Se me quebró la voz y tuve que callarme hasta que recobré la compostura. No iba a llorar por él. Me lo había prometido hacía mucho y mantendría esa promesa—. Da igual, no sé por qué saco el tema si es que no hay nada que contar y no merece la pena hablar de ello. Ya estoy acostumbrada, pero es como tener la sombra de un vacío constante encima al no saber quién es. —Suspiré e hice todo lo posible por recomponerme—. Pero bueno, cambiemos de tema.

—Cariño...

—Prefiero hablar de otra cosa. Por favor.

Marcos respiró hondo y cedió una vez más.

—Vale.

—¿Me enseñas alguna foto de cuando eras pequeño? —Apoyé la barbilla sobre su pecho y él ladeó el rostro para verme mejor—. Quiero saber si eras mono o no.

—La duda ofende. —Hizo una mueca y yo me reí—. Esta semana, cuando vaya a casa de mi madre, te envío alguna.

—Jo, se las podría haber pedido a tu hermana hoy.

—Ni hablar. Lisa te habría enseñado las peores.

—Esas son las que quiero ver.

Su pecho vibró debajo de mí y el sonido de su risa inundó mis oídos.

—Antes, durante la cena... —Interrumpí mis palabras y busqué la mejor manera de decirlo—. Cuando has dicho lo de tus citas románticas...

—¿Qué pasa con eso?

—Nada. Es solo que nunca hemos hablado de nuestras exparejas y eso. —Rodé sobre el colchón y volví a recostarme de lado mirándolo. Estaba un poco nerviosa y no podía parar quieta.

—Ya. —Se giró para enfrentarme—. No me malinterpretes, pero me da igual con cuántas personas hayas estado... y no te he preguntado por eso. Lo importante es que ahora, en el presente, has decidido estar conmigo. Pero si quieres contarme o saber algo, solo tienes que preguntar.

Me concentré en la pared mirando por encima de su hombro. Al final, la curiosidad me pudo.

—¿Con quién fue tu primer beso?

—Con Claudia.

—Corría el rumor de que lo hacíais en los baños.

—Falso. En el baño bebíamos y fumábamos.

Tracé círculos sobre su pecho con la yema del dedo índice.

—Entonces... ¿no pasó nada más con ella?

Él suspiró. Y supe la respuesta antes de que lo dijese en voz alta.

—Nos acostamos un par de veces.

Asentí levemente.

—Bueno, ya lo sabes, pero mi primer beso fue contigo. ¿Te cuento una cosa graciosa? —pregunté—. Ese día, antes de la cita con Álex, leí unos cuantos artículos sobre cómo besar bien y eso. —Se me escapó la risa, pero él no me siguió—. En plan consejos para besar, qué hacer, qué esperar y todo eso.

—¿En serio? —Asentí—. Ahora me siento más capullo todavía.

Me encogí de hombros restándole importancia.

—¿Qué pasó cuando viniste a vivir aquí? ¿Conociste a alguna chica?

—Entré en la universidad y conocí a Layla; ella estaba interesada en mí, pero yo estaba centrado en mi familia. Poco después empecé a salir con una chica que conocí en terapia de grupo. Había vivido una situación similar a la mía y nos entendíamos... pero no funcionó porque yo no estaba bien a nivel emocional y todavía estaba aprendiendo a comunicarme. —Hizo una pausa larga y, cuando creía que no iba a decir nada más, siguió—: Cuando volví del cumpleaños de Lucas, después de todo lo que había pasado con mi padre y contigo, estaba confuso... Decidí centrarme en recuperarme, y cuando lo hice le di una oportunidad a lo mío con Layla. Estuvimos juntos tres años. Después de eso, he tenido alguna relación esporádica, pero la verdad es que he estado bastante centrado en el trabajo. —Se giró para mirarme y sus ojos parecieron encontrar un poco de alivio en los míos—. Las navidades pasadas, después de que tú y yo nos liásemos, a veces me sorprendía a mí mismo pensando en ti. Recordaba el momento cuando estaba trabajando o corriendo, y me reía yo solo. Cada vez que he tenido que verte desde entonces me parecía más interesante que la anterior. La firma del expediente, la clase de baile, la cena de ensayo...

Se me escapó la risa al recordar la clase en la que tuvimos que aprender la coreografía para la boda de nuestros amigos. Aquel día no sabía si tenía más ganas de empujarlo o besarlo.

—¿Qué pasó con Layla?

—Ella quería mudarse conmigo y que me centrase más en ella, y yo no quise. Irnos a vivir juntos me habría quitado tiempo de trabajar en casa y no estaba preparado para ese compromiso ni para renunciar a mi espacio...

Rumié en silencio sus palabras y no hice ninguna pregunta más. A fin de cuentas, cada pareja era un mundo.

—Yo estuve cinco años con Álex —le dije—. Lo dejé cuando enfermó mi madre porque... bueno, la relación se había enfriado y yo no tenía cabeza para centrarme en otra cosa. Cuando volví a la universidad, quedé unas cuantas veces con un chico de clase, pero no hubo química. Y, después de eso, quedé con otro par de chicos, pero ninguno me convencía y no tenía ganas de meterme en una relación... Lo más alocado que he hecho ha sido emborracharme en la boda de mi mejor amiga y despertarme con un idiota en la cama al día siguiente —bromeé arrancándole una risa.

—Ese idiota tuvo mucha suerte —dijo antes de besarme.

La despedida en el aeropuerto al día siguiente fue más difícil que las anteriores por dos motivos:

El primero, estaba despierta.

El segundo, el aeropuerto añadía dramatismo a la escena.

Habíamos pasado un día genial por el centro de Londres. Admiré la fachada de la abadía de Westminster y, si no hubiera sido por el ruido de los coches, me habría sentido transportada a otra época. Vi el cambio de guardia en el palacio de Buckingham y me entretuve sacándoles fotos a las ardillas y a los patos de St. James's Park. Y sí, como cualquier turista, me quedé embelesada con el Big Ben y el Parlamento. No pudimos subir al London Eye porque había demasiada cola, y sentí una alegría infinita cuando Marcos me prometió que subiríamos en mi siguiente visita. No me había ido y ya estaba impaciente por regresar.

Cada segundo del fin de semana había sido fácil, asombroso y divertido. Y ahora tenía que volver a una ciudad sin él.

—Me lo he pasado genial —repetí por enésima vez sintiendo que la tristeza se apoderaba de mis cuerdas vocales.

—Yo también. Nos vemos dentro de poco, empollona. —Marcos me dio un último beso que me supo a despedida—. Avísame cuando aterrices, ¿vale?

—Vale. —Asentí y lo miré apenada—. Adiós.

Giré sobre los talones, pero Marcos me dio un tirón del brazo y volvió a abrazarme.

—Joder, no me digas adiós con esa carita de pena —suplicó.

«Es que no quiero irme».

Me separé porque era consciente de que estaba apurando el tiempo. Intenté sonreír, pero no me salió.

—No me mires así, Ele. Por favor.

Su cara era un vivo reflejo de la mía.

—Dos semanas —prometió acunando mi rostro—. En cuanto llegue a casa me compro el billete.

—Dos semanas.

13

El lado bueno de las cosas

—¿Resaca post-Marcos? —preguntó Carlota cuando entró en mi casa—. Pareces cansada.

—He dormido poco —confirmé cerrando la puerta.

Eso era cierto.

Durante el fin de semana no había dormido mucho. Había estado ocupada reencontrándome con Marcos y las dos noches nos habían dado las tantas. Y la noche anterior me había costado dormirme cuando me recibieron mis sábanas frías. Sentí la cama vacía sin él, y eso que Minerva ocupó su lado y se recostó contra su almohada. Era increíble cómo me había acostumbrado otra vez a dormir con él. Después de dar mil vueltas, terminé levantándome a la una de la madrugada a por una tarrina de helado de chocolate y tocándome al rememorar sus gemidos, el sudor de su piel y sus labios sobre los míos. Por eso, aquella mañana, cuando sonó el despertador, me costó salir de la cama. Aunque eso también se debió a que estuvimos mensajeándonos un rato:

> Buenos días, preciosa.
> Cómo has dormido?

> Buenos días,
> Podría haber dormido mejor, y tú?

> Bueno...
> Me desperté yo solo a las tres...
> y me costó volver a dormirme

> **Y eso?**

> Creo que ya me había acostumbrado a abrazarte por las noches

> **Yo también** 😣

> Alegra esa cara, que acabo de comprarme el billete para ir a verte!!!

Ese último mensaje era el culpable de que llevase todo el día con una sonrisilla.

—¿Qué tal en Londres? ¿Has salido del cuarto de Marcos? —La pregunta de Carlota me devolvió a mi salón, donde ella estaba repantigada en el sofá.

Me reí y le respondí con un:

—¿Quieres tomar algo?

—Un café me vendría genial.

Asentí y me dirigí hacia la cocina. Encendí la cafetera y alcé la voz para que me escuchase:

—¡Londres me ha encantado!

—¿Y qué tal con Marcos?

—Genial. —Asomé la cabeza y le sonreí antes de volver a adentrarme en la cocina—. Y sí, he salido de su cuarto.

—Se nota que tu vagina ha socializado. —Me di la vuelta y me la encontré recostada contra el marco de la puerta—. Brillas como el sol. No como yo, mírame; estoy apagada o fuera de cobertura.

Me reí. Su expresión de frustración era muy divertida. Saqué una taza del armario, unas galletas y le serví el café mientras le resumía mi fin de semana de ensueño y mi vuelta al mundo real.

—¿Qué tal el curro hoy? —me preguntó cuando nos sentamos en el sofá.

—Cansado pero bien. Ya sé dónde está todo. —Hice una pausa cuando Minerva saltó a mi regazo—. ¿Y tú? ¿Qué tal la vuelta a clase?

Mis amigas habían vuelto esa mañana a la universidad.

—Pues un cuadro... Bruno y Blanca no se han dirigido la palabra...

así que imagínate lo incómodo que ha sido... Encima a Diagnóstico Clínico voy sola con ellos... Al menos, en la hora anterior estaban también Lola y Santi, ¿sabes? —Ella se entristeció—. En cuanto hemos salido, Blanca se ha largado pitando. Y yo he ido con Bruno a boxeo. Está rayado, pero, en fin, yo no puedo hacer más. —Se dejó caer en el sofá derrotada.

Podía imaginarme el panorama.

Bruno y Blanca habían tenido una relación muy estrecha y que ahora no se hablasen afectaría a todo el mundo por mucho que Blanca se empeñase en decir que no.

Minerva saltó al suelo cansada de mis caricias y yo subí los pies al sofá.

—¿Y qué tal con Greta?

Carlota suspiró sonoramente. Le dio un sorbo a su café y sus ojos marrones se apagaron un poquito más.

—Bien, creo que voy a escaparme un finde para hacer las paces cara a cara, aunque ya las hicimos por videollamada, pero no es lo mismo...

—Claro.

—Es que la distancia es lo peor... Ella en Roma y yo en el puto Madrid. —Sacudió la cabeza y sus aros gigantes se movieron con vida propia—. Tenemos que hacer un pacto. Cuando tengamos un mal día y echemos de menos a nuestras parejas —nos señaló a ambas— deberíamos llamarnos y consolarnos la una a la otra. ¿Qué te parece?

—Como dirías tú: «Esa idea vale un millón de euros».

Carlota se rio y extendió la palma en el aire. Le estreché la mano, sellando así nuestro trato, y ella añadió:

—Ya que vamos a ser unas desgraciadas, al menos, que sea en compañía.

Nos abrazamos y supe que nadie me entendería mejor que ella. Acto seguido, fui en busca de las tres cajas de apuntes que quería mi amiga.

—Por favor, dime que esos son los apuntes de toda la carrera.

Las dejé en la mesita, delante de ella.

—No, son solo los del año pasado. —Le di una palmadita a una de las cajas y ella me miró horrorizada.

—¿Cómo voy a estudiarme todo esto y tener vida social? —Se llevó una mano a la frente—. Va a ser imposible.

—No es imposible —intenté tranquilizarla—. Yo lo hice. Además, mira el lado positivo: si te distraes, extrañarás menos a Greta.

Esa mentira no me la creía ni yo, pero había que intentar ver el lado bueno de todo, ¿no?

Carlota resopló cuando empecé a apilar papeles y a contarle por encima lo que se había perdido durante su Erasmus. Después de eso, la acompañé a sacar fotocopias de parte de mis apuntes. De ahí fuimos a Los Alpes a por un helado y disfrutamos de un agradable paseo. En cuanto me lo terminé, me volví a casa para continuar con mi trabajo de fin de grado.

Los días siguientes fueron bastante agotadores. Por las mañanas trabajaba, por las tardes estudiaba y por las noches me quedaba hasta las tantas hablando con Marcos. La semana dio paso al fin de semana, durante el que apenas tuve tiempo para respirar en la floristería. En septiembre seguía haciendo buen tiempo y se casaba muchísima gente. El sábado, cuando salí, Amanda me secuestró para llevarme a cenar y que me diese un poco el aire. Lo pasé genial con ella, pero eso me impidió dedicarle tiempo a mi trabajo. Así que, cuando el domingo salí de la floristería, estaba cansada y agobiada. Tenía poco más de una semana para entregar el trabajo y no había terminado. Según cerré la verja, saqué el móvil del bolsillo.

Estoy deseando que llegue el viernes para besarte

Suspiré al leer el mensaje de Marcos. Estaba preocupada y con la sensación de que estaba descuidando mis estudios, que era lo que más me había importado siempre. La semana que estaba por empezar sería igual que la anterior, y no estaba segura de que fuese a tener el trabajo terminado para cuando viniese Marcos el fin de semana. Fui rumiando todo eso de vuelta a casa. Cuando me desplomé en el sofá estaba hecha un lío y lo llamé.

—Hola, preciosa. —Su sonrisa iluminó mi salón.

—Hola. —Le devolví la sonrisa. Era imposible no hacerlo—. ¿Qué haces?

—Revisar unos papeles.

Marcos apoyó el teléfono en la pantalla de su ordenador y, cuando se recostó contra su silla, vi que estaba en el despacho que tenía montado en casa.

—¿Qué tal la tarde, cariño?

—Ajetreada. —Me tumbé bocarriba y sujeté el móvil por encima de mi cara—. ¿Y la tuya?

—Igual.

Su sonrisa empequeñeció cuando cogí aire y respiré hondo.

—¿Qué te pasa?

—Que me siento fatal... y quería preguntarte una cosa.

Marcos atrapó su móvil y se lo acercó como si así pudiese cerrar la distancia que nos separaba.

—Dispara.

—¿Te cobrarían si cambiases tu billete?

Se quedó serio un instante y luego dijo:

—Elena, ¿por qué no me preguntas a las claras lo que quieres preguntarme?

—Pues porque no quiero preguntártelo... —Me senté para estar más cómoda y hablé de carrerilla—. A ver, estoy un poco cansada y agobiada por el trabajo de fin de grado. Lo tengo que entregar en poco más de una semana y no he terminado y... tengo muchas ganas de verte. De verdad que sí, pero estaba pensando aprovechar el finde siguiente, que lo tengo libre, para acabarlo... Mi tutora es muy exigente y no me gustaría defraudarla, y yo... —Dejé la frase inacabada al ver que su sonrisa había desaparecido.

—No quieres que vaya.

—A ver, no es eso... Sí quiero que vengas, pero necesito acabar el trabajo. Lo tengo que entregar el lunes que viene. Siento avisarte con una semana de antelación. He intentado avanzar esta semana todo lo posible, pero con la floristería y la clínica... no me ha dado la vida. Y el trabajo no está al nivel que quiero que esté.

—Vale.

Me sentía fatal por haber borrado la alegría de su expresión.

—¿Te has enfadado?

—No. —Marcos se pasó la mano por el pelo y suspiró—. Me jode porque tengo ganas de verte, pero lo entiendo perfectamente.

—Lo siento.

Él negó con la cabeza.

—Tú ahora céntrate en ese trabajo para que salga brillante y así tengamos otra excusa para celebrar, ¿vale?

Me sonrojé ante el recuerdo de nuestra última celebración y lo excitante que había sido.

—Vale, me parece bien que me des un buen incentivo para que lo dé todo con el trabajo.

Marcos alzó las cejas.

—No sé lo que estás pensando, pero yo solo he hablado de salir a celebrar.

—Y yo. A mí me encanta nuestro concepto de salir a celebrar. Y creo en la cultura de la recompensa —aseguré—. Podrías pensar en qué vas a darme si saco un notable, un sobresaliente o una matrícula de honor.

La sonrisa ladeada de Marcos resurgió y mi corazón saltó contento.

—Entonces yo también merezco una recompensa por no poder abrazar a mi novia la semana que viene.

—Vale.

—¿Hay algo que pueda hacer para ayudarte estos días?

—Mandarme más fotos. Desde el gimnasio a poder ser. Y sin camiseta. Eso seguro que me incentiva mucho a estudiar.

Él arqueó las cejas y murmuró un «¡Qué exigente!», al que yo respondí encogiéndome de hombros y sonriendo ampliamente.

—¿Quieres un adelanto del premio? —preguntó, y yo asentí.

Él volvió a apoyar el móvil y, sin previo aviso, se quitó la camiseta blanca de un tirón.

—¿Quieres tú un adelanto del tuyo?

Su cara de incredulidad consiguió sacarme una carcajada.

—La respuesta es tan obvia que no sé cómo no te da vergüenza hacer la pregunta.

—Voy a por mi portátil. Ahora te llamo.

Acto seguido, colgué.

Mi respiración ya se había acelerado y no había sido precisamente por la carrera hasta mi cuarto.

Cuando volví a llamarlo, el calor que transmitía a través de la pantalla consiguió hacerme perder la cabeza y olvidar la preocupación que me había perseguido todo el fin de semana.

Sin exagerar, lo que hice durante la semana siguiente fue trabajar, estudiar y comer. Cada día, al salir de la clínica, compraba comida e iba directamente a la biblioteca. Como en los viejos tiempos. El único momento en que hablaba por teléfono con Marcos era cuando volvía a casa, porque en cuanto cerraba la puerta, cenaba, pasaba un rato con mi gata y me acostaba. La comunicación con él no fue tan fluida como me hubiera gustado y un ejemplo de ello fue que se perdió la inmediatez de los mensajes. Bueno, ni con él ni con nadie. A mis amigas también estaba tardando en contestarles. Más que nada porque solo miraba el móvil en los descansos. El fin de semana la tónica fue la misma y solo salí de casa para ir a la compra.

Unas trescientas veces me arrepentí de haberle pedido a Marcos que no viniese. Sobre todo cuando me metía en la cama y me quedaba dando vueltas. Él cambió su billete para el fin de semana de Halloween porque vendría para la fiesta de Amanda. Yo no paraba de pensar en el puente del Pilar porque mis amigas y yo iríamos a Londres, y en que eso se traducía en que, otra vez, pasaríamos un mes sin vernos.

El domingo por la noche estaba perfeccionando el documento para enviarlo cuando me di cuenta de que llevaba un rato viendo las fotos que Marcos me había ido enviando durante la semana.

«Trece días más, Elena. Tú puedes», pensé mientras babeaba con uno de sus *selfies*. Sin poder resistirme, le escribí:

> Estoy viendo fotos tuyas

> Tanto echas de menos mi cara?

> Sí. Tu cara y muchas cosas más.
> Te echo de menos a ti entero

> Yo echo de menos tus besos

> Estoy cansada y necesito un abrazo 😟

> No me digas esas cosas que me pongo tontorrón.
> Venga, un último empujón!

> Vale! Luego te cuento

Eran las doce de la noche cuando le envié el trabajo a mi tutora. Cerré el portátil, cogí el móvil para contárselo a Marcos y me topé con un par de mensajes suyos:

> Me voy a dormir, que estoy que me caigo.
> Dale duro, preciosa.
> Piensa en la recompensa que te espera.
> Te quiero mucho!!

Suspiré y me recalenté la pizza para cenar. Estaba contenta por haber cumplido el plazo de entrega y por haber mandado lo que creía que era un buen trabajo, y también triste por irme a la cama sin escuchar la voz de Marcos.

> Jo, me habría gustado hablar contigo 😟

Cuando me desperté a la mañana siguiente, su contestación me hizo reír y salir de la cama con una sonrisa.

> Este empollón está deseando estudiar
> anatomía contigo

Adjunto a ese mensaje iba una foto suya con las gafas de pasta. No sabía si me hacía más gracia la foto o el mensaje. Era increíble cómo un mensaje podía hacerme reír y suspirar a la vez. Marcos me hacía sentir como una adolescente enamorada. Sintiéndolo todo muy intensamente. Y eso incluía las subidas y también las bajadas.

Las dos semanas siguientes no fueron tan sencillas.

Después de haber entregado el trabajo recuperé mi vida social: los paseos con Amanda, que le servían para desahogarse de su trabajo, y quedé también con Carlota y Blanca.

Yo seguía con mi vida —solo me quedaba trabajar en mi presentación—, pero ahora que tenía más tiempo libre añoraba más a Marcos en el día a día. Quería sentarme en el sofá con él a ver un documental y salir a cenar. Y cuando alguien me había preguntado qué tal estaba, había escondido la verdad y había dicho que estaba bien. Porque creía que eso me ayudaría a hacer que fuese realidad.

En los últimos días el número de fotos diarias que Marcos me mandaba se había reducido porque él estaba más ocupado con su trabajo. Aquello, unido a que no habíamos hablado tanto, se tradujo en que lo eché más de menos. Una cosa que no te dicen sobre las relaciones a distancia es esa, que por mucho que la distancia se reduzca a través de la pantalla, la realidad es que, a veces, sales cansada del trabajo, quieres llamar a tu novio y no puede ser.

—¿Podemos hacer la cucharita? —me preguntó Carlota cuando me recogió un día a la salida del trabajo con Blanca—. Echo de menos a Greta. —Me espachurró en un abrazo de oso—. ¿Tú haces la cucharita con Marcos?

—Sí.

—¿Y quién es la cuchara grande?

—Él.

—Perfecto, Greta es la cucharita pequeña. —Ella se colocó detrás de mí, me abrazó por la espalda y yo me reí.

Blanca nos observaba con una sonrisa forzada. Estaba a punto de tener la entrevista en la clínica y se la veía nerviosa.

—¿No puedes hacérmela tú? —me preguntó Blanca al darme dos besos.

—Ojalá. Si fuera por mí, empezabas mañana —aseguré.

Ella se revolvió la melena inquieta.

—Estoy bien, ¿no?

Asentí. Estaba más que bien con sus vaqueros negros y su camisa blanca.

—El ambiente dentro es bastante informal. Ya lo verás.

Le dimos un abrazo y palabras de ánimo por turnos. Y cuando entró, Carlota y yo nos sentamos en el bar de enfrente a esperarla.

Mientras yo comía pollo a la plancha con patatas, Carlota me contaba que se había comprado un billete para visitar a Greta el fin de semana siguiente al que íbamos a Londres.

Esos últimos días ninguna de las dos estábamos llevando bien lo de la distancia. Busqué uno de los artículos que había leído y le di el móvil para que lo leyese, por si le servía algún consejo.

—Pero ¿qué mierdas es esto? —preguntó mirándome—: Si aquí lo que pone, con palabras bonitas, es que vamos a seguir siendo unas desgraciadas.

Me encogí de hombros y suspiré.

—Venga, vamos a enfocarnos en el lado bueno. Eso me dice Marcos.

—Vale, a ver, que hago recuento. —Dejó el vaso de cerveza en la mesa y empezó a enumerar—. Cosas malas: no ver a Greta, no darle la mano, no besarla, echarla constantemente de menos... Cosas positivas... ¿Nada?

Y, entonces, me encontré repitiendo las palabras de mi novio:

—Sí hay cosas buenas. El cibersexo, mejorar sacándote *selfies*, los reencuentros...

—No sé. —Carlota resopló cansada—: Ojalá pudiera poner el corazón en modo avión para descansar y disfrutar del vuelo, y cuando aterrizara que ya hubieran pasado las tres semanas de turbulencias y no me hubiera tenido que comer la rayada.

La comprendía. Yo deseaba hacer lo mismo. Le apreté la mano y durante un rato nos limitamos a ser la roca que necesitaba la otra.

—Se te olvidó contarnos que Joaquín está buenísimo —dijo Blanca cuando se dejó caer en la silla libre.

Ignoré su comentario y le pregunté lo que verdaderamente me interesaba:

—¿Qué tal te ha salido?

—Yo creo que bien. Me ha entrevistado Susana y me ha preguntado todo lo que me habías dicho.

Carlota se levantó para pedir y regresó con una cerveza para Blanca:

—Toma, te la mereces.

Nuestra amiga nos contó su entrevista con pelos y señales, y luego se interesó por mi día de trabajo, qué casos me habían tocado y lo que había hecho.

Aquella tarde cuando llegué a casa estaba un poco triste por la ausencia de Marcos y también por la de Greta al ver a Carlota de bajón.

Tampoco ayudó que los días siguientes Marcos siguiese hasta arriba de trabajo. Y, como había pasado la semana anterior, nuestras videollamadas fueron más cortas y nuestros mensajes no fueron instantáneos. Marcos parecía más cansado que de costumbre. No sentir su positivismo a través del móvil me hizo entender que no siempre sería yo la que necesitase recibir ánimos. Él había estado ahí cuando yo había tenido un mal día, y yo quería estar ahí para él también. Marcos había conseguido animarme con un mensaje, con una foto y con palabras de aliento. Por eso, cuando esa noche a las ocho él seguía trabajando, le mandé un *selfie* con Minerva esperando que tuviera el mismo efecto.

> Te echamos de menos

Y yo a vosotras.
Qué guapa estás!
Un día menos para verte!

> Un día menos 😊

Me apreté el móvil contra el pecho y suspiré. Sacarle una sonrisa a Marcos me dio el subidón de energía que necesitaba para afrontar los días que faltaban para verlo.

14

El amor es lo que tiene

Nervios.

Emoción.

Estómago contraído.

Corazón a mil.

Alegría infinita.

Eso sentía cada vez que me reencontraba con Marcos.

Al divisarlo en el aeropuerto, inconscientemente, mis pulsaciones y yo aceleramos el ritmo. El manojo de sentimientos que revoloteaban en mi interior se calmó en cuanto nos estrellamos en un abrazo apretado. Marcos me rodeó con tanta firmeza que, al erguirse, me levantó del suelo. Lo oí inspirar con fuerza y yo hice lo mismo; echaba tanto de menos su olor que estaba empezando a considerar la idea de comprarme un frasco de su colonia.

Cuando volví a estar sobre mis pies, nos convertimos en un enredo de lenguas y abrazos. Parecía que no sabíamos si teníamos más ganas de besarnos o de abrazarnos. No hacía falta que dijéramos cuánto nos habíamos echado de menos; quedaba claro por la manera que teníamos de mirarnos. Me habría quedado besándolo tres horas más, pero era consciente de que, en algún lugar, esperaban mis amigas.

Al voltearme vi que Lucas había recogido mi maleta, que Carlota y Blanca conversaban y que Amanda nos miraba como si fuésemos un gofre de Nutella con plátano y nueces.

Lucas fue el primero en acercarse:

—¡Gracias por el espectáculo! —exclamó al abrazar a mi novio.

—Me debo a mi público —contestó él.

—¡Qué pena no haberlo grabado! Sois tan monos... —suspiró Amanda.

Marcos fingió un escalofrío y saludó a Blanca y a Carlota. Luego se giró hacia Amanda.

—¿Amanda? ¿Eres tú? —bromeó de manera teatral—. Casi no te reconozco con este corte de pelo.

La melena de Amanda, que hasta esa mañana le llegaba a la mitad de la espalda, había desaparecido y ahora el pelo no le tocaba los hombros.

Ella le sacó la lengua y se fundieron en un abrazo tierno.

Acto seguido pusimos rumbo al metro.

Aquella tarde lo único que hicimos fue instalarnos en casa de Marcos. Lucas y Amanda dormirían en el sofá cama, y Blanca y Carlota, en el colchón que Marcos había hinchado en el despacho.

Mis amigas querían cocinar para todos, así que después de que me echasen de la cocina, regresé al salón arrastrando los pies. Amanda, Lucas y Marcos ocupaban el sofá, por lo que me senté en el suelo ignorando las quejas de mi novio porque ocupase su sitio.

—¿Lo estás cuidando bien? —Señalé el cactus y miré a Marcos.

Él asintió y, como si acabase de recordar algo, se giró hacia Amanda.

—¿Qué tal vas? —le preguntó en voz baja.

—Bien —dijo ella.

—Me refiero a... —Marcos ahuecó la mano y dibujó en el aire media esfera, a la altura de su estómago—. Ya sabes.

—¡Ah! No tienes por qué susurrar. Las amigas de Elena lo saben. Y mira. —Se levantó, se subió la sudadera y su tripa, que empezaba a apreciarse, quedó a la vista—. Igual no lo notáis porque tengo la misma tripa que cuando me zampo una hamburguesa, pero creo que se nota un poquito. ¿A que sí?

—Sí, amor. —Lucas le acarició el abdomen con mimo. Parecía tan embelesado como ella.

—En una semana me hacen la primera ecografía para ver que todo está bien y eso.

—Seguro que sí. —Sonreí.

Amanda volvió a colocarse la sudadera y Lucas la abrazó cuando se sentó.

—Supongo que a partir de entonces empezaremos a contárselo a la gente.

—Lo que quieres es empezar a comprar un montón de ropa. ¡Que te conozco! —dijo Lucas.

Ella se encogió de hombros sin negarlo y su marido le besó los nudillos.

—Sigo alucinando con que vayáis a ser padres —observó Marcos—. ¿En qué momento nos hemos hecho mayores?

—No lo sé, pero parece que la graduación del instituto fue ayer —contestó Lucas.

—Pues han pasado nueve años —dijo Amanda—. Por cierto, Marcos, a ver si me puedes aclarar una duda... ¿Ese día Lucas ya estaba interesado en mí?

—¿De verdad? —Lucas la miró y negó con la cabeza—. Eres una creída.

Marcos alzó las cejas y miró a nuestros amigos con ojos interrogantes.

—Se lo he preguntado mil veces, pero siempre dice que no se fijó en mí hasta que coincidimos en la facultad.

—A ver, Lucas... —Marcos le dio una palmadita amistosa en el hombro—. La noche de la graduación no dejaste de hablar de ella.

—¡Lo sabía! —chilló emocionada.

—Gracias, amigo —ironizó Lucas—. Ahora me lo va a restregar por la cara a diario.

—Te gustaba en el instituto. —Amanda se rio y se desplomó contra el sofá—. Y yo que pensaba que no me lo confesarías hasta que estuviera en mi lecho de muerte...

—Solo pensaba que eras guapa —aseguró él—. Nada más.

—Suficiente, amorcito. —Ella le robó un beso—. Pero recuerda que no puedes educar a nuestro bebé con mentiras, tienes que aprender a ser sincero.

Lucas suspiró resignado. Y yo me reí porque sabía que eso lo perseguiría de por vida.

—Gracias, Marcos. En serio.

—¿De nada? —Le dio una segunda palmadita a Lucas y ladeó la cabeza para ver a Amanda mejor—. Por cierto, ¿para cuándo se espera a Olivia o Marquitos?

Lucas y Amanda respondieron a la vez:

—Para primeros de abril.

—No vamos a llamarlo así.

—¿Por qué no? —preguntó Marcos acomodándose en el sofá—. Es un nombre precioso, con mucha personalidad.

Lucas lo miró como si no se creyese lo que llegaba a sus oídos.

—No pienso ponerle el nombre de un traidor —contestó él, y todos nos reímos.

Carlota y Blanca prepararon un par de tortillas de patata y cenamos en el salón, alrededor de la mesa. Mientras escuchaba a Carlota contar una anécdota de lo mal que le había ido esa mañana en el rotatorio, me sentí afortunada. Las personas que rodeaban esa mesa eran lo más parecido que tenía a una familia y, aunque me diese vértigo admitirlo, eso empezaba a incluir a Marcos.

—Bueno, para estar preparada —comenzó Blanca—. Marcos, ¿a qué famosos nos podemos encontrar aquí?

—A Robert Pattinson —intervino Amanda emocionada.

—Como veamos a Edward Cullen me muero —aseguró Blanca. Amanda alzó su vaso, lo chocó con el de Blanca y yo me reí.

—Pues yo me moriría si viéramos a Paul McCartney o a Madonna —dijo Carlota pensativa—. Aunque con Victoria Beckham me daría algo.

—Sí, cualquier Spice Girl también me vale —coincidió Amanda—. Y Nick Carter... estaba enamorada de él de pequeña.

Con esa afirmación todas asentimos.

—Yo me caería redonda si viéramos a cualquier miembro de la Corona —confesó Blanca—. ¿Y tú, Elena?

Con todos los ojos fijos en mí, medité unos segundos mi respuesta. No me hacía ilusión conocer a nadie.

—No digas una *frikada* que nadie más conozca, por favor. —Amanda adivinó mis pensamientos. Hice un gurruño con la servilleta y se la lancé.

—En ese caso, me quedo con Robert Pattinson —musité. Amanda y Blanca aplaudieron mi decisión—. Aunque el actor este... el de Superman...

—Henry Cavill —interrumpió Blanca—. No sabía que te gustara.

—¿Hay alguien a quien no le guste ese señor? —Lucas intervino—. Es probablemente el tío más guapo sobre la faz de la tierra.

—El segundo —corrigió Marcos.

Se me escapó la risa y, cuando nuestras miradas se encontraron, me guiñó un ojo. Había dicho ese actor porque Marcos se había disfrazado de Superman hacía años, y él sabía que lo había dicho por eso. Eso de entenderme con otra persona sin hablar era nuevo para mí y me gustaba. Mucho.

Un ratito más tarde estaba sentada en la cama cuando Carlota salió del baño en pijama.

—Espero que las paredes estén insonorizadas —dijo con una sonrisa malévola.

Arrugué las cejas y le hice un gesto negativo con la cabeza para que supiera que no la estaba entendiendo.

—Te has soltado la trenza. Eso en el mundo de Elena significa que te dispones a echar un polvo, ¿no?

Me levanté para sacar el pijama de la maleta y ella se encaminó hacia la puerta riéndose por lo bajo. En ese instante, Marcos entró en la habitación y se metió en el baño. Cuando levanté la vista, Carlota tenía los brazos flexionados a la altura de las caderas y movía la pelvis de adelante hacia atrás, en un gesto obsceno.

—¡Eres idiota! —exclamé riéndome.

Le lancé la parte de arriba del pijama justo cuando ella se escabullía riéndose y salía Marcos del servicio, a quien le aterrizó la camiseta a los pies.

—¿Qué he hecho ahora? —preguntó sin entender.

—Nada.

Marcos cerró la puerta de la habitación con cuidado y me observó con las cejas en alto.

—Carlota estaba hablando de mi vida sexual —farfullé mientras recogía la prenda del suelo.

—¿Y qué ha dicho?

—Nada interesante —dije intercambiando mi camiseta por la del pijama.

—Pues yo estoy muy interesado en saberlo.

Marcos se acercó a mí despacio y fui consciente de que, por primera vez en un mes, estábamos solos. Él también debió de percatarse de eso, porque su lengua se adentró en mi boca con urgencia. Hundió los dedos en mi melena ondulada y se me escapó un leve gemido. De pronto, el ambiente estaba tan caldeado que podría explotar. Cuando su mano se coló dentro de mi camiseta y me soltó el cierre del sujetador, llamaron a la puerta. Me aparté a regañadientes de su cuerpo y él soltó una maldición por la interrupción.

Amanda entró bostezando y se metió en el baño. Yo me dirigí al extremo opuesto de la habitación y Marcos se quedó plantado en el mismo sitio. Me moría por besarlo. La tensión era tan grande que casi veía las chispas saltando entre nosotros. El anhelo que encontré en su mirada fue lo que me hizo ir un paso más allá.

Sin apartar los ojos de los suyos, me saqué el sujetador sin quitarme la camiseta. Él dio un paso en mi dirección y yo negué con la cabeza y me llevé el dedo índice a los labios pidiéndole silencio. Con los nervios a flor de piel, estiré el brazo y dejé que el sujetador se balancease entre nosotros.

El brillo de sus ojos se oscureció en cuanto la prenda tocó el suelo. Yo alcé las cejas y le sonreí con suficiencia.

Marcos 0, Elena 1.

Él se relamió los labios y no hizo falta que apareciese su sonrisa ladeada para que yo me agitase. Se acarició despacio, por encima del pantalón de chándal, y yo sentí la humedad aumentar entre mis piernas.

Me mordí el labio y su sonrisa de suficiencia tomó el relevo a la mía.

Marcos 1, Elena 1.

El ruido lejano de la cisterna fue lo que me hizo recordar que no estábamos solos.

Amanda salió del baño en modo zombi, me hizo un gesto y yo me acerqué para recibir su beso de buenas noches. Si notó cómo ardía la piel de mi moflete, no dijo nada. Según cerró la puerta, sentí un tirón en el brazo y Marcos me arrastró con él. Cuando quise darme cuenta, estaba dentro del baño, con la puerta cerrada y él devorándome la boca con ansia.

—¿Se puede saber qué haces? —susurré.

—¿Yo? —Se apartó de mi boca un segundo—. Ayudarte a relajarte, que te veo tensa.

Sus labios cubrieron los míos sin dejarme replicar y sus manos ascendieron por mi cuerpo. Mi espalda se chocó con la encimera cuando sus dedos se cerraron en mi cintura. Él apoyó la frente sobre la mía y redujo el tono para decir:

—Voy a cumplir tu fantasía de hacerlo a escondidas; como te quedaste con las ganas en el cumpleaños de Lucas... —El estómago me dio un vuelco tremendo—. Esto es un favor totalmente desinteresado...

—Qué cara más dura tienes. —Lo empujé del pecho obligándolo a apartarse.

Él me dedicó una mirada socarrona antes de decir:

—¿Quieres saber qué cosa tengo aún más dura?

—¿La encimera? —Di dos golpecitos al mármol—. Lo sé, es durísima.

En lugar de contestar, se pegó a mí. Me mordí el labio al sentirlo y él resopló un:

—¿Sabes a qué podemos jugar?

—¿Al críquet? —pregunté intentando mantener la compostura—. Aquí es típico, ¿no?

—No. —Él sonrió con descaro mientras negaba con la cabeza—. Vamos a jugar a yo te follo y tú te quedas calladita.

«Madre mía».

El ramalazo de deseo me sacudió el cuerpo entero.

Su mirada salvaje amenazaba con arrastrarme a las profundidades del océano, a un sitio a donde nadie más había llegado y donde no tendría escapatoria. En el instante en que nuestros labios se rozaron, la piel me entró en combustión. El calor del baño era insoportable y el espacio parecía cada vez más pequeño. Si no obtenía el alivio que ansiaba, me asfixiaría.

—He echado de menos besarte el cuello. —Presionó los labios debajo de mi oreja—. Desnudarte —dijo mientras se deshacía de mi camiseta—. Y tocarte aquí. —Introdujo la mano dentro de mi pantalón y yo jadeé cuando me acarició por encima de las bragas—. ¡Shh! —murmuró contra mis labios—. Relaja, que nos oyen.

—Marcos... Por favor —pedí en un resuello.

—¿Quieres que pare? —Hizo amago de sacar la mano, pero lo detuve—. ¿Lo ves? Eres tan culpable de esto como yo.

—Lo sé... —Le eché una mano al cuello y lo atraje para besarlo—. Con el agravante de que yo soy reincidente.

—Joder, sabes que me puede que hables así. —Movió el dedo en mi interior y yo apreté los labios.

Cuando su lengua se encontró con la mía, todo se incendió. Nos besamos con deseo y también con amor.

—¿Qué haces? —me quejé en un susurro cuando se apartó.

—¿A ti qué te parece? —Se soltó el nudo de los pantalones—. Te estoy haciendo otro favor desinteresado, por si quieres tocarme, que luego te desesperas.

Se los aflojó y se los bajó lo justo para tentarme.

—A mí me va a dar una taquicardia —musité para mí misma.

—Ya te dije que podría provocarte un fallo cardiaco. Como las medusas esas.

La sonrisa engreída se quedó plastificada en cuanto se la toqué por encima de la ropa. Ejercí un poco más de presión, eché la cabeza hacia atrás y me acerqué a sus labios.

—¿Vas a estar calladita?

—¿Y tú vas a tener la bocaza cerrada?

—Yo voy a estar ocupado besándote —aseguró en voz baja—. Pero, por si acaso...

Marcos se alejó y abrió el grifo de la ducha para amortiguar los sonidos que pudiéramos hacer. No había terminado de explicarme su idea cuando yo ya le quitaba la camiseta. Mis pantalones acabaron en el suelo, junto a mis bragas, y los suyos se quedaron a mitad de sus muslos.

El vapor no tardó en nublar el baño y Marcos mis sentidos. El corazón me iba a estallar y las piernas se me iban a doblar. Se me escapó un jadeo cuando movió el dedo en mi interior.

—Shhhh. Calla —pidió mientras me besaba.

—No puedo. —Me mordí el labio haciendo un esfuerzo terrible por no gemir.

—Lo sé, cariño. —Moví la mano con energía y él apretó la mandíbula—. Estoy igual.

Verlo al límite me encendía muchísimo.

—¿Te has vuelto a tocar esta semana pensando en mí?

Emití un sonido afirmativo para contestar a su pregunta mientras lo besaba.

—¿Cuántas veces?

—Unas cuatro...

—No seas mentirosa. En tal caso habrán sido cuatro veces al día... Lo que haría un total de veinte veces. —Me besó el cuello y me estremecí cuando me susurró en la oreja—: Yo también me he tocado pensando en ti.

Sus palabras vibraron en mi interior. Moví la mano más deprisa y fue él quien se tragó un gemido. Para entonces, el baño parecía una sauna. Subí la mano libre por la piel resbaladiza de su pecho hasta enroscar los dedos en el pelo de su nuca. Los dos sabíamos que no daría tiempo a nada más. Aceleró el ritmo y acalló mis gemidos con sus labios, hasta que nos derretimos de placer.

Nuestro sábado empezó visitando la estación de Kings Cross para ver el andén 9 y 3/4, famoso por los libros y las películas de *Harry Potter*. Desayunamos por la zona y después anduvimos hasta el célebre barrio de Camden Town. Allí se nos unió Lisa, que me dio un abrazo de oso y que enseguida se puso a charlar animadamente conmigo.

El día estaba nublado y húmedo, y había alta probabilidad de lluvia. Hacía frío, pero se podía soportar con abrigo. Recorrimos el mercadillo entero, que era bastante peculiar, y mis amigas y yo terminamos comprándonos unas camisetas conmemorativas del viaje, que no tenían nada que ver entre ellas. Amanda se decantó por una de Star Wars, Carlota se cogió una del grupo musical The Killers, Blanca se compró una en la que podía leerse el nombre de su marca de ropa favorita y yo me decanté por una que tenía una rosa bordada.

De ahí nos fuimos en metro hasta Westminster, donde nos sacamos ochocientas fotos con las cabinas telefónicas, los autobuses y el Big Ben. Montar en el London Eye me sirvió para reafirmar que me encantaba ver Londres desde las alturas. Al bajarnos de la noria llovía, por lo que Amanda sugirió que cogiéramos un autobús turístico para resguardarnos de la lluvia sin dejar de ver la ciudad.

Ya era de noche cuando llegamos a Piccadilly Circus, la memorable intersección de calles famosa por las pantallas. La luz artificial de los anuncios y los neones lo iluminaba todo y acaparaba la atención de los turistas. Nos gustó tanto que cenamos en una pizzería cercana con vistas a la plaza. Era increíble la vida que tenía esa parte de la ciudad, el chorreo de personas y coches era constante. Mientras disfrutábamos del postre Marcos nos contó que el pub en el que habíamos quedado con sus amigos estaba a diez minutos andando. Conocer a sus amigos me ponía nerviosa. Por la manera en que hablaba de ellos, en especial de James, se notaba que eran importantes para él. Y la realidad era que quería caerles tan bien como él les había caído a mis amigas.

Según salimos de la pizzería, la mano de Marcos estuvo sobre la mía y tiró de mí para quedarnos atrás como el coche escoba al final del pelotón.

—¿Qué te pasa?

—Nada.

Ladeó la cabeza y me miró interrogante. Le indicó a Lucas por dónde tenía que seguir andando y volvió a centrarse en mí.

—Pareces un poco tensa.

Fui a responder, pero Lisa apareció de la nada y me agarró del brazo que tenía libre.

—Son muy majos —aseguró ella. Parecía que el don de leer la mente era una cualidad de la familia Baker—. El día que nos conocimos parecías nerviosa, por lo que me imagino que ahora que vas a conocer a los únicos amigos del tonto este que tienes por novio estarás inquieta.

—El tonto que tiene por novio a lo mejor no te acompaña el martes a ver la obra de teatro —dijo Marcos mirándola.

—¡No te atreverás! —amenazó ella. Se me escapó la risa y Lisa volvió a centrarse en mí—. Tranquila, les vas a caer bien, cuñada.

«Cuñada».

Era la primera vez que alguien usaba esa palabra para referirse a mí. No me dio tiempo a pensar cómo me hacía sentir eso.

—Venga, Lisa, vete a molestar a otro, anda —pidió Marcos.

Su hermana le hizo una peineta y me dio un apretón en el brazo antes de correr al lado de Amanda.

—No pienso repetirlo delante de ella y negaré haber pronunciado estas palabras, pero tiene razón —dijo él.

Lo miré por encima del hombro y él se detuvo en mitad de la calle para darme un beso confortador.

Cruzamos Piccadilly y caminamos hasta Chinatown. Atravesamos la puerta roja y dorada del barrio chino, y sentí que era transportada a otro lugar, lejos de la modernidad de las pantallas. El frío empezó a ser tremendo y agradecí ver que nuestro grupo se había detenido. Mientras sorteábamos a la gente que se congregaba con cervezas en la mano en la puerta de los locales, divisé a Lisa, Amanda y Lucas repartiendo abrazos a tres chicos y a una chica. Cuando llegamos a su altura todos ellos se abalanzaron sobre Marcos y se convirtieron en un lío de abrazos, palmadas en la espalda y saludos.

—Esta es Elena —informó Marcos tirando con suavidad de mi muñeca—. Elena, estos son mis amigos: George, James, Logan y Harper. —Yo asentí y Marcos terminó de hacer las presentaciones—. Chicos, estas son Carlota y Blanca, sus amigas.

Estaba tan nerviosa que ni me di cuenta de que Marcos estaba hablando en inglés, aunque el primero que me saludó se dirigió a mí en español.

—Así que tú eres la persona por la que no le hemos visto el pelo al señor Baker en todo el verano.

—¿Culpable? —adiviné levantando las cejas.

—Soy James. —Me tendió la mano y yo se la estreché—. Encantado.

Nos quedamos unos minutos en la calle charlando y rompiendo el hielo de las presentaciones iniciales.

El único rasgo físico que tenían los amigos de Marcos en común era la estatura, aunque mi novio era un poco más alto que el resto. Hasta ahí llegaba su parecido. Mientras que la piel de George y Logan era blanca como la leche, la de James era negra como el café. La elegancia de James se apreciaba desde lejos; se notaba que se preocupaba por su aspecto, sabía que los primeros botones de su camisa desabrochados y esa americana gris abierta estaban colocados así a conciencia. Eso se reflejaba también en su buena forma física. Lo que diferenciaba a George de sus amigos era el pelo castaño claro, casi rubio. Parecía el más tímido. Logan era el que catalogaría como el gracioso del grupo. Tenía aspecto de niño travieso gracias a una sonrisa torcida, el pelo despeinado y las orejas sobresaliendo un pelín para fuera. De la mano de Logan estaba Harper, la chica dulce que me había saludado con un abrazo. Estaba guapísima con su vestido negro, no llevaba medias y no pude evitar preguntarme si no estaría pasando frío. El cabello rubio le caía en cascada hasta la cintura y lo tenía alisado. Me sonrió cuando me pilló mirándola y me di cuenta de que sus paletas eran levemente más largas que el resto de sus dientes. Lo que más me gustó de ella es que éramos casi de la misma estatura y ella llevaba tacones. Ya no iba a ser la persona más bajita.

El Experimental Cocktail Club tenía dos plantas y era lo que se espera de un pub inglés: sitio moderno, buen ambiente y una barra en la que preparaban todo tipo de coctelería. Estaba bastante lleno y los tres camareros trabajaban sin parar; detrás de ellos la pared estaba recubierta de espejos y estanterías repletas de botellas.

Casi todos pidieron pintas, excepto Lucas y Amanda, que pidieron un refresco, y Blanca y Carlota, que se decantaron por un cóctel en el que se fue la mitad de su presupuesto del viaje. Quise unirme al club de la solidaridad hacia mi amiga embarazada, pero James insistió en invitarme a una pinta. Y me explicó que la tradición de cualquier incorporación al grupo era que cada uno de ellos la invitaba a tomar algo y mientras la persona bebía tenían que charlar. Conseguí que la pinta se convirtiera en media pinta y así fue como descubrí que era tan majo como Marcos decía, y que sabía español porque había pasado un par de veranos en Altea con mi novio y su familia. Me hizo reír contándome anécdotas de Marcos y me dio la sensación de que debajo de esas cejas pobladas sus ojos oscuros me analizaban como si yo fuese la acusada que acabaría confesando un asesinato bajo la presión de su mirada de acero. Intenté que eso no me importase. Ya estaba acostumbrada a Blanca y sus juicios sobre las personas que llegaban a nuestra vida. Esto demostraba que James se preocupaba por Marcos y era una buena señal.

—¿Ya estás espantando a la novia de mi hermano? —Lisa apareció con una pinta rebosante y se unió a nuestra conversación.

—Creo que es más probable que la espantes tú, pequeña Lisa.

Ella le sacó la lengua de manera infantil. Si James y Marcos se habían conocido hacía nueve años, eso significaba que él habría visto a Lisa crecer y explicaba la confianza con la que hablaban.

—¿Te ha contado Marcos que lo suyo con Elena fue odio a primera vista?

—¿Odio a primera vista? —James desvió los ojos de la cara de Lisa a la mía.

Como si hubiera sido convocado por el diablo, las manos de Marcos se enroscaron alrededor de mi cintura.

—¿Qué tal? ¿Te están molestando estos dos? —bromeó.

Me reí y apoyé la cabeza contra su pecho. Pasé un rato entretenido con ellos.

Cuando mi vaso se quedó vacío, George me invitó a la segunda media pinta. Era un poco reservado, pero enseguida descubrí que era tan amable como parecía.

Poco después, me solté de la mano de Marcos y fui en busca de mis amigas. Dejé mi vaso en la mesa y me desplomé al lado de Carlota.

—Elenita, me siento fatal. —Blanca, que estaba al otro lado de Carlota, se echó hacia delante y me miró—. No te estamos dejando ni un minuto a solas con Marquitos. —Me encogí de hombros e hice un gesto con la mano para restarle importancia. Yo estaba contenta de estar ahí con ellas—. ¿Y si mañana por la tarde os dejamos solos?

—Así podéis echar un polvo a gusto —agregó Carlota con una sonrisa pícara. Jugué con los posavasos de cartón sin mirarlas—. Te conocemos y, estando nosotras en el cuarto de al lado y el baño en vuestra habitación, no te vas a arriesgar a tirártelo. —Carlota me dio un codazo—. Mi niña es muy finolis.

—Te sorprenderías de las cosas que he hecho —confesé sonrojándome.

Ella me sostuvo la mirada unos segundos; al igual que a Blanca, le brillaban los ojos, probablemente por el cóctel de medio millón de libras que acababa de tomarse.

—Podemos aprovechar para ir a Harrods, que a Elena no le entusiasmaba ir —sugirió Blanca emocionada.

Busqué a Marcos entre la multitud; charlaba con Lucas cerca de la barra. No sabía si era porque estaba contentilla o porque tenía muchas ganas de acostarme con él, pero una imagen de mí arrastrándolo al baño de mujeres cruzó mi mente.

—Vale, chicas. —Tragué saliva—. Me parece un buen plan.

—Blanca, ¿crees que somos las mejores amigas del mundo?

—Insuperables.

Carlota nos agarró por los hombros y nos abrazó. En ese momento, Amanda se sentó enfrente y contuvo un bostezo. En cuanto Blanca le propuso el plan de Harrods se le pasó el cansancio de golpe.

—Yo me voy a quedar con Marcos en casa. —Puse una mirada sugerente, pero no lo entendió.

—Pero cómo sois tan rancios... —se quejó Amanda.

—Te lo resumo: van a follar. —Carlota se llevó una mano al pecho y asintió fingiendo emoción. Sus brazaletes tintinearon cuando me arrebató el vaso para acabarse de un trago lo que quedaba de mi pinta—. Se te iba a quedar calentorra, como la entrepierna —se jactó.

Todas le rieron la gracia y yo suspiré.

—Tía, es verdad. ¡Que no os hemos dejado solos ni un minuto! —Amanda parecía arrepentida.

—No pasa nada.

—Sí pasa. —Carlota me agarró la cara—. Mirad qué mustia está. Le falta brillo, necesita hacer la fotosíntesis.

Agradecí que la música estuviera tan alta como para amortiguar la voz de Carlota, que se había elevado hasta convertirse casi en un grito.

—No te pongas colorada, Elenita; si yo tuviera novio... —Blanca me señaló con el dedo índice—. Estaría haciendo lo mismo que tú.

—Tienes las mejillas encendidas como un gusiluz; a saber lo que estás pensando —dijo Carlota abrazándome.

—Exacto, que no te dé vergüenza. Tienes ganas de juntar tu ombligo con el de tu amorcito —apuntó Amanda—. Es comprensible.

—¿Juntar el ombligo? —Se me escapó la risa—. Me sorprende lo creativas que sois para hablar de estas cosas.

—¿Qué pasa? A mí me encanta juntar el mío con el de Lucas. Salta a la vista —dijo señalándose la tripa.

Blanca apoyó los codos sobre la mesa, se sujetó la cara entre las manos y suspiró.

—Carlota me prometió que habría salchicha británica, pero me parece que me va a pasar lo mismo que en París.

—¡Es verdad! —Carlota se dio un golpecito en la frente, como si se le hubiera olvidado, y se giró para mirar a Blanca—. Vamos a dar la vuelta de reconocimiento, a ver si hay algún espécimen inglés que te guste.

Me levanté para dejarlas pasar y las observé hasta que bordearon la barra y desaparecieron. Logan, el único amigo de Marcos que todavía no me había invitado a una cerveza, se acercó y me colocó delante media pinta.

—Con esto mi deuda está saldada, señorita. Aunque nos debes a mi novia y a mí una conversación.

—Gracias. —Le sonreí antes de que se fuera—. ¿Estás cansada? —le pregunté a Amanda cuando nos quedamos solas.

—¡Qué va! Todavía puedo aguantar un par de horas más.

Asentí en el preciso instante en el que Lucas se sentó al lado de su mujer y le depositó una botella de agua delante. Ella sonrió y le dio un beso en la punta de la nariz, que fue la señal inequívoca de que tenía que abandonar esa mesa si no quería presenciar un diálogo empalagoso en vivo y en directo. Como si lo necesitase, le di un largo trago a mi cerveza y la dejé en la mesa antes de dirigirme con renovada valentía hacia mi novio.

Pinché a Marcos con el dedo índice en el hombro.

—Hola. —Tiré de su hombro hacia abajo para poder hablarle al oído—. ¿Me acompañas fuera?

Él alzó las cejas y sonreí como una idiota.

—¿Estás bien?

—Mejor que nunca. —Me pegué a él y solté una risita tonta—. Pero necesito respirar.

Marcos entendió que necesitaba un poco de intimidad. Apuró su cerveza y dejó su vaso vacío sobre la barra. Cuando salimos a la calle, ni siquiera noté el frío y supuse que habría sido lo normal, porque estaba en manga corta. Sin pensar, tiré de Marcos hacia el portal de al lado.

—¿Adónde vamos?

En lugar de responderle, me subí al escalón para ganar altura y lo besé con una pasión arrolladora. Cuando su lengua se juntó con la mía, el deseo me rebasó el cuerpo entero como una apisonadora, de la cabeza a los pies.

—Mañana por la tarde mis amigas van a dejarnos solos. —Marcos me observó embobado y me colocó el pelo detrás de la oreja con delicadeza—. ¿Qué te parece?

—Me parece que tus amigas cada día me caen mejor.

Mi risita se vio cortada cuando sus labios atraparon los míos. Sus dedos rozaron con suavidad mi hombro hasta llegar a la piel descubierta del cuello. Marcos no se había afeitado y una sombra de barba empezaba a asomarle. Sin pensarlo, le pasé el dedo índice desde la oreja hasta la barbilla.

—Echo de menos tu barba de tres días. —Me puse de puntillas para susurrarle al oído—: Me gusta cuando me raspas entre las piernas.

—¿Ya vas borrachilla?

Negué con la cabeza, pero la risita achispada me delató. Notaba la cara caliente y el cuerpo laxo.

—Eres muy guapo. —Me dejé caer contra él y mis manos terminaron enroscadas alrededor de su cuello. En un movimiento digno de admirar conseguí apoyarme sobre los talones otra vez.

No estaba lo bastante borracha como para no acordarme al día siguiente de la conversación, pero sí me sentía lo suficientemente envalentonada como para decirle las cosas que se me pasaban por la cabeza sin filtro.

—¿Lo harías aquí conmigo?

—¿En mitad de un callejón? —me preguntó, y yo asentí divertida—. No.

La desilusión se reflejó en mi cara de manera instantánea.

—¿Por qué no?

—¿Quieres que nos detengan?

—Me da igual.

—Qué mentirosa eres. Solo lo dices porque has bebido y porque quieres que me empalme para anotarte otra victoria.

—Eso son acusaciones muy graves.

—Y ciertas. Cuando bebes pueden pasar tres cosas: o te enfadas o te declaras o te calientas. Y esto —me señaló con el dedo— es un claro ejemplo de la tercera opción.

Le aguanté la mirada y entendí que ni él claudicaría con facilidad ni yo iba a rendirme a la primera. Volví a besarlo con pasión. Él se apartó cuando colé las manos debajo de su camiseta.

—No podemos desnudarnos en la vía pública sin acabar en los tribunales.

—¿En la vía pública? —Me reí sola—. Puedo desnudarme yo y tú me defiendes en el juicio. —Le besé la mandíbula—. Aunque siempre podré decirte que me declaro culpable de todos los cargos.

Estaba muy acalorada y lo único que quería era que Marcos hiciese realidad todos mis pensamientos lascivos.

—Tendría que haberme puesto vestido; así podrías subírmelo y hacer cosas interesantes con esa boca. —Le lamí la comisura del labio despacio y respiré encima.

—Cero, uno, uno, dos, tres... —lo oí susurrar.

—¿Qué haces?

—Recitar la sucesión de Fibonacci —explicó antes de seguir—. Cinco, ocho, trece...

—¿Por qué? —interrumpí.

—¿Tú qué crees? —Me pegó contra él y noté su erección.

Se me escapó una risita al entender por qué recitaba la sucesión matemática. Lejos de calmarme, eso me puso más aún. Apoyé el canto de la mano contra su sien para que me oyese susurrar de manera sensual:

—Marcos... Quiero hacerlo contigo. —Le rocé el lóbulo deliberadamente con los labios y él se estremeció.

—Vas a ser la culpable de que me dé una embolia cerebral. —Se apartó y dio un pequeño paso hacia atrás—. Por la falta de riego, de la cantidad de sangre que se me está acumulando en la... —Dejó la frase inacabada, probablemente porque así yo no intentaría volver a besarlo como si estuviéramos en su habitación y no en mitad de la calle, pero yo seguía sintiendo que mi deseo era tan intenso que se podía palpar.

—¿En serio? —Le sonreí de manera obscena.

—Pero no sonrías, joder, que eso es malo. Si sonríes así, empeoras mi situación.

Mis ojos se dirigieron inevitablemente a sus pantalones y me quedé mirando la elevación con descaro hasta que él carraspeó.

—¿Te acuerdas de lo que me hiciste cuando cenamos en la torre?

—Sí.

—Te vengaste en el ascensor de todos los comentarios que yo te había hecho durante la cena... —Dio un paso en mi dirección y volví a tenerlo al alcance de la mano—. Pues esto que me estás haciendo es como un bumerán, Ele. Lo has tirado y cuando menos te lo esperes va a volver a ti.

Me salió una risa tonta antes de decir:

—Lo estoy deseando, Mark.

—¿Mark? —Arrugó las cejas—. Prefiero que me llames Marcos.

—Te puedo llamar Marcos mientras follamos.

El comentario se quedó flotando en el aire unos segundos. Por su expresión parecía que acababa de darle un sartenazo en la cara. Marcos apretó la mandíbula, cerró los ojos y se frotó la frente mientras suspiraba.

Apartó la mirada y yo le revolví el pelo con una mano, a la espera de escuchar uno de sus comentarios indecentes.

El comentario nunca llegó, y eso era raro. ¿Por qué no me seguía el rollo como siempre? ¿Es que acaso...?

—¿Te pasa algo? —le pregunté preocupada—. ¿No te pongo?

Marcos torció el cuello despacio para volver a mirarme con una ceja en alto.

—Pero ¿qué dices? ¿En qué universo podría pasar eso?

—Al parecer en este... —Me crucé de brazos.

—Tú a mí me pones siempre —aseguró.

—Entonces, ¿qué pasa?

—Lo que pasa es que estoy haciendo un esfuerzo enorme por no entrar al trapo.

No lo entendía. Él siempre entraba a jugar para ganar.

—¿Por qué?

—Porque hoy tengo todas las de perder. Estás preciosa y llevo un mes sin acostarme contigo.

Asentí poco convencida. Él debió de ver la inquietud de mi mirada porque añadió:

—Cariño, tú me rozas la mejilla y yo ya me empalmo.

—Que romántico —musité irónicamente.

—Es que es verdad. Me tocas y siento un montón de cosas. —Se tomó un segundo para acariciarme la cara—. Entras en una habitación y yo automáticamente pienso en todos los sitios en los que podría hacértelo. —Se me escapó la risa—. ¿Lo ves? —Me señaló—. Hasta cuando te ríes me pongo cachondo.

Me ruboricé un poco; a mí me pasaba igual con él.

—Es que estos últimos días no hemos hablado mucho y yo me he comido un poco la cabeza... —dije abrazándolo—. Te he echado mucho de menos —terminé entristecida.

—Y yo a ti. Todo el rato. —Me frotó la espalda y me estrechó con fuerza.

Y durante unos segundos lo único que hicimos fue reconfortarnos con nuestro abrazo. De pronto, sentí la necesidad de decirle un montón de cosas bonitas.

—¿Sabes una cosa que me gusta de ti? —Marcos me miró expectante—. Tú audacia verbal y soez. Y tu voz profunda y tranquila. Y la manera en que me dices las cosas.

Se inclinó hacia delante con una sonrisa radiante.

Le di un beso, casto y sin lengua, y me sentí un poco más serena y un poco menos calenturienta.

—Has pasado por los tres estados de la borrachera de Elena. Ahora estamos en el punto de exaltación de sentimientos.

—¿Tu fase favorita? —adiviné.

—Después de la depredadora sexual, sí.

—No te pases —dije dándole golpecito en el brazo—. Vale, ¿vamos? Les debo una conversación a Harper y Logan; así seguro que me distraigo.

Carlota, Amanda y yo estábamos hablando, cuando Blanca se dejó caer en el asiento y nos miró como si el fin del mundo estuviera cerca.

—¿Y el rubio? —preguntó Carlota sorprendida.

—Por ahí andará. Me he enrollado con él y ahora tengo ganas de vomitar. ¿Me acompañáis al baño, por favor?

Algo en su cara desencajada hizo que la siguiéramos hasta los aseos. Al entrar, se recostó contra el lavabo y nos observó con cara de circunstancia.

—¿Tan mal besaba? —Carlota se le acercó.

—No... —Blanca negó—. Es que no he sentido nada.

—¿Y qué querías sentir? Es un lío de una noche.

—Pues no sé. Un mínimo de atracción. —Se frotó las sienes extenuada—. Chicas, quiero preguntaros una cosa y quiero que me respondáis con la verdad. Y no quiero que me juzguéis.

Las tres nos acercamos más a Blanca, que se miraba las uñas como si allí estuviese la respuesta a todos sus problemas. Apretó los labios cuando suspiró y se enfrentó a nuestros rostros de preocupación.

—Necesito que me digáis si Bruno pasa el test de las Spice Girls o no.

Carlota, que le estaba dando un trago a su cerveza, casi la escupió. Amanda no dijo nada y yo me quedé tan sorprendida que lo único que me salió decir fue:

—Pero ¿no lleváis sin hablar desde que discutisteis por WhatsApp?

—Desde el fin de semana que nos tocó hacer juntos los rotatorios. —Blanca nos dio la espalda y observó su reflejo en el espejo—. Pero apenas hablamos.

—¿Entonces?

Ella se revolvió el pelo a la derecha y luego a la izquierda, y resopló.

—Yo solo sé que estaba liándome con ese tío y no estaba sintiendo nada. Y con Bruno la noche del concierto sí sentí cosas.

—¿Como qué?

—Pues como atracción, pasión... —Se volteó para mirarnos—. Esas cosas por las que suspiro al ver las pelis románticas.

—Pero, Blanca, no puedes comparar besarte con un desconocido en un bar a que te coma el coño en el baño de una discoteca un amigo tuyo —dijo Carlota—. Es obvio que no vas a sentir lo mismo.

—Ya... No sé... No sé qué hacer.

—¿Respecto a qué? —pregunté.

Necesitaba que se explicase para intentar ayudarla.

—En general. Le pedí que me dejara en paz y es genial que lo esté haciendo, pero cada día se me hace más duro ignorarlo. Y sé que es lo mejor para los dos, pero... uf, no sé. —Se colocó la pulsera en su sitio y suspiró—. Os juro que tenía muchas ganas de venir y estar con vosotras, pero es que ha sido besar a ese chico y sentirme fatal por Bruno. —Se le quebró la voz—. Y no sé qué hacer.

—Pero ¿tú quieres estar con él? —Esa vez fue Amanda la que intervino.

—Ni idea. A lo mejor da igual porque él ya me ha olvidado. Creo que ha vuelto al mercado. —Esto último lo dijo mirando a Carlota.

—No me ha dicho nada... —contestó esta.

—¿Qué te preocupa? —quise saber.

—Pues que se rompa nuestra amistad.

—Vuestra amistad ya está rota, bomboncito. —Carlota le ofreció su vaso, pero Blanca negó con la cabeza.

—Ya, pero ¿y si lo intentamos y sale mal? —Blanca parecía al límite de sus fuerzas—. Ya no habría marcha atrás.

Amanda le frotó el brazo con cariño y dijo:

—Que estés a kilómetros de distancia pensando en él es una señal.

Yo asentí.

—Me parece que Marcos me contó que Logan y Harper eran amigos —le dije mientras hacía memoria—. Y creo que también tuvieron ese momento de incertidumbre, y míralos ahora. —Señalé con el dedo la puerta—. Estaban ahí besándose como si estuvieran muy felices.

—¿Lo llamo?

—¿Ahora? —Carlota negó—. Has bebido, ¿no es mejor esperar a mañana y estar sobria, en lugar de llamarlo por un impulso?

—¡Que no, que yo se lo tengo que decir ya! —Ella volvió a inquietarse.

Una parte de mí empatizaba con ella. Yo en su momento lo pasé bastante mal pensando todos los pros y los contras de dejarme llevar, y al final pasó lo inevitable.

—Por mi parte pasa el test de sobra. Es inteligente, es sensible y es simpático —informé.

—Por la mía también, porque, además, le gusta la buena música, como a mí —dijo Carlota.

—Yo solo lo he visto un par de veces, pero fue bastante obvio que no te quitaba los ojos de encima —concluyó Amanda—. Y yo creo que a las personas, cuando se gustan, se les nota en la mirada.

—Ya, pero yo no sé cómo me siento.

—Por mucho que no sepas cómo te sientes, estás en el baño de una discoteca, mientras suenan temazos, hablando con nosotras de Bruno —contesté yo.

—Y eso es una mierda... Yo no quiero que nadie tenga este poder sobre mí. Y es que encima me estoy haciendo el daño yo sola, porque él ha hecho lo que le pedí que hiciera. —Suspiró y nos miró apenada—. Es que me estoy comiendo mucho la cabeza y necesito tranquilidad. —Blanca volvió a subirse las gafas y negó con la cabeza un par de veces—. Lo voy a llamar. Y después quiero hablar con Harper, así que necesito que alguna me hagáis de traductora.

Salió resuelta del baño y nos dejó con la palabra en la boca. Carlota me miró interrogante y yo recé mentalmente para que el lío de Blanca terminase como ella esperaba.

15

Cada día

Como todos los edificios relevantes de Londres, la arquitectura del Museo de Historia Natural era digna de admirar. Nada más entrar nos recibió el famoso esqueleto de diplodocus, que me dejó maravillada por las proporciones épicas del cuello y la cola en forma de látigo. Después de observarlo desde todos los ángulos, los demás se encaminaron a la zona de mamíferos. Yo preferí ir a ver el resto de los esqueletos de dinosaurios y la parte de botánica.

Leía tranquila la ficha del estegosaurio cuando unos brazos me aprisionaron la cintura.

—Te atrapé. —La voz de Marcos sonó en mi oído. Recosté la cabeza en su pecho y él me besó la mejilla—. Estoy contando los minutos que faltan para largarnos. Me muero por quedarme solo contigo.

Suspiré notando que me brotaba una sonrisa y me giré para mirarlo. Marcos tenía el pelo mojado por la lluvia que nos había pillado en la calle. La luz blanquecina que se colaba a través de los ventanales se reflejaba en sus ojos y resaltaba aún más el azul de su mirada. Me quedé tan embobada observándolo que no me lo vi venir.

—Es una suerte que hoy lleves falda. —Bajó las manos hasta mis caderas y susurró—: Estoy deseando subírtela hasta la cintura y lamerte entera.

El pulso se me aceleró de golpe y el corazón casi se me salió por la boca por el comentario y por la manera tan serena en que lo dijo. Miré a mi alrededor y cuando el padre que empujaba el carrito de bebé estuvo lejos, me volví para contestarle con un:

—No voy a entrar al trapo.

Me obsequió con esa sonrisa sensual que conseguía que olvidase casi todos mis principios morales.

Se colocó detrás de mí y dijo:

—Pues deberías. —Me masajeó los trapecios despacio—. Tienes los hombros cargados. No creo que tanta tensión sea buena, cariño.

Disfruté del masaje hasta que se me escapó un suspirito y me di cuenta de que estaba cayendo en su trampa. Di un paso adelante y lo encaré:

—Estamos en un museo. Hay familias...

Él asintió sin apartar los ojos del escote en pico de mi jersey. Sentí la piel arder debajo de la ropa y me apreté el abrigo contra el pecho como si eso pudiese protegerme de su magnetismo.

—Dices todas esas cosas con cara de inocente cuando por dentro te mueres por que te eche un polvo o por echármelo tú a mí.

Su tono de voz cautivador hizo que me pusiera tan roja como los autobuses de la ciudad.

Una familia se paró a nuestro lado y yo me alejé para leer la ficha del siguiente ejemplar de la colección. Ni siquiera me dio tiempo a leer la primera línea cuando ya lo sentí detrás. Me besó la parte posterior de la cabeza y colocó las manos en mis hombros. Esa vez las dejó quietas, lo cual fue un respiro para mi pobre corazón. Más tarde entendí que solo estaba esperando a que bajase la guardia.

—Me encantó lo que hicimos en mi baño. —Se agachó hasta que su boca estuvo cerca de mi oído—. Pero me quedé con las ganas de oírte gritar.

Las ansias de tocarlo se revolvieron dentro de mi pecho.

Y con ese comentario terminé de entrar en el juego. Yo también disfrutaba dejándolo sin palabras y viendo que su sonrisilla de creído daba paso a una de deseo.

De momento, necesitaba tiempo muerto para pensar mi jugada estrella. Marcos debió de adivinar mis pensamientos porque dijo:

—Asume que has perdido. Yo perdí anoche y no pasa nada.

Su aliento caliente contra mi oído era demasiado. Aprovechó mi distracción para bajar la mano y tocarme el culo. Temblé de cuerpo entero, como si estuviese desnuda en mitad del aguacero que estaba cayendo.

Me revolví incómoda y empujé las caderas hacia atrás.

Marcos 1, Elena 0.

Oí su risita triunfal y entonces lo entendí; Marcos ni siquiera estaba jugando. Me giré entre sus brazos y lo enfrenté:

—Esto es lo que decías del bumerán, ¿no? —Él no contestó y yo seguí—: ¿Piensas dejarme a medias?

—¿Desde cuándo he dejado yo algo a medias? —Me dedicó una mueca burlona y yo giré sobre los talones—. Cuando estés lista para asumir la derrota, nos vamos a mi casa y te lo demuestro.

Marcos bajó las manos por mis brazos hasta mi cintura y me guio caminando al siguiente esqueleto, que oportunamente estaba apartado en una esquina. Mientras yo leía la ficha, él aprovechó para meter la mano dentro de mi jersey, acariciarme la cintura y hacer que me perdiera por completo.

—Joder, Elena...

—¿Qué? —Me giré entre sus brazos.

—¿Llevas otro body?

—Sí. Rojo. ¿Quieres verlo?

Casi me desmayé cuando susurró con voz grave:

—Tú ganas. ¿Nos vamos?

Como cada vez que nos llevábamos al límite, entramos en su casa besándonos con avidez, quizá con más ganas que otras veces después de arrastrar un calentón importante. Fue un milagro que mis medias sobreviviesen a nuestra impaciencia. Eso fue lo único que me quité yo, y él solo se despojó del jersey. En un segundo mi espalda estaba chocándose con el colchón y en el siguiente tenía la falda arremangada en la cintura. Su cuerpo se encontró con el mío entre caricias, dientes y palabras sucias. Fue un alivio no tener que taparme la boca para no gritar y superexcitante escucharlo gemir a él cuando alcanzamos el clímax. No dejamos de besarnos mientras nos relajábamos, y disfrutamos de aquel momento en el que solo importábamos nosotros.

Un rato más tarde le hice la presentación de mi trabajo. A él se le daba genial eso de comunicarse; siempre hablaba con seguridad, mientras que yo tendía a ponerme un pelín nerviosa. Marcos se sentó en la cama con las piernas estiradas y cruzadas a la altura de los tobillos, y la espalda apoyada contra el cabecero. Y yo caminé de un lado a otro mientras hablaba y consultaba las fichas que me había preparado para ensayar frente al espejo de mi casa. A veces, me paraba y pasaba a la siguiente diapositiva en el portátil y otras me callaba para hacer alguna anotación de ideas que se me iban ocurriendo sobre la marcha. Cuando terminé de hablar, se quedó pensativo unos segundos.

—¿Y bien? ¿Qué te ha parecido? ¿Tienes alguna pregunta? —quise saber nerviosa—. No sé. Di algo.

Él se sentó en el borde de la cama y apoyó los pies en el suelo.

—¿Quieres que vaya a verte?

—No, me pondría más nerviosa y no me concentraría. —Me coloqué entre sus piernas y lo besé—. ¿A que no te gustaría que fuese a verte en mitad de un juicio?

—Yo no tengo ningún problema. Puedes venir a verme a los tribunales cuando quieras.

—¿En serio?

Él asintió.

—¿Puedo ir mañana?

Marcos se echó a reír ante mi excesivo entusiasmo. Nuestro vuelo no salía hasta media tarde y el resto quería ir al museo de cera para hacerse fotos con los famosos con los que no se habían cruzado por Londres, algo que a mí no me llamaba la atención. Al ser lunes, Marcos tenía que trabajar. Y, siendo sincera, la posibilidad de presenciar un juicio en vivo y en directo me atraía muchísimo más.

—Sí, ven si quieres. Yo no voy a desconcentrarme porque te tocará sentarte atrás del todo y no podré verte. Eso si logras entrar, porque suele acudir bastante gente y los huecos son limitados.

—Iré la primera, no te preocupes. Puntualidad británica —me burlé y él sacudió la cabeza—. Volviendo a mi presentación, ¿qué me dices?

—Yo te pondría matrícula de honor. —Tiró de mis caderas para acercarme y volvió a devorarme los labios.

—Tómatelo en serio. No puedes ponerme matrícula por ser tu novia.

—Sí que puedo.

Alcé las cejas y lo miré incrédula.

—No me seas... algo habrá que pueda mejorar. Dame tu opinión sincera. Por favor.

—Vale. —Marcos se impulsó con los brazos y se arrastró por el colchón hasta sentarse en el borde de la cama, con los pies apoyados en el suelo—. Igual puedes hablar más despacio y mirar a la gente a los ojos. Eso denota confianza. El lenguaje corporal es muy importante. Y si te pones nerviosa intenta no cruzarte de brazos y no mires al suelo.

—Si me he puesto nerviosa contigo... no quiero pensar cómo me voy a poner el día de la defensa...

—Pues no tienes por qué, tu presentación está fenomenal. ¿Quieres ensayarla otra vez?

—Gracias, pero prefiero usar mi tiempo haciendo otra cosa. —Me quité el jersey y la camiseta a la vez y los arrojé lejos.

—Una comunicación de mensaje muy efectiva —apuntó Marcos sin apartar los ojos de mi body de encaje.

Lo empujé de los hombros y él se dejó caer sobre el colchón. Se apoyó en los antebrazos y resopló cuando yo me bajé los tirantes y me subí a la cama para besarle los labios, la mandíbula y el cuello. Esa segunda vez nos despojamos el uno al otro de cada prenda con suavidad. Y lo hicimos despacio, acariciándonos la piel con los dedos y el corazón con palabras bonitas.

En los reencuentros todo era frenesí, desnudarnos a toda prisa y besarnos con ansia; en las despedidas era al contrario, era como si por ir más despacio fuésemos a detener el tiempo. Supongo que por aquel entonces ambos soñábamos con hacer eso posible.

—Anoche dijiste algo que me ha dado que pensar... —dijo Marcos un rato después. Aparté la cara de su pecho y lo miré—. Yo también he sentido que estas últimas semanas no hemos hablado lo suficiente. No quiero que pienses que no me he acordado de ti porque haya estado trabajando, porque sí te he echado de menos. Mucho. He pasado mucho tiempo preparando el juicio de mañana porque es un caso muy importante, y me he abstraído por completo. Lo siento. —Me acarició la mejilla y se quedó a la espera.

Era mi turno de hablar.

—Me he sentido un poco sola a veces... —confesé.

—¿Y por qué no me lo has dicho?

—Porque te entiendo. Igual que tú me entendiste a mí cuando te pedí que no vinieras. Y, jo, luego me mandas una foto en la que sales monísimo y me olvido, y vengo aquí y todo es increíble y no quiero estropearlo diciendo estas cosas.

Desplazó la mano de mi mejilla a mi brazo. Me apoyé sobre el costado y él giró sobre sí mismo para mirarme.

—Para mí la comunicación es muy importante y sé que a ti te cuesta un poquito... —me dijo—. A lo mejor te es más sencillo decírmelo por mensaje, o si quieres me llamas y hablamos. O me mandas un audio. Lo que tú quieras.

Guardé silencio un instante y él buscó mi mano.

—Sé que has estado triste y no me lo has dicho —continuó—. Y lo sé porque cada vez que estás mal yo lo estoy también. Y si no lo hablamos, luego vienen las rayadas como la de ayer...

Suspiré y asentí. Si la teoría ya me la sabía, ahora me quedaba hacer un esfuerzo por mejorar la práctica.

—No nos vemos tanto como me gustaría —musité.

—Bueno, dentro de quince días voy a estar ahí seguro.

—Ya... Que de verdad que intento ver lo positivo, pero a veces se me hace duro.

—Pues esas veces llámame.

Asentí y suspiré. Solté su mano y le acaricié la frente. Él cerró los ojos y a mí se me hizo más fácil confesarme:

—Como hemos pasado tanto tiempo sin vernos y hemos hablado poco, pues... pensé que a lo mejor no me echabas tanto de menos como yo a ti.

Abrió los ojos sorprendido y negó con la cabeza. Me agarró la cintura y me atrajo hacia él.

—No vuelvas a pensar esas cosas, por favor. Si yo estoy enamoradísimo de ti.

—Vale. —Apreté los labios contra los suyos y cuando me aparté él dijo:

—Elena, cuando te digo que me muero por besarte, es porque literalmente me muero por besarte. Que me pica la piel de no tocarte, porque cuando te toco siento que puedo respirar...

Lo corté con un beso.

En algún momento esto se había transformado en una declaración de amor en toda regla.

—No me digas cosas tan bonitas, que mañana me será más difícil irme...

—De verdad que pienso constantemente en ti y te llevo conmigo aquí. —Atrapó mi mano y se la colocó en el corazón—. Ya te lo dije: tu corazón y el mío se han sincronizado.

Y con esas palabras mi corazón aumentó de tamaño y mis sentimientos por él también.

Nuestro último día en Londres amaneció nublado. Cuando salí del portal, el frío me golpeó con firmeza provocando que me encogiera debajo de la chaqueta. Era temprano, pero en la calle ya había bastante ajetreo. De camino a los Reales Tribunales de Justicia paré en una cafetería y cogí un café para entrar en calor. Agradecí enormemente los «por si acaso» con los que Amanda llenaba su maleta, porque no me había traído nada elegante al viaje y no podía ir en vaqueros a la corte. Tuve que darles un par de vueltas a las mangas de su vestido verde botella porque me quedaban un poco largas, y lo mismo pasó con su americana, pero el conjunto me favorecía. Caminé apresurada porque quería asegurarme de que llegaba a tiempo y no me quedaba fuera.

Cuando pasé el control de seguridad, consulté el panel para ver en qué sala estaría Marcos. Una vez allí, me explicaron que solo podía sentarme en las dos últimas filas y que debía inclinar la cabeza al pasar ante el juez.

Marcos entró en sala veinte minutos más tarde con decisión, dando pasos amplios y seguros, y con sus zapatos resonando sobre el suelo de mármol. El traje gris oscuro sobresalía por debajo de la toga negra y llevaba el pelo perfectamente peinado. Hizo una leve inclinación de cabeza hacia el juez y se dirigió a la mesa. Abrió el maletín y sacó unos papeles. Estaba imponente, y no era solo por su porte y su ropa, era por su actitud implacable.

Verlo en acción me dejó impactada. Nunca lo había visto tan serio ni tan profesional. Cada vez que se acercaba al estrado o dejaba en evidencia a la otra parte, sentía una pequeña ola de orgullo invadirme y pensaba: «Ese es mi novio». Escucharlo hablar de usted y utilizar aquellas frases que había escuchado en las películas, como «No hay más preguntas, su señoría», me dejaron cautivada. Antes de que el juez levantara la sesión, Marcos dijo algo a la otra parte que yo entendí como: «No se preocupe, recurriremos». Y, una vez más, me quedé en el sitio con la certeza de que no podría levantarme cuando todo el mundo saliese.

Mientras lo esperaba fuera, admiré la arquitectura victoriana del edificio. La próxima vez tenía que reservar un *tour* para verlo por dentro porque tenía la sensación de que podía tirarme horas recorriéndolo de arriba abajo. Entre el chorreo de gente que salía distinguí a Marcos y a su clienta, que se quedaron hablando a un par de metros de distancia. Cuando ella se fue, él se dirigió hacia mí. Conforme lo tuve más cerca me di cuenta de que parecía frustrado. Ni siquiera me dio tiempo a besarlo cuando alguien lo llamó. Él apretó los párpados con fuerza antes de girar el cuello. Una chica rubia se paró a su lado. La reconocí como la abogada defensora del acusado. Tenía los ojos enormes y azules, enmarcados por unas pestañas largas. Era de una palidez extrema y su melena rubia brillaba con la luz blanquecina de la niebla. Llevaba un vestido granate que se amoldaba a su silueta curvilínea y unos tacones de aguja que la convertían en una persona casi tan alta como mi novio.

—Hola —saludó Marcos secamente.

—Hola, Mark —respondió ella.

—Esta es Elena. Mi novia —le dijo Marcos señalándome.

—Ah, vale. —Ladeó la cabeza para mirarme y estiró la mano en mi dirección—. Soy Layla. Encantada.

—Igualmente —contesté estrechándosela de vuelta. Su piel era suave y sus uñas, a diferencia de las mías, estaban perfectamente pintadas de rojo sangre.

Ella me dedicó una sonrisa forzada y después se giró hacia Marcos.

—¿Tienes un momento? —le preguntó—. Tengo que hablar contigo. Es confidencial —terminó mirándome a mí.

Asentí y clavé los ojos en su collar; no sabía por qué era incapaz de aguantar su mirada penetrante.

—Vuelvo en un minuto, cariño —me dijo él.

—Vale.

Miré a mi novio de pasada, que parecía incómodo, y me alejé. Traté de concentrarme en los transeúntes que arrasaban como si la calle les perteneciese, pero de cuando en cuando mi mirada viajaba a esa mujer rubia y a Marcos. Layla en el juicio no me había caído bien, probablemente porque era la parte que le buscaba las cosquillas a Marcos. Mientras la observaba me di cuenta de lo distintas que éramos. Nunca me había cuestionado la belleza de mi cuerpo. Siempre había tenido una buena autoestima, pero era la primera vez que veía a una mujer tan imponente en persona y que parecía sacada de un anuncio de las pantallas de Piccadilly Circus. Yo era normal y corriente, no tenía el cuerpo perfecto ni muchas curvas, no me preocupaba por hacer deporte ni por estar buenísima. Y era feliz con eso.

«¿Qué haces pensando en esto?», me regañé. Sacudí la cabeza y desterré esa tontería de pensamiento de la cabeza.

Layla apoyó la mano sobre el brazo de Marcos con familiaridad. Que él no se apartase era una señal inequívoca de que entre ellos había confianza.

«Un momento, Layla... ¿su exnovia?».

Mi móvil sonó. Amanda me había mandado una foto donde se las veía a ellas tres con las figuras de cera de las Spice Girls. Sonreí y, por un segundo, me olvidé del resto de las cosas. Cuando levanté la mirada del móvil ya tenía a Marcos a mi lado. Parecía cansado, incómodo y... ¿preocupado?

—Siento haberte hecho esperar —dijo.

—No pasa nada. Estás trabajando.

Asintió un par de veces.

—Has podido pasar, ¿no?

—¡Sí! —Aplaudí—. Ha sido muy emocionante.

Él sonrió, pero la alegría no le llegó a los ojos.

—¿Dónde quieres comer?

—A donde me quiera llevar, señor letrado.

Relajó el rostro y me dio un beso fugaz antes de entrelazar los dedos con los míos.

—¿Estás bien? —pregunté al ver que él no pensaba decir nada. Marcos me miró interrogante—. Parece que estás a miles de kilómetros.

—Estoy preocupado. Por el caso y por ti.

—¿Por mí? —Arrugué las cejas—. ¿Por qué?

Tuve la sensación de estar perdiéndome algo. Y, justo él, confirmó mis sospechas.

—Layla es mi exnovia —soltó intranquilo.

Marcos se quedó expectante.

«¿Qué se supone que tengo que decir?».

—Hace tiempo que no estamos juntos —informó.

—Vale... —Asentí sin entender adónde iba todo aquello.

—No me ha apartado para hablar de nada confidencial... Lo ha hecho porque quería asegurarse de que entre nosotros va a haber profesionalidad y que no va a generarse ninguna situación incómoda.

—¿Y por qué pareces incómodo?

Marcos cogió aire y una extraña sensación se adueñó de mi estómago.

—Pues porque ella sí sabía que yo llevaba esta acusación. Me ha propuesto tomar un café para ponernos al día, pero le he dicho que no.

Y, entonces, recordé por qué habían roto. Ella quería más tiempo y él no había estado dispuesto a dárselo. Y comprendí una realidad en la que no había caído antes. Esa chica seguía enamorada de él cuando rompieron. Quizá seguía sintiendo algo... y por eso me había dedicado una mirada incómoda y luego una... ¿compasiva?

—¿Vas a pensar cosas raras?

—¿Por qué me preguntas eso?

—Pues porque voy a tener que verla unas cuantas veces.

«¿Que si voy a pensar cosas raras porque vayas a tener que ver a tu exnovia, la que parece modelo de anuncios de colonia?».

Lo sopesé un segundo.

«Intentaré no hacerlo», esa era la respuesta sincera. Sin embargo, la preocupación que vi en su mirada me hizo decir:

—No —negué y me detuve—. No voy a pensar cosas raras. ¿Las pensarías tú si yo trabajase con Álex?

—No, yo confío plenamente en ti. —Marcos me empujó con suavidad para pegarnos a la pared del edificio y evitar que la gente nos arrollara.

—Pues ya está.

Intenté entender lo que pasaba tras esos ojos azules, pero no lo conseguí. Yo no tenía la capacidad de observación que tenía mi novio y él no se delataba a sí mismo con el rostro.

—En teoría el abogado defensor de la otra parte era otro, pero Layla lo ha sustituido en el último momento, lo cual me ha descolocado completamente; a los abogados no nos gustan mucho las sorpresas... Joder, es que tenía el caso ganado. —Se pasó una mano por el pelo—. Y ahora vamos a tener que recurrir y esa mujer va a seguir desprotegida... Es una puta injusticia.

Ahí estaba la verdadera razón de su preocupación. Me puse de puntillas y lo abracé. Nunca lo había visto así de derrotado y se me encogía el alma. Marcos siempre conseguía animarme, y me frustraba no poder ayudarlo. Él me aseguró que poder abrazarme hacía muchísimo. Y me pregunté si así sería cada día para él y cuántos de esos días había enmascarado su estado de ánimo tras una sonrisa radiante a través de la pantalla del móvil. La despedida que vino después, en la puerta del metro, tampoco ayudó a que mejorase mi humor, que estaba tan nublado como el cielo londinense.

16

Un pequeño cambio

El día de mi defensa del trabajo de fin de grado amanecí mucho antes de que sonase el despertador. Había tenido una pesadilla horrible, en la que llegaba tarde a mi propia exposición, y, para colmo, el ordenador no reconocía la memoria USB que contenía mi presentación. Mi tutora me miraba decepcionada y me preguntaba: «¿De verdad no tienes un segundo *pendrive*?». Meneaba la cabeza de manera reprobatoria y añadía decepcionada: «Llegar tarde y hacer esperar al tribunal, y ahora esto. ¡Qué vergüenza!».

Me costó unos segundos entender que había sido un mal sueño. Lo bastante malo como para que no pudiese volver a dormir.

Así que ahí estaba yo, preparando café a las cinco y media de la mañana mientras la gata se me enredaba en los pies y yo escribía a Marcos para contarle mi pesadilla.

Me comí la tostada con mermelada de naranja. El yogur con muesli se quedó a la mitad porque tenía el estómago cerrado. Cuando salí de la ducha, un poco más tarde, ya tenía un mensaje de Marcos.

> Solo era una pesadilla, cariño.
> Yo te habría abrazado para que te volvieses a dormir.
> Todo va a salir bien, ya lo verás

Me vestí con la ropa que había seleccionado la noche anterior: un vaquero, una camisa de manga larga de color crema, que tenía pequeñas florecitas estampadas, y un cárdigan básico del mismo color. Comprobé los dos USB y leí la presentación una vez más. Mis instintos querían seguir repasando, pero sabía que eso solo conseguiría ponerme la cabeza como un bombo.

Conforme me acercaba a Ciudad Universitaria y los nervios iban aumentando, iba arrepintiéndome de haber tomado café en lugar de una tila. El otro remedio que tenía para aplacar los nervios estaba en Londres, subido en una moto, camino del trabajo. Cuando me bajé del autobús temblé a causa del frío y volví a mirar el móvil. Los mensajes de ánimo que encontré de mis amigas me hicieron sonreír.

Mientras subía las escaleras de la facultad intenté recordar aquello de tranquilidad, no mirar al suelo, no cruzarme de brazos.

Hice una parada técnica en el baño porque quería revisar mi aspecto. No había ni un pelo fuera de la trenza, ni una arruga en mi blusa.

«¡Tú puedes, Elena! —me repetí—, solo son unas diapositivas. No te van a comer».

Respiré hondo y escribí a Marcos por última vez:

> Estoy de los nervios 😖

> No te preocupes, cariño.
> Lo vas a hacer fenomenal!

> Te aviso cuando salga?

> Claro.
> Si te pones muy nerviosa, piensa
> en la recompensa que te espera 😏

> No puedo pensar en ti desnudo ahora.
> Tengo que ponerme seria y profesional

> Siempre puedes pensar en mí con toga.
> O en chándal en el gimnasio

> Uf. Eso es casi peor.
> Bueno, voy a entrar ya

> Buena suerte, preciosa!
> Aunque no la necesitas!!

Sonreí al leer su respuesta. En aquel instante comprendí cuánto me habría gustado que Marcos hubiera estado conmigo. Sentía su cercanía a través de la pantalla, pero habría preferido recibir un beso de buena suerte en lugar de un mensaje. Desterré el pensamiento de mi cabeza y traté de centrarme en lo verdaderamente importante: dar lo mejor de mí.

Según puse un pie dentro de la sala, hice un esfuerzo enorme para que mis emociones no me jugasen una mala pasada y poder ignorar los nervios que me destrozaban el estómago.

Por suerte, en cuanto empecé a hablar eso pasó a un segundo plano, aunque sí me tembló un poco la voz y hablé de carrerilla.

El trabajo de meses se vio compensado con un sobresaliente. El rato que tuve que esperar fuera el veredicto de los asistentes a mi defensa estuve tan nerviosa que me mordisqueé las uñas, algo que detestaba.

Al salir de la facultad caminé un par de metros para alejarme lo suficiente y saltar de alegría antes de llamar a Marcos. Parte del entusiasmo se perdió cuando él no contestó. Intenté pensar en lo lógico: estaba trabajando. Yo tampoco podía atender el móvil en la clínica y, pese a que lo entendía, la realidad era que acababa de perderse otro momento importante para mí. Me hacía tanta ilusión contárselo como que hubiese venido, pero la circunstancia era la que era y mi novio vivía a miles de kilómetros.

Marcos me llamó dos horas después mientras yo comía con Carlota y Blanca. Aquel día fuimos al Pez Tortilla porque, como decía Carlota: «¿Hay algo mejor para una celebración que tortilla, croquetas y cerveza?».

Salí a la calle para contestar. La cerveza y la celebración con mis amigas habían hecho que me olvidase de mi descontento y terminó de diluirse cuando me dijo que lo había pillado reunido y que me llamaba desde su despacho mientras se comía un sándwich frente al ordenador. Le narré por encima cómo había sido mi presentación y él me escuchó con atención. Me habría gustado verle la cara, pero por su voz emocionada casi pude imaginar la sonrisa con la que me habría felicitado en persona. Y una realidad mayor ocupó mis pensamientos: me moría por abrazarlo. Cuando volví dentro con mis amigas, Blanca me contó que ya teníamos otra cosa que celebrar: acababan de llamarla para decirle que la habían cogido en la clínica.

Hacía tiempo que no me quedaba a dormir en casa de Amanda. Según traspasé el umbral de su puerta aquella tarde me envolvió en un abrazo que me hizo entrar en calor.

—¡Enhorabuena, amiga! —Casi me dejó sorda, pero me reí ante tal muestra de entusiasmo.

—¡Gracias! —contesté frotándome las manos.

—¡Pasa! ¡Vamos a celebrar tu sobresaliente! —Tiró de mi brazo y cerró la puerta.

Colgué el abrigo en el armario de la entrada y le conté cómo había sido la defensa del trabajo. Sentía que esa presentación estaba a años luz de distancia y eso que había sido esa mañana.

Amanda me escuchó atenta asintiendo de vez en cuando y sujetándose la cara risueña entre las manos. Cuando me callé y me senté, noté que el cansancio acumulado de la semana llegaba de golpe.

—Toma. —Untó una galleta María en Nutella y me la dio—. ¡Mi niña se ha ganado una galletita por el trabajo bien hecho! —Su tono de voz agudo fue el mismo que usaba para dirigirse a su tripa, que estaba como la luna que empezaba a asomar a través de la ventana: en cuarto creciente.

—No soy tu mascota.

Ella se rio y acepté de buena gana la galleta.

—Estoy practicando contigo para cuando llegue Olivia —dijo palmeándose el abdomen.

—Solo me sacas dos años, eres demasiado joven como para tener estas actitudes —recordé—. Y yo soy demasiado mayor para que me premien con dulces.

«Excepto si eres un abogado sexy».

Ella me devolvió la sonrisa y dijo:

—Estoy tan emocionada por que acabes la carrera que parezco tu madre.

Mi sonrisa empequeñeció hasta casi desaparecer. En un mundo ideal hoy, al llegar a casa, mi madre habría sido la que hubiera estado esperándome con un plato de galletas de Nutella.

—Els, no pretendía...

—Lo sé. —Negué con la cabeza y volví a sonreír—. No pasa nada —aseguré restándole importancia—. Venga, ¿preparamos la cena?

Mi amiga asintió poco convencida antes de revolotear por la cocina en busca de los ingredientes.

—Amy —la llamé y ella se detuvo para mirarme arrepentida—. Alegra esa cara, anda, ¿no estamos de celebración?

Forzó una sonrisa antes de decir:

—Doble.

Cierto.

Amanda había ido hacía unos días a hacerse la primera ecografía. Sabía que todo había salido bien porque me mandó un audio ilusionada para contármelo, pero era la primera vez que la veía en persona desde entonces.

—¿Me enseñas la foto de mi sobri? —pregunté contenta—. ¡Que solo la he visto en la pantalla!

Sus ojos hicieron tantas chispitas que parecía que detrás de su iris se lanzaban fuegos artificiales. Ella tiró de mi muñeca y se paró delante de la nevera. Allí, entre un imán de Londres y otro de las Maldivas, estaba la primera ecografía. Observé con una sonrisa la imagen en blanco y negro en la que se apreciaba la silueta del bebé. Estaba contenta porque la veía feliz y porque esta Amanda estaba muy lejos de la que me contó asustada que se había quedado embarazada.

—Mi pequeño accidente —dijo acariciando la imagen—. Nos hemos quedado tranquilos al saber que esta cosita está bien. Y, bueno, superar la semana trece ha sido un alivio porque el riesgo de aborto espontáneo se reduce. —Se colocó la mano encima de la tripa y suspiró—. Lucas y yo estuvimos todo el finde mirando la ecografía. A veces nos reíamos y a veces llorábamos de alegría. Esto es una montaña rusa emocional.

Me quedé pensativa con los ojos clavados en la imagen. Yo nunca había estado embarazada y tampoco me había planteado si era algo que quería, pero ver a mi amiga tan alegre era contagioso. A fin de cuentas, las amigas son la familia que se escoge y yo estaba muy contenta de que la mía fuese a tener un miembro más.

—Perdona, tía, que no quiero ser pesada hablando todo el rato del bebé —dijo malinterpretando mi silencio—. Soy consciente de que hablar de ecografías y carritos no te resultará emocionante.

—En cambio, que yo te cuente con pelos y señales toda la defensa de mi trabajo de veterinaria sí es emocionante, ¿no?

Amanda suspiró mientras sopesaba mi respuesta.

—Sí lo es, porque lo cuentas con tanta pasión que termina siendo interesante para mí también.

—Pues esto es lo mismo, boba. Venga, cuéntame tu consulta del viernes. Por cierto, aún no sabes si va a ser Olivia o... ¿Tenemos ya un nombre por si es niño?

—Aún no. Lucas y yo no nos ponemos de acuerdo —negó—. ¿Te lo cuento mientras preparamos la cena? La verdad es que me está entrando hambre.

—Claro.

Un rato más tarde, chocamos los cinco al meter la tarta de queso en el horno. Ninguno de los platos de repostería que habíamos preparado juntas había salido bien; parecía que en eso íbamos a estrenarnos. No era la primera vez que seguíamos una receta, pero sí era una novedad que Amanda no hubiera añadido más azúcar de la que tocaba y que no hubiera echado sirope de chocolate al tuntún y sin medir las cantidades.

Después de un rato charlando sobre nuestros respectivos trabajos, su inminente fiesta de Halloween y los últimos libros que estábamos leyendo, ella sacó el móvil al tiempo que susurraba algo así como que estaba orgullosa de su pequeña y me sacó una foto. Me la enseñó en busca de mi aprobación y cuando le di luz verde la subió a Instagram. Amanda me hizo por lo menos tres fotos más mientras yo llenaba de tomate y queso la masa de pizza.

—¿En alguno de tus viajes a Londres... llegaste a conocer a Layla?

—¿La ex de Marcos? —Amanda ladeó la cabeza para mirarme y yo asentí—. Sí, ¿por qué?

Ignoré su pregunta y contesté con otra:

—¿Y qué te pareció?

Amanda detuvo el movimiento de sus manos, que en ese instante cortaban aceitunas en rodajas simétricas.

—¿A qué viene esa pregunta?

—El otro día cuando fui a verlo al juicio... la conocí.

—¿Por qué no me dijiste nada? —preguntó extrañada.

Me encogí de hombros y ella aprovechó para robar una aceituna del bote.

—No estaba de humor. Vi a Marcos afectado por el caso, me pilló de sopetón conocer a esta chica y, además, me costó bastante despedirme de él.

—Entiendo esa parte —suspiró y siguió cortando las aceitunas—. Lo que no termino de comprender es por qué importa lo que yo opine de una chica que hace tiempo que no veo.

—No se parece en nada a mí.

—¿Y? —Se encogió de hombros y me miró con curiosidad—. No sé qué quieres escuchar, Els, pero te ha costado mucho reconocer tus sentimientos y no quiero que hagas la tortuga otra vez.

—¿La tortuga?

—Sí. Eres como una tortuguita: cuando te asustas te escondes dentro del caparazón. —Alzó la mano y clavó sus ojos en mí con el cuchillo en alto—. Y no quiero que hagas eso.

Consideré sus palabras unos segundos. No tenía ni idea de por qué estaba haciendo esas preguntas. Supuse que porque no me había dado tiempo a pensar en ello con detenimiento. Regresé de Londres, centré la cabeza en el trabajo y, ahora que había terminado, ese pensamiento que había enterrado salió a relucir.

—No te estarás cuestionando nada, ¿verdad?

—No, no.

Mi amiga entrecerró los ojos tratando de discernir si le decía la verdad o no.

—Vale —concedió al final—. Porque una de las dos debe tener siempre la autoestima bien alta para tirar de la otra.

Agregó las aceitunas a la pizza y se limpió las manos en el delantal de *Breaking Bad*. Acto seguido, se dejó caer derrotada sobre la silla. Amanda era la persona en la que más confiaba del mundo. Con ella siempre podía ser sincera y sentirme a salvo. Intenté no darle importancia a la parte irracional de mi cerebro, pero no pude y empecé a divagar:

—Creo que, cuando rompieron, esa chica seguía enamorada de él. Por cómo lo miraba... no sé si seguirá... sintiendo algo... Y por cómo me miró a mí... no debía de saber que Marcos tiene novia.

Amanda apoyó el codo en la mesa y reflexionó sobre mis palabras unos segundos antes de decir:

—Puede ser, pero no veo por qué te importa eso.

—Creo que Marcos estaba más enamorado de su trabajo que de ella. —Me sentí horrible al decirlo en voz alta.

—No sé adónde quieres ir a parar con este comentario. Ni cómo Layla lo miraba, ni cómo te miró, ni nada. Lo que sí sé es que Marcos te mira a ti como si fueses su vida entera.

Rumié sus palabras en silencio, con la vista centrada en las burbujas del vaso de Coca-Cola. En realidad, yo me sentía así cuando él me miraba y supuse que ese sentimiento valía más que cualquier percepción.

—Ay, tía, ¡por favor! —exclamó Amanda enternecida.

Giré la cabeza y me encontré con su móvil delante de la cara. Parpadeé dos veces y asimilé que lo que veía eran sus mensajes privados de Instagram. En concreto el mensaje que mi novio le había enviado:

Dios, qué guapa es!
Abrázala muy fuerte por mí

Amanda bajó el teléfono y me topé con su enorme sonrisa.

—¿Lo ves? —preguntó con un deje de suficiencia—. Antes no me contestaba a tantas historias y cuando lo hacía era para vacilarme, y ahora cada vez que subo una foto tuya me manda un mensaje así.

Sonreí sin mirarla. Cogí los champiñones para añadirlos a la pizza y solté una risita cuando me dio un golpecito de cadera.

—Yo creo que esto ya está, ¿no? —pregunté y ella asintió—. ¿Puedes dejar de sonreír como una demente? Da miedo.

—Cuando dejéis de ser tan cuquis.

El horno pitó y Amanda pinchó la tarta con un palillo para comprobar que estaba lista. Mientras la sacaba, yo me lavé las manos y cogí el móvil. Según lo desbloqueé me encontré con un mensaje de Marcos:

> Te acabo de ver en el Instagram de Amanda.
> Estás guapísima con ese chándal y tu
> sonrisa de sobresaliente

Aunque él no podía verme, negué con la cabeza mientras contestaba:

> Gracias, me lo ha regalado ella

> Le estás contando lo mucho que me echas de menos?

> Baja de las nubes!
> Eres tú el que me echa de menos a mí

> Pues sí. Mucho.
> Dios, me encantaría estar contigo celebrando
> tu sobresaliente

Ese mensaje me hizo suspirar.

«A mí también me gustaría que estuvieses aquí. Y que hubieses estado esta mañana».

Estaba pensando qué responder a eso cuando recibí otro mensaje suyo:

> Estoy deseando que llegue el viernes para verte

> Todavía no vas a decirme de qué te vas a disfrazar?

> No.
> Tendrás que esperar, preciosa

> Buuu! 👻

> Vas a volver a llamarme Casper?

> Eso depende de si cuentas fantasmadas o no

> Nunca he sido un fantasma y lo sabes

—¿De qué te ríes? —La voz de Amanda me sacó de mi mundo. Le mandé el último mensaje a Marcos para desearle buenas noches y volví a centrar la atención en ella.

—Estaba recordando con Marcos tu fiesta de Halloween.

—Uf, menuda nochecita disteis. Fuisteis insoportables.

—Lo sé. —Asentí—. Bueno, este año no tienes que preocuparte por eso —admití con una disculpa.

Ella soltó una carcajada y puso los brazos en jarras.

—Este año va a parecer San Valentín en comparación.

Asentí y me quedé pensativa.

Mi cara era transparente como el agua para ella.

—¿Qué te pasa?

La observé mientras metía la pizza en el horno y ponía el temporizador. Cuando levantó la vista para mirarme yo claudiqué:

—Me habría gustado que Marcos hubiese venido a mi defensa. Y que estuviese ahora aquí, festejando conmigo...

—Ya, Els, pero es miércoles y tenía que trabajar. —Volvió a sentarse—. Estoy segura de que él también quiere estar aquí contigo.

La parte racional de mi cerebro sabía que mi amiga tenía razón. El problema era que la parte irracional estaba un poco enfadada y estaba ganando terreno.

—Supongo...

—¿Le vas a decir que te ha molestado?

Negué con la cabeza y esperé a que siguiera.

—¿Por qué?

—Porque sé que no tengo razón.

Ella exhaló un suspiro que significaba: «No. No tienes razón». Lo cual reafirmaba mi pensamiento: ¿para qué decírselo?

—Venga, no seas cabezota. No pasa nada porque le digas que te ha molestado. Se lo dices, lo habláis y arreglado.

—No sé...

—Y luego os vais por ahí a celebrar tu sobresaliente. Estoy segura de que está pensando llevarte a cenar a un sitio bonito, de esos con velitas y gente tocando el violín de fondo. Os besaréis, os diréis un montón de cosas bonitas y os olvidaréis de todo, como cada vez que estáis juntos.

—Eso lo dices porque eres una romántica y tienes a Lucas al lado, que es igual que tú.

—No, eso lo digo porque os conozco a los dos y nunca os he visto así de enamorados a ninguno. —Hizo una pausa para reírse de algo ella sola—: Madre mía, y pensar que hace unos meses no creía que fueseis a aprenderos el baile para mi boda... Ese día estaba de los nervios y le puse la cabeza a Lucas como un bombo. Estaba segura de que volarían los cuchillos y de que acabaríais discutiendo, de que la profesora perdería la paciencia con vosotros y que os echaría de su clase...

—Bueno, esa clase fue... humm... bastante tensa.

Amanda se apoyó en la encimera y me miró con suspicacia antes de preguntar:

—¿Tensa de mal o tensa de tensión sexual no resuelta?

—Las dos cosas.

—¿En serio? ¡Cuéntamelo ya! —chilló entusiasmada.

Yo me reí de su reacción y me dispuse a darle lo que pedía...

17

Espera al último baile

Solo el hecho de ser la mejor amiga del mundo podía explicar que estuviese a punto de someterme a lo que pensaba que sería la peor tortura de mi vida. Lucas y Amanda llevaban semanas ensayando su baile nupcial y querían que Marcos y yo nos uniéramos a ellos en la segunda canción. Estábamos a dos días de la boda, Marcos había llegado esa misma mañana de Londres, por lo que teníamos tres horas para aprendernos el dichoso bailecito. Amanda me había dicho que la coreografía era sencilla y eso me dejaba más tranquila porque bailar no era mi fuerte.

Llegué al estudio de baile diez minutos antes de lo acordado y, mientras esperaba a Marcos, me fui poniendo más y más nerviosa. Llevaba casi tres meses sin verlo, desde el día que firmamos como testigos el expediente matrimonial de nuestros amigos. Aquel día pude mantener una distancia de seguridad constante, pero esa tarde sería imposible. Tendríamos que bailar juntos y me tocaría ponerle la mano en el hombro y soportar la suya en la cintura. Y ya sabemos que la última vez que nuestras pieles se rozaron la cosa se desbocó tanto que terminé desabrochándole los primeros botones de la camisa. Y quién sabe lo que habría pasado si no nos hubiesen interrumpido la pasada Navidad.

«Elena, no te engañes. De haber tenido tiempo le habrías desabrochado la camisa y luego los pantalones».

—Hola. ¿Qué tal? —Su voz me sacó de mis recuerdos.

Levanté la vista de mi libro y los ojos me traicionaron y le dieron un repaso tremendo. Aunque me jodiera, Marcos estaba guapo en camisa blanca y vaqueros. La última vez que lo vi sus bíceps estaban a buen recaudo bajo un jersey gris y no acaparaban toda mi atención como estaban haciendo en ese instante.

Él estaba impecable y yo tenía la falda del vestido arrugada después de todo el día retorciéndome de los nervios en la silla de la biblioteca, y todo por tener que verlo. Marcos carraspeó en busca de que correspondiera a su saludo. Mis ojos dejaron de deambular por su cuerpo y volvieron a su cara. Estaba segura de que su sonrisa ladeada se debía a que se había dado cuenta de que me lo había comido con los ojos y se regodeaba del gusto.

—Llegas tarde —ladré enfadada conmigo misma.

—Faltan tres minutos para las cuatro. —Miró su reloj.

Cerré el libro y le eché una mirada desagradable antes de abrir la puerta del estudio. Cuanto antes empezase la pesadilla, antes acabaría.

Bajamos las escaleras y sin querer, y de verdad que fue sin querer, mis ojos terminaron de repasar sus hombros, su espalda y, sí, también su culo.

Entramos en una sala que tenía tres de las cuatro paredes recubiertas de espejos. Delante de una de ellas había una barra de madera y en la pared libre de espejo, al lado de la puerta, un banco, en el que dejé mis cosas.

Enseguida entró una mujer de mediana edad que se presentó como Lidia, la profesora, y nos enseñó en su teléfono un vídeo de Lucas y Amanda bailando, para que supiéramos lo que nos esperaba. Nuestros amigos se movían con soltura y se sonreían, pero yo no estaba fijándome en la coreografía. Yo solo veía la mano de Lucas en la baja espalda de Amanda y me preparaba mentalmente para tener la mano del Indeseable sobre mi cuerpo.

La profesora se situó en mitad de la sala y nos hizo señas para que nos acercásemos. Nos pidió que nos concentrásemos en sus pies y nos enseñó los movimientos que tendríamos que hacer mientras marcaba el ritmo contando en voz alta. Según la veía moverse, me arrepentí de no haber ido en mallas deportivas como ella. Me pregunté cómo se vería Marcos en chándal. ¿Le quedaría bien? ¿Le marcaría la...?

«Ostras, Elena, esos pensamientos no».

Después de repetir los pasos un par de veces, ella agarró a Marcos haciéndose pasar por mí y le guio para que yo lo viera. Y luego me agarró a mí, haciéndose pasar por Marcos, para que él viera lo que tenía que hacer. Mientras Lidia y yo bailábamos sentía los ojos de Marcos fijos en todos mis movimientos, como si yo fuera un conejillo de campo y él un halcón al acecho. Me tropecé distraída y, al oír su risilla, le lancé una mirada asesina.

Cuando Lidia nos pidió que nos juntásemos, conté mentalmente hasta tres para serenarme. Esto era lo bastante importante para Amanda como para serlo para mí. Casi podía percibir su voz dentro de mi cabeza, pues el día anterior me había hecho prometer que no discutiría con Marcos ni antes, ni durante, ni después de la boda.

Me situé lo bastante cerca de él como para estirar la mano y tocarlo, pero la profesora no consideraba que eso fuera suficiente.

—Elena, tienes que pegarte más —me recordó por segunda vez—. Marcos tiene que agarrarte y para eso no puedes estar a dos metros de distancia. —Tragué saliva y respiré hondo. Di un paso hacia delante—. Más cerca. No tenemos toda la tarde.

Marcos me miró con suficiencia; casi podía oírlo reírse internamente.

Clavé los ojos en el centro de su pecho y di un paso en su dirección.

Y después otro.

Y otro más.

Me detuve tan cerca que podía oler su colonia.

«¿Es necesario que huela tan bien?».

Él terminó de acercarse y centré la vista en su cara. Ya no había rastro de la mueca burlona. Parecía tan tenso como yo. Casi a cámara lenta, levantó el brazo, tragó saliva y apretó la mandíbula. Colocó la palma en mi cintura y yo sentí un escalofrío recorrerme el cuerpo entero.

—Marcos, tienes que colocar la mano en su espalda. —La profesora se acercó—. Ahí no.

Él asintió un par de veces sin dejar de mirarme y deslizó la mano despacio por mi cintura hasta colocarla donde ella indicaba. Parecía que le costaba un esfuerzo tremendo tocarme.

—Eso es. Ahora acércala a ti —le pidió Lidia.

Si su mandíbula hasta entonces había estado tensa, ahora parecía una cuerda a punto de romperse. Me empujó levemente hacia él y yo no entendí la reacción de mis pulmones. ¿Por qué me costaba respirar? Estaba tan nerviosa que solo me salió atacarlo.

—Espero que te comportes —susurré.

—¿O qué? —Sonrió de medio lado—. ¿Vas a chivarte a Amanda? Respiré hondo. Quería mantener la calma, pero no lo aguantaba.

Y así fue como empezaron las tres peores horas de mi vida. Ensayamos unas cuantas veces sin música, pasito a pasito, siguiendo las indicaciones de la profesora y haciendo las correcciones necesarias.

Cada vez que terminábamos, yo me alejaba con discreción y casi era peor, porque cuando él volvía a tocarme mi cuerpo tardaba en acostumbrarse al hormigueo y concentrarse en dar un paso atrás, otro a la izquierda y dos hacia delante. No me acostumbraba a su contacto y me notaba más inquieta y el ambiente más intenso. Y no, no se me pudrió la piel por tocarlo como imaginé que pasaría. Lo que pasó fue que mi piel entró en combustión. El calor se hizo tan potente que estuve tentada de bajar la vista para comprobar si estaba ardiendo mi vestido.

En contra de lo que había esperado, nos comportamos. No sabía él, pero yo estaba más concentrada en los movimientos y en ignorar el cosquilleo que sentía que en dedicarle un comentario hiriente. La primera vez que ensayamos el baile entero sin música, Lidia nos felicitó. Siempre que me felicitaba una profesora yo sonreía, era un acto reflejo. Eso explicaba por qué había girado el rostro y le había sonreído a él también. Y, contra todo pronóstico, él me dedicó una sonrisa radiante.

«¿Qué haces sonriéndole?».

Agradecí enormemente que Lidia nos diese un descanso, que yo aproveché para huir a los servicios y recomponerme.

Cuando regresé del baño, Marcos charlaba animado con Lidia. Me senté en el banco de madera y consulté la hora en el móvil. Todavía quedaba casi una hora de tortura por delante. Suspiré y, cuando levanté la vista, la profesora me llamó para continuar. Conforme me acercaba sentí los ojos de Marcos en todas partes. Esa intensidad me hizo sentir desnuda y consiguió ponerme más nerviosa. Por eso, cuando Lidia me pidió que me pegase un poco más para el ensayo con música y él colocó la mano en mi espalda, tuve la necesidad de hacer un comentario ofensivo que volviera a establecer la línea que nos separaba. La línea que indicaba que éramos enemigos y que jugábamos en equipos distintos, porque empezaba a estar difusa.

—Bailar contigo es una tortura. No veo el momento de salir por la puerta —susurré de malas maneras.

A él se le escapó la risa y pasaron dos cosas: primero, sentí un retortijón agradable en el estómago y, segundo, me enfadé.

—Joder, qué calor, ¿no? —preguntó mirándome con intensidad.

Me soltó y se desabrochó el primer botón de la camisa. Y después, el segundo. Y yo aparté la vista al notar que la temperatura subía.

¿Ahora me estremecía porque se desabrochase un botón?

Lo que faltaba.

Resoplé irritada cuando noté su mano en la espalda otra vez.

Oí su risita y lo fulminé con la mirada.

—¿Qué pasa? —La mueca burlona que tanto odiaba volvió a hacer acto de presencia—. ¿Quieres desabrocharme el siguiente tú?

«¿¿Qué??».

Me puse tan nerviosa que solo me salió contestar un:

—Eres insoportable.

La música suave empezó a sonar y nos movimos a la par. Parecía que, milagrosamente, esa vez nos estaba saliendo mejor. Él se pegó un poco más y nos dejamos envolver por la melodía tierna.

Intentaba mantener la calma, pero no ayudaba que la sala tuviese tres paredes cubiertas de espejos, porque, mirase donde mirase, lo único que veía era a nosotros desde un montón de ángulos distintos. O lo miraba a la cara o bajaba la vista. Y, desde luego, no iba a mirar al suelo y dejar que él creyese que me intimidaba.

Así que alcé el mentón testaruda y dispuesta a aguantarle la mirada costase lo que costase.

Y lo conseguí.

Lo miré a los ojos mientras bailábamos y, por un momento, se me olvidó que no lo soportaba. Me acerqué a él y él se acercó a mí, y entonces la canción se acabó. A diferencia de las veces anteriores, nos quedamos quietos, mirándonos fijamente y sin intención de separarnos. Sentí su mirada acariciarme la boca y, sin querer, mis ojos se desviaron a sus labios entreabiertos. Si me hubiera puesto de puntillas y me hubiera acercado un par de centímetros más...

—¡Muy bien, chicos! Pero hay que corregir la postura. —La voz de Lidia rompió la burbuja en la que estábamos metidos—. Elena, quítale las manos del cuello y vuelve a colocarlas como te he indicado antes.

«¿Qué?».

¿Cuándo le había echado las manos al cuello? Y peor, ¿qué habría pasado de haber estado solos? ¿Habría recortado la distancia que nos separaba y lo habría besado? Pero ¿qué me pasaba? Si yo ya sabía lo que me hacían sentir esos labios y no me gustaba nada, ¿verdad?

«Verdad de la buena, Elena».

—Y Marcos, no puedes ponerle las dos manos en la espalda —continuó Lidia—. Colocaos correctamente, por favor.

Estaba paralizada.

En algún momento nuestras manos habían ido por libre. Las mías habían terminado en su cuello y las suyas en mi baja espalda, ganando confianza, como harían dos personas que se conocen y no se desagradan.

—¿Me estáis escuchando? —La profesora elevó la voz.

—Eh, sí, sí —musité—. Perdón.

Di un paso atrás y salí del magnetismo de Marcos.

Él carraspeó. Soltó una respiración profunda y volvimos a empezar.

Lidia puso la canción otra vez y, por mi bienestar mental, decidí centrarme en algo que no fuera el océano salvaje de sus ojos azules. Empezamos a movernos y mis ojos se quedaron anclados en la piel que asomaba tras los botones desabrochados de su camisa. Parecía la misma camisa que le había desabrochado en Navidad, y él debió de adivinar mis pensamientos, porque susurró:

—Yo también estoy pensando en ello. —Lo miré sin comprender y añadió—: En el beso de Navidad.

«¡Alerta!».

Sin darme tiempo a contestar, levantó el brazo y yo pasé por debajo. Cuando terminé de girar, su mano se posó en mi baja espalda y me acercó a él. Me notaba las mejillas al rojo vivo y odiaba que sus palabras me afectasen de esa manera.

—El beso de Navidad fue una catástrofe —solté en voz baja—. Tuve que desinfectarme la boca después, ¿recuerdas?

—Yo creo que te gustó.

«Será creído».

—Por supuesto que no.

—¿Quién se cree eso?

Miré por encima del hombro discretamente. Lidia estaba sentada en el banco de madera, lo bastante lejos como para no escucharnos.

—Yo —cuchicheé—. Y tú también lo harías si no fueses unególatra.

Él enarcó las cejas como si no me creyese.

—Pero si estás colorada. Mientes peor que un ladrón de poca monta y así es muy fácil desmontar tus argumentos, Ele.

«Ele».

Ese apodo me provocaba temblores.

Volví a pasar debajo de su brazo haciendo una floritura. Si la profesora no hubiera estado observándonos, le habría dado un pisotón.

—¿Desmontar mis argumentos? —pregunté cuando lo tuve de

frente otra vez—. Ya te lo dije: fue el peor beso de mi vida, tan desagradable que preferiría hacer un voto de castidad antes que tener que repetirlo.

Él sacudió la cabeza y soltó una risita baja.

—No te creo.

—Pues demándame —contesté furiosa al apartarme cuando terminó la canción.

En esa ocasión, la profesora no nos felicitó; nos dijo que parecíamos demasiado tensos. Forcé la sonrisa y, cuando ella se giró para poner la música otra vez, lo asesiné con la mirada.

«¿Por qué me siento como un ratón que está a punto de ser engullido por una serpiente?».

La música volvió a sonar y esa vez intenté hacerlo mejor.

Perdí la cuenta de cuántas veces ensayamos, pero cuando la profesora anunció que esa sería la última vez que bailaríamos juntos esa tarde, sentí una energía renovada. Quería hacerlo bien en la boda, así que esa vez me aseguré de prestar atención a otra cosa que no fuese mi acompañante, y eso fue la canción. La había oído unas cuantas veces, pero no le había prestado atención a la letra. Para mi total desgracia hablaba de dos amantes y no era más romántica porque era imposible.

Me gustaría decir que nos salió bien, pero fue un desastre, tanto que se me colorearon las mejillas bajo su mirada atenta. ¿Estaba él escuchando la misma letra que yo? Me hizo girar sobre mí misma y, según puso la mano en mi cintura, rememoré el beso que habíamos compartido en Navidad.

«¿Qué haces pensando en eso otra vez?», me reprendí.

Recordé las palabras que me había dicho entonces: «La tradición dice que si dos personas coinciden bajo el muérdago tienen que besarse. No nos hemos besado porque quisiéramos».

Él no había querido besarme, así que, ¿qué hacía yo pensando en tonterías?

En cuanto la música terminó, me aparté de él como si fuese veneno. Necesitaba recuperar mi espacio vital, respirar y serenarme, porque el pecho me subía y bajaba a toda pastilla.

—Lidia, ¿cómo se llama la canción? —le preguntó él sin apartar los ojos de mí.

«Pero ¿¿qué hace??».

—«Lover», es de Taylor Swift y Shawn Mendes —respondió ella—. Vuestros amigos bailarán antes «Baby I'm Yours», de Arctic Monkeys.

Marcos le dio las gracias ante mi atónita mirada.

La profesora dio por finalizada la sesión y yo me aproximé a la salida con las pulsaciones disparadas y sin entender qué acababa de pasar. Lo último que vi antes de cerrar la puerta del estudio fueron sus ojos hipnóticos. Necesitaba huir de su compañía y de lo que había sentido durante esas tres horas.

«Ha sido su colonia. Te ha embotado el cerebro».

—Eh, empollona —oí su voz llamarme—. ¿No vas a esperarme?

Seguí caminando decidida a ignorarlo, pero él tuvo que volver a dejarme en ridículo.

—Te recuerdo que vamos al mismo sitio —dijo situándose a mi lado—. Y estás caminando en dirección contraria. Lucas y Amanda nos van a recoger en Goya y no es por ahí.

Respiré hondo y giré sobre los talones para ir por donde indicaba. Todavía quedaba el ensayo de la ceremonia.

La tortura, después de todo, no había hecho más que empezar.

Cuando terminé el relato no pude evitar reírme. Ahora que Marcos y yo estábamos juntos, veía nuestro pasado con ojos nuevos. Los encontronazos en los que me había sacado de quicio eran los que más gracia me hacía recordar.

Amanda también parecía encantada con la anécdota. Me había escuchado absorta, alternando entre la risa y las caras de adoración, como si hubiese estado viendo una de esas películas cursis que tanto le gustaban. Masticó su último trozo de pizza, se rio y solo dijo:

—Vaya dos... ¡La pobre Lidia tuvo que flipar!

Yo asentí divertida y ella añadió:

—¿Tarta para terminar de endulzarnos?

18

Intercambio de princesas

No me reconocía en la imagen que me devolvía el espejo. Me atusé el cabello rojizo que me rozaba los hombros y mis párpados se convirtieron en rendijas cuando bajé los ojos por el vestido de lentejuelas, que apenas me llegaba a la mitad del muslo y que era tan ajustado que me hacía sentir desnuda.

—No me puedo creer que me hayáis convencido de esto —refunfuñé.

Me crucé de brazos y fue peor porque el canalillo se hizo más evidente gracias al escote pronunciado.

—*Sei bellissima* —dijo Carlota con su perfecto acento italiano, a la vez que me agarraba de los hombros.

—Eso lo dices porque tú vas vestida igual que siempre —me quejé.

Carlota llevaba unos pantalones negros y una camiseta verde flúor con la que enseñaba el ombligo. Con los tacones de cinco centímetros me sacaba directamente una cabeza. Sus rizos caían libres y lucía unos aros dorados tan grandes que me pregunté si no le dolerían las orejas.

—Por enésima vez, Mel B quería ser yo y todas estuvimos de acuerdo en el reparto de las Spice Girls —contestó ella con tranquilidad, antes de dirigirse al tocador donde Amanda tenía esparcido todo su maquillaje.

—Ya tienes el vestido puesto, así que no hay vuelta atrás. —Blanca se giró con tanto ímpetu sobre la silla que se le descolocó la peluca rubia—. Carlota quería ser Mel B, Amanda tenía que ser Victoria porque tiene el pelo igual de corto y se viste igual de bien...

El discurso de Blanca se vio interrumpido cuando Diana, ataviada con un pantalón de chándal, un top naranja y deportivas, entró sujetando varias cervezas.

—He supuesto que el alcohol a algunas nos podría venir bien —anunció.

—¡Esa es mi Mel C! —Carlota le dio una palmada amistosa en el hombro y aceptó un botellín.

—¿Lo ves? —preguntó Blanca mirándome con suficiencia—. Diana está super en forma. Por descarte, tú y yo teníamos que ser Geri y Emma. Y tú dijiste que no querías llevar una peluca rubia, así que puede decirse que tú solita elegiste ser Geri. —Acompañó su argumento de un asentimiento exagerado de cabeza.

—Sí, pero no sabía que Amanda me compraría esta cosa tan corta —me defendí—. Ni que tendría que llevar peluca.

Diana me colocó un botellín en la mano. Acepté la cerveza y le di un sorbito no sin antes recordarles lo malas amigas que eran.

—¿Os dais cuenta de que esto parece el camerino de las Spice Girls? —dijo Amanda emocionada mientras observaba satisfecha el maquillaje que le había hecho a Blanca.

Blanca se situó a mi lado para mirarse al espejo y alisarse el vestido blanco, que era unos centímetros más largo que el mío. Cuando nuestras miradas coincidieron en el cristal, me sacó la lengua.

El día que fueron al Madame Tussauds, mientras yo estaba en los tribunales, fue cuando se horneó aquel pastel. Al hacerse la foto con las Spice Girls de cera, Blanca y Carlota hablaron de la idea de disfrazarse en Halloween de ellas, y Amanda terminó invitándolas a su fiesta y sugiriendo que las cinco nos convirtiéramos en la banda musical de chicas más famosa de nuestra infancia.

Llegó mi turno de maquillarme y me dejé caer en la silla desganada.

—Cambia esa cara, que no estás en la silla eléctrica —pidió Amanda.

—Pues lo parece.

Ella me ignoró y apartó a un lado el maquillaje que usaría conmigo. Cuando cogió el *glitter* y negué con la cabeza, ella resopló y volvió a guardarlo sin pelearlo.

—¿Bailaremos el «Wannabe»? —preguntó Diana.

Carlota y Blanca enseguida aceptaron.

—Llevo esperando este momento toda mi vida —apuntó Amanda.
Todas se callaron y me di cuenta de que era mi turno de contestar:

—Si es necesario...

Amanda detuvo su brocha embadurnada de colorete a dos centímetros de mi rostro, frunció el ceño y me miró apenada.

—¿No vas a bailar con nosotras? —Le tembló el labio inferior, pero sabía que podía hacerlo a voluntad.

—¿Vas a hacer llorar a una embarazada? —Blanca se apostó a su lado y se hizo la indignada—. ¿No te da vergüenza?

Amanda puso cara de corderito degollado y yo resoplé resignada. No había nada que pudiera hacer por evitar ese bochorno.

—No es justo que pongas los ojos del Gato con Botas de Shrek —me quejé—. Sabes que me da penita.

Ella dio un saltito y me aplicó el colorete con una sonrisa. Le cedí su propia silla cuando terminó conmigo y me senté en la cama a ver cómo se maquillaba a toda velocidad. Amanda se alisó el pelo con la plancha y se roció la cara con un *spray* para que el maquillaje le aguantase más horas puesto. Reemplazó su sudadera ancha por un vestido negro ceñido con el que su tripa se notaba a la perfección.

—¿Al final viene Bruno? —le preguntó Amanda a Blanca.

—No. —La sonrisa de Blanca desapareció—. Le he dicho que si no pensaba disfrazarse ni se le ocurriese venir.

Blanca y Bruno habían hablado a nuestra llegada de Londres, hacía un par de semanas. Los límites de su relación eran un poco difusos. Blanca estaba explorando sus sentimientos, a diferencia de Bruno, que los tenía clarísimos.

—Cuando te dije que había que venir disfrazado, tampoco lo decía en el sentido literal de la palabra —dijo Amanda—. Lo vamos a aceptar si viene vestido de calle.

—Ya, pero yo no —repuso Blanca—. Suficiente tengo con saber que odia San Valentín.

Blanca estaba tan molesta que decidí guardar silencio, pero Carlota no pensó lo mismo.

—Pues yo creo que...

—Carlota, si vas a decirme que San Valentín es un invento de los centros comerciales, ahórratelo —interrumpió Blanca—. Yo respeto que tú seas una escéptica con el día de los Enamorados, así que respeta tú que a mí me guste celebrarlo. Es muy fácil hablar cuando vienes de pasar un finde en Italia con Greta sin salir del hotel...

El fin de semana anterior, Carlota y Greta se habían reencontrado por primera vez desde junio. Y según nos había contado nuestra amiga, todo había ido genial entre ellas.

—Alto ahí, Blancanieves —cortó Carlota—. Solo iba a decirte que para resolver tus problemas no necesitas un tío. —Le pasó el brazo por encima del hombro y la miró con picardía—. Tú lo que necesitas es el *satisfyer*.

Solté una carcajada tan alta que todas me miraron.

—Tú no te rías, que también te haría falta —apuntó Blanca—. Cuando no te acuestas con Marcos te pones un poco borde.

—¿Qué dices? —La miré incrédula—. No me pongo borde por eso.

Amanda nos observaba con la palabra «diversión» escrita en el rostro.

—Claro que sí —apuntó Carlota—. Tú estás en esa fase de la relación en la que cualquier cosa significa «sexo». ¿Ver un documental? —Ella alzó el pulgar—. Sexo. ¿Comer pizza cuatro quesos? —Levantó el índice—. Sexo. ¿Una fiesta de Halloween en la que vas disfrazada de tía sexy? Sexo —terminó enseñándome el dedo corazón.

—No voy a acostarme con Marcos aquí —contesté. «Esperaré a llegar a mi casa», me corté de añadir.

—Te lo agradezco, las sábanas están limpias —se rio Amanda—. Pero podéis usar la habitación de invitados. Por nosotras no os cortéis. Pongo la música a tope y ya está.

—Nos estamos desviando de lo importante —dijo Carlota—. ¿De verdad soy la única que tiene el *satisfyer*?

Diana, que hasta entonces había estado callada, intervino:

—Yo también lo tengo. Me lo regaló Oliver.

Amanda soltó una risita antes de añadir:

—Yo también. Esta semana tengo una revolución hormonal muy fuerte y encima Lucas no ha estado en los últimos días... Literalmente me habría muerto si no lo hubiese tenido.

Blanca se colocó a mi lado y me agarró del brazo.

—Creo que somos las únicas pardillas que no lo tienen —declaró mirándome—. ¡Mañana me lo compro! —exclamó alzando su cerveza en el aire.

Asentí un par de veces mientras el resto aplaudía la decisión de mi amiga. Sabía que ese juguete tenía popularidad y me sorprendía que tres de las cinco mujeres que estábamos presentes lo tuvieran. Por estadística debía de merecer la pena.

—Els, si no te lo compras, le diré a Marcos que te lo regale por Navidad —anunció Amanda decidida.

—¿Qué? —Noté que se me calentaban las mejillas—. ¡Ni se te ocurra!

—Digo yo que tu novio sabrá que te tocas —apuntó Carlota sin vergüenza.

—Claro que lo sabe —contesté en voz baja.

Ellas se pusieron a chillar como una jauría de lobas y yo me senté en la cama y apreté los párpados esperando que el corte se me pasase por arte de magia.

—¿Habéis tenido sexo telefónico? —Blanca ladeó la cabeza interesada—. ¿O lo has hecho delante de él?

Aparté la vista y no respondí.

—Quien calla otorga —dijo Amanda.

—Las dos cosas —contesté.

Carlota soltó una carcajada.

—Nuestra niña, que va de modosita cargando pilas de libros en la biblioteca y luego por la noche...

—No todo en la vida se reduce al sexo —interrumpí.

—¿Lo ves? Mira qué hostil te pones. —Carlota me señaló—. Tu vagina necesita el succionador, te ayudará a descargar la tensión.

Amanda se sentó a mi otro lado y me miró como si yo fuese el ser más puro e inocente del universo antes de decir:

—Els, créeme: te cambiará la vida.

Iba a contestar cuando alguien llamó a la puerta.

—¿Se puede? —Oí la voz de Lucas.

—Sí, amor. Pasa. —Amanda se levantó y se colocó el vestido.

Cuando Lucas entró se quedó mirándola con tanta intensidad que casi era incómodo.

—Estás muy guapa —dijo cogiendo su mano.

—Gracias. —Mi amiga sonrió y le dio un escueto beso.

Y nosotras aprovechamos la interrupción para salir del cuarto antes de presenciar una escena pastelosa.

19

El diablo viste de Prada

Mis amigas desfilaron escaleras abajo y yo conseguí escabullirme con las toallitas desmaquillantes. Abrí la puerta de la habitación de invitados y me topé con una figura trajeada al borde de la cama rebuscando en una maleta, que enseguida reconocí como...

—¿Marcos? —pregunté—. ¿Cuándo has llegado?

El aludido se dio la vuelta y, en lugar de contestar, me repasó de la cabeza a los pies. La intención de explicarle lo que me había sentado mal, aunque no tuviese razón, quedó relegada a un segundo plano en cuanto me sonrió. Las ganas de besarlo vencieron esa batalla. Le di un beso en la mandíbula y otro en la mejilla antes de arrasar su boca con necesidad.

—Bueno, ya ni saludar —dijo cuando liberé sus labios.

Volví a besarlo con avidez, esa vez sujetándole la cara entre las manos. Cuando me retiré, él jugó con un mechón de mi cabello y me sonrió de la misma manera que yo a él. Las pequeñas medias lunas moradas bajo sus ojos me llamaron la atención. Parecía contento y también cansado.

—¿Qué miras? ¿Tengo monos en la cara?

—El mono eres tú —contesté enroscándole los brazos alrededor del cuello.

En esa ocasión fue él quien me rodeó la cintura con un brazo y quien apretó sus labios contra los míos.

—Estás preciosa.

—Eso lo dices porque eres mi novio. —Lo empujé suavemente del pecho y sacudí la cabeza incrédula.

—¿Dónde está la bandera de Reino Unido? Creía que me darías la bienvenida con ella puesta.

—Seguro que envuelta en la bandera iría más elegante que con esto.

—¿Con la bandera y sin ropa interior? —Su sonrisa se ensanchó—. Seguro.

Los ojos le brillaron con malicia y antes de que me diese tiempo a adivinar sus intenciones se dejó caer sobre el colchón arrastrándome en el proceso. Él terminó sentado en la cama y yo sobre sus piernas, con sus manos en mi cintura.

—¡Enhorabuena por tu sobresaliente! —Me estrechó contra él—. Te dije que todo iría bien.

«Es un momento genial para decirle lo que te molestó».

—Gracias. —Le dediqué una escueta sonrisa.

Sopesé un instante si hablar o callar.

Al final, la realidad era que Marcos se marcharía antes de que me diese cuenta, por lo que, ¿merecía la pena explicarle un pique que ya se me había pasado, en lugar de aprovechar el tiempo juntos?

Mi cuerpo se decantó por la opción de besarlo con intensidad. Pero, cuando mis labios estaban a punto de rozar los suyos, él se apartó con el entrecejo fruncido.

—¿Qué te pasa?

«Díselo. La comunicación es importante para él».

Abrí la boca y volví a cerrarla.

—¿Estás enfadada por algo? —adivinó. Lo miré sorprendida y él añadió—: Ayer me dio la impresión de que estabas un poco distante.

«Te ha pillado. Venga, díselo. No es para tanto, no tiene por qué acabar en discusión».

Tres.

Dos.

Uno...

—Me habría gustado que hubieras venido a mi defensa.

Él parpadeó confuso.

—¿Querías que viniera? —Asentí y Marcos suspiró—. ¿Y me lo dices ahora?

Fue mi turno de suspirar.

—Bueno, me has preguntado qué me pasaba... Yo no pensaba decírtelo... Me enfadé, pero ya se me ha pasado.

—Ah, ¿que de verdad te habías enfadado por eso?

Sus dedos pararon de acariciarme la pierna.

Fui a contestar, pero se me adelantó:

—Es muy injusto que me lo eches en cara cuando ni siquiera me pediste que viniera...

—¿Por qué tengo que pedir cita para todo? —lo interrumpí.

Cerró los ojos y apoyó las manos en el colchón cuando se echó hacia atrás.

¿Ponía distancia entre nosotros?

Genial.

Me levanté y él despegó los párpados.

—¿Sabes? Las cosas también podrían salir de ti sin que te las pidiera.

—Espera, a ver si lo he entendido. —Se levantó también—. Te has enfadado, cuando me pediste expresamente que no viniera y cuando tengo que trabajar.

Asentí.

Se pasó una mano por el pelo.

Empezaba a mosquearse.

—Elena, joder, no soy adivino. Si no me dices las cosas, ¿qué esperas que haga?

La frustración de su pregunta se pegó a la que sentía yo.

—Entiendo que no puedo cabrearme por esto ni exigir que seas un novio presente porque vives a mil kilómetros. Y también entiendo que tengo que seguir con mi vida estés o no, pero me molesta que te pierdas los momentos importantes.

—¿Un novio presente? —preguntó atónito.

Apartó la vista, apretó los labios y asintió unas cuantas veces, como si no pudiera creerse lo que acababa de escuchar. Cuando volvió a mirarme parecía enfadado y dolido.

—Te escribo todos los días, te mando fotos, te llamo cada vez que puedo. He venido a esta estúpida fiesta por ti. —Señaló el suelo con el dedo índice y endureció el tono—. ¿Y no soy un novio presente?

«¿De verdad estamos discutiendo en vez de estar contentos por el reencuentro? Genial».

—¿Lo ves? —pregunté—. Por esto no quería decirte nada.

Giré sobre los talones y me dirigí a la puerta.

—Elena.

Me detuve y lo miré.

—Dime lo que me tengas que decir, pero no te vayas.

—Es que ya te lo he dicho y te has mosqueado —le dije intentando mantener la calma—. Vas a estar aquí dos días. No tengo ganas de discutir, y menos con esta ridícula ropa puesta.

Él se pasó la mano por el pelo otra vez.

—No estamos discutiendo. Simplemente estamos hablando para resolver un desacuerdo.

—Llámalo como quieras, pero deberíamos estar felices de estar juntos y en realidad estamos cabreados.

—Yo sí estoy feliz de estar aquí —añadió rápido.

—¿Estás feliz de estar en una estúpida fiesta? —pregunté con escepticismo.

Él asintió y se acercó a mí.

—Me da igual el lugar siempre que estés tú. —Buscó mi mano y le dio un apretón—. Siento haber dicho eso.

Marcos me miró con cautela y supe que lo que iba a oír me escocería.

—Me preocupa que sientas que no hago lo suficiente por esta relación... O que creas que voy a abandonarte.

Sentí el dolor que iba implícito en su tono como un golpe en el pecho.

Él guardó silencio mientras yo intentaba averiguar cómo me hacían sentir sus palabras.

Marcos tenía miedo de que yo pensase que él me abandonaría. Como hizo mi padre. Se sentía culpable por decirlo. Se lo veía en los ojos. Y también veía que le importaba lo que yo tuviese que responder a eso.

Y yo... ¿Lo pensaba realmente?

Marcos estaba presente a diario.

Nos contábamos nuestra vida entera.

Siempre teníamos algo que compartir con el otro.

Aunque fuesen tonterías. Como, por ejemplo, que un día se compró unos macarrones con queso en el Pret a Manger, no se dio cuenta de que llevaban brócoli y los tuvo que tirar en la papelera de su despacho. O como yo, que esa mañana le había contado que una clienta me había traído una caja de bombones al ir a recoger a su perro.

No eran cosas relevantes de nuestra vida.

Pero esas tonterías eran lo que hacía que sintiésemos que éramos parte de la vida del otro y que estábamos ahí.

Presentes día tras día.

Que no nos perdíamos nada.

Y si cerraba los ojos, por la noche, mientras lo escuchaba por teléfono, podía sentir que su voz me acariciaba la piel tal como harían sus dedos si estuviese realmente metido en mi cama.

Por lo tanto, ahí tenía la respuesta.

Solté un suspiro profundo y negué con la cabeza mientras le decía:

—No pienso que vayas a abandonarme.

Él exhaló aliviado y dejó caer los hombros. Me acerqué un poco más y alcé el rostro para mirarlo. Era mi turno de disculparme.

—Siento haber dicho lo del novio presente. La próxima vez que quiera que vengas a algo seré clara. Y, si puedes, genial, y si no..., pues no pasa nada. Nos apañaremos.

Marcos me colocó una mano en la nuca y se acercó a mí despacio. Cerré los ojos para recibir un beso que nunca llegó, porque me estrechó contra él y me envolvió en un abrazo. Le rodeé la cintura con los brazos y apoyé la cara contra su pecho.

—¿Asunto arreglado?

—Sí.

—Pues gracias por decírmelo.

—¿Me estás dando las gracias por discutir? —Se me escapó la risa.

—No, pero te cuesta decir las cosas y hablar de tus sentimientos. Y yo valoro que lo hayas hecho por mí.

¿Valoraba que le hubiese contado mi enfado, cuando hasta yo misma sabía que no tenía razón?

«Marcos, ¿vas a parar de darme razones para que te quiera?».

Ese pensamiento hizo que me abrazase más a él.

Permanecimos un rato así, con la única preocupación de estar juntos. Y estando así me di cuenta de que Marcos y yo en realidad nos estábamos esforzando por construir algo sólido y puro que acabaría pudiendo con los malos momentos y con la distancia.

Cuando me aparté fue para besarlo con dulzura, dejándome llevar por el amor que sentía. Marcos me acarició la mejilla y apoyó la frente contra la mía.

Yo le sonreí y él solo dijo:

—Esta táctica es infalible.

—¿Cuál?

—La de besarte para que se te pase el mosqueo.

Su sonrisa ladeada y el tonito de creído volvieron a hacer acto de presencia y despertaron el deseo en mí. Tiré de sus hombros hacia abajo y le susurré al oído:

—Estoy deseando disfrutar de mi recompensa.

—Al final voy a pensar que solo me quieres por el sexo. —Atrapó mis labios en un beso dulce—. Acabo de llegar y ya estás suplicando atención —bromeó.

—Eres idiota. —Se ganó un golpecito en el brazo—. También te quiero por lo que me haces sentir con esta bocaza.

Le pincé los labios y él me guiñó un ojo.

—¿Te doy una buena noticia? —pregunté al cabo de unos segundos.

—Por favor.

Me aparté para ver su rostro y atrapé su mano.

—Tengo el fin de semana parcialmente libre. —Juguetee con nuestros dedos—. Mañana por la mañana trabajo; de hecho, mi jefa vendrá a echarme una mano porque el día de Todos los Santos solemos estar hasta arriba... Pero, la parte buena es que, al ser puente, tengo la tarde y el domingo libres.

—Perfecto. Más tiempo para celebrar tu sobresaliente.

Se inclinó hacia delante y tiró de mí para besarme. Antes de lo que me hubiera gustado, se apartó y yo resoplé fastidiada.

—Entiendo que quieras quedarte besándome toda la noche, pero deberíamos ayudar al resto a colocar las cosas —recordó—. Y tengo que ponerme el disfraz.

Marcos sacó una bolsa de su maleta y se encerró en el baño sin soltar prenda. Se me escapó la risa por tanto secretismo y lo esperé impaciente sentada en la cama.

Poco después salió ataviado con una túnica negra que le llegaba hasta los tobillos. Arrugué los ojos al verlo y me puse de pie para observarlo de cerca. Cuando reparé en los detalles verdes de las mangas y el escudo con la serpiente que tenía a la altura del pecho, no pude creer la imagen que registraba mi cerebro. Él alzó las cejas esperando una respuesta.

—¿En serio? —pregunté—. ¿Vas de alumno de Slytherin?

—¿Por qué estás tan sorprendida? —Debajo de la capa llevaba una camisa blanca, una corbata verde y vaqueros negros—. Es una idea brillante. He convertido tu insulto hacia mi persona en un halago.

«Eso es cierto y está muy guapo».

—Te he llamado cosas peores que Slytherin.

—Ya, pero no iba a disfrazarme de Voldemort y privar a la gente de mis hermosas facciones —concluyó acariciándose la cara.

Guardó su traje en la maleta y rebuscó algo dentro. Lo oí soltar una risita baja. Cuando se volteó llevaba puestas las gafas de pasta que había usado en su disfraz de Superman y en alguna de nuestras videollamadas.

—¿Qué pasa? —Se acercó a mí con una sonrisa engreída—. ¿Estoy tan bueno que te has quedado petrificada?

Reprimí una sonrisa.

—Harry Potter no era de Slytherin. Lo sabes, ¿verdad?

—Es que no voy de Harry. ¿Lo dices por las gafas? —Se las bajó por el puente de la nariz y me miró por encima de los cristales sin graduar—. Solo voy de empollón, que al parecer es lo que te pone, pero ha dado la casualidad de que mi uniforme es de un colegio de magia.

—Los empollones están en Ravenclaw, en Slytherin están los idiotas.

—Ya, pero esos no son tan guapos.

Me acarició el brazo despacio, provocándome.

—Pensé que te disfrazarías de gorila... o de diablo —me burlé, pero a él no le hizo gracia—. Sí, creo que te pegaría más de diablo con unos cuernos rojos.

Marcos sonrió con la astucia de un zorro.

—Los cuernos ¿los quieres para agarrarte mientras me echas un polvo despiadado? —Su aliento me acarició la oreja y me hizo estremecer. Colocó la mano donde terminaba mi espalda y me pegó un poco más a él. Yo le quité las gafas con cuidado y las dejé sobre la mesa antes de besarlo.

—Por cierto, ¿y la varita? —Mi pregunta era inocente, pero por la cara que puso supe el tipo de comentario que se avecinaba—. Por favor, no digas que la tienes dentro de los pantalones.

—Ele, ¿por quién me tomas? —Se llevó la mano al pecho y sacó del bolsillo interno de la túnica una varita—. Eres una malpensada —concluyó agachándose—. Pero, vamos, que si tantas ganas tienes de vérmela, solo tienes que pedirlo. ,

—Eres un pervertido. —Le di un golpecito en el brazo y me encaminé hacia la puerta con él siguiéndome.

Al llegar al último escalón nos topamos con Lucas, que estaba colgando una tela de araña en el pasillo.

—¿Y tu disfraz? —pregunté.

—Lo llevo puesto. —Señaló su camiseta.

—Eso es una camiseta de fútbol, no cuenta —apuntó Marcos.

—Es que no es cualquier camiseta de fútbol. Es la de David Beckham. —Se giró para que leyéramos el nombre en la espalda—. Mi mujer va de Victoria, lo justo es que yo vaya de su marido.

—Eres un puto tramposo. —Marcos bajó el último escalón y se paró a su lado.

—Que vosotros no queráis ir a juego no es mi problema. —Lucas le dio una palmada en el hombro a Marcos antes de desaparecer rumbo a la cocina.

El salón se había transformado por completo. En el centro de la mesa había una calabaza tallada con una vela dentro y de las paredes colgaban guirnaldas de fantasmas y cuchillos ensangrentados. Diana y Oliver, que iba disfrazado del Joker, estaban colocando telas de araña falsas. Amanda entró con un bol de palomitas y, al ver el disfraz de Marcos, soltó una carcajada.

—¿Cuándo has llegado?

—Hace un ratito. —Él la abrazó—. ¿Cómo estás? Eso crece por momentos —observó de manera tierna.

—Tu sobri está bien —aseguró ella tocándose el abdomen.

—Me alegro de que Marquitos esté bien.

—No vamos a llamarlo Marcos. —Oí la voz cansada de Lucas—. Eres un brasas, tío.

Yo me reí y Marcos negó con la cabeza.

Amanda puso una lista de música que combinaba canciones de Halloween con sonidos tétricos, y nos mandó a Marcos y a mí a la cocina a repartir en los cuencos la comida, entre la que había chucherías en forma de ojos, dedos y arañas.

—¿Qué os parece? ¿El ambiente es lo suficiente «halloweenesco» para dar escalofríos? —preguntó mi amiga mientras colocaba unos *brownies* en forma de lápida en una bandeja.

—Lo único que da escalofríos es que digas «halloweenesco» —repuso Marcos horrorizado.

—Tendrías que verla en Navidad, ¿qué era lo que decías? —le pregunté—. ¿«Navideñabilidad»?

Marcos torció el gesto para vacilarle y yo me reí.

—Sois idiotas. —Nos sacó la lengua antes de salir de la cocina.

Terminé de masticar la chuchería de fresa y me puse de puntillas para besarlo.

—Tú crees que en el Halloween en el que coincidimos, si yo no hubiese tenido novio, ¿nos habríamos liado?

Se tomó un segundo para acariciarme la mejilla.

—Bueno, yo también tenía novia.

—Ya me entiendes. —Hice un gesto con la mano que le restaba importancia—. Si tú también hubieses estado soltero.

—Pues seguro. Probablemente me habrías llamado «fantasma», yo me habría acercado para contestarte y tú me habrías comido la boca. Como siempre.

Intentó besarme y yo le aparté la cara.

—Tú alucinas. Yo jamás te habría besado así porque sí.

—Eso es discutible. —Marcos me miró incrédulo—. Además, te recuerdo que llevaba estas gafas. —Se las bajó por el puente de la nariz y alzó las cejas de manera sugerente.

Se me escapó la risa y él aseguró convencido:

—En cualquiera de esos momentos que nos quedamos solos en la cocina habría pasado. Estoy seguro de que tú me habrías besado a mí, es lo único que se te habría ocurrido para que me callase. Y, después, yo habría tirado de tu mano hasta la tumbona del jardín y...

—Habríamos muerto congelados.

—Lo dudo.

—Yo habría preferido hacerlo contigo en el sofá.

La sonrisa ladeada entró en escena.

—Lo importante aquí, Ele —se inclinó en mi dirección—, es que acabas de reconocer que yo te atraía con veintitrés años. Cosa que, por supuesto, ya sabía, pero siempre es agradable oírtelo decir.

—Yo no he dicho eso.

Marcos levantó una ceja. Se acercó a mi boca para besarme y susurró un «No te lo crees ni tú» al que yo respondí con un «Eres un creído». Mis labios rozaron los suyos y salí de la cocina dejándolo con las ganas.

Igual que la Navidad anterior, con eso empezaron las provocaciones, los roces y las miraditas.

Solo que esta vez iban en ambas direcciones.

Un poco más tarde, estaba recostada contra la encimera, esperando a que pasaran los tres minutos de microondas para llenar el bol de palomitas, cuando apareció Marcos.

—No puedes vivir sin mí, ¿eh? —pregunté.

Él sacudió la cabeza mientras se acercaba despacio.

—Alguien se ha bebido una cerveza y me ha mandado un mensaje muy interesante mientras yo hablaba con Lucas.

—Ah, ¿sí? —Se me escapó una risita tonta.

Marcos me colocó el móvil delante de la cara y se me encendieron las mejillas al leer lo que le había escrito hacía exactamente seis minutos.

> Me muero por llevarte a la cama

—¿Te suena? —me preguntó, y yo solté otra risita.

—Lo decía porque tengo ganas de dormir contigo.

—Si quisieses dormir, no me habrías mandado el siguiente.

O a la cocina.
Echo de menos comer helado contigo

—Un mensaje inocente —contesté antes de leer el último.

Puedes tocarme y yo intentaré estar calladita

Marcos alzó las cejas.

—Si me mandas estos mensajes, no puedo atender a lo que me cuenta mi mejor amigo.

Solté otra risita y le clavé el dedo índice en el pecho.

—Si tú no paras con los roces y las miraditas, yo tampoco puedo atender a mis amigas.

La risita se me cortó al ver su mirada oscurecerse.

Se inclinó y colocó las manos sobre la encimera, a ambos lados de mi cuerpo. Levanté la cabeza y, cuando vi sus labios a centímetros de los míos, casi me derretí como la vela que estaba dentro de la calabaza.

—Estás guapísima con esta ropa.

—Te gusta porque no deja nada a la imaginación y es de fácil acceso a mis partes íntimas.

—Ya... —Cabeceó—. Solo tengo que subir esta tela un poco y...

El microondas pitó, pero no nos apartamos.

Le rodeé el cuello con los brazos y no me importó que se me subiera el vestido. El pensamiento de él metiéndome mano cruzó mi mente justo cuando llamaron al timbre.

—No sé quién es, pero ya me cae de puta pena —murmuró Marcos.

Suspiré y me coloqué el vestido, y el timbre volvió a sonar.

Abrí la puerta y me topé con una persona a la que tuve que mirar dos veces para reconocer.

—¿Bruno? —pregunté. Mi amigo asintió—. ¿De qué vas disfrazado?

No entendía a qué venía esa capa ni el pelo sintético que cubría sus hombros, pero aquello era una declaración de intenciones hacia Blanca.

—De Jon Nieve.

No me sonaba de nada el nombre, pero parecía de su tierra.

—Ah, ¿de alguna serie vasca?

—Ahí va la hostia, Elenita. —Bruno se rio—. Pasas demasiado tiempo estudiando... ¿Está Blanca?

—Sí. Pasa. —Me eché a un lado para dejarlo entrar—. Voy a buscarla.

Localicé a Blanca charlando con Diana. Enrosqué el brazo alrededor del suyo y la guie a trompicones a la cocina, donde estaba Bruno hablando con Marcos.

—Hola —saludé en alto.

Bruno se dio la vuelta y Blanca se quedó de piedra.

—¿Qué haces aquí? —preguntó sorprendida.

Le hice un gesto a Marcos con la cabeza y él le dio una palmadita a Bruno en el hombro al pasar.

Marcos y yo regresamos al salón y, al cabo de un rato, Blanca y Bruno hicieron acto de presencia. La capa de mi amigo ya no estaba tan bien colocada como cuando había llegado. Parecía que esa cocina era un imán para el amor.

El resto de la fiesta transcurrió sin sobresaltos y pasamos un rato divertido jugando a juegos de mesa y disfrutando los unos de la compañía de los otros.

20

Noviembre dulce

El inicio de noviembre fue un presagio de lo que sería el resto del mes. El día de Todos los Santos siempre se me hacía un poco duro trabajar en la floristería; muchísima gente encargaba flores para sus seres queridos y algunos pasaban a recogerlas con cara de pena. Además, esa semana había vivido muchos altibajos: los nervios de presentar el trabajo, el subidón del sobresaliente, la frustración de la distancia y el consiguiente enfado con Marcos, la diversión de la fiesta y la pasión posterior. Y eso también me tenía un poco más voluble de lo normal, y había contribuido a que mi humor se hubiera ido ennegreciendo conforme avanzaba la mañana.

Lo único bueno fue contar con la ayuda de mi jefa. Isabel me conocía desde que yo era pequeña, porque era amiga de mi madre, y entre nosotras había mucha confianza. Por eso, en un ratito tranquilo que tuvimos, le conté emocionada cómo había sido la defensa de mi trabajo y ella sonrió con cariño y me dijo:

—Marimar estaría muy orgullosa.

Y yo contuve el aliento mientras su abrazo me transportaba a aquellos que me daba mi madre.

Cuando quedaban diez minutos para el cierre, apareció Marcos. Estaba guapísimo con su jersey azul.

Al ver que no estaba sola detrás del mostrador, agarró el primer ramo que encontró —hortensias moradas— y se acercó a la caja.

—¿Qué haces?

—Eh, quería comprar estas flores para mi novia —contestó guardando las apariencias.

Sonreí ligeramente porque me pareció muy mono. Era increíble el poder que tenía su sonrisa sobre mi estado de ánimo.

—No tienes por qué —dije—. ¡Isabel! —Mi jefa se paró a su lado—. Este es Marcos, mi novio.

Él tuvo que agacharse para corresponder a su abrazo.

—Así que tú eres el chico de mi Elenita... —Isabel lo agarró de los brazos y se alejó un poco para verlo mejor—. La quiero ver contenta siempre.

Su tono demandante me hizo reír.

—Descuide, señora. —Él le dedicó una sonrisa adorable con la que se la metió en el bolsillo.

Isabel asintió complacida y se giró hacia mí:

—Vete. Ya cierro yo.

—¿Segura?

—Segura, y llevaos el ramo —terminó haciendo un gesto con la mano.

Le entregué las flores a Marcos, que se despidió de mi jefa con otra sonrisa encantadora y se encaminó a la puerta.

Yo me quité el delantal y lo doblé.

—Gracias. —La besé en la mejilla.

Isabel me retuvo del brazo cuando me aparté.

—No me habías dicho que era tan guapo —susurró.

—Es que luego se lo cree.

Me encogí de hombros y sonreí.

Supe que mi jefa no había hablado tan bajo como creía porque vi la espalda de Marcos agitarse, señal inequívoca de que se estaba riendo. Lo miré hasta que cerró la puerta detrás de él y antes de salir le di otro abrazo a Isabel.

Marcos me recibió en la calle con los brazos abiertos y consiguió que su pecho se sintiera como un refugio. No hizo falta que le explicase cómo había sido mi mañana. Por mi expresión podía hacerse una idea. Dejé que me reconfortase y, durante unos minutos, esa burbuja cálida que creábamos juntos hizo que me olvidase del frío de Madrid. También consiguió que mis florecitas recibiesen luz en lo que parecía uno de los días más nublados del año. Y es que hay personas que con un abrazo logran que los rayos de sol atraviesen la barrera de nubes, incluso aunque un trueno a lo lejos anuncie que se avecina tormenta.

A media tarde estábamos tumbados en mi cama cuando Marcos propuso cenar por ahí. Según acepté, salió del calor del nórdico y empezó a vestirse.

—¿Nos vamos ya? —pregunté incorporándome—. Son solo las siete y está diluviando.

—Tú te quedas aquí. Yo voy a mi casa a cambiarme.

—¿Por qué no vas así? —Observé sus vaqueros y su camisa blanca—. Estás muy guapo.

Se puso el jersey azul y se pasó una mano por el pelo revuelto.

—Porque quiero ponerme aún más guapo para ti. —Se inclinó sobre la cama y me dio un beso tierno y con lengua—. Te recojo en una hora o así, ¿vale?

Asentí y él abandonó mi habitación a toda prisa dejándome confusa.

Cuando salí a la calle era de noche y hacía frío. El suelo estaba mojado y olía a una mezcla de lluvia y contaminación. Marcos me esperaba recostado contra la pared del portal y con la vista clavada en el móvil.

Bajé el escalón y cerré la puerta.

—¿Esperas a alguien? —pregunté.

Sonrió antes de mirarme.

Se guardó el móvil en el bolsillo interno de la americana y, cuando me repasó de cuerpo entero, se encontró con un vestido granate que me llegaba por encima de la rodilla y unas medias tupidas negras. Cuando lo repasé yo a él, vi un traje gris, con chaleco y corbata a juego, y una camisa azul clara debajo. Desde ese instante, el traje gris basalto pasó a ser mi favorito.

—¿Te has puesto chaleco? Pero ¿adónde vas tan elegante?

—A cenar con mi novia. —Despegó la espalda de la pared y me plantó un beso en los labios—. Estás preciosa.

Viendo su ropa, agradecí haberme puesto un vestido bonito y los botines nuevos. Llevaba el pelo suelto, a excepción de la trenza tipo cascada que me había hecho en el lateral derecho.

No habíamos dado ni dos pasos cuando yo ya me detuve para abrocharme todos los botones del abrigo marrón.

Nos bajamos del metro en Gran Vía y caminamos en dirección al Banco de España. Se notaba que era puente porque la acera estaba a rebosar de gente entrando y saliendo de tiendas y bares. El tráfico, como siempre que llovía, estaba obstruido y se oían los cláxones de los conductores más impacientes.

—Es aquí. —Señaló con la cabeza una puerta dorada.

Nos habíamos detenido prácticamente al lado del edificio Metrópolis.

Alcé la vista y leí el cartel que había encima con letras también doradas: «La Primera de Gran Vía». Marcos abrió la puerta y me guio al interior. Subimos a la planta uno por las escaleras, que estaban recubiertas por una alfombra monísima, y fuimos a parar al restaurante. Enseguida nos atendió una chica, a la que Marcos le indicó la reserva y que nos pidió que la siguiésemos hasta nuestra mesa.

Atravesamos el restaurante y me fijé en que a mano derecha había una barra y que estaba bastante concurrido. El local era muy cuco. Había plantas por todas partes. Una de las paredes tenía ventanales enormes que daban a Gran Vía. Las mesas de los laterales eran de mármol, y las del centro, de madera y solo para dos comensales. Supuse que una de esas sería para nosotros, pero me equivoqué. Seguimos a la chica hasta el fondo del local y se detuvo al lado de una mesa que no estaba vacía.

Amanda estaba sentada en el sofá al lado de la ventana y, enfrente, en una de las sillas, estaba Lucas. En cuanto nos vieron se levantaron con una sonrisa.

—Chicos, ¿qué hacéis aquí? —pregunté sorprendida.

—No creerías que no celebraríamos juntos que ya eres veterinaria, ¿no? —contestó Lucas al saludarme.

En cuanto se separó, Amanda me atrapó en uno de sus abrazos de boa constrictora.

—¿Cómo está mi niña? —me preguntó.

—Muy bien —contesté divertida por su entusiasmo.

Mi amiga se giró para saludar a Marcos con dos besos mientras yo me despojaba del abrigo y lo dejaba sobre la silla tapizada de terciopelo.

—¿Quieres tú el sofá? —le pregunté a Marcos.

Él me contestó con una negación de cabeza a la vez que Amanda me decía:

—Ni en broma. Tú a mi lado.

—Al menos tu novia te pregunta —le dijo Lucas a Marcos—. Mi mujer se abalanza directamente sobre el sofá y yo me dejo siempre la espalda en las sillas incómodas.

—Exagerado. —Amanda le sacó la lengua y él le pellizcó la cintura.

Acto seguido, mi amiga me arrastró al baño con la excusa de que se meaba cada dos por tres. Yo la conocía lo suficiente como para saber que tenía que contarme algo. Y, en efecto, en cuanto cerró la puerta lo soltó:

—Fue idea de Marcos. Me llamó la semana pasada. Se sentía fatal por perderse tu defensa.

—¿En serio? —pregunté y ella asintió—. ¡Ostras! Ahora soy yo la que se siente fatal. —Me mordí el labio y la miré arrepentida—. Ayer le dije que me había sentado mal que no viniese y nos mosqueamos.

—No lo sabías. —Ella hizo un gesto que le restaba importancia—. Y yo no podía decírtelo sin estropear la sorpresa.

Suspiré.

Una mitad de mi corazón se fundía de amor y la otra se sentía culpable.

Observé a mi amiga mientras se retocaba el pintalabios delante del espejo. Ella conocía un montón de restaurantes, siempre estaba en busca y captura de los mejores.

—El sitio es precioso.

—Idea de tu novio también.

«Ya está».

Las dos mitades de mi corazón se derretían de amor por él.

—Aquí hasta el baño es cuqui —agregó.

Asentí para darle la razón.

El baño también era monísimo, con la pared de un papel pintado cuyo motivo eran plantas.

Cuando regresamos a la mesa, me senté enfrente de Marcos. Busqué su mirada e intenté transmitirle sin palabras que me sentía fatal por lo de la tarde anterior. Él movió la cabeza casi imperceptiblemente de derecha a izquierda, en un gesto que significaba «No te preocupes» y me guiñó un ojo.

El camarero apareció con las bebidas y, durante unos minutos, nos concentramos en la carta. El sitio era muy elegante y la comida que servían era tradicional.

—Estás guapísima —me dijo mi amiga en cuanto pedimos.

—Tú más.

Amanda llevaba un vestido precioso de gasa verde, que terminaba por encima de la rodilla. Como siempre, era genial el contraste de Lucas con jersey oscuro y vaqueros, al lado de Amanda, que iba superarreglada. Lucas y yo compartimos una mirada cómplice; los dos estábamos pensando lo mismo: Marcos y Amanda podrían venir de una boda perfectamente. Él se encogió de hombros y yo me reí por adelantado.

—Tío, ¿tú qué haces tan elegante? —Lucas le preguntó a Marcos—. ¿Vas a tomar el té con la reina de Inglaterra?

Marcos le hizo una mueca y murmuró algo por lo bajo, y Amanda y yo nos reímos.

—Madre mía, cómo refunfuña desde que se junta con la realeza.

—Ja, ja ¡qué gracioso! —ironizó Marcos.

Lucas le puso la mano en el hombro.

—Perdone mi atrevimiento, su alteza. —Le hizo una reverencia con la cabeza—. Su carruaje lo esperará a la salida.

—¡Que te jodan, capullo! —exclamó Marcos apartándose.

Me apoyé en el respaldo del sofá y me reí. Marcos y Lucas tenían tal nivel de confianza que parecían hermanos. Supongo que esa relación te la da conocerte desde párvulos.

Mientras disfrutábamos de los entrantes, Amanda nos dijo que estaba llevando fatal no comer fuet por el embarazo, y un divertido Lucas nos narró la anécdota de que habían preparado membrillo, algo que a Amanda le encantaba, y que ella al olerlo se tuvo que ir corriendo a vomitar. Nos sacó unas carcajadas descubrir que desde entonces lo aborrecía por encima de cualquier cosa.

Poco después, mientras nos comíamos los principales, les conté mis novedades.

—Se me olvidó contaros que ayer en la clínica me dijeron que quieren pasarme a jornada completa, ahora que ya he presentado el trabajo y eso... Así que es posible que, a lo largo de este mes o en diciembre, firme un nuevo contrato.

Ellos hablaron a la vez:

—¿Por qué no nos lo has dicho antes?

—¡Eso es genial, cariño!

—¡Enhorabuena, Elena!

Su entusiasmo me hizo reír.

—¡Gracias! Quería contároslo a los tres a la vez. —Sonreí contenta—. ¡Ah! Y en algún momento empezaré con las guardias de fin de semana. Supongo que dejaré el trabajo de la floristería, aunque me da pena por Isabel.

—Lo entenderá —dijo Amanda antes de dar un par de palmadas emocionada.

La sonrisa radiante de Marcos me dejó un poco pasmada.

Me corté un trozo de lasaña y degusté el crujiente de parmesano.

—Creo que ahora sí podemos decir de manera oficial que soy veterinaria —bromeé.

Ellos se dedicaron una mirada significativa y, antes de que me diese tiempo a preguntar qué pasaba, ya tenía una bolsa delante.

Agarré el asa y los miré inquisitivamente.

—¿Qué es esto?

—¡Ábrelo y calla! —exclamó mi amiga.

Marcos se encogió de hombros y me observó expectante. Retiré el lazo y el papel de regalo azul, y me encontré con una caja dorada. Levanté la tapa y descubrí un fonendoscopio reluciente de una de las mejores marcas del mercado.

—Chicos, os habéis gastado un dineral... estos instrumentos no son baratos.

—¿Te gusta? —preguntó Marcos ilusionado.

—Es precioso, pero...

—Pero nada —me cortó Amanda—. Disfruta de tu regalo.

—Además, no se puede devolver. Está grabado —finalizó Lucas.

Lo saqué de la caja y leí el grabado de la campana:

Dra. Elena Aguirre

«Doctora».

La emoción que sentía era tan grande que no me cabía en el pecho.

—Muchas gracias. Me encanta —les dije conmovida mientras lo guardaba.

—Cuando lo estrenes nos mandas una foto. —Amanda me echó un brazo al hombro y me atrajo contra ella.

—Con el uniforme puesto, a poder ser. —Marcos me guiñó un ojo y yo sacudí la cabeza.

—Nada de insinuaciones sexuales conmigo delante —reprendió Lucas en broma—. ¿Este es el protocolo que te enseñan en palacio?

Marcos soltó una carcajada y yo lo acompañé.

Tan rápido como llegaron nuestros platos, el camarero se los llevó vacíos y nos entregó la carta de postres. Y así, casi sin que me diera cuenta, la cena llegó a su fin.

Marcos y yo pasamos todo el día siguiente bajo el nórdico.

Unas veces nos dejábamos llevar por la pasión y lo hacíamos rápido; otras nos limitábamos a charlar de nuestras tonterías mientras nos acariciábamos. Y cuando llegó la noche lo hicimos muy despacio, como si así fuésemos a ganarle la batalla al tiempo y conseguir ralentizarlo. Aquella despedida se sentía más despedida que la anterior porque no había promesa de vernos en quince días.

Lo último que oí antes de quedarme dormida fue un:

—Prométeme que si te rayas me escribirás.

Al que respondí con un:

—¿Qué hora es? Te prometo que... no... estaba dormida.

—En Hawái solo son las dos de la tarde. Puedes echarte la siesta.

Marcos me acarició la cabeza con cariño y, cuando volví a despertarme, estaba sola.

21

Un lugar donde refugiarse

El aniversario de la muerte de mi madre era difícil para mí. Era el único día en que iba a su casa en busca de sentirme un poco más cerca de ella, y el único en el que me permitía estar triste. Habían pasado tres años y seguía echándola de menos. Siempre habíamos estado muy unidas y yo siempre estaría agradecida por todo lo que ella había hecho por mí.

Así que ahí estaba yo, sentada en el suelo, sujetando el marco que contenía la última fotografía que nos habíamos hecho juntas. Mientras lo observaba una lágrima se estrelló contra el cristal; traté de quitarla con el pulgar, pero fue inútil, porque a esa lágrima le siguió otra y después otra y otra más. Me apreté la fotografía contra el pecho y busqué un consuelo que sabía que no encontraría.

En momentos como aquel veía difícil que se cerrase el agujero de mi pecho porque el amor de mi madre había dejado un enorme vacío que no se podía rellenar.

Permití que toda esa angustia que llevaba un par de meses ocultando saliera hacia fuera. Había leído sobre el duelo y la pérdida, pero ningún libro ni artículo consiguió ayudarme a deshacerme de este sentimiento tan amargo que se había enquistado en lo más profundo de mi corazón.

Era consciente de que a mi madre no le gustaría verme así, pero no sabía gestionarlo de otra manera.

Mi móvil sonó e interrumpió mi llorera descontrolada. Volqué el bolso y palpé el suelo con la mano hasta encontrarlo.

La llamada entrante era de Marcos.

Arrugué el ceño extrañada; era cerca del mediodía de un sábado, se suponía que yo debía estar trabajando en la floristería y él lo sabía, ¿por qué me llamaba entonces?

Dejé que sonara una segunda vez y, cuando colgó, lo silencié y lo dejé bocabajo.

No tenía ganas de hablar con nadie.

Poco más tarde, oí la cerradura girando seguido del crujido que hacía la puerta de la entrada al abrirse. La única persona que tenía llaves y conocía la existencia de la casa de mi madre era...

—¡Amanda! —exclamé con la voz descompuesta—. ¡Vete, por favor!

Oí el sonido que indicaba que la puerta se cerraba y contuve la respiración el instante que estuve a la espera. Cuando estuve segura de que mi amiga se había ido, volví a esconder la cara en las rodillas. Por encima de mis sollozos resonaron las pisadas de Amanda. Debería haber supuesto que no me haría caso. Agucé el oído y supe que se había detenido al final del pasillo.

—Te he pedido que no vinieras. Vete, por favor —rogué contra los vaqueros.

Amanda no respondió.

Tenía un nudo monstruoso oprimiéndome la garganta y otro desgarrándome el corazón. No podría contener mucho más el torrente de agua que se acumulaba detrás de mis párpados y sabía que si me oía llorar no se iría. Necesitaba estar sola. Por eso cuando mi paciencia se evaporó hablé de malas maneras:

—Amanda... ¡lárgate!

Sentí un golpecito suave en el muslo derecho, pero no me inmuté. Algo me pasó por debajo de las piernas y me golpeó la rodilla izquierda. Ladeé el rostro y me encontré con Minerva. Parpadeé un par de veces confusa, provocando que más lágrimas rodaran por mis mejillas. Me limpié con la manga por debajo de los ojos y cuando volví a abrirlos la gata seguía ahí. No me lo había imaginado. Por un segundo olvidé que era imposible que mi mascota pudiera haber llegado hasta la casa de mi madre. La acaricié un par de veces y ella se apoyó sobre las patitas traseras y colocó las delanteras en mi rodilla. Entendí su mensaje a la primera, bajé las piernas y ella se subió. Giré el rostro hacia la derecha en busca de mi amiga y entonces lo vi.

—¿Marcos? —Su nombre salió de mis labios en un murmullo bajo.

La cara que tanto me gustaba era la viva imagen de la pena. Su ceño estaba fruncido y sus labios eran una línea recta que estaba muy lejos de ser la curva que me quitaba el aliento. El azul de su mirada estaba apagado y me dio la sensación de que estaba igual de triste que yo. Al sentir su mirada fija en mí, fui consciente del estado en el que me encontraba: con los párpados hinchados, la nariz taponada y la cara empapada. Mi sudadera era viejísima y tenía el pelo enmarañado de la cantidad de veces que me lo había apartado de la cara. Marcos no dijo nada del estado deplorable en el que me encontraba ni de que mis pertenencias estuvieran desperdigadas por el suelo. Hice ademán de levantarme, pero él alzó la mano para que me detuviera.

—¿Qué haces aquí? —pregunté en un hilo de voz—. ¿Cómo me has encontrado?

—Amanda me lo ha contado —respondió afligido.

Asentí y aparté la vista sin saber cómo sentirme.

Quería estar sola, pero no tenía fuerzas para echarlo. Los ojos se me volvieron a empañar, así que acaricié la cabeza de Minerva para tranquilizarme con su ronroneo reconfortante.

—¿Qué te ha contado? —Volví a mirarlo y su expresión taciturna me retorció el corazón—. ¿Cuándo?

—Me llamó anoche —murmuró. Parecía estar haciendo un esfuerzo por no derrumbarse también—. Solo me dijo que hoy era el aniversario de la muerte de tu madre y que el año pasado viniste aquí y ella vino a buscarte, pero que creía que este año yo... —Hizo una pausa y suspiró antes de continuar—. No podía quedarme en Londres sabiendo que ibas a estar así.

No sabía qué decir, probablemente porque de haber sido al revés habría hecho lo mismo.

Marcos se sentó en el suelo, al final del pasillo, con la espalda apoyada en la pared opuesta y volvió a mirarme. Busqué un pañuelo, pero todos los que tenía estaban usados. Me sorbí los mocos sin que me importara nada más y me mordí el labio para detener el temblor que amenazaba con quebrarme. Marcos empujó por el suelo un paquete de pañuelos que se chocó contra mi pierna.

—Elena...

—No —corté mientras me limpiaba la nariz—. No quiero hablar, no quiero dormir, no quiero comer y no quiero que me des un beso. No quiero alegrarme de verte y no quiero sonreír —solté de carrerilla.

—Puedes hablarme o no, pero quiero que sepas que estoy aquí. —Su voz sonaba tan triste como la mía—. Y si quieres que me vaya, te puedo esperar en la escalera, al lado del ascensor, o en la calle.

No quería contarle lo que me pasaba porque no creía que fuese a servir de nada y no sabía si él cambiaría la manera que tenía de verme, y eso me asustaba un poco. Después de meditarlo unos segundos terminé diciendo:

—Prefiero que te quedes.

Él asintió.

Tenerlo ahí me hacía sentir arropada. Agaché la cabeza y dejé que el pelo me ocultara el rostro interponiéndose entre mi destrozo emocional y Marcos.

La gata se bajó de mi regazo y yo me abracé las piernas.

Apoyé la mejilla contra la rodilla y lo miré. Marcos tenía las piernas flexionadas y descansaba las muñecas sobre las rodillas. El final del pasillo estaba más iluminado que la esquina donde yo me encontraba. El día fuera estaba soleado, pero dentro de esas cuatro paredes todo parecía niebla y yo sentía que esa tormenta de oscuridad me arrastraba con ella.

Mientras lo observaba dudé sobre si contarle lo que sentía o no. Amanda era la única persona con la que había hablado de mi madre. Nunca me había atrevido a hacerlo con nadie más porque era una parte muy íntima y dolorosa. Él hacía que, de alguna manera, sintiese que los rayos de sol que entraban por la ventana empezaban a calentar la casa. Quizá, si se lo contaba, me sentiría algo mejor.

A duras penas me levanté; tenía las piernas entumecidas porque llevaba horas sentada. Al limpiarme las lágrimas con el último pañuelo noté la zona de las ojeras dolorida de las veces que me había frotado la piel sin cuidado. Marcos se levantó despacio y me miró con cautela mientras yo recogía la foto de mi madre y la abrazaba contra mi pecho. Di un paso en su dirección y luego otro. Él permaneció inmóvil mientras me aproximaba. Con el último paso escondí la cara en su pecho y me sujeté a su jersey gris con la mano libre. De forma automática él me abrazó.

—Quiero... sentarme —pedí al cabo de un rato.

No sé cómo se las apañó, pero terminamos sentados en el suelo, el uno al lado del otro, con Minerva en medio.

—Yo... —Me detuve porque no sabía por dónde empezar.

—No tienes que hablar si no quieres.

Lo sabía, pero algo en mi interior me decía que había llegado el momento. Marcos se había ganado mi confianza poco a poco y quería sincerarme con él. Quería que me viera de verdad.

—Me gustaría contarte cómo me siento, pero no quiero asustarte.

—Eso no va a pasar. He vivido y he escuchado testimonios horribles. Te aseguro que nada puede asustarme.

Respiré hondo y reuní el valor que necesitaba para contarle mi historia.

—Esta es mi madre... —Sujeté el marco con ambas manos para que lo viera—. Se llamaba María del Mar. Esta es una de las últimas fotos que nos hicimos juntas antes de saber... que... —Me detuve porque un sollozo amenazaba con atravesarme el pecho y partirme por la mitad.

Marcos suspiró, se giró y se sentó orientado hacia mí. Yo despegué la espalda de la pared y lo imité. Me crucé de piernas y me acerqué hasta que nuestras rodillas se tocaron. No sé si fue por el contacto familiar de su cuerpo o porque algo en mi interior me decía que podía confiar en él, pero cuando empecé a hablar ya no pude detenerme.

—Cuando estaba en cuarto de carrera, un mes después de la fiesta de Halloween en la que coincidimos..., mi madre empezó a estar muy cansada. No le dio importancia, pero debido a la insistencia de mi abuela fue al médico. Después de Navidad le hicieron unas pruebas en el hospital y... —Me tembló la voz y me tembló la mano al agarrar la suya; no había ni un centímetro de mí que no estuviera agitado en aquel momento—. Le detectaron un cáncer muy avanzado. Tenía metástasis y... no se podía curar. Lo único que se podía hacer era someterla a tratamientos que, con suerte, le alargarían la vida. Ella no quiso... —un sollozo me obligó a detenerme— no quiso quimioterapia. Prefería pasar el tiempo que le quedaba siendo ella misma. No quería estar conectada a una máquina ni visitar hospitales todas las semanas. Dejé la universidad en enero, cuando acababa de empezar el segundo cuatrimestre. Se enfadó porque, según ella, la vida seguía adelante, pero ¿cómo iba a continuar la mía sin ella? —Sacudí la cabeza e hice una pausa para recomponerme—. En la medida en que su condición física lo permitía viajamos juntas, fuimos a la Semana Grande de Bilbao y a conocer la Alhambra con mi abuela, y también cogimos un tren para bañarnos en las playas de Portugal. Allí fue donde ella conoció a mi... a la persona que... a mi padre —dije al final—. Creo que el propósito de ese viaje era recordar aquel momento o quizá encontrarlo..., no lo sé. Lo conoció cuando estaba de viaje con sus amigas. Mi madre se enamoró perdidamente de él y, a pesar de todas las protestas de mis abuelos, no volvió. Poco después se quedó embarazada y cuando se lo dijo, él... la abandonó. —Hice una pausa para tratar de serenarme un poco—. Regresó a Madrid a vivir con mis abuelos... fue un revuelo que volviera embarazada y sin marido. Creo que mi abuelo se enfadó muchísimo. De mi padre solo sé que aquel verano estaba en Portugal por trabajo.

Cogí aire y me forcé a continuar; había empezado a hablar y no podía esconderme dentro del caparazón hasta haber terminado.

—Mi madre era peluquera. Era ella la que me trenzaba el pelo y sé que es una tontería, pero llevar trenza me hace sentir más cerca de ella...

—No es una tontería —dijo Marcos cuando el silencio se extendió entre nosotros.

—Volvió a trabajar cuando yo tenía un año. Ahorró todo lo que pudo y alquiló una casa en la otra punta de Madrid. Creo que quería darles una lección a mis abuelos y demostrarles que podía valerse por sí misma. Al final estaba todo el día trabajando y el sueldo nos llegaba justo para vivir. Cuando mi abuelo falleció, mi abuela la convenció de volver a vivir aquí. Mi madre aceptó y compró esta casa, un piso por encima de la de mi abuela, que es donde vivo ahora. Los padres de Amanda, que vivían en la puerta de enfrente, se llevaban muy bien con mi abuela y fueron los que le recomendaron el colegio.

Observé la fotografía que descansaba en el suelo. Venía la parte más dura de contar. Marcos debió de notarlo porque sus dedos se tensaron debajo de los míos. Si él se sentía una décima parte de lo mal que me había sentido yo al escuchar su historia, ahora mismo debía de estar destrozado por dentro.

—Aguantó hasta noviembre, once meses... —Luché por encontrar las palabras, pero no pude hacer nada por combatir las lágrimas—. Cuando sabes que una persona va a morir se activa un cronómetro imaginario en tu cabeza. Sabes lo que va a pasar, te preparan para ello, pero cuando sucede es igual de devastador que si no te hubieran avisado. No te puedo explicar lo que sentí aquella noche... y lo que vino después. Mi abuela se encargó de organizar el funeral sola y durante casi un año se ocupó de cuidarme y de tratar de sacar adelante a una niña que no quería salir de la cama. Fue ella la que consiguió convencerme poco a poco de volver a vivir y la que me marcaba pequeñas metas..., y gracias a ella y a Amanda salí de mi habitación. Un día fui a dar una vuelta a la manzana, otro día fui sola a comprar el pan y llegó un día en que decidí que quería volver a la universidad. Me readmitieron, pero ya no había posibilidad de recuperar la beca. Mi abuela se ofreció a pagarme la matrícula, pero sabía que trabajar me daría un propósito y eso era lo que necesitaba para terminar de salir adelante. Comencé de dependienta en la floristería, porque mi abuela y mi madre conocían a la dueña de toda la vida, y retomé cuarto de carrera. Después de dos años fuera, las personas que conocía ya se habían graduado y los pocos amigos que tenía los había perdido al encerrarme en mí misma. También lo dejé con Álex, así que puede decirse que solo contaba con Amanda. —Alcé la vista y enfrenté los ojos de Marcos. Agradecí que no me mirase con pena. En su mirada encontré comprensión y eso me dio la fuerza que necesitaba para terminar—. Pensé que el primer día de clase sería aterrador, pero Blanca y Carlota se sentaron conmigo y me hicieron sentir una más. Saqué buenísimas notas y fue un año medio bueno. Pocos meses después de empezar quinto, fui a la fiesta de Navidad de Amanda; ella estaba muy emocionada de ver mis progresos. Y allí tú, el muérdago y yo... ya sabes... —Le dediqué una pequeña sonrisa que él correspondió—. Poco después de esa fiesta, mi abuela falleció. Creo que estaba esperando a ver que yo tenía la vida solucionada para descansar en paz... Fue duro despedirme de ella. Volví a encerrarme en mí misma y me centré en los estudios... El resto de mi historia ya la conoces: llegó junio, tú y yo nos liamos en la boda, terminé la carrera y hasta hoy.

Marcos me acarició la mano con cariño.

—Amanda y Minerva han sido un gran apoyo para mí durante el duelo. Mi madre me dejó esta casa en herencia, mi abuela liquidó la hipoteca y, pese a que solo vengo un día al año, no tengo fuerzas para venderla. Nunca podría volver a vivir aquí, pero tampoco quiero que otras personas lo hagan... —Se me quebró la voz y me rompí en mil pedazos. Me puse de rodillas para abrazar a Marcos y él me apretó con fuerza—. La echo mucho de menos. —Sollocé contra su pecho—. Daría cualquier cosa por retroceder en el tiempo y estar un minuto más con ella... cualquier cosa.

Marcos se limitó a estar presente, que era lo que yo necesitaba. No tenía que prometerme que todo estaría bien ni decirme que lo superaría algún día; solo me hacía falta que estuviera ahí, sosteniéndome, mientras yo empapaba su jersey y le ponía pegamento a mi corazón roto.

—Lo que siento dentro del pecho... es horrible. —Noté el sabor salado de las lágrimas en la lengua.

—Es parte del proceso de sanación. —Marcos me frotó la espalda—. No puedo imaginarme lo que estás sintiendo y sé que no es mucho, pero estoy aquí y estaré contigo cada vez que quieras hablar de ello.

Se notaba que Marcos estaba acostumbrado a lidiar con situaciones desagradables. Quizá de su propio sufrimiento, y del que veía en su trabajo, había adquirido la templanza con la que estaba aguantando mi chaparrón.

Mientras derramaba lo que me quedaba dentro, sentía que la brecha de mi corazón se abría y que se cerraba el foso que nos había separado a Marcos y a mí desde el principio.

Después de desahogarme, le conté algunas anécdotas divertidas, como que mi adicción a los helados había empezado cuando me operaron de anginas cuando tenía diez años, y que mi abuela siempre me daba un helado a escondidas de mi madre. Y mientras compartía un trocito más de mí fui consciente del paso que acababa de dar. Me sentía bien con él y se había ganado mi confianza poco a poco. Acababa de contarle mi historia porque sabía que no me haría daño. Sabía que él estaría ahí. En lo bueno y en lo malo. Marcos y yo estábamos construyendo una relación sólida. En cinco meses habíamos conseguido crear un ambiente seguro y de confianza suficiente para abrirnos el uno con el otro. Y este nivel no lo había alcanzado con nadie que no fuese Amanda. Ni siquiera con mis amigas, a las que quería con locura.

—Gracias por escucharme y por venir. —Él negó con la cabeza—. ¿Cuándo has llegado?

—A media mañana. Amanda me ha recogido, me ha dado las llaves y ha subido conmigo hasta tu casa. Al principio no sabía si quedarse por si la necesitabas. Al final se ha ido, pero me ha hecho prometer que la llamaría si necesitabas algo. —Hizo una pausa para mirarme—. Se me ha ocurrido subir a Minerva porque me contaste que te había ayudado en su día y, bueno, tu trabajo de fin de grado iba precisamente sobre esto... No estaba seguro, pero he creído que sería una buena idea.

—Lo ha sido, gracias. —Apoyé la cabeza sobre su hombro. Estaba exhausta—. Me siento fatal porque hayas venido, yo no... pensaba decirte nada.

—Y yo no pensaba dejarte sola después de la llamada de Amanda. Si me hubieras echado, te habría esperado en tu casa o en las escaleras al otro lado de la puerta, así que gracias por confiar en mí.

Me separé y lo miré. Marcos parecía cansado, probablemente por el madrugón del avión y por verme destrozada.

Tenerlo ahí conmigo me había ayudado.

Sonreí agradecida y sus ojos recuperaron un poquito de calidez.

—¿Cuándo tienes que irte? —Lo agarré del brazo y volví a colocarle la sien contra el hombro.

—Mi vuelo sale el lunes a las seis de la mañana, pero, si quieres dormir sola, puedo irme a mi casa.

—No, no. Quiero que te quedes conmigo. ¿Vas a llegar a tiempo a trabajar?

—Sí, me recogerá Lisa. Y por sorprendente que parezca, esta vez no me ha pedido nada a cambio.

Se me escapó una risita baja y cerré los ojos. Permanecimos unos minutos en silencio.

—Creo que podría comer algo.

Él asintió y volvió a mirarme con precaución.

—¿Quieres comer aquí o quieres ir a algún sitio?

Sopesé la pregunta.

—Podemos pedir algo y podría enseñarte mi habitación... —propuse.

Marcos se puso de pie y extendió la mano para ayudarme a levantarme.

—Claro, cariño.

El día que Marcos me contó su pasado comprendí muchas cosas que hasta entonces no había entendido, como por qué después de la olimpiada de matemáticas no me había devuelto el saludo. Mientras me abrazaba en el pasillo de casa de mi madre me pregunté si él sentiría que podía encajar las piezas del puzle que antes faltaban y si de alguna manera esto nos uniría más y haría que mejorase aún más nuestra relación. Lo cierto era que una parte de mí se había quedado más tranquila y, por fin, un poco más en paz.

22

Un amor entre dos mundos

Pues sí.

Compartir mi pasado con Marcos hizo que nos uniésemos más. Supongo que porque aquel día me quité la última capa que protegía mi corazón y con ella le entregué mi vulnerabilidad y también mi confianza plena. Y él se había llevado parte de eso a Londres, junto al sol, la calma y también la tempestad.

Fue liberador contárselo, pero los días siguientes me sentí un poco frágil por haber revivido todo aquello. Por suerte, esos días Marcos y yo hablamos bastante. Él estaba más pendiente de mí de lo normal y yo también lo estuve de él. No había perspectiva de vernos en un horizonte próximo, pero lo sentía más cerca que nunca.

Por aquel entonces nos escribíamos a diario.

Unas veces simplemente nos preguntábamos qué tal nos estaba yendo el día; otras nos mandábamos fotos de cosas que nos hubiesen recordado al otro. Como, por ejemplo, cuando él me envió una prueba de que su cactus seguía vivo. O como cuando yo le mandé una de una caja de PG tips, su marca de té favorita, que encontré en El Corte Inglés. Eran tonterías que, por lo menos a mí, me hacían sentir más cerca de él.

Algunos mensajes me hacían sonreír solo de imaginar su cara de indignación. Como cuando le escribí:

> Ponte las gafas para llamarme y finge que eres un abogado inteligente y sexy, porfa

Y, por supuesto, él contestó:

> Vamos a ver, no tengo que fingir eso.
> Ya lo soy

Otros hacían que quisiese comérmelo a besos:

> Estaba viendo la foto que me enviaste ayer.
> Y, joder, es que eres preciosa.
> Te voy a besar el cuerpo entero en cuanto te vea

Y me despertaban el lado ñoño:

> Ay, te echo mucho de menos 😟
> Solo pienso en abrazarte.
> Y en mirar tus ojos.
> Son tan bonitos...

Otros me recordaban lo melodramático que era:

> Estoy supertriste, echo mucho de menos a mi novia

Acompañando a su mensaje venía la foto de un gato, que parecía triste, mirando un móvil.

> Jajaja. Qué bobo eres!
> Qué puedo hacer por ti?

> Enviarme una foto.
> En la que se te vea con el uniforme,
> el fonendoscopio y con tu cara sexy

> Ahora?
> Marcos, estoy trabajando

> Yo hice el ridículo en el gimnasio por hacerte feliz

> Eso es chantaje

> Eso es una realidad como un templo.
> Y lo volvería a hacer si me lo pidieses

Y, claro, ¿qué hacía yo?
Pues claudicar.
Con otros mensajes me reía a su costa:

> Cómo que no?
> Por supuesto que vas a ducharte conmigo
> en cuanto nos veamos

> Ya te he dicho que no me apetece

> Vamos, Ele, piensa en el planeta.
> Hay que ahorrar agua, que tengo
> que regar mi cactus 😭

> Apenas se riega, idiota!

Y en otros él sacaba su lado chulito y yo babeaba:

> Eres un creído monumental

> Ya, pues sabes qué pasa?
> Que estás enamorada del creído monumental
> y te encanta acostarte con él

> Pues sí

> A ti te encanta follar con el creído
> y a mí me encanta follarme a la
> empollona

Aparte de por mensaje, también hablamos cada noche cuando él salía de trabajar. En esas llamadas nos contábamos nuestro día y nos hacíamos sentir parte de la vida del otro. Algunas de nuestras video-llamadas acababan cuando nos dábamos las buenas noches, y otras con él diciendo cosas como:

—No dejo de pensar en ti... En besarte, en acariciarte, en desnu-darte, en lamerte entera, en hacértelo despacio y también rápido mien-tras me pides más y más.

Y conmigo gimiendo al límite un «Dios, qué bocazas eres siem-pre», antes de dejarme llevar por un orgasmo.

Nadie me había excitado tanto con palabras como él.

Y así, fuimos tachando días en el calendario.

Veníamos de habernos visto dos semanas seguidas y eso hizo que me olvidase un poco de lo difícil que resultaba vivir en países distin-tos. Esas dos semanas fueron un espejismo y la vida no tardó en po-nerse por delante para recordarnos que el mundo seguía girando es-tuviésemos juntos o no, y que no podríamos hablar siempre que quisiésemos.

> Perdona, estaba cenando con Amanda y no miré el móvil.
> Si sigues despierto, te llamo luego

Buenos días,
Estaba sopa cuando me escribiste.
Me voy a pasar el día con los chicos.
Avísame luego y te llamo

Mi vida avanzaba y la de Marcos también.

El domingo salí de la floristería arrastrando los pies, igual que el día anterior. Ese día llamé a Isabel para comunicarle que dejaba el tra-bajo. En cuanto acabase el mes, terminaría mi etapa en la floristería y recuperaría mis fines de semana. Quería contárselo a Marcos, por eso le escribí:

> Acabo de salir!
> Te llamo de camino a casa?

No puedo, cariño.
Estoy con Lisa a cargo de mis sobrinas.
Las hemos traído a Hamleys
(la juguetería más grande del mundo).
Y, como me despiste, las pierdo.
Luego te mando una foto!

Vale 😊

La tercera semana de noviembre empecé a trabajar a jornada completa en la clínica, lo que se tradujo en que se acabaron los paseos con Amanda por las tardes y la comunicación con el resto del mundo se redujo de manera inevitable. También significó que aumentase mi cansancio, en especial porque aquella semana trabajé todos los días a jornada completa, primero en la clínica y luego en la floristería. Los días siguientes Marcos y yo seguimos en contacto, pero la frecuencia de nuestros mensajes comenzó a espaciarse. Y es que yo no tardé en descubrir que trabajar en una clínica con urgencias veterinarias significaba no salir siempre a la hora. Sin embargo, por encima del agotamiento estaba el hecho de que me apasionaba lo que hacía y estaba aprendiendo muchísimo. Y eso me hacía muy feliz.

Me sentía ridícula sacándome fotos con el uniforme en el vestuario. Era malísima haciendo poses sensuales, pero seguía intentándolo porque a mí parte del cansancio se me pasaba al ver sus fotos y quería pensar que a él le pasaba lo mismo. Sobre todo los días que detectaba que la distancia se hacía más grande y pesada entre nosotros. Él hacía lo mismo conmigo, aunque sus *selfies* de gimnasio poco a poco fueron reemplazados por *selfies* en su despacho.

La comunicación entre Marcos y yo empezó a marchitarse. Y es que, a veces, da igual cuánto cuides tu planta, que hay factores externos que también influyen en ella. Intentábamos que nuestras respectivas vidas no se interpusieran en la relación, pero no siempre lo conseguíamos.

Cuando llegó el fin de semana, me las apañé para ver a mis amigas.

Amanda se acercó a la floristería para comer conmigo y aprovechamos mi descanso para ir a comprar ropa para el bebé.

—Ese bebé va a necesitar el armario más grande del mundo —le dije en broma.

Ella metió tres conjuntos de verano más en su cesta y solo me dijo:

—Pues como su madre.

Cuando volví por la tarde a la floristería, aproveché que no había nadie para escribir a Marcos. Intercambiamos un par de mensajes, pero enseguida me dijo:

> James acaba de amenazarme con
> tirar mi móvil al Támesis si no le hago caso.
> Luego te llamo

> Vale.
> Pásalo bien!!

Al día siguiente, que cerraba antes, Carlota y Blanca aparecieron por allí. Según entraron en la tienda, Carlota me dio un abrazo fuerte y apretado; me dio la sensación de que ella lo necesitaba más que yo. Blanca también intentó abrazarme, pero llevaba un plumas enorme y nuestro abrazo fue más aparatoso, cosa que nos sacó unas risas. Terminamos cenando pulpo a la gallega y croquetas mientras ellas me ponían al día de sus anécdotas de clase.

—Blanca se ha tirado a Bruno en los baños de la biblioteca —dijo Carlota con una sonrisa malévola.

Miré a Blanca en busca de una confirmación y ella soltó una risilla antes de decir:

—No fue en los de la biblioteca...

—Te juro que casi prefería cuando no se hablaban —interrumpió Carlota—. Me da miedo ir a mear en la facultad por si abro la puerta equivocada y me los encuentro dentro... Es un peligro que tengan un baño cerca.

Yo solté una carcajada ruidosa.

En ese momento recibí un mensaje de Marcos:

Ya estoy en casa.
Te llamo?

Estoy con las chicas.
Luego te aviso!

—¡Qué exagerada eres! —oí que contestaba Blanca, y volví a prestarle atención. Me encantó ver que su sonrisilla seguía presente.

—Manda ovarios que diga yo esto, pero deberías estudiar más. —Carlota le dio un codazo—. En el parcial de la semana que viene te van a preguntar por las medidas preparto del ternero, no por la polla de Bruno.

—¡Una pena! —Blanca alzó las cejas de manera sugerente—. Si me preguntasen por eso sacaría un diez. Podría dibujarla con los ojos cerrados.

Volví a reírme. Había tenido una semana larga y ese ratito con ellas me hizo olvidar que la semana siguiente sería igual de eterna.

—Bueno, ¿qué? —Me miró Carlota—. ¿Brindamos ya porque el próximo finde será el último que trabajes?

—¡Por fin vamos a poder ir de *brunch* un domingo! —dijo una Blanca emocionada.

—Y podremos ir al rastro después —sugirió Carlota.

Asentí divertida y alcé mi vaso.

Tenía muchas ganas de hacer esos planes con ellas, me los había perdido un montón de veces.

Brindamos por eso y por un millón de cosas más. Porque a nosotras nunca nos faltaban motivos por los que celebrar algo.

La última semana de noviembre empezó mal. El lunes estaba reventada a primera hora en la clínica; la noche anterior, mis amigas y yo habíamos acabado liándonos y dejándonos llevar por la emoción de volver a estar juntas, y cuando me acosté eran las dos de la mañana. Quise llamar a Marcos, pero ya estaba dormido. Así que ese día me levanté cansada y con el humor trastocado. Cuando estaba a punto de entrar en la clínica me escribió y yo, casi sin leerlo, le contesté un:

LUEGO.

«Luego» era la palabra que estaba ganando protagonismo y relevancia en nuestras conversaciones.

Luego te llamo.

Luego te cuento.

Luego te envío una foto.

Todo era luego.

Y, a veces, ese luego llegaba a tiempo, y, otras, llegaba demasiado tarde.

Pese a que estaba concentrada en el trabajo, Joaquín detectó que estaba un poco decaída cuando no me reí de su chiste con juego de palabras ni cuando me llamó *«dogtora»*. Respondió a mi escueta sonrisa preparándome un café y dándome uno de sus alfajores. Ese pequeño detalle, y que me enseñase un nuevo meme de Grumpy cat, el gato enfadado más famoso de internet, me hicieron sonreír de verdad. Y, a partir de ahí, la mañana fue mejorando.

A esas alturas del mes Joaquín era la persona con la que más tiempo pasaba, estaba aprendiendo mucho de él, y Carlota era con la que más me mensajeaba. Las dos nos entendíamos y seguíamos fieles a nuestra promesa de ser desgraciadas en compañía.

La mayoría de nuestros mensajes eran positivos, pero con otros, aunque intentábamos enmascarar el mal humor bajo bromas, no lo conseguíamos.

Que la distancia es solo un número?
En serio, qué basura de taza es esta?

Observé unos segundos la foto de la taza que ella había sacado en una tienda y suspiré. No me dio tiempo a contestarle cuando recibí otro mensaje suyo.

> Pero quién escribe estas mierdas?
> Díselo a mi corazón, gilipollas!!

> Y al mío!

> Hoy tengo el día torcido.
> Qué haces tú para subirte el ánimo?

No era la más indicada en aquel momento para dar consejos porque hasta yo misma comenzaba a tener dudas.

Ese mensaje me llegó justo cuando los míos con Marcos se estaban transformando en cosas como:

> Sigo reunido.
> No puedo leerte ahora.
> Cuéntame y te leo luego

> Saliendo ahora, íbamos a cerrar,
> pero entró una urgencia.
> Estás despierto?

Y también se daba la situación inversa:

> Te he llamado, pero supongo que estás dormida.
> Me acuesto.
> Te quiero

Cuando el mes estaba llegando a su fin, otro tipo de preguntas empezaron a plantarse como semillas en mi cerebro.

«¿Estará pensando en mí?».

«¿Me echa de menos?».

«¿Lo lleva bien?».

Yo no quería regarlas porque no quería que crecieran, pero a veces era imposible.

Y, al final, uno de esos pensamientos germinó: «Marcos lo lleva mejor que tú». Por eso los últimos días fui yo la que inició la conversación. Y, por eso, era yo la que miraba el móvil cada dos por tres.

Con ese pensamiento caí en que estaba mucho más pendiente del móvil que antes, y eso era una certeza aterradora. Yo, que siempre había defendido estar centrada en mi carrera profesional... ¿qué estaba haciendo?

Y así volví a aquel tiempo en el que mi corazón y mi cerebro batallaban uno contra el otro. La vez anterior había ganado Corazón, pero Cerebro estaba recortando ventaja.

«¿Estás boba? Claro que piensa en ti. Mira qué foto te mandó el otro día. Sale monísimo», pensaba Corazón.

«Bueno, tanto no pensará en ti cuando lleva seis horas sin contestar al mensaje», pensaba Cerebro.

Dos días más.

Eso fue lo que aguanté.

Llevaba veinte días seguidos trabajando, tres sin hablar con Marcos, y no podía más. Necesitaba un respiro y necesitaba desahogarme.

Mi estado de ánimo fluctuaba y me afectaba también lo que ocurría a mi alrededor. Salir de la clínica después de un turno de diez horas en el que, además, había muerto el pastor alemán de una niña de ocho años no ayudaba. En mi profesión eso era una cosa con la que había que lidiar y yo todavía no estaba del todo inmunizada. Aunque he de decir que estaba muy contenta de estar haciendo por fin lo que me gustaba y de estar salvando animales pese a que hubiese días malos como aquel.

Tampoco ayudaba el frío ni pisar las hojas mojadas del suelo.

Todavía quedaba casi un mes de otoño por delante, pero Madrid sin Marcos se sentía como el invierno de la Antártida.

Lo peor de todo era que ese viento frío estaba empezando a colarse en mi garganta y a expandirse a mi corazón.

Más tarde comprendería que ese frío insoportable que sentía en la garganta en realidad era un nudo que me apretaba la campanilla y que no se aflojaría hasta que me desahogase llorando.

Me dejé caer en el asiento del metro desganada.

Tenía el día tonto.

De esos en los que cualquier cosa te sienta mal. De esos en los que da igual lo que pase porque solo quieres llorar.

La separación cada vez ocupaba más espacio.

El mal humor era peor.

Y, en ese momento, con la cabeza apoyada en la barra amarilla del vagón, fui consciente de lo mucho que me gustaría abrazar a mi novio. Así que saqué el móvil del bolso y le escribí:

> Llevamos tres días sin hablar y te echo de menos

Esperé en línea un par de minutos por sí contestaba y me entretuve releyendo antiguos mensajes suyos.

Aún tenía el móvil en la mano cuando respondió:

> Perdona, cariño.
> Sigo en el despacho.
> Te llamo en cuanto salga.
> Estoy terminando una cosa

Al llegar a casa me di una ducha con agua ardiendo y, sin darme cuenta, me puse a llorar. Estaba cansada. Me tocaría cenar otra vez una ensalada preparada y tenía que plancharme el uniforme limpio antes de acostarme.

Un rato después ya estaba en la cama esperando su llamada. Estaba acurrucada bajo el nórdico, pero seguía helada. Era uno de esos días en que el frío se te mete bajo la piel y ya no eres capaz de sacarlo. Minerva saltó a mi lado, pero esa noche no consiguió reconfortarme.

Las diez dieron paso a las once.

Y las once a las doce.

Recuperé el móvil de la mesilla y escribí a Amanda:

> Siento que hace un siglo que no te veo,
> quedamos el finde?

También contesté el mensaje de Blanca:

> Se me pasó contestarte, lo siento.
> Yo también estoy deseando que llegue el
> martes para trabajar juntas!

Entré en la conversación con Carlota y escribí:

> Cómo llevas el examen?
> Sabes ya cuándo viene Greta?
> Yo hoy estoy fatal.
> Creo que voy a irme a dormir otra vez sin hablar con él...

Por último, le mandé otro mensaje a él:

> No sé si te has dormido o sigues en el despacho.
> Me pediste que te escribiese cuando me rayase...
> Estoy rayada.
> Me habría gustado hablar contigo.
> Echo mucho de menos tu voz.
> En fin, espero que hayas tenido buen día.
> Buenas noches

No recuerdo cuánto tiempo tardé en conciliar el sueño, pero aquella noche los pensamientos que llevaba días intentando no regar germinaron de la tierra con fuerza y no me dejaron descansar del todo. Esa distancia que había sentido hacía tiempo crecer en mi corazón no se había ido. Había estado ahí esperando su momento de propagarse como la mala hierba.

Lo último en lo que pensé antes de dormirme fue en que me había quedado esperando una llamada que no había llegado.

23

El ilusionista

En el cruce del faro de Moncloa a veces se ponía la gente a hacer malabares para entretener a los conductores mientras el semáforo estaba en rojo, y antes de que se pusiese verde pasaban con la gorra. Había gente que ni siquiera los miraba. Otros bajaban la ventanilla y les daban dinero, y con eso les proporcionaban la energía necesaria para seguir con su espectáculo. Yo los admiraba. Nunca se me había dado bien hacer malabares ni usar el yoyó, ni el diábolo, ni la peonza, ni ninguno de esos juguetes que podías usar sola.

Y aun así tenía la sensación de que llevaba semanas haciendo malabares con Marcos. Y esos malabares implicaban cosas como escabullirme en horario laboral a hacerme una foto en el baño o a suspirar con las suyas. Eso había funcionado durante un tiempo. El problema era que yo había creído que, sin saber hacer malabares, me contratarían en el Circo del Sol.

Ridículo, ¿no?

Parecía que en los malos momentos sus mensajes y fotos suplían la comunicación que estábamos perdiendo. Quizá yo sola me convencía de que todo iba bien cuando podía ser que aquello no fuese más que una ilusión. Lo peor de ese mundo de ilusiones era que allí veía un futuro prometedor como malabarista para mí.

Y, al final, pasó lo inevitable. La ilusión dio paso a la realidad y con ello se me cayeron todas las pelotas y se acabó la función.

A la mañana siguiente, cuando apagué el despertador, me encontré con un audio de Marcos. Ver su nombre en la pantalla me hizo recordar lo que había pasado la noche anterior y lo mal que había descansado. Y también me hizo arrugar el ceño. Él jamás me mandaba audios. Me froté los ojos, pulsé el «play» y su voz cansada llenó mi habitación:

—Hola. Creo que este es el primer audio que grabo en mi vida, pero has dicho que echas de menos de mi voz, así que aquí estoy grabándote desde mi cocina mientras espero a que se haga el té. —Hizo una pausa y oí el sonido de su taza encontrándose con la encimera de mármol—. He llegado hace un rato del despacho. Me he quedado sin batería y se me ha ido la hora. Lo siento mucho... —Escuché su suspiro profundo—. Joder, me siento fatal. Estos días están siendo una locura en el despacho por el juicio de mañana... Yo también te echo de menos. Muchísimo. —Soltó otra exhalación eterna—. Y siento que te hayas rayado, pero me alegro de que me lo hayas dicho. Quiero saber siempre cómo te sientes. Mañana en cuanto salga te aviso. Posiblemente me coja la tarde libre, así que no se me va a pasar llamarte. Cuéntame por qué te has rayado... escríbeme o mándame un audio o dímelo mañana cuando hablemos... Lo que tú quieras, pero no te lo guardes. —Hizo otra pausa y me lo imaginé pasándose una mano por el pelo—. Bueno, voy a ver si me bebo el té y me acuesto, que estoy reventado. Te quiero mucho, preciosa.

Cuando terminé de oírlo la que suspiró fui yo.

Giré sobre el colchón, me quedé de costado mirando su lado y volví a escuchar el audio con los ojos cerrados. Podía sentir su cansancio atravesando la pantalla y juntándose con el mío.

Me quedé un rato en la misma posición.

«¿Lo ves? Nos echa de menos —pensaba Corazón—. Se quedó sin batería. Le podría pasar a cualquiera. Venga, ¡contéstale!».

Y eso fue lo que hice.

> Vale, no te preocupes.
> Hablamos esta noche.
> Suerte en el juicio.
> Yo también te quiero

El tiempo aquel día se arrastró tan lento como un caracol. Y conforme se acercaba la hora de salir de la clínica, los nervios fueron haciendo acto de presencia en mi estómago. Marcos me había escrito a media tarde para decirme que ya estaba en su casa y yo estaba dividida mientras iba en metro hacia la mía. Tenía ganas de hablar con él, de verle la cara y de volver a escuchar su voz, pero una parte de mí sabía que se avecinaba otra conversación incómoda.

Nada más entrar en casa, me deshice del abrigo y de la mochila, y me agaché para saludar a Minerva. Acto seguido, me dirigí al baño. Quería ver mi aspecto en el espejo antes de llamarlo.

No era mi mejor día.

Tenía la trenza un poco deshecha y ojeras. Lucía igual que me sentía: cansada.

Me dejé caer en la cama con el móvil en la mano. Respiré hondo y le escribí.

> Ya estoy

Su cara tardó tres segundos en aparecer en mi pantalla.

—Hola —saludé al descolgar.

—Hola.

Nos quedamos unos segundos en silencio. Marcos también parecía cansado. Llevaba una camiseta gris y, por lo poco que veía detrás de él, parecía que estaba sentado en la cama.

—¿Qué tal? —preguntó con cautela.

—Cansada. No he parado en todo el día. Y, tú... ¿qué tal? ¿Qué tal el juicio?

—Bien. —Se pasó la mano por el pelo. Sus ojos parecían más apagados que la última vez que hicimos videollamada—. ¿Estás enfadada?

—No.

Él suspiró.

—Elena, noto cuando no estás bien... Y anoche me dijiste que estabas rayada...

Asentí un par de veces y mi lengua se movió dando vida a los pensamientos que llevaban unos días pululando por mi cabeza:

—No me gusta estar tanto tiempo sin hablar. Y ya sé que han sido tres días, pero llevamos casi un mes sin vernos y, sinceramente, yo estos últimos días lo estoy llevando peor. Y luego estás tú, que lo llevas tan bien que parece que te da igual.

—¿Que yo qué? —Me miró sorprendido—. No me puedo creer que hayas dicho eso. ¿Crees que yo llevo bien la separación?

—Eso parece... No me escribes tanto, sonríes todo el rato...

—¿Y qué quieres que haga? ¿Que llore por las esquinas?

Guardé silencio. No quería discutir.

—Cuando hablamos te sonrío porque estoy feliz de verte, pero por dentro lo llevo igual de mal que tú.

Me encogí de hombros y aparté la mirada.

—¿Por qué no me cuentas lo que te pasa realmente? —me preguntó.

Volví a mirarlo. Estaba serio.

Tenía claro lo que me pasaba, solo necesitaba encontrar el valor para decírselo. A mí no se me daba tan bien como a él lo de hablar y desnudar sentimientos. Él esperó en silencio los segundos que yo tardé en buscar las palabras adecuadas.

—Me aterra que el afecto disminuya —confesé en voz baja.

—¿El afecto? —Marcos se acercó el móvil a la cara—. Cariño, siento afecto por muchas personas, pero de ti estoy enamorado hasta las trancas —aseguró rotundo.

Sus palabras y su tono decidido me removieron el estómago y sentí que las mariposas, una a una, ascendían. Querían acercarse a la sensación cálida que se me había encendido en el corazón y empujar las dudas fuera de ahí.

—Estos últimos días he estado hasta arriba, pero no he dejado de pensar en ti ni un segundo. Esto no es lo normal y tú lo sabes. Normalmente nos escribimos más y hablamos todas las noches. Los dos hemos estado más liados... Y yo ahora voy a tener más tiempo, y tú, en cuanto dejes la floristería, también.

Asentí sin dejar de mirarlo a los ojos.

—Y no pienses que lo llevo bien, porque yo también te echo de menos. Cada noche y cada día. —Hizo una pausa. El dolor en su mirada era evidente—. Si las cosas van mal para ti, también van mal para mí —recordó.

Me entristecí.

Marcos lo estaba pasando tan mal como yo. Y yo había dudado de eso también.

Sopesé un instante qué decir. Y me dejé llevar por la vorágine de sentimientos, por los buenos y por los malos.

—Esto a veces es muy duro —confesé—. Es que sé que quiero tonterías, pero me da pena no poder hacerlas contigo. Y no dejo de recordarme: «Son tonterías, no pasa nada».

—¿Qué tonterías quieres?

—Quiero comerme un helado y ver un documental en el sofá contigo. Quiero ponerme un vestido bonito para salir a cenar y que me desnudes después.

Marcos reflexionó en silencio unos segundos.

—¿Tienes planes el finde? —me preguntó.

—No... Trabajar y ya está.

—¿Te gustaría tener una cita conmigo?

—¿Una cita? —Arrugué las cejas y lo miré extrañada.

—Sí, Ele, una cita. Tú y yo. Nos ponemos guapos, pedimos algo, quedamos a una hora, nos llamamos y cenamos juntos. ¿Te apetece? —No me dejó contestar—. Si pedimos la misma comida, será como cenar en el mismo restaurante.

Conforme había ido sugiriendo el plan, sentí que la primavera le ganaba terreno al invierno.

—Me pondré un traje gris —continuó él—. Y ¿cuál era tu corbata favorita?

—La granate.

—Sí... —Se quedó pensativo un instante y luego asintió—. La granate me favorece mucho. —Noté que me brotaba la sonrisa y de forma automática la suya también—. Pues eso. Puedes ponerte ese vestido bonito y, si todo va bien, puedes acabar sin él. —Su mirada pícara hizo acto de presencia—. ¿Qué me dices, Ele? ¿Una cita?

Terminé de sonreír y suspiré mientras asentía.

—Una cita.

—¿Pizza hawaiana? —preguntó—. Será la típica en Hawái, ¿no?

«Ay, jo», mi corazón suspiraba enamorado.

—Ah, ¿que la cita es en Hawái?

—¿Obvio?

—¿Y vas a ir en traje por las playas de Hawái? —me reí.

—Cosas que hago por amor...

Su cara de resignación me devolvió la primavera y mi risa terminó de eliminar las dudas.

—Prefiero pizza cuatro quesos.

—¿Piña de postre, entonces? —preguntó.

—Vale.

De pronto estaba más animada. Y él también lo parecía.

—Pues ya solo te queda elegir día y hora.

—Te quiero mucho —le dije como respuesta.

Marcos sonrió y me guiñó un ojo.

Y eso nos dio la energía necesaria para recoger las pelotas del suelo y volver a lanzarlas al aire.

El sábado, cuando salí de la floristería, pedí la pizza en mi italiano de confianza. Quería ser puntual para mi cita con Marcos. Había pasado toda la tarde sonriendo como cuando tenía catorce años y él me dejó su chaqueta después de la olimpiada matemática. Y parte de eso se debía a los mensajes pastelosos que llevaba mandándome todo el día.

No había pensado qué iba a ponerme porque lo tenía claro. Por eso, según entré en casa, fui directa al armario y saqué el vestido negro. Me lavé la cara con agua caliente y me hice una trenza de raíz en un lado dejando el resto del pelo suelto.

Le devolví la sonrisa a mi reflejo. Estaba cansada y contenta, me brillaban los ojos.

Cuando el timbre me indicó que el repartidor ya estaba abajo, le escribí.

Mi cena está aquí, la tuya?

Después de pagar al chico que me había entregado la pizza, la dejé en la mesa del salón, esa que solía usar para estudiar y nunca para comer. Dejé el portátil en el extremo opuesto a donde me había sentado y lo avisé para que me llamase.

Cuando su cara apareció en mi pantalla creí que me moriría de amor. Marcos se había puesto el traje gris antracita, que volvía a ser mi favorito, y la corbata granate. Nos miramos a los ojos unos segundos y fui yo la que rompió el silencio.

—Estás muy guapo.

Su sonrisa ladeada se unió a la conversación.

—Tú también.

Apoyé el codo en la mesa y la cara en la palma de la mano. Y, entonces, solté un suspiró larguísimo.

—Madre mía, estás pilladísima. Disimula un poco, ¿no?

Me salió una risita baja.

—Idiota.

En esa ocasión fue Marcos el que apoyó los codos en la mesa de su cocina y se quedó ensimismado mirándome. Yo alcé las cejas en una pregunta muda, pero él negó con la cabeza y solo dijo:

—¿Cenamos? El camarero acaba de dejarme esta pizza cuatro quesos. —Levantó el plato para enseñármela.

—Mi camarero me la ha dejado en la caja directamente. —Alcé la mía.

Marcos cogió una porción y, antes de llevársela a la boca, me pidió que le contase mi tarde. Mientras comíamos nos pusimos al día de cómo había transcurrido nuestra semana. Él me contó que esa mañana había salido a correr por Hyde Park y que después había comido con su madre. Y yo le expliqué que la semana próxima tendría mi primera intervención con Joaquín supervisándome y que estaba muy emocionada por eso y por la incorporación de Blanca. Y también que estaba nerviosa por dejar la floristería al día siguiente y cerrar esa etapa de mi vida. Hablamos de varias cosas y, sin darnos cuenta, nos terminamos la pizza. En algún punto hablamos de mirar el precio de los billetes para vernos el fin de semana siguiente, y eso terminó de alegrarme.

Lo dejé solo un minuto para llevarme la caja vacía a la cocina y sacar la piña cortada en rodajas que había comprado el día anterior.

Cuando regresé a la mesa, Marcos parecía intranquilo.

—¿Qué te pasa?

—Nada. —Agitó la cabeza y masticó un trozo de piña despacio.

—¿Marcos?

Él suspiró, dejó los cubiertos sobre la mesa y me observó reflexivo.

—Estoy pensando en una propuesta que quiero hacerte y en que me encantaría que dijeras que sí.

—Házmela, venga, seguro que sabrás negociar para que diga que sí.

Sus ojos se centraron en los míos y yo me inquieté por la incertidumbre.

—¿Qué vas a hacer en Navidad?

—¿Qué tiene eso que ver con la propuesta? —Arrugué las cejas sin comprender.

—Tienes vacaciones, ¿no?

—Sí.

Él asintió y se quedó unos segundos con la mirada perdida. Ya sabía que ese cuatrimestre tenía las mismas vacaciones que la gente que seguía yendo a clase, se lo había contado hacía tiempo.

—¿Te gustaría pasar las navidades conmigo? —soltó de pronto.

«¿Qué?».

—¿Elena...? —preguntó indeciso—. Si no te apetece, no pasa nada.

—No, no. No es eso. Simplemente me parece increíble que ya casi estemos en Navidad.

—Bueno, faltan más de veinte días...

—Ya.

—¿Quieres pensártelo? No tienes que decidirlo ahora.

—No —negué—. Quiero decir, claro que quiero pasar las vacaciones contigo, pero tu propuesta me ha pillado de sopetón.

Su sonrisa enorme me contrajo el estómago y las ganas de besarlo hicieron que me picasen los labios.

—Perdón, lo único que he oído es que quieres pasar las navidades conmigo —admitió alegremente.

—Marcos...

—Mira, tenemos tres opciones. —Se inclinó sobre la mesa acercándose a la pantalla mientras hablaba emocionado—. O voy cuando tenga vacaciones, o vienes tú, o... ¿nos vemos solo los fines de semana? —Alzó las cejas dubitativo—. ¿Qué opinas?

Suspiré y traté de pensar cuál era la mejor opción para los dos.

—No quiero separarte de tu familia. Yo iba a pasar las fiestas con Amanda y sus padres... Casi prefiero ir yo...

—¿Por qué está sonando a que te parece una tortura?

—Pues porque conocer a tu familia es un gran paso —susurré.

—No tienes por qué, podemos cenar solos en mi casa.

«¿Lo ves? Tu novio es monísimo», Corazón chillaba emocionado.

«¿Conocer a su familia? ¿No es un poco pronto?», Cerebro se mantenía analítico.

El azul de sus ojos brillaba con intensidad mientras esperaba una respuesta.

—Lisa nos mataría —dije sintiéndome culpable.

—De Lisa me ocupo yo. —Hizo un gesto con la mano y sacudió la cabeza restándole importancia—. No te preocupes.

Sabía que debía pensar en el vértigo que me daba conocer a su familia, pero la idea de pasar unas semanas con él me parecía el mejor regalo de Navidad del mundo. Marcos sonrió mientras esperaba paciente mi respuesta, pero la tensión se agolpaba detrás de sus ojos.

Relajé los hombros y suspiré.

La decisión estaba tomada.

Solo tenía que ser valiente y decirlo en voz alta.

Una.

Dos.

Y...

—Su alteza, ¿tengo que ir de etiqueta a cenar a palacio?

Su risa resonó en mi salón y yo sentí en el corazón el calorcito de la primavera aunque fuera estuviéramos a siete grados. Noviembre había sido un mes de altibajos emocionales. Había sido complicado a ratos, pero acababa de la manera más dulce posible, porque la sonrisa de Marcos había conseguido traspasar la pantalla y enamorarme aún más.

24

Cartas a Julieta

Cuando se me cayó el colmillo derecho, el Ratoncito Pérez me trajo una baraja de cartas. Al no tener hermanos, pasé muchas horas entretenida haciendo solitarios y castillos de naipes.

A veces sentía que la relación que estaba construyendo con Marcos, en la que solo nos veíamos algunos fines de semana, era como uno de esos castillos de naipes. Cada vez era más alto y podía desplomarse en cualquier momento.

☕

Noviembre se enfrió en diciembre y con ello llegaron unos cuantos cambios. Dejé la floristería y recuperé los fines de semana. Blanca se incorporó a la clínica, lo cual fue un subidón para ambas. Había empezado a pasar las consultas rutinarias sola y me alegraba que se valorase mi esfuerzo.

En el plano personal también estaba contenta. La cita con Marcos había ido genial y estaba emocionada por pasar las vacaciones en Londres. Antes de colgar con él me compré el billete. Al final lo de vernos antes sería imposible, porque los billetes en el puente estaban carísimos y yo ya me había dejado un dineral en el de Navidad.

La mayoría de las veces que se iluminaba mi móvil era él. Algunos mensajes solo eran para recordarme que me echaba de menos, y otros para que me muriese de ternura:

> Estoy contando los días que faltan para verte,
> como hacía de pequeño cuando venía Papá Noel

Y, claro, yo me derretía en una ciudad en la que cada vez hacía más frío.

Marcos también se había aficionado a los audios. En algunos me contaba chorradas como «Voy a pedir japonés, tengo mono de sushi» y en otros me decía pastelosidades como «Solo quedan dieciséis días para comerte a besos».

Llegó el puente de diciembre y con ello el ambiente navideño y los turistas a Madrid. Exprimí mi primer fin de semana libre al máximo. Quedé con Amanda y, como cada año, paseamos por el mercadillo navideño de la plaza Mayor y fuimos a ver Cortylandia.

También quedé con Blanca; notamos la ausencia de Carlota, que se había ido a pasar el puente a Roma con Greta. Merendamos chocolate con churros en San Ginés y cogimos el autobús que daba la vuelta a la ciudad para ver el alumbrado navideño. Terminamos tomando algo después cenar en el Loa, que era un bar hawaiano bastante famoso entre los universitarios. Pedimos las dos el mismo cóctel, que servían en un volcán del que salía humo, y celebramos así que llevaba una semana trabajando conmigo.

Le pedí que me sacase una foto con mi bebida y se la mandé a Marcos.

> Visitando Hawái mientras cuento
> los días que faltan para verte

Él respondió con un *selfie* en el que salía con sus amigos, en lo que parecía un pub, y donde también estaba su hermana Lisa. Todos sujetaban una cerveza y sonreían.

> James me ha arrastrado de fiesta por su cumpleaños.
> Ojalá estuvieses aquí.
> 14 días, que pasen ya!

Sonreí al verlo tan feliz.

Pero no todos los días podían ser buenos. A veces tenía momentos malos, pero lo importante era que cuando eso pasaba no me sentía sola. Marcos estaba presente al otro lado de la pantalla.

Un día que salí tarde de la clínica volví a casa andando para despejarme. Me sentía abatida y con ganas de llorar, así que marqué su número y esperé.

Marcos respondió al cuarto tono.

—Perdona. Me estaba duchando.

—¿Qué tal tu día? —pregunté sin rodeos.

—Una puta mierda —respondió con sinceridad—. ¿Y el tuyo?

—Igual.

—¿Qué ha pasado?

Suspiré y deseé poder borrar los más de mil kilómetros que nos separaban.

—Hemos sacrificado a una gata que tenía un cáncer avanzado.

Se me revolvieron las tripas al recordarlo.

—Lo siento, cariño. ¿Cómo estás?

La preocupación de su voz se agarró a las paredes de mi corazón.

—Mal... Los dueños no paraban de llorar cuando nos la han entregado. Ha sido horrible. Y yo no dejaba de pensar que podría ser Minerva.

Marcos guardó silencio unos segundos. Casi pude imaginarlo abrazándome.

—Ojalá pudiese estar contigo.

—Pues sí. Necesito un abrazo. —Traté de contener las lágrimas.

—Joder, me muero cuando lloras.

Hice un esfuerzo estoico y conseguí no derrumbarme en plena calle.

—¿Por qué ha sido malo tu día? —le pregunté.

—¿Te acuerdas del juicio que viniste a ver?

—Sí.

«El de tu exnovia la modelo».

—Se suponía que hoy el juez debía dictar sentencia, pero Layla ha conseguido una autorización del tribunal para apelar. Así que estamos otra vez en las mismas, con una mujer desprotegida compartiendo techo con un cabrón... ¿Y se supone que yo me tengo que ir a dormir tan tranquilo? ¡Pues no puedo, joder!

La frustración de Marcos era tan palpable que la sentía como mía. No podía consolarlo y él a mí tampoco. A veces nos tocaba perder y teníamos que aprender a vivir con ello, pero no era sencillo.

—Ojalá pudiera hacer algo.

—Haces más de lo que crees —dijo.

—Hace frío y te echo de menos.

Suspiró sonoramente.

—Lo sé, cariño. Diez días más.

—Son muchos —me quejé.

—Son demasiados, sí. ¿Puedo hacer algo para que te sientas mejor?

Me apreté el móvil contra la oreja, como si eso pudiera acercarme a él.

—¿Me mandas una foto? —pedí.

—¿De mi cara?

Arrugué las cejas mientras pulsaba el botón del semáforo.

—¿De qué si no?

—Bueno, ahora mismo solo llevo una toalla puesta.

Solté una risita baja.

—No quiero una foto de tu pene —susurré—. Pero gracias.

—Anda, mentirosa...

La risa de Marcos hizo que Madrid me pareciera menos solitario y frío.

—Diez días, puedo hacerlo —aseguré un poco más contenta.

—No queda nada.

—Está a la vuelta de la esquina.

—Se pasará volando —prometió.

—Dentro de unas horas solo serán nueve.

Era increíble cómo una sola llamada de teléfono podía mejorar nuestro humor.

—Te quiero mucho.

—Y yo a ti —dije antes de despedirme.

Lo más emocionante que pasó el segundo fin de semana de diciembre fue enterarnos del sexo del bebé de Amanda y Lucas. Estaba comprando con ella y de pronto me dijo:

—¿Tú crees que a mi hija le quedaría bien esto?

Me giré para verla. Sostenía en alto un body amarillo de rayas monísimo y en sus ojos saltaban chispas de emoción.

—Espera, ¿has dicho...?

—¡Sí! —Amanda dio un saltito—. ¡Ya podemos llamar a Olivia por su nombre!

Nos abrazamos con emoción en mitad del Zara. Solo a ella se le podía ocurrir darme la noticia así.

—Joder, llevo dos días callada y sufriendo —se lamentó mientras yo me reía.

Cené con Lucas y con ella para celebrarlo, y aprovechamos para hacer videollamada con Marcos y contárselo.

Las cosas entre Marcos y yo iban genial y la emoción del reencuentro era la protagonista de casi todas nuestras conversaciones. Y daba igual que fuese por mensaje, por audio o por llamada; siempre encontrábamos la manera de recordar que el contador seguía bajando.

—Hola —respondí al descolgar. Acababa de salir del trabajo e iba camino del metro.

—¿Estoy hablando con la veterinaria más sexy de Madrid?

—¿Estoy hablando con el abogado más sexy de Londres?

—No, preciosa. Estás hablando con el abogado más sexy del mundo.

—Creído.

Me apreté el móvil contra la oreja al oírlo reírse y sonreí.

—Solo te llamaba para recordarte que quedan cinco días para que vengas, y para contarte que ya tengo mis días libres confirmados.

—¡Genial! —exclamé emocionada y volví a sorprenderme a mí misma diciéndole un montón de moñadas.

Los días previos a mi partida estuvieron cargados de planes: Amanda y yo fuimos a comprar regalos y tuve la cena de Navidad de la clínica, aunque el plan estrella fue la fiesta de pijamas que Blanca organizó en su piso la noche antes de que me fuera a Londres y ella a Mallorca. Tenía muchas ganas de celebrar con mis amigas la Navidad, su fin de exámenes y el amigo invisible. Y lo mejor era que Blanca había invitado a Amanda también porque se habían unido bastante en sus clases de yoga. Así que estaba feliz de tener a todas mis amigas reunidas. La noche prometía risas porque, por la gracia de ser veterinarias, a excepción de Amanda, llevaríamos pijamas de animales de cuerpo entero.

Aquel día salí temprano y llegué a su casa un rato antes de lo acordado. Blanca abrió la puerta ataviada de un quimono bastante revelador, despeinada y con una sonrisa que se quedó plastificada en cuanto me vio.

—¿Qué haces aquí? —preguntó horrorizada.

—Te he escrito para avisarte de que venía antes.

Entré en su piso y la abracé. Ella se quedó rígida. Al apartarme vi su cara de situación, iba a preguntarle qué pasaba cuando oí la voz de Bruno que provenía del baño:

—Princesa, ¿dónde quieres el segundo asalto?

Si hubiera sabido que al girarme me lo encontraría desnudo, no lo habría hecho. Por suerte, Bruno se tapó con una rapidez asombrosa y no tuve que ver nada que fuera a costarme olvidar.

—¡Hostia! —maldijo él.

Cerré los ojos con fuerza y os aseguro que sentí más vergüenza que ellos.

—¡Ay, chicos! —Di un traspié mientras caminaba a tientas—. Lo siento... vengo luego.

—No. —Blanca me agarró del brazo—. Bruno ya se iba.

No oí la respuesta que dio mi amigo porque ella me empujó hacia el salón y cerró la puerta. Cuando Blanca entró poco después, me señaló con el dedo.

—Ni una palabra —amenazó.

—Vale... princesa —me burlé.

Ella puso los ojos en blanco.

—Voy a ducharme y a ponerme el pijama.

—Buena idea, porque así vas a pillar una pulmonía —me reí.

Ella me dio un azote en el culo al girarse.

—¡Ay! —me quejé.

—¡Para que vuelvas!

Mientras Blanca se duchaba, me puse el pijama claustrofóbico del Primark. Un poco más tarde llegó Amanda. Y todavía un poco más tarde, Carlota entró colorada por la carrera y con el pelo mojado por la tromba de agua que estaba cayendo. En cuanto puso un pie dentro señaló a Blanca:

—¿Un unicornio? Eso no vale.

—¿Qué quieres que haga si es el animal que mejor representa mi personalidad? —se defendió ella.

Carlota negó con la cabeza y se giró para abrazar a Amanda, que ahora era un koala.

—Gatita traviesa. —Me regaló otro abrazo.

Se encerró en el baño para cambiarse y salió con un pijama de jirafa; según ella lo había escogido porque era la más alta de nosotras.

Preparamos la cena entre risas, brindis y baileteos. Después, nos sentamos alrededor de la mesita del salón. Amanda y Blanca ocuparon el sofá, y Carlota y yo nos quedamos en el suelo, y cenamos mientras nos poníamos al día de nuestras respectivas vidas. Para cuando llegamos a los postres, ya llevaba dos cervezas y me fui sin querer de la lengua.

—He pillado a Blanca y Bruno en pleno ritual de cortejo —susurré.

—Explícate —pidió Carlota con la boca abierta. Tenía los labios rojos por culpa del vino y estaba muy graciosa.

—Pues eso.

Blanca y Amanda regresaron con la tarta de zanahoria y los platos.

—Al final ni *baguette*, ni salchicha británica... te has quedado con el *txangurro* —le dijo Carlota a Blanca.

Me morí de risa.

—¡Bocazas! —acusó Blanca mirándome.

—No te enfades, porfi. —Extendí la mano en su dirección, pero ella no me la sujetó.

—Elena ha pillado a Bruno y Blanca a punto de aparearse —informó Carlota a una Amanda atónita.

—Estoy cayendo en que os podemos llamar «b» al cuadrado,

como vuestros nombres empiezan por la letra «b»... —Me reí sola y supuse que no tenía tanta gracia como creía.

—¿Sabéis cuál es el plato favorito de Blanca? —preguntó Amanda divertida.

Carlota y yo hablamos a la vez:

—¿El *marmitako*?

—¿El rabo a la vizcaína?

Blanca le lanzó un cojín a Carlota.

—¡Animal!

Amanda, que estaba partida de la risa, dijo:

—Iba a decir que un buen *pintxo*, pero vuestras respuestas también valen.

Todas nos reímos, menos Blanca.

—No tiene gracia —musitó sentándose—. He discutido con él y hemos terminado haciéndolo.

—Es una buena manera de zanjar una discusión —dijo Amanda.

—¿Qué ha pasado? —pregunté.

—Nada. No quiero hablar de ello porque me voy a enfadar otra vez. Bueno, puede ser que Bruno se haya puesto celoso porque Pau me ha escrito. Yo me he cabreado bastante y le he dicho que se volviese a su caserío. Una cosa ha llevado a la otra y me he dejado llevar por la pasión del enfado. Como siempre...

Ella se encogió de hombros y suspiró mientras servía la tarta. Cambió drásticamente de tema y nosotras no presionamos más.

—¿Qué tal vuestra cena de ayer? —nos preguntó Amanda a Blanca y a mí.

—Muy bien —respondí yo.

—Hablando de eso... —Blanca me miró—. Joaquín no te quitaba los ojos de encima.

—¿Qué?

—Pues eso. Que no paraba de mirarte y parecía que buscaba cualquier excusa para arrimarse a ti.

—¿Qué dices? —Arrugué el ceño y negué con la cabeza—. Estás alucinando. Además, sabe que tengo novio.

—Bueno, Lucas también sabía que yo tenía novio y, en fin... acabamos juntos —intervino Amanda.

—Ya, pero tú no estabas enamorada —apunté mirándola; después me giré hacia Blanca—. A Joaquín le caigo bien y ya está.

Ella se encogió de hombros y murmuró un:

—Si tú lo dices, que lo conoces mejor que yo...

Yo estaba segura de que no le gustaba. Y, de todos modos, me daba igual. Yo solo tenía ojos para Marcos.

Poco después procedimos a la apertura de regalos. Blanca recibió unos zuecos para la clínica que adivinó que había comprado yo. Amanda fue obsequiada con el último pintalabios de MAC de parte de Blanca, y Carlota, con un par de entradas para un concierto de un grupo *indie* que solo debía de conocer ella y que era de parte de Amanda.

—Para ti. —Carlota extendió una bolsa en mi dirección.

—¿Es un libro? —pregunté emocionada.

—Sí, para que no te aburras en Londres.

—¡Genial! Justo estaba pensando cuál llevarme para el avión.

—Pues este te va a encantar.

Rasgué el papel ilusionada y cuando levanté la cara para mirarlas con los ojos convertidos en rendijas estaban tronchadas de risa.

—¿En serio? ¿Cuántos años tenéis?

—Nosotras doce, pero tú eres mayor de edad y puedes usar el *Kamasutra* —dijo Amanda.

—Seguro que Marcos apreciará el regalo más que tú —se rio Blanca.

—No sois más idiotas porque no entrenáis. —No pude evitar reírme.

—Anda, ¡no finjas que no te gusta, perrilla! Si sabemos que lo vas a usar según llegues —dijo Carlota.

—¿Cuánto llevas sin ver a Marcos? —me preguntó Blanca.

—Un mes y medio.

—Bueno, mañana se acaba la espera. —Amanda habló con la boca llena de tarta—. ¿Emocionada?

—Y preocupada —confesé—. Llevamos mucho tiempo sin vernos y ahora voy a estar dos semanas en su casa... Las despedidas cada vez son más duras... y luego está el tema de conocer a su familia, que me pone nerviosilla...

—Pero, tía, tú eres un amor y ellos son majísimos —aseguró Amanda.

Me encogí de hombros y susurré un:

—Ya os contaré.

Nos quedamos en silencio unos segundos en los que yo apuré la cerveza y Blanca nos sirvió la segunda ronda de tarta.

—Pues, hablando de padres... creo que voy a salir del armario estas navidades —anunció Carlota—. Y he decidido que voy a irme a vivir con Greta.

—¿Lo ha dejado con su novio? —preguntó Blanca interesada. Carlota le dio un sorbo a su copa y asintió sin verbalizar la respuesta—. Mentira. —Blanca apretó los labios y negó con la cabeza—. He visto sus historias de Instagram y ayer estaba con él.

—¿Has cotilleado a Greta? —Carlota parecía alucinada.

Yo también lo estaba.

—No, solo he investigado porque me preocupo por mi amiga —repuso ella.

—Ya, pues... no hace falta. Gracias —contestó de manera cortante.

Carlota se concentró en la pantalla de su móvil. Amanda y Blanca me miraron y yo me encogí de hombros.

—Pues yo estoy aterrada por el parto —admitió Amanda para cambiar de tema—. Lucas y yo todavía tenemos que comprar un millón de cosas y, en serio, esto de los bebés es un mundo. Ojalá fuera un koala para preocuparme solo de dormir y tener relaciones sexuales.

Carlota le dio una palmadita en la rodilla y sonrió. Y así fue como recuperamos el ambiente divertido y distendido. No volvimos a tocar el tema amoroso en toda la noche, aunque yo sonreí como una idiota cuando leí su mensaje.

Buenas noches, preciosa.
Ya solo quedan 20 horas

25

Love Actually

El aeropuerto de Gatwick estaba más abarrotado que de costumbre, quizá por la cantidad de gente que volvía a casa a pasar las Fiestas. Escaneé la zona de llegadas en su busca tratando de calmar esa sensación que me retorcía el estómago y que estaba a medio camino entre los nervios y la emoción. Todavía no podía creerme que fuese a reencontrarme con Marcos, a sentir su piel caliente y a besarlo. Y no dejaba de pensar en si, después de este tiempo, seguiríamos sintiéndonos igual al estar juntos.

Parecía que él me había visto antes a mí porque, cuando mis ojos se encontraron con los suyos, él ya sorteaba a la gente en mi dirección. Me habría encantado lanzarme a sus brazos, pero llevaba en una mano la maleta y en la otra el transportín. Marcos no reparó en eso y, según me tuvo al alcance de la mano, me envolvió en un abrazo que evaporó mis dudas e hizo aflorar mis sentimientos. Solté la maleta y rodeé su cintura con el brazo libre. Cuando hablamos, nos pisamos las frases sin querer. No entendí todas las que él dijo, pero parecían similares a las mías, que se resumían en «No sabes cuánto te he echado de menos», «Me moría por verte» y «No quiero soltarte nunca». Juraría que hasta lo oí reírse emocionado. Al apartarse me sujetó la cara entre las manos. Sonreía de oreja a oreja y tenía los ojos empañados, igual que yo. La euforia, la emoción y la adrenalina se entremezclaban en mi interior. Parecía que el corazón se me iba a salir del pecho conforme él se inclinaba en mi dirección. Nos habíamos echado de menos y quedó constatado por el empeño con el que nos besamos.

—Vaya, ya ni saludar —bromeé contra su boca.

Se detuvo un segundo. Estaba tan cerca que no veía su cara con nitidez, pero sí oí su risa.

—Joder, tenías razón. Estoy perdidamente enamorado de ti.

Sus palabras me alentaron a estirar el cuello y cerrar la escasa distancia que nos separaba.

—¿Por qué no vamos a dejar las cosas? —Presioné mis labios contra los suyos—. Me gustaría poder abrazarte. —Le di otro beso.

Me apoyé sobre los talones y Marcos volvió a besarme.

Una.

Dos.

Y tres veces más antes de coger mi maleta.

Acomodé a Minerva en el asiento del copiloto y, al darme la vuelta, él ya estaba parado al lado del coche con una sonrisa infinita. Le devolví la sonrisa y nos encontramos a medio camino en un abrazo apretado del que solo nos separamos para volver a besarnos entre risas y sentimientos que eran más grandes que nosotros mismos. Estaba a punto de empezar el invierno, pero yo tenía el corazón lleno de flores, de plantas y de vida.

Llegar a su casa nos costó el doble de tiempo del habitual por el tráfico y la lluvia. Pero eso dio igual. Marcos conducía feliz, repiqueteando en el volante con los dedos y mirándome cada vez que podía con una sonrisa. No paraba de repetir lo mucho que me había echado de menos y lo contento que estaba de tenerme allí, y yo no podía dejar de mirarlo.

El calorcito que sentí en el pecho cuando me mostró todo lo que había comprado para la gata se propagó por todo mi cuerpo al ver que, también, había vaciado la mitad del armario porque sabía que me encantaba deshacer la maleta.

No sé cuánto estuvimos besándonos al lado de su cama, pero, por primera vez en mucho tiempo, los minutos no importaban porque ninguno se iría cuando acabase el fin de semana.

—¿Vas a dejar de besarme en algún momento? —pregunté poco después.

—No puedo. Tengo que recuperar más de un mes de besos perdidos.

Abrí la boca para contestar, pero él volvió a besarme sujetándome la cara entre las manos. Apoyó la frente contra la mía y dijo:

—Cada vez que has estado triste lo he estado yo también, porque yo no puedo ser feliz si tú no lo eres.

—Yo tampoco.

Le toqué la cara despacio y desplacé la mano hasta su nuca en forma de caricia. Él se estremeció y se acercó a mi boca un poco más.

—No podemos pasar tanto tiempo sin vernos —susurró contra mis labios—. Nunca más.

Yo respondí besándolo y quitándole el jersey con delicadeza. No podía estar más de acuerdo con sus palabras y no se me ocurría mejor manera de mostrárselo que esa. Nos deshicimos de la ropa sin prisas, disfrutando de la sensación de estar juntos.

—Te he sentido cerca, pero te he echado de menos.

—Y yo a ti —aseguró besándome los nudillos—. Cada día.

Tiró de mi mano y terminamos en su cama, donde estuvimos horas demostrándonos con palabras, caricias, besos, abrazos y gemidos lo mucho que nos habíamos extrañado. Aquella noche en su habitación se reencontraron nuestros cuerpos, nuestros labios y, también, nuestros corazones.

Al día siguiente salimos de su casa entrada la mañana y después de una buena dosis de besos en la cama y en la ducha. Marcos quería pasar el día ultimando compras de Navidad y me pareció buena idea, porque yo también quería comprar algo para su familia. Me sorprendió que no quisiera contarme cuál sería nuestra primera parada, pero lo entendí al llegar.

Foyles era una de las librerías más antiguas y grandes de Londres. Supe que ese lugar era para mí nada más entrar y leer la pintura de la pared. Mientras le sacaba una foto a la inscripción que daba la bienvenida a los enamorados de los libros, Marcos me abrazó por detrás y me habló en el oído:

—He pensado que primero querrías comprar para ti.

Sonreí.

—Recuérdame que te dé un morreo al salir —susurré al darme la vuelta para mirarlo.

Me siguió escaleras arriba y se perdió conmigo entre las estanterías.

Salí de allí muy contenta gracias a los tres libros de veterinaria que me llevaba. Ya en la calle, Marcos me miró con las cejas en alto y una sonrisa de medio lado. Sabía perfectamente lo que buscaba, por eso tiré de su jersey azul y le di un beso digno de película romántica.

Paseamos hasta Oxford Circus. La famosa calle de las tiendas estaba llena de gente y de adornos navideños. De todas las calles de Londres, esta parecía la más ruidosa. Cuando salimos de la tercera tienda con las manos vacías, empecé a inquietarme. Marcos me aseguró ochenta veces que no tenía que comprar nada para su familia, pero yo era de ideas fijas. Al final, acordamos que compraríamos los regalos a medias.

Estábamos terminando de comer en Nando's, un sitio especializado en pollo, cuando Lisa lo llamó.

—No, Elena no quiere verte hoy.

Arrugué las cejas y él se apartó el teléfono de la oreja.

—Lisa intenta adivinar dónde estamos para pasarse —explicó.

—Pues dile que venga.

—¿Segura?

Asentí. Lisa me caía bien y tenía ganas de verla.

Media hora más tarde nos encontramos con ella en la puerta del restaurante.

—¡Cuánto tiempo! —dijo tirando de mi gorro de lana—. ¡Qué bien que hayas venido! —Me aprisionó en un abrazo y yo me reí.

En Londres hacía muchísimo más frío que la última vez que había ido, y mientras que yo llevaba gorro, bufanda, guantes y abrigo, Marcos y Lisa no parecían notar las bajas temperaturas como yo.

—Hermanito. —Lisa lo abrazó.

—Pesada —saludó él.

Sin darme un segundo de tregua, Lisa me arrastró contra la marea de gente. De camino a Selfridges, uno de los grandes almacenes, me contó cómo habían ido sus exámenes y que estaba muy inspirada en su clase de escultura. Su efusividad era contagiosa y terminé contándole algunas anécdotas del trabajo yo también.

Al salir de la tienda, donde conseguimos casi todos los regalos, ya era de noche. El frío gélido hizo que me encogiese dentro del abrigo. Me abstraje mirando el alumbrado navideño y no me di cuenta de que Lisa se estaba despidiendo hasta que tuve su sonrisa delante.

—Tienes un morro que te lo pisas —dijo Marcos.

—¿Yo? —Lisa se hizo la inocente mientras me abrazaba—. Solo te he pedido que te lleves mis regalos a tu casa. He quedado y no quiero ir cargada, y, total, vamos al mismo sitio en Nochebuena.

—Pues eso. No quieres ir cargada y ahora yo no puedo darle la mano a mi novia —refunfuñó él.

Ella resopló.

—Bueno, ¿cuándo vas a llevar a Elena a Winter Wonderland?

—¿Qué es eso? —Me giré para mirar a Marcos, que tenía los labios apretados.

—Gracias, Lisa —masculló entre dientes.

—Uy. Perdón. —Ella se tapó la boca—. ¿Es una sorpresa?

—Era —corrigió él.

Lisa se colocó delante de él con una sonrisa afectuosa y le pellizcó el moflete.

—¡Ay, hermanito! ¡Qué adorable estás últimamente!

Sin decir nada más, se despidió con la mano y se perdió entre la gente.

Nada más llegar a casa, me acurruqué en el sofá con Minerva y uno de mis libros nuevos mientras Marcos preparaba una sopa. Al cabo de un rato, él, que estaba todavía con la ropa de calle y el delantal encima, se sentó a nuestro lado y se inclinó para besarme.

—¿Qué pasa? —pregunté.

—Me encanta que estés aquí y saber que tengo dos semanas por delante contigo.

Minerva saltó a sus piernas reclamando su atención. Él se rio y solo dijo:

—Esta gata está tan enamorada de mí como su dueña.

Y le di la razón.

Después de cenar montamos el arbolito que habíamos comprado juntos. No era muy grande, pero nos llevó un rato decorarlo porque Marcos no paraba de robarme besos. Nunca lo había visto tan contento como en aquel momento. Cuando estaba sentada colocando adornos, me besó y me empujó hacia atrás con cuidado hasta que mi espalda se encontró con el suelo. Se inclinó sobre mí y me acarició la cara con delicadeza antes de decir:

—Soy muy feliz contigo.

No sé si fue por lo que dijo o porque yo me sentía igual de feliz que él mientras montábamos el árbol, o si fue porque me moría de amor desde que nos habíamos reencontrado, pero las palabras se me escaparon solas:

—Te amo —confesé sin reservas.

Marcos se quedó perplejo. Yo también lo estaba.

En lugar de responder, me besó con ternura. Cuando se apartó, los ojos le brillaban tanto que, si hubiéramos apagado la luz, habríamos seguido viendo en la oscuridad gracias a él.

—Yo también te amo.

«Jo. Me derrito por este chico», pensaba Corazón.

Sonreí y aparté la vista un poco avergonzada por mi apertura total de sentimientos. Me rozó la mejilla con los dedos y volví a mirarlo.

Con el siguiente beso que me dio, consiguió que sintiese esas caricias en el corazón. Habría seguido besándolo si mi gata no nos hubiese tirado el árbol encima. Marcos se apartó con una carcajada y lo colocó en su sitio. Y yo me quedé tumbada mirándolo, mientras él jugueteaba con Minerva, y asimilando que acababa de enamorarme aún más.

Dos días después el cielo amaneció encapotado. Marcos ya se había ido a trabajar, así que escribí a Lisa para saber dónde podía comprarle sus pastas favoritas. Ella se ofreció a acompañarme y a enseñarme la National Gallery.

Visitar la Galería Nacional de Arte con una entendida en la materia fue todo un acierto. Lisa hablaba entusiasmada sobre los cuadros y yo escuchaba atenta todas sus explicaciones, aunque no lo entendía todo. Ella parecía un pez en el agua con su boina, su peto de pana y su aire bohemio. Al salir fuimos a comer a su pub favorito.

—¿Estás nerviosa por conocer a mi familia? —preguntó de sopetón.

—Un poco —confesé.

—Marcos nos ha leído la cartilla para que no te atosiguemos mañana. Está tan nervioso como tú.

—¿Por qué?

Eso no tenía sentido. Él no tenía que encajar en la familia, él pertenecía a ella.

Lisa se echó hacia delante y me miró risueña.

—Pues porque te quiere y no quiere que te asustes. Pero, vamos, a mi madre ya le gustas y a mi hermana nadie le cae bien de primeras, así que no te preocupes.

Agarré una patata frita y la mastiqué con la vista clavada en el plato. Recordaba a Gaby de las fotografías; por lo que me habían dicho Marcos y Lisa no era tan amistosa como ellos.

—A sus amigos les caíste bien —siguió ella mientras cortaba el sándwich—. Me lo dijo James.

—Ellos a mí también. Harper es tan dulce...

—¿Verdad? Es como un bizcocho esponjoso. Me encantaría pintar algún día sus mofletes y tus trenzas —dijo señalando mi peinado.

Sonreí halagada.

—¿Has pintado a Marcos? —pregunté interesada.

—Qué va. Lo he intentado, pero no me deja. A lo mejor si se lo pides tú acepta. —Me guiñó un ojo y yo me reí—. Ha estado insoportable este mes. Bueno, insoportable tampoco. Es mi hermano y lo quiero, pero se notaba que te echaba de menos.

Algo se removió dentro de mí.

Lisa le dio un sorbo a su pinta y se inclinó sobre la mesa.

—¿Me guardarías un secreto? —preguntó.

—Claro.

—Yo también estoy con alguien, pero mi familia no lo sabe... Ni siquiera Marcos.

Era la primera vez que no hablaba de carrerilla.

—¿Y eso?

—Pues porque... bueno, muchas cosas. No nos parecemos en nada, no tenemos ningún gusto en común y es más mayor que yo.

—¿Mayor cuánto?

—Unos años. —Se encogió de hombros y bebió más cerveza—. Yo soy un espíritu libre y él es superrígido... Tampoco tengo claro si vamos a durar...

—¿Lleváis mucho?

—Dos meses. Es pronto para sacar conclusiones.

Recordé que yo llevaba menos de dos meses con Marcos cuando me declaré.

—Ya tenía asumido que entre nosotros nunca pasaría nada... y ha pasado. —Destrozó el sándwich sin darse cuenta—. Y no sé si debería comprarle algo por navidades o no, porque realmente no sé qué se espera de mí.

—Entiendo.

No sabía qué más decir porque no la conocía lo suficiente.

—No se lo cuentes a mi hermano, por favor —pidió—. Quiero contárselo, pero voy a esperar a ver si la cosa se asienta o no.

—No te preocupes.

—Te he hecho cómplice de mi secreto. Si me pillan, iremos las dos a la cárcel —bromeó.

No pude evitar reírme y pensar en cuáles serían los motivos reales de su secretismo.

En Hyde Park, por la tarde, descubrí que Winter Wonderland era la definición de lo que significaba pasar la Navidad en Londres. Se trataba de un parque de temática navideña con atracciones, puestos de comida, adornos y luces. Y me hizo sentir la magia de la Navidad londinense de la que tanto había oído hablar.

—¿Sabes una cosa? —preguntó Marcos.

—¿Qué? —contesté distraída mientras observaba la floritura que hacía una niña sobre la pista de hielo.

—Hace un año nos besamos bajo el muérdago.

Me giré sorprendida y lo miré completamente enamorada. Se me escapó la risa al recordar aquel momento tan surrealista.

—Me diste la noche... estabas insoportable.

—¿Y tú qué? —preguntó él—. Asesinándome con la mirada todo el rato.

—Tenía razones suficientes. De verdad que me parecías...

—¿Irresistible? —Me interrumpió con un beso.

—Un auténtico plomo.

—Lástima que seas una pésima embustera; los dos sabemos que te morías porque te regalase un poco de atención.

Alcé las cejas y lo miré incrédula.

—Eres idiota.

—¿Quién es más idiota, el idiota o la que se ha enamorado del idiota?

Le eché los brazos al cuello y sonreí.

—El idiota siempre —dije antes de besarlo entre risas.

—Bueno, que yo te lo decía porque es nuestro aniversario, ¿no?

Arrugué las cejas y eché el cuello hacia atrás.

—No es nuestro aniversario. Hace un año solo nos besamos. Estuvimos tres meses sin vernos y no volví a besarte hasta junio.

—¿Y qué fecha sugieres? Porque nos besamos en la boda, nos besamos en tu cumpleaños...

—Mi cumpleaños —corté—. Desde ese día no nos hemos separado. Aunque a lo mejor no deberíamos empezar a contar hasta que admití mis sentimientos...

—Tu cumpleaños suena bien.

—Pues ya sabes.

—Veinte de junio.

Fui a besarlo, pero oí que alguien nos llamaba. Al girarnos nos topamos con sus amigos Logan y Harper. Terminamos de ver el mercadillo con ellos y cenamos todos juntos en un italiano. Me bastó un par de horas en su compañía para ver que eran tan adorables como parecían, y es que la dulzura de Harper se complementaba a la perfección con el sentido del humor de Logan. Se miraban con tanta admiración y ternura que no pude evitar preguntarme si esa impresión daríamos nosotros desde fuera y si también parecería que estábamos hechos el uno para el otro.

26

La madre del novio

—Marcos —susurré, pero nadie respondió.

El agua que me caía en la espalda hacía que tuviera el cuerpo calentito.

—Marcos —repetí.

Me temblaron las piernas y la mano se me resbaló de la baldosa cuando busqué apoyo. Las rodillas me fallaron y no me caí gracias al agarre de Marcos en mi cintura. El vapor me impedía ver con claridad.

Estaba tensa.

Y conforme aumentaba esa tensión, más caliente me parecía que estaba el agua. La cara me ardía tanto que resultaba molesto y tenía el corazón tan acelerado que me iba a explotar. Quise llamar a Marcos, pero mi voz se convirtió en un jadeo y mi respiración se agitó. Enseguida pasó lo inevitable y grité hasta quedarme sin aire en los pulmones mientras me deshacía por las caricias de su lengua sobre mi piel.

Marcos se levantó con el pelo pegado a la frente y cara de deseo. Arrastró las manos hasta cerrarlas en torno a mi cintura y se inclinó.

—¿Estás menos nerviosa?

Negué con la cabeza. No podía contestar porque todavía estaba recuperando el aliento.

Soltó una risita.

—¿Ha sido mejor que en tu sueño? —le pregunté.

En uno de sus audios me había contado que había soñado exactamente esto.

—Sí, cariño, porque en los sueños no hay olfato ni gusto... —hizo una pausa y se pegó a mí—, y tú hueles muy bien y sabes mejor —musitó con voz grave.

Tiré de sus hombros para besarlo y noté mi sabor salado en su lengua. Lo insté a intercambiar posiciones y esa vez fue él quien terminó bajo el chorro de la ducha. Echó la cabeza hacia atrás y dejó que el agua le retirase el pelo de la frente. Nunca había estado tan sexy como en ese momento.

—Estás preciosa —susurró.

—Tú siempre vas a decir que estoy preciosa desnuda.

—Culpable.

Le acaricié el pecho y su abdomen se tensó conforme mis dedos descendían sobre su piel resbaladiza. Cerré la mano en torno a él y él soltó un gemido que consiguió excitarme otra vez. Enredé la mano libre en el cabello de su nuca y él subió la suya por la cara interna de mi muslo. Su lengua no tardó en abandonar la mía para encontrarse con mi cuello. Me mordió cerca del trapecio, haciéndome estremecer, y yo giré la cara y le lamí el lóbulo. Marcos deslizó un dedo en mi interior y yo respondí moviendo la mano sobre él con más firmeza.

—Más deprisa —pedí.

—Siempre tan impaciente, Ele.

Lo solté de golpe y él me miró confuso.

—¿Qué haces?

Levanté una ceja.

—Vale —concedió—. Más deprisa.

Me hizo caso y yo volví a agarrársela. Farfulló algo que no entendí y cuando nos besamos todo se volvió frenético. Su aliento se mezcló con el mío y, aunque cada guarrada que salió de su boca superaba a la anterior, todo fue muy tierno. Poco después apoyó la frente contra mi hombro en un estado de completo abandono y soltó un gemido profundo cuando se dejó ir.

Esa sensación de entrega total por su parte, unido a sus movimientos certeros de muñeca, fue suficiente para hacer que me rindiera al orgasmo otra vez.

Nos quedamos abrazados mientras se calmaba nuestra respiración. Mi cuerpo no tenía intención alguna de despegarse del suyo. Sus manos subieron por mis hombros hasta atrapar mi rostro. Su lengua buscó la mía con ternura y su cariño se me agarró al corazón.

—No sé qué me haces, pero la conexión esta que tengo contigo no la he tenido nunca con nadie —me dijo.

—Yo tampoco.

—¿Esa es tu manera de decirme que el sexo conmigo es el mejor que has tenido en tu vida?

Contuve la sonrisa.

—¿Es la tuya?

—Sí.

—Pues ya está.

Salí del baño envuelta en una toalla, con el pelo seco y trenzado, y me encontré a Marcos sentado en la cama en ropa interior.

—¿Todavía estás así? —pregunté inquieta.

—Estaba esperándote por si querías repetir lo del baño en posición horizontal.

Su tono fue inocente y su sonrisa demasiado descarada.

—No hay tiempo —contesté mientras abría el armario.

Me había comprado un vestido para la cena con su familia, pero no estaba segura de querer ponérmelo. Resoplé frustrada y enseguida lo tuve detrás de mí.

—Veo que sigues nerviosa. —Apretó los labios contra mi cuello.

—¡Pues sí! —me quejé—. No sé qué ponerme y no ayuda que estés casi desnudo.

—¿Te distraigo?

Desplazó los labios hasta mi hombro y cerré instintivamente los ojos.

—¿Qué vas a ponerte? —pregunté.

—No lo sé.

Se dio por vencido cuando detuve su mano, que bajaba por mi abdomen, y se colocó a mi lado para escanear su parte del armario.

Pasé las perchas indecisa entre ponerme una falda y una blusa, o el vestido.

—Me gusta que tengas la mitad del armario.

Su confesión me ablandó lo suficiente como para voltearme hacia él, que en ese momento sostenía unos pantalones de vestir y una camisa en alto, y besarlo.

—Veo que vamos arreglados, entonces. —Me giré y saqué el vestido de la percha.

—¿Eso es todo lo que vas a decirme?

Lo miré sin comprender mientras me subía con cuidado las medias negras.

—Estoy nerviosa —contesté a modo de disculpa—. A mí también me gusta tener parte del armario.

«Y también me da un poco de vértigo pensarlo».

Su expresión se dulcificó. Marcos lanzó su camisa sobre la cama y se subió los pantalones.

—¿Y si ensayo como en mi trabajo de la uni? —propuse cuando ya tuve las medias en su sitio—. Tú eres tu madre y yo soy yo, ¿vale?

Lo sopesó unos segundos y aceptó.

Carraspeé y me puse recta.

—Eh... Hola, madre de Marcos —dije extendiendo la mano—. Soy la novia de Marcos.

Él me estrechó la mano conteniendo la risa.

—¿Qué tal si mejor dices: «Hola, Maggie»? Y no te va a dar la mano, mi madre te dará un beso o un abrazo.

—¿Y si hablamos un rato en inglés y así practico?

—Elena, hablas inglés perfectamente. Y, de todos modos, no voy a concentrarme si sigo viéndote las tetas.

Asentí con las mejillas encendidas y él me robó un beso. Luego abrí el cajón donde había guardado la ropa interior y saqué un sujetador. Caminé hasta el otro lado de su habitación para coger mis zapatos.

—¿Este es el libro que estabas leyendo anoche?

—Eh, sí —contesté distraída mientras me abrochaba el cierre.

Al despertarme le había contado que me habían dado las tantas leyendo uno de los libros de veterinaria que había comprado el día anterior.

—¿En serio?

Algo en su tono malicioso hizo que me diese la vuelta. Marcos sostenía en una mano uno de mis bodis de encaje y en la otra el *Kama-sutra*, que debía de haber quedado al descubierto cuando saqué el sujetador.

—Déjame adivinar... ¿Es mi regalo para esta noche? —Levantó las cejas de manera sugerente.

Sacudí la cabeza. Él lanzó el libro sobre la cama y se acercó a mí como una pantera.

—De ese libro seguro que podemos sacar un par de ideas interesantes para calmar tus nervios —susurró antes atraerme contra él.

Los abuelos de Marcos vivían en el barrio de Chelsea. Durante el viaje en coche fui disfrutando del alumbrado navideño y la conversación amena entre Marcos y Lisa consiguió aplacar mis nervios. Observé la fachada de la casa y respiré hondo. Antes de que llegásemos al último escalón, la puerta principal se abrió y a la vista quedaron una pareja de ancianos que parecían bastante afables y que tenían el pelo blanco.

—¡Mi niño! —La mujer salió y Marcos abrió los brazos para recibirla.

—Abuela, que te vas a congelar —dijo Lisa adelantándose—. Además, tu favorita soy yo.

Mientras se abrazaban me mantuve al margen.

—Esta es Elena. —Marcos me agarró la mano—. Elena, estos son mis abuelos: Susan y Robert.

—Hola —saludé escuetamente.

Sonreí cuando me besaron la mejilla y me invitaron a pasar. Le hice un gesto de cabeza a Marcos para que entrase primero y lo seguí con Lisa detrás de mí. Ver el recibidor me bastó para saber que la casa era tan inmensa como había imaginado. Los techos eran altos y las lámparas de cristal eran tan grandes que parecían sacadas de un palacio.

La fotografía que había visto de la madre de Marcos no le hacía justicia. Era alta y delgada, y llevaba un vestido negro muy elegante. Me quedé ensimismada mirándola mientras saludaba a sus hijos. No sabía qué era más llamativo en ella, si los ojos azules o el collar de brillantes que abrazaba su cuello. En conjunto parecía una mujer muy sofisticada.

La voz de Marcos me sacó de mi pompa de admiración.

—Mamá, esta es Elena.

«Mamá».

Una palabra que hacía mucho tiempo que no pronunciaba.

—Mi novia —puntualizó él.

Maggie se acercó a mí con expresión cariñosa y me dio la bienvenida con un beso en la mejilla.

—Encantada de conocerte, Elena.

—Lo mismo digo, señora Baker. —Sonreí con timidez.

—Por favor, llámame Maggie. Lo de «señora» podemos dejarlo para mi madre.

—Vale —asentí.

Desvié los ojos y me encontré con Lisa haciendo aspavientos detrás de su madre para llamar mi atención. Cuando la miré, ella me hizo una pregunta muda: «¿Todo bien?».

Asentí y volví a centrar la atención en Maggie.

—Me han hablado muy bien de ti...

—¡Mamá! —protestó Marcos.

—Lisa me ha dicho que te gustó la galería de arte.

—Sí —respondí—, fue genial ir con ella, me explicó muchas cosas interesantes.

—Es que soy muy lista, mamá —dijo ella colocándose a su lado.

Maggie sonrió con la misma ternura con que sonreía mi madre y sentí que retrocedía en el tiempo. Me forcé a tragar el nudo que se me había formado en la garganta y enseguida noté los dedos de Marcos atrapando los míos, que jugaban inquietos con el lazo del abrigo.

—¿Colgamos eso? —preguntó él.

—Sí.

Me desprendí de la chaqueta y, mientras Marcos la colgaba, apareció Harold, un hombre que a priori me cayó simpático por su jersey navideño.

—Hemos comprado helado, que nos han dicho que te apasiona —me dijo al saludarme.

Sonreí entre agradecida y avergonzada. Fui a contestar cuando dos torbellinos, que inmediatamente reconocí como Rosie y Daisy, entraron corriendo. En apariencia parecían dos angelitos, pero ya sabía las trastadas que eran capaces de hacer.

—¡Tío! ¡Tía! —gritaron emocionadas.

Marcos y Lisa se agacharon para recibirlas y observé divertida que se peleaban por ver quién era el favorito de las niñas. Lisa se incorporó sujetando a la más pequeña en brazos, que le echó las manitas al cuello y le dio un beso en la mejilla. En su busca entró el hombre que reconocí como Duncan; era tan alto y robusto que imponía. Por la luz artificial no me quedaba claro si era castaño tirando a rubio o a pelirrojo, pero lo que sí vislumbré fueron unos ojos verdes pálidos a juego con su jersey. Saludó a Marcos con una palmada en el hombro; como él estaba sujetando a la más mayor, no podía darle la mano. Hizo lo mismo con Lisa y a mí me dio un apretón de manos.

—Soy Duncan, el padre de los monstruitos —dijo con un marcado acento escocés.

—Elena —respondí.

—Papá, ¡es la novia del tío! —exclamó una de las niñas.

—Lo sé, Rosie —contestó él—. Voy a buscar a vuestra madre. Portaos bien o no habrá postre. —Su tono serio hizo que las niñas asintieran.

Me quedé mirando el hueco por donde Duncan había desaparecido sin saber qué hacer.

—La novia del tío es muy guapa —susurró la niña que tenía Lisa en brazos.

—Sí —contestó esta. Parecía que se le caía la baba con sus sobrinas tanto como a Marcos—. ¿Quieres conocerla?

La niña asintió y yo me acerqué un poco incómoda.

—Hola. —Forcé la sonrisa.

Los niños eran tan sinceros que me asustaban.

—Le quiero dar un besito —le dijo a Lisa.

La pequeña se estiró en sus brazos y me llenó la mejilla de babas. Cuando volvió a recostarse contra su tía, le preguntó:

—¿Me has traído un regalo?

—No, hoy viene Papá Noel, ¿recuerdas? —Lisa le besó la cabeza—. Así que tienes que portarte bien.

—¿Me pintas los labios rojos como los tuyos?

—Ya sabes que tu madre no me deja.

Sentí un tirón en la falda y al mirar hacia abajo me encontré con Rosie, la sobrina mayor. Llevaba el mismo vestido verde y los mismos zapatitos planos que su hermana.

—Creo que Rosie también quiere saludarte, ¿verdad? —preguntó Marcos.

—Sí —respondió ella.

Me agaché para quedar a su altura y ella me dio un beso en la mejilla.

—Hola —saludé intentando mantener la calma.

—Me gusta tu trenza.

—Gracias.

—¿Me haces una? —pidió con una sonrisa angelical.

—Eh... vale. ¿Ahora?

—Sí. —Rosie me agarró la mano y tiró de mí en dirección al pasillo.

Entramos en el salón justo cuando Gaby le pasaba el bebé a Duncan con cuidado. El rostro estoico de él se transformó en cuanto tuvo a su hijo en brazos, y sonrió a su mujer con cariño.

—Hola —saludó Marcos para manifestar nuestra presencia.

Gaby levantó la cabeza. Su mirada pasó de Marcos a mí y luego a su hija, que me sujetaba la mano. Tenía la melena recogida en un moño deshecho y llevaba chándal. Era una copia exacta de su madre; tenía una cara de facciones afiladas difícil de olvidar. Sus ojos grandes y escrutadores encerraron a los míos tratando de discernir si yo merecía estar ahí o no. Marcos se adelantó para abrazarla y ella se vio forzada a romper el contacto visual.

Rosie me soltó y se agachó al lado de sus juguetes.

—¿Qué tal, Gabrielita? —le preguntó él.

—Cansadísima. No veas qué noche nos ha dado Lyall.

—Elena. —Marcos estiró el brazo y yo agarré su mano—. Esta es mi hermana mayor. Gaby, esta es mi novia.

—Encantada —dijo ella sorprendiéndome con dos besos—. No he perdido la costumbre española de los besos —explicó al apartarse.

—Igualmente. —Sonreí.

—¿Qué tal el pequeño? —se interesó Marcos.

Duncan se acercó con el bebé en brazos para enseñárnoslo. Lyall respiraba plácidamente en sueños. Desvié los ojos hacia Marcos, que acariciaba su manita con cariño y lo observaba encandilado.

Lisa hizo acto de presencia, dejó en el suelo a Daisy, que fue en busca de su hermana, y salieron corriendo. Acto seguido, Gaby se disculpó para cambiarse y Marcos se ofreció a enseñarme la casa.

—¿Todo bien? —preguntó cuando nos quedamos solos.

Asentí.

Intentó besarme en mitad del pasillo de la segunda planta, pero me aparté.

—No —negué—. Lo último que necesito es que me pillen besándote y causar mala impresión.

Marcos se rio y me prometió cobrarse más tarde todos los besos que le debía.

La cena con la familia Baker fue bien, aunque me resultó extraña. Era la primera vez que me sentaba a una mesa tan multitudinaria en Navidad. Cenamos pavo con patatas al horno y una salsa de frutos rojos que estaba buenísima. El ambiente era amable y ruidoso. Todos fueron muy atentos conmigo, se interesaron por mi profesión y nadie preguntó por mi familia ni por qué estaba allí en lugar de en Madrid.

Pasando un rato con ellos ya te dabas cuenta de que estaban muy unidos. Mientras comíamos, me enteré de que a Lisa la vena artística le venía heredada de su madre y de que Duncan y Gaby se habían conocido en Edimburgo porque ella había acabado allí la universidad.

Cuando terminamos el postre, las pequeñas se situaron a mi lado y me pidieron que les trenzara el pelo. Me senté con ellas en el suelo y las peiné mientras jugaban. Eso me salvó de estar en la conversación de sobremesa donde la atmósfera, por muy majos que fueran, no era tan distendida. La señal inequívoca de que se había hecho tarde llegó cuando Daisy se durmió en mis brazos.

Según entramos en el coche comenzó el interrogatorio de Lisa.

—Bueno, ¿qué te han parecido?

—Lisa, no seas brasas —se quejó Marcos.

—Bien —respondí mirando por la ventanilla—. Vuestra madre es muy maja. ¿Creéis que yo les he caído bien?

Respondieron a la vez:

—Sí.

—Yo le he preguntado a mamá y me ha dicho que eres muy amable y que le gusta cómo miras a Marcos.

Lisa se echó hacia delante y le dio un golpecito a su hermano en el hombro. Me relajé en el asiento un poco avergonzada y él sonrió de lado a lado.

—¿A vuestra hermana también? —pregunté indecisa.

—Gaby es muy protectora, le cuesta abrirse a los demás y no entiende cómo nosotros podemos hacerlo —explicó Lisa—. Ella tardó mucho tiempo en contarle a Duncan nuestra historia y en atreverse a dejarlo entrar. Dale un poco de tiempo; te adorará.

Cuando Lisa se despidió, esperamos hasta que entró en su portal para poner rumbo al barrio de Marcos.

—Mañana vamos a casa de tu madre, ¿no? —pregunté antes de poner el árbol de Navidad de pie.

—Estás a tiempo de echarte atrás —bromeó mientras me ayudaba a colocar los adornos.

—¿Y perderme tu habitación de universitario? —Negué con la cabeza—. Ni hablar.

—Gracias por haber venido hoy.

Me dio un beso tierno. Estaba relajado y contento, y era contagioso.

—¿Intercambiamos regalos o quieres hacerlo por la mañana?

—Lo que quieras —respondí.

—Si mi regalo implica que te pongas la cosa esa de encaje... —Me robó un beso al tiempo que me agarraba la cintura—. Lo prefiero ya. Y mañana, y todos los días hasta que te vayas.

—Eres idiota —me reí.

—Bueno, voy a por el mío.

Marcos caminó decidido hacia su cuarto y yo lo seguí. Sacó una bolsa del armario y me la tendió.

—Espera. —Abrí la maleta y saqué el mío.

Se sentó a mi lado en el suelo.

Acepté la bolsa y lo miré con suspicacia.

—Está dentro del presupuesto acordado —se excusó.

Marcos y yo habíamos establecido un presupuesto límite, ya que yo prefería emplear el dinero en el viaje y en visitar sitios con él.

Desenvolví el regalo bajo su mirada expectante.

—¿Una guía de Escocia? —pregunté sonriendo.

—Como tiraste la tuya al lago Ness en una demostración de lo civilizada que puedes llegar a ser...

—Te la tiré a ti porque me estabas poniendo nerviosa —interrumpí.

—Lo que tú digas, cariño. Quería reponerla y, además, he pensado que estaría bien ir juntos algún día.

«Despídete de tu corazón, Ele».

Ladeé la cabeza y suspiré.

—¿Juntos a Escocia?

—Si te apetece...

—Sí. —Asentí y me senté sobre las rodillas—. Me apetece mucho volver.

—¿Sí? ¿Cuándo te gustaría ir? —preguntó emocionado.

Y de pronto estaba emocionada yo también.

—¿Por tu cumpleaños? —sugerí.

—¿En abril?

—Sí, o, bueno, si quieres pasar aquí tu cumpleaños con tu familia, podemos ir después.

—No, no. Me parece bien; así me regalas todos los morreos que no me diste entonces.

Sacudí la cabeza y procedí a la entrega de su regalo.

—No tenía muy claro qué comprarte y probablemente no te va a gustar —dije nerviosa mientras él despegaba con cuidado el celo del envoltorio.

—¿Me has comprado una camisa hawaiana?

Bajó la prenda que sostenía en alto y me miró sonriente.

—No tienes que ponértela, es simbólica. Es decir, sé que no es bonita, por eso te he comprado también unas galletas.

—¿Es por lo que decimos siempre antes de despedirnos?

Asentí, sintiendo que la idea era de todo menos práctica. En su momento me había parecido romántico, pero ahora me parecía una tontería.

—Joder.

—¿Qué pasa? —pregunté.

—Pues que estuve a punto de comprarte una guía de Nueva York por el mismo motivo, pero como hace unos meses recordaste el incidente de tu guía escocesa me pareció buena idea cogértela.

Esas palabras hicieron que las mariposas de mi tripa cobraran vida propia.

—Yo tengo la hora de Nueva York y de Hawái en el móvil —confesé.

Marcos desbloqueó su pantalla y me la enseñó mientras decía:

—Yo también.

Inconscientemente nos habíamos acercado el uno al otro. Cuando lo besé comprendí que teníamos aquello que nunca creí que tendría con nadie: entendimiento sin necesidad de palabras. No sabía si estábamos hechos el uno para el otro, pero aquello se parecía mucho.

27

Last Christmas

La casa de Maggie cuadraba con la definición de «hogareña»: era espaciosa, cálida —gracias al amarillo de las paredes— y olía a comida. Su vena artística se apreciaba en la decoración y en los cuadros de paisajes coloridos; algunos estaban pintados por Lisa. A diferencia de en casa de Marcos, había fotografías por todas partes: de la boda de Maggie y Harold, de la de Gaby y Duncan, de la graduación de Marcos, de Lisa pintando y de todos ellos juntos en Navidad.

El cuarto de Marcos se parecía al de su casa de Madrid, aunque era más grande. Aparte de la cama individual, tenía un par de estanterías llenas de libros, un escritorio y poco más. El de Gaby era similar; se notaba que no había vivido mucho tiempo en la casa; y el de Lisa destacaba porque estaba lleno de luces de colores, pinturas, lienzos y bocetos a carboncillo pegados a las paredes.

Marcos y yo regresamos abajo, donde Harold y Maggie pelaban patatas mientras canturreaban «Last Christmas». Me quedé parada en el umbral mirándolos anonadada.

Harold se limpió las manos en el trapo y agarró a Marcos del brazo para que le bajara las copas del mueble más alto.

—La casa es preciosa —le dije a Maggie.

—Gracias. Mis padres la tenían alquilada y me la cedieron cuando me vine con los niños —explicó tranquilamente.

Se sirvió una copa de vino y rechacé educadamente la que me ofreció.

—Y, dime, ¿te está gustando Londres?

—Me encanta. —Asentí con los ojos clavados en Marcos, que le pasaba copas a Harold.

—A mi hijo también le encanta Madrid.

Sonreí tímidamente y ella me dedicó una mirada maternal.

—Desde que estás aquí lo he visto más veces que en todo el mes pasado. —Maggie dejó el pelador sobre la encimera y suspiró—. Siempre está ocupado trabajando o corriendo de un lado a otro en esa dichosa moto.

No contesté.

Mis ojos se cruzaron con los de Marcos. Le devolví la sonrisa y aparté la mirada cuando me guiñó un ojo.

—Maggie, ¿te ayudo a pelar las patatas? —me ofrecí.

Quería ser útil y ella lo entendió porque abrió el cajón y me tendió un delantal y un pelador.

—¿Qué tal? —preguntó Marcos poco después mientras Harold y su madre revisaban la carne del fuego.

Se oyó la puerta de la entrada, pero yo seguí con los ojos fijos en él.

—Bien, me disponía a escuchar anécdotas tuyas.

Él entrecerró los ojos. Se subió las mangas de la camisa blanca y se colocó a mi lado para ayudarme.

—¡Mamá! No sé qué pensabas contarle, pero nada que me deje en evidencia, ¿eh?

—Madre, no le hagas caso. —Lisa nos saludó con la mano desde la puerta y se descalzó—. Cuenta lo más embarazoso que tengas.

Entró en la cocina ataviada con una blusa blanca y unos vaqueros que estaba segura de que había pintado ella misma, y cuyo motivo era un cuadro de Van Gogh que me había enseñado días atrás.

—No pensarás darme un abrazo, ¿verdad? —Marcos se apartó de ella.

—¡Mamá! ¡Dile que me abrace! —se quejó Lisa.

Él puso los ojos en blanco antes de envolverla en un abrazo cariñoso.

—¿De dónde vienes tan contenta, hermanita?

—De pintar. Estaba inspirada.

Le dio un sonoro beso en la mejilla y le dejó un manchurrón rojo. Se volteó para abrazarme y me dedicó una mirada cómplice. Por su sonrisa enigmática supe que su cita había ido bien. Lisa saludó a su madre y a Harold, y se colocó al lado de Marcos para partir zanahorias. Un par de minutos después, mientras cada uno estaba concentrado en su tarea, Lisa rompió el silencio:

—Cuando tenía ocho años le pedí a mi madre unas acuarelas para pintar una maceta. Marcos, que debía supervisarme, se quedó dormido en el sofá, así que le pinté la cara entera de florecitas moradas. Mi madre le sacó una foto buenísima, luego la buscamos —se rio—. Ah, y cuando se despertó no le dije nada y dejé que se fuera a la calle así.

Me reí al imaginar la situación.

—Para mí no fue gracioso —aseguró él—. Menos mal que me di cuenta al mirarme en el espejo del ascensor.

—Es verdad, te pasabas el día peinándote, ¿recuerdas? —dijo Lisa imitando lo que supuse era un joven Marcos echándose el pelo hacia atrás.

Yo me reí porque todos los recuerdos que tenía de Marcos en el instituto eran de él pasándose la mano por el pelo.

—Eres muy pesada. —Marcos resopló y su hermana le tiró un trozo de zanahoria—. ¿Por qué no le cuentas a Elena cuando te detuvo la policía?

—¿Te han detenido? —pregunté horrorizada.

Ella sonrió y se encogió de hombros. Al darme cuenta de que Maggie y Harold estaban al lado y de que podía haber metido la pata, susurré una disculpa.

—No te preocupes, mis padres lo saben —respondió ella.

—¿Qué es lo que sabemos? —preguntó Harold.

—Nada, papá, lo de cuando me detuvo la policía.

Harold asintió sin inmutarse y yo me quedé con la boca abierta sin saber si me sorprendía más que Lisa llamase «papá» a Harold o que la hubieran detenido.

—¿Lo ves? Sabía que antes o después escandalizarías a mi novia —bromeó Marcos.

—Tranquila, no soy una criminal —repuso Lisa mirándome—. Simplemente estaba en una manifestación y no sé muy bien qué pasó, pero un policía sacó la porra para pegar a una chica y yo hice lo primero que se me ocurrió...

—¿Intervenir?

—Le lancé lo que tenía en los bolsillos: un paquete de pañuelos y una cajita de caramelos con la que ni siquiera lo rocé.

—¿Y qué pasó después?

—Me llevaron a comisaría y usé mi derecho a la llamada para llamar a mi abogado favorito.

Miré a Marcos y él negó con la cabeza:

—No me llamó a mí.

Extrañada, me eché hacia delante para ver a Lisa mejor.

—Estaba demasiado avergonzada como para llamarlo y no quería que se preocupase, así que llamé a James.

—A James... ¿su amigo? —Señalé a Marcos.

Ella asintió.

—¿Y qué pasó después? ¿Cuánto tiempo estuviste en la cárcel?

—Sigue encerrada, está de permiso —contestó Marcos.

—No le hagas caso. —Lisa le dio con el hombro—. Estuve un par de horas en comisaría y ya está. No he ido a la cárcel —se rio.

Suspiré aliviada.

—Todavía. Ten cuidado, cariño; si te juntas mucho con ella, puede emborronar tu impecable historial de conducta —se cachondeó él.

Lisa le enseñó el dedo corazón y él soltó una carcajada.

—No te creas que tu novio es un santo, ¿eh? Hace un par de años fuimos a Grecia porque quería ir a una ponencia en la Escuela de Bellas Artes de Atenas. Al viaje acabaron uniéndose sus amigos. Recuerdo que estábamos en un mercadillo buscando algo para mamá cuando Marcos salió de una tienda con un jarrón y me dijo que en la negociación del precio el señor de la tienda le había preguntado por mí y que él me había ofrecido a cambio de un descuento.

—¿Hiciste eso? —le pregunté igual de ofendida que Lisa.

—No, solo lo dije para vacilarle —repuso él.

—¿Lo ves? —señaló Lisa—. No es tan bueno como parece.

Marcos fue a contestar, pero sonó su teléfono. Descolgó y salió de la cocina.

Verlos picándose me hizo gracia, pero también sentí una punzada de envidia. Lo más parecido a una hermana que yo tenía era Amanda y nosotras no teníamos esa faceta que tienen los hermanos de sacarse de quicio y al minuto siguiente abrazarse. Lisa y su intuición adivinaron mis pensamientos.

—Mi hermano me contó lo de tu madre... Me sentí fatal por haberte preguntado.

—No te preocupes.

Ella me dedicó una sonrisa aprensiva.

—¿Sabías que mi madre sabe hacer masa de pizza casera? —preguntó emocionada—. Si quieres, un día puedes venir y te enseñamos.

Acepté porque me apetecía seguir pasando tiempo con Maggie.

Marcos regresó a la cocina. Por su sonrisa radiante podía decirse que estaba disfrutando de ese momento familiar.

—Era James, nos ha propuesto quedar todos un día de estos —me dijo con el móvil aún en la mano.

Lisa se acercó cargada de cebollas, tomates y pimientos.

—¿Con los «mosqueperros»? —preguntó dejándolo todo en la encimera—. Tenemos que picar esto muy chiquitito.

Mi novio sacudió la cabeza y la ignoró.

—Como son cuatro los llamo «los mosqueteros», aunque a veces me baila la lengua y parece que los llamo «perros» —me contó ella.

Agarré un pimiento, lo sequé y lo corté mientras me reía de los vaciles de Lisa hacia Marcos y de las caras de fingida indignación de mi novio.

Una hora después llegó el resto de la familia. Las niñas corrieron hacia el árbol de Navidad sin pararse a saludar y nosotros salimos de la cocina para recibir a los adultos, y de ahí fuimos todos al salón. El árbol estaba rodeado de regalos. Observé divertida cómo las pequeñas rasgaban ilusionadas los envoltorios y descubrían juguetes, libros y ropa. El nerviosismo me retorció las tripas cuando los demás abrieron los regalos que Marcos y yo habíamos comprado, y me relajé a medida que comprobaba que habíamos acertado.

—Este es para Elena —dijo Gaby.

Acepté el paquete que ella me tendía. Mientras lo abría me puse casi más nerviosa que cuando ellos habían abierto los míos.

—Queríamos regalarte una heladera, pero iba a ser complicado que te la llevases —confesó Maggie.

Despegué la vista del dispositivo de lectura electrónico y les di las gracias. Yo era más de leer en papel porque me gustaba subrayar, pero el Kindle me vendría bien para llevarlo en el bolso.

—Esto te lo puedes llevar de viaje —dijo Lisa.

—Y se puede subrayar —agregó Marcos. Eso no lo sabía y me parecía muy interesante—. Sabía que te cambiaría la cara en cuanto te dijera eso.

Igual que la noche anterior, la comida de Navidad fueron risas, anécdotas, conversación agradable y platos caseros. Por fuera sonreía, pero por dentro estaba dividida. Por un lado, me lo estaba pasando bien; por otro estaba echando mucho de menos a mi madre y a mi abuela. Por eso en cuanto Harold se puso a recoger la mesa, me levanté para ayudarlo a cambiar los platos por los de postre.

—¿Qué tal? —me preguntó mientras metíamos la vajilla sucia en el lavaplatos.

—Bien.

—Entiendo cómo te sientes. La primera vez me costó un poco adaptarme; estaban muy unidos y yo era un extraño para la mayoría de ellos —confesó—. Pero no tardé en sentir que yo también formaba parte de esto, así que gracias por venir.

—Gracias por invitarme —respondí.

Marcos apareció con Daisy siguiéndolo de cerca y Harold salió con el pudin.

—Cariño, ¿te apetece ir al cine? —me preguntó.

Mis ojos vagaron de su cara a la niña, que se escondía detrás de su pierna y asomaba la cabeza.

—¿Ha dicho ya que sí? —Rosie entró a la carrera y fijó los ojos en mí.

Miré a Marcos con la sombra de la incomprensión en el rostro.

—En Navidad Lisa y yo las llevamos al cine —explicó mirando a sus sobrinas.

Ellas me observaban con chispas de emoción en los ojos.

—¿Qué vamos a ver? —fue lo único que pregunté.

—Una reposición de *Frozen*. ¿La has visto?

—No —negué—. Y vale, sí, claro. ¿Cuándo nos vamos?

Daisy salió de su escondite y me abrazó las piernas.

—Gracias, tía Elena.

«Tía Elena».

Un sudor frío me recorrió la nuca.

Esa criatura me acababa de llamar «tía».

A mí.

Me quedé cortada y no supe responder.

—Daisy, no deberías... —comenzó Marcos.

Le hice un gesto negativo con la cabeza y me agaché para abrazarla.

—No pasa nada —respondí.

Pero sí pasaba.

Yo jamás podría presentarle a Marcos a nadie de mi familia. Estaba sola y, aunque hacía tiempo que no me sentía tan acompañada como en ese momento, esa soledad que cargaba estaba comenzando a atravesarme el pecho.

Tío.

Cuñado.

Sobrino.

Eran palabras que nadie que no fuera de su familia pronunciaría para referirse a él.

—Daisy y yo somos Anna y Elsa. —La voz de Rosie me sacó de mis pensamientos.

—¿Quiénes son esas? —pregunté.

—Las protas de *Frozen* —agregó sonriendo—. Son muy guais. —Atrapó mi mano.

Sentí la mirada preocupada de Marcos sobre mí y cuando nuestros ojos se cruzaron se confirmaron sus sospechas.

—¿Podéis decirle a mamá que vamos al cine? —les propuso.

—Pero yo iba a pedirle a la tía Elena una trenza como la de Elsa —dijo Rosie—. ¿Me la haces, por favor?

No podía decir que no a esa sonrisa angelical.

—Claro —asentí—. Pero no sé cómo es la trenza de Elsa.

—Rosie, luego te la hace, ¿vale? Ahora vete a decirle a mamá que nos vamos al cine —insistió él.

Rosie resopló, cogió la mano de Daisy y salieron de la cocina.

Suspiré hecha un lío de sentimientos y Marcos me abrazó. Oí unas risitas y, al apartarme, descubrí a las niñas asomadas en la puerta.

—¿Vas a besar a la tía como en el final de *Frozen*? —preguntó Rosie.

—Queremos ver un besito de amor —pidió Daisy.

Marcos me miró con cara de disculpa. Las hermanas nos observaban expectantes. Sin pensarlo, le agarré la cara y le di un beso suave. Ellas chillaron emocionadas y salieron corriendo. Me volteé y la sonrisa dulce de Marcos me deshizo un poco el nudo del estómago.

—Espero que no les cuenten a todos que te acabo de besar en mitad de la cocina.

—Pues yo espero que vuelvas a repetirlo —dijo con una mueca burlona.

El cine estaba en Covent Garden. Nada más entrar me embriagó el olor a palomitas. Del techo colgaban tiras de luces doradas y cerca de la entrada había un árbol de Navidad enorme. Nos pusimos a la cola de las palomitas, que era interminable. Lisa aprovechó para ir al baño con Rosie y yo me quedé con Marcos, que tenía a Daisy en brazos. Me quité el gorro y, mientras lo guardaba en el bolso, sentí la mano de Marcos colocarme el mechón de pelo detrás de la oreja. Levanté la cabeza y él me dedicó una sonrisa tierna antes de volver a sujetar a su sobrina pequeña con los dos brazos. Ella le contaba el último episodio de *La Patrulla Canina* y él la escuchaba absorto. Y yo estaba ahí, mirándolo como una idiota completamente enamorada.

Salí de mi ensimismamiento cuando vibró mi móvil. Lo saqué del bolsillo del abrigo pensando que sería Amanda, a la que había contestado hacía un ratito, pero me encontré con un mensaje de Joaquín.

> Feliz Navidad, Elena!
> Qué tal por Londres?
> Seguro que mejor que yo, que estoy de guardia 🙁
> Zeus te manda saludos

Con su mensaje recibí la foto de un labrador con un gorro de Papá Noel.

Al verlo, solté un suspiro amoroso y sentí los ojos de Marcos sobre mí.

—Mira qué adorable es el perro de Joaquín. —Volteé el móvil para que lo viera.

La niña se echó hacia delante y solo dijo:

—¡Qué boniiitooo! Tío, yo también quiero uno. —Sonrió a Marcos y él volvió a centrarse en ella.

—El tío es más adorable que ese perro, ¿a que sí? —le preguntó él a su sobrina.

La pequeña lo sopesó un segundo antes de asentir y ganarse un beso en la mejilla por parte de Marcos.

En ese momento, regresaron Lisa y Rosie, quien enseguida tiró del abrigo de Marcos para reclamar su atención.

—Tío, ¿falta mucho para las palomitas?

—Un poquito —le dijo él.

Acto seguido, se giró para mirarme:

—¿Quieres palomitas, cariño?

—No. Prefiero comprarme un helado.

—¿Helado? —Rosie tiró del abrigo de Marcos otra vez—. Tío, yo quiero helado también. Por favor.

—¡Y yo! —exclamó Daisy emocionada.

—Las dos cosas no, que luego no cenáis —contestó él negando con la cabeza—. Tenéis que elegir una.

Daisy hizo un puchero.

—Joder, Daisy, no llores, porfa —le rogó él.

—Has dicho una palabrota, vas a ir a mamá —acusó Rosie—. Te va a regañar como el día del brócoli —canturreaba ella.

—El otro día Rosie no quiso comerse el brócoli —me explicó Lisa en voz baja—. Y les dijo a sus padres que el tío Marcos decía que comer brócoli es asqueroso.

Se me escapó la risa.

—Si me compras el helado, no me chivaré —oí que decía la niña.

—Di que sí, Rosie —azuzó Lisa—. ¡Lucha por tus derechos!

Marcos respiró hondo y miró a su hermana en busca de compasión.

—Vamos a hacer una cosa —le dijo Marcos a Rosie—. Yo te compro las palomitas y, si te portas bien durante la película, luego te compraré el helado.

Su sobrina se puso a saltar para celebrarlo y él giró el cuello para decirme:

—La heladería que te dije, Morelli's, está aquí al lado. ¿Te apetece ir luego?

Asentí y le dediqué una sonrisa tan amplia como la de Rosie.

—Veo que están aprendiendo el arte del chantaje —le dije a Lisa.

—Hacen con él lo que quieren —aseguró ella—. Es muy divertido verlo.

Volví a mirar a Marcos.

—¿Estás contenta ya? —le preguntó a la niña que sujetaba.

—Sí. —Ella asintió—. Tú eres mi favorito, pero no te chives a la tía, ¿vale? —terminó en un susurro.

Marcos le sonrió y le hizo una mueca divertida, y ella se recostó contra su pecho.

Como era de esperar, la sala estaba abarrotada de familias y niños correteando por las escaleras y delante de la pantalla. Rosie y Daisy se sentaron entre Lisa y Marcos. En cuanto me acomodé en mi asiento, Marcos me robó un beso fugaz que no duró más porque Rosie le tiró una palomita para llamarlo.

—Portaos bien o no habrá helado —les recordó él.

Las luces se apagaron y él colocó sus palomitas entre nosotros.

No habría pasado ni media hora cuando Daisy le pidió a Marcos que le hiciera el caballito. Él la sentó sobre sus rodillas y las movió ligeramente imitando el trote de los caballos. Yo desvié la atención de la pantalla a él, que no tardó en inclinarse en mi dirección para susurrarme al oído:

—Ele, sé que estoy tremendo, pero la pantalla la tienes delante.

Contuve la sonrisa y volví a concentrarme en la película.

La sorpresa final llegó cuando Elsa cantaba el tema principal y escuché a Marcos tararear superbajito.

—¿Estás tarareando? —Lo miré alucinada.

—En casa de mi hermana esto es lo único que se oye —aseguró en un susurro—. Por desgracia, la habré escuchado unas quinientas veces.

Me eché hacia delante para mirar a Lisa y descubrí que estaba dormida.

Este lado de Marcos tan terriblemente tierno cogió la última pieza de mi corazón que me pertenecía y se la guardó en el bolsillo. Ver a Lisa y Marcos con sus sobrinas era ver la estampa idílica de las navidades en familia. Yo nunca había hecho esas cosas con mi padre, pero verlo tan contento mientras la niña le tiraba palomitas me hizo darme cuenta de que existen muchos tipos de amor y de que todos ellos pueden abrigarte el corazón en un día invernal. Marcos seguía dándome razones para quererlo y, si no paraba, la lista sería infinita.

28

Un paseo para recordar

Aprovechando que Marcos tenía el día libre fuimos a pasar el día a Oxford. De camino, él me habló de los lugares que quería enseñarme y, mientras tanto, yo busqué en internet información de la ciudad. Hicimos la primera parada en el castillo. Lo vimos desde fuera porque el *tour* nos tomaría unas horas y, como atardecía a las cuatro de la tarde, eso nos dejaría poco margen para disfrutar del resto de la ciudad. Después, paseamos por el centro histórico, que era precioso, hasta Blackwell Books, donde casi me dio un infarto al enterarme de que contenía una de las salas de venta de libros más grandes del mundo.

—La universidad está compuesta por algunos de los colegios más prestigiosos del mundo —leí en voz alta, cuidando de no chocarme con nadie, la guía que acababa de comprarme—. Ya sabes lo que te estoy contando, ¿verdad?

—Sí, pero tú sigue hablando como si esto fuera lo más emocionante del mundo, que a mí me encanta.

Sonreí y volví la vista a la lectura.

—¿Veintinueve premios Nobel han pasado por aquí? ¡Oh, Dios mío! —exclamé.

—Ele, ¿qué te he dicho de «orgasmear» en plena calle?

Varias personas me miraban, probablemente porque estaba hablando en español y demasiado alto.

—Idiota.

—Preciosa.

Me guiñó un ojo y yo contuve la sonrisa.

Seguimos paseando por aquellas calles llenas de encanto y vida universitaria hasta dar con lo que estaba buscando.

El Puente de los Suspiros.

El pasaje de piedra que unía las dos partes del Hertford College le podría robar el aliento a cualquiera con su diseño elegante y antiguo. Observándolo entendí por qué era uno de los lugares más fotografiados de la ciudad.

—¿Sabes por qué se llama Puente de los Suspiros? —le pregunté bajándome la bufanda hasta el cuello.

—Sí. —Marcos me acarició la mejilla y me robó un beso. Cuando se apartó se quedó unos segundos mirándome antes de romper el hechizo con sus tonterías—. Porque te hago suspirar.

—Pues no. —Hice una mueca—. Se llama así porque aquí se citaban los estudiantes por las noches y por los suspiros de amor que se oían.

—Lo que yo decía.

Sonreí por su comentario a la par que negaba con la cabeza.

La arquitectura medieval de la ciudad te transportaba a otra época y me gustaba estar ahí con él.

—¿Qué haces? —preguntó.

Alcé el teléfono delante de nuestras caras.

—Una foto —contesté mientras intentaba encuadrarnos.

La diferencia de altura entre nosotros era considerable y resultaba complicado.

Saqué varias y subí la que más me gustó a Instagram, y lo etiqueté por primera vez.

—Vaya, Aguirre, ¿solo llevamos seis meses y ya subes una foto nuestra? —bromeó mientras tecleaba algo en su móvil—. ¿No crees que vas muy rápido?

Ladeé la cabeza antes de vacilarle:

—Es el tiempo que me ha costado superar la vergüenza de salir con un idiota y hacerlo público.

Él despegó la vista del móvil y reprimió una sonrisa.

Al abrir la notificación que acababa de recibir, vi un comentario suyo en nuestra foto y en el que solo ponía:

Tiré de la solapa de su chaqueta y me puse de puntillas para besarlo con la ternura que sentía en ese momento.

—Yo también te quiero —susurré.

—La magia del puente —contestó forzando un suspiro muy sonoro.

—Idiota.

Él volvió a fijar la vista en su móvil mientras tecleaba a toda velocidad.

—Dame un segundo, que tengo que contestar un mail del trabajo —me pidió.

«¿En tu día libre?».

—Vale.

Me giré para sacar una foto del puente. Pasados unos minutos, Marcos atrapó mi mano y caminamos hasta el edificio de al lado; la Biblioteca Bodleiana. Tuvimos suerte de encontrar hueco para la visita guiada y pudimos ver varias salas, entre ellas la biblioteca y una que sirvió de localización para las películas de Harry Potter. Para finalizar la visita, fuimos a la tienda de Alicia en el País de las Maravillas, donde compré té para Marcos y una ilustración del conejo blanco para mí.

Un par de días más tarde merendamos en Covent Garden con Harper y Logan, y caminamos juntos hasta la City, donde nos encontramos con James y George para cenar.

El restaurante Coppa Club era una amplia terraza compuesta por distintos iglús privados, con vistas al Tower Bridge. Al sentarnos, pedimos la bebida y James se encargó de elegir unos cuantos entrantes para todos sin consultar ni siquiera la carta, lo que indicaba que frecuentaban mucho el lugar. Mientras decidíamos qué pedir cada uno, ellos me contaron que Marcos y James se habían hecho amigos en primero de universidad y un año después habían conocido a Logan, a Harper y a George, con los que coincidían en varias asignaturas.

Antes de que llegasen los primeros platos ya me di cuenta de varias cosas.

George no era tan tímido como pensaba.

James era el encanto personificado y parecía que siempre se salía con la suya.

Logan era el más bromista y soltaba estruendosas carcajadas.

Y Harper... ¿Qué decir de ella? Su sonrisa podría iluminar la terraza entera. Era tan dulce y sencilla que dijera lo que dijera me parecía adorable.

Mientras cenábamos me enteré de que Harper y George estaban especializados en administración; Logan, en fusión de empresas, y James era abogado penal. También me contaron que George tenía novio y que James llevaba años soltero, cosa sorprendente teniendo en cuenta su carisma y su atractivo. Me pregunté qué le habría ocurrido para tener el corazón sellado. A todos los que íbamos por la vida con reservas nos había pasado algo, ¿no?

Cuando me tocó a mí, les hablé de mi trabajo y de que estaba pensando especializarme en oncología veterinaria.

—¿Hasta cuándo te quedas? —me preguntó James.

—Me voy en una semana.

—¡Ay! Pues antes de que te vayas tenemos que vernos otra vez —pidió Harper—. Y la próxima vez que vengas tenemos que ir a Brighton, a la playa.

Logan asintió pensativo y dijo:

—Es verdad, ¿cuánto hace que no viajamos todos juntos?

—Seis meses —contestó George.

—No —negó James señalando a Marcos con el tenedor—. Él no vino a Mallorca. Estaba en Madrid con ella —terminó apuntándome a mí.

Cierto.

Marcos había pasado el verano conmigo.

—Entonces fue el año pasado en Norfolk —aseguró Harper—. En la casa de verano de mis padres.

—Norfolk te gustaría —me dijo Marcos—. Hay focas en la playa.

Se me iluminaron los ojos y él me acarició la mano, que descansaba en la mesa, cerca de la suya.

—Te gustan todos los animales, ¿no? —Harper parecía decidida a darme conversación.

—Sí.

—Pues nosotros tenemos perro —confesó Logan—. Tenéis que venir a casa antes de que te vayas, así lo conoces.

—Vale —accedí—. ¿Cómo se llama?

—Scooby —contestó Harper—. De pequeña no me perdía ningún episodio de *Scooby Doo*.

—¡Yo tampoco! —respondí emocionada.

Marcos me miró sorprendido y yo me encogí de hombros.

—¿Qué?

—Nunca habría imaginado que vieras esa serie.

—¿Un perro que habla y es detective? —le pregunté como si fuera una obviedad—. ¡Por supuesto que la veía!

Mientras el camarero dejaba los postres, Harper aprovechó para buscar las fotos de sus viajes juntos e intercambió el sitio con George para enseñármelas. Me hicieron gracia las de su primer verano juntos; ninguno de ellos pasaba de los veinte y, pese a que hacía una niebla terrible, posaban en la playa con gafas de sol y la sudadera de la facultad. A través de sus fotos vi el paso del tiempo, la evolución de su indumentaria y cómo los bíceps de Marcos habían ganado volumen. En algunas fotos aparecían dos chicas que no estaban presentes en nuestra cena. Una de ellas era Layla y la otra no tardé en adivinar que era la exnovia de James. Una incómoda Harper pasó rápido las fotos en las que salía la exnovia de Marcos, pero no lo suficiente para que no tuviera un atisbo del brazo de Marcos alrededor de sus hombros o de Layla mirándolo con adoración. Miré a Marcos con el rabillo del ojo, pero él parecía concentrado en su conversación con James.

Justo apareció el camarero para retirar los platos y tomarnos nota de los postres. Pedimos cócteles y yo me decanté por uno de vodka con frambuesas, que pedí que cargasen lo mínimo.

—Tu novio ha venido a regañadientes a los últimos viajes. —Logan miró a Marcos de manera acusadora.

—¡Es verdad! —exclamó Harper clavando la cuchara en su *crème brûlée*—. Desde que entró en el bufete nos cuesta horrores que se pida días libres.

—¿Qué tal es eso de tener vida fuera del trabajo? —preguntó James con una sonrisa irónica—. Parece que te está sentando bien, incluso podría decirse que tienes más color en la cara.

Marcos los ignoró.

—Hemos hecho una apuesta a tus espaldas —informó George mirándolo—: si sigues trabajando a este ritmo y sacrificando así tu tiempo libre, llegarás a ser socio para cuando tengas treinta y pocos.

Sabía que Marcos se tomaba su trabajo muy en serio, pero que sus amigos lo comentasen con reproche no era buena señal.

—No me interesa ser socio. —Fue todo lo que respondió antes de acabarse lo poco que le quedaba de pudin.

Logan y James intercambiaron miradas de complicidad.

—Menos mal que te arrastramos fuera de casa los sábados —dijo Logan, y soltó una risita—. Porque, si no, parecerías un vampiro.

—Gracias por hacer que le dé la luz, Elena —añadió James.

—¿De nada? —Me encogí de hombros y me metí la cuchara cargada de helado en la boca.

—No les hagas caso —me dijo Marcos y cambió de tema—. Bueno, venís a la fiesta de Nochevieja de mi madre, ¿no?

Todos ellos confirmaron su asistencia y se pusieron a hablar de las fiestas que solía organizar Maggie después de medianoche, a las que acudían amigos de toda la familia. Marcos había conseguido desviar la atención del resto, aunque los ojos escrutadores de James seguían fijos en él. Cuando lo miré me guiñó un ojo y, acto seguido, vació su vaso de un trago.

Una vez en la calle, nos paramos en la puerta del local porque nuestros caminos se dividirían. George y James irían a un pub, mientras que el resto nos iríamos a casa.

—Por cierto, chicos —dijo Marcos. George y James detuvieron sus pasos y se dieron la vuelta para mirarlo—. Lisa y yo llevaremos a Elena a ver los fuegos, los que queráis venir estáis invitados.

—¿Los del London Eye? —preguntó Harper interesada.

Marcos asintió y ella y su novio se unieron al plan.

—Se lo diré a Elliot, a ver si le apetece —dijo George rascándose la oreja—. Pero casi seguro que sí.

—James, ¿te apuntas? —Marcos lo señaló con el dedo índice.

El aludido arrugó la nariz.

—¿A ver los fuegos con tres parejas? —Negó con la cabeza—. No sé yo...

—Bueno, Lisa también viene —dijo Logan—. No tienes excusa, amigo.

Me dio la impresión de que ante la mención de Lisa un atisbo de incomodidad hacía acto de presencia en la cara de James, pero lo escondió tan rápido que no estuve segura.

—Tendré que emborracharme para soportar a dos Baker —bromeó James.

Mi novio soltó una carcajada y le enseñó el dedo corazón antes de despedirse con la mano.

Minerva dormía plácidamente en mitad de la cama. La observé unos segundos y sentí los brazos de Marcos enroscarse en mi cintura.

—Harper y Logan hacen muy buena pareja —declaré en voz baja.

—Se casan el año que viene —susurró él.

—¡No me digas que también eres el padrino!

Hablé demasiado alto provocando que Minerva se despertase. Me senté en el colchón para acariciarla.

—James, George y yo. Los tres seremos padrinos.

Marcos se sentó a mi lado.

—¡Qué gracioso!

Minerva ronroneó y se estiró para apoyar las patas delanteras en su pierna.

—Sé que queda mucho para el verano, pero me encantaría que fueras mi más uno.

—¿Otra boda juntos tú y yo? —Ladeé la cabeza reflexionando.

—Es una buena manera de cerrar el círculo, ¿no crees? Nos liamos en una boda y vamos juntos como pareja a la siguiente.

—Interesante.

Mi gata terminó de decantarse por Marcos subiéndose sobre su regazo.

—Si vienes —comenzó con la atención centrada en Minerva—, tendrá un encanto especial.

Mi gata decidió que ya estaba cansada de nosotros y se escabulló hacia el salón.

—Vale, iré contigo.

Su expresión expectante se transformó en una amplia sonrisa. Se inclinó para besarme despacio. Lo agarré de los hombros y dejé que mi espalda se chocase con el colchón arrastrándolo conmigo.

—Así que esperas que me quede en tu vida hasta verano, ¿eh? —me burlé acariciando su mejilla con delicadeza.

Él cogió aire, como si se dispusiera a decir algo que me haría verlo de manera distinta a partir de ese instante. Y segundos después confirmó mis sospechas.

—Espero que te quedes en mi vida para siempre —confesó.

Y, entonces, me besó con necesidad, haciendo que olvidase que esas palabras ya no se podían recoger.

«Espero que te quedes en mi vida para siempre». Sus palabras resonaron en mi cabeza cuando él se durmió.

«Para siempre».

«SIEMPRE».

29

La joya de la familia

Los tres días que quedaban hasta Nochevieja pasaron como un borrón. Paseé con Marcos por las principales calles de la ciudad y seguí descubriendo que había árboles de Navidad por todas partes: fuera del Museo Nacional de Historia, al lado del Tower Bridge, en Westminster y delante de la catedral de Saint Paul. Fuimos a un par de tiendas curiosas: Forbidden Planet, que tenía *merchandising* de películas, donde compramos los regalos para Lucas y Amanda, y Word on the Water, la famosa librería que estaba en un barco en Regent's Canal. También pasé tiempo con Lisa: visitamos mercadillos, me llevó a la calle Baker Street para ver la casa-museo de Sherlock Holmes y conocí su apartamento, que era como imaginaba: moderno, desordenado y lleno de cuadros.

El viento en Londres parecía no cansarse nunca y mis ganas de estar con Marcos tampoco. El último día del año siempre me preguntaba si sería el último que no tendría padre y si se dignaría a aparecer por la puerta. Y eso era precisamente lo que le estaba contando a Marcos cuando recibí la videollamada de Amanda.

—¡Chicos! —exclamó emocionada—. ¿Cómo estáis? ¡Lucas, corre!

—Estamos genial. —Sonreí—. ¿Y tú?

Lucas se sentó a su lado y nos saludó con la mano.

—También. —Se colocó el pelo detrás de la oreja dejando ver unos pendientes brillantes que parecían muy pesados.

Me hacía gracia el contraste de la sudadera vieja de Lucas con lo que parecía un vestido nuevo de Amanda.

—Bueno, la última llamada del año —dijo Marcos—. ¿Qué tal la pequeña Marquesa?

Se me escapó la risa.

Marcos había leído en una página de dudosa procedencia que el femenino de su nombre era «Marquesa» y desde que lo había encontrado se refería a Olivia así.

—Tío, deja de llamarla así, que se me va a pegar —pidió Amanda horrorizada.

—Se va a llamar Olivia, apréndetelo ya, por favor —reprendió Lucas.

—Vosotros podéis llamarla como queráis —bromeó él—. Para mí siempre será Marquesita.

—Está claro que yo seré su tía favorita —solté. Los mofletes de Amanda se convirtieron en melocotones cuando sonrió.

—No si me conoce a mí antes, Ele. —Marcos negó con la cabeza—. Pienso consentirle todo lo que no le consientan sus padres —puntualizó ganándose la risa de nuestros amigos.

—¿Te está tratando bien? —me preguntó Lucas poco después.

—Estoy aquí presente —señaló Marcos—. Y sí, la estoy tratando como si fuera una auténtica «marquesa».

Los dos nos reímos de la broma y ellos nos miraron como si fuéramos idiotas.

—¡Ay! —exclamó Amanda—. Olivia me acaba de dar una patadita, eso es que ella tampoco está de acuerdo con tu ridículo nombre, Marcos.

Lucas le frotó la tripa con cariño y, durante un segundo, se olvidaron de que al otro lado de su iPad estábamos nosotros.

—Bueno, ¿qué vais a hacer esta noche? —nos preguntó Lucas.

—Vamos a cenar en casa de mi madre y luego veremos los fuegos del London Eye.

—¡Qué envidia, chicos! —Amanda puso morritos—. Nosotros estamos pensando hacer un viaje a finales de enero, el último antes de que nazca Olivia. Casi seguro iremos a Roma, pero ya os contaremos.

—Mi mujer tiene un antojo de pasta constante —explicó Lucas.

Ella asintió y nos dijo ilusionada:

—Hemos aprendido a hacer pesto casero.

—Vamos, que habéis elegido Roma para poneros las botas —se burló Marcos.

Entre bromas fuimos poniéndonos al día. Ellos nos hablaron de los regalos que habían recibido para el bebé y de todo lo que aún tenían que comprar para su llegada, y nosotros les contamos cómo era pasar unas navidades en Londres. La hora que estuvimos charlando con ellos se me pasó como si hubieran sido cinco minutos.

—Els, te recojo en unos días en el aeropuerto. —Mi sonrisa empequeñeció cuando asentí a lo que decía Amanda—. Y, Marcos, pienso interrogarla cuando vuelva. Sabré lo que le has regalado y lo que no —amenazó—. ¡Feliz año! ¡Os queremos!

Colgó sin que a él le diese tiempo a replicar.

Miré de reojo a Marcos mientras bloqueaba el móvil y lo dejaba sobre la mesa. Le dio un sorbo a su té sin despegar la vista de la puerta de la cocina.

—¿Marcos?

Suspiró y me miró.

—Amanda me aconsejó que te comprase una cosa, pero no le hice caso.

—¿Qué era? —pregunté interesada.

Debía de ser algo que Amanda creía que me iba a gustar mucho si se ponía así de seria.

Se sacó el móvil del bolsillo, pulsó su pantalla y la voz alegre de Amanda llenó la estancia:

—Marquitos, querido, te voy a dar un consejo muy sabio: regálale a tu novia el *satisfyer*. Seguro que se lo agradecerá. Te quiero.

Los ojos de Marcos no abandonaron mi rostro mientras el audio se reproducía.

—No me lo has comprado, ¿verdad? —pregunté cohibida.

—No. No estaba seguro de cómo te lo tomarías y supuse que la guía de Escocia te gustaría más.

—Me alegro de que no me lo hayas comprado.

—Lo suponía...

—Porque me lo he comprado yo —interrumpí.

Un brillo lascivo se adueñó de su mirada.

—Ah, ¿sí? —Se echó hacia delante en su taburete y se acercó a mí con una mueca burlona en la cara—. Vaya con la empollona.

—Si vas a decir que te sorprende que una empollona se compre un juguete sexual... Pues mira, que no te sorprenda tanto porque ya sabes que me toco y punto —sentencié tajante.

—Y a mí me parece estupendo —contestó bajando la voz—. Y te equivocas. Te iba a preguntar si lo tenías aquí porque creo que con tu libro de posturas sexuales y eso podemos pasar un buen rato antes de que acabe el año.

El estómago me dio un vuelco por su tono sensual y la cara se me calentó cuando hice la siguiente confesión:

—El que me he comprado lo puedes controlar a distancia con tu reloj.

Marcos alzó las cejas y su sonrisa ladeada se estiró aún más.

—Joder, Ele, ¿desde cuándo podíamos haber aprovechado eso en nuestras videollamadas?

Temblé solo de imaginármelo.

Marcos me empujó la barbilla con suavidad para que lo mirase.

—Tú tranquila —me dedicó una mirada penetrante y bajó la voz—, que vamos a recuperar todo el tiempo perdido.

Alentada por sus palabras, me puse de pie y tiré de su mano. Mientras salíamos de la cocina le oí murmurar un: «Siempre tan impaciente».

La cena de Nochevieja fue diferente a la de Nochebuena. Todos estábamos más elegantes y parecía que la comida les había llevado más tiempo prepararla. Se notaba la ausencia de Gaby, Duncan y las pequeñas, que pasarían la noche con la familia de él en Escocia. Su lugar en la mesa estaría ocupado por James. Con el resto de los amigos de Marcos nos encontraríamos después de los fuegos.

Unos minutos después de que llegásemos apareció Lisa. Se quitó el abrigo y reveló un vestido negro que tenía la espalda descubierta.

—Estás guapísima —le dije.

—Gracias, tú también.

El vestido que llevaba yo me lo había prestado Blanca y no se parecía en nada a los que solía utilizar. Era negro de tirantes, la falda llegaba por debajo de la rodilla y estaba recubierto de una capa de tul con detalles en dorado.

—No me dejes otra vez los morros rojos, por favor —pidió Marcos cuando Lisa se acercó a saludarlo.

Ella resopló y él le frotó la cabeza con los nudillos. Lisa salió en busca de sus padres y cuando regresó le dijo a Marcos que su madre lo reclamaba en la cocina.

—¿Vas a ver al hombre misterioso después de las doce? —pregunté en un susurro.

Ella me miró divertida.

—Me gusta el mote, podemos llamarlo Misterio.

Me reí y asentí.

—Vale, entonces, ¿vas a ver a Misterio?

—*Je ne sais pas.*

—¿Sabes francés? —pregunté sorprendida.

—¿Qué clase de artista sería si no supiese francés? —Se encogió de hombros y me sonrió—. Para entender la pintura hay que visitar muchas veces el Louvre.

Me pregunté cuántas visitas serían necesarias para tener el acento tan perfecto que había detectado en tan solo una frase.

El timbre de la puerta sonó; Lisa abrió la puerta y dio paso a James. A diferencia de mi novio, que llevaba pantalones negros y un jersey gris, él llevaba un traje granate muy elegante.

—James, cariño, pasa —dijo Maggie—. ¡Cuánto tiempo!

Sus ojos, que parecían haberse quedado anclados en Lisa, se desviaron a la cocina.

Durante la cena me di cuenta de que James parecía parte de la familia Baker. Se dejaba querer por los abuelos de Marcos. Bromeaba con Harold y con Maggie, vacilaba a Lisa y a Marcos, y se unía a uno de ellos para meterse con el otro.

A las once recibí las felicitaciones de mis amigas. En España ya estaban en el año nuevo. Después de contestarles, subí a la habitación de Marcos para recoger nuestros abrigos. Decidí hacer una parada técnica en el baño para comprobar el estado de mi trenza y al abrir la puerta recibí la última sorpresa del año.

Las dos personas que se estaban besando con avidez se separaron de golpe y me miraron sorprendidas.

El pintalabios de Lisa estaba corrido.

Y los labios de James parecían haberse quedado todo el carmín rojo.

—Perdón.

Cerré la puerta antes de que les diese tiempo a reaccionar, pero Lisa me alcanzó en el pasillo.

—Elena, espera.

—Tranquila —dije dándome la vuelta—. No he visto nada. —Ella asintió. Parecía tan incómoda como yo—. ¿James es...?

—Es Misterio, sí —confesó revolviéndose la melena en un gesto idéntico al que hacía Marcos—. Mi hermano no puede enterarse de esto todavía, por favor.

—¿De qué no me puedo enterar? —La voz de Marcos sonó detrás de nosotras.

Nos dimos la vuelta y ahí, subiendo las escaleras, estaba mi novio con cara de incomprensión. Sus ojos vagaron de mi cara de estupefacción a la de su hermana, que parecía horrorizada. Su expresión calculadora terminó cuando dirigió la mirada a algo por encima de mi hombro.

—Pues de que tu novia ha entrado en el baño mientras tu hermana y yo nos besábamos —respondió James al llegar a nuestra altura.

30

Noche de Fin de Año

La escena no podía ser más surrealista.

Lisa se sobresaltó y me agarró del brazo al oír las palabras de James.

Marcos se detuvo en el último escalón con la vista clavada en su amigo, que se secaba la cara tranquilamente con una toalla.

Y yo no pintaba nada en mitad de ese escenario.

—¿Piensas decir algo o vas a quedarte ahí pasmado? —le preguntó James a Marcos.

Mi novio alzó las cejas y giró el cuello para mirarme.

—¿Te escuecen los ojos? —me preguntó—. Lo digo por el espectáculo que habrás experimentado ahí dentro —bromeó señalando el baño—. Yo me imagino a estos dos besándose y me entran ganas de vomitar. —Fingió un escalofrío.

La mano de Lisa se suavizó en torno a mi muñeca cuando se relajó.

—¿Eso es todo lo que vas a decir? —James dio un paso adelante y Marcos asintió—. Pensé que reaccionarías de otra manera.

—¿De qué otra manera? —Marcos subió el escalón que le faltaba y se quedó a su altura.

James se acarició la barbilla con gesto pensativo.

—No lo sé. Creí que te enfadarías, no que harías una broma sobre ello.

—¿Enfadarme? —Marcos arrugó las cejas—. ¿Por qué?

—Porque somos amigos —contestó James de manera obvia.

Supuse que esa era la razón del secretismo de Lisa.

—¿No te sorprende? —preguntó ella.

—A ver, por partes. No estoy enfadado —dijo Marcos mirando a James—. Eres mi amigo y eres un buen tío. —Se volteó hacia Lisa y continuó—. Sospechaba que estabas viendo a alguien y que probablemente era alguien conocido porque ya no me chantajeas. Es más, hasta diría que has sido demasiado simpática últimamente —se burló—. ¿Me sorprende que sea James? No lo tengo claro. En cualquier caso, sois adultos. Yo no tengo nada que opinar en lo que hagáis.

Lisa asintió y no dijo nada.

—Estaba preocupado por lo que dirías —confesó James—. Me sentía como un miserable por ocultártelo.

—Sois idiotas —fue lo único que respondió Marcos—. Aclarado el tema. ¿Nos vamos?

Lisa me soltó y me dirigí al baño.

Cuando salí, Marcos me esperaba con los abrigos en la mano.

—¿Así que pensabas callarte y no contarme nada?

Suspiré y me encogí de hombros. Todo había pasado tan rápido que no me había dado tiempo a procesarlo.

—Lisa me contó que estaba viendo a alguien, pero no sabía que Misterio era él —dije.

—¿Misterio?

—Se le ocurrió a ella cuando le pregunté por el hombre misterioso.

Marcos sacudió la cabeza y me miró suspicaz.

—¿Qué nombre me habéis puesto a mí?

—Ninguno.

—¿En serio? —Parecía defraudado—. No es justo, yo también quiero un nombre de superhéroe.

—A ti tenemos que buscarte uno de villano —bromeé abrochándome los botones del abrigo.

—Cierto, se me olvidaba que el villano de tus historias soy yo.

—Lo era el Marcos adolescente —lo corregí—. El Marcos adulto me gusta. Y sobre Lisa... no sé si te lo habría contado. Quería decírtelo ella.

—Me encanta tu nivel de compromiso y lealtad —puntualizó antes de robarme un beso.

Los fuegos artificiales explotaban en el cielo a la vez que se oían las campanadas del Big Ben por encima del gentío que se congregaba para recibir el año nuevo. Nunca había sido fan de la pirotecnia por todo aquello que provoca en los animales, pero tenía que reconocer que la sincronía de los fuegos y el reloj era increíble. Mientras observaba el espectáculo me sentí un poco más lejos de mi vida en Madrid. Y es que nunca había imaginado que algún año me perdería las campanadas de la Puerta del Sol.

Marcos y su familia se habían esforzado por hacerme sentir como en casa, incluso me habían comprado uvas para ese momento. Cuando la última campanada sonó, los gritos de la gente subieron de volumen y casi me impidieron escuchar a Marcos, que me hablaba al oído:

—Feliz año. ¿Has pedido un deseo?

Sacudí la cabeza con los ojos clavados en el London Eye.

Mastiqué la última uva al tiempo que pensaba en la Nochevieja pasada, en la que sí había pedido un deseo con mi abuela. No tenía ganas de seguir pidiendo deseos que nunca se cumplirían. Dio igual que pidiera que mi madre se recuperara del cáncer, y que el año anterior hubiera pedido muchos años más con mi abuela, y hacía tiempo que no deseaba conocer a mi padre.

Marcos me apretó la cintura y me di la vuelta para mirarlo.

—Feliz año —le dije.

—Sabes que tienes que darme un beso para felicitarme, ¿no? Es la tradición inglesa. —Sonrió con suficiencia.

Estaba a punto de besarlo cuando Lisa me atrapó en un abrazo.

—Gracias, hermanita; siempre tan oportuna —le oí decir a Marcos.

—Tienes toda la noche para besarla —le contestó ella antes de lanzarse a sus brazos.

James me miró y se encogió de hombros divertido. Después de abrazarme, se giró hacia Marcos.

—Feliz año, cuñado.

—Joder, es demasiado pronto para que me llames así —respondió Marcos fingiendo horror.

Después de felicitarnos, caímos en la cuenta de que sería imposible encontrar al resto de sus amigos, por lo que quedamos directamente en casa de Maggie. Fue gracioso ver las reacciones del resto cuando descubrieron el idilio de Lisa y James. Y fue más gracioso aún acabar la noche jugando al Scrabble después de la fiesta, porque descubrí que los abogados eran personas bastante competitivas.

31

Quizás para siempre

Después de Año Nuevo el tiempo se aceleró. No podía detenerlo y antes de que me diese cuenta estaría de vuelta en Madrid. Me parecía raro llevar tantos días sin trabajar y, aunque hablaba a diario con Joaquín para saber qué tal iba todo por la clínica, tenía la sensación de estar de vacaciones eternas. Y todos sabemos lo que pasa cuando vuelves a la vida real después de pasarlo bien en otro lugar...

Que sufres el síndrome posvacacional.

La impresión de que la despedida con Marcos sería la más dramática de todas fue creciendo en mi interior. Y aunque mis amigas me pedían calma y yo les aseguraba que estaba tranquila, la cuenta atrás ya estaba activada. Sentir que el tiempo jugaba en mi contra hacía que me costase conciliar el sueño o que me desvelase en mitad de la noche. Una de esas veces me giré en busca del calor de mi novio y me extrañó descubrir su lado vacío. Me incorporé en el colchón. La habitación estaba sumida en la oscuridad. Encendí la lamparita y vi la puerta del baño abierta, lo que indicaba que Marcos tampoco estaba ahí. Atrapé mi móvil de la mesilla. Eran las cuatro de la mañana. Se oía el sonido de la lluvia y el silbido fantasmal del viento. Me deslicé fuera de la cama y me eché sobre los hombros la manta de lana. La puerta de la habitación estaba entornada. Salí al pasillo y vi que la luz provenía del despacho. Me asomé y me encontré a Marcos con el codo derecho clavado en el escritorio. Se sujetaba la cabeza con la mano apoyada en la frente, lo que ocultaba sus ojos. Delante de él estaba su portátil abierto, un montón de papeles desparramados y, en una esquina, una taza de té. Llevaba la camiseta gris que usaba para dormir y el pantalón del pijama.

—¿Marcos?

Él suspiró y se pasó la mano por los ojos antes de levantar la cabeza para mirarme. Estaba despeinado y su cara era la representación de la preocupación. Casi podía ver el nubarrón encima de su cabeza.

—¿Te he despertado?

Sacudí la cabeza.

—Marcos, son las cuatro de la mañana. ¿Qué haces aquí?

Él soltó otro suspiro larguísimo.

—Revisar documentación.

No lo entendía. Nos habíamos pasado el primer día del año metidos en casa, en la cama la mayor parte del tiempo, y había sido genial.

—¿Y no puedes hacerlo mañana en el despacho?

—No. Tengo que hacerlo ahora, sobre todo si mañana quiero irme por ahí contigo cuando salga. Tengo trabajo atrasado y hay cosas que no pueden esperar.

—¿Has hecho esto todas las noches?

—No todas... —Negó con la cabeza—. Pero este caso me preocupa bastante.

Parecía cansado.

—¿Puedo ayudarte de alguna manera?

Él se levantó, estiró el brazo y abrió la palma de la mano. Me acerqué, coloqué la mía encima y de un tirón me abrazó.

—De verdad que tengo que terminar esto. Dame cinco minutos, ¿vale?

Asentí y volví a la cama. Me desperté horas más tarde con el beso que me dio Marcos antes de irse a trabajar.

Pasé mi último día completo en la ciudad recorriendo el Borough Market, que era un mercado de comida, con Lisa. No era muy grande, pero estuvimos dos horas atrapadas dentro. Probamos distintos tipos de queso y chocolate, y al final acabamos comiendo en su casa.

—Creo que a Marcos le sigue pareciendo raro que esté saliendo con uno de sus mejores amigos. ¿Te ha dicho algo?

—No.

—James estaba preocupado, mencionó varias veces algo de un código de colegas no escrito. Yo le decía que eso era una chorrada y tampoco le di más importancia porque no sabía adónde nos llevaría esto. —Vertió el agua hervida en la tetera de porcelana y le colocó la tapa—. De hecho, sigo sin tenerlo claro. En resumen, él estaba preocupado por Marcos y yo porque somos muy diferentes.

—A mí me parece que los dos sois bastante directos.

—Eso sí. —Cabeceó dándome la razón mientras se servía té—. Es más por la manera que tenemos de ver la vida, ¿sabes? A James le gusta tener todo planeado, no le gustan las sorpresas. Siempre dice que a ningún abogado le gustan porque necesitan sentir que está todo bajo control. Y yo soy muy impulsiva. Si mañana me diese por ahí, me iría a Viena, a la Galería Belvedere, para ver el cuadro de *El beso* de Gustav Klimt. Él nunca haría algo así.

—¿De verdad te irías mañana a Austria, sin más? —pregunté sorprendida.

—Sí. Y sé lo que piensa todo el mundo, que solo tengo veintitrés años, que ni siquiera he acabado la carrera y que algún día tendré que sentar la cabeza, pero es que no soy así. Yo me paso las horas de clase dibujando en el cuaderno y las tardes pintando aquí o a orillas del Támesis, mientras que James se pasa el día en traje y encerrado en un despacho. ¿Entiendes a lo que me refiero?

—Sí, pero, mira Marcos y yo, también somos diferentes y estamos juntos.

—Eso no cuenta. Vosotros tenéis un millón de cosas que os unen, como ser unos empollones. —Le dio un sorbo a su té y me miró con ternura—. Pinté un cuadro inspirado en vosotros, ¿quieres verlo?

—Claro.

La seguí hasta su estudio. Si no supiera que el piso era de sus abuelos, creería que Lisa era una niña adinerada, pero ella me había demostrado que tenía valores que iban más allá y que, al igual que a su hermano, el dinero era lo último que le interesaba en la vida.

El cuadro en cuestión era un paisaje de una playa que me recordó a Altea. El agua era clara en la orilla y se hacía más oscura conforme se alejaba. Me pregunté cuántos tonos distintos de azul había necesitado para capturar los matices del mar. Antes de que me diese tiempo a formular la pregunta, ella le dio la vuelta al lienzo. Por detrás solo había escrita una palabra: «Horizonte».

—Cuando te conocí... después de pasar la mañana con vosotros en Portobello, vine y me puse a pintar. Viéndoos juntos entendí por qué mi hermano había vuelto distinto de Altea. Hacía mucho que no lo veía tan relajado y poco preocupado de la hora. Para mí, vosotros sois como el horizonte. —Señaló con el dedo el horizonte del lienzo—. Como esta fina línea que separa el cielo de la tierra o, en este caso, del mar. El cielo y el mar son dos cosas distintas, pero, lo mires desde donde lo mires, siempre van a juntarse en algún punto a lo lejos. Vivís en ciudades diferentes y sois distintos, pero juntos encontráis vuestro horizonte. Y eso es vital. —Me pasó el cuadro para que lo sujetase yo—. A la hora de pintar un paisaje o hacer una fotografía, lo más importante es la línea del horizonte; un cuadro puede cambiar por completo según dónde esté ubicada. Si la pintas más arriba, le das más importancia al mar y menos al cielo, y viceversa. Con vosotros tenía claro que el horizonte iba a estar equilibrado. No sé si tiene algún sentido lo que te estoy diciendo, pero me apetecía contártelo.

Si no me hubiese dado esa explicación, solo habría visto una playa. En cambio, ahora veía una idea preciosa que me hacía feliz.

—Me gusta tu idea y el paisaje es precioso. —Sonreí y le devolví el lienzo—. Cuando te animes a vender tus cuadros me gustaría comprar este.

—Esto es lo más simple del mundo. Nadie pagaría por él.

—Yo sí.

Ella me devolvió la sonrisa y dejó el cuadro en su sitio.

—Ahora entiendo por qué Marcos no se quiere desprender de la casa de Madrid.

—¿A qué te refieres?

—Se suponía que en verano iba a venderla, pero quitó el anuncio.

—No lo sabía —dije alucinada por su confesión—. No me dijo nada.

—No le habrá dado importancia porque la casa no se va a vender.

—¿Por qué no?

—Pues porque tú vives al lado —respondió como si fuera una obviedad—. Y supongo que a la larga él vivirá donde vivas tú.

Al escuchar esas palabras mi corazón saltó emocionado. La idea de Marcos mudándose a España, de pronto, me puso muy contenta. Aunque la ilusión me duró tres segundos más, que fueron los que Lisa tardó en añadir:

—No sé cómo va a apañárselas para ejercer, ahora que lo pienso... —soltó distraída mientras rebuscaba entre sus láminas.

«¿Qué?».

La miré con incomprensión y ella se dio cuenta de la información que había revelado.

—Perdón, soy una bocazas. —Soltó las láminas y me miró consternada—. No quería decir que Marcos no vaya a mudarse a Madrid, ¿eh? Ni que tengas que mudarte tú aquí ni nada de eso. Olvida lo que he dicho, por favor, no quiero meter la pata. ¿Quieres ver la pintura en la que estoy trabajando? —preguntó nerviosa.

Sin darme tiempo a contestar, me movió hasta colocarme delante de un caballete. Intenté concentrarme en la pintura, pero mi cabeza estaba muy lejos de allí.

—Lisa, ¿a qué te referías con lo de ejercer?

Ella se mordió el labio indecisa.

—Si te lo cuento, ¿prometes no darle vueltas?

—Sí.

Se pasó una mano por la raíz del pelo y suspiró resignada.

—Marcos ha estudiado derecho aquí, se ha aprendido las leyes británicas y hasta donde sé no podría ejercer de abogado en otro sitio —confesó de manera atropellada—. Pero no te preocupes, seguro que existe alguna manera de solucionar eso.

El subidón de felicidad se transformó de golpe en una sensación desagradable. Siempre había pensado que, si queríamos estar juntos, al final uno de los dos tendría que mudarse. Porque, aunque cada reencuentro le ponía pegamento a la herida que se abría en la despedida anterior, esa vez no sabía si eso sería suficiente.

—Deberíamos irnos ya a donde mi madre —recordó Lisa.

Asentí en respuesta y salí de su estudio con la sensación de que tendría que hacer un esfuerzo enorme por no comerme la cabeza.

Esa tarde Maggie me enseñó a hacer masa de pizza casera, que me resultó más difícil de lo que había pensado, y fotos de Marcos. Mi corazón suspiró enamorado con sus fotos de pequeño. Y también con la del Marcos adolescente que estaba apoyado contra una pared con cara de chulito. Disfrutaba tanto de la compañía de la madre de mi novio que me sentía una traidora hacia la mía, porque conseguía que el agujero de mi pecho se cerrase un poco. En una de las fotos Maggie posaba sonriente con sus hijos en lo que parecía una celebración de su cumpleaños. Mientras observaba aquella imagen, Cerebro se impuso a Corazón.

«Comprar un árbol de Navidad, encariñarte de su familia... sigue así. Pronto estarás aquí disfrutando del frío y empezando de cero en una clínica. ¡Ah! Y sin tus amigas, no te olvides».

En aquel momento fui consciente de que tenía que hablar con Marcos en cuanto lo viese. Yo no quería vivir en Londres. En Madrid tenía a mis amigas, mi casa, la casa de mi madre y un trabajo que me llenaba. Y no podía pedirle a Marcos que abandonase a su familia. ¿En qué clase de persona me convertiría eso? Yo sabía lo que era vivir sin familia y no se lo deseaba a nadie. Y si él no podía ejercer en Madrid, en realidad, ¿qué opción nos quedaba?

Marcos vino a recogerme más tarde de lo normal. Según entró por la puerta, sujetando el casco de su moto, supe que algo no andaba bien. Me saludó con un escueto beso en los labios y luego abrazó a su madre, a Harold y a su hermana.

Salió de la cocina y yo lo seguí. Dejó el casco en el mueble de la entrada y atrapó las llaves del coche de su madre. Cuando se giró se encontró con mi mirada interrogante. Me dedicó una sonrisa afectuosa que no le llegó a los ojos y volvió a internarse en la cocina.

—Me llevo el coche, ¿vale, mamá? —oí que decía—. Que mañana tengo que llevar a Elena al aeropuerto.

—Vale, pero ¿no os quedáis a cenar?

Él se giró en mi busca y yo me encogí de hombros dándole la posibilidad de elegir. Terminamos cenando con ellos, Marcos se esforzó por aparentar normalidad con sus sonrisas encantadoras, pero detrás de todo eso estaban sus ojos apenados.

Despedirme de su familia influyó en mi humor. Decir adiós a Lisa me entristeció porque le había cogido muchísimo cariño. Y parecía mutuo porque, mientras me abrazaba, prometió que vendría a visitarme.

Ya en el garaje, Marcos abrió el baúl de su moto, sacó el maletín y la bolsa del portátil, y metió el casco. Acto seguido, dejó sus cosas en el asiento trasero del coche y se subió sin mirarme.

—¿Qué te pasa? —le pregunté cuando se incorporó al tráfico.

—Que me duele muchísimo la cabeza. —Se frotó la frente.

Su respuesta no me convenció. Marcos estaba muy serio y parecía cansado.

Había empezado a llover y ya era de noche. Supuse que estaba así por la despedida que se avecinaba y que el cansancio, al igual que el mío, se debería a que habíamos dormido tres horas. La noche anterior habíamos estado en nuestra burbuja, entregados el uno al otro, y nos habían dado las tantas.

Hicimos el trayecto a su casa en silencio y yo me dejé atrapar por la atmósfera de negatividad que reinaba en el coche. Cuando Marcos aparcó seguía lloviendo. Crucé la calzada a toda prisa y él caminaba despacio, como si no le importase mojarse. Abrió el portal y me dejó pasar. Claramente evitaba mirarme y parecía estar muy lejos de allí. En el ascensor se colocó en una esquina y yo en la opuesta. Nunca lo había visto así y no sabía cómo actuar. Todo eso, ¿era por la despedida o pasaba algo más?

Según entramos en su casa, se descalzó y se dirigió a su despacho, y yo me agaché para saludar a mi gata. Me quedé unos minutos con ella, pero estaba demasiado inquieta como para concentrarme en acariciarla. Dejé el abrigo mojado y la bufanda en el perchero de la entrada y fui en su busca.

Me paré al final del pasillo, justo para verlo salir y cerrar la puerta de su despacho. Se quedó mirándome unos segundos vacilante.

—Marcos, ¿va todo bien?

Él negó con la cabeza mientras caminaba hacia mí. Antes de que me diese cuenta ya estaba envuelta en un abrazo con la cara enterrada en su pecho.

—He tenido un día horrible y estoy agotado, pero salgo del trabajo, te tengo conmigo y se me olvida.

Su tono de voz consumido me hizo abrazarlo más fuerte.

Al apartarse, tiró de mi mano hacia su cuarto. Se dejó caer sobre el colchón y me arrastró con él. Nos quedamos de costado, mirándonos. Parecía tan exhausto como decía. La amargura y el agobio que vi en sus iris azules me hicieron darme cuenta de que lo que yo quería decirle tendría que esperar.

Le acaricié el pelo húmedo y él cerró los ojos. Me estiré para besarle la mandíbula y él me rodeó la cintura con el brazo.

Me besó despacio y, cuando enredé la mano en el pelo de su nuca, me apretó la cadera. Con la misma rapidez con que se prende una cerilla, el beso se tornó intenso y acabó encima de mí. Su mano se coló debajo de mi jersey en busca del cierre del sujetador. Me lo desabrochó y acarició mi piel hasta llegar al botón de mis vaqueros. El último resquicio de cordura que me quedaba me obligó a apartarme.

—Marcos, espera. —Sus manos se detuvieron en el acto—. ¿No estabas cansado? —pregunté en un susurro.

Sus labios, que se habían quedado quietos, volvieron a besar mi cuello.

—Para esto nunca estoy cansado. —Se retiró para verme la cara—. Además, siempre puedes ponerte encima. Yo me dejo hacer, empollona. —Su tono sensual no consiguió enmascarar la amargura que parecía pegada a su voz.

Rodó sobre sí mismo y me arrastró con él. Buscando una mayor comodidad, apoyé las rodillas sobre el colchón a ambos lados de su cuerpo. Me dedicó una sonrisa lasciva y sus dedos volvieron al botón de mis pantalones. Quería dejarme llevar, pero no podía.

—Sé que te pasa algo y que estás intentando distraerme con sexo.

—Eso son acusaciones muy graves. —Me desabrochó el pantalón.

—De las que eres culpable.

Marcos tiró de mí y me besó con tanto afecto que consiguió que me olvidase de todo y me entregase al agradable contacto de su piel una vez más.

—Cariño... ¿quieres contarme por qué ha sido un día horrible? —Me separé de su pecho y eché la cabeza hacia atrás para verle la cara.

—No. Estoy mentalmente exhausto.

La preocupación volvió a su mirada. Cuando entendió que no me daría por vencida, continuó:

—Prefiero que me cuentes qué tal lo has pasado con mi madre. Estoy un poco rayado y necesito distraerme.

No me entusiasmaba dejar una conversación a medias ni callarme que llevaba todo el día preocupada también. Pero él siempre me daba lo que necesitaba y sentí que me tocaba hacer lo mismo. Volví a recostarme sobre su pecho y le acaricié la piel con suavidad.

—Tu madre me ha enseñado fotos tuyas y me ha contado anécdotas divertidas. Se ha reído cuando le he contado que tus sobrinas te chantajearon en el cine.

Marcos suspiró:

—La primera vez que la oí reírse cuando todo terminó lloré. Harold acababa de contarle un chiste malísimo y ella no podía dejar de reírse. Pasé tantos años sin oír su risa que había olvidado cómo sonaba. —Se me formó un nudo en el estómago. No era un comentario explícito, pero dejaba claro la pesadilla que habían vivido—. Creo que le gusta pasar tiempo contigo.

—A mí también me gusta pasar tiempo con ella, me hace sentir más cerca de mi madre —reconocí—. Y cuando la veo con Harold no puedo evitar preguntarme si yo habría podido crecer en un ambiente así, pero luego recuerdo que mi padre es un egoísta y el pensamiento se evapora.

Marcos guardó silencio unos segundos.

—Si pudieses saber quién es tu padre, ¿te gustaría?

—No —negué con ímpetu—. No tengo el más mínimo interés en conocer a la persona que nos amargó la existencia con su ausencia.

—¿No querrías darle una segunda oportunidad?

—¿Una segunda oportunidad? —Me aparté de su pecho y sacudí la cabeza horrorizada—. Ese señor ni siquiera se dignó a venir a por la primera, por lo que no pienso darle una segunda. Hace algunos años te habría dicho que sí, pero ahora tengo clarísimo que no quiero saber nada. ¿Por qué me lo preguntas?

—Curiosidad —contestó frotándome el hombro.

—¿Tú lo buscarías?

—No sé si soy la persona más adecuada para responder a eso. Después de crecer con un padre cabrón, creo que si pensase que existe la mínima posibilidad de que fuera una buena persona... lo buscaría.

—Yo prefiero vivir con la duda. Bueno, tampoco es una duda. Cuando tienes veinticinco años para buscar a tu hija y no lo haces... no creo que te merezcas el premio al padre del año precisamente.

—Entiendo.

Noté que mi humor se ennegrecía. Me quedaba poco tiempo en Londres y no quería gastarlo pensando en el señor que dejó embarazada a mi madre y se dio a la fuga. Volví a hundirme en su pecho en busca de confort. Sabía que esa herida no estaba cerrada. Me limitaba a poner encima capas de agua oxigenada para que no se infectase cuando lo que necesitaba eran puntos de sutura. Pero no era el día de sacar el hilo y la aguja.

—¿Me cuentas algo gracioso? —pedí en voz baja.

Durante unos segundos solo se oyó su respiración acompasada.

—¿Te cuento una que me liaron mis sobrinas?

—Sí.

—Hace unos meses Gaby tenía que hacerse una revisión médica, Duncan estaba de viaje y nadie más podía hacerse cargo de las pequeñas, por lo que se pasó por el despacho para dejármelas. Les di un par de folios y unos rotuladores para que se entretuvieran dibujando. Yo solo necesitaba cinco minutos para terminar de redactar un documento, imprimirlo y firmarlo. Justo en ese momento mi impresora se quedó sin tinta. Mandé el documento a la impresora del pasillo, que se veía desde mi despacho. Las dejé solas un minuto, quizá menos...

Por su voz y la manera en que me lo estaba contando yo ya estaba al borde de la risa.

—¿Quieres saber lo que me encontré cuando volví?

A Marcos se le escapó la risa.

—¿El qué?

—Las niñas estaban cogiendo los caramelos del bote de mi mesa.

—Es normal, son niñas, quieren comer caramelos.

—Es que no se los comían. —Su pecho vibró por las carcajadas y a partir de ahí me costó entenderlo—. Los abrían, los chupaban y los pegaban en la moqueta.

—¡No! —Eché la cabeza hacia atrás para verle la cara—. No es verdad.

Marcos tenía los ojos brillantes y se estaba desternillando.

—Te lo juro —dijo cuando fue capaz de volver a hablar—. Cuando volví, habían pegado cinco caramelos en la moqueta; imagínate si se hubieran atascado los folios y hubiera tardado un poco más.

Me imaginé a Marcos encontrándose esa situación y no pude más que partirme de risa yo también.

—¿Qué hiciste?

—Intenté despegarlos, pero era imposible.

—Tus sobrinas son muy creativas.

—Son unos diablillos y hacen conmigo lo que quieren.

—¿Cómo los quitaste?

—Recortando los trozos de moqueta con las tijeras. Menos mal que estaba solo en la oficina.

Volvimos a reírnos estruendosamente. Imaginarme a Marcos en traje recortando caramelos de una moqueta me hacía mucha gracia.

Nos quedamos un rato compartiendo historias divertidas hasta que con un suspiro eterno salí de la cama.

Había llegado el momento de recoger mis cosas.

Marcos me observó en silencio mientras yo vaciaba su armario.

—No soporto verte hacer la maleta, ¿por qué no vuelves aquí?

Me giré con el vestido negro en la mano y lo miré mientras lo doblaba. Marcos estaba tumbado en la cama en el mismo sitio donde lo había dejado diez minutos atrás. Me agaché para guardar el vestido y al incorporarme vi que no quedaba ninguna prenda mía en su armario.

—Ya puedes volver a disfrutar de tu armario —dije en un intento pésimo de hacer una broma.

—Prefiero que te lo quedes secuestrado.

Me esperaba una respuesta mordaz por su parte; siempre que detectaba que estaba triste, me sacaba una sonrisa. Pero su comentario denotaba que su estado de ánimo era igual de oscuro que el mío.

Suspiré y centré la vista en todos los libros que tenía desparramados a mis pies. Me había comprado unos cuantos más y, si no comprimía la ropa, me tocaría tomar la dolorosa decisión de dejar algunos atrás.

—Creo que no me van a entrar todos.

—Puedo llevarte el resto en unas semanas.

Intenté tragarme el nudo molesto que me oprimía la garganta y cuando lo conseguí volví a mirarlo.

—Estás en mi lado de la cama. —Le hice un gesto con la mano para que se moviese y él sonrió—. ¿Qué te hace tanta gracia?

—Nada. —Se movió hacia la izquierda y rodó hasta quedar de lado—. Me gusta que reclames tu lado de la cama en mi cama.

—En la mía dormimos igual.

Me metí bajo las sábanas y él cerró los ojos cuando le acaricié la mandíbula.

—Cuando vuelva tendré que hacer guardias algunos fines de semana —recordé.

Él entrelazó los dedos con los míos.

—No pasa nada. Cuando tengas tu calendario, nos organizaremos.

Asentí y observé nuestras manos unidas.

Ese era el horizonte del que hablaba Lisa.

—Te voy a echar de menos —admití en un susurro.

—Yo a vosotras también. —Sus ojos reflejaban la tristeza de los míos—. Ya me he acostumbrado a que esté la casa llena de pelo de gato —bromeó.

Quise sonreír, pero la situación era asquerosa.

—No quiero que te vayas —confesó alicaído.

—Yo tampoco, pero tengo que trabajar y hacer cosas de adulto funcional.

—Lo sé.

Me dejé abrazar.

—Siempre podemos visitar Hawái o Nueva York —sugerí.

Él soltó una risita baja que consiguió que el nubarrón se disipase un poco.

—¿Sabes que en Nueva York hay otro Museo Nacional de Historia?

—Interesante.

—Podríamos visitarlo juntos algún día —propuso con gesto soñador.

—Lo añado a la lista de viajes pendientes, pero primero Edimburgo.

—Cierto. Espero que esta vez no me pidas que me tire por el Puente del Norte.

—Y yo espero que no me asustes como un troglodita cuando visitemos un cementerio —contesté haciéndole una mueca.

Marcos soltó una carcajada.

—Bueno, mira el lado positivo —dijo entre risas—. Ahora tienes otra guía para tirarme a la cabeza.

—No dudaré en usarla.

Hablamos de La Gran Manzana y sus rascacielos hasta quedarnos dormidos. En ese momento de ternura total, nada me podría haber hecho presagiar que mi castillo de naipes, que ya era igual de alto que el Empire State, tenía las horas contadas.

32

Novia a la fuga

Estaba revisando el armario para ver que no me había olvidado nada cuando se me ocurrió dejarle a Marcos una nota dentro. Así, cuando colocase su ropa la encontraría. Nos habíamos sonreído al despertar y los dos habíamos pasado por alto que nuestras sonrisas eran fingidas. Supongo que así es el amor. Unas veces hablas de cómo te sientes y otras te limitas a abrazar a la otra persona en silencio, tratando de reconfortar su corazón con el calor del tuyo. Y eso último fue lo que hicimos nosotros aquella mañana. Intentamos ignorar que la tristeza era el sentimiento dominante. Por eso quería escribirle una nota de amor graciosa, para que se riese al leerla y me sintiese un poco más cerca. Con la idea en la cabeza, corrí hasta la cocina y derrapé al llegar a la puerta.

—¿Se puede saber adónde vas tan acelerada? —preguntó Marcos.

—¿Tienes folios?

—En el despacho. —Asintió mientras se servía un té—. En el segundo cajón del escritorio.

—Vale. ¡Gracias!

—Eh, espera.

Me paré en seco y al volver el cuello para mirarlo, descubrí que tenía el brazo extendido en mi dirección y la palma abierta. Le di la mano y él dio un suave tirón en su dirección para envolverme en un abrazo.

—¿Tanta prisa tienes que ni me das un beso?

—Sí, necesito asegurarme de que no me cabe ningún libro más en la maleta.

Su pecho se agitó a causa de la risa.

—Dentro de unas semanas te llevaré el resto.

—Es mucho tiempo —me quejé.

—Lo sé. —Suspiró y me besó la coronilla—. Y sé que tu tono agónico es por los libros, pero quiero pensar que también vas a echarme de menos —bromeó—. A fin de cuentas, te encanto.

—Mister arrogante al habla.

—¿Ese es mi apodo de superhéroe? —preguntó esperanzado.

—No —negué y arrugué la nariz—. Es «Creído Inaguantable».

Él alzó las cejas y yo reprimí las ganas de sonreír.

—Me gusta —afirmó acercándose—. ¿Sabes qué poder querría tener?

—Por favor, no digas agrandar cierta parte de tu cuerpo.

Sacudió la cabeza.

—Iba a decir que me gustaría detener el tiempo para que no tuvieras que irte.

«Ay, jo», mi corazón suspiró enamorado.

Respiré hondo e hice lo único que podía hacer en ese momento. Enterré la cara en su pecho y lo abracé.

Era la primera vez que Marcos hablaba del tiempo y sentí sus palabras removerme lo más profundo del corazón.

—Ojalá fuera posible —contesté en voz baja.

Y lo dije pensándolo de verdad.

Ojalá lo fuera.

Ojalá lo hubiera sido.

Me retiré lo justo para ponerme de puntillas y besarlo de manera cálida y dulce. Sus manos terminaron en mi cintura y las mías alrededor de su nuca. Cuando se separó para respirar, me costó no volver a unir mi boca a la suya y apurar el tiempo al máximo.

—Te quiero mucho, empollona.

—Y yo a ti —dije antes de salir a la carrera.

Su risa se perdió detrás de mí conforme me alejaba de la cocina.

Entré en el despacho a toda prisa y abrí el tercer cajón de un tirón. El interior estaba repleto de documentos. Me agaché y busqué los folios revisando entre las carpetillas de colores que estaban apiladas unas encima de otras. Mientras rebuscaba, una carpeta roja llamó mi atención. En la parte inferior, escrito a mano y en mayúsculas, podía leerse: «María del Mar Aguirre Ferrero». ¿Qué hacía el nombre de mi madre en una carpeta que Marcos guardaba en un cajón? ¿Era mi madre? ¿O era otra persona que por casualidad tenía el mismo nombre y apellidos que ella?

Extrañada, saqué la carpeta y me incorporé con ella en las manos mientras una incómoda sensación se propagaba por mi cuerpo.

¿Cuáles eran las probabilidades de que él conociera a una persona que se llamaba igual que ella?

La incertidumbre me estaba poniendo realmente nerviosa.

Si abría la carpeta y no era ella... ¿Estaría traicionando la confianza de Marcos? Eso era una invasión de su privacidad en toda regla. Y lo que era peor, ¿estaría preparada para lo que hubiera dentro?

«La curiosidad mató al gato», recordó mi vocecita interior.

Y si no la abría... ¿me atrevería a preguntarle qué había dentro? ¿Podría olvidarlo sin más?

Después de debatir unos segundos, mi mano derecha se cansó y actuó por libre abriendo la carpeta. Lo que encontré dentro me hizo desear retroceder en el tiempo y no salir del abrazo de Marcos en la cocina.

No había dudas, la persona sobre la que se detallaba la información era mi madre. Eran su nombre y apellidos, y los estaba leyendo en su hoja del padrón municipal, donde también aparecía la dirección de su casa.

Me dejé caer en la silla totalmente abrumada.

¿Por qué tenía Marcos aquello?

Tragué saliva y busqué la valentía que necesitaba para pasar de página.

El estómago se me retorció de manera desagradable cuando vi mi partida de nacimiento y una foto de mi madre y de mí. No entendía nada, mi cerebro no procesaba la información que recibía. Por suerte, mi cuerpo parecía tener autonomía propia y, con la mano temblorosa, agarré el taco de fotografías. Al pasar aquella en la que estábamos mi madre y yo me encontré con varias imágenes de un señor que parecía estar saliendo de su casa. Fui pasándolas tratando de descubrir qué relación había entre él y nosotras. Las manos me sudaban tanto que la última se me resbaló. Dejé la carpeta en la mesa y recogí la fotografía del suelo. En esa podía verse la cara del señor más de cerca; había algo en él que me resultaba familiar. Observé la imagen con detenimiento y me quedé congelada cuando lo comprendí. Su cara me sonaba porque se parecía a la mía. Ese hombre tenía los mismos ojos curiosos que yo y la misma nariz achatada. El resto de sus rasgos no pude apreciarlos porque estaban cubiertos por una barba castaña muy poblada.

Ese hombre era...

—Cariño, ¿los has encontrado? —preguntó Marcos.

Ni siquiera me sobresalté al oír su voz cerca. Deposité la última fotografía sobre la mesa y traté de descifrar cómo me sentía. Levanté la mirada y lo vi recostado contra el marco de la puerta. Frunció el ceño al ver mi cara de horror y el color le huyó del rostro cuando vio los papeles esparcidos por la mesa junto a las fotografías.

—Elena, puedo explicarlo... —empezó poniéndose recto.

Sacudí la cabeza y solo atiné a levantar la mano para que se detuviera.

—¿Es mi padre? —pregunté recuperando la fotografía y enseñándosela.

Marcos guardó silencio mientras observaba la imagen. Cuando suspiró y asintió, algo se resquebrajó en mi corazón.

Volví a centrar los ojos en la instantánea.

El hombre con el que tantas veces había soñado tenía rostro. Ahora, si me lo cruzaba por la calle, lo reconocería, y eso me ponía los pelos de punta.

Dejé la foto junto a las otras y lo guardé todo dentro de la carpeta. Mi mente era un hervidero de preguntas.

Ahí dentro estaba... ¿la identidad de mi padre? ¿Su dirección? ¿A qué se dedicaría? ¿Estaría casado? ¿Tendría yo... una hermana? ¿Un hermano? ¿O no había rehecho su vida? ¿Pensaría en mí?

Tenía delante la respuesta a las preguntas que me había hecho a lo largo de los años, pero ya no quería saber las respuestas.

Marcos se adentró en el despacho y me sacó de mi reflexión.

Ahora que había comprendido que el hombre de las fotografías era mi padre, otro tipo de preocupación se manifestó en mi mente y era más desagradable que haberle puesto cara al señor que me había abandonado.

¿Marcos me había espiado?

Ese pensamiento me hacía sentir mareada.

—Marcos, ¿qué has hecho? —La angustia era palpable en mi voz—. ¿Por qué has buscado a mi padre?

—Yo... Se suponía que no debías ver eso.

¿Esa iba a ser toda su explicación?

Me tapé la boca y lo miré desconcertada durante unos segundos.

—Te dije que no quería saber nada de él. —Me dejé caer en la silla.

—Lo sé. Por eso no pensaba contarte nada.

«¿Qué?».

—En Navidad, cuando hablaste de que tu padre no había estado en ningún momento importante de tu vida, y que aun así muchas veces esperabas que apareciera por la puerta, se me encogió el alma al verte tan triste y... la idea de buscarlo me rondó la cabeza. —Alcé la cabeza para mirarlo. Eso se lo dije en un momento de debilidad, después de haber ido al cine con sus sobrinas—. No era la primera vez que lo pensaba y no sé por qué no te lo propuse. A los pocos días... cuando me incorporé al despacho, yo... —Hizo una pausa para plantearse la mejor manera de decirlo.

¿La persona que siempre hablaba con seguridad estaba titubeando?

Se pasó una mano por el pelo y continuó:

—A veces trabajo con una agencia de detectives...; les conté tu caso y les di el nombre de tu madre y tu dirección, y ellos se encargaron del resto.

¿Marcos le había dado mi información a unos extraños?

La incredulidad dio paso a una sensación desagradable que me revolvió el estómago y me provocó náuseas.

Me levanté y apoyé las manos en la mesa.

Aquella sensación desagradable empezó a transformarse en mosqueo.

—¿No has pensado que si quisiera encontrarlo ya lo habría buscado yo? —acusé herida.

—Sí, pero...

—No, claro que no —lo corté—. ¿Desde cuándo sabes esto?

—Me dieron la carpeta ayer. —Abrí los ojos sorprendida y él apartó la vista—. Cuando me preguntaste por qué estaba raro..., era por eso. —Volvió a mirarme y se encontró con mi cara de decepción—. No paraba de darle vueltas al tema y me sentía un traidor por haberlo buscado... Pero ya habías perdido a tu madre y no podía quedarme quieto.

El alma se me cayó a los pies.

Estaba tan agitada que no me habría extrañado haberme echado a temblar de un momento a otro.

—¿Sabes esto desde ayer y no me lo has dicho? —pregunté horrorizada—. ¿Fuiste capaz de ocultármelo y acostarte conmigo?

Él contrajo el rostro dolido por mi acusación y no contestó.

—Has contratado a alguien para que indague en la vida de mi madre... No me lo puedo creer —añadí con voz trémula—. ¿Por qué? No lo entiendo.

Marcos volvió a enfrentarse a mis ojos confusos. Sus labios formaban una línea recta.

Parecía tan tenso como yo.

—Supongo que haber tenido un padre de mierda no me hace más que desear que tú tengas uno bueno.

—¿Un buen padre? —La indignación tomó mi voz—. ¿Ese señor que no ha movido un dedo ni por mi madre ni por mí? —Negué con la cabeza—. ¿Estás de broma? Tú más que nadie deberías entenderlo.

—Y lo entiendo. Pero una parte de mí quería cerciorarse de que esa persona no merecía la pena. Por eso te pregunté si no querías darle una segunda oportunidad, y cuando vi tan claro que no querías saber nada de él, lo tuve claro yo también. Pensaba deshacerme de la carpeta cuando te marchases.

—¿No pensabas contármelo?

Él negó con la cabeza y mi indignación se acrecentó.

No podía creerme cómo aquello había pasado de ser un sueño a una pesadilla.

—¿Y eso te hace mejor persona? —pregunté con escepticismo—. Porque lo que has hecho demuestra que eres un egoísta con complejo de superhéroe.

—No pretendo ser el héroe de nadie. —Sus labios se curvaron hacia abajo y no pude seguir mirando su cara apenada.

—¡Me parece increíble que hayas sabido antes que yo quién es mi padre!

Intentó acercarse, pero yo di un paso atrás y le supliqué sin palabras que guardara las distancias.

—No leí el informe, quería que lo leyeras tú primero —aseguró—. Y no he visto su cara hasta que me has enseñado la foto hace un instante.

Marcos buscó en mis ojos una reacción a sus palabras, pero yo estaba demasiado conmocionada como para manifestar algo que no fuese indignación.

—Pero ¿tú crees que nunca había pensado la idea del detective? —pregunté dejando que parte de mi sufrimiento brotase al exterior—. ¡Nadie te da derecho a hacer eso! ¡Yo prefería tener un padre sin rostro y ahora voy a odiar cada parte de mi cara que se parece a la suya! —exclamé elevando la voz—. ¡Siempre has presumido de ir a la cara! ¿Y ahora qué?

—Lo siento mucho —se disculpó arrepentido—. No tendría que haber hecho nada sin preguntarte —afirmó negando con la cabeza.

Suspiré intentando calmarme.

No quería terminar de perder los nervios y chillarle, como seguro que habría hecho su padre un centenar de veces. Éramos dos personas adultas y razonables que podían dialogar sin perder los papeles, pero en ese momento yo no podía comportarme.

No concebía lo que Marcos había hecho.

Estaba muy nerviosa.

Y tenía que asimilarlo.

—¿Cómo has podido hacerme esto?

—Joder, ¡ya sé que la he cagado! Y ya me he disculpado. ¿Qué más quieres que haga?

Cerré los ojos y me masajeé las sienes. Se me había puesto un dolor de cabeza terrible.

Necesitaba salir de ese despacho, en el que el ambiente era tan tenso que podía cortarse con un cuchillo.

—Nada. No quiero que hagas nada. —Pasé por su lado sin mirarlo —. El daño ya está hecho.

Ya en su dormitorio, abrí la maleta y arrojé la carpeta dentro. No sabía si algún día me atrevería a leer lo que contenía, pero esa información se vendría conmigo a Madrid. Cerré la maleta y Marcos ya estaba ahí.

Respiré hondo y me incorporé con el asa de la maleta en la mano. Él abrió la boca, pero no lo dejé hablar.

—No puedo más con esto.

—¿De qué estás hablando? —Parpadeó confundido.

Y, entonces, el cansancio y la frustración acumulados de meses germinaron en mi interior haciendo que me confesase:

—De que al final ha pasado lo que más miedo me daba. Me he convertido en mi madre, lo que me prometí que nunca haría. —Sentí el dolor salir de mi pecho y agarrarse a mis palabras—. Estas semanas han sido increíbles y ahora tengo que volver a una ciudad donde vivo esperando un mensaje. ¿A eso me dedico ahora? —Gesticulé con las manos—. ¿A contar días y esperar llamadas?

Esa era la razón más importante por la que no tendría que haberme metido en esa relación. La que más me aterrorizaba y la que se había cumplido.

—Entiendo tu frustración —Marcos asintió—, pero estamos en una relación a distancia. Los dos sabemos lo que hay.

«¿En serio?».

—Pues yo no quiero seguir así.

—¿Qué intentas decirme? —preguntó atónito—. ¿Se me está escapando algo?

—Lo que intento decirte es que quiero un novio presente, que viva en la misma ciudad que yo, y eso contigo parece imposible.

El azul de sus ojos perdió un poco el brillo.

—Yo... ahora mismo no puedo ofrecerte otra cosa. Tengo que estar aquí por mi trabajo.

Sus palabras provocaron otra grieta en mi corazón.

—Lo sé —asentí apenada—. Estás supercomprometido con tu trabajo y lo entiendo. Por eso contestas mails en tus vacaciones y te pones a trabajar por la noche para recuperar el tiempo que pierdes conmigo.

—Yo nunca he dicho eso.

Ignoré la sorpresa de su mirada y seguí:

—Para mí el mío también es importante. Pero no puedo abandonar mi vida ni mi trabajo y venirme aquí por ti.

—Es que yo jamás te pediría que dejases tu vida por mí.

—Y, entonces, ¿qué esperas de esto? ¿Cuál es nuestro futuro?

Dejó escapar un suspiro profundo y yo me mantuve en vilo.

—No lo sé. Llevamos seis meses, todavía estoy averiguándolo.

—Y, mientras tanto, ¿planeas seguir como hasta ahora? —Gesticulé volviendo a indignarme.

—¡Sí! ¡De momento sí!

Me quedé helada y él se dio cuenta porque agregó:

—No es la situación ideal, pero quiero estar contigo.

—Pues yo no quiero seguir así. —Negué con la cabeza nerviosa—. Nos perdemos momentos importantes de la vida del otro. A veces, ni siquiera conseguimos cuadrarnos para hablar. ¿Qué crees que va a pasar ahora? —Endurecí el tono—. Cuando vuelva, tendré que hacer guardias algunos fines de semana. Va a ser insostenible. Y parece que a ti, como siempre, te da igual.

—Pero ¿qué dices? —me interrumpió.

—A mí esto me preocupa, pero vienes con tu maldita sonrisa, tu calma y tus palabras acertadas y yo te creo, cuando la realidad es que yo no quería meterme en esto, yo sabía que sufriría. Fuiste tú el que quiso intentarlo. —Lo señalé—. Y yo la que te siguió como una tonta.

Me temblaba la mano, así que la bajé y apreté el puño. Conforme había ido hablando los ojos de Marcos se habían ido volviendo opacos.

—Primero, y corrígeme si me equivoco, si no recuerdo mal fuiste tú la que aceptó meterse en una relación a distancia. —Me señaló y apretó los labios—. Yo no te obligué. Segundo, ya sabías que no sería fácil. —Hizo una pausa—. Y tercero, me parece alucinante que creas que me da igual que sufras o que te vayas cuando yo estoy igual de

jodido que tú. —Su tono de superioridad terminó de cabrearme—.
Y cuarto, ¿te esperas al último segundo para decirlo? ¿Desde cuándo
piensas esto? ¿Por qué no me lo has dicho antes?

Con sus preguntas terminé de perder la paciencia y el corazón se
me aceleró por el enfado.

—¡Porque no quería estropear las navidades de película! —exclamé elevando la voz—. ¡Y porque ayer me hice ilusiones como una estúpida cuando tu hermana me contó que no habías vendido tu casa de
Madrid! ¿Por qué hiciste eso si no planeas mudarte?

—Quité la casa de la venta porque estoy contigo y tú vives allí —respondió como si fuese una obviedad—. Y porque me parece lógico tener allí mi propio espacio. —Se tomó un segundo para buscar las palabras con las que terminaría de romperme el corazón—. Yo no puedo
irme, no puedo dejar a la gente tirada. No tienes ni idea de lo que se
sufre. Yo he pasado por eso y es una puta mierda.

«Te dije que, al final, encontraría la manera de abandonarte», pensó Cerebro.

—Pues ya está todo dicho. No puedes irte y yo no voy a venir a
despertarme sola en la cama por la noche —contesté sin pararme a ra-
zonar—. ¡Hemos estado jugando a las casitas cuando la realidad es
que esa lista conjunta de la compra que decías en Altea no va a llegar
nunca!

El torbellino de tristeza que me arrasaba el pecho se vio superado
por la decepción, que era aún mayor, y les abrió la puerta a todos esos
pensamientos horribles que había intentado controlar.

—¿Qué pretendías? —Gesticulé cabreada—. ¿Que me enamorase
de la ciudad y de tu familia para que quisiera quedarme?

—Ya te he dicho que no —respondió en tono neutro.

Me encogí de hombros y sacudí la cabeza indignada.

—Es que ni siquiera se puede discutir contigo. —Negué con la
cabeza.

—No voy a ponerme como un gilipollas. Te aseguro que me han
gritado cosas peores en los juzgados. Ya estoy acostumbrado.

A esas alturas yo estaba tan cabreada que mi parte irracional do-
minaba la situación.

—Esto no tiene sentido —hablé casi más para mí misma—. Las

señales estaban ahí y no he querido verlas. Me has engañado con árboles de Navidad, vaciando tu armario y haciéndome sentir parte de tu vida, para que no me diese cuenta de la realidad. Seguro que así se sentía Layla.

—No puedo creer que hayas dicho eso —dijo estupefacto.

—¡Ni yo haber sido tan estúpida como para creer que vivirías conmigo cuando no lo hiciste con ella!

—De Layla no estaba enamorado como lo estoy de ti —aseguró convencido—. A ti te quiero muchísimo. —Dio un paso hacia mí.

—No. —Apreté los labios y negué con la cabeza otra vez—. ¡Tú lo que quieres es una relación a distancia para mantener tu independencia, trabajar todo el tiempo y beneficiarte de follar una vez al mes!

El último atisbo de brillo se apagó y el hielo convirtió su mirada en un iceberg.

—Pero ¿qué coño estás diciendo? ¿De dónde salen esos pensamientos? —Parecía indignado y dolido—. ¡Si quisiese eso no te llamaría durante horas ni cogería aviones para verte ni estaría en una relación contigo!

—¡Esto no es una relación! —estallé elevando aún más el tono—. ¡Nos vemos una vez al mes, con suerte! ¿Y crees que por pasar las navidades juntos ya ocurre la magia? —Tragó saliva y no contestó—. No, Marcos. Ahora hay que volver al mundo real donde tenemos vidas paralelas. ¿Y sabes qué pasa con las rectas paralelas? ¡Que nunca coinciden!

Él se frotó la cara con las dos manos.

Cuando volvió a mirarme, su expresión amarga terminó de hacer trizas mi corazón.

—Tenemos muchas buenas razones para estar juntos ¿y vas a tirar la relación por la borda por lo único malo?

—¿Lo único malo es vivir a más de mil kilómetros? —pregunté afligida.

Se pasó la mano por el pelo por centésima vez y suspiró.

—Sabes que no es eso lo que quería decir.

El enfado dio paso a la tristeza. Me mordí el labio y cogí aire.

—Quizá sea lo único malo, pero desencadena miles de razones más. Estoy cansada de hacer malabarismos para cuadrarnos. Estoy cansada de tener pensamientos negativos, de las lágrimas de los reencuentros y de las despedidas... Estoy agotada a nivel mental.

Me senté en la cama porque los nervios me estaban dejando exhausta y escondí la cara entre las manos unos segundos. Cuando volví a mirarlo, me encontré con sus hombros caídos, sus dedos pinzando el puente de su nariz y sus ojos cerrados.

—Estoy descentrada —hablé y volvió a mirarme—. Siento que vivo dos vidas. La mía real, donde no estás, y esta vida imaginaria donde eres mi novio. Mi cuerpo está en Madrid y mi cabeza está siempre aquí contigo —confesé derrotada—. No puedo vivir dos vidas.

Hice una pausa al notar que se me cerraba la garganta. Todo ese sufrimiento llevaba meses enterrado y al germinar me estaba venciendo.

—No puedo más —suspiré cansada—. Esto no tiene sentido. Lo estamos pasando mal los dos y solo estamos alargando el sufrimiento.

De pronto, hacía frío en esa habitación.

Cuando Marcos comprendió que yo no seguiría hablando, tomó el relevo de la palabra.

—Es que no lo entiendo, Elena. —Se acercó a mí y habló con cautela—. Hemos hecho un montón de cosas, hemos sido muy felices aquí... Lo único que he hecho estas navidades ha sido preocuparme de que te lo pasaras bien.

—No. —Me levanté—. Has hecho todos estos planes maravillosos para compensar la ausencia, y esto no funciona así.

—A mí estas navidades me han servido para saber que quiero seguir contigo siempre.

—Yo quiero un novio todos los días, Marcos. No solo en vacaciones.

—¿Me estás dejando, entonces? —Gesticuló desesperado—. ¿Así? ¿Sin más?

Le di la espalda un segundo. No soportaba ver su semblante atormentado. Me froté los ojos y respiré hondo antes de encararlo.

«Ya seguiste a tu corazón. Ahora te toca seguirme a mí», pensó Cerebro.

—Querías que lo intentásemos. Ya lo hemos hecho. No ha funcionado. Esto es como la *Crónica de una muerte anunciada*, Marcos. Es mejor así.

—¿Mejor para quién?

—Para ambos. Al final uno de los dos tendría que mudarse y con el tiempo vendrían los resentimientos.

—¡Eres una cobarde! ¡Siempre huyes cuando las cosas se ponen difíciles!

—¡Esto lleva siendo difícil desde que te fuiste de Madrid!

Ante eso él guardó silencio.

Parecía que se había quedado congelado en el sitio.

Y yo aproveché para coger la maleta y arrastrarla fuera de la habitación. Lo sobrepasé y salí del cuarto sin decir nada.

Dejé la maleta en el salón y me agaché para coger a Minerva, que estaba tumbada en el sofá. La gata, que parecía haber notado mi nerviosismo, se tensó entre mis brazos y se revolvió.

—¡Shh! Tranquila. —Me senté en el sofá con ella en el regazo y le acaricié el pelaje un par de veces buscando calmarla—. No pasa nada, bonita.

Marcos se quedó de pie a un metro escaso de distancia. Notaba sus ojos anclados en mí, pero yo no estaba preparada para enfrentarme a él. Si lo hacía, lloraría. Yo nunca dejaba que me dominasen las emociones y, sin embargo, ahí estaba otra vez, tratando de regular la respiración, el corazón y las lágrimas que amenazaban con traicionarme.

Cuando Minerva se relajó, la metí en el transportín. Le di un par de chucherías y cerré la puertecita después de acariciarle la cabeza un par de veces.

Acto seguido, atravesé el salón hasta la entrada. Me puse el abrigo y me coloqué la bufanda de cualquier manera. Y, por supuesto, él me siguió.

—¿Qué haces? —preguntó dolido.

—Pedir un Uber —contesté sin apartar la vista del móvil.

Dio un paso hacia mí y yo retrocedí al tiempo que negaba con la cabeza.

—¡Elena, por Dios, no puedes irte así!

Sentí ese ruego como un latigazo en mitad de la espalda. Apreté los labios para que no me temblasen de la misma manera que me temblaba el alma.

Necesitaba alejarme.

Necesitaba tiempo.

Y pensar.

Lo que había sucedido todavía era inconcebible para mí.

—Vamos a calmarnos y ver qué solución encontramos. Por favor —oí que decía—. Yo quiero seguir contigo.

«Ya está».

No tenía fuerzas para discutir más.

—No hay nada más que hablar. —Lo miré derrotada—. Ya nos lo hemos dicho todo. Necesito una tregua, por favor. No quiero seguir discutiendo.

—Pero yo te quiero —susurró con la voz rota.

Bajé el rostro apenada y tragué saliva.

Las mariposas me habían llevado a Altea; el corazón, a Londres, y ahora tocaba seguir al cerebro a Madrid.

—Y yo a ti, pero no es suficiente. Además, la base de una relación a distancia es la confianza, y después de que hayas buscado a mi padre a mis espaldas ya no sé si puedo confiar en ti.

Se quedó lívido.

«No llores, Elena. Por favor».

Caminé hasta el salón, agarré la maleta con una mano y el transportín con la otra, y me acerqué a la puerta.

—Elena, sé que estás cansada. Yo también lo estoy, pero podemos intentarlo unos meses y ver adónde nos lleva esto.

—Una vez me dijiste que te quedarías conmigo hasta que yo quisiera... y ahora lo que quiero es irme.

Marcos tenía sus razones para quedarse.

Y yo tenía las mías para marcharme.

—Deja que te acerque al aeropuerto al menos, por favor.

—No has respetado mi decisión de no buscar a mi padre. Respeta esta, por favor. Se acabó, Marcos. —Me dolió el cuerpo entero al pronunciar esas palabras—. No quiero discutir más. Si el consentimiento te importa tanto como dices, no me escribas y deja que me vaya.

La daga que iba oculta en mis palabras lo atravesó.

Algo terminó de apagarse en su mirada.

Siempre había tenido la sensación de que él escuchaba dentro de su corazón los latidos del mío. Y supongo que su cara destrozada se debía a que él también había oído el sonido de mi corazón rompiéndose en miles de pedazos con esa decisión.

El azul de sus ojos estaba empañado por las lágrimas que parecían a punto de desbordarse y los míos estaban igual.

—Si necesitas algo... hablar o no hablar, solo estoy a una llamada de distancia —recordó.

Asentí una segunda vez y tragué saliva. El nudo de mi garganta me impediría hablar sin sollozar.

Abrí la puerta y dejé la maleta en el rellano.

En cuanto traspasase ese umbral, Marcos y yo seríamos historia.

Iban a ser dos palabras difíciles de pronunciar y me iban a partir por la mitad, pero era lo que tocaba. Me armé de valor y me despedí:

—Adiós, Marcos.

Él se limpiaba las lágrimas y parecía estar debatiéndose entre decir algo más o callar. Si le veía derramar otra lágrima más me derrumbaría, así que me forcé a darme la vuelta.

—Eh, Ele. —Me volví para mirarlo—. Avísame cuando llegues, ¿vale?

Asentí forzándome a no parpadear.

Ganas de llorar.

Nudo en la garganta.

Lágrimas a punto de derramarse.

Pena infinita.

Eso sentí al mirar a Marcos por última vez antes de cerrar la puerta de su casa.

Ni siquiera recuerdo el trayecto hasta el aeropuerto. Solo sé que aquella tarde llovía y que el tráfico era terrible.

No sé cómo llegué a la puerta de embarque, pero no pasó mucho tiempo hasta que abrieron el mostrador que daba paso al avión. Escribí a Amanda para que supiera que saldría en hora y puse el móvil en modo avión cuando faltaba media hora para el despegue.

Cuando parecía que mi vida se había estabilizado, descubrí que Marcos había buscado a mi padre. A mis espaldas. Eso resquebrajaba mi vida entera. Era algo para lo que no me había dado tiempo a prepararme, aunque sospechaba que en ningún libro encontraría la respuesta a «Qué hacer cuando tu novio contrata a un detective privado para dar con la persona que abandonó a tu madre antes de tu nacimiento».

Después de eso no iba a proteger mi corazón solo con tres capas; iba a ponerle por lo menos cien e iba a asegurarme de que nadie las traspasaba. Y entonces lo sentí: las flores de mi pecho marchitándose y los muros volviendo a alzarse. Una vez más, estaba sola dentro de mi fortaleza.

—¿Qué ha pasado? —me preguntó Amanda según me la encontré en la terminal.

Sacudí la cabeza. No podía hablar. No estaba preparada.

Los ojos me escocían desde que me había despedido de Marcos. Pude contener el ardor hasta llegar a Madrid, pero cuando Amanda me abrazó y me recordó que no estaba sola, me derrumbé con la misma facilidad con la que se había derrumbado mi castillo de naipes.

—Llévame a casa. Por favor —fue lo único que fui capaz de articular.

Ella cogió el transportín y aproveché para avisar a Marcos de que había llegado. Según pulsé «enviar», lo vi en línea y me apareció que estaba escribiendo. Probablemente había estado con el móvil en la mano esperando mi mensaje. Antes de recibir su respuesta, puse el modo avión de nuevo y me lo guardé en el bolsillo.

Amanda atrapó mi mano libre y pusimos rumbo al parking.

—¿Qué hora es? —le pregunté.

—Las seis y media.

Asentí.

Las seis y media de la tarde en Madrid.

Las doce y media del mediodía en Nueva York.

Las seis y media de la mañana en Hawái.

Suspiré y deseé estar en aquella isla o en un rascacielos de Manhattan, donde eran unas cuantas horas menos y donde seguía feliz en mi burbuja. Sin padre. Tranquila y triste por tener que separarme de mi novio.

El horizonte del que me había hablado Lisa ya no parecía una línea inquebrantable; en aquel momento parecía una línea difusa, llena de altibajos, que ya no tenía sentido.

33

A la deriva

Dicen que los soldados cuando vuelven de la guerra ya no son los mismos. Yo no había ido a la guerra, pero sí había luchado muchas batallas: contra la pérdida, contra el amor, contra la felicidad, contra la ausencia...

Y cuando regresé supe que nunca sería la misma.

Había vuelto con una herida invisible. Esa herida nueva y sangrante se unía a las que ya tenía infectadas y mal cicatrizadas. Y esa vez no sabía si habría tirita lo bastante grande como para taparla.

Después de ver la foto de mi padre ya no podía ser la misma Elena huérfana que se había ido a Londres rebosante de felicidad. Y después de romper con Marcos... Ni siquiera sabía cómo sentirme después de eso.

Según puse un pie en casa me invadió una sensación de falsa familiaridad. Encendí la luz y me adentré en el salón seguida de Amanda, que llevaba desde el aeropuerto en silencio. Abrí el transportín y la gata salió corriendo para perderse por el pasillo. Limpié sus cosas y le puse comida y agua. Hice todo esto con una lentitud deliberada y, cuando no pude retrasar más el momento de enfrentarme a Amanda, alcé la vista y me encontré con sus ojos interrogantes. Se acarició la tripa de manera inconsciente y me di cuenta de que era un poco más grande que cuando me había ido. Había estado tan centrada en mí que me había olvidado de ella.

—¿Quieres algo de beber?

—¿Has comido? —respondió con otra pregunta.

Negué con la cabeza y ella se sacó el móvil del bolsillo.

—¿Qué haces?

—Avisar a Lucas de que voy a dormir aquí —contestó mientras tecleaba—. Y ahora voy a pedir una pizza cuatro quesos para ti y voy a ver qué hay en la carta del restaurante que me apetezca a mí.

—Amanda, no es necesario que...

Su mirada dejaba claro que no había nada que rebatir, por lo que cerré la boca.

Minerva entró a beber agua y me rozó la pierna con la cola al pasar. Con ese pequeño roce me di cuenta de que estaba en casa y de que todo volvería a la normalidad. Relajé los hombros y se me empañaron los ojos. Amanda me abrazó y me frotó la espalda con cariño. Ojalá esa caricia pudiera borrar el dolor que sentía. La estampa era la misma que hacía un año, cuando mi abuela falleció poco después de Navidad.

—Marcos ha contratado a un detective y ha buscado a mi padre sin decírmelo.

Se apartó y me observó comprensiva.

—Joder. —Tiró de mí y terminé sentada en el sofá—. Voy a poner la calefacción, tú quédate ahí.

Regresó minutos después cargando una bandeja y dejó en la mesa la jarra de agua, los vasos y un paquete de pañuelos.

Tomó asiento a mi lado, atrapó mi mano y yo cogí aire y procedí a contarle todo lo que había pasado desde que puse un pie en Londres.

Cuando terminé ella estaba alucinando.

—Entonces, tu padre... ¿Quién es?

Me encogí de hombros y sacudí la cabeza.

—No lo sé —confesé—. No he leído nada. Solo he visto las fotos.

Me levanté y busqué la carpeta en la maleta, saqué las fotografías y se las tendí. Ella se limpió las lágrimas discretamente y las cogió. Me dejé caer en el sofá a su lado con los ojos cerrados. Por su murmullo ahogado supe que había llegado a la foto en la que mi padre salía en primer plano.

—Pues sí que te pareces un poco a él.

Asentí dolida por su afirmación.

—Lo sé. Es horrible —dije con la voz quebrada.

Antes de que terminase de soltar el sollozo que me oprimía el pecho, Amanda ya me estaba abrazando. Le revelé entre lágrimas que no sabía qué hacer con la carpeta y que no quería leer lo que había en su interior. Ella se ofreció a leerlo por mí, pero no me entusiasmó su oferta. De momento, quería enterrar esas páginas en lo más profundo de la tierra y olvidar lo poco que sabía.

—Saldremos de esta —prometió con los ojos húmedos—. Perdona, tía. Las hormonas. Estoy superllorica —se justificó mientras se limpiaba con un pañuelo.

Amanda se emocionaba siempre por todo; sabía que no se debía al embarazo. Su tristeza no mejoraba la mía, pero su presencia ayudaba.

—Y con Marcos... —empezó dubitativa—. ¿Cómo te sientes?

—Pues... traicionada, dolida y un montón de cosas más que no sé gestionar ahora mismo. —Hice una pausa para suspirar—. Que haya buscado a mi padre ha sido la gota que ha colmado el vaso de algo que estaba destinado al fracaso.

Mi amiga asintió en silencio. Se levantó y fue a la cocina. La oí abrir y cerrar el congelador. Abrió la tarrina de helado y me la ofreció cuando se dejó caer a mi lado.

—¿De verdad voy a ahogar mis penas en helado? ¿Como en una película romántica?

—Sí, amiga. —Me puso una cuchara en la mano.

Observé el remolino que formaban el caramelo y el chocolate, y me quedé pensativa.

—Me ha hecho daño. —Clavé la cuchara en el helado y noté que más lágrimas llegaban a mis ojos.

Amanda me pasó el brazo por los hombros y me atrajo contra su cuerpo.

—¿Tú... entiendes por qué lo ha hecho? —le pregunté.

Ella era la persona más empática del universo. A lo mejor veía algo que a mí se me escapaba.

—Da igual que yo lo entienda o no. Mi amiga eres tú, y, aunque quiero mucho a Marcos, ahora mismo me parece un gilipollas. Lo de buscar a tu padre sin decírtelo es muy fuerte.

—Sabía que saldría perdiendo —reconocí enfadada conmigo misma.

—Qué manía con perder o ganar. Ya te lo dije: quien ama y se enfrenta a sus miedos gana siempre.

—¿Y qué he ganado yo? —Me temblaba la voz—. ¿Convertirme en una estúpida?

—Nunca vas a ser una estúpida por querer a alguien. Le has abierto tu corazón y has sido supervaliente. Mira, Marcos ha metido la pata, pero las dos sabemos que no quería hacerte daño. —Abrí la boca para protestar, pero ella no me dejó—. Y no lo estoy justificando, pero lo conozco. Y tú también. Entiendo cómo te sientes y sé que ahora no lo ves, pero lo harás algún día.

«Algún día».

Volví a concentrarme en el helado porque esperaba que eso me hiciese sentir mejor.

—Hay una cosa que no te he contado —dije poniéndome de pie poco después—. Se suponía que Marcos tendría que haber vendido su casa de aquí.

—¿La de Pintor Rosales?

Asentí mientras caminaba de un lado a otro.

—Me lo contó Lisa y cuando se lo pregunté a él... solo me dijo que no la había vendido porque estaba conmigo...

—¿Y cuál es el problema de eso?

Me paré y la observé.

—Pues que creí que eso significaba que lo nuestro iba en serio y que acabaría mudándose. Y luego, cuando Lisa me dijo que no puede ejercer aquí, lo vi todo negro y una parte de mí empezó a agobiarse. Y cuando se lo dije a él... —Se me quebró la voz otra vez—. Bueno, qué más da, ¿no? Si él no quiere dejar su trabajo y tampoco podría aunque quisiese...

—Y tú, lo de mudarte a Londres ni te lo planteas, ¿no?

—No —negué—. A ver, lo he pensado... pero no... Mi vida está aquí. Y no puedo hacer eso, tiraría por tierra lo que he dicho siempre. Yo no quiero acabar como mi madre. Dejarlo todo por un hombre y que luego me deje tirada. No. Y la realidad es que él, al final... ha preferido su trabajo antes que a mí.

—A ver, Els. Es que no sé qué decirte a eso. De otra persona es que sabes que ya estaría despotricando, pero en parte entiendo lo de su trabajo por lo que ha vivido y eso... Y podría decirse que los dos habéis hecho lo mismo.

Asentí y aparté la vista un segundo.

—Lo sé, pero yo al menos estaba dispuesta a tener la conversación, pero él se ha cerrado en banda desde el inicio... Y que no le importe seguir así... Sin tener un plan de qué vamos a hacer, con las rayadas que hemos tenido...

—Ya.

—Ni siquiera sé qué hago pensando en esto si ya hemos roto. Además, llevábamos poquísimo tiempo como para estar hablando ya de mudanzas, ¿no? —La miré en busca de una confirmación—. Nadie toma una decisión así en tan pocos meses... Entonces, ¿por qué yo...? —No fui capaz de acabar la frase.

—Tú lo estabas pensando porque lo vuestro ha sido como las edades de los perros, ¿cada año de perro no es como siete de humano? —En otra circunstancia me habría reído. Volví a sentarme. Amanda suspiró y atrapó mi mano—. Vosotros igual, cada mes vuestro ha sido como varios años de relación de otras parejas. Tenéis historia y un pasado en común, y muchas idas y venidas. Ha habido mucha intensidad desde el principio... De todos modos, ese ya es el menor de tus males. Si no quiere vender su casa, está en su derecho.

Sopesé sus palabras unos segundos. Agradecía que se hubiera quedado porque su presencia lo hacía todo más llevadero.

—No sé qué hacer —dije al cabo de un rato—. No sé si bloquearlo, si leer su mensaje, no sé... Me parece muy raro no darle las buenas noches, pero estoy muy enfadada. Yo qué sé.

—Es normal... —Me miró con comprensión—. En cualquier caso, bloquearlo no sé en qué ayuda. Conociendo a Marcos, si le has pedido que te deje en paz, no te va a hablar a no ser que le escribas tú.

—Bueno, me estaba escribiendo hace unas horas...

Suspiré y me levanté.

No tenía sentido postergarlo. Me agaché al lado de la maleta, donde estaba mi bolso, y recuperé el móvil.

Respiré hondo y, con dedos temblorosos, quité el modo avión. Abrí la conversación de Marcos con el corazón en un puño. Tenía dos mensajes suyos. El primero decía:

> Espero que el vuelo haya ido bien

El segundo hizo que se me formase otro nudo doloroso en la garganta.

> Ojalá algún día puedas perdonarme.
> Cuídate, empollona

—¿Tan malo es? —preguntó Amanda preocupada.

—No. Solo me dice que ojalá algún día pueda perdonarlo —contesté compungida—. No sé qué decirle. Estoy hecha un lío, estoy enfadada y dolida, y ni siquiera sé lo que pienso.

—Olvídate de tu cabeza un momento —pidió ella—. ¿Qué te dicen tus mariposas?

—¿Qué?

Arrugué los ojos incapaz de seguirla.

—Pues eso. Las mariposas de la tripa. A veces la cabeza no puede responder a cosas que el corazón o la tripa sí que pueden.

Quise sonreír por su ocurrencia, pero no me salió. Ella me apremió con la mirada y decidí sincerarme.

—Mi tripa se lleva retorciendo inquieta desde que ha leído su nombre en la pantalla, pero está todo muy reciente y estoy dolida.

Después de darle un par de vueltas decidí no contestarle. No estaba preparada. Me sentía fatal por dejarlo en visto, pero ya le contestaría cuando supiese qué decir.

Tragué saliva y noté que los ojos se me llenaban de lágrimas.

—No quiero llorar otra vez. No quiero sentirme así.

—Volverás a estar bien —prometió ella.

¿Estar bien? ¿Qué era eso? Desde que había muerto mi madre entendía estar bien de una manera distinta a los demás. Para mí estar bien significaba estudiar y no pensar en nada. En aquel momento me lo prometí: mi vida seguiría adelante y haría todo lo posible por dejar ese episodio atrás. Y en el instante en que lo decidí la primavera de mi pecho se murió y dio paso a un invierno asolador que nunca se había sentido tan frío.

Al día siguiente me desperté cansada. Me había pasado la noche en duermevela y había sentido a Amanda levantarse para ir al baño unas cuantas veces. Puse un pie en el suelo y me topé con la camiseta de Marcos que usaba a veces para dormir. La noche anterior la había encontrado debajo de la almohada y había sido la propia Amanda la que la había tirado al suelo.

Tragué saliva y la recogí.

«¿Debería devolvérsela?».

No entré en el baño porque no quería mirarme en el espejo. No me hacía falta. Ya sabía que tenía el pelo enmarañado y los ojos hinchados. Ver mi apariencia horrible no me ayudaría a enfrentar el nuevo día, el primero siendo consciente de que mi padre estaba en algún lugar y el primero en que no le daría los buenos días a Marcos.

«Se acabó. Ni una lágrima más», me recordé.

Encontré a Amanda en el sofá, arropada con una manta y viendo un vídeo en el móvil de «Consejos para elegir el mejor carrito para tu bebé».

—Hola —saludé.

—Buenos días. —Pausó el vídeo—. Te he preparado café y he visto que tenías galletas en el armario. Me he comido unas cuantas —confesó con una pequeña sonrisa.

Mis ojos vagaron a la mesita donde descansaba la caja de galletas que había comprado para Marcos. Apreté los párpados y, cuando volví a abrirlos, mi amiga me miraba con culpabilidad.

—Eh, que no me las he acabado —se justificó malinterpretando mi reacción—. Todavía quedan.

—No pasa nada —aseguré triste—. Son las favoritas de Marcos, pero supongo que ya da igual.

—Hablando de Marcos... —Se incorporó y me miró intranquila—. Me ha preguntado qué tal te encontré ayer y eso.

Respiré hondo y conseguí mantenerme serena.

—¿Qué le has dicho?

—Pues la verdad. Que no te vi bien y que he dormido contigo.

—Vale.

Sin decir nada más, me di la vuelta y me encaminé a la cocina para servirme una taza de café. Cuando regresé al salón la culpa de su mirada había aumentado. Me senté a su lado y ella me frotó la espalda con cariño.

—¿Cómo estás hoy? —preguntó con ternura.

—Bien —aseguré—. ¿Te ha dicho algo más? —Mi voz sonó neutra, como si no me importase, cuando me moría por saber la respuesta.

—No, pero si quieres le pregunto a Lucas si han hablado.

—No. Mejor no. —Le di un sorbo a mi café para evitar su mirada—. No tiene sentido.

Oí su suspiro ruidoso y decidí cambiar de tema. No quería seguir hablando de Marcos. Desde ese día mi vida seguiría adelante sin él, igual que seguiría la suya sin mí.

—¿Qué tal el embarazo? ¿Cómo estás?

—Ansiosa. Es como que quiero tenerla ya en brazos —se tocó la tripa—, pero luego recuerdo que ni siquiera tenemos aún carrito ni cuna, y pienso «Uf, necesito un año más para estar preparada».

Sonreí. Hablaba con tanta dulzura que era imposible no hacerlo. Y ella, como siempre que le entusiasmaba algo, siguió:

—Me he bajado una aplicación para ver el embarazo semana a semana. Y, bueno, fíjate si ha cambiado mi vida que en la lupa de Instagram ya no me salen ni viajes ni ropa ni *crushes*. —Abrió la aplicación para enseñármelo y yo me reí—. Solo me salen cosas para bebés. Mira, la jirafa Sophie otra vez. —Me enseñó la foto de lo que parecía una jirafa de plástico—. Al final voy a tener que comprarla.

—¿Es un juguete?

—Sí, es un mordedor para cuando le salen al bebé los primeros dientes, ¿sabes? Lo tienen todas las famosas. Bueno, lo tiene todo el mundo.

Me giré en el sofá y apoyé el codo en el respaldo. Mientras la escuchaba hablar del juguete entusiasmada me abstraje de lo demás y me apunté mentalmente que tenía que regalarle la jirafa antes de que se la comprase.

—Nos tenemos que ir en una hora a casa de tus padres, ¿no? —pregunté poco después.

—¿Seguro que quieres venir? —preguntó insegura.

—Claro que sí. —Fingí una sonrisa que no me quedó convincente, pero que ella dejó pasar—. Tengo ganas de comer roscón y de intercambiar regalos.

—Vale. —Curvó los labios ligeramente hacia arriba.

—Voy a ducharme. —Me terminé el café de un trago y me levanté.

La festividad de Reyes no me emocionaba en exceso. Ese día las calles estaban repletas de niños estrenando juguetes nuevos y ver a familias felices corretear de un lado para otro no me ayudaría nada en aquel momento. Pero si mi propósito era salir adelante, era lo que debía hacer. Salir de casa y comer con la familia de Amanda conseguiría distraerme, aunque me daba un poco de pánico que Lucas sacase el tema de Marcos. Seguía demasiado sensible como para que no me afectase escuchar lo que él le hubiese contado a su mejor amigo después de que yo lo hubiera dejado llorando en su casa. Estaba enfadada, pero seguía queriéndolo y no soportaba verlo sufrir.

Todo fue bien hasta que Amanda me dejó de vuelta en casa a media tarde.

Lo primero que hice fue deshacer la maleta; dejé dentro la guía que me había regalado Marcos y la carpeta que contenía la información de mi padre.

Lo segundo que hice fue limpiar la casa de arriba abajo. Después de mi ausencia se había acumulado el polvo, y eso era algo que no aguantaba.

Cuando no me quedó nada más por hacer me tumbé en el sofá. Cerré los ojos y respiré hondo, y, sin darme cuenta, reviví cada buen momento de las navidades.

Esas semanas con Marcos en Londres habían sido como estar dentro de la madriguera del conejo de *Alicia en el País de las Maravillas*. En ese mundo paralelo habíamos hecho cosas de pareja como despertarnos juntos, hacer el amor constantemente, pasear de la mano, ir al cine... Esas cosas que parecían tonterías eran las que no podíamos hacer en el mundo real, donde la mayoría de nuestros planes habían sido a través de la pantalla.

Aquella noche, mientras lloraba, comprendí que quería volver a entrar en la madriguera. Quería abrir la puertecita con su llave y pasear por el jardín de las flores. Quería ir a una fiesta de «No cumpleaños» para tomar el té con el Sombrerero y reírme de él cuando sus sobrinas lo chantajeasen. Quería seguir jugando con los naipes. Quería esa vida fácil. Quería subir a rascacielos y beber cócteles que me hicieran sentir pequeña a tantos metros de altura. Y también quería comer bombones que agrandasen mi corazón hasta que no me cupiese en el pecho. Quería tener el reloj mágico del Sombrerero para que siempre fuese la hora del té. Quería jugar al críquet y bailar hasta que me doliesen los pies. Y, sobre todo, quería que fuese él quien me convenciese con una sonrisa de que todo iría bien y el que me guiase a través de aquel mundo en el que nunca faltaban las risas.

Pero en la soledad de mi salón descubrí que la película había terminado y que me había tocado salir de la madriguera como Alicia. Lo había querido tanto que nunca me había parado a pensar que todo era una ilusión y que en el mundo real no había conejos blancos ni rosas rojas ni relojes, porque fuera de la madriguera nosotros nunca coincidiríamos. Y aunque lo único que teníamos en común Alicia y yo era que las dos hablábamos con un gato, yo solo quería volver a aquel lugar en el que nuestro «para siempre» aún era posible.

De pronto, el silencio se hizo más notable que nunca.

Estaba sola en el reino que había construido, con los altos muros protegiéndome y las puertas cerradas.

Ya no se oían las risas.

Lo único que se oía era el llanto desgarrado de una chica a la que no le habían cortado la cabeza, pero sí le habían arrancado el corazón.

34

Yo antes de ti

Sumergirme en la rutina laboral me vino bien. Teníamos bastantes citas después de las fiestas, así que desde que puse un pie en la clínica me enfoqué en el trabajo. Pasé un momento incómodo cuando Joaquín me preguntó por mis vacaciones. Durante un segundo no supe qué decir, pero enseguida me recompuse y con una escueta sonrisa contesté un «Muy bien. Por Londres todo genial».

Marcos no volvió a escribirme.

Eso me facilitó las cosas.

La que sí estuvo más pendiente fue Amanda. Me tanteaba por mensaje de cuando en cuando y yo siempre le aseguraba que estaba bien y que tenía la cabeza centrada en el trabajo. Cosa que era verdad.

Unos días más tarde, amanecí con unos cuantos mensajes de mis amigas, que enseguida me pusieron de buen humor. Blanca se incorporaría a la clínica de sus vacaciones esa misma tarde y a la salida quedaríamos con Carlota, que estaba superemocionada por la inminente llegada de Greta. Tenía muchísimas ganas de reencontrarme con ellas y de que nos pusiéramos al día. Además, ya tenía claro lo que les diría de mi viaje a Londres y que resumiría en «He roto con Marcos. Estoy bien. No, claro que no me ha roto el corazón».

Salí de la cama con buen pie.

La vida parecía haber vuelto a la normalidad pre-Marcos. Iba a trabajar, había recuperado las lecturas que tenía atrasadas y hacía planes con mis amigas. Todo iba por el buen camino.

Cuando llegué a la clínica esa mañana me encontré un perro con la correa atada a la puerta. Extrañada, miré de derecha a izquierda para ver si era de alguien, pero me encontré la calle vacía. Al agacharme para acariciarle la cabeza, el animal se apartó asustado y soltó un gemido lastimero. Suspiré y me quedé en cuclillas a su lado. Extendí la mano y esperé a que el perro quisiese acercarse a mí. En esas estaba cuando apareció Joaquín.

—Buenos días. —Me saludó con una sonrisa que se desvaneció al ver al perro—. ¿Otro abandono? ¿Me estás jodiendo? —Suspiró cansado y soltó el nudo de la correa.

—¿No es la primera vez que pasa? —pregunté cuando él me sujetó la puerta para pasar.

—No.

Entró detrás de mí con el perro siguiéndolo.

Por su cara parecía acostumbrado, pero yo me quedé horrorizada. Sobre todo por el mal estado en el que se encontraba el golden retriever. Tras el shock inicial, lo desparasitamos, lo lavamos y le hicimos un chequeo general. Y fue un poco complicado porque el animal no dejaba de ladrar y revolverse inquieto. El pobrecito pesaba menos de lo que debería, se notaba que había sufrido muchísimo. No tenía collar ni chip, por lo que no podíamos saber su nombre ni a quién pertenecía.

—Lo cuidaremos aquí mientras se recupera y le buscamos hogar —me explicó Joaquín.

Decidimos dejarlo abajo, en una sala habilitada para que los perros jugasen y se familiarizasen con el entorno.

Yo me quedé un poco alicaída. Nunca he podido entender cómo existe gente tan cruel como para abandonar a un animal.

—Che, no le *busqués* la quinta pata al gato —me pidió—. La persona que hizo esto es una mierda y como esta hay miles.

Asentí al tiempo que me brotaba una pequeña sonrisa. Ya estaba acostumbrada a su acento argentino y a sus expresiones como: «piola» y «zarpado», pero otras me seguían haciendo gracia.

—Le encontraremos una familia —prometió él mientras llenaba un cuenco de pienso. Lo dejó cerca del animal, que estaba apostado en una esquina—. *Vos encargate* de pensar un nombre, que yo soy malísimo para eso.

—Vale.

Blanca llegó sonriente después de comer. Con el nuevo cuatrimestre sus horarios laborales habían cambiado y todavía no me los sabía. Me saludó con un abrazo apretujado y bajó a cambiarse con la petición de que le contase mis vacaciones en cuanto subiese.

No tenía ganas de hablarle todavía de todo lo que había pasado en Londres. Después de lo del perro mi buen humor se había deteriorado un poco. Y teniendo en cuenta que esa noche habíamos quedado con Carlota, prefería esperarme a estar en el bar para soltar la bomba. Ni siquiera le dio tiempo a repetirme la pregunta porque no paramos ni un segundo hasta el final de la tarde.

Eran las siete y media cuando bajé a echar un vistazo al perro. Tenía quince minutos hasta que llegase mi última cita y quería ver si le faltaba agua o comida.

Me lo encontré apostado en la misma esquina. En cuanto abrí la puerta agachó las orejas y escondió el rabo entre las piernas. Intenté jugar con él tirándole una pelota, pero seguía sin estar receptivo. Tampoco quiso acercarse a mí cuando le ofrecí golosinas. Todavía no confiaba en mí y algo me decía que le costaría un tiempo hacerlo.

Suspiré entristecida por ello.

Le rellené el cuenco de pienso y se lo dejé un poco más cerca. Me senté en la silla, en el extremo opuesto, y lo observé. Aún no había pensado un nombre para él y me daba pena no saber el suyo. Probé a llamarlo con un par de nombres típicos, pero no reaccionó a ninguno.

A mí me motivaba ayudar a los animales y quizá por mi facilidad para conectar con ellos me embargó una enorme sensación de tristeza al ver cómo apartaba los ojos asustado.

De alguna manera mi cabeza se las apañó para relacionar el dolor de ese animal con el mío propio.

Ese perro, que seguía en un rincón, no había sido lo suficientemente bueno para su dueño.

Igual que yo no lo había sido para que mi padre se quedase.

Igual que tampoco lo había sido para que Marcos se viniese.

Y así se reactivó mi miedo al abandono, o quizá lo que reabrió esa herida, que nunca estuvo curada, fue ver la foto de mi padre. Esa herida me había hecho tener miedo de adentrarme en una relación sentimental con Marcos. Esa herida había complicado que yo gestionase bien la distancia. Mi miedo había salido de vez en cuando a recordarme que seguía ahí, como hizo aquella vez que Marcos y yo no hablamos durante días y yo terminé rayada.

Esa herida hizo que, desde un principio, creyese que Marcos encontraría la manera de dejarme. Y pese a que lo había hecho, tenía la sensación de que, en realidad, me había alejado yo de manera preventiva antes de que mis peores temores se hicieran realidad.

Yo siempre me exigía mucho: ser la mejor en los estudios, la mejor en el trabajo, la mejor amiga, la mejor hija, la mejor nieta y la mejor novia. Porque si era la mejor nadie me abandonaría, ¿verdad?

«Mentira».

Daba igual cuánto me hubiese esforzado en mantener la relación con Marcos. Al final todo había terminado de la manera que yo pensé en un principio.

Me levanté y fui al vestuario para lavarme la cara. La respiración se me había acelerado y, de pronto, estaba un poco nerviosa.

El corazón volvía a dolerme.

¿Cómo podía ser?

Si yo estaba bien.

Ese era mi tercer día sin llorar ni venirme abajo. Era mi tercer día sin Marcos y todo iba bien. ¿Qué me estaba pasando?

Abrí la puerta y ni siquiera vi a la persona que estaba dentro cambiándose.

Me dirigí al lavabo.

—¿Elena?

Cerré los ojos un segundo y las lágrimas que había evitado que cayeran rodaron por mis mejillas. Clavé la vista en el espejo. Detrás de mí, con cara de preocupación, estaba Blanca.

—Reina, ¿qué te pasa? —Mi amiga se subió las gafas y se situó a mi lado.

Respondí un «nada» que significaba «todo».

Intenté sonreír y eso provocó que un par de lágrimas escaparan de la prisión de mis ojos. Aparté la mirada y cogí un trozo de papel del dispensador para limpiarme la cara.

—En serio, no me pasa nada.

—El que nada no se ahoga.

—No empieces con los refranes —pedí pasándome el papel por las ojeras.

—Pues no empieces con las mentiras —reprendió ella con dureza—. Llevas todo el día rarísima, no me has contado nada de tu viaje y ahora estás llorando en el trabajo. —Me señaló—. Tú. Llorando. En el trabajo. —Separó las frases como si así fuese a entenderla mejor.

Esas palabras me hicieron sentir peor. Estaba llorando en la clínica cuando me quedaba todavía un cliente por atender. No sabía qué me pasaba. Mis emociones me habían cogido por sorpresa.

—Tengo una cita. —Me abaniqué intranquila—. No puedo... no puedo subir así.

Blanca me puso las manos en los hombros.

—Tranquila. Respira hondo. —Hice lo que me pedía—. Yo me ocupo. Tú cámbiate, ¿vale?

—No. No —negué—. Lo hago yo.

Me di la vuelta y me lavé la cara. No podía dejar que aquello me afectase a nivel profesional. Eso sí que no. Yo era la chica que en menos de tres meses había conseguido un contrato fijo. Yo era la mejor en mi trabajo. Y ponerme a llorar y no atender una cita distaba mucho de ser profesional.

—¿Avisas tú a Amanda o lo hago yo? —La miré sin comprender mientras me secaba la cara con un pañuelo—. Para que nos cuentes qué está pasando.

Aparté la vista y negué con la cabeza.

—Mira, Elena —siguió ella—, puedes contarme lo que te pasa o no, pero no te vamos a dejar sola. Tú estás ahí siempre para nosotras, como un mástil que nunca se dobla...; ahora nos toca a nosotras estar para ti. Así que hacemos lo que tú quieras, hablamos, vamos a tu casa, salimos por ahí o nos comemos un helado, pero si quieres librarte de mí, va a tener que separarme de ti la policía.

Me giré y la observé con el rostro contraído.

—Creía que podía hacerlo... —fue lo único que dije al sentarme en el banco y esconder la cara entre las manos.

—¿El qué? —Ella se sentó a mi lado y me colocó con delicadeza el mechón de pelo detrás de la oreja.

—Marcos y yo... —Se me quebró la voz y no pude continuar.

Blanca arrugó las cejas y me miró desconcertada un segundo.

—¡Ay, Dios! —La comprensión llegó a su mirada—. ¿Habéis roto?

Asentí y ella se inclinó para abrazarme.

—Si es que ya sabía yo que después de la ruptura de Brad y Angelina nadie está a salvo... —murmuró muy bajito para sí misma, pero yo la oí.

En ese momento sonó su móvil. Se lo sacó del bolsillo del vaquero y mandó un audio:

—Cambio de planes. Nos vemos mejor en casa de Elena. Pilla cerveza si puedes. Nosotras salimos en breve, ahora te vemos. Un beso.

Se levantó y volvió a ponerse la bata.

—Ahora vengo —prometió.

Los tres minutos que mi amiga tardó en regresar se me hicieron eternos. Moví las piernas nerviosa. Tenía la sensación de que estaba metiendo la pata hasta el fondo no subiendo a atender yo misma.

—Se encarga Joaquín. Le he dicho que te duele la tripa —explicó Blanca al abrir la puerta—. Ya está dentro con tu cita. Vámonos.

Me levanté y ni siquiera me cambié de ropa; me limité a ponerme el abrigo encima del uniforme. Respiré hondo y conseguí aguantar las ganas de llorar mientras subíamos las escaleras. No quería que nadie me viese salir así.

Al llegar a mi portal, Carlota y Amanda ya estaban allí. Era de noche y el frío se coló debajo de mi abrigo de paño haciéndome estremecer. Ni siquiera había cogido mi ropa de calle; se había quedado olvidada en la taquilla. Pude contener el ardor de los ojos hasta subir a casa, pero cuando ellas me abrazaron en el salón y me recordaron que no estaba sola, me desmoroné. Y así, entre lágrimas y sollozos, les conté a mis amigas todo lo que había pasado.

Cuando acabé estábamos las cuatro tumbadas en el suelo con las cabezas juntas y los pies de cada una orientados en una dirección.

—Creo que no he bebido lo suficiente como para sobrevivir a lo que nos acabas de contar —dijo Carlota.

—Yo no sé qué decir —confesó Blanca sentándose—. No me lo esperaba. Si yo estoy en shock, no quiero imaginar cómo estás tú.

Amanda se mantuvo en silencio. No me hacía falta mirarla para saber que estaba pensando «sabía que estabas fingiendo estar bien».

Descrucé los dedos, que descansaban sobre mi tripa, y escondí las manos dentro del bolsillo de la sudadera que en algún punto me había dado Carlota para que no vieran cómo me temblaban.

—¿Empezamos por tu padre o por tu novio? —preguntó Carlota escalando hasta el sofá.

—Exnovio —corrigió Blanca.

«Exnovio».

Cerré los ojos.

La palabra escocía.

Me senté con las piernas cruzadas y me encogí de hombros mientras me limpiaba las lágrimas. Amanda se sentó y se acercó a mí. En sus ojos encontré la confianza que necesitaba para contestar.

—De mi padre no quiero saber nada... Quizá lo mejor sea tirar la carpeta...

Blanca parecía asombrada.

—Pero, Elena...

—A mí me parece bien —interrumpió Carlota—. Ese señor solo es un donante de esperma. No es tu padre. Si se hubiera comportado como tal, no estaríamos teniendo esta conversación.

Asentí un par de veces. Eso era lo que pensaba.

—Yo creo que no tienes por qué destruirla —opinó Amanda—. Puedes guardarla por si acaso algún día quieres leerla. Hoy te sientes así, pero no sabes lo que vas a pensar dentro de diez años.

«Dentro de diez años espero no acordarme de este incidente».

—Yo estoy con Amanda —apuntó Blanca—. A lo mejor en el futuro lo has perdonado lo suficiente como para querer saber quién es o si tienes hermanos. ¿No quieres saber eso?

—Eso me aterroriza. —Me aparté el mechón de pelo de la cara—. Siempre he querido tener hermanos porque creía que tener otra persona que se sintiera igual que yo... haría las cosas más fáciles, y que...

«Me sentiría menos sola».

Mi voz se apagó y yo también.

—Joder, qué puto asco; menos mal que tu madre era la leche —dijo Carlota—. Que no la conocí, pero para que tú seas tan maravillosa no me cabe duda de que lo era.

—Lo era —confirmó Amanda.

Los ojos se me empañaron otra vez.

—Sobre Marcos... —Carlota titubeó—. ¿Quieres saber nuestra opinión?

Me encogí de hombros. Ya sabía lo que diría cada una.

—A mí me da pena que hayas roto con él —dijo Carlota mirándome compasiva—. Se os veía muy bien juntos y te ponía sonrisilla en la cara. Y si ya se ha disculpado... seguro que se siente fatal.

—Yo creo que has hecho bien —terció Blanca con un asentimiento—. Tú por delante siempre, reina. Te has elegido a ti. Él ha hecho lo mismo, que se quede disfrutando de su isla de té y pastas.

—Es verdad que yo no podría seguir con Greta en la distancia si ella no fuese a venir pasado mañana —añadió Carlota comprensiva.

«Greta viene por Carlota, pero Marcos nunca vendrá por mí».

Suspiré y asentí al mirarla.

Bajé el rostro y concentré la vista en el suelo.

Recordé las pastas y la caja de té, que estaban en el armario de la cocina, y sus camisetas dobladas en el último cajón de mi armario, y la guía de Escocia, que estaba en la maleta. Esas cosas me desgarraban la garganta porque me recordaban a él.

No me di cuenta de que las lágrimas corrían por mis mejillas otra vez hasta que Amanda me acarició la pierna y Carlota y Blanca me sepultaron bajo sus respectivos cuerpos.

—Hay demasiadas cosas que me recuerdan a él en esta casa... —sollocé contra el hombro de una de ellas.

—Pues guárdalas en una caja hasta que te sientas preparada para verlas —sugirió Blanca al apartarse.

«Guardar sus cosas en una caja. ¿Como cuando te despiden en las películas?».

—Creía que estaba saliendo adelante... —El temblor de mi voz se trasladó a las manos, por lo que me crucé de brazos—. No había vuelto a llorar desde el domingo.

—Salir adelante no es fingir que no te pasa nada. Ya lo hemos hablado muchas veces —me recordó Amanda—. No puedes tirarte toda la vida escondiendo tus problemas debajo de la alfombra. Tienes que llorar la pérdida porque te va a consumir. Acabas de encontrar a tu padre después de mil años y has roto con tu novio. ¿Y en dos días estás saliendo adelante? —Negó con la cabeza y torció el gesto—. Eso no se lo cree nadie. ¿Quieres llorar por tu padre? ¡Llora! Estás en tu derecho... ¿Quieres llorar por Marcos? ¡Llora!

—No quiero llorar. Quiero ser fuerte.

Amanda meneó la cabeza desesperada.

—No eres débil por llorar, tía. En serio, sácate eso de la cabeza ya y busca en nosotras el apoyo que necesitas. —Amanda me pasó el brazo por encima del hombro—. Cuéntanos cómo te sientes.

—No tengo nada más que decir...

Ellas tres me miraron incrédulas.

—¿Qué queréis? ¿Que os repita lo mismo? —sollocé.

—¡Claro que sí! —Carlota me puso la mano en la rodilla—. ¿Para qué están las amigas? Para escucharte setecientas veces decir lo mismo.

—Y para defenderte —recordó Blanca—. Y para canalizar el enfado contra cualquiera que nos haga daño.

—Y para recomendarte juguetes sexuales y croquetas espectaculares —añadió Amanda.

—¡Eh! ¡Eso rima! —Carlota se echó hacia delante y chocaron los cinco.

Se me saltaron las lágrimas al reírme.

Y ahí, sentada en el suelo de mi salón, me desmoroné y me desahogué por todo.

Porque quería a Marcos. Porque su familia me había integrado desde el principio. Porque todo se había estropeado y por el futuro que ya no llegaría. Les hablé a mis amigas de horizontes infinitos, de paredes que se rompen y de pesadillas con caras y relojes, sin estar segura de si me entendían tras mis sollozos.

Y mientras ellas me consolaban y me recordaban que estaban ahí y que al día siguiente me sentiría mejor, fue cuando lo comprendí.

Entendí que aquello me dolía tanto porque Marcos era el único hombre al que le había abierto por completo mi corazón, y él había actuado a mis espaldas. Y mientras lo asimilaba tuve claro que ya no podría abrirme así con nadie más. Porque, dijera lo que dijera Amanda, la realidad era que nunca tendría que haber salido de mi caparazón. Porque, si no sales, no te arriesgas; no ganas nada, pero tampoco pierdes. Te quedas igual, pero con el corazón intacto. Porque yo había vuelto a Madrid, pero parte de mí se había quedado con él. Y un corazón incompleto es imposible que funcione bien.

—Dios, ¿por qué no puedo parar? —les pregunté mientras me apretaba los ojos con las manos.

Ellas me dedicaron palabras de aliento y yo escondí la cara entre las piernas y me abracé las rodillas mientras lloraba.

Recordé entonces su mensaje y las tres palabras que habían agujereado lo poco que me quedaba de corazón.

«Ojalá algún día», había escrito él.

«Ojalá algún día» sonaba a que había asumido que no lo perdonaría en un futuro cercano.

Y entonces, al igual que había hecho Marcos, yo también asumí lo que había ocurrido.

Habíamos roto.

Él no había querido venir y yo no había querido ir.

Nos queríamos, pero eso no había sido suficiente.

Y comprendí que a veces las cosas se estropean sin que podamos evitarlo y que no queda más remedio que aprender a vivir con las grietas que se forman en nuestro corazón. Porque hay veces que, aunque quieras, las cosas no tienen solución.

A veces, lo único que puedes hacer es llorar mientras tu gata se acurruca en tu regazo y tus amigas te animan con palabras de aliento, miradas de comprensión y abrazos reconfortantes.

A veces, solo puedes recordar lo que fue y estar agradecida de haberlo vivido porque la vida continúa y, aunque duela, el mundo no se va a detener porque estés triste. La tierra va a seguir girando y con ella la esperanza de algún día recomponerte para poder mirar atrás con una sonrisa.

Llorar la pérdida de un ser querido es devastador y es imposible que vuelvas a ser la misma porque... ¿Cómo vas a ser la misma si has perdido algo que formaba parte de ti?

Yo ya había estado ahí, llorando, tratando de entender por qué la vida había sido tan injusta. En aquellas ocasiones sabía que nada me devolvería a mi abuela ni a mi madre. Ellas estarían vivas en mi memoria. Pero tratar de conservarlas y a la vez no pensar en ellas demasiado para no desmoronarme se me hacía cada vez más difícil. Y que ellas se fueran no era algo que hubiera decidido yo, era algo que había sucedido sin que hubiera podido evitarlo.

Con Marcos la historia era diferente.

Creí que llorar la pérdida de un ser querido al que has abandonado tú misma sería menos doloroso y era algo para lo que nadie me había preparado.

No creí que fueran a dolerme los huesos de los dedos de apretar los puños, ni que fuera a escocerme la piel de las ojeras de tantas veces que me había limpiado las lágrimas.

Pero ¿qué me pasaba?

Mi vida antes de Marcos funcionaba. Debería volver a funcionar, ¿no?

La única esperanza que tenía en aquel momento era que algún día pensaría en su sonrisa infinita como el horizonte y en sus ojos azules como el mar, y me alegraría.

Algún día podría pasar por delante de su portal y recordar aquella chica valiente que había atravesado la puerta tragándose sus miedos.

Pero algún día no era ese día, y al día siguiente yo tendría que volver a reparar mis grietas y levantarme para ir a trabajar. Porque no podía permitirme más errores.

Y mientras estaba allí, marchitándome, sentí que me ahogaba.

«El que nada no se ahoga», decía siempre Blanca.

Yo sabía nadar y no estaba metida dentro del agua, pero sentía el agua dentro de los pulmones. Sabía que, si lo pedía, Amanda me lanzaría un flotador; Blanca, un bote salvavidas, y Carlota, un chaleco, pero el problema de no pedir ayuda es que cuando intentan dártela no la aceptas.

Y en aquel momento, en el suelo de mi salón, con tres pares de ojos preocupados observándome, mi mayor miedo terminó de manejarme como si yo fuese una marioneta.

—Vosotras... no vais a abandonarme, ¿no? —Me sentí fatal por hacer la pregunta, pero ya ni siquiera estaba segura de aquello.

—No, cariño. —Amanda me apartó el pelo con suavidad. Ella también tenía los ojos empañados.

—Los novios y las novias irán y vendrán, pero nosotras somos para siempre —prometió Blanca.

—Tenemos un candado que lo demuestra —recordó Carlota—. Aunque probablemente ya lo hayan quitado.

Sonreí un poco y asentí.

El amor de mis amigas era todo lo que tenía. Ellas merecían la mejor versión de mí. Y yo también la merecía. Me lo debía.

No podía más y sabía que esa vez no bastaría con barrer las cosas debajo de la alfombra. Empezaba a tener la certeza de que nunca estaría bien si no me enfrentaba a mi pasado de una vez.

Eché los brazos alrededor del cuello de Amanda y enterré la cara en su hombro. Con aquel llanto descontrolado me sentí muy vulnerable. Yo jamás me habría puesto así delante de Carlota y de Blanca.

Amanda era la única persona que había tenido acceso a esta parte mía tan escondida, junto a Marcos aquel día que ahora me parecía tan lejano. Quizá el problema no fuera mi desborde emocional, sino todo lo que había detrás de ello.

—Llevo tanto tiempo fingiendo que estoy bien que no sé cómo es estar bien de verdad —confesé. Amanda suspiró y me acarició la cabeza—. Si algún día vuelvo a estar bien, ¿cómo voy a saber si es verdad o no?

—Lo sabrás, Els. Lo sabrás.

Apoyé la cabeza contra el respaldo del sofá cuando me aparté y cerré los ojos. Físicamente estaba cansada, pero mentalmente estaba exhausta.

—Chicas... —Hice una pausa para reunir el valor que necesitaba para decirles lo que había asumido hacía unos minutos. Dos palabras que me había costado muchos años admitir—. Necesito ayuda.

35

Más allá del tiempo

Enero fue duro.

Reconocer que necesitaba ayuda profesional y desahogarme de la manera en que lo hice con mis amigas me dejó exhausta y, en cierto modo, también aliviada. Los días siguientes Blanca estuvo más pendiente de mí. Creo que esperaba verme llorar por las esquinas de la clínica, cosa que no pasó, porque me centré tanto en buscar solución a mis problemas que en dos días ya tenía psicóloga.

El mes estuvo plagado de altibajos y algunos momentos buenos terminaron convirtiéndose en malos. Un ejemplo de ello fue el día que conocí a Greta. Aquella noche las primeras en llegar al minúsculo y abarrotado Pez Tortilla fuimos Blanca y yo. Pedimos cerveza y nos sentamos a esperar. Cuando apareció Bruno, Blanca se levantó para saludarlo y él la cogió de la cintura para morrearla con una intensidad que me hizo apartar la vista.

Después de saludarme a mí, se alejó para pedir en la barra mientras mi amiga se lo comía con los ojos.

—*Mamma mia*, está tan tremendo que me desconcentro —musitó para sí misma. Mi risa captó su atención—. ¿De qué estábamos hablando? —me preguntó—. ¡Ah! ¡Sí! De la sonrisa que voy a tener que fingir durante la cena.

—A ver, enséñame esa sonrisa convincente —pedí. Ella me dedicó una sonrisa falsísima y yo negué con la cabeza—. Demasiado forzada.

—De verdad que no quiero meter la pata, pero es que no la conozco y ya me cae mal. —Se subió las gafas y resopló.

Bruno regresó con una cerveza y se sentó al lado de mi amiga.

—Guapetón, necesito un favor importantísimo —le dijo Blanca—. Si Greta me habla y pongo caras, bésame.

Bruno soltó una carcajada estruendosa con la que se le agitaron los hombros.

—Hostia, entonces vamos a estar enrollándonos toda la noche.

Ella puso cara de póquer.

—¿Lo ves? —La señaló riéndose—. Siempre pones caras. Eres una cantosa.

—Pues con más razón. Tú me besas y así no tengo que contestarle.

Yo me reí.

Bruno asintió y solo le dijo «A sus órdenes, jefa» antes de robarle un beso.

Mis amigos juntos me hacían muchísima gracia. Y, para qué mentir, viéndolos sentí una punzada de envidia. No hacía tanto yo estaba igual de feliz; solo habían pasado dos semanas y, aunque me esforzaba por seguir adelante, lo echaba de menos.

Carlota y Greta llegaron tarde.

—Bellezas —nos saludó mi amiga—. Bonito del Norte. —Le hizo un gesto con la cabeza a Bruno—. Esta es Greta.

Nos levantamos para saludar.

Greta era tan mona y elegante como había visto en las fotos. Su melena rubia parecía tan suave como un algodón de azúcar. Sus ojos azules eran más claros que los de Marcos y muy bonitos.

Greta optó por sentarse a mi lado y sonreírme. Para romper el hielo le pregunté qué era lo que más le gustaba de la ciudad. Intenté prestarle atención, pero no podía parar de pensar en los ojos de Marcos y en el dolor que vi en ellos antes de despedirme de él.

Cuando Carlota nos interrumpió para saber qué queríamos pedir, alcé la vista para leer qué variedad de tortillas y croquetas tenían ese día apuntadas en la pizarra. Como siempre, acabé decantándome por el pincho de parmesano, albahaca y tomate. Porque... ¿había algo mejor que una tortilla con sabor a pizza?

—No voy a poder con todo. —Carlota se dirigió a Bruno—. ¿Me acompañas?

Mi amigo se levantó y Blanca se concentró durante unos segundos en su cerveza. Estaba claro que tardarían un rato en pedir y que Carlota nos había dejado con Greta a propósito para que charlásemos con ella.

Blanca lo sabía.

Greta lo sabía.

Y yo lo sabía.

—¿Cómo conocisteis a Carlota? —nos preguntó ella.

—Hace un par de años en clase —contesté yo. Después señalé a Blanca para meterla en la conversación—. Ella la conoció antes.

Blanca cogió aire y consiguió poner buena cara para sonreírle.

—Sí. Yo la conocí hace un porrón en la universidad. El primer día las dos nos perdimos buscando el aula y acabamos en la cafetería. —Blanca se rio al recordarlo—. Desde entonces somos inseparables.

Ella nos pidió que le contásemos más anécdotas divertidas de Carlota y así fue fluyendo la conversación entre nosotras.

Debería estar fijándome en Greta porque era la novedad, pero no podía apartar los ojos de los de Carlota, que hacían chiribitas. Mi amiga volvía a ser la chispeante burbuja de champán que había sido siempre. Su felicidad consiguió que, durante un rato, yo también viese la vida más dorada, pero inevitablemente mis pensamientos se torcieron cuando Greta dijo:

—Tenía muchas ganas de venir y estar con Carlota, y también de conoceros a vosotras.

«Ella ha conseguido venir por Carlota y Marcos ni siquiera se dignó a tener la conversación conmigo».

Y así, mientras corría la cerveza y las risas del resto, un sentimiento de amargura se extendió por mi pecho marchitando mi corazón a su paso. Echaba de menos sentirme igual de contenta que Carlota, que se reía del comentario que había hecho su novia.

Sentí los ojos de Blanca sobre mí y me di cuenta de que llevaba un rato callada. Me obligué a participar en la conversación porque lo último que quería era que mis amigas detectasen mi irritación. Estaba ahí para darle a Greta la bienvenida al grupo, no para dejar que mis emociones me fastidiasen la cena.

Blanca fue convincente con su actuación hasta que torció el gesto cuando Carlota contó que se mudaría con Greta. Yo me alegré por ellas. Su lista de la compra conjunta no sería una promesa que se llevaría el viento. Seguía sin entender por qué Marcos había dicho que quería estar conmigo para siempre si no tenía en mente mudarse. Un pensamiento llevó a otro y acabé recordando que no había sido lo bastante buena para él. Al darme cuenta de que estaba amargándome en vez de pasármelo bien con mis amigas, terminé de enfadarme.

«Deja de malgastar el tiempo en una persona a la que no le importas tanto como su trabajo», me reprendí.

Estaba enfadada con él, pero también lo estaba conmigo misma por haber salido herida de esa relación y por no haber hecho caso a mi cerebro cuando tendría que haberlo hecho.

Horas más tarde, después de dar muchas vueltas en la cama, acabé llegando a la conclusión de que seguro que él estaba centrado en su trabajo y su vida en vez de lloriqueando por mí como un idiota. Y eso reafirmaba mi idea de que había hecho lo correcto dejándolo y que debería olvidarlo en lugar de seguir frustrándome por lo que había pasado. Y con ese pensamiento, a las tantas de la madrugada, cogí el móvil y escribí a Amanda.

—¿Qué tal el fin de semana? —me preguntó la psicóloga mientras me abría la puerta de su consulta.

Me encogí de hombros al pasar y me quité el abrigo y la bufanda.

—Bien —respondí escuetamente.

Era la tercera vez que me sentaba en esa silla. De momento iría dos veces por semana, los lunes y los viernes, y conforme mejorase la frecuencia de mis visitas se espaciaría en el tiempo.

—El sábado conocí a la novia de mi amiga Carlota. Lo pasamos muy bien —le expliqué—. Y ayer no pensaba hacer nada, pero invité a mi amiga Amanda a casa.

Fui consciente de que al decir la última frase el tono me patinó y soné más dura de lo que pretendía.

—¿Qué tal lo pasaste con Amanda?

Intenté serenarme y recordar que estaba en un espacio seguro antes de continuar:

—Bien... En realidad, la invité a venir porque... porque quería que se llevase la caja con las cosas de Marcos. —Ella ladeó la cabeza y me miró interrogante—. Mi exnovio —aclaré un par de segundos después.

—¿Y eso?

Apreté los labios y me crucé de brazos.

«Porque soy una estúpida por pensar en él, porque estoy mosqueada y porque no quiero ver sus cosas por casa».

—Porque estoy lista para olvidarlo —contesté.

Estaba cabreada, pero ese remolino amargo que sentía en el estómago también estaba mezclado con tristeza. Aquel fue el primer día que hablamos de Marcos y supe que no sería el último.

Casi al final de la sesión se me saltaron las lágrimas por primera vez en la consulta. Me disculpé avergonzada y ella no tardó en decirme: «Tienes que aceptar tu tristeza y llorar si lo necesitas».

A mí me costaba desahogarme. Tenía muy arraigada la creencia de que no me podía permitir hacer eso. ¿Qué iba a hacer? ¿Pasarme los días llorando?

De camino a casa reflexioné acerca de eso y de mis sentimientos enmarañados. Sabía que ir a terapia sería un proceso difícil y esperaba haber tomado una buena decisión porque necesitaba un cambio. Septiembre siempre había sido para mí el inicio del año, pero eso cambió aquel enero, cuando me hice el propósito más importante de mi vida: costase lo que costase, volvería a estar bien.

36

Recuérdame

—¿Qué tal? —me preguntó mi psicóloga.

—Bien. —Ya había aprendido que, si era escueta, su siguiente pregunta sería «¿Y qué significa "bien"?». Por eso me adelanté—. El fin de semana estuve de guardia, así que no hice nada más allá de leer.

—No sabía que te tocaba hacer guardia.

Desvié la vista de sus ojos verdes al título de la Universidad Complutense que estaba enmarcado y colgado en la pared detrás de su cabeza. En la anterior sesión le había contado que al día siguiente saldría con Blanca, Carlota, Bruno y Greta. El plan era ir a una discoteca que tendría fiesta temática por el día de los Enamorados.

Volví a centrar la atención en la cara amistosa de Margarita, que esperaba una respuesta.

—Al salir de aquí el viernes llamé a Susana y le ofrecí cambiarle la guardia.

—¿Por qué crees que preferiste hacer eso en vez salir con tus amigas?

Ni siquiera tuve que sopesar la pregunta.

—Bueno, esa mañana oí a Susana decir que quería celebrar San Valentín sin tener que estar pendiente de si saltaba una urgencia o no —contesté con sinceridad—. Le hacía ilusión celebrarlo con su novio, y como a mí es un día que me da igual...

—¿Es un día que siempre te ha dado igual?

—Sí.

—¿No tiene nada que ver con tu ruptura con Marcos?

—No. —Negué enérgicamente con la cabeza—. Además, nunca hablamos de festejar San Valentín. Ni siquiera sé si le gusta.

No la convencí con mi respuesta.

Era la undécima vez que iba a terapia. Y aunque me costaba menos hablar que el primer día, aún había momentos en los que seguía siendo difícil.

—Es que, a ver... —titubeé—. Me parece genial que las parejas celebren su amor, pero no entiendo por qué ese día tiene que ser un recordatorio constante para el resto. Mires por donde mires solo hay corazones y mensajes amorosos. Cuando trabajaba en la floristería muchísima gente venía a por flores... Estaba siempre hasta arriba y no sé..., no lo entiendo.

—¿No te gusta el romanticismo?

—No tanto como a otras personas. Y sé que tiene gracia que me queje de la gente que regala ramos cuando he trabajado años allí y cuando me encantan las plantas, pero creo que por norma se entiende como regalo romántico y no sé..., simplemente no creo que sea lo más romántico del mundo.

—¿Qué es para ti un regalo romántico?

—Una guía de viaje. Me parece bonita la idea de conocer un lugar con una persona que quieres —respondí sin pensar—. O un libro subrayado, lleno de anotaciones. Me parece muy... especial regalarle eso a alguien. Es algo así como regalar tus sentimientos y pensamientos... —Guardé silencio y dudé unos instantes por dónde seguir—. Marcos me regaló una guía de Escocia y yo... en los márgenes anoté recuerdos del viaje al que fuimos con el colegio.

—¿Quieres compartir alguno de esos recuerdos?

—Bueno, por aquel entonces no nos llevábamos del todo bien —expliqué avergonzada—. En la página del cementerio Old Calton le escribí que me había parecido un idiota por haberme asustado. En su momento me enfadé mucho, pero cuando anoté el recuerdo me reí y ahora... recordar eso... —Agaché la cabeza y me tomé un momento para respirar hondo—. Ahora esos recuerdos duelen y... ya no me parecen bonitos... —Mi voz fue apagándose hasta convertirse en un susurro.

—Volverás a ver bonitos esos recuerdos.

Asentí con la vista fija en la tela del jersey que retorcía con la mano derecha.

De pronto fui consciente del frío que hacía en esa consulta. El invierno parecía estar en pleno apogeo dentro de mi pecho.

Oí el ruido del bolígrafo, que indicaba que mi psicóloga estaba apuntando algo en la libreta, y, entonces, yo sola me di cuenta. Recordé lo que me había dicho el mes anterior: «No puedes enfocarte solo en el trabajo y esconder tus emociones porque no quieras pensar en cosas que son incómodas para ti». Ese era el verdadero motivo por el que no había querido salir en parejitas con mis amigas. Si lo hubiera hecho, habría echado de menos a Marcos. Pensaba que le había ofrecido el cambio a Susana en un acto desinteresado cuando la realidad era que, una vez más, mis defensas habían saltado de manera inconsciente. Conforme llegaba a la conclusión sentí que los hombros se me desplomaban junto a las comisuras de la boca.

Desvié la vista a la estantería repleta de libros que decoraba su consulta, para evitar pensar en la amargura y la tristeza que se propagaban por mi cuerpo a toda velocidad. La tensión que se estaba acumulando bajo mis ojos me forzó a apretar los labios. Hice un esfuerzo enorme por no cerrar los párpados. Si lo hacía, las lágrimas volverían a desbordarme.

—Mmm, ¿puedes... recomendarme alguna lectura? —pregunté con voz temblorosa.

—Te lo dije en la última sesión. Ningún libro te sanará el corazón roto. Eso solo puedes hacerlo tú sola.

Y así fue como las lágrimas calientes humedecieron mis mejillas una vez más.

Febrero estuvo plagado de subidas y bajadas emocionales.

El invierno seguía golpeando mi pecho, aunque hubo ocasiones en las que se me olvidó que tenía el corazón congelado. Como el momento en el que Amanda chilló emocionada cuando le regalé la tan ansiada jirafa Sophie. Fue una noche que me quedé a dormir en su casa aprovechando que Lucas estaba de viaje por trabajo.

Estábamos preparando la cena mientras escuchábamos música y ella bailaba cuando Amanda atrapó mi mano y se la colocó en la tripa. Esa fue la primera vez que sentí moverse al bebé. Me llevé la mano libre a la boca y miré conmovida a mi amiga.

—Te tengo que contar una cosa —me dijo poco después—. Bueno, dos.

Desplacé la mirada de su tripa cubierta por el jersey rojo a sus ojos enternecidos.

—La primera es que casi seguro voy a dejar el trabajo ya. Estoy harta y me está afectando a la salud. —Se sentó en la silla y yo apoyé la espalda en la encimera.

—Me parece genial.

—Y la segunda es que nos vamos a mudar a una casa más grande. Con la llegada de la niña necesitamos más espacio y aquí la cuna no cabe en ningún sitio.

—Claro. —Asentí con entendimiento—. ¿Habéis mirado algo ya?

—Pues lo que estamos barajando es mudarnos a la casa de la sierra, como nadie la utiliza... Estábamos pensando acondicionar uno de los cuartos para Olivia y reformar la parte de abajo.

—¿De verdad os tenéis que mudar tan lejos? —Hice un mohín y me agaché para abrazarla.

—Ya. Jolín... La buena noticia es que desde Moncloa podrás llegar a mi casa en una hora, que ya he mirado hasta los horarios del bus.

Se me escapó la risa mientras sacaba el móvil del bolsillo para mandarle un audio a Lucas: «Eh, que sepas que nunca te perdonaré que te lleves a Amanda tan lejos... La estoy mimando tanto que no va a querer mudarse contigo, principito».

Ella se rio al escucharme y me sacó la lengua cuando terminé.

—¿Me haces una trenza mientras se hornea la pizza? —me preguntó.

Le había vuelto a crecer el pelo y le llegaba por encima del pecho.

—Claro.

Mi amiga estaba radiante con el embarazo. Y yo estaba contenta porque hacía meses que no la oía hacer un comentario hiriente contra su propio cuerpo.

Le trencé el cabello mientras ella me contaba que estaba pensando hacerse una sesión de fotos profesional del embarazo y que se había comprado unos auriculares especiales para ponerle música al bebé. Todo esto lo hacía con una sonrisa tan grande como la luna llena que reinaba aquella noche.

—¿Qué tal ayer en terapia?

Suspiré hondo.

—Bien; de hecho, quería pedirte un favor. —Le coloqué la última horquilla y me situé delante de ella—. Tengo como deberes ir a casa de mi madre a mirar fotos y tratar de evocar los recuerdos que me salgan. ¿Me acompañas?

Parte de mi proceso de aprendizaje consistía en comprender que pedir ayuda no me hacía débil. El ejercicio que tenía que hacer sería difícil para mí y estaba segura de que la mera presencia de Amanda me haría sentir arropada. Ella era como una hermana para mí. Siempre habíamos estado ahí la una para la otra, brindándonos un hombro en el que llorar, un abrazo en el que refugiarnos y una persona con la que compartir la vida.

—Cuenta conmigo, amorcito. —Fue todo lo que dijo antes de abrazarme con toda la soltura que le permitió su tripa.

Después de eso cenamos en el salón viendo una película romántica. Ella se durmió a la mitad y yo no fui capaz de despegar los ojos de la pantalla. Por alguna extraña razón no quería irme a la cama sin comprobar que esa pareja de la ficción superaba sus problemas y terminaba junta. Y cuando eso sucedió no pude más que llorar en silencio.

Unos días más tarde, cuando dejé los álbumes en la mesa del salón de casa de mi madre, estaba nerviosa. Había llegado el momento de desempolvar sus cosas para empezar a hablar de ella en terapia y no sabía cómo lo afrontaría. Me quedé observando los álbumes unos segundos mientras reunía la fuerza que necesitaba. Con un apretón en la mano y un asentimiento que parecía significar «Tú puedes», Amanda me brindó el apoyo que necesitaba para coger uno y acomodarme en el sofá a su lado.

Respiré hondo y lo abrí. Fui pasando las páginas despacio, notando que la presión de mi pecho aumentaba. Me temblaban las manos, el corazón y probablemente me habría temblado la voz si hubiera hablado en voz alta.

Busqué mi foto favorita y la saqué.

«Ay, jo, no quiero llorar otra vez».

Pero fue inevitable. El nudo de mi garganta era tan tirante que se me empañaron los ojos. Amanda me frotó la rodilla con cariño y se me saltaron las lágrimas. No hablé hasta pasado un rato:

—Es de la primera vez que fui al Parque de Atracciones.

Le pasé la fotografía y ella sonrió con cariño.

—Eras superpequeña y monísima.

Asentí y me soné la nariz con un pañuelo.

—Tenía siete años. —Cogí otro pañuelo y me lo pasé por la zona de la ojera. Me abaniqué con la mano y sonreí al revivir el recuerdo—. Fuimos a celebrar mi cumpleaños. Yo estaba tan emocionada que llegamos al parque una hora antes de que abriera porque arrastré a mi madre fuera de casa. Me monté en todas las atracciones en las que me dejaron y, antes de irnos, fuimos a un puesto que estaba cerca de la salida para que me pintaran una mariposa en la cara. —Hice una pausa porque me falló la voz—. Yo no quería volver a casa y mi madre me dijo que los días eran especiales porque se terminaban... —Volví a limpiarme las lágrimas—. Esa noche no quise ducharme para que no se me borrase la calcomanía del parque.

A Amanda se le escapó la risa con esa confesión y yo me reí también.

—Creo que voy a colgar esta foto en mi casa.

—Me parece superbuena idea —dijo ella mientras se limpiaba la nariz con un pañuelo.

—¿Me quieres contar algún recuerdo suyo? —pregunté con el corazón en un puño.

Mi amiga se quedó pensativa un instante antes de decir:

—¿Te acuerdas del día que vine y tu madre estaba viendo *Pretty Woman* y se quedó dormida? —Asentí—. Quisiste cambiar de canal y según agarraste el mando abrió los ojos y te dijo que ni se te ocurriese cambiar, que estaba en el mejor momento.

Me reí provocando que más lágrimas se escapasen.

—Sí. Se mosqueaba mucho. Cada vez que ponían una película suya en la tele era sagrado.

—Estaba enamorada de Richard Gere —dijo ella.

Asentí y le hice otra confesión demoledora:

—A veces deseaba que ese señor fuese mi padre. Creía que así le daría la felicidad que no encontraba.

—Habría sido bonito, sí —coincidió mi amiga.

Atrapé su mano y le di un apretón con el que intenté transmitirle un profundo agradecimiento. No hubiera podido hacer aquello sola. Y entonces caí en la cuenta de lo mucho que me habría gustado que Marcos hubiera estado ahí, apoyándome en ese momento tan importante para mí. Él era la otra persona con la que había hablado abiertamente de esa herida y, aunque doliese admitirlo, sabía que su mano agarrando la mía me ayudaría a sobrellevarlo mejor, que su abrazo me reconfortaría y que su sonrisa me haría sentir un poco menos triste. Pero todo eso estaba en Londres y la que estaba en Madrid recomponiéndose era yo.

Hacer aquello fue duro y también terapéutico. Y aunque estuviese llorando con la única compañía de mi mejor amiga, sentí que estaba desinfectando mis heridas y que, por fin, avanzaba en la dirección correcta.

Aquella no fue la última vez que me acordé de Marcos. El tiempo fue pasando y, aunque su ausencia escocía cada vez menos, todavía tenía momentos en los que lo recordaba. Como el día que estaba abriendo la puerta de la clínica y vi la moto de Bruno aparecer al final de la calle. Mi amigo se detuvo enfrente y Blanca se bajó de la moto. Le dio el casco a su novio y, después de besarlo, se giró y caminó hacia mí. Cuando casi había llegado a mi altura, Bruno alzó la voz y dijo:

—¡Eh, princesa! Se te ha olvidado una cosa.

Ella sonrió antes de darse la vuelta.

—¿El qué?

Bruno le hizo un gesto para que se acercase y, cuando la tuvo a mano, la agarró de la cintura y la besó como si no hubiera un mañana.

Ver a mis amigos tan bien juntos me ponía contenta; sin embargo, mi sonrisa no tardó en desvanecerse al recordar las veces que Marcos me había acompañado a la floristería. Igual que a Bruno, a él también le costaba siempre darme «el último beso». De pronto la melancolía se había adueñado de mí.

—¿Todo bien, reina? —me preguntó Blanca al saludarme.

—Sí. —Abrí la puerta para que pasase—. Tiene razón Carlota, sois superintensos. —Me reí mientras la seguía escaleras abajo y ella me dio la razón.

Después de ponerme el uniforme, me escabullí al baño. Necesitaba un minuto para procesar lo que sentía. Cerré la puerta y me apoyé en la pared. Apreté los puños, cerré los ojos y respiré hondo. Y, durante un instante, me permití vivir en aquel pasado en el que nuestra mayor preocupación era que mi gata no tirase el árbol de Navidad y en el que yo no tenía el corazón roto ni ganas de llorar.

Seguía echándolo de menos. Mucho. Y aunque me entristecía sabía que había hecho bien centrándome en mí. Necesitaba tiempo para sanarme. Estaba aprendiendo a aceptar mis emociones y a hablar de ellas. Y había comprendido que, para querer bien, primero necesitaba recomponer mi corazón. Y eso no lo hacía por ningún hombre, lo hacía por mí.

Reafirmar que me estaba poniendo por delante y ver los progresos que estaba haciendo en terapia me dio la energía que necesitaba para continuar luchando. Cuando el mes llegó a su fin, el invierno seguía presente dentro de mi pecho, pero sentía que los rayos de luz empezaban a derretir el hielo.

37

Cuando te encuentre

Cuando era pequeña, siempre que iba al campo cogía flores. Me gustaba meterlas entre las hojas de los libros para que se secasen. Lo había hecho tantas veces que estaba segura de que, si abría mis libros de la infancia y la adolescencia, aún encontraría algunas de esas flores resecas.

En muchos sitios había leído aquello de que para que las relaciones prosperasen había que cuidarlas como a las plantas. Siempre había creído que en el mundo había dos tipos de personas: las que se preocupaban de cuidar sus plantas, como yo, que tenía unas cuantas en casa, y las personas que, pese a que lo intentaban, no conseguían que sus plantas creciesen. El problema de las segundas creo que radica en la creencia de que lo único que hay que hacer es regar la planta, y eso no es así. Los cuidados de las plantas y las flores van más allá.

Con Marcos, a veces, había sentido que las flores de mi corazón habían crecido tanto como para trasplantarlas a una maceta más grande. Y otras veces, con la distancia, había sentido que por falta de luz se marchitaban.

Durante un tiempo no entendí por qué mis flores se habían muerto. Si yo tenía experiencia cuidándolas y sabía todo lo que tenía que hacer. ¿Qué había pasado?

Quizá lo que pasó aquellas navidades es que Marcos había regado mis plantas demasiado y habían muerto justo por eso. Más tarde comprendí que la primavera de mi pecho terminó cuando las flores fueron arrancadas de cuajo. Eso explicaba por qué a veces sentía que me faltaban partes del corazón. Tardé semanas en entender que esas partes estaban con Marcos, secas y olvidadas dentro de alguno de sus libros.

Y yo... ¿Cómo iba a recomponer mi corazón si no tenía todos los fragmentos?

Marzo comenzó siendo más llevadero en muchos aspectos. Parte de ello fue porque adopté al perro que habían abandonado en la clínica. Coco, que así lo apodó Blanca, era muy agradecido y enseguida me demostró su cariño incondicional. Teníamos una conexión muy buena y yo me sentía genial sabiendo que estaba ayudando a un animal indefenso. También influía en mi buen humor que la primavera, mi estación favorita, estaba a la vuelta de la esquina.

El primer sábado del mes el sol brillaba, aunque el viento era lo bastante frío como para tener que llevar el abrigo abrochado hasta arriba. Coco esa mañana tenía muchas ganas de saltar y corretear, y cuando salimos del Parque del Oeste tiró de la correa en la dirección opuesta a casa. Dejé que llevase las riendas y sus pasos nos guiaron hasta la calle Pintor Rosales. Llevaba sin pisarla desde la última visita de Marcos, allá por noviembre.

Al pasar por delante de su portal me detuve.

Coco tiró de la correa y, al ver que no me movía, se acercó a mis pies y ladró para reclamar mi atención. Me puse en cuclillas y le acaricié la cabeza con suavidad.

—Coquito, necesito un minuto, ¿vale? —pedí en ese tono amoroso que solo tenían el privilegio de escuchar mis mascotas.

Él movió la cola en respuesta. Sabía que era porque le encantaban los mimos, pero quise pensar que, de alguna manera, había entendido lo que había cambiado en mí.

Mirando su portal recordé aquella noche de verano en la que me presenté sin avisar y le reconocí que me gustaba más de lo que pensaba. Me sentía lejos de aquella Elena asustadiza que en el ascensor masticó sus miedos y terminó de tragárselos cuando Marcos abrió la puerta.

Llevaba un par de días sintiéndome un poco más animada. Casi podía escuchar a Blanca decirme: «La primavera la sangre altera».

Meterme de lleno en el piso de mi madre era una montaña rusa de risas y lágrimas, pero estaba siendo curativo y me afectaba de manera positiva ver que era capaz de avanzar y reconstruirme.

Alguien carraspeó detrás de mí y mi corazón y yo dimos un respingo asustados. Cuando me di la vuelta me encontré con un hombre de mediana edad que cargaba a una niña en brazos.

El tirón que había sentido en las tripas desapareció tan rápido como había llegado.

¿A quién esperaba ver? ¿A Marcos? Ridículo, ¿no?

—¿Vas a abrir la puerta? —preguntó el hombre impaciente—. Mi hija necesita ir al baño.

Me di cuenta de que estaba en medio y de que ese señor quería abrir la puerta que estaba bloqueando.

—No, lo siento. —Tiré de Coco y nos retiramos unos cuantos pasos.

Mientras los observaba entrar en el portal apresurados tomé una determinación ante la idea que llevaba un par de días rondándome. Con el recuerdo de Marcos aún en la cabeza, saqué el teléfono del bolsillo.

—Hola, Els. —La voz agradable de Lucas me recibió al otro lado de la línea. Se me escapó la risa porque era la primera vez que me llamaba así—. ¿Qué tal? Amanda no se habrá enterado de que la has llamado —dijo suponiendo que lo había intentado primero con ella—. Espera, que te la paso.

—En realidad quería hablar contigo. ¿Tienes un momento?

—Claro, dame un segundo, que salgo de la tienda. —Oí en la lejanía cómo le decía a Amanda que la esperaba fuera—. Ya estoy, perdona. Dentro la música está tan alta que parece una discoteca. Lo odio —se quejó.

Me reí.

—¿Ha encontrado ya Amanda «El *outfit* definitivo»? —pregunté haciendo hincapié.

—¡Sí! —exclamó—. Se va a comprar dos vestidos. Está en la cola para pagar.

—Supongo que no debería sorprenderme que se haya comprado dos modelitos distintos para el día en que dé a luz.

—Se ha convencido diciendo que el vestido que no lleve para entrar en el hospital será el que se pondrá para salir. —Lucas se rio y yo lo acompañé.

En ese momento mi perro tiró de la correa con fuerza.

—¡Coco! ¡Quieto! —le llamé la atención y lo conduje hacia el banco más cercano.

—Podrías venir un día a la casa de la sierra con Coco; allí puede corretear por el jardín y así ves cómo llevamos la reforma.

—Me parece un buen plan —coincidí—. No puedo creerme que os vayáis a mudar tan lejos.

Él soltó una carcajada.

—Se te ha pegado el dramatismo de mi mujer —bromeó—. Estamos a poco más de media hora de coche, y ya sabes que allí tienes un cuarto de invitados para ti —recordó.

Solté un suspiro largo por los recuerdos que me traía aquel lugar, y la atmósfera de la conversación cambió.

—Bueno, dime, ¿qué querías?

—Te llamaba para hablar de Marcos.

Mi amigo guardó silencio unos segundos.

—Ah, eso...

Lo noté incómodo.

—No quiero ponerte en un compromiso —me adelanté—. Solo quiero saber cómo está. Nada más.

Aunque Lucas y yo no teníamos una relación tan estrecha como la que yo tenía con Amanda, nos conocíamos desde hacía mucho y éramos familia.

—Está mejor —confirmó al cabo de unos segundos—. Ayer se fue a Brighton a pasar el fin de semana con su familia.

Me alegró oír eso. Desde nuestra ruptura no había vuelto a saber nada de él. Amanda de cuando en cuando dejaba caer algún comentario que indicaba que había visto a Marcos por videollamada o que Marcos y Lucas habían hablado por teléfono. Nunca entraba en detalles y yo nunca preguntaba.

—¿Cómo estás tú?

—Mejor también —aseguré.

Quise pedirle que me contara más cosas, pero no sabía si era adecuado; a fin de cuentas, Marcos era su mejor amigo y entendería que él prefiriese no compartir sus conversaciones conmigo.

—No era mi intención hacerle daño. —No sé por qué me salió del alma decir aquello.

—Lo sé. Él también lo sabe —me dijo.

—¿Sigue empeñado en llamar a Olivia Marquesa?

—Por desgracia. —Lucas suspiró y yo sonreí con nostalgia.

—Me alegra saber que está bien.

—Yo no he dicho que está bien. He dicho que está mejor. —Asentí en silencio y suspiré—. ¿Hay algo más que quieras saber?

«Sí. Todo lo que quieras contarme».

—Nada. Solo quería saber cómo estaba. Gracias.

Nos quedamos callados unos segundos y fui yo la que rompió el silencio.

—Se suponía que el mes que viene íbamos a ir juntos a Escocia. No teníamos aún la fecha definida, pero después de su cumpleaños.

—Lo sé.

En un primer momento me había hecho mucha ilusión volver allí con él. Supuse que, si las cosas no se hubiesen estropeado, habríamos ido. Noté que mi humor cambiaba y recordé las palabras de mi psicóloga: «Fantasear con lo que podría haber sido no hace avanzar hacia delante».

Por eso preferí quedarme con lo bueno de esa conversación: Marcos estaba mejor y seguía presente en la vida de mis amigos. Hablando con Lucas me di cuenta de que mi enfado se había diluido y de que la poca tristeza que me quedaba lo haría también. Parecía que, después de todo, sería capaz de quedarme con los buenos recuerdos que había compartido con él.

Cuando colgamos, Coco y yo pusimos rumbo a casa. Cruzamos a la acera de enfrente; así podría ir observando las flores del parque, que empezaban a asomar. Las flores se marchitaban y al año siguiente volvían a florecer. Y creía que con las personas sucedía lo mismo.

El sol de media mañana me calentó la cara lo suficiente como para que me bajara la cremallera del abrigo. Al pararme en el semáforo para cruzar, un niño se lanzó sobre mi perro. Sus padres se disculparon y yo les aseguré que no pasaba nada. Ellos miraban a su hijo con la misma adoración con que el pequeño miraba a Coco. El año anterior esa estampa de familia que se quería me habría resultado dolorosa, y eso era un indicador más de que estaba avanzando y perdonando. El semáforo cambió a verde y sonreí al ver al niño despedirse apenado de mi perro.

Minutos más tarde y ya en casa, atrapé el móvil con la valentía del momento y escribí dos palabras que me hicieron sentir liberada:

> Estoy preparada

Después de comer, abrí la maleta y saqué la carpeta que contenía toda la información de mi padre. La guardé en el bolso y salí de casa sabiendo que, cuando regresase esa noche, no sería la misma. Sería una Elena mejor, más valiente.

El frío de la tarde me golpeó el rostro, pero antes de que pudiera encogerme dentro del abrigo mis amigas me recibieron en un lío de besos y abrazos.

Había llegado el momento de descifrar una de las mayores incógnitas de mi vida y, para ello, ¿qué mejor que contar con el resto de mi familia?

Faltaban dos semanas para que entrase la primavera, pero aquel día sentí que las plantas de mi corazón empezaban tímidamente a brotar.

Una semana después salí de casa con la bolsa de viaje bajo el brazo. Para ir a hacer lo que estaba a punto de hacer, estaba extrañamente tranquila.

—Bruno y yo hemos roto —me informó Blanca en cuanto subí a la parte trasera de su coche.

—¿Qué?

Miré sorprendida a Carlota, que estaba sentada a mi lado, en busca de confirmación, y ella asintió.

—Pero ¿qué ha pasado?

Blanca trasteó el GPS y puso la dirección de Amanda. Después, se giró en el asiento para mirarme.

—Pues lo de siempre. Hemos discutido y ya no se puede arreglar.

—Pero...

—No te molestes. No quiere contarlo —dijo Carlota en un tono acusatorio.

—Es que sé que no me vais a dar la razón.

—¿Lo has dejado en uno de tus impulsos? —le preguntó Carlota.

Blanca volvió a colocarse bien en el asiento.

—Ha sido de mutuo acuerdo. —Se abrochó el cinturón—. Bueno, en realidad me ha dejado él a mí.

Puso el intermitente y se incorporó al tráfico.

—Blanca, ¿qué ha pasado?

Nos miró a través del espejo retrovisor central cuando se detuvo en el semáforo.

—Anoche me escribió Pau porque quiere volver conmigo... y se ha liado parda con Bruno cuando se ha enterado. Yo creo que no sabe qué hacer con su vida y proyecta esa inseguridad en nosotros. Y yo estoy hasta el moño de discutir —dijo cansada—. Parece que solo sabemos discutir y follar.

Aceleró y centró la vista en el tráfico de nuevo.

Carlota y yo compartimos una mirada cómplice.

—Mi psicóloga dice que no hay que suponer lo que sienten o piensan los demás...

—Y no te haría daño ser un poco más empática —añadió Carlota—. Te lo digo desde el cariño porque te quiero, pero no creo que te hiciese gracia que la exnovia de Bruno le escribiese para volver con él...

Blanca apretó las manos en torno al volante.

—¿Estás segura de que quieres venir? —le pregunté yo con suavidad.

—Sí. Esto me viene genial para distraerme. De hecho, os iba a proponer que os vinierais a casa luego. He horneado *muffins*, tarta de queso, bizcocho de limón y *macarons*.

Carlota y yo volvimos a mirarnos antes de aceptar su invitación. Siempre que estaba estresada, Blanca cocinaba.

—Elena, avisa a Amanda de que estamos llegando, porfa. —Blanca puso fin así a nuestra conversación telepática.

Un par de horas después, Blanca bajó el volumen de la música y preguntó:

—¿Alguien sabe lo que hay que hacer si Amanda se pone de parto?

Amanda y yo respondimos a la vez:

—Yo sí.

—No me voy a poner de parto. Mi embarazo se considera a término dentro de unas semanas, así que tranquilas.

Blanca alzó la vista hacia el retrovisor y cuando nuestros ojos se encontraron yo asentí de manera tranquilizadora.

—Me he marcado los hospitales de Cáceres en Google Maps por si acaso —apunté.

Mi respuesta dejó a Blanca más calmada.

—No me voy a poner de parto. —Amanda se giró desde el asiento del copiloto y me miró—. Pero si me da una contracción dais la vuelta, por favor. No pienso parir sin Lucas.

—En realidad volverías solo por ponerte el vestido que te has comprado —bromeé.

Amanda me sacó la lengua y volvió a sentarse de la manera correcta. Mientras me reía, Carlota, que iba sentada detrás conmigo, me pinchó el brazo.

—¿Estás nerviosa? —susurró.

Me encogí de hombros. No lo tenía muy claro y prefería ocupar la mente en otra cosa.

—Un poco, pero me tranquiliza teneros conmigo.

Ella me sonrió con afecto.

—Pase lo que pase, estamos contigo —corroboró.

Llevaba unos minutos mirando la robusta puerta de madera.

«¿Uso la aldaba o el timbre?».

Moví las piernas inquieta. Desde que me había bajado del coche los nervios me estaban destrozando el estómago.

Giré el cuello para mirar a mis amigas, que estaban sentadas en la acera opuesta, sobre un banco de piedra. Las tres desentonaban con el paraje rústico en el que nos encontrábamos. Amanda estaba descalza masajeándose los pies; su abrigo era tan largo que estando sentada le llegaba hasta el suelo. A su lado, Carlota le daba sorbos a su termo; llevaba puesta una chaqueta de cuero y, debajo, una falda corta; parecía que acababa de salir de un concierto. Blanca caminaba de un lado a otro; según ella, después de conducir necesitaba estirar las piernas y no andaba porque estuviera estresada. Su abrigo rosa y sus Converse a juego le ponían color al día gris. Se detuvo en cuanto vio que la observaba, les dijo algo a las otras dos y las tres me miraron. Se juntaron y me enseñaron los pulgares. Asentí con valentía renovada. Pasase lo que pasase y encontrase lo que encontrase tras esa puerta, no estaba sola. Detrás de mí tenía a la familia que jamás me abandonaría.

Cogí aire y llamé con los nudillos.

Oí a alguien arrastrando los pies al otro lado y me mantuve en vilo hasta que un señor un poco más alto que yo, con el pelo canoso y una nariz parecida a la mía, abrió la puerta. Suspiré intentando mantener la calma. Una vez superada la sorpresa inicial, me atreví a hablar.

—Hola —saludé visiblemente incómoda—. No me conoces, me llamo Elena y soy tu...

—Hija —terminó él por mí.

38

Un espacio entre nosotros

El lunes, según puse un pie en la consulta, supe cuál sería la primera pregunta de mi psicóloga:

—¿Qué tal ha ido con tu padre?

Me acomodé en la silla y suspiré. Ya había aprendido que lo mejor era contarle todo tal cual lo pensaba; eso nos ahorraba tiempo a las dos.

—La verdad es que fue raro, incómodo a veces, ajeno..., no sé. —Me encogí de hombros—. Cuando era pequeña me imaginaba el momento de conocerlo como algo épico. Algo así como que aparecería por sorpresa en Navidad vestido de Papá Noel o que un día en el supermercado alguien reconocería a mi madre y le daría un beso de película; incluso llegué a fantasear con que era Richard Gere. —Solté un suspiro muy largo—. Pero desde que murió mi madre lo único que he sentido hacia él era rabia, que se convirtió en indiferencia con el paso del tiempo. Y, al final, al conocerlo no sentí ni nada épico, ni indiferencia. No le grité ni le reproché nada ni le dije ninguno de los cientos de pensamientos negativos que he tenido sobre él a lo largo de mi vida. Digamos que todo fue políticamente correcto. Desde que leí la carpeta una parte de mí se quedó tranquila. No sé si tiene sentido...

—Sí que lo tiene. Despejaste la mayor incógnita de tu vida. Ponerle nombre o saber a qué se dedica lo convierte en una persona real. En ese momento dejó de ser un personaje de ficción para ti.

Asentí y procedí a contarle que mi padre y yo dimos un paseo, que me preguntó por mi madre y que yo le conté que había fallecido a causa de un cáncer.

—Le pedí que me hablase de mi hermana. Lo único que viene detallado en la carpeta es que se llama Andrea. Me enseñó una foto que tenía en el móvil y me habló un poco de ella. Él estaba casado con su madre cuando dejó embarazada a la mía. —Sacudí la cabeza incrédula.

—Aunque digas que sientes indiferencia, percibo cierto tono de reproche.

Me encogí de hombros y hablé sin apartar los ojos de los pececillos de colores que nadaban dentro de la pecera.

—El señor ese...

—Tu padre.

—Mi padre —me corregí— se divorció de su mujer cuando Andrea tenía ocho años. Su madre y ella se mudaron a Madrid, y, hasta donde sé, mantienen el contacto y se ven de vez en cuando. Mi hermana no sabe que existo.

—¿Te gustaría conocerla?

—No lo sé... Ni siquiera he decidido aún si quiero mantener el contacto con mi padre o no.

—Hay tiempo de sobra. Últimamente has tomado muchas decisiones, no hay por qué apresurarse.

Asentí un par de veces mientras me concentraba en las gotas que se agolpaban en el cristal. La lluvia caía a raudales y podía vislumbrar a través de la pequeña ventana lo oscura que estaba la tarde.

—Andrea es arquitecta. Sabe alemán y tiene un caniche. Me parece que vive cerca del Retiro y hace *kick boxing*.

—¿Todo esto te lo contó tu padre?

—No. Al salir, cuando les expliqué a mis amigas lo que había pasado, Blanca la buscó en Instagram, y por eso sé un poco más de sus aficiones... —dije con culpabilidad—. Hoy en el metro no dejaba de mirar la cara de todos los pasajeros por si ella se montaba en el mismo vagón que yo.

Margarita apuntó algo en su cuaderno sin decir nada.

—Mi padre parecía arrepentido de haberse perdido mi vida. Quiere que lo llame y seguir conociéndome, pero yo no tengo claro si quiero...

—¿No tienes claro si quieres construir una relación con él?

—Justo. No me veo capacitada para tener una relación padre-hija.

No lo veo como a un padre y no sé si podría llegar a verlo así en el futuro —reconocí.

—No tienes por qué definir los límites de una relación antes de construirla. En cualquier caso, ya descubrirás si quieres seguir manteniendo el contacto. Todo a su tiempo, Elena.

Visitar a mi padre había sido como echar alcohol en la herida. Todavía me escocía la piel magullada, pero sabía que, por fin, cicatrizaría y que no se volvería a infectar.

—He tomado unas cuantas decisiones más. —Me coloqué el pelo mojado detrás de las orejas y sonreí ligeramente—. Es el tercer día que llevo el pelo suelto. Me he dado cuenta de que hay mejores maneras de honrar a mi madre que llevando el pelo trenzado.

—¿Como cuáles?

—Pues como recordarla. He estado rememorando momentos con ella y he colgado en casa algunas de nuestras fotos. Quizá parezca una tontería, pero para mí es un mundo y no me habría atrevido a hacerlo si no hubiera hecho los ejercicios que me mandaste.

—No es una tontería. Llevas más de dos meses viniendo a consulta y los cambios empiezan a notarse.

La empollona que llevaba dentro sonrió agradecida por la felicitación. Era verdad que llevaba semanas notándome diferente.

—Voy a organizar sus pertenencias para ver qué cosas me quedo, cuáles tiro y cuáles dono. —Me quedé unos segundos pensativa—. Creo que será difícil desprenderme de sus cosas, pero siento que estoy haciendo lo correcto. ¡Ah! Y casi se me olvidaba. He decidido que voy a continuar los estudios. —Sonreí emocionada—. Voy a hacer un posgrado. Creo que mi madre estaría orgullosa de todos mis avances —dije con una pequeña sonrisa.

—Seguro que sí, Elena. Lo estás haciendo muy bien.

La llegada de la primavera trajo a Madrid una subida de temperaturas. Estábamos en el típico momento del año en que necesitabas abrigarte a primera hora de la mañana y en el que a la hora de comer el abrigo sobraba. Después de haberme pasado el fin de semana reordenando las cosas de mi madre, me sentía mejor y más en paz conmigo misma, y eso que no pude evitar llorar unas cuantas veces. Pero por encima de todo eso me sentía más aliviada y alegre.

Por eso no me sorprendió que el lunes, cuando Joaquín entró por la puerta, me dijese:

—Te sienta muy bien estar contenta.

—Gracias —contesté al aceptar el café y el alfajor que me había traído.

La mañana pasó rápido, y eso que los días que Blanca tenía clase se me hacían más largos. Cerca de la hora de comer le mandé un mensaje para ver qué tal estaba yendo el día y le propuse quedar con Carlota esa tarde cuando saliese de terapia. Quería compartir con mis amigas la montaña rusa de emociones que había sido el fin de semana y pasar con ellas un rato antes de que se fuesen de vacaciones.

—¿Tienes algún plan especial para Semana Santa? —me preguntó Joaquín cuando faltaban cinco minutos para que me fuese.

—No, ¿y tú? —Negué con la cabeza.

—No lo sé aún.

Asentí mientras cerraba el historial del perro que acababa de vacunar.

—Han abierto una pizzería cerca de mi casa —me dijo. Me giré hacia él y le sonreí—. Y la verdad es que me gustaría ir contigo.

«¿Me está pidiendo una cita?».

Sopesé sus palabras un instante y él añadió:

—Elena, ¿te apetece cenar conmigo el jueves?

39

Your name

—Joaquín me ha pedido una cita —dije mientras me quitaba el abrigo.

—Te dije que pasaría. —Blanca asintió como si fuera evidente.

—¿Qué le has dicho? —Carlota me sirvió un vaso de cerveza y lo empujó en mi dirección.

Me senté y atrapé una patata frita del cuenco.

Que Joaquín me pidiese la cita me había pillado desprevenida por completo. En los instantes en los que consideré su pregunta me di cuenta de lo fácil que sería salir con él: vivía en la misma ciudad que yo, era gracioso y le encantaban los animales tanto como a mí. Sin embargo, mi corazón no estaba listo para pasar página.

—Le he dicho que no estoy preparada. —Mastiqué la patata con gesto ausente.

—Vamos, que le has dicho que no con educación —dijo Carlota.

Asentí unas cuantas veces y apreté los labios.

—No estarás pensando en «El Que No Debe Ser Nombrado», ¿verdad? —Blanca me observó con dureza.

Cogí otra patata y suspiré.

—Ya no lo llamamos así —recordé.

—Bueno, podría haberlo llamado Voldemort y por respeto no lo he hecho.

Entendía la reticencia de Blanca. Era una reacción normal. Marcos me había hecho daño y ella no quería que yo sufriese, pero la verdad era que...

—Sí que estoy pensando en él —reconocí con un suspiro—. De hecho, llevo pensando en él toda la tarde.

La pregunta de Joaquín también me había servido para darme cuenta de que todavía no había superado a Marcos.

—Pero ¿en qué estás pensando exactamente? —quiso saber Blanca—. ¿En escribirle? ¿En volver con él?

Desvié los ojos de los de Blanca, que eran escrutadores, a los de Carlota, que centelleaban emocionados.

—No lo tengo claro —confesé—. Dentro de dos semanas es su cumpleaños, a lo mejor lo felicito. No sé. Ya lo pensaré. —Me encogí de hombros y las miré—. ¿Qué opináis vosotras?

—Yo sigo pensando que es el único tío que te ha puesto sonrisilla... y yo era vuestra fan, bomboncito —contestó Carlota.

Blanca no iba a ser tan maja en su juicio:

—Yo creo que no debes olvidar por qué no está aquí sentado hoy contigo... Fuera de eso, elijas lo que elijas, ya sabes que nosotras vamos a apoyarte.

Asentí y les devolví la sonrisa.

—Ya os contaré qué decido. Y se lo diré a Amanda también.

Carlota robó la última patata frita del bol y dijo:

—Estaba pensando que si nuestro lema es «No necesitas a un tío ni a una tía si tienes a tus amigas», ya podemos cambiarnos el nombre del grupo de WhatsApp, ¿no? —Nos miró en busca de una respuesta—. Es decir, nunca vamos a ser unas desgraciadas si estamos juntas.

—Cierto; además, nosotras somos bastante agraciadas —apuntó Blanca.

—Y afortunadas de tenernos las unas a las otras —confirmé yo.

Las tres brindamos por nuestro futuro y mientras elegíamos nuevo nombre para el grupo no cesaron las risas.

Dos semanas después la primavera estaba en su pleno esplendor y las temperaturas habían subido un poco más.

Aquel ocho de abril me desperté enérgica. Por la mañana fui voluntaria en un evento de adopción de animales en el que Joaquín, Blanca y yo ayudamos a las personas que tenían dudas a la hora de adoptar. Las cosas entre Joaquín y yo seguían como siempre y el ambiente no se había enrarecido entre nosotros.

Conseguí que unos cuantos animalitos encontrasen hogar y eso me terminó de subir el buen humor. Y aprovechándome de ese subidón decidí felicitar a Marcos por su cumpleaños. Por eso, cuando regresaba a casa en el metro, le escribí.

Fue increíble la de vueltas que le di al mensaje antes de mandarlo. Pude escribir y borrar las cinco palabras unas... ¿setecientas veces?

> Feliz cumpleaños!
> Qué tal estás?

Las mismas setecientas veces que dudé en si poner un emoticono o no. Lo peor fue que después de enviarle el mensaje una parte de mí se quedó en vilo y a la otra le entró la risa tonta.

> Muchas gracias.
> Estoy bien.
> Cómo estás tú?

Siete palabras.

Siete. Y mi estómago saltó tan alto que se chocó con mi corazón.

¿Cómo podía emocionarme tanto por siete palabras?

Quería saltar de emoción. Y lo habría hecho si el vagón no hubiese estado a reventar.

Antes de guardarme el móvil en el bolso escribí a Amanda para avisarla de que ya iba a casa a por Coco y para que pasase a buscarme cuando quisiera.

—Hola, guapa —saludé horas más tarde, cuando abrí la puerta trasera del coche de Amanda—. ¿Y Lucas?

—¡Hola! —Amanda me miró por encima del hombro—. Se ha quedado allí, estaba ultimando la iluminación del sótano con el electricista.

Asentí en su dirección y luego terminé de acomodar la rejilla para que Coco viajase seguro. Cerré la puerta trasera y abrí la del copiloto.

—¿Qué tal? —pregunté después de darle dos besos a mi amiga.

—Cansada pero satisfecha. —Sonrió.

Me abroché el cinturón de seguridad y ella puso el intermitente para incorporarse a la calzada.

—¿Has conseguido que se adopten muchos animales?

—Unos cuantos —afirmé contenta—. ¿Y tú? ¿Qué tal tu día? ¿Qué has hecho?

—Gestar vida —respondió en tono melodramático—. Y hoy me tiene muy cansada, me duele la espalda y ya no me veo los pies.

—Bueno, ya no queda nada —respondí sonriente.

—Ya, tía; en una semana salgo de cuentas. Así que, a partir de entonces, en cualquier momento aparece tu sobrina.

Dejamos atrás mi barrio y entramos en la autopista.

—Hablando de nacimientos... He felicitado a Marcos por su cumpleaños.

—¿En serio? —Amanda me miró de reojo y sonrió—. Eso es genial. ¿Te ha contestado?

—Sí, hemos quedado luego para hablar por teléfono.

—¿Qué? —Amanda pegó un chillido—. Pero ¿cómo ha seguido la conversación para que hayáis decidido hablar? ¿Lo has perdonado? ¿Vais a volver?

—No te emociones, por favor —pedí. No quería hacerme ilusiones y llevarme un chasco—. Solo vamos a hablar. Lo he felicitado, me ha contestado y en un arranque de valentía le he preguntado si esta noche quiere hablar. Un segundo después he comprendido que es su cumpleaños, así que le he dicho que si tenía planes lo dejábamos para mañana, pero me ha dicho que no tiene ningún plan. Así que eso... Esta noche antes de acostarme lo llamaré.

—Tía, voy conduciendo y no te puedo mirar. No sé si estás sonriendo, si estás nerviosa... ¿Has pensado lo que le vas a decir? Es que, joder, no me puedes contar esto mientras voy al volante —se quejó.

Le di una palmadita en la pierna y me reí.

—No tengo ni idea de qué le voy a decir. Por cierto, ¿me has traído la caja que te di con sus cosas?

Creía que deshaciéndome de sus cosas lo olvidaría y no fue así.

Ella me miró por encima del hombro un instante y asintió.

—Sí. La he dejado en la habitación que sueles usar, sobre la cama. Sin duda, que vayas a llamarlo y que me hayas pedido la caja es un avance en la buena dirección.

—Por mi parte, sí; ya veremos qué opina él.

La sonrisa de mi amiga era contagiosa y mi corazón terminó devolviéndosela.

Amanda aparcó el coche fuera; según me explicó, el garaje estaba lleno de trastos que aún tenían que colocar. En el momento en el que nos bajamos del coche, Lucas abrió la verja y salió a recibirnos.

—Hola, amor —saludó Amanda—. ¿Qué tal con el electricista?

—Bien, ya ha dejado la parte de abajo lista.

—Genial, así se lo enseño a Elena.

Le dio un beso en los labios a su marido y él se giró para abrazarme.

Temblé a causa del frío de la sierra. Saqué a Coco de la parte trasera y me eché la mochila al hombro.

—¿Os parece si vais vosotras a ver la planta de abajo y yo me quedo con Coco en el jardín? —sugirió Lucas—. Tengo ganas de jugar con él. —Se agachó y le acarició la cabeza.

—Claro. —Le di la correa y seguí a Amanda al interior de la casa mientras Lucas la bordeaba por fuera hasta llegar a la parte trasera.

Según entramos, Amanda se deshizo de las deportivas y yo dejé el abrigo y la mochila en el perchero de la entrada.

—Vale, ¿te enseño la zona de abajo? —me preguntó—. Como te dije, hemos puesto una barra pequeña y una minicocina, un sofá y una tele. Es mitad salón, mitad cocina.

—Vamos, que se podría hacer vida ahí abajo, ¿no?

—Casi —confirmó—. Me hace mucha ilusión enseñártela porque he elegido yo la decoración, así que voy a vendarte los ojos. Lucas y yo hemos puesto una cosa en tu honor y no quiero que lo veas antes de tiempo —dijo emocionada.

—Vale.

Bajamos las escaleras y, al llegar al rellano, se quitó el pañuelo que llevaba al cuello y me vendó los ojos.

—No te lo quites hasta que yo diga, ¿vale?

Accedí emitiendo un sonido afirmativo.

La oí abrir la puerta con sigilo. Me empujó levemente forzándome a dar un par de pasos adelante y la cerró. Fui a abrir la boca para preguntarle si ya podía quitarme la venda cuando oí una voz que me dejó anclada en el sitio.

—Lucas, ¿puedo darme la vuelta ya?

Un momento... ese era...

—¿Marcos? —susurré al tiempo que me quitaba la venda.

—¿Elena?

40

Lo mejor de mí

Ni siquiera percibí la habitación remodelada en la que me encontraba. De lo único que fui consciente fue de él girando sobre el eje del taburete hasta quedarse de cara a mí.

Marcos estaba realmente ahí.

Y acababa de pronunciar mi nombre con la misma sorpresa con que había pronunciado yo el suyo.

No me esperaba.

Y yo a él tampoco.

Un sinfín de emociones cruzaron su rostro: sorpresa, alegría, desconcierto, curiosidad... fui capaz de leerlas todas porque yo sentía lo mismo.

Lo escaneé a conciencia en busca de las diferencias: tenía el pelo un poco más largo, barba incipiente y parecía cansado. Después de repasarlo de la cabeza a los pies, volví a mirarle a la cara intentando calmar el remolino que me arrasaba el estómago.

Supongo que nada me podía preparar mentalmente para el reencuentro con mi exnovio. Ese que medía uno ochenta y cinco. Ese que tenía unos ojos azules infinitos. Ese que iba impecable con vaqueros y una camisa berenjena. Ese que me miraba con intensidad después de meses sin hacerlo. Ese que sonrió ligeramente cuando sus ojos se posaron en mi sudadera del evento de adopción. Ese que subió la mirada hasta mi cara haciendo que mi corazón se echase a temblar.

Cuando nuestros ojos volvieron a encontrarse, se bajó del taburete y los dos dimos un paso en la dirección del otro. Sonreí porque parecía que nos habíamos puesto de acuerdo. Dejó de mirarme un instante y soltó por la boca el aire que estaba reteniendo. Cuando volvió a centrarse en mí estaba visiblemente emocionado y mis lágrimas a punto de desbordarse.

Sentí el anhelo de tocarlo y algo en mi interior se removió inquieto. Algo que llevaba mucho tiempo sin sentir.

Las mariposas.

Aleteaban con tanta fuerza que me parecía increíble haber dudado de ellas.

El corazón me latía en el pecho con golpes secos.

Nos observamos durante un minuto sin decir nada. Había momentos como aquel en los que, aunque hubiera muchas cosas que decir, sobraban las palabras porque el entendimiento iba más allá.

Y mientras él estaba ahí, parado delante de mí, se me olvidó que tenía el corazón incompleto.

Verlo en persona era lo último que había esperado al atravesar el umbral de esa puerta. Habían pasado tres meses, pero, por la reacción de mi cuerpo, parecía que dentro de mí todo seguía igual. Mis sentimientos por él nunca se habían ido y nunca lo harían.

¿Sentiría él la misma necesidad que yo de cerrar la distancia que nos separaba y tocarme?

No sabía si abrazarlo, besarlo o salir y volver a entrar para cerciorarme de que estaba realmente ahí. Había sido yo la que había necesitado un tiempo para sanar y perdonar. Marcos siempre había hablado claro, sin reservas y con sinceridad. Esa vez me tocaba a mí poner los sentimientos por delante. Si algo había aprendido era que no todo se puede planear y que hay cosas que llegan por sorpresa y te rompen los esquemas. Y que no eres débil por llorar, sentirte perdida o pedir ayuda; al contrario, enfrentarte a la vida con sus días buenos y sus días malos es lo que te hace fuerte.

Antes sabía que si me arriesgaba podía ganar o perder. Y que, si no lo hacía, me quedaría igual. Pero yo no quería quedarme igual. Yo quería sentir, aunque eso significase tener días tristes. Una lección que me había enseñado la pérdida de mi madre era que no sabía cuánto tiempo tenía. Y yo quería vivir el que me quedase poniendo toda la carne en el asador. Quería dar lo mejor de mí y, por eso, era mi turno de romper el silencio.

Respiré hondo y conté mentalmente hasta tres.

Una.

Dos.

Y...

—Feliz cumpleaños —dije de manera atropellada.

—Gracias. Te has cortado el pelo.

Me toqué las puntas, que ahora me llegaban por el hombro, y asentí.

—Y tú te lo estás dejando crecer.

Él se revolvió el cabello y asintió también.

—Te queda bien.

—Gracias. —Sonreí complacida—. ¿Qué haces aquí?

—Iba a cenar con Amanda y Lucas por mi cumpleaños. Daba la casualidad de que estaba en Madrid y, bueno, han insistido mucho en que querían enseñarme la reforma —explicó—. No sabía que ibas a estar aquí... —Su tono de voz cambió a uno en el que la culpabilidad era palpable—. Si lo hubiese sabido, yo... —Dejó la frase inacabada.

«Tú, ¿qué? ¿No habrías venido?», quise preguntarle, pero en lugar de eso dije:

—Yo tampoco sabía que ibas a estar aquí. Me han traído por lo mismo. Amanda me ha dicho que Lucas estaba con el electricista, pero supongo que no eres tú, ¿verdad?

Él negó con la cabeza.

—Sigo siendo abogado y no tengo ni idea de iluminación.

Me llevó un segundo unir los puntos: Lucas y Amanda nos habían hecho una encerrona.

Marcos suspiró mientras llegaba a la misma conclusión.

—Amanda me ha vendado los ojos porque decía que habían puesto aquí algo en mi honor —dije.

—A mí Lucas me ha dicho que me quedase de espaldas, que Amanda y él bajarían mi regalo de cumpleaños y que no podía darme la vuelta hasta que me avisasen.

Asentí un poco desilusionada.

Marcos y yo estábamos en la misma habitación por nuestros amigos, no porque lo hubiéramos pedido. Era cierto que iba a llamarlo esa noche y que llevaba semanas pensando en él, pero quizá él no se sentía cómodo.

Yo no quería irme y tampoco quería que se fuera.

«¡Vamos, Elena! ¡Díselo!».

Su móvil sonó, pero él no apartó la vista de mí. No parecía tener intención de responder. La llamada se cortó y, al segundo, volvió a sonar.

—Cógelo si quieres. —Hice un gesto con la mano como restándole importancia al hecho de que estábamos juntos por primera vez en tres meses.

Se sacó el móvil del bolsillo y sonrió al leer el nombre de la pantalla. Descolgó y volvió a mirarme fijamente.

—Hola, princesa —respondió directamente en inglés—. No, no me he olvidado de darte las buenas noches... Te iba a llamar en un rato... Vuelvo el lunes temprano... Claro que cenaré contigo... Intentaré llevarte un regalo... Yo también te quiero.

«Yo también te quiero».

En ese momento mis oídos dejaron de oír el resto de su conversación.

Sentí un mazazo en el estómago. Mi corazón no soportaría que tuviese novia. No lo había superado. Tragué saliva y él arrugó el ceño al ver mi cara horrorizada. Lo oí formular una despedida rápida y yo aparté la vista antes de que colgase.

—Perdona. Rosie no lleva bien no estar conmigo en mi cumpleaños.

—¿Rosie? —Volví a mirarlo siendo consciente de la tensión que se había acumulado en mi cuerpo—. ¿Tu... sobrina?

Marcos asintió.

El alivio que sentí fue tan evidente que se dio cuenta de lo que yo había pensado; no había sido muy discreta y me había delatado soltando el aire que había estado reteniendo y relajando los hombros.

—No estoy con nadie —dijo con firmeza.

—Yo tampoco.

—Lo sé. Puede ser que haya preguntado a Lucas un par de veces —reconoció poniendo una mueca que se me antojó adorable.

¿Había preguntado por mí?

Con esa confesión todo se removió en mi interior.

Y cuando digo «todo», es todo.

¿Estómago? Del revés.

¿Corazón? A mil por hora.

¿Manos? Sudando.

¿Piernas? Temblando.

¿Piel? Hormigueando.

¿Garganta? Atascada por un millón de palabras.

¿Cerebro? Alineado por primera vez con el corazón y las mariposas.

¿Toda yo en conjunto? Hecha un manojo de nervios y muriéndome por besarlo.

«¿A qué esperas? ¡Dile algo!».

Me guardé el pañuelo de Amanda en el bolsillo delantero de la sudadera y cogí aire antes de admitir:

—Te he echado de menos.

—Y yo a ti. Cada. —Dio un paso en mi dirección—. Maldito. —Y luego otro—. Día. —Y otro más.

Antes de que esas palabras terminasen de entrarme por los oídos, mis pies ya se habían puesto en marcha. Me estampé contra él con tanto ímpetu que conseguí desestabilizarlo. Acto seguido, agarré la tela de su camiseta con las manos y apoyé la frente contra su pecho.

Él se quedó rígido unos instantes y, cuando el pensamiento de apartarme cruzó mi mente, se relajó y me estrechó contra él. El olor de su colonia amaderada me envolvió y fue como si no hubiese pasado el tiempo. Apoyé la mejilla contra su pecho y al escuchar el latido acelerado de su corazón, el horizonte volvió a ponerse en su sitio.

No me di cuenta de que se me habían saltado las lágrimas hasta que abrí la boca para hablar y sentí el sabor salado en la lengua.

—No me puedo creer que estés aquí —susurré—. Conmigo. No esperaba verte.

—Yo tampoco.

Podría abrazarlo un rato más, pero entre nosotros se interponían tres meses de ausencia y una conversación pendiente que me tocaba empezar a mí. Me separé y me limpié las lágrimas con la manga de la sudadera que patrocinaba el evento al que había acudido esa mañana y cuyo eslogan era «No compres, adopta».

—Te iba a llamar luego, pero ¿quieres adelantar la conversación? Él accedió y yo suspiré calmada.

Quería acariciarlo desde la frente hasta la barbilla, pero no sabía qué quería él. Y para saberlo primero teníamos que hablar.

—Llevaba unos días queriendo llamarte, pero no sabía cómo hacerlo o si tú querrías hablar conmigo, así que tu cumpleaños solo ha sido una excusa —confesé.

Marcos respiró hondo y se mantuvo a la espera.

«Venga, ahora dile todo lo demás».

La hora de la verdad llegó con la vibración de mi teléfono.

—Perdón. Esta mañana le he dado el número a mucha gente y pueden ser los de la perrera —expliqué mientras recuperaba el móvil del bolsillo trasero del pantalón.

Era un mensaje de Amanda:

> Lo siento tía, tenía que hacerlo.
> No estaba segura, pero cuando me has
> dicho que ibas a hablar con él, lo he visto cristalino.
> Lucas y yo nos vamos con Coco.
> Si quieres hablar con él, genial..., y si no quieres,
> llámame y te recojo en cinco minutos. Te prometo
> que estaré compensándote hasta que Olivia
> sea mayor de edad.
> PD: Lucas le está escribiendo lo mismo a él.
> Os queremos. Suerte

—Es Amanda —aclaré mientras tecleaba un mensaje para ella.

> Voy a hablar con él.
> Luego te cuento

—Lucas te ha escrito —informé.

—Me da igual. Acabo de silenciar el móvil porque tengo delante a la única persona con la que quiero hablar.

Fue difícil ignorar el vuelco que me dio el estómago al escuchar esas palabras. Ese era el Marcos que recordaba, el que decía las cosas tal cual las pensaba. Y le debía el mismo nivel de sinceridad.

«¿Por dónde empiezo?».

—¿Quieres sentarte? —Señalé el sofá.

Él tomó asiento en un extremo y yo en el otro. Entre nosotros cabía una tercera persona.

—Estoy yendo a terapia —dije—. Empecé a mediados de enero. Aquel día en tu casa me superó la situación, sentía que me ahogaba y solo quería respirar. Ojalá hubiese podido decírtelo de otra manera, pero solo supe hacerlo así... No quería hacerte daño.

Marcos asintió y guardó silencio. La comprensión que yo necesitaba para seguir hablando seguía visible en su rostro.

—Yo no te podía querer de una manera sana con un corazón herido y, al final, eso me hacía anteponer mis miedos a nosotros y no me dejaba disfrutar de la relación... Necesitaba estar bien y centrarme en mí misma antes de poder perdonarte.

La culpabilidad reemplazó a la comprensión tras sus ojos azules.

—Elena, yo...

—No —interrumpí—. No necesito que te disculpes otra vez. Podemos hablar de ello si quieres, pero te he perdonado.

Fue increíble la facilidad con la que pronuncié esas palabras. Marcos relajó los hombros, se frotó la cara con las manos y cuando su rostro quedó al descubierto tenía los ojos empañados.

—Siento mucho lo que hice, pero me partía el alma verte así —dijo acomodándose en el sofá—. Hablabas del daño que te había causado la ausencia de tu padre y yo solo quería buscarlo para decirle que no sabía lo estúpido que era por estar perdiéndose una hija tan maravillosa como tú. —Hizo una pausa y sacudió la cabeza arrepentido—. Pero todo eso da igual, tendría que haberte preguntado antes. Intenté suplir mi propia carencia con la idea de que tu padre a lo mejor era un buen padre después de todo. Eso fue lo que quise creer; me dejé llevar y cuando me di cuenta de lo que había hecho ya era tarde.

Marcos apretó los párpados y yo me levanté. Necesitaba poner un poco de distancia, aunque quería alargar la mano y apretar la suya.

Cogí aire y las palabras brotaron de mi boca sin control:

—Para serte sincera, me sentí muy traicionada cuando encontré la carpeta y eso me dio la excusa perfecta para salir corriendo. Siempre he tenido miedo a la pérdida y al abandono, y a la mínima que la distancia se interponía entre nosotros yo acababa rayada. —Me coloqué el pelo detrás de las orejas y lo miré—. Y conocer a tu familia fue genial, pero también fue duro. Me hicisteis sentir una más y estaba muy agradecida, pero cada vez que disfrutaba de la compañía de tu madre sentía que traicionaba a la mía. Y también empezaron a asaltarme las dudas del futuro... En algún momento uno de los dos tendría que mudarse. Tampoco me ayudó enterarme de que tendrías que haber vendido la casa; di por hecho que te vendrías porque yo tenía clarísimo que no quería irme. No quería hacer como mi madre y dejarlo todo por un hombre. Y sé que no es justo para ti, pero así me sentía.

—¿Por qué no me dijiste que te sentías así? —preguntó levantándose también.

Me encogí de hombros.

—Porque cuando te lo decía parecía que acabábamos rayados los dos. Y luego el poco tiempo que pasábamos juntos quería disfrutarlo. Tú nunca has tenido problemas para comunicarte y yo necesitaba trabajar en ese campo un poco más. Al final, no tenía la autoestima donde pensaba que la tenía y eso hacía que me costase comunicarme. En el fondo me daba miedo decir las cosas malas porque no quería que nadie más me dejase...

Guardamos silencio unos instantes. Pero yo no había terminado de sincerarme.

—Me siento distinta. Ir a terapia me está ayudando. He tenido momentos difíciles y los seguiré teniendo, pero estoy avanzando. He organizado las cosas de mi madre y he donado algunas porque voy a vender su casa. Aunque me duela, es un lastre que necesito soltar.

Marcos suspiró y asintió.

—Me alegro de que hayas tomado esa decisión.

Hablar de la casa de mi madre me hizo recordar la suya.

—El otro día pasé por tu portal... ¿Has vendido tu piso?

—¿Por qué haría eso? —preguntó asombrado.

—Porque tú y yo rompimos, y he supuesto que... —Paré al darme cuenta de lo que estaba haciendo—. Nada, mi psicóloga dice que no debo suponer cosas de la vida de los demás. Olvida lo que he dicho.

—¿Por qué siento que no me estás diciendo todo lo que me quieres decir?

—Pues porque no lo estoy haciendo —confesé—. Sé que han pasado tres meses. Sé que es mucho tiempo sin hablar, pero yo no he dejado de pensar en ti. Y te he dicho que soy distinta porque me siento distinta y sé que necesitamos seguir hablando, pero entiendo que tus sentimientos hacia mí pueden haberse enfriado y lo respetaré si es así. —El corazón empezó a latirme deprisa por los nervios—. Pero quiero que sepas que yo te quiero. Y no me asusta decírtelo mirándote a los ojos. No sé si me sigues queriendo o si quieres volver a conocerme. Hay muchas partes de mí que son iguales, pero hay otras que son distintas. Ahora digo las cosas y lloro si lo necesito. Y no quiero presionarte porque imagino que tampoco ha sido fácil para ti.

Marcos se acercó a mí y yo paré mi discurso.

—Elena, han pasado noventa y tres días y te sigo queriendo igual que el pasado cinco de enero.

Los ojos se me llenaron de lágrimas.

—Yo no —negué—. Yo te quiero más que antes, porque ahora te quiero con todo, sin reservas.

Estiré la mano para agarrar la suya. Me arrepentí a medio camino y cuando fui a retirarla él la atrapó.

—Ya hemos esperado suficiente para cogernos la mano —dijo—. Deberíamos poder hacerlo libremente.

Cabeceé dándole la razón y tratando de concentrarme en otra cosa que no fuera el cosquilleo que sentía en la piel que él acariciaba con el pulgar.

—Te quiero. —Me limpié otra lágrima con la manga.

Marcos me soltó la mano y acunó mi rostro. Borró cualquier rastro de lágrimas y yo hice lo mismo con él.

—Y yo a ti —contestó emocionado—. Te quiero muchísimo y no he dejado de hacerlo ni un día.

Tiré de él hasta que su frente terminó apoyada sobre la mía y dije aquello que quería decir desde que había puesto un pie en esa habitación:

—Quiero que me des un beso. O besarte yo. Me da igual.

Cuando Marcos sonrió, se le escapó otra lágrima que yo eliminé con el pulgar. Se inclinó para besarme y mis mariposas aletearon tan fuerte que sentí un huracán arrasarme el estómago.

—Creía que no lo dirías nunca —dijo antes de desplazar una mano a mi nuca y presionar sus labios contra los míos.

Al final, un beso era todo lo que hacía falta para que la primavera volviese a florecer en mi corazón.

41

En nombre del amor

Ese beso fue igual y distinto a todos los anteriores. Igual porque nos habíamos besado miles de veces y distinto porque me sentía diferente, con menos miedo y más ganas de explorar mis sentimientos. Nuestras lenguas empezaron reconociéndose con tranquilidad y enseguida se desbocaron para transmitir cuánto nos habíamos extrañado.

—Dios, te he echado muchísimo de menos —dijo cuando se apartó para buscar aire.

El corazón se me subió a la garganta al escucharlo.

—Y yo a ti.

Me puse de puntillas y volví a besarlo con avidez.

Su piel caliente contra la mía era todo en lo que me podía concentrar. Apoyé las manos en sus hombros y él me siguió, sin despegarse de mis labios, cuando planté los talones en el suelo de nuevo.

—He pensado... en ti... todos los días. —Me confesé entre besos y respiraciones entrecortadas.

Marcos volvió a sujetarme la cara, se separó para mirarme y, por fin, apareció esa sonrisa ladeada que me encantaba.

—Y yo en ti. —Me dio un beso suave—. Cada día y cada noche. —Apretó sus labios contra los míos—. Constantemente —finalizó antes de volver a besarme como si se acabase el mundo.

Sentí esas palabras aferrarse a mi corazón y de pronto me entraron ganas de hacer promesas que nunca había hecho. Si no hubiese tenido la lengua ocupada, un «Quiero estar contigo para siempre» se me habría escapado.

Por mucho que me apeteciese seguir besándolo, era consciente de que nuestra conversación no había hecho más que empezar. Reduje la intensidad y me limité a darle pequeños besos en los labios, en la comisura de la boca y en la mandíbula.

—Estoy llena de pelo de perro.

—Me da igual —aseguró.

—Tengo que contarte muchas cosas —dije mientras mi pulso se calmaba.

—Yo también.

Me froté la boca despacio; ahora que no tenía sus labios sobre los míos, me notaba la zona irritada debido al roce de su barba.

—Perdón —susurró con culpabilidad—. Debería afeitarme —añadió acariciándose el mentón.

—A mí me gusta.

Tiré de él y nos sentamos más juntos que antes y orientados en la dirección del otro. Subí la pierna izquierda al sofá y apoyé el codo en el respaldo para sujetarme la cara con la mano.

Cogí aire y lo solté:

—He conocido a mi padre. —La cara de Marcos era mitad curiosidad, mitad terror—. No hay mucho que contar —proseguí—. Sobre la excusa de buen padre que buscabas... solo te diré que estaba casado y tenía una hija cuando conoció a mi madre.

—¿Lo que acabas de decir significa lo que creo?

—Sí, tengo una hermana —afirmé—. Ya te contaré lo poco que sé de ella. El resto de la historia ya la sabes... Mi madre se enamoró, pero él solo buscaba un romance de verano. Mantuvo el idilio con ella hasta que se enteró de que estaba embarazada y luego desapareció del mapa. No sé si mi madre sabía que era «la otra». Supongo que no es el padre que esperábamos, aunque hacía tiempo que yo no esperaba nada.

—Lo siento mucho. —Buscó mi mano y entrelazó nuestros dedos.

—Estoy bien —aseguré—. Solo es la confirmación de lo que ya sabía. Después de leer la carpeta, decidí probar suerte para ver si eso ayudaba a cerrar la herida. Él quiere retomar el contacto, pero no tengo ganas. No veo al donante como mi padre y no creo que pueda hacerlo nunca.

—¿El donante?

—Carlota se refirió a él una vez como «Donante de esperma» y creo que no hay nada que defina mejor lo que ha aportado ese señor a mi vida.

Marcos asintió y me estrechó la mano tratando de infundirme ánimo.

—Entonces, ¿no fue bien con él?

—Ni bien ni mal. —Me erguí y me encogí de hombros.

Suspiré y centré la vista en nuestras manos unidas.

—Marcos, aunque retomemos la relación, quedan muchas cosas por hablar y sigo teniendo mucho camino que recorrer. Seguiré teniendo altibajos y probablemente me deprima el día que ponga la casa de mi madre a la venta. Y luego está el tema de la distancia. Yo era muy feliz cuando nos reencontrábamos, pero cuando nos separábamos...

Dejé que las palabras flotaran entre nosotros. No hacía falta que acabara esa frase para que me entendiera.

—Elena, yo también necesito contarte algunas cosas... algunas decisiones —se corrigió—, que he tomado por mi cuenta y que a nivel de pareja pueden afectarnos.

Involuntariamente me tensé y asentí sin dejar de contemplarlo.

—Vale.

—Sé que quedan muchas cosas por hablar y me alegro profundamente de los avances que estás haciendo. Yo sigo teniendo que trabajar en mí mismo también, pero quiero que sepas que estaré aquí en tus días buenos y en tus días malos.

Paró de acariciarme el dorso de la mano con el pulgar y mis ojos se quedaron anclados en su nuez, que se movió cuando tragó saliva antes de continuar:

—Voy a volver a estudiar.

—¿En serio? —Di un saltito sobre el asiento—. ¡Yo también! Voy a hacer un posgrado en oncología veterinaria —agregué emocionada—. ¿Y tú?

—Yo voy a convalidar mis estudios aquí. Quiero homologar mi título en España.

«¡¿Qué?!».

Lo miré sin comprender.

—Me he informado de lo que tengo que hacer para poder ejercer aquí y cuándo puedo empezar y eso. Y ayer fui a la facultad de Derecho a presentar los papeles. Está muy cerca de la tuya, por cierto.

—Pero tu familia, tu trabajo... ¿Por qué?

—Porque la mujer que amo vive aquí —respondió con aplomo.

Esa confesión removió hasta el último centímetro de mi cuerpo.

—Esto es lo que quiero. —Atrapó mi mano y jugó con nuestros dedos—. He descuidado mi vida por el trabajo. He sido un desastre en cualquier relación personal. Me estaba perdiendo a mí mismo. Te perdí a ti. —Negó con la cabeza y me miró arrepentido—. Y me he dado cuenta de que no quiero vivir para trabajar. Te quiero a ti, Elena. Y a mis amigos, y a mi familia. Quiero mi vida de vuelta y en esas estoy.

Le solté la mano y una mueca dolorosa cruzó su cara.

—Marcos, ¿me estás diciendo que te mudas a España por mí?

—No te lo creas tanto. Yo solo quiero venir por la paella y por el sexo alucinante contigo —bromeó y yo sonreí—. Para ser tan brillante a veces no te enteras de nada, ¿eh? Pues claro que vengo por ti, cerebrito. La vida no es lo mismo si no estamos juntos.

Guardé silencio mientras asimilaba lo que acababa de escuchar y lo que sentía al respecto.

—Me gustaría saber qué opinas —dijo al cabo de unos segundos.

—Tu familia...

—Mi familia me apoya y siempre va a estar a dos horas de distancia. Probablemente no me quitaré a Lisa de encima ni con agua caliente, pero tienes que saber que están felices por mí.

—¿Y tu carrera? —Volví a mirarlo.

Pregunté por eso porque para mí la mía era muy importante.

—Mi carrera puede seguir aquí. Lo único que tengo que hacer es aprenderme unas cuantas cosas distintas, aprobar un examen y colegiarme.

Me relajé un poco, pero no del todo.

—¿Y tu moto?

—Podría traérmela, pero aquí no la necesito. El metro de Madrid funciona como ninguno. Además, aquí la gente es más sociable y hace mejor tiempo; eso me vendrá bien para seguir practicando mis aficiones. Todo son ventajas.

—¿Aficiones?

—Sí. Por ejemplo, me viene bien tener el Parque del Oeste al lado para correr, y, bueno, me he buscado algunos *hobbies* para no estar todo el rato en el trabajo. Estoy intentando equilibrar mi vida. Cuando me visitabas era fácil salir del despacho porque tenía algo mejor esperándome fuera, pero cuando no estabas casi siempre acababa llevándome trabajo a casa y estaba hasta las tantas —afirmó arrepentido—. Eso iba a terminar afectando a mi salud... Al perderte me di cuenta de que estaba tan centrado en el trabajo que me estaba perdiendo la vida. Por eso te decía que yo también tengo que seguir trabajando en mí mismo. —Hizo una pausa y suspiró—. Aquí creo que hay muchas más actividades al aire libre que me interesan que en Londres.

—¿Como cuál?

—Cómo... —divagó unos instantes—. Patinaje.

—¿Te vas a apuntar a patinaje? —pregunté escéptica.

—Puede ser.

Sacudí la cabeza y sonreí.

—Se nota que es lo primero que te ha venido a la cabeza.

Me apartó con cariño el pelo de la cara y me lo colocó detrás de la oreja. Y yo me di cuenta de lo mucho que había echado de menos ese gesto.

—Aquí todo es mejor... Puedo comer paella en casi cualquier sitio, ir al Retiro... y la idea de salir del trabajo después de un día duro y poder verte me da la vida.

—A mí también —reconocí.

Él volvió a atrapar mi mano y me observó expectante.

—¿Me aceptas como ciudadano, entonces?

Me senté encima de él y le eché un brazo al cuello.

—Sí. Yo también estaré aquí en tus altos y en tus bajos. —Presioné mis labios contra su mejilla—. Y sí, tengo ganas de llorar desde que has dicho que te mudas.

Marcos sonrió y me dio un beso cargado de afecto. Lo abracé y le mojé la camiseta con las lágrimas. Nos dijimos un montón de cosas entre risas y emoción.

Cuando me aparté, fui consciente de que de verdad se mudaba y del cambio que eso supondría en nuestra relación. Me quité el reloj y lo dejé en la mesa. Después, atrapé su muñeca y la giré para soltar el enganche de la correa del suyo.

—¿Qué haces? —preguntó sorprendido—. Si quieres echar un polvo, puedes empezar por desabrocharme otra cosa, como los pantalones.

—Yo no quiero echar un... Da igual.

Dejé su reloj en la mesa, al lado del mío, y suspiré con las mejillas aún calientes. Había olvidado lo que esos comentarios me hacían sentir.

—Iba a decirte una cosa romántica y lo has estropeado. —Hice ademán de levantarme, pero él me sujetó la cintura.

—Has echado esto de menos y lo sabes —aseguró—. ¿Qué ibas a decir?

Sonreí completamente enamorada de su chulería.

—Iba a decirte que ahora que vas a vivir aquí el tiempo ya da igual. Siempre he tenido la sensación de ir contra el reloj, ¿sabes? Cuando empezamos, contaba el tiempo que faltaba para separarnos. Y luego, el que quedaba para volver a verte. He pensado tanto en el tiempo que hasta he tenido pesadillas con el conejo de *Alicia en el País de las Maravillas*, el que llevaba el reloj, ¿sabes cuál te digo? —Él asintió—. Y ahora que vas a vivir aquí, eso da igual porque voy a poder verte siempre que quiera.

Me besó la mejilla y asintió.

—Lo que dices del tiempo lo he sentido un poco igual. Siempre he vivido pendiente del reloj. Eso me impedía disfrutar de la compañía de la gente porque nunca quería quedarme demasiado tiempo para no sentir que lo perdía. Me compré un reloj inteligente para tener las notificaciones más a mano y contigo se me olvida mirar la hora.

Observé su reloj y recordé aquel comentario que me hizo Lisa sobre eso mismo cuando la conocí.

En ese momento, se oyó el ladrido de un perro y las voces amortiguadas de Lucas y Amanda desde la planta de arriba.

—¡Se me ha olvidado contarte que adopté un perro! ¡Se llama Coco! —exclamé emocionada al levantarme.

—¡Eso es genial! Otra mascota tuya a la que puedo caer mejor que tú —dijo con los ojos húmedos.

—¿Estás llorando? —Me senté sobre él otra vez—. ¿Por qué?

—Es que llevo un par de viajes trayendo cosas, pasando cerca de tu calle, esperando verte, y ahora te tengo aquí conmigo... y saber que voy a vivir cerca de la persona que quiero, que se acabaron los aviones y FaceTime, y que voy a poder verte todos los días me emociona —terminó limpiándose las lágrimas.

Lo estreché contra mí y le di un beso rápido.

—¿Mañana tienes algo que hacer?

Marcos me dedicó una expresión bobalicona.

—¿Me estás pidiendo una cita?

—Sí —afirmé—. Quiero seguir hablando contigo y creo que nuestros amigos están a punto de abrir la puerta porque los oigo bajar las escaleras.

—En ese caso, será mejor que me dé prisa. No te gusta tener público.

No me dio tiempo a preguntarle qué quería decir con eso. Lo entendí en cuanto sus labios estuvieron sobre los míos, besando mi risa hasta que se oyeron tres golpes en la puerta.

—¿Se puede? —preguntó Lucas.

—Sí —contesté.

Amanda y Lucas entreabrieron la puerta y asomaron las cabezas.

—Venimos en son de paz. —Mi amiga terminó de abrir y alzó un pañuelo blanco en el aire—. ¿Estáis enfadados?

Marcos me apretó contra él y me besó la sien.

—Se refiere a con nosotros —dijo Lucas.

Amanda se adentró en la habitación.

—Tenéis que entendernos, sois nuestros amigos, los padrinos de Olivia —recordó acariciándose la tripa—. Marcos, tú estabas aquí, era tu cumpleaños...

—Y tú. —Lucas me señaló—. Me preguntaste por él y ya habíais reconocido ambos que queríais hablar con el otro... ¿Qué esperabais?

—No os podéis enfadar con una mujer embarazada —apuntó Amanda sin darnos tiempo a contestar.

—Te quiero mucho, pero no puedes usar el comodín del embarazo eternamente —observé.

—Durante unos días más sí. Así que lo preguntaré de nuevo: ¿estáis enfadados?

Respondimos con un «no» los dos a la vez.

—¿Y entre vosotros?

—Amanda, ¿tú qué crees? —ironizó Marcos.

—Creo que te he hecho el mejor regalo de cumpleaños de tu vida —contestó ella haciéndose la indignada—. Y que no me lo estás agradeciendo lo suficiente.

—*Touché* —dijo él—. Si no me levanto y te abrazo es porque tengo a mi novia encima.

«Mi novia».

Hacía siglos que no lo oía decir eso.

—Entonces, ¿volvéis a estar juntos? —Lucas se colocó al lado de Amanda.

—Sí —respondí yo—. Gracias, chicos. Supongo que habéis adelantado lo inevitable.

—Sí, eso, gracias —agregó Marcos.

Amanda se giró hacia Lucas y puso los ojos en blanco.

Lucas se rio y se quedó a la espera.

—Tenías razón, ha sido una buena idea.

—Te falta la segunda parte —recordó él.

—No pienso decir que eres mejor casamentero que yo —declaró Amanda antes de girarse hacia nosotros—. ¿Podemos subir y celebrar el cumpleaños de Marcos? Hemos traído cena.

Cuando subimos, la mesa estaba puesta.

—La verdad es que planear vuestro reencuentro ha sido peor que planear el asalto de La Casa de Papel —dijo Lucas mientras servía la cena.

—Lo importante es que todo ha salido bien —apuntó Amanda—. Olivia, tus padres son unos héroes —le habló a su barriga en tono maternal.

—¿Para cuándo se espera a Marquesita? —preguntó Marcos.

—No la llames así —reprendió Lucas—. ¡Es odioso!

Amanda se masajeó las sienes antes de contestar:

—Solo espero que nazca antes de Eurovisión, no me gustaría perdérmelo.

—Pero si para eso falta un mes, ¿no? —Me reí.

—Amanda no para de ponerle canciones —expuso Lucas con cariño—. Como no le guste la música creo que le dará algo.

—Sí, pero le va a gustar. —Ella hizo un gesto de dolor al moverse en la silla—. Yo solo quiero que nazca ya. Estoy cansada de ir en vestido, los pantalones me aprietan y subirme las medias es imposible —se sinceró—. Y me siento como una anciana sujetándome los riñones cada vez que me muevo.

—Recta final —recordé—. Antes de que te des cuenta tendrás a Marquesita en brazos.

—Elena, ¿en serio? ¿Tú también?

Le guiñé un ojo y ella me enseñó el dedo corazón.

—Eres una pésima influencia —le dijo Lucas a Marcos—. Por cierto, Els, Amanda me ha dicho que el evento de adopción ha ido genial.

—Sí, dentro de quince días tenemos otro —contesté sonriente.

Y así fue como el resto de la conversación empezó a fluir en torno a la adopción y fuimos cambiando de un tema a otro, poniéndonos al día entre bromas, disfrutando de la cena y de la felicidad de aquel momento.

Cuando llegamos al postre, Lucas colocó una tarta de proporciones épicas delante de Marcos.

—Tiene base de galletas y Nutella. —Amanda le clavó el dos y el ocho en la parte superior.

—Vamos, abuelo, sopla las velas —pedí cuando las encendí.

Marcos resopló.

—Te saco dos años y un par de meses —me dijo.

—Si lo llamas «viejo» a él, nos lo llamas a nosotros también —recordó Amanda.

—Es verdad, se me había olvidado que estoy rodeada de la tercera edad —bromeé.

Marcos sopló las velas mientras Amanda le recordaba que tenía que pedir un deseo y sacaba unas cuantas fotos. Como era de esperar, la tarta estaba buenísima. Nos quedamos charlando un rato; parecía que disfrutábamos de volver a estar los cuatro juntos.

—Uff —resopló Amanda.

—¿Qué?

—Nada. Una patada —explicó.

Entrecerré los ojos al mirarla. Ella apretó los labios y respiró hondo.

—Mi vida, ¿estás bien?

—Sí. Sí. —Amanda fingió una sonrisa.

Una sonrisa que me habría creído si no hubiese cerrado el puño que tenía apoyado sobre la mesa.

—Amy... —empecé.

—Voy a por agua —me cortó de manera brusca.

Se levantó sujetándose la tripa y se llevó con ella la jarra vacía.

—¡Mierda! —Se oyó la maldición de Amanda poco después.

—Amor, ¿qué pasa? —preguntó Lucas.

Ella salió de la cocina y se paró en la puerta.

—Acabo de romper aguas —anunció de manera teatral.

42

Ha nacido una estrella

Lucas y yo nos levantamos y Marcos se quedó paralizado.

—¿A qué vienen esas caras? —Amanda sonrió e hizo un ademán con la mano que le restaba importancia—. Solo he roto aguas. No es para tanto.

Antes de que me diese cuenta, Lucas ya estaba a su lado.

—¿Estás bien? —le preguntó.

—Estupendamente.

—Vamos al hospital —dijo él agarrándola del brazo.

—No hay prisa. —Ella se soltó y se dirigió a las escaleras con cara de esfuerzo—. Prefiero esperar.

La mueca de dolor que no pudo contener bastó para que Lucas y yo nos situáramos a su lado de nuevo.

—Amor... —empezó Lucas.

—¡Sí! ¡Joder! En la mesa me ha dolido un poco, pero no quería estropear el reencuentro. Y... joder... —Amanda jadeó—. No quiero que Olivia nazca el mismo día que él —se lamentó señalando a mi novio.

Marcos por fin mostró algo de vida y se levantó.

—Es una señal de que esa niña debe llamarse Marquesa —bromeó mientras cogía las llaves del coche del aparador de nogal de la entrada.

Amanda lo miró horrorizada.

—Por favor, aguanta, peque —le pidió a su tripa—. Unas horitas más.

Contrajo el rostro y se agarró a la barandilla. Verla pasarlo mal fue suficiente para que me pusiera en marcha como si estuviera en la clínica.

—Hay que cronometrar las contracciones —apunté—. En el libro que he leído dice que...

—¿Has leído un libro sobre el parto? —me interrumpió ella.

—Sí.

—¿Por qué?

—Amandita, es Elena. ¿De verdad necesitas preguntarlo? —Marcos intervino.

—Sentaos otra vez, venga. No voy a ir al hospital hasta que las contracciones se repitan cada cinco minutos durante más de una hora.

Ella volvió a tomar asiento y yo saqué el móvil para cronometrar mientras Lucas le daba una toalla para que se secase. Las contracciones no tardaron en aparecer.

—¿Te duele mucho? —le pregunté en una de ellas.

Ella apretó los labios y no respondió. Parecía que si abría la boca sería para gritar.

—Se acabó. Nos vamos al hospital —declaró Lucas.

La ayudó a levantarse agarrándola del brazo y mi amiga se dejó caer contra él.

—Els, por favor, coge el fuet —imploró Amanda.

—¿Qué?

—Joder, ¡que llevo demasiado tiempo sin comer fuet! —exclamó perdiendo la paciencia—. ¡Marcos, coño! ¡Cógelo tú!

Me adelanté para abrir la puerta de la entrada y la sujeté para que pasaran.

—Coge el vestido morado que está dentro de mi armario. Y otra toalla —me pidió Amanda.

—Amor, no hay tiempo —recordó Lucas.

Ella me miró suplicante y yo salí corriendo en dirección opuesta a la puerta.

—Te quiero y te odio, Lucas —alcancé a escuchar mientras trotaba escaleras arriba.

Minutos después, Marcos y yo nos precipitamos al coche, él en el asiento del conductor y yo en el del copiloto. Amanda estaba doblada en la parte trasera y a su lado Lucas le sujetaba la mano.

—Te he mandado la ubicación del hospital —le dijo Lucas nervioso—. Date prisa. Por favor.

Mi novio se ajustó los espejos y el asiento, y no tardó en arrancar el coche. Le di la toalla a Lucas y Amanda se la arrancó de las manos y se secó como pudo la frente.

Avanzamos en la oscuridad mientras mi amiga balbuceaba incoherencias que sonaban amenazadoras.

—¡En qué puta hora vomité esa pastilla! —se quejó dolorida.

La miré por encima del asiento y vi cómo apretaba los párpados.

—No pasa nada, cariño —aseguró Lucas—. Enseguida llegamos.

—Eso lo dices porque a ti no te duele.

Lucas ignoró su comentario punzante.

—Amor, respira. Tienes que respirar como nos han enseñado en clase.

—Esto es culpa tuya —dijo ella con dificultad—. No puedo confiar en ti.

Una contracción se la llevó por delante y esa vez chilló más fuerte. Sentía su dolor como mío propio y la impotencia de no poder hacer nada. Miré a Marcos y él susurró un «No puedo ir más rápido» que solo alcancé a oír yo.

—Lucas, me voy a divorciar... No sé cómo he dejado que me hagas esto —se lamentó Amanda—. Y Marcos, te lo juro, como no conduzcas más deprisa... ¡Os mato a los dos! Solo puedo confiar en Elena. ¿Has cogido mis cosas?

—Sí, el vestido y el fuet —contesté girándome—. Lo estás haciendo muy bien.

Le dediqué una sonrisa tranquilizadora.

—Gracias. ¿Me ayudarás a ser madre soltera? —preguntó en tono suplicante.

Me disculpé con Lucas valiéndome de la mirada antes de contestar:

—Claro. Lo que necesites.

Inspiré hondo tratando de mantener la calma.

—Amor, ¿puedo hacer algo por ti? —Lucas sonaba preocupado—. ¿Quieres que cuente las respiraciones en alto?

—Lucas, he cambiado de opinión —lloriqueó—. Quiero la epidural. Díselo a quien haga falta en cuanto lleguemos, pero consíguela.

—Vale. —Le dio un beso en la frente—. Te quiero.

—Si me la consigues no me divorcio.

Lucas asintió con un:

—Te lo prometo.

Amanda se relajó.

—¿Cuánto falta? —preguntó Lucas.

—Tres minutos —contestó Marcos.

—Sigue los carteles de urgencias —pidió mi amigo—. Elena, ¿puedes coger la bolsa del maletero?

—Sí.

—Os dejaré lo más cerca que pueda —aseguró Marcos.

Cuando paró, salté del vehículo, cogí la bolsa y corrí dentro para pedir una silla de ruedas. Un enfermero salió conmigo y casi no me dio tiempo a darle la bolsa a Lucas antes de que se los llevaran.

Marcos me encontró en la sala de espera. Se sentó a mi lado, me cogió la mano y yo apoyé la cabeza en su hombro. Estábamos tensos y no íbamos a relajarnos hasta que alguien nos asegurase que todo iba bien.

Horas más tarde apareció Lucas con los ojos llenos de lágrimas. En cuanto lo vimos salir nos levantamos. Me quedé en vilo hasta que abrió la boca y dijo:

—Chicos, todo ha ido bien.

Al escuchar esas palabras mis hombros se relajaron y solté uno de los suspiros de alivio más largos de mi vida. Mi amigo abrió los brazos y los tres nos fundimos en un abrazo.

—Amanda está bien y Olivia también —añadió entre lágrimas—. Están descansando y conociéndose.

—¿Cómo está Amanda? —pregunté.

—Está bien, pero ha sido muy duro para ella. —Lucas se apartó y se secó las lágrimas—. Hoy no podéis verlas. Quizá mañana si Amanda se siente con fuerzas, ¿vale?

—Tranquilo; si no quiere visitas, nos esperamos —aseguró Marcos.

—Dijo que no quería visitas en el hospital —recordé—. Pero si cambia de opinión nos avisas.

Lucas parecía exhausto.

—¿Tienes hambre? Tenemos barritas de la máquina —ofreció Marcos.

Él las aceptó y se las guardó en el bolsillo.

—Creo que vuestra amiga va a zamparse ese fuet en cuanto pueda, así que me vendrá bien tener algo. Gracias.

—¿Y Olivia? —pregunté—. ¿Cómo es?

—Es perfecta. —Los ojos de Lucas se iluminaron—. Tiene la naricilla de Amanda.

Su cara era de adoración absoluta.

—¿A qué hora ha nacido? —preguntó Marcos.

—A las cuatro y media. Por suerte, vuestros cumpleaños no coinciden.

—¡Lástima! —Marcos le dio una palmadita en el hombro a su amigo—. ¿Os traemos algo mañana?

—Sí, yo necesito ropa de recambio. Y el coche para cuando volvamos a casa. Y no sé... Si necesito algo más, os llamo. Voy a volver a la habitación, que quiero estar con ellas.

Nos dimos otro abrazo más y nos despedimos.

No podía creerme que mi mejor amiga hubiera dado a luz. Sabía que estaba asustada, pero estaba segura de que sería la mejor madre del mundo. Me moría por ver a la pequeña y esperaba que fuese un calco de Amanda. No la conocía todavía, pero Olivia ya se había ganado un hueco en mi corazón.

43

Todos los días de mi vida

Entré en la casa arrastrando los pies y con Marcos bostezando detrás de mí. El día había sido muy largo y había estado cargado de emociones. Fui en busca de Coco y lo encontré dormido en un rincón. Estaba cansada, pero mi cerebro estaba demasiado activo como para dormir. Sabía que, si me acostaba, estaría despierta durante horas. Y también sabía lo que necesitaba para relajarme. Resuelta, me di la vuelta y entré en la cocina. Atrapé una tarrina del congelador y salí en busca de Marcos, que estaba sentado en la tumbona del jardín.

—¿No tienes frío? —pregunté al ver que no se había puesto chaqueta.

—No, solo necesito que me dé el aire para despejarme.

—¿Helado? —Alcé la tarrina en alto y se la ofrecí.

—Las buenas costumbres nunca mueren —contestó aceptándola.

Me reí por su comentario mientras encendía la estufa. Tomé asiento entre sus piernas y nos arropé con la gruesa manta.

—Te toca hacer los honores. —Sujetó el helado delante de mí. Clavé la cuchara y lo probé.

—Es de tarta de queso —informé antes de girarme para meterle la cuchara en la boca—. Has tenido un cumpleaños cargado de sorpresas, ¿eh?

—Ya ves...

—Ahora que lo pienso, en mi cumpleaños empezamos y en el tuyo nos hemos reencontrado.

—Se te ha olvidado añadir que en el de Lucas fue la primera vez que lo hicimos en público —suspiró sonoramente—. Encima de esta tumbona.

—No había público —recordé.

—Estoy deseando ver de lo que somos capaces en el cumpleaños de Amanda.

Le di un codazo suave en la tripa y él me abrazó. Nos acabamos la tarrina casi sin darnos cuenta.

—Lo he pasado muy mal —reconoció al cabo de un rato.

—¿Por Amanda? Yo también, se me saltaban las lágrimas de verla así.

—Por ella... Y por ti.

Extrañada, me giré entre sus brazos. Sus ojos azules estaban un poco tristes. Me había centrado tanto en compartir mi historia que había olvidado cómo se había sentido él durante la separación.

—Lo siento.

Marcos sacudió la cabeza.

—No te lo digo para que te disculpes y entiendo cómo actuaste. Simplemente quiero que lo sepas —me dijo—. Cuando te fuiste no sabía qué hacer. No sabía si venir a buscarte, si esperar a que las cosas se calmasen... No hacer nada y sentarme a esperar me parecía impensable y me costó entender que era lo que necesitabas. Aquel día... cuando te fuiste, fue una puta mierda. Me quedé superjodido y tuve que luchar contra el impulso de ir detrás de ti... —Marcos jugueteó con uno de los flecos de la manta y apartó la vista unos instantes—. Pero después de tu último comentario dejarte tranquila era lo mínimo que podía hacer. Ese día se me rompió el corazón, y no solo porque no quisieras seguir hablando conmigo, sino porque parecías realmente angustiada esa tarde... Entendí que eso era lo que necesitabas y que tenía que hacer cualquier cosa para no volver a escucharte así. Aunque eso significase cortar la comunicación.

Hizo una pausa, respiró hondo y continuó:

—Cada día iba a trabajar y cuando me daba cuenta, estaba solo en el despacho. Me centré más aún en el trabajo; solo quería volver a casa y caer derrotado en la cama.

Marcos hizo una pausa cuando se le quebró la voz y yo no pude evitar abrazarlo.

—Lisa se presentó una noche en casa y me obligó a salir. Mi familia estaba preocupada porque llevaban un tiempo sin verme y yo no hacía más que poner excusas. Terminamos cerrando un pub, los dos sentados a la barra, hechos una pena. Me consoló mientras yo le contaba cosas de ti. Ella me ayudó a ver que no podía seguir así, que tenía que volver a salir con mis amigos y visitar a mi familia. Así que eso hice. Retomé el gimnasio y me obligué a intentar salir a mi hora del trabajo.

Suspiré y desvié la mirada. Sabía que Marcos lo había pasado mal, pero escucharle narrarlo en primera persona escocía.

—Eh, ¿por qué pones esa cara? —Me acarició la mejilla reclamando mi atención.

—No me gusta verte sufrir —susurré.

—Lo importante es que ahora estoy bien —aseguró—. Estoy contento de estar aquí contigo. Y ya estaba más o menos bien antes de verte, tranquilo y esperando.

Me apartó el pelo de la cara y yo lo besé de manera tierna. Tenía los labios calientes, en contraste con los míos, que estaban helados.

—Tuve que reprimir el instinto de llamarte o escribirte un millón de veces —le dije.

—Yo también. Me moría por escuchar tu voz, lo que fuera me habría bastado... Todo lo sobrellevé mejor con la llegada de Newton.

—¿Newton?

—Adopté un gato. En una de mis múltiples charlas con Lisa le conté todos los beneficios de la terapia con ellos que explicaste en tu trabajo de fin de grado y, bueno, te dejaste en casa todas las cosas que había comprado para Minerva y no quería tirarlas.

—¿De verdad has adoptado un gato? —Abrí los ojos sorprendida.

—Sí, mira. —Sacó el móvil y me enseñó la foto de un felino de pelaje gris.

—¡Es precioso! —Me llevé la mano al pecho—. ¿Lo has llamado Newton por el matemático? —pregunté entre divertida y emocionada.

—Por Isaac Newton, sí. Lisa quería que lo llamase Vincent, pero los gatos me recuerdan a ti y, además, te conocí en un campeonato de matemáticas. Simplemente, me dejé llevar por la lógica...

No pudo acabar la frase.

Me tiré sobre él y le di pequeños besos por toda la cara.

—Joder, si vas a besarme así, adopto a cualquier gato callejero que me encuentre... —Volví a interrumpirlo con un beso—. Vamos, que no me importaría convertirme en «el Señor de los Gatos».

Le reí la gracia.

—¡Enséñame más fotos! ¿Lo has llevado al veterinario? Cuando lo conozca le hago un chequeo. ¿Tienes su cartilla de vacunación? ¡Cuéntame su historial médico! Todo lo que sepas —pedí contenta.

Sonrió mientras buscaba más fotos. Y me di cuenta de lo mucho que había echado de menos esa sonrisa. Nos quedamos unidos unos minutos más mientras las estrellas empezaban a desdibujarse en el cielo, hasta que le propuse entrar porque no soportaba más el frío. Estaba helada, pero tenía el pecho calentito. Por lo mucho que me había enternecido su historia y porque me había enamorado de Newton al ver el vídeo en el que ronroneaba panza arriba en busca de caricias. Y sí, también me morí de amor cuando me contó que a veces se despertaba por la mañana y el gatito estaba dormido sobre su pecho.

Ya en el interior, Marcos me frotó los brazos para ayudarme a entrar en calor y yo le di un beso suave que enseguida subió de intensidad. La electricidad y el anhelo cargaban la atmósfera. De pronto, mis manos estaban debajo de su camiseta, sus labios en mi cuello y mis piernas se convirtieron en gelatina. Inspiré hondo para calmar mi corazón y me aceleré aún más. Lo único que podía respirar en aquella estancia era su colonia. Estaba tan entregada que ni me di cuenta de que mi baja espalda se había chocado con la encimera. Cogí aire emitiendo un sonoro jadeo. El ambiente se había caldeado lo suficiente como para que lo hiciéramos en mitad de la cocina. En la cocina donde Amanda había roto aguas horas antes.

—No. —Lo empujé del pecho. Él abandonó mi cuello y me miró sorprendido—. No vamos a hacerlo en su cocina. No es higiénico ni respetuoso, y van a traer a un bebé.

Marcos me miraba con tanto deseo que era difícil resistirse a esos ojos encantadores.

Lo aparté y salí de la cocina. Ahora era yo la que necesitaba que me diera el aire.

Puse un pie en la escalera y Marcos me interceptó. Pese a que él estaba un escalón por debajo, seguía siendo más alto. En sus ojos podía ver cansancio y también cariño y deseo. Me atrajo hacia él y me besó con ganas, metiéndome la lengua en la boca y haciéndome enloquecer.

—Marcos... —gemí.

—Has dicho que no quieres hacerlo en la cocina, pero no has dicho nada de las escaleras.

—No creo que sea muy cómodo.

Mientras me sonreía como si yo fuera lo más deseable del mundo, me acordé de aquella tarde en Londres en la que dimos rienda suelta a la pasión con el *Kamasutra*. Cohibida por la magnitud de mis pensamientos, aparté la mirada unos segundos y cogí aire. Llevaba muchísimo tiempo sin hacerlo con él. Me sentía más cerca de un animal en celo que de un ser humano racional. Y sus labios en mi oreja susurrándome cuánto me había echado de menos no ayudaban. Arrastré una mano por su pecho y noté el latido de su corazón contra mi palma.

Nuestros labios se rozaron cuando dijo:

—Dime dónde quieres hacerlo.

—Me da igual. El dormitorio está bien.

—El sofá está aquí al lado —señaló con impaciencia—. Y la tumbona está ahí fuera.

—No quiero pillar una pulmonía.

—Yo te daré calor, preciosa. —Me apartó el pelo de la cara y me acarició el cuello con la punta de los dedos.

Mi respiración se tornó laboriosa ante su tono cargado de erotismo. Subimos a la habitación entre besos, caricias y gemidos. Nos desplomamos en la cama y nuestros cuerpos se buscaron con ansia. Tenía a Marcos encima después de meses, restregándose contra mí, y era demasiado. No podía más.

—Marcos, ¿tienes preservativos?

Él se detuvo y se apoyó sobre las palmas para mirarme.

—No.

—Joder —maldije.

—¿Has dicho «joder»?

Parecía divertido. Su sonrisa acariciaba mi corazón y una de sus manos mi cara.

—A mí no me hace gracia.

—Cariño, podemos hacer otras cosas.

—Lo sé, pero... ¡Espera! Creo que tengo uno en el neceser.

Bajé a por mi bolsa, que se había quedado en el perchero de la entrada, y mientras subía rebusqué dentro. Cuando llegué arriba me detuve en el umbral. La habitación estaba iluminada por la lamparilla de noche, Marcos estaba tumbado bocarriba; al verme se sentó en el colchón.

—¿Todo bien? —preguntó.

No sé por qué al verlo tan guapo y vulnerable tuve la certeza de que quería verlo todos los días de mi vida.

Se me llenaron los ojos de lágrimas.

—Ele, ¿vas a llorar porque el condón está caducado?

Negué con la cabeza, me senté de rodillas en la cama y lo abracé durante un rato.

—Hubo días, mientras me recuperaba, en los que me sentía tan distinta por dentro que pensaba que ya no podrías quererme porque ya no era la chica de la que te habías enamorado. —Marcos me frotó la espalda con cariño—. Si hubiese sido al revés, me habría gustado estar ahí para ti, pero esto era algo que tendría que haber hecho hace tiempo y necesitaba hacerlo sola.

—Yo pensaba que el daño que te había hecho te haría verme como un monstruo.

Me aparté y lo miré.

Y entonces lo solté:

—Marcos, quiero estar toda la vida contigo.

—¿Qué?

—Que quiero pasar contigo todos los días de mi vida.

Me abrazó con fuerza y se tiró sobre el colchón arrastrándome con él. Apretó los labios contra los míos una vez y después otra y otra más.

—Yo estoy perdidamente enamorado de ti. Te lo dije en Londres y te lo repito hoy: quiero que te quedes conmigo para siempre.

Con esas palabras las piezas de corazón que me faltaban se colocaron solas en el lugar que correspondía.

—Te ayudaré a recordar que tienes que salir a la hora del trabajo —afirmé.

—Y yo que puedes confiar en mí y contarme cómo te sientes en todo momento.

Volvimos a besarnos sin prisas ni ansias, de la manera en que pueden besarse dos corazones que se han reencontrado y saben que nunca más van a separarse. Mientras Marcos me acariciaba y me desnudaba se esfumaron todas las dudas. Había estado asustada por haber cambiado, pensando que sería incapaz de alcanzar la sincronía con él.

Y no podía haber estado más equivocada.

Nuestros cuerpos se reconocieron de la misma manera que lo habían hecho nuestros corazones.

Y yo terminé de derretirme entre caricias y promesas eternas que nunca había compartido con nadie.

El domingo pasamos un rato con Lucas. Se disculpó en nombre de Amanda, que estaba muy cansada y no quería recibir visitas. Y se nos cayó la baba con las fotos de ella y Olivia. Tanto es así que, durante todo el trayecto de vuelta hasta mi barrio en autobús, no dejamos de hablar del bebé.

Subimos a casa para dejar a Coco y Minerva se puso como loca al reconocer a Marcos. Mientras ellos jugueteaban, yo recuperé el regalo que le había comprado por su cumpleaños. Marcos soltó una risotada al ver que se trataba de una corbata cuyo motivo eran pequeños mazos.

—Sabes que los abogados no usamos mazo, ¿verdad?

Se me escapó la risa.

—Lo sé, pero la vi y me acordé de ti.

—No pienso ponerme esto —dijo dignamente.

—¿Y si te dijese que yo luego te la quitaría? —Le eché los brazos al cuello y él elevó la comisura derecha de la boca.

—Mmm... En ese caso, lo pensaré.

Comimos en el restaurante vasco que estaba cerca de mi casa y de ahí fuimos a la suya porque él necesitaba recoger su maleta para pasar la noche conmigo e irse directo al aeropuerto. En su salón había unas cuantas cajas apiladas, algunas abiertas y otras cerradas.

—Ah, ¿te acuerdas de los libros que te tenía que traer en enero?

—Sí.

—Están en mi cuarto.

Lo seguí a su habitación y algo que estaba colgado en la pared llamó mi atención.

El cuadro de Altea que había pintado Lisa.

—Toma, cariño, creo que aquí están todos.

Marcos estiró el brazo, pero yo, en lugar de aceptar la bolsa, lo abracé.

—¿Va todo bien? —preguntó.

—Te has traído el cuadro de Lisa.

—Fue lo primero que me traje. Me lo regaló hace tiempo y me dejó añadirle la segunda parte al nombre.

Marcos soltó la bolsa en la cama y descolgó el cuadro de la pared. Lo sostuvo en el aire y lo giró para que yo leyera lo que había escrito:

Horizonte de razones.

—Tenemos un horizonte infinito de razones para estar juntos —aseguró.

Rumié esas palabras en silencio teniendo la certeza de que quería estar con Marcos siempre y de que algún día quería ver ese cuadro colgado en las paredes de nuestra casa.

44

Más allá del amor

10 de abril

Cuando leas esto estaré en el avión echándote de menos

> Y yo a ti.
> Cuando vuelvas trae pastas.
> Se las comieron mis amigas.
> Entro ya en la clínica.
> Te quiero

Que tengas buen día!
Te quiero 😊

> Mándame una foto de Newton cuando llegues a casa!

Al final voy a pensar que te gusta más el gato que yo...

Saliendo del despacho.
Y solo son las seis.
Estoy batiendo un récord

> Yo acabo de salir de la psicóloga.
> Ha alucinado cuando le he contado mi finde

Normal. Ha sido un finde para recordar.
Ahora te llamo

11 de abril

Ya he salido. Y tú?

Estoy yendo a casa de Blanca.
Vamos a preparar calabacines rellenos para Amy y Lucas

Mañana les dan el alta, no?

Sí.
Creo que no les apetecerá llegar a casa y cocinar.
Soy la mejor amiga del mundo, lo sé

Se te está subiendo la fama a la cabeza

Lo malo se pega, Marquitos 😌

12 de abril

Ya estoy en casa.
Te mando una foto de Olivia!
A que es adorable?

Sí que lo es.
No tienes ninguna foto de su tía cogiéndola en brazos?

Ahora te la mando.
Lo he pasado fatal cogiéndola.
Los bebés son muy frágiles

Preciosas las dos.
Me gustaría estar ahí con vosotros

Ya... jo.
La he llamado Marquesita, pero nadie
me ha seguido la gracia

Tienes algo que hacer el viernes?

> Trabajar, ir a la psicóloga y visitar a Amy.
> Por?

La foto me ha ablandado tanto
que me he comprado un billete

> Genial!!!
> Me muero por verte

13 de abril

> Está diluviando.
> Qué es esto? Londres?

No te preocupes, mañana llega tu querido sol

> Te comparas con el astro rey?
> Cada día eres más vanidoso

Qué dices?
Mira el tiempo, empollona!
Mañana hace sol

> Es verdad.
> Perdón por insultarte 😊

Qué ingenua eres!
Por supuesto que lo decía por mí

> Idiota!

14 de abril

Todavía quedan tres putas horas para verte

> Tienes que ser siempre tan mal hablado?

Te encanta mi boca sucia

Puede ser que la haya echado de menos, sí.
Estoy a punto de entrar en la psicóloga.
Avísame cuando aterrices, aunque ya estaré por allí

17 de abril

Ya estoy en Londres.
Sigo alucinando con que Lucas y Amanda sean padres

Yo también.
Me hacen gracia los tres juntos.
Son muy monos

Creía que el mono era yo.
Pero sí, puedo decir que me encanta ser padrino

A mi madrina también 💜

20 de abril

Te das cuenta de que, a estas alturas,
deberíamos estar en Escocia?

Ya. Yo tengo unos cuantos días libres
que no he usado aún...

Estás insinuando que vayamos?
No juegues conmigo, Ele!

Si quieres sí.
Escribí en la guía todos los recuerdos que tenía del viaje

Creo que ya es hora de reescribir esos recuerdos.
Seguro que en la mayoría me pintas como un tipo odioso
cuando soy encantador

Eso es un sí?
P. D.: En la mayoría de los recuerdos,
te retrato como lo que eres...

Un idiota, no?
Luego te llamo y concretamos, preciosa

21 de abril

Ya he avisado en el despacho.
A mediados de junio lo dejo

Bieeeeen!
Qué ganas tengo de que vivas aquí!
Por cierto, me ha escrito Lisa

Qué te ha dicho?

Me da las gracias por haber vuelto contigo.
Dice que estabas insoportable

A veces se me olvida lo mucho que me
aprecia mi hermanita

También me ha escrito mi padre.
Quiere llamarme, pero no tengo ganas.
Luego te cuento

24 de abril

Qué haces, guapo?

Echarte de menos.
Pensar en ti.
Ver fotos tuyas.
Ya sabes.
Lo normal.
Y tú?

Estaba a punto de fantasear contigo.
Con poca ropa.
Gimiendo.
Sudoroso

Ya sabes.
Lo normal

Por qué no coges el teléfono??

Por qué me llamas si te he dicho
que estoy en la cama?
Ocupada pensando en ti

Tú qué crees, cerebrito?
No soy de piedra

Ah, vale...
Llama otra vez y ponte las gafas

25 de abril

Ya me he matriculado en el máster.
Empiezo en septiembre

Genial!
Los dos estudiantes.
Seguro que con eso fantaseabas ayer...

Nunca lo sabrás 😉

No te pongas cachonda, pero vamos
a poder ir juntos a la biblioteca

No sé si es seguro ir contigo a la biblio

Por? Si yo soy un santo.
Solo voy a ir a estudiar, pervertida

Que te justifiques antes de tiempo ya dice mucho...

Jo. Sabes qué es lo que más me gusta de ti?

Ah, que puedes elegir solo una cosa?

Eres un engreído

A ver, qué es?
Sorpréndeme!

Tu gato

Joder, Ele... 😣
Con lo que yo te quiero, y mira lo que me dices...

Jajaja, te quiero

26 de abril

Se me había olvidado lo cabezón que eres

Cabezón?
Querrás decir obstinado y sexy,
no te olvides 😏

Lo que tú digas, pesado

Admítelo ya.
Te has aburrido como una ostra sin mí.
Yo me he aburrido sin ti y no tengo
problema en decirlo

No vas a parar hasta que lo reconozca, no?

Exacto

Pues espera sentado.
Jajaja

27 de abril

Qué harías si me fuese a vivir a NY?

La respuesta es obvia.
Me sacaría el Bar (el examen para ejercer allí)

Vale 🖤

Tienes en mente cruzar el charco?

No.
Solo era para ver qué decías

Si lo que quieres saber es si también
te seguiría a Australia,
la respuesta es sí

28 de abril

Hoy llego pronto,
pásame la dirección de tu psicóloga
y te recojo si quieres

Vale. Genial

Por cierto, como soy el mejor novio del mundo,
he buscado más heladerías para seducirte

Ah, sí?
Y a cuál me vas a llevar?

A Mistura o a Amorino.
La que prefieras

Ay, Amorino es de mis favoritas 😊

Ya las conocías?

Obvio

Joder, yo que quería sorprenderte...
Bueno, siempre te puedo llevar un Calippo

Eres idiota.
Aunque con eso seguro que te pongo notable

Yo contigo voy a por la matrícula.
Entro en el despacho.
Escríbeme si necesitas algo, vale?

Igualmente.
Que vaya bien.
Te quiero

Y yo a ti, preciosa.
Siempre lo haré

45

Para toda la vida

«Solo llevamos doce días de mayo y el sol no descansa ni fuera ni dentro de mi corazón. La primavera avanza y yo lo estoy haciendo con ella. Sé que estoy en el camino correcto para convertirme en la mejor versión de mí misma. Aún hay veces que me cuesta hablar de cómo me siento, pero sigo trabajando en ello. Y me he rodeado de personas con las que es fácil compartir mis emociones. Tú me enseñaste que trabajando duro puedo conseguir todo lo que me proponga. Por mí misma he aprendido que no puedes elegir de quién te enamoras ni huir de tus sentimientos. Y en terapia estoy aprendiendo a exteriorizar cómo me siento. Le he enseñado a Marcos nuestras fotografías y le he contado algunas de nuestras anécdotas. También he visto *Notting Hill* y empiezo a entender de dónde me viene el gusto por los ojos azules. Hoy me he hecho una trenza por ti y me he comprado un vestido negro que espero que te guste. Siempre he evitado ese color porque en la vestimenta significa luto. Creía que, si no me vestía de negro ni pensaba en ti, podía imaginar que estabas viva en alguna parte. Me ha costado asimilar que tu pérdida no es algo que deba dejar atrás, que esto siempre va a formar parte de mi historia, de lo que soy y de lo que quiero llegar a ser. Gracias por estar siempre ahí».

Observé la lápida de mi madre unos instantes. Aún me parecía increíble haber encontrado la valentía suficiente como para venir. No pisaba el cementerio desde el entierro de mi abuela y no visitaba la tumba de mi madre desde su funeral. Y, sin embargo, ahí estaba, pensando lo que le diría si la tuviera delante.

Me agaché y pegué con un trozo de celo la copia que había sacado de una de mis fotografías favoritas sobre la piedra.

Había llegado el momento.

Me volteé y le hice una seña a Marcos, que me esperaba a un par de metros de distancia, para que se acercase. Al llegar a mi altura extendió la mano y me ayudó a levantarme.

—¿Estás lista? —preguntó.

Asentí con una débil sonrisa.

—Mamá —dije en voz alta. Llevaba más de tres años sin pronunciar esa palabra y fue tan difícil como imaginé que sería. Tragué saliva y me obligué a continuar—. Mamá, este es Marcos, mi novio. —Alcé nuestras manos unidas como si ella pudiera verme—. Es el chico que me caía mal en el instituto. —Hice una pausa para coger el ramo que sujetaba Marcos—. Hemos ido a la floristería. He estado un rato hablando con Isabel y te he comprado tus flores favoritas. —Dejé el ramo de margaritas sobre la superficie de mármol—. Siento no haberte traído flores antes. Te prometo que a partir de ahora no me perderé ningún cumpleaños ni ningún día de la Madre.

Marcos me estrechó contra él cuando se me empañaron los ojos. Tenerlo a mi lado en aquel momento lo hizo todo más llevadero.

—Me gradúo esta tarde y quería contártelo —añadí.

Me permití un instante para mí antes de seguir:

—Ah, y... mamá, voy a darle una oportunidad a papá... Creo que no se la merece, pero se ha disculpado y le ha hablado a mi... hermana de mí. Al parecer, ella tiene curiosidad por conocerme, así que ya te contaré... Espero que estés orgullosa de mis avances. Dales un beso a los abuelos de mi parte. Sigo echándote de menos. Te quiero mucho.

Cuando mis palabras se perdieron bajo el rumor del viento, giré sobre los talones y escondí la cara en el pecho de Marcos. Él me rodeó los hombros con un brazo y con el otro la cintura. Suspiré y me quedé en mi refugio particular unos minutos.

Después, les saqué una foto a las flores y a nuestra fotografía. La subí a Instagram y tecleé lo que sentía:

Hace tres años perdí a mi madre por un cáncer. Muchos no lo sabéis porque no suelo hablar de ella.

Hoy es un día especial y complicado para mí. Me gradúo y me gustaría tener a mi madre conmigo.

Mamá, gracias por enseñarme a luchar por lo que quiero y por haberme sacado sola adelante.

Te echo de menos cada día y te quiero.

Al pulsar el botón de «publicar» noté que la herida más profunda empezaba a cerrarse. Me guardé el móvil en el bolso y suspiré.

—¿Cómo te sientes? —me preguntó Marcos.

—Mejor. Era una de las últimas cosas que tenía en mi lista. Siento que he cerrado un ciclo, una fase de avance o como quieras llamarlo... Hacer esto era importante para mí. Gracias por acompañarme y ayudarme. Tu presencia hace mucho.

—No me las des. —Me abrazó otra vez—. Lo que necesites.

—Eres muy importante para mí.

—Y tú para mí.

Eché un último vistazo a la tumba de mi madre y sonreí; por fin podía echar la vista atrás y sentirme orgullosa y satisfecha de lo que había conseguido. Y también más tranquila y en paz conmigo misma.

«Hasta otro día, mamá», pensé a modo de despedida.

—¿Vamos? —le pregunté a Marcos, al apartarme.

Él asintió y me cogió la mano, antes de echar a andar hacia la calle.

Según entramos en la casa de la sierra de Lucas y Amanda un par de horas más tarde, mi amiga me envolvió en un abrazo reconfortante.

—Estoy muy orgullosa de ti —me dijo.

Después de comer los cuatro juntos y de que Olivia se durmiese en el regazo de Lucas, Amanda y yo subimos a mi habitación.

Mi amiga me hizo un maquillaje sutil en tonos naturales que me favorecía mucho. Cuando estuvo contenta con el resultado, fue a cambiarse a su habitación. Mientras tanto yo me hice una trenza de raíz en la parte derecha de la cabeza y me dejé el resto del pelo suelto. Me puse el colgante favorito de mi madre y unos aros que me había regalado mi abuela, y observé mi reflejo en el espejo. El vestido que había escogido para la graduación era de tirantes, ajustado en la cintura y me llegaba por encima de la rodilla. La tela vaporosa era azul oscura con un estampado floral. Me gustaba mucho y me vi guapa.

Supongo que el cambio que llevaba dentro también era visible desde fuera.

Amanda regresó de su habitación con una falda larga color salmón y una blusa blanca que tenía un bordado de encaje. Como siempre, estaba increíble.

—Estás guapísima —dijo tapándose la boca emocionada.

—Tú también. —Sonreí al abrazarla.

Acto seguido, se sentó en la silla y yo le cepillé el pelo con mimo. Le hice una trenza sencilla y después bajamos a reunirnos con los chicos.

Pasamos al salón y nos encontramos con que Lucas se había dormido en el sofá con la boca abierta. A su lado, Marcos cargaba a Olivia en brazos y la miraba con cariño.

Amanda se acercó para despertar a Lucas con suavidad y después cogió al bebé. Yo me quedé en el umbral de la puerta observándola con la misma adoración con que ella miraba a su hija.

Desvié la mirada cuando Marcos se levantó y vi que se había puesto el que volvía a ser mi traje favorito: el gris marengo.

—Estás preciosa —dijo acercándose a mí.

—Gracias —respondió Amanda situándose a mi lado.

Marcos puso los ojos en blanco y le colocó la mano delante de la cara a mi amiga.

—Creída.

—Mira quién fue a hablar. —Ella le hizo una mueca.

—La diferencia entre tú y yo es que yo no soy un creído. Yo solo digo la verdad.

Marcos le guiñó un ojo y ella subió las cejas.

—No sé cómo Elena te soporta. Yo solo te aguanto por respeto a Lucas —bromeó.

—Y yo a ti por respeto a mi novia —contestó él con una mueca de suficiencia.

Amanda se alejó y la oí dirigirse a Lucas:

—Amor, recuérdame una vez más por qué eres su amigo.

Yo me reí. Me encantaba que no parasen de chincharse.

Marcos me empujó con suavidad de la cintura y me condujo a la cocina. Allí me dedicó una mirada penetrante y mi estómago se estremeció de anticipación.

—Estás preciosa —repitió—. ¿Nos podemos morrear ya?

Se me escapó la risa y le eché los brazos al cuello.

Gracias a los tacones la diferencia de altura era menor. Aun así, él tuvo que inclinarse en mi dirección para cumplir su propósito. Cuando su lengua se encontró con la mía, el mundo se evaporó y solo quedamos nosotros dos. O, al menos, fue así hasta que oímos a Amanda decir: «¡La niña me ha vomitado encima! ¡Me cambio y nos vamos!».

Al separarnos, le cogí la mano y me quedé pensativa unos instantes. Me había sincerado con mi madre esa mañana. Ahora quería hacerlo con él.

—Marcos, al principio luché contra ti porque tenía miedo de que me hicieras lo mismo que le había hecho mi padre a mi madre. Estaba aterrada de tener sentimientos que no podía controlar. Luché contra ellos y me convencí de que no me importabas. Y luego, cuando ya estábamos juntos, mis miedos seguían ahí porque no quería sufrir. Supongo que por eso me costó tanto admitir que quiero estar contigo siempre. Pero quiero que sepas que sigo luchando contra eso también —afirmé—. Y que el amor que siento por ti es más grande que cualquier miedo o cualquier duda.

Marcos asintió con comprensión.

—Estoy muy orgulloso de ti. —Su amplia sonrisa me acarició el corazón—. Antes de estar contigo no sabía que podía amar así y tampoco imaginaba que nadie pudiese amarme a mí así.

—¿Así? ¿Cómo?

—Pues con todo, Elena. Con el corazón entero. —Estrechó mi mano y me miró a los ojos—. De verdad que yo te quiero conmigo para siempre. —Me colocó el pelo detrás de la oreja y me acarició desde la mejilla hasta la barbilla—. Y tranquila, que no te vas a librar de mí.

—Ni tú de mí.

A nuestra manera, eso era una declaración de amor. Yo, que nunca había creído en ese tipo de promesas, ahí estaba, asegurándole a Marcos con la mirada que no me separaría nunca más de él.

Ese pensamiento me hizo recortar los tres centímetros que nos separaban para besarlo. E igual que me había pasado cuando tenía quince años, sentí que un millón de fuegos artificiales me explotaban dentro del pecho.

En el pabellón de la facultad nos encontramos con Blanca y Carlota, que iban acompañadas de sus padres.

—¿Cómo ha ido? —Blanca me dio un abrazo firme mientras Carlota hacía lo propio con mi novio—. He llorado con lo que has escrito. —Se apartó y me miró con aprensión—. ¡Muy bien, reina!

Le dediqué una escueta sonrisa.

—Ha ido bien. Estoy bien —aseguré.

Ella me sonrió y se giró para saludar a Marcos con un abrazo.

Carlota me atrapó entre sus brazos antes de que me diese tiempo a ver su sonrisa eterna.

—He leído lo de Instagram. Eres la puta ama —declaró.

Sonreí al abrazarla.

Al separarnos, ellas dos se fueron a saludar a Lucas y a Amanda, y luego se inclinaron sobre el carrito donde dormía Olivia.

Cuando regresaron a mi lado, alabamos nuestros *outfits*. No podíamos tener tres estilos más distintos. Carlota llevaba un traje de pantalón y americana rojo y un top blanco debajo, y Blanca, un vestido rosa pálido con una abertura lateral en la falda, que llegaba hasta el suelo.

—Estás muy sexy —le dije a Carlota; me giré para mirar a Blanca—. Y tú...

—Parece una princesa Disney buenorra y moderna, ya se lo he dicho yo —confirmó Carlota.

Asentí a esas palabras porque esa era la pura realidad.

Estuvimos charlando todos hasta que unos minutos más tarde oí a Carlota decir:

—El Bonito del Norte está a las doce en punto.

Me giré en la dirección en que miraba mi amiga para ver a Bruno llegar con su madre y su hermana. Después de vacilar unos segundos, Carlota se acercó a saludarlo.

Blanca se había quedado tiesa, con los ojos clavados en él.

—Joder, ¿de verdad tenía que ponerse traje? —murmuró por lo bajini. La miré con el ceño fruncido—. Está guapo. —Me devolvió la mirada nostálgica y suspiró—. Ay, joder, que viene. No me dejes sola —me pidió.

Bruno repartió besos, abrazos y palmadas en la espalda, entre todos. Cuando se giró hacia Blanca, me dio la impresión de que los dos se comunicaron sin palabras mientras se saludaban con un asentimiento de cabeza.

—Estás guapo —le dijo Blanca.

—Tú también —contestó Bruno.

Se observaron de manera intensa durante unos segundos antes de que él se despidiese de ella con un «Te veo luego», al que ella respondió con un escueto «Vale».

Me dio un poco de pena verlo marcharse, pero al segundo siguiente mi novio hizo que me olvidase del resto.

—¿Llamáis a Bruno «Bonito del Norte»? —Marcos me observó con ojos escrutadores.

—Sí, claro —le explicó Carlota—. Es bonito y es vasco.

Yo me reí porque esa había sido la idea inicial del mote y Bruno había estado de acuerdo con eso.

—¿Y a mí? ¿Me llamáis algo? —quiso saber Marcos.

Carlota arrugó el ceño y me miró.

—Pasa de él. Está obsesionado con saber si tiene un mote desde que descubrió que al novio de su hermana lo llamamos Misterio.

—No es justo —se quejó él.

—Te olvidas de que para ti ya teníamos unos cuantos —le dijo Blanca, que había escuchado la conversación.

—Hasta donde sé, Voldemort no es un mote cariñoso, es un insulto —dijo ofendido.

Me parecía tremendamente divertido que se hiciese el indignado.

Habríamos seguido vacilándole de no ser porque nos tocó pasar al salón de actos.

La ceremonia fue lo que se esperaba: introducción demasiado larga, discursos de algunos profesores y alumnos —entre ellos el mío—, la actuación musical del grupo de Bruno y, finalmente, la entrega de bandas y diplomas. Como habían prometido, Marcos y Amanda aplaudieron efusivamente cuando fue mi turno y junto a los gritos de mis amigas consiguieron que bajase roja del escenario. Al acabar el acto hubo un picoteo y mientras mis compañeros se fueron a cenar con sus familiares, yo me fui con los míos: Marcos, Amanda, Lucas y Olivia.

Después de la cena en La Máquina de Chamberí, quedamos para tomar algo con Carlota y Blanca antes de ir a la discoteca. Así aprovecharíamos la buena noche que hacía y disfrutaríamos de la compañía de Amanda y Lucas un rato más.

El camarero se acercó para tomar nota y, cuando se fue, Lucas y Amanda les contaron a mis amigas cómo habían pasado el primer mes siendo padres primerizos. Ellas escucharon atentamente lo que yo ya sabía: que Lucas estaba de baja de paternidad y que Amanda aprovechaba su poco tiempo libre para actualizar el blog de viajes que se había abierto.

—Por cierto, Amanda, a ver si nos puedes ayudar —reclamó Blanca—. Estamos intentando buscar un mote para Marcos que no sea ofensivo. Algo que haga alusión a su ascendencia británica.

—¿No deberíais hacer esto cuando yo no esté delante? —preguntó Marcos.

—Eso te pasa por pedirlo —contestó Carlota.

—No quiero resaltar lo evidente —dijo él—. Pero Elena cree que soy asquerosamente guapo. Sus palabras, no las mías —se defendió levantando las manos.

—¿Mister británico? —propuso Blanca.

—Uf, no, que luego se le sube a la cabeza y se pone insoportable —berreó Lucas.

—Gracias, amigo. A tu salud. —Marcos alzó su jarra y le dio un sorbo a su cerveza.

—Podéis hacer alusión a su linaje real, que eso le gusta mucho —propuso Lucas—. Marqués... algo. El Marqués Altivo. El Duque Presumido...

—Ja, ja, capullo. —Marcos le hizo una mueca.

—Yo siempre votaré por cualquier mote que lleve la palabra «creído» incluida —se rio Amanda.

Y así, mientras me reía de las ocurrencias de mis amigas, me sentí completa.

Y libre.

Mayo era un mes de nuevos comienzos.

De cerrar etapas.

De dar pasos de gigante.

Y de mirar hacia delante.

Y estaba contenta de hacerlo rodeada de las personas con las que compartía mesa. Siempre había oído aquello de «Los amigos son la familia que se escoge» y jamás esas palabras tuvieron tanto sentido para mí. No sabía qué me deparaba el futuro, pero tenía conmigo todo lo que necesitaba.

46

La gran boda

Un mes y medio después

Mientras observaba los posavasos de madera con nuestros nombres tallados recordé lo mucho que odiaba de pequeña las bodas. Cada vez que invitaban a mi madre a una lo pasaba fatal. Era un recordatorio más de que ella no había tenido el final que te enseñan las películas. Por eso ese era un final que nunca había imaginado para mí. Siempre había creído que en las bodas la mayoría de los invitados se aburrían y la otra mitad solo iban por la barra libre.

Acaricié el grabado con el nombre de Marcos, lo coloqué al lado del que tenía tallado el mío y dibujé con el dedo índice una «y» imaginaria entre ambos.

Marcos & Elena

Nuestros nombres juntos sonaban bien.
Pegaban.
Me gustaban.
Mi percepción de las bodas había cambiado hacía un año. Me encantó ver casarse a Amanda y Lucas, y para no conocer a casi nadie me lo estaba pasando de maravilla en la de Harper y Logan. Llevábamos un rato bailando fuera, pero yo aproveché que George había secuestrado a Marcos para hacerse fotos y me había escabullido al interior de la carpa porque mis pies necesitaban una tregua.

—¿Qué haces aquí sola?

Levanté la vista y me encontré con los ojos soñadores de Lisa.

—Descansar de los tacones, ¿y tú?

—Lo mismo —dijo sentándose a mi lado—. Por cierto, este vestido te queda fenomenal y el pelo suelto también.

—Gracias. —Sonreí.

Ella se estiró sobre la mesa para agarrar la copa que había usado durante la cena y que todavía tenía champán. Aquella había sido la primera vez que había visto a Lisa desde navidades, y me había sorprendido que su melena negra se hubiera transformado en una rubia platino. Con el vestido rojo de satén y los labios a juego estaba impresionante.

—Me encanta cómo te queda el pelo —apunté.

—Gracias. Es el paso previo para teñírmelo de rosa, pero todavía no se lo he dicho a nadie —informó sonriente—. ¿Qué tal lo estás pasando?

—Bien, aunque estoy un poco cansada.

—Has llegado hoy temprano, ¿verdad?

—Sí, Marcos me ha recogido en el aeropuerto. Hemos comido con tus padres y luego hemos venido aquí directamente.

—Uf, menos mal que vamos a dormir todos en el hotel, porque sería una paliza para vosotros tener que regresar al centro. —Lisa vació su copa y me quedé unos segundos observando la marca que su pintalabios había dejado en el cristal—. ¿A qué hora sale vuestro vuelo mañana? Y espera, ¿ya es tu cumple?

Puso cara de disculpa y yo sacudí la cabeza divertida.

—Salimos a la una de la tarde. —Consulté mi reloj—. Y no, todavía queda un ratito para las doce.

—Te voy a tirar de las orejas como hacen en España. —Agarró el posavasos de su hermano y se quedó pensativa—. ¿Qué tal en mi casa?

—Al principio he estado cortada, pero al ratito me he relajado y todo bien. Tu madre es un amor. Me había hecho pizza.

—Sí que lo es, y mi hermano también, pero no se lo digas. Tengo una reputación que mantener.

Se me escapó una risita y ella me colocó en la mano el posavasos.

—Ya me contarás qué te parece el Globe, sé que tenías muchas ganas de verlo por dentro.

—¿El teatro de Shakespeare? —pregunté.

—Sí, Marcos dijo que te haría... —Se calló de golpe—. ¡Mierda! —Se tapó la boca unos segundos—. ¡Olvida lo que he dicho! Tú hazte la sorprendida y no le digas nada a mi hermano.

Entrecerré los ojos y la miré con suspicacia.

—¿Qué has hecho ahora, Lisa? —Oí la voz de Marcos.

Me giré y vi que llegaba acompañado de James, que no le quitaba a Lisa los ojos de encima.

—Nada, hermanito. —Se levantó y se colocó el vestido—. James, ¿vamos a bailar?

—Claro. —Él le sonrió y a mí me dedicó una mirada escrutadora antes de que Lisa lo arrastrase fuera de la carpa.

Marcos ocupó su asiento. Sus ojos se desviaron de mi cara al posavasos con su nombre que sujetaba entre los dedos. Sonrió de manera engreída y se inclinó en mi dirección.

—¿Fantaseando conmigo, Ele?

—Sí, pesado. No puedo parar.

—Te comprendo, me pasa lo mismo contigo.

Dejé su posavasos al lado del mío.

—Tengo la sensación de que a James no le caigo tan bien como antes.

—Es un poco protector y no quiere que me mude a España, pero se le pasará en cuanto vea lo feliz que soy contigo.

Le devolví la sonrisa y me quedé embobada mirando sus ojos azules. Me pregunté si así se sentirían los mosquitos que irremediablemente volaban hacia la luz.

—Por cierto, ¿qué ha hecho mi hermana que no me puedes contar?

—Nada. —Sacudí la cabeza y acerqué mi silla a la suya—. Estás muy guapo. Me gusta cómo te queda la pajarita —dije colocándosela.

—¿Intentas distraerme?

«Me distraes tú a mí con esta combinación perfecta de traje negro y camisa blanca».

—¿Funciona? —pregunté.

—Siempre.

Cerró la distancia que nos separaba y me besó de manera cálida y dulce.

La música llegaba amortiguada desde fuera. La melodía moderna y estridente se había transformado en una canción lenta que me trajo recuerdos.

—¿Bailas conmigo? —pregunté al apartarme.

Él solo sonrió y se puso de pie.

Volví a calzarme e hice lo propio. Me quedé frente a él y le devolví la sonrisa un poco nerviosa, como si fuese la primera vez que bailábamos juntos.

—¿Vamos? —Señaló con la cabeza el exterior.

—Prefiero quedarme aquí. Esto es más íntimo.

La carpa estaba llena de mesas de madera y decoración rústica, y junto a las velas aromáticas creaban la atmósfera romántica perfecta.

Marcos giró la palma en el aire y cuando coloqué la mano encima cerró los dedos y me atrajo hacia él. Pese a que había recortado unos cuantos centímetros gracias a los tacones, él seguía siendo más alto. En sus ojos se reflejaba la luz de las bombillas y brillaban mucho más que en cualquier otra ocasión.

—¿Te he dicho ya que estás preciosa?

Colocó la mano libre sobre la piel desnuda de mi espalda y noté esa irremediable atracción que sentía cada vez que me tocaba.

—Sí —afirmé—. Unas trece veces.

Puse la mano en su hombro y nos mecimos al compás de la música.

—¿Solo?

—¿Sabes que llevo el mismo vestido que en la boda de Amanda y Lucas?

—Claro que lo sé. No podría olvidarlo.

—Seguro —respondí incrédula.

—¿No has visto mi fondo de pantalla?

Sacudí la cabeza.

Él se detuvo y se sacó el teléfono del bolsillo interno de la americana, lo desbloqueó y lo giró para que lo viera.

Ahí estaba la foto que nos habían sacado en la boda de Amanda y Lucas, donde salíamos sonrientes después de besarnos y mirándonos como si no existiese nada más.

Suspiré contenta.

Atrapó mi mano y me dio una vuelta haciéndome girar sobre mí misma.

—Hace un año no quería bailar contigo, ¿recuerdas? —Le eché los brazos al cuello.

—Sí. —Sonrió y me agarró la cintura—. Me dijiste que te daba urticaria solo de pensar que teníamos que tocarnos y me pisoteaste.

Se me escapó la risa.

—No te pisé, solo me tropecé —me defendí.

—¿En una coreografía que habíamos ensayado cincuenta veces? —Él arqueó una ceja y yo reprimí la sonrisa—. Creo que ese día me volví loco por ti. Y claramente tú por mí también, no hubo más que ver cómo me arrastraste a tu casa.

Se rio y yo tiré de sus hombros para que se agachase un poco.

—Este año sé que, vaya como vaya la noche, vas a dormir en mi cama —susurré contra su oído.

—Tenlo por seguro.

—Si te portas bien, sacaré el body que tanto te gusta y que me he traído para la noche de bodas.

Solté una risita achispada.

—Me parece que a alguien ya se le ha subido el champán a la cabeza.

—Falta de costumbre —reconocí.

—Hay cosas que nunca cambian, Ele.

Me sonrió de manera sugerente y me dieron ganas de arrancarle la pajarita y llevármelo a la habitación.

La canción se terminó y empezó otra más animada. Marcos ojeó su reloj y me miró con cara de idiota.

—Felices veintiséis. —Me colocó el pelo detrás de la oreja y se inclinó para darme un beso lento y tierno.

—Feliz aniversario —contesté.

Él sonrió.

—Feliz aniversario, preciosa. ¿Te puedo dar ya tu regalo de cumpleaños?

Asentí y sonreí por su entusiasmo. Marcos volvió a sacar su móvil y lo volteó para que lo viera. Eran entradas para ver *Romeo y Julieta* en el Globe.

—¡Muchas gracias! Tengo muchas ganas de ir —dije antes de darle un beso.

Él arrugó el ceño por mi pésima actuación.

—Ya te lo había dicho Lisa, ¿no? Es que no le puedo contar nada.

—No —negué—. Me acabo de enterar.

—Cariño, mientes de pena.

Marcos suspiró y sacudió la cabeza.

—Entiendo que, por esto, a la vuelta de Escocia, paramos aquí, ¿verdad?

Él asintió.

—En tu primera noche en Londres, cuando paseamos por delante del teatro estabas superemocionada, así que el mes pasado, cuando decidimos que iríamos a Escocia después de la boda, las compré.

Sonreí con nostalgia al recordarlo y lo besé hasta que un rato más tarde Lisa regresó para darme el tirón de orejas que me había prometido.

El avión aterrizó casi sin que me diera cuenta. El vuelo, que duraba poco más de una hora, se me había pasado rapidísimo. Marcos y yo habíamos ido leyendo la guía de Escocia y riéndonos de los recuerdos que había anotado en el borde. Dejamos las cosas en el hotel y fuimos a Calton Hill para ver el atardecer.

Subimos la colina de la mano y sin que yo dejase de sonreír. Cuando llegamos arriba, le leí lo que ponía en mi guía sobre los monumentos neoclásicos que teníamos delante. Después, nos sacamos un par de fotos con el monumento a Dugald Stewart, que era una de las cosas más características de Edimburgo. Todo estaba donde recordaba y nosotros estábamos más cerca de lo que nunca imaginé.

—¿En qué piensas? —Me acarició la mejilla.

—En que hace diez años te tiré la guía a la cabeza.

—Lo sé. —Asintió y suspiró con una cara que parecía decir «A mí qué me vas a contar»—. Eras muy civilizada.

—Y tú un idiota que no cumplía con la teoría de la evolución de Darwin.

—¿Eso pensabas de mí?

Se mordió el labio y contuvo la sonrisa cuando yo asentí y me reí. Verlo feliz me ponía feliz.

—Estoy contenta.

—Es normal. ¿Hay algo mejor que pasar tu cumpleaños y tu aniversario en Escocia con este apuesto hombre? —Marcos se señaló.

—Sí —asentí y coloqué las manos en su pecho—. Que el apuesto hombre se muda a Madrid justo después.

Me giré para observar el centro de la ciudad, que ahora estaba bañada por multitud de tonos anaranjados, y Marcos me abrazó por detrás y apoyó su barbilla en mi cabeza.

—Ese horizonte que se ve ahí. —Señalé con la mano—. Donde el naranja y el amarillo se juntan con los edificios... seguro que le gustaría pintarlo a Lisa.

—¿Sabes qué me gusta a mí? —Sacudí la cabeza y me giré entre sus brazos—. Descubrir nuevos horizontes contigo.

Os prometo que se me derritió el corazón.

Quise besarlo, pero él dio un paso atrás, se descolgó la mochila y sacó un regalo.

—Creía que mi regalo de cumpleaños eran las entradas de *Romeo y Julieta*, y acordamos que el viaje sería nuestro regalo de aniversario —recordé.

—Esto es un encargo que hice hace mucho tiempo y que he recibido hace poco.

Según acepté el paquete supe que era un libro. Rompí el papel rápidamente y mi corazón terminó de fundirse cuando vi que se trataba de una guía de viaje de Nueva York.

—¡Me encanta! ¡Muchas gracias! —exclamé emocionada.

—Sé lo mucho que te gustan las guías y como mentalmente hemos viajado a Nueva York juntos, he pensado que te gustaría.

Lo abracé. Quería comérmelo a besos.

—¿Significa que algún día iremos juntos?

—Si quieres, sí.

—Sí que quiero. —Asentí enamorada.

Me dolía la boca de sonreír.

—No me tires esta, ¿vale? Que me ha costado mucho conseguirla.

Me reí y tiré de su camiseta para besarlo.

—¿Te has fijado en la autora? —me preguntó al apartarse.

Extrañada, leí el nombre.

—Amanda Herrera... Espera, ¿nuestra Amy? —Di un saltito—. ¡No me ha dicho nada! Solo me dijo que ya había encontrado su vocación, pero pensé que se refería al blog.

—Pobrecita, casi revienta por ocultártelo —admitió—. Nació la idea antes de Navidad, un día que estuvimos hablando sobre regalos. Se lo ha pasado tan bien haciéndola que va a publicarla.

—¡Eso es genial!

—Y no te preocupes, que ya le he encargado la siguiente, pero te va a tocar esperar porque todavía está programando el viaje a ese destino.

Asentí y le eché los brazos al cuello.

Me daba igual esperar.

La espera a su lado se hacía amena.

Me dejé llevar por la idea de escribir recuerdos con él y salió a relucir mi peculiar lado romántico.

—Creía que tenía cien razones para odiarte y me he dado cuenta de que, en realidad, tengo más de mil para quererte.

—¿Solo mil? —Marcos me miró con una mueca burlona—. Te faltan unos cuantos ceros ahí detrás, empollona.

—Eres idiota.

—Tú di lo que quieras, pero estás perdidamente enamorada de mí.

Y así, igual que la primera vez, él se inclinó para besarme y yo sentí un tirón vertiginoso en la boca del estómago.

Nueva York, Edimburgo, Londres... me daba igual el destino porque a partir de ese momento siempre regresaríamos juntos a Madrid. Nuestros corazones ya se habían separado y reencontrado demasiadas veces y no estaban dispuestos a hacerlo nunca más.

Ahora sí, ¿os acordáis de cómo empezó todo?

Fue conmigo contándoos que no quería perderme en el laberinto azul de su mirada. Creo que entonces una parte de mí ya sabía que sería muy fácil perder la cabeza por él. Me hace gracia recordarlo porque desde hace mucho tiempo no quiero encontrar la salida. Porque juntos somos primavera y porque, como decía él, lo nuestro es inevitable.

Aquel año aprendí lo importante que es pedir ayuda y cuidarse a una misma, igual que aprendí que las relaciones nunca dejan de construirse y que tener al lado a la persona adecuada hace el viaje más emocionante.

¿Y sabéis qué era lo mejor de todo? Que ya no me daba miedo dejar el País de las Maravillas y volver al mundo real, porque fuera de la madriguera esperaba que nosotros coincidiéramos siempre.

Epílogo

Sucedió en Manhattan

Un año despúes

El horizonte de Manhattan no era anaranjado al atardecer. Era gris y estaba lleno de edificios que peleaban por ver cuál era más alto. No había palabras para describir lo grande que es Nueva York y lo pequeño que era yo. A trescientos ochenta metros de altura, los coches parecían diminutos, y las personas, hormigas que apenas veía.

Mientras el viento me acariciaba la cara yo pensaba en Elena. La vista desde este rascacielos le gustaría. Aunque ella era más de espacios abiertos y verdes como Central Park. Había venido todo el camino desde el hotel con ella en la cabeza. Era increíble lo mucho que había cambiado. La había visto pasar de ser una persona que le costaba reconocer sus sentimientos a convertirse en alguien sin problemas para expresarlos. Su fortaleza era increíble y era una de las cosas por las que más la admiraba. Miré por encima del hombro con la esperanza de verla entre la multitud de turistas que abarrotaban el Empire State, pero sabía que no la encontraría.

Cuando las primeras luces de los edificios se encendieron, indicando que el atardecer pronto se convertiría en anochecer, sentí un golpecito en el hombro. Me giré y me quedé embobado mirando los ojos y el cabello revuelto de la chica que me sonreía.

—Perdona —dijo—. ¿Te importaría sacarme una foto?

—Eh, sí, claro. —Recuperé la compostura y cogí su móvil.

Ella se colocó delante de la verja y le saqué un par de fotos.

—Gracias. ¿Puedes sacar el Top of the Rock de fondo? —me preguntó con cara de disculpa—. Es el edificio favorito de una amiga y quiero mandarle la foto.

—Mmm, sí.

La encuadré con el edificio y le saqué un par de fotos en vertical y en horizontal. A través de su pantalla me fijé en que su sonrisa era preciosa.

Se acercó y recuperó su teléfono.

—¿Te gustan?

—Sí. Mucho. Gracias.

Esa vez me sonrió a mí y no porque la estuviera retratando. Después, se apartó para sacar unas cuantas fotos más del horizonte con su teléfono. Estaba buenísima y no podía quitarle los ojos de encima. Llevaba vaqueros y una camiseta naranja ajustada; ambas prendas resaltaban sus curvas. En una mano sujetaba lo que parecía un *smoothie* rosa. Me relamí involuntariamente los labios preguntándome si los suyos sabrían a fresa o quizá a frambuesa. Ella, ajena a mis pensamientos, sorbió por la pajita con la vista clavada en su teléfono.

Al ver que no dejaba de mirarla, volvió a dirigirse a mí.

—¿Quieres que te saque yo a ti una foto? —se ofreció.

—No te preocupes. —Negué con la cabeza—. Mi novia debe de estar al caer, me las sacará ella, gracias.

Su sonrisa empequeñeció.

«¿Se esperaba otra respuesta?».

—Yo no haría esperar a un chico tan guapo como tú. —Sorbió de la pajita mirándome intencionadamente a los ojos.

«Vaya, sin rodeos».

—En realidad, he llegado antes de lo acordado. Ella suele llegar siempre diez minutos antes y quería sorprenderla.

—¿En serio? —Levantó una ceja perfecta y me miró interesada—. No me digas que eres uno de esos. —Señaló con el dedo algo detrás de mí.

Me giré y vi a una mujer de rodillas delante de otra sosteniendo la caja de una joyería en alto. La que estaba de pie se tapó la boca y asintió mientras lloraba.

Al voltearme, la chica me miraba con ojos inquisitivos.

Me revolví el pelo nervioso.

—¡Mira, ahí! —Tiró de mi brazo y sentí cómo me hormigueaba la piel donde ella me había tocado.

Un par de metros más allá, un chico se arrodillaba delante de una chica mientras lo que parecían sus familiares aplaudían emocionados.

—Es escalofriante —dijo ella.

Yo me encogí de hombros y no contesté.

—Dime, no habrás venido antes para pedirle matrimonio a tu novia, ¿verdad?

—No —negué—. No pensaba pedirle matrimonio. De todos modos, ¿por qué te parece tan escalofriante?

—Porque lo hace todo el mundo —respondió de manera obvia—. Es muy predecible. Y una pedida pública... —Fingió un escalofrío—. Ya estás atada a decir que sí porque hay una multitud observándote.

Me quedé mirándola unos instantes más de lo que se consideraba educado. Se acercó a la verja y yo tuve que seguirla.

—¿Puedo saber por qué has presupuesto que iba a hacer eso?

Giró el cuello y volvió a mirarme con las cejas en alto, como si no pudiera creerse mi pregunta.

—Uno, llegas antes para darle una sorpresa. —Levantó el pulgar en el aire—. Y dos, vas muy elegante —acabó enseñándome el dedo índice.

Era cierto que iba elegante, pero eso no significaba nada; muchas veces me vestía así.

—Solo llevo una camisa —me justifiqué.

—Si tú lo dices...

«Bueno, vale, es verdad. Me he comprado esta camisa específicamente para esta cita con mi novia porque a ella le encanta cómo me queda el color azul. Y sí, no me he afeitado desde que hemos llegado a esta ciudad porque me vuelve loco que me susurre al oído lo que le provoca mi barba. La quiero y me gusta estar atractivo para ella».

—Y tú, ¿qué haces aquí? —pregunté.

Ella sorbió por su pajita una vez más. Parecía que mientras terminaba su bebida estaba decidiendo si merecía la pena contestarme o no, y la verdad era que esa actitud altiva me estaba poniendo tremendamente cachondo.

«Marquitos, contrólate».

Tiró el vaso a la papelera y se acercó a mí. Colocó la mano sobre mi brazo y puso cara de no haber roto un plato en su vida. Supongo que estaba demasiado atolondrado en aquel momento como para haberme dado cuenta de lo que se avecinaba.

Bajó los dedos despacio, acariciándome la cara interna del antebrazo, y, sin dejar de mirarme a los ojos, me dejó algo en la mano. Agaché la cabeza para ver un trozo de plástico azul.

«Joder».

—Guau. —Di un paso atrás alejándome de ella—. ¿Me das la tarjeta de tu habitación sin ni siquiera presentarte antes? —pregunté sorprendido mientras negaba con la cabeza.

El brillo pícaro de su mirada debería haberme alertado, pero mi cerebro estaba demasiado concentrado en controlar cierta parte y pasó ese detalle por alto. Ella, con toda la calma del mundo, miró de derecha a izquierda. Cuando volvió a clavar sus ojos en los míos supe que estaba perdido.

—Soy la tía que va a llevarte a la cama esta noche. —Me dedicó una sonrisa adorable y yo hice un esfuerzo terrible por no devolvérsela—. Encantada.

Esa chica parecía una diablesa y yo estaba deseando arder en el infierno con ella. Por eso desde que me había puesto la tarjeta de su hotel en la mano sentía el deseo llenarme el pecho y la sangre concentrarse entre mis piernas.

«Estás jodido, tío. Piensa en otra cosa. No puedes empalmarte ahora».

Todo el calor de Manhattan parecía estar acumulándose dentro de mi cuerpo. Me desabroché el primer botón de la camisa y tragué saliva, como si eso fuese a hacer que se me pasase el calentón por arte de magia. Ella debió de adivinar lo que me estaba pasando porque el deseo se apropió de su mirada dificultándome más las cosas.

«Ríndete, campeón. Se acabó».

Quizá si cambiase de tema tendría la posibilidad de salir con vida de esa conversación.

—Todavía no me has dicho qué haces aquí —le recordé.

—Lo mismo que tú. Esperar a mi pareja.

—¿Y qué, vas a hacerle alguna proposición?

—Sí —contestó decidida—. Quiero preguntarle si quiere mudarse conmigo. Ya llevamos un tiempo juntos y me ha parecido bonito hacerlo en el Empire State. Estoy preparada para dar el paso y quiero saber si él también lo está. —Me sonrió risueña—. Confiaba en que el horizonte de Manhattan se pusiera de mi parte para crear una escena idílica con un atardecer colorido, pero está nublado.

Me quedé callado unos instantes.

—¿Estás bien? —Ella volvió a colocarme la palma en el brazo y yo a sentir un hormigueo—. Estás un poco pálido.

—¿Qué has dicho? —susurré en voz casi inaudible—. Elena, si es una broma no tiene gracia.

Ella sonrió y fui incapaz de contener a mi yo interior, que ya estaba dando saltos.

—¿Me lo estás diciendo en serio? —pregunté emocionado.

Ella se rio y me echó las manos al cuello.

—Sí, te lo estoy diciendo en serio. —Sacudió la cabeza divertida por mi reacción.

Aparté la vista de su cara unos segundos.

Estaba conmocionado.

Llevaba un tiempo esperando escuchar esa pregunta. Elena pasaba cada vez más tiempo en mi casa y yo en la suya. Pero no quería presionarla.

Ella me agarró la barbilla y la empujó ligeramente para que la encarase.

—Marcos, ¿te quieres mudar conmigo? —preguntó—. Yo tengo muchas ganas...

La corté con un beso; total, yo ya había dejado de oír todo lo que había venido después de la pregunta. Y mientras la besaba comprobé que, como había sospechado, su boca sabía a fresa.

Cuando me aparté le sonreí ampliamente.

—No me has respondido —dijo con la boca pequeña.

Sujeté su delicado rostro entre mis manos.

—Sí, quiero —contesté antes de volver a besarla.

Estaba preciosa, como siempre.

Elena me miraba tan emocionada como lo estaba yo.

Durante unos segundos nos perdimos en la inmensa felicidad que veíamos en los ojos del otro. Esa mujer me volvía loco y verla feliz era un chute de energía.

—Me has besado tú a mí, así que has perdido —puntualizó con una mueca de suficiencia.

—Lo sé. En realidad, he perdido hace un rato —reconocí.

Ella alzó las cejas de manera sugerente. Al comprender lo que eso significaba, se puso de puntillas y me besó otra vez de una manera más pasional.

La aparté empujándola por las caderas con suavidad. No había necesidad de empeorar más mi situación. Además, yo seguía encandilado con la idea de vivir con ella y nada me importaba más que eso. Y por la manera que tenía de observarme supe que ella se sentía igual. Le coloqué con cariño el pelo detrás de la oreja. Me gustaba hacer eso y ver la sonrisa que se formaba en su cara.

—Luego podemos organizar los detalles de la mudanza: dónde quieres vivir, cuándo nos mudaremos y eso.

Asentí embobado a todo lo que decía. Por mí como si quería vivir en la cabaña de un árbol. La cosa era que quería vivir conmigo. Y la besé. Porque ¿qué otra cosa podía hacer? Estábamos en un rascacielos con Manhattan a nuestros pies. Ella estaba contenta y yo estaba tan feliz que podría explotar. Me aparté de sus labios para respirar y apoyé la frente sobre la suya. Cuando me sonreía así me hacía sentir que era lo más importante del mundo. Y yo le sonreí confirmándole que ella para mí también lo era. Que siempre lo sería.

—¿Llevabas mucho tiempo esperándome?

—Unos veinte minutos.

—Perdona. Justo me envió un audio Andrea y me he quedado escuchándolo antes de subir.

Elena y su hermana se habían conocido el verano pasado y su relación todavía se estaba desarrollando. Desde hacía un tiempo, Elena solo iba a terapia una vez al mes y ocupaba algunos de sus viernes en seguir conociéndola.

Con su padre la cosa todavía no había terminado de cuajar. Él había venido a verlas unas cuantas veces y Elena y yo le habíamos hecho un par de visitas también. A veces, esas visitas iban bien y otras Elena llegaba a casa cabizbaja y con los ojos brillantes. Suponía que era parte del proceso de perdonar y superar tantos años de abandono. La fortaleza de mi novia era admirable y su capacidad de perdonar lo era más aún.

—¿Sabes qué? —me preguntó. Yo le hice un gesto con la cabeza para que siguiera hablando—. No comprendo por qué mi novio no me está abrazando todavía —terminó en tono acusatorio.

Solté una carcajada. La cara que ponía cuando se hacía la indignada siempre me haría gracia.

—Ven aquí, anda —le dije.

Agarré su mano y tiré de ella. Se chocó contra mi pecho y yo la rodeé con los brazos. El horizonte ya empezaba a oscurecerse y no se apreciaba bien, pero parecía más perfecto que nunca. La primera vez que habíamos hablado de este lugar había sido en Altea después de declararnos y aceptar que queríamos estar juntos. Habíamos fantaseado tantas veces con este edificio y esta ciudad que era increíble que estuviéramos por fin ahí.

—¿Qué te parecen las vistas?

—Más bonitas que en mi imaginación —contestó.

Yo suspiré dándole la razón. No sé cuánto tiempo permanecimos abrazados, pero cuando ella volvió a hablar ya era de noche.

—Marcos —susurró en tono meloso.

Como cada vez que pronunciaba mi nombre así, algo calentito se removió en mi pecho.

—Dime.

—No quiero irme.

«Yo tampoco».

—Supongo que podemos quedarnos hasta que nos eche el guardia.

Mi pecho vibró al compás de su risa.

—¿Sabías que el Empire se construyó en un año? —preguntó al apartarse.

Ahí estaba la chica de la que me había enamorado.

—No lo sabía, cariño.

—Es el segundo edificio más alto de la ciudad, solo lo supera el One World Trade Center. Sale en la guía de Amanda. Lo que me recuerda que tenemos que ir a Levain Bakery, pone que esas galletas hay que probarlas sí o sí.

Sonreí mientras la escuchaba. Su curiosidad y sus ganas de saber me enamoraban. Me encantaba la forma en que explicaba emocionada cualquier cosa y que hubiera memorizado un montón de detalles técnicos para contarme en este momento. Y, para qué negarlo, ese tono de sabionda que usaba me la estaba poniendo dura otra vez.

—Por cierto, no es que intente seducirte, pero he aprendido a montar en bici —informó sonriente—. Le pedí a Blanca que me enseñase, así que, si quieres, mañana podemos alquilar una en Central Park.

«Esta chica es increíble».

—¿Por qué no me lo habías contado?

—Quería darte una sorpresa.

Volvió a abrazarme y la corriente eléctrica que sentía cada vez que me tocaba hizo acto de presencia.

—Joder, estoy enamoradísimo de ti —reconocí.

Cuando la puerta del hotel se cerró a nuestra espalda, deseé que fuera la de nuestra casa. Me moría por vivir con ella, por crear un hogar juntos, por comprar muebles, pintar paredes, hacer una lista de la compra conjunta y organizarlo todo meticulosamente para que Elena fuera feliz. Para que ambos lo fuéramos. Juntos.

Le aparté la melena y le besé el cuello en dirección ascendente. Al llegar a su boca, dejé que fuera ella quien marcase la intensidad del beso. Elena tiró de mis hombros hacia abajo; eso significaba que quería un beso profundo y pasional. Y yo me dejé llevar por el torrente de sensaciones que sentía por ella.

—Estoy deseando que vivamos juntos —musitó quitándose la camiseta y arrojándola lejos.

—Si por mí fuera, me volvería mañana a Madrid solo por buscar ya una casa contigo.

Puse las palmas en la piel cálida de su cintura, y la atraje hacia mí para besarla con ansia. El tacto suave de su piel seguía haciéndome perder la cabeza. Sin dejar de besarme, ella soltó los botones de la camisa. Al llegar al tercero se hartó y me la sacó con impaciencia por mi cabeza.

—Madre mía, qué ansiosa.

—Shhh, cállate —pidió contra mis labios—. Me encantaría que tuviésemos piscina... —Dejó la frase inacabada porque estaba demasiado ocupada besándome, pero yo no iba a dejar pasar el comentario.

Alcé una ceja y sonreí de medio lado antes de contestarle con un:

—Yo solo pido que tengamos el jardín lleno de tumbonas para hacerte disfrutar.

Volví a devorarle los labios con ganas. Podría pasarme la noche entera besándola y viéndola deshacerse bajo mis caricias.

Había estado tan entregado a besarla que no me había dado cuenta de que se había desabrochado los pantalones.

—Podríamos colgar el cuadro del horizonte en nuestro dormitorio —propuse.

«Nuestro».

Joder. Esa palabra sonaba tan bien que aún no me lo creía.

Elena me miró con ojos brillantes y me besó con tanto ímpetu que la polla me dolió dentro de los vaqueros porque se quedaba sin espacio. Juraría que antes de meterme la lengua en la boca la había oído murmurar un «Buena idea, cariño». Sus manos descendieron por mi estómago hasta detenerse en el cierre de mis pantalones provocando que mis músculos se contrajeran con anticipación.

—Y el congelador tiene que estar siempre repleto de helado —recordó en tono exigente.

—Y de pizza cuatro quesos —prometí.

Le robé un beso inclinándome hacia delante. Y ella sonrió contra mi boca.

—Podemos colocar tu té y tus pastas al lado de mi muesli.

Se terminó de bajar los pantalones y se quedó en ropa interior de encaje. Me regaló una mirada sugerente al tiempo que se deshacía del sujetador y después de las bragas.

Al observarla me quedé sin aliento. Había perdido la cuenta de las veces que la había visto desnuda y todavía no me había acostumbrado.

—Joder, eres preciosa —susurré.

Elena sonrió y me la acarició por encima de los calzoncillos, y yo cerré las manos en torno a sus caderas. Gimió cuando la atraje hacia mí y me sintió excitado contra ella. Sin dejar de besarnos avanzamos hasta la cama. Se tumbó sobre mí y me mordió la mandíbula. Me ponía muchísimo que hiciera eso y ella lo sabía. Eso fue el detonante para que nos convirtiéramos en un lío de caricias y besos.

Su espalda terminó sobre el colchón y su melena sobre la almohada. Le chupé el cuello y el esternón, y cuando me llevé su pecho a la boca, ella estaba tan tensa que no pude soportarlo mucho más. Me coloqué el preservativo bajo su mirada impaciente y me hundí en ella con urgencia. Empecé a moverme con decisión y ella no tardó en rodearme con las piernas y pedirme más. Sus gemidos se unieron al ruido que hacían nuestros cuerpos al encontrarse. Poco después intercambiamos posiciones y me senté en mitad de la cama con la espalda apoyada en el cabecero de metal. Elena se sentó a horcajadas sobre mí y en vez de agarrarse a mis hombros se aferró al cabecero, y entonces comprendí que me lo iba a hacer sin piedad. Otro día le habría implorado que fuera despacio, pero me había pedido que me fuera a vivir con ella y estábamos los dos igual de desesperados por empezar una vida juntos y por llegar al orgasmo. Mis manos resbalaron por la piel sudorosa de su cintura hasta sus caderas. Elena tenía los ojos cerrados, la cabeza echada hacia atrás y la piel sonrojada. Le lamí los labios hinchados y ella inspiró con fuerza, y cuando su mano se cerró en el pelo de mi nuca supe que estaba cerca de terminar. Me moví debajo de ella con firmeza porque ansiaba darle el placer que buscaba. Casi no podía respirar y me temblaba el corazón. Cuando gimió mi nombre sentí una sacudida en la polla y me corrí segundos después que ella.

Nos quedamos un rato abrazados. Regalándonos caricias y palabras bonitas mientras nuestras respiraciones se relajaban.

—¿Te ha gustado? —le pregunté.

Elena asintió y soltó una risita baja antes de besarme con suavidad.

—¿Y a ti?

—Yo creo que ha sido increíble.

Despegué la cabeza del cabecero y volví a besarla. La irremediable atracción que sentía por ella no descansaba nunca.

Al desplomarnos sobre el colchón, el peso de llevar tres días recorriendo la ciudad sin parar y de tener el estómago lleno recayó sobre nosotros.

Ella bostezó y se le empañaron los ojos.

Daba igual lo que hiciera, que siempre la encontraba irresistible. La atraje hacia mí y le robé un beso tierno. Me acarició la cabeza y yo suspiré notando que mi corazón se apaciguaba. Se acurrucó un poco más cerca de mí y cerró los ojos.

Quería encontrarme esa cara preciosa cada mañana al despertar y cada noche al irme a dormir. Y estaba muy contento de saber que pronto eso se cumpliría.

«Joder, es que es imposible que nadie esté tan enamorado como lo estoy yo. Es sencillamente imposible».

Le rocé con cariño la mejilla, pasando por el cuello, hasta llegar al hombro.

—Estoy muy enamorado de ti, Elena.

Ella sonrió y abrió los ojos.

—Ya no hace falta que me lo digas cuando creas que estoy dormida.

Sonreí y me acerqué para besarla.

Aún me parecía increíble adónde me había llevado ser aplicado en matemáticas. Y he dicho «aplicado», que no «empollón». Si echo la vista atrás, todavía me río al pensar que, al principio, esta era la historia de una chica que no soportaba a un chico y de un chico que había terminado enamorándose de ella sin darse cuenta. Desde que la conocía habíamos vivido muchísimas cosas y yo llevaba riéndome desde mucho antes de empezar a salir con ella. Y es que todas y cada una de las veces que Elena se había metido conmigo en el pasado yo me había reído a carcajadas. Ella creía que me ofendía, pero su cara de indignación era demasiado graciosa como para que no me muriese de risa.

En algún punto los vaciles se volvieron en mi contra y llegó un momento en el que no podía sacármela de la cabeza. Aquellas sonrisas que le dedicaba para hacerla rabiar pasaron a ser sinceras. Y aquellos comentarios que le decía para que le diese vergüenza pasaron a ser reales. Cuando quise darme cuenta estaba enamorado por completo del cariño y el amor que veía dentro de sus ojos. Nunca me cansaría de mirarlos. Igual que nunca me cansaría de ver cómo se sonroja, ni oír cómo se le escapa la risita tonta.

Siempre que ella cuenta nuestra historia yo me río, y siempre que la cuento yo, ella se pone como un tomate. Cada uno tiene su versión de los hechos, pero en lo importante coincidimos. Ella está loca por mí y yo estoy loco por ella. Nos habíamos encontrado cuando menos lo esperábamos y ninguno de los dos había podido evitar conectar con el otro. Yo cada día la quería más y haría todo lo posible por que ella se sintiese igual que yo. La dejé escapar una vez y no pensaba cometer el mismo error otra vez. Me había enamorado de ella hacía dos años y tenía la certeza de que lo estaría toda la vida. Y es que no me cansaría nunca de repetirlo: ella y yo somos inevitables.

Agradecimientos

Ojalá este libro terminase con un «continuará», porque podría escribir toda la vida sobre Elena y Marcos, y es una realidad que no estoy preparada para decirles adiós. He pasado tantas horas con ellos que para mí es como despedirme de mis mejores amigos. Estos personajes han atravesado mis tres paredes y se quedarán para siempre a vivir en mi corazón. Y espero que en los vuestros también.

Voy a empezar agradeciendo a todas las personas que habéis leído esta bilogía. Gracias por confiar en mí y por haber invertido vuestro tiempo en leer esta historia. Espero que os haya gustado y que lo hayáis pasado tan bien con esta aventura como yo.

Ya lo dije en el anterior: este es un libro de amor, pero no solo de amor de pareja. También es un libro de amor a la amistad entre nosotras. Yo solo os voy a recomendar que les digáis a vuestras amigas lo mucho que las queréis y lo especiales que son. Yo pondría un candado con cada una de las mías. Muchas conversaciones de este libro son el fiel reflejo de las personas a las que incluyo debajo del paraguas de la amistad. Y es que en más de una ocasión le he dicho a mi amiga Tamm: «Jo, es que os echo tanto de menos (refiriéndome a mis amigas), que, gracias a las amigas de Elena, me siento más cerca de vosotras». Cosas que pasan cuando vives a miles de kilómetros de tus amigas y te gustaría tomarte una cerveza con ellas. He intentado que los personajes sean lo más reales posibles y, sin querer, en ocasiones me he fijado en las personas que me rodean. Quizá te hayas sentido identificada con el carácter y la manera de ver la vida de Blanca, con el no saber qué hacer con tu vida de Carlota, con la lucha contra la baja autoestima de Amanda o con el miedo al abandono de Elena. O a lo mejor te has sentido más identificada por la parte masculina de la novela, la decisión de Marcos, la sinceridad de Bruno o el amor incondicional de Lucas. O un poco de todo. No lo sé. A fin de cuentas, lo único que he hecho aquí es querer a Elena a través de los ojos de Marcos, y viceversa.

No me enrollo más y empiezo con mis agradecimientos especiales:

Tamara, he perdido la cuenta de las horas que hemos pasado hablando de estos personajes. Gracias por haber estado ahí desde el principio compartiendo las risas, las ilusiones y también las lagrimitas. Este y todos los libros que vengan serán siempre para ti.

Adri, posiblemente eres mi lector más exigente. Con tus comentarios me has hecho reír y también me has ayudado a mejorar. Eres el mejor compañero de aventuras del mundo y vivir este sueño a tu lado solo lo hace más especial.

A todo el equipo de Penguin Random House, y en especial al sello de Ediciones B. Gracias por haber confiado en mí para publicar la bilogía. Sé que hay un montón de personas implicadas en este proyecto: edición, marketing, edición técnica, comunicación, diseño (Carme, he amado las cubiertas, en serio)... muchas gracias a todas, de corazón.

Ariane, mi editora, merece un apartado especial. A veces has sido la primera persona a la que he dicho «Buenos días» y en alguna ocasión también la última a la que he dicho «Buenas noches». Gracias por adaptarte a la diferencia horaria. No sé si es normal pasárselo tan bien y reírse tanto con tu editora, pero es que ha sido así para mí (algunos de nuestros comentarios en los márgenes pasarán a la posteridad). Gracias por tus recomendaciones, he aprendido muchísimo de todo el proceso y ha sido una suerte tenerte al otro lado en esta aventura. Gracias a ti puedo decir que soy mejor escritora. Este libro también va dedicado a ti porque siento que aquí va una parte del corazoncito de las dos.

A mis amigas que son mamás: Silvia, un millón de gracias por resolver todas mis dudas de maternidad y por compartir tus anécdotas conmigo (al membrillo me remito). Lau, gracias por responder a mis preguntas sobre pastillas y posibilidades de embarazo (es una suerte tener una amiga médica, no dudes que recurriré a ti en futuras novelas). Lucas y Tomás tienen una suerte inmensa de tener dos madres tan alucinantes como vosotras.

Juli, gracias por escuchar todas las sesiones de terapia de Elena y aconsejarme en el proceso. Tu vocabulario de psicóloga siempre me parecerá superinteresante. Y no es por repetirme, pero ver las comedias románticas en la distancia contigo es lo más divertido de verlas.

A mis amigas californianas: Ceci, Belén, Bea y Silvia, ¿qué haría yo sin vosotras? Gracias por entender cuando he tenido que quedarme dentro de la batcueva y cuando he necesitado salir de ella. Gracias a todas por vuestras palabras de aliento. Ceci, no sé cuántas veces me has podido preguntar qué diría mi yo de hace un año y no sabes cuánto me ha ayudado eso, gracias por desbloquear la fantasía de los señores en moto y gracias por ayudarme con el diseño del logo. Belén, gracias por aparecer con la cena salvavidas y por ayudarme a ver todo con perspectiva; nuestras conversaciones siempre me sirven mucho. Bea, gracias por ser la luz que entra por las rendijas de la persiana en los días de niebla. Y Silvia, tus frambuesas recubiertas de chocolate me ayudaron el día que estaba escribiendo la ruptura de Marcos y Elena (las lágrimas son menos tristes con comida). Chicas, espero seguir mandándoos mensajes a las cuatro de la mañana para deciros que he conseguido terminar otra novela.

Leyre, gracias por hacerme 338 fotos y ayudarme a escoger solo tres. No todo el mundo puede decir que terminó siendo amiga de la fotógrafa de su boda, pero yo sí puedo hacerlo. Gracias por ser un apoyo más en EE. UU.

Ali, Laura mil gracias por salir a celebrar conmigo el día que conté por redes que soy escritora y por brindar conmigo con ostras y gazpacho. Os sentí presentes el día del desayuno cada vez que miré los logos de metacrilato y cada vez que alguien admiró mi *eyeliner*.

Gracias a todas las chicas que vinisteis al desayuno el pasado junio, me sentí muy cómoda con vosotras y fue un momento muy especial y emotivo para mí. Especialmente a Inma, siempre te recordaré por ser la primera persona de fuera de mi círculo que hizo que se me saltasen las lágrimas con palabras tan bonitas sobre mi libro y mis personajes.

Macarena, no me olvido de ti, estoy deseando que volvamos a mandarnos audios interminables hablando de Marcos, Elena y epílogos especiales.

Y, por supuesto, al resto de mis amigos y familia, a todos los que me habéis apoyado y escuchado hablar sin parar sobre esto, un millón de gracias.

Una vez más, gracias a la música (tenéis la *playlist* de esta novela colgada en mi Spotify) y al mundo. Si hay algo que me inspira es viajar. Empecé esta novela en Miami y la seguí en San Francisco, Oahu, Maui, Kauai, Cancún, Vancouver y Madrid. Cada sitio me ha aportado algo. Espero haberos transmitido el profundo amor que siento por Londres, todas las localizaciones mencionadas en el libro son reales, pero Persephone Books ya no está allí, ahora está en Bath.

Me despido por ahora. Nos leemos en la siguiente novela ☺
¡Un millón de gracias a todos!